LA MAISON BLANCHE

SUIVIE DE

LE VIEILLARD DE LA RUE MOUFFETARD,

PAR

CH. PAUL DE KOCK.

EDITION ILLUSTRÉE DE 37 VIGNETTES PAR BERTALL.

PRIX : 1 FRANC 35 CENTIMES.

PARIS

GEORGES BARBA, LIBRAIRE-ÉDITEUR

7, RUE CHRISTINE, 7

— *Tous droits réservés* —

PAUL DE KOCK

LA MAISON BLANCHE

On était au milieu de juillet de l'année mil huit cent vingt-cinq ; quatre heures venaient de sonner à l'horloge du Trésor, et les employés, fermant vivement les tiroirs de leurs bureaux, replaçant les dossiers dans les cartons et les plumes contre les écritoires, s'empressaient de prendre leurs chapeaux et de quitter le travail de Son Excellence, pour ne plus songer qu'à leurs affaires ou à leurs plaisirs.

Parmi la foule de personnages de tout âge que l'on voyait circuler dans les longs corridors, un monsieur de vingt-sept à vingt-huit ans, après avoir rangé ses canifs, ses crayons et son grattoir beaucoup plus méthodiquement que les jeunes gens n'ont coutume de le faire, et avoir soigneusement épousseté son chapeau et brossé son habit, venait de placer sous son bras un grand portefeuille vert, que de loin on aurait pu prendre pour celui d'un chef de division ; et, donnant à sa physionomie une expression de bonhomie et d'amabilité, il suivait la foule qui se dirigeait vers la sortie, saluant à droite et à gauche de ses collègues

Robineau avait la tournure d'un chef de bureau.

qui en passant près de lui disaient : — Bonjour, Robineau !

M. Robineau (puisque maintenant nous savons son nom), après avoir fait une centaine de pas hors de son administration, prit tout à coup d'autres manières : il sembla se gonfler dans son habit, il releva la tête, pressa le pas avec affectation ; un air affairé, préoccupé, remplaça le sourire aimable ; il serra plus fort le grand portefeuille sous son bras, regardant d'un air de protection les personnes qui passaient près de lui ; ce n'était plus la tournure d'un simple employé à quinze cents francs, c'était au moins celle d'un chef de bureau.

Cependant, malgré cette démarche fière, Robineau se dirigeait vers un modeste traiteur où pour trente-deux sous on lui servait un dîner qu'il trouvait délicieux, parce que ses moyens ne lui permettaient pas d'en prendre un meilleur ; en cela, du moins, Robineau se montrait sage : savoir se contenter de ce qu'on a, c'est le moyen d'être heureux ; et puisqu'on entend tous les jours les riches se plaindre, il faut bien que les pauvres se montrent satisfaits.

Mais en traversant le jardin du Palais-Royal pour

gagner son restaurant, Robineau est arrêté par deux jeunes gens fort élégants qui lui barrent en riant le passage. L'un, qui peut avoir vingt-quatre ans, est grand, mince, et se tient légèrement voûté, comme c'est assez l'habitude des personnes de grande taille qui ne sont pas dans le militaire. Malgré ce petit défaut dans sa tournure, sa démarche est aisée; il y a dans ses manières, dans ses moindres mouvements un abandon qui respire la franchise et un ton de gaieté qui séduit. Sa figure agréable, ses grands yeux bleus, ses cheveux blond cendré qui retombent avec grâce sur son front haut et fier, concourent à faire de ce jeune homme un beau cavalier; mais la pâleur de son visage, quelques lignes déjà fortement prononcées sous ses yeux, et jusqu'à l'expression habituelle de sa physionomie, annoncent aussi un jeune homme qui a déjà beaucoup usé de la vie et qui est vieux de sensations et de plaisirs.

Son compagnon n'est pas aussi grand, sa figure est moins régulière, mais il est peut-être plus joli garçon; ses cheveux sont noirs, ses yeux, quoique très-bruns, ont une expression de douceur qui attire, et sa voix, son sourire achèvent ce que ses yeux ont commencé. Il n'a pas dans les manières autant de gaieté, autant de vivacité que son ami; mais il ne paraît pas, comme lui, déjà blasé sur toutes les jouissances de la vie.

A l'aspect des deux jeunes gens, la figure de l'employé est redevenue aimable; il s'empresse de serrer la main que lui tend le grand blond en s'écriant :

— Eh! c'est Alfred de Marcey! enchanté de te rencontrer... et M. Edouard! La santé va bien, à ce que je vois... Vous allez dîner sans doute, et moi aussi.

Celui des deux jeunes gens auquel Robineau serrait encore la main, et dont la physionomie noble et spirituelle annonçait cependant un léger penchant au persiflage, regardait en souriant notre employé, et il y avait dans ce sourire une expression de malice dont quelqu'un de susceptible aurait pu se fâcher, si au même instant il ne se fût écrié avec un ton de franchise et de gaieté :

— Ce bon Robineau!... Qu'est-ce que tu deviens donc?... Mon ami, on ne porte plus les chapeaux si hauts de forme. Fi donc!... c'est de l'année dernière... mais c'est pour te grandir, n'est-ce pas? Et ces basques d'habit!... Ah! ah! tu as l'air d'un père noble... Qui diable est-ce qui t'habille? Sais-tu que tu es en arrière d'un demi-siècle?

Robineau prend fort bien toutes ces plaisanteries; et, quittant enfin la main du jeune homme, il répond d'un air de bonhomie :

— Cela vous est bien aisé, à vous autres, messieurs, qui êtes riches, qui avez des cinquante, des cent mille livres de rente, de suivre toutes les modes, d'être à l'affût des moindres changements dans la coupe d'un habit, dans la forme d'un chapeau; mais un simple commis qui n'a que ses cent louis d'appointements!... Je dois monter en grade bientôt, cependant. Vous sentez qu'il faut de l'ordre, de l'économie, quand on tient à ne pas faire de dettes; et puis je ne me suis jamais beaucoup occupé de toilette!... Je ne suis pas coquet, moi. Ah! mon Dieu, pourvu qu'on soit mis décemment, qu'importe, après tout, qu'un habit soit plus long ou plus court?

— Ah! tu fais le philosophe, Robineau!... Et ces boucles bien symétriques que tu te fais avec soin de chaque côté!...

— Oh! c'est naturel!... je n'y touche jamais...

— Laisse-moi donc! Je gage que tu ne te couches pas sans avoir roulé tes cheveux!...

— Ah! par exemple!...

— Oh! je te connais... avec ton air d'indifférence!... C'est comme au collège... peu lui importait ce qu'on nous servait à dîner... mais le 'endemain il faisait le malade pour avoir des bouillons...

En disant ces mots, le grand jeune homme se tourne vers son ami, qui ne peut s'empêcher de sourire, tandis que Robineau, pour changer de conversation, s'empresse de dire à ce dernier :

— Eh bien! monsieur Edouard, comment vont les lettres... le théâtre? toujours dans les succès, n'est-ce pas? vous y êtes habitué...

Edouard fait une légère grimace, et Alfred part d'un éclat de rire en s'écriant :

— Ah! tu es bien venu de lui parler de succès... quelle corde viens-tu de toucher là!... Comment, Robineau, à cette mine longue, à ce front sévère, tu n'as pas deviné un poëte qui vient d'éprouver un *accident!*... d'être la victime d'une *cabale!*... que tu vois, enfin, un auteur tombé!...

— Bah! vraiment?... Comment, monsieur Edouard, vous avez eu une chute?...

— Oui, monsieur, répond Edouard en poussant un léger soupir.

— Ah! c'est drôle!...

— Tu trouves cela drôle, toi?

— Je veux dire, c'est extraordinaire... vous qui avez réussi quelquefois... C'était donc mauvais? c'est-à-dire... ça n'a donc pas plu?...

— Il paraît que non, puisqu'on l'a sifflé!

— Ma foi, je ne sais pas comment était votre pièce, mais je suis sûr qu'elle ne pouvait pas être plus mauvaise que celle que j'ai vue avant-hier à Feydeau... Oh! figurez-vous un amphigouri!... des entrées, des sorties... enfin, c'était si bête, que moi, qui d'ordinaire ne siffle jamais, je n'ai pu m'empêcher de faire comme les autres... J'ai sifflé comme un serpent à sonnettes.

Alfred, qui depuis quelques minutes retenait une nouvelle envie de rire, quitte alors le bras de son ami et s'abandonne à sa gaieté, tandis qu'Edouard dit à Robineau d'un air qu'il tâche de rendre satisfait :

— Je vous remercie, monsieur, d'avoir contribué à enterrer mon ouvrage...

— Comment!... est-ce que c'était de vous?... dit Robineau en ouvrant autant que possible ses petits yeux noirs.

— Eh! oui, vraiment!... dit Alfred, c'est sa pièce que tu as sifflée comme un serpent à sonnettes!...

— Ah! mon Dieu! que je suis fâché!... si j'avais pu deviner!... mais aussi c'est votre faute; si vous m'aviez envoyé un billet, ça ne serait pas arrivé... Je me rappelle à présent qu'il y avait des mots très-spirituels... de jolies scènes... Je suis vraiment désolé, monsieur Edouard...

— Et moi, je vous assure que je ne vous en veux nullement. Quelques sifflets de plus ou de moins, qu'importe?... Et je suis d'avis qu'à théâtre il vaut mieux une bonne chute que de se traîner pendant quelques représentations.

— Vous ne m'en garderez donc pas rancune?...

— Eh! non, dit Alfred, tu lui as prouvé ton amitié : qui aime bien, châtie bien!... Et, d'ailleurs, le meilleur général a perdu des batailles... N'est-ce pas, Edouard?... Tiens, je gage qu'on t'a dit cela au moins cinquante fois depuis avant-hier.

Edouard sourit, mais cette fois c'est de bon cœur; et il reprend le bras de son ami, qui considère de nouveau Robineau en laissant errer sur ses lèvres un sourire moqueur.

— Tu es toujours bien occupé, Robineau?

— Oh! toujours... nous avons une besogne d'enfer... Mon chef se repose sur moi... il sait que dans les moments de presse je suis là.

— Qu'as-tu donc dans ce grand portefeuille que tu serres si fortement sous ton bras?... Est-ce que tu joues ce soir un rôle de notaire?...

— Oh! ceci n'est pas pour jouer; c'est de la besogne que j'emporte...

— Diable!

— De la besogne très-pressée... Je passe quelquefois une partie de la nuit... mais aussi je suis certain d'avancer...

Alfred ne répond rien, il se mord les lèvres après avoir jeté un coup d'œil à Edouard; puis il reprend au bout d'un moment :

— Et les amours, Robineau, comment cela va-t-il? Combien as-tu de maîtresses pour le moment?...

— Oh! je suis sage, moi, très-sage... D'abord, mes moyens ne me permettent pas d'entretenir des femmes; ensuite, j'en aurais les moyens, que je ne le ferais pas... ce n'est pas mon goût... Je tiens à être aimé pour moi-même!...

— Certainement, monsieur, vous méritez bien que l'on vous adore...

— Je ne dis pas qu'on m'adore positivement; mais enfin je veux trouver cette sympathie.... ce doux abandon... ce... Ah! tu ris! toi, tu ne crois pas au véritable amour...

— Moi! je crois à tout ce qu'on veut, au contraire; et la preuve, c'est que je crois aimer toutes les jolies femmes que je rencontre, n'est-ce pas, Edouard?... Oh! mais il ne faut pas lui parler de femmes maintenant...

— Comment! est-ce qu'il a fait aussi une chute avec elles? dit Robineau en ricanant d'un air fort satisfait de sa plaisanterie.

— Non; mais sa dernière passion vient de faire une *fugue* avec un Anglais, aussi Edouard jure qu'il ne s'attachera plus aux lingères...

— Ah! c'était une lingère!... Et je gage que vous ne lui refusiez rien... car vous êtes très-généreux... Et puis, elle vous a laissé là pour quelque vilain Anglais qui lui aura promis une voiture : faites donc des folies avec les femmes!...

— Et avec qui donc veux-tu qu'on en fasse, Robineau? Quant à moi, elles m'ont trompé bien souvent; mais je ne leur en veux pas... Car, enfin, une maîtresse qui nous quitte nous laisse libres d'en prendre une autre; tandis que celle qui nous est fidèle, on ne sait souvent comment s'en débarrasser.

— Voilà bien le raisonnement d'un volage! dit Edouard. Ah! mon cher Alfred, tu seras toujours heureux en amour, car tu n'aimeras jamais!

— C'est vrai, dit Robineau, il n'est pas pour le sentiment, il ne veut que le plaisir; et quand on est comme lui, riche, noble, fils unique, et qu'on a un père qui nous laisse faire tout ce que nous voulons, on ne manque pas de plaisir. Moi, messieurs, je sais me restreindre; et puis, comme je vous disais, j'ai les goûts simples, je ne tiens ni au luxe, ni aux honneurs. Qu'est-ce que je veux pour être heureux?... ce que j'ai : une place... un peu fatigante, c'est vrai, mais j'aime le travail... et, en attendant que je me marie, une jolie maîtresse, sensible, aimante, qui ne me coûte pas un sou, et sur la fidélité de laquelle je puisse compter, car je suis horriblement jaloux.

— Et où trouves-tu ce trésor-là, Robineau?

— Ça se rencontre assez facilement : à la vérité, je ne m'adresse pas à des grisettes, à des ouvrières!... Mais, pardon, messieurs, tout en causant avec vous, j'oublie que l'on m'attend pour dîner, dans une maison où je suis prié depuis huit jours... On ne se mettra pas à table sans moi, et je ne veux pas faire attendre trop tard.

En disant cela, Robineau s'était approché d'Alfred pour lui donne la main. Celui-ci saisit ce moment pour prendre le portefeuille que l'employé tenait sous son bras.

— Mon portefeuille ! mon portefeuille ! s'écrie Robineau ; diable !... pas de plaisanteries !...

— Je te parie qu'il ne contient que du papier blanc, dit Alfred en retenant toujours le portefeuille. Voyons, Robineau, veux-tu gager un dîner chez Véry ?

— Je ne gage pas de dîner... Je suis pressé, rends-moi mon portefeuille... Je ne veux pas qu'on regarde dedans... ce sont des travaux secrets...

Mais Alfred n'écoute pas Robineau, et, dénouant les cordons du portefeuille, il montre à Edouard quatre cahiers de papier à lettre, trois bâtons de cire à cacheter, un crayon et deux paquets d'épingles.

— C'est donc là-dessus que tu passes la nuit? dit Alfred tandis qu'Edouard rit de bon cœur aux dépens de celui qui a sifflé sa pièce. Robineau joue la surprise en s'écriant :

— Ah ! mon Dieu ! je me serai trompé... J'ai pris un cahier pour un autre !... J'ai tant de dossiers devant moi... Je t'assure que cela me contrarie terriblement... et si on ne m'attendait pas pour dîner, je retournerais à mon bureau.

— Monseigneur, je vous rends vos travaux secrets, dit Alfred en présentant d'un air respectueux le grand portefeuille à Robineau, qui le replace sous son bras et va s'éloigner pour échapper aux plaisanteries des deux jeunes gens ; mais le plus grand l'arrête encore :

— Robineau, tu n'es pas fâché, j'espère ?

— Moi ! fâché !... Eh ! pourquoi donc?... Tu aimes à rire, à plaisanter, et moi aussi, quand j'ai le temps...

— Oui, je sais qu'au fond tu es un bon enfant ; écoute, pour me prouver que tu ne m'en veux pas d'avoir jeté des yeux profanes dans le portefeuille administratif, il faut venir ce soir chez moi... à l'hôtel ; mon père donne une grande soirée... je ne sais trop à quelle occasion ; mais ce que je sais, c'est qu'on dansera, qu'on jouera, et qu'il y aura de très-jolies femmes. Malgré ta petite passion quotidienne, tu es amateur aussi, il faut venir... Edouard sera des nôtres, il me l'a promis ; nous lui gagnerons son argent à l'écarté, ça lui fera oublier sa dernière chute... Et puis, que sait-on? il trouvera peut-être dans la réunion une beauté qui effacera de son cœur le souvenir de sa perfide... Eh bien ! viendras-tu ?...

La figure de Robineau s'est épanouie pendant l'invitation d'Alfred ; il lui prend de nouveau la main et la lui serre fortement en répondant :

— Mon ami... certainement... Je suis très-sensible... Cette obligeante invitation me...

— Laisse donc là les phrases ! est-ce qu'il y a de la cérémonie entre nous ?... Je voulais t'écrire pour t'inviter ; mais tu sais combien je suis étourdi, et je n'y ai plus pensé... Tu viendras ?

— Certainement, j'aurai cet honneur, et je suis...

— Allons, c'est dit, à ce soir, et nous tâcherons de nous amuser, ce qui n'est pas toujours facile dans les grandes soirées.

En disant cela, le grand jeune homme entraîne son compagnon, tous deux font une inclination de tête à l'employé, et s'éloignent à grands pas laissant Robineau dans le jardin du Palais-Royal, et si préoccupé de l'invitation qu'on vient de lui faire et de la soirée qu'il va passer chez le baron de Marcey, que, sans les bords saillants du bassin qui arrêtent ses pieds, il marchait droit sur le jet d'eau pour aller gagner son traiteur.

CHAPITRE II. — La Modiste. — La toilette de Robineau.

Robineau est arrivé à son modeste restaurant, dont les salons sont, comme de coutume, pleins de monde ; car les petites bourses sont plus communes que les grandes fortunes, ce qui ne veut pas dire qu'il n'y ait que les gens riches qui aillent chez les meilleurs traiteurs; mais ce qu'il y a de certain, c'est que dans les restaurants à trente-deux sous on mange avec un appétit que l'on n'a pas toujours dans les salons dorés, comme le pain y est à discrétion, les consommateurs ne s'en font pas faute, et le cri : Garçon, du pain ! se fait entendre à chaque instant des quatre coins de la salle.

Robineau, qui d'ordinaire n'est pas du nombre des petits mangeurs, a ce jour-là moins d'appétit ; il avale sa julienne sans se plaindre de ce qu'elle soit ou trop claire ou trop salée, ce qui surprend beaucoup le garçon ; enfin, quand celui-ci lui demande ce qu'il veut manger après le potage, Robineau répond :

— Ce que vous voudrez, mais dépêchez-vous... je suis très-pressé... Je vais ce soir chez le baron de Marcey, et il faut que je fasse une grande toilette.

— Alors, monsieur, un *beef-steack* aux pommes, dit le garçon, qui s'embarrasse fort peu que l'habitué aille le soir chez un baron, tandis que Robineau regarde d'un air important autour de lui pour voir si quelqu'un a fait attention à ce qu'il vient de dire et si on le regarde avec plus de considération. Mais c'est en vain qu'il promène ses regards sur les tables environnantes ; ceux qui l'entourent sont trop occupés à faire paraître ce qui est sur leurs assiettes pour s'amuser à lorgner leurs [voisi]ns : ce n'est pas dans un restaurant à trente-deux sous qu'il faut [p]our faire de l'embarras.

Robineau, qui voit qu'on ne s'occupe pas de lui, quoiqu'il ait lancé encore une fois le nom du baron, se hâte de manger les trois plats qui suivent le potage ; quand le garçon vient lui offrir le dessert, qui, suivant l'habitude de Robineau, se composait de quatre mendiants, l'employé se lève vivement, et, replaçant son portefeuille sous son bras, quitte la table en disant au garçon :

— C'est pour vous... c'est pour boire.

Ensuite il traverse le salon à pas précipités, coudoyant les consommateurs qui se trouvent sur son passage et qui murmurent de sa vivacité, tandis que le garçon regarde en faisant la grimace les noisettes et les figues qu'on vient de lui laisser pour boire.

Robineau est arrivé dans la rue Saint-Honoré, où est situé son logement ; en approchant de sa maison, au bas de laquelle est un magasin de modes, il ralentit le pas, et ses yeux semblent vouloir percer à travers les rideaux de taffetas jaune qui cachent aux regards des passants les demoiselles occupées dans la boutique.

— Diable ! se dit Robineau, il n'est que six heures, Fifine n'est pas prête à sortir du magasin... J'aurais pourtant extrêmement besoin d'elle. Si cet étourdi d'Alfred m'avait écrit quelques jours d'avance, je me serais préparé pour sa grande soirée, et il ne me manquerait rien. Ces gens riches ne pensent jamais que les autres ne le sont pas !... Je ne sais pas si j'ai un gilet blanc à mettre, et des bas de soie?... Ai-je des bas de soie?... Ah ! mon Dieu ! je les ai prêtés à Fifine la dernière fois que nous sommes allés au spectacle... et elle ne me les a pas encore rendus... Cette femme-là finira par me dépouiller de tout !... Je suis trop généreux... mais si elle les a troués, je lui ferai une terrible scène... Avec quinze cents francs d'appointements, quand il faut se loger, se nourrir, et qu'on tient à faire une certaine figure dans le monde, on ne peut pas nager dans les bas de soie... c'est impossible !... Avec ça que depuis quelque temps je ne suis pas heureux à l'écarté... Ah ! Dieu ! quand serai-je riche !... Certainement je ne ferai pas plus d'embarras... Je ne serai ni fier, ni insolent... Mais au moins quand il m'arrivera une invitation pour aller dans le grand monde, je ne serai pas aux expédients pour avoir des bas.

Tout en faisant ces réflexions, Robineau est arrivé devant le magasin ; mais la porte est fermée ; les rideaux laissent bien entrevoir le bas d'une tête, un bras, un profil, mais il y a six demoiselles qui travaillent dans la boutique ; et quand la maîtresse du magasin est là, on a les yeux sur son ouvrage et on ne cherche pas à voir par les carreaux. Robineau passe et se décide à entrer dans son allée, dans le fond de laquelle est une porte qui donne dans l'arrière-boutique. Arrivé là, il se promène quelque temps, toussant avec force quand il est contre la porte du fond, et regardant avec impatience à sa montre d'argent, qui est placée dans son gousset et attachée à un joli ruban moiré bleu passé autour de son cou.

Les demoiselles qui travaillent dans le magasin de modes couchent toutes les six dans la maison : deux dans une pièce qui tient à l'appartement de la maîtresse, et les quatre autres dans une chambre au cinquième, qui est au-dessus de l'appartement de Robineau. Mademoiselle Fifine est du nombre de ces dernières. Robineau sait fort bien que pour monter à sa chambre il faudra que Fifine passe par l'allée ; mais on ne remonte que vers les neuf heures, et il ne peut pas attendre cette heure-là pour parler à la jeune fille. Il serait beaucoup plus simple d'entrer dans le magasin et de prier mademoiselle Fifine de sortir un moment, mais ce serait le moyen de se brouiller à jamais avec sa belle. Car, ainsi que toutes les demoiselles de modes, Fifine a des mœurs ; si elle a un amant, c'est seulement parce que toutes ses compagnes ont leur petite connaissance, et qu'on se moquerait d'elle si elle n'avait pas aussi quelqu'un pour la promener le dimanche. Mais dans la semaine, madame (c'est le nom qu'on donne à la maîtresse du magasin) est très-sévère avec des demoiselles, et elle répond de leur vertu depuis huit heures du matin jusqu'à neuf heures du soir.

Après avoir toussé inutilement dans l'allée, Robineau se décide à monter chez lui pour y déposer son portefeuille et y faire les apprêts de sa toilette. Il grimpe les quatre étages d'un escalier sale et noir, comme il y en a beaucoup dans la rue Saint-Honoré ; il entre dans son appartement, qui se compose de deux petites pièces, dont l'une fait antichambre, garde-robe et cuisine ; l'autre chambre à coucher, cabinet de toilette et salon. La première de ces pièces est peu garnie de meubles, mais la seconde est décorée avec une certaine élégance, et il y règne de l'ordre, de la propreté ; enfin toutes les choses sont à leur place, ce qui est assez rare chez un garçon.

Robineau ouvre sa commode, il tire de l'un des tiroirs l'habit noir de cérémonie, le pantalon de bal, et trouve avec joie un gilet de piqué tout blanc. Il étale cela sur son lit, puis se regarde avec complaisance dans la glace qui est sur la cheminée, et sa glace lui montre, comme à l'ordinaire, une grosse figure bouffie, de petits yeux noirs, un gros nez rond, une petite bouche, un petit front, des cheveux blonds très-épais et des lèvres pincées. Robineau trouve tout cela charmant ; il se sourit, se fait des mines, se salue gracieusement, puis s'écrie : — Je suis très-bien... et en grande toilette je dois faire beaucoup d'effet.

Après quelques minutes passées à se regarder dans la glace, il retourne à sa commode, fouille dans les tiroirs, met tout sens dessus dessous, et s'écrie : — Décidément je n'ai pas de bas de soie... A la rigueur, je pourrais en acheter... j'ai encore vingt-trois francs de reste de mon mois... mais ça me gênera... et si je veux risquer quelque chose à l'écarté, je ne le pourrai pas. Je sais bien que si je disais à Alfred de me prêter, il ne me refuserait point; mais je ne veux pas avoir l'air d'être à court d'argent, et puis au fait, puisque j'ai de fort beaux bas de soie, je ne vois pas pourquoi j'en achèterais. Il faut absolument que mademoiselle Fifine me les rende, sinon c'est fini, nous sommes brouillés et je ne donne plus de leçons de guitare. Elle y regardera à deux fois; on ne trouve pas tous les jours un amant qui joue de la guitare, et qui a la complaisance d'apprendre à son objet comment on en pince.

Robineau prend une guitare qui est suspendue dans un coin de la chambre, il s'approche de la fenêtre qui est ouverte et donne sur la cour, il fredonne une romance en s'accompagnant avec l'instrument. Quand Fifine est dans la chambre du cinquième, la guitare est ordinairement le signal qui l'avertit que Robineau l'attend; mais du magasin il n'est guère possible d'entendre la musique.

Après avoir chanté quelque temps, Robineau regarde de nouveau à sa montre, il frappe du pied avec impatience, et va redescendre se promener dans l'allée, lorsqu'on sonne à sa porte.

— C'est elle!... elle m'aura entendu! s'écrie-t-il en courant ouvrir. Mais au lieu de sa belle, il aperçoit un jeune clerc d'avoué qu'il reconnaît pour le bon ami de l'une des compagnes de Fifine.

— Est-ce qu'elles sont montées? dit le jeune homme sans entrer et en avançant seulement la tête pour regarder dans l'appartement de l'employé.

— Comment montées!... qui cela?

— Ces demoiselles... Je voudrais absolument parler à Thénaïs; je suis monté à tout hasard à leur chambre, j'ai frappé, on ne m'a pas répondu; mais, en descendant, j'ai entendu votre guitare; et comme je sais que vous en donnez des leçons à mademoiselle Fifine, j'ai cru que ces demoiselles étaient chez vous?

— Hélas! non... elles sont encore au magasin, elles ne monteront pas d'une bonne heure au moins; ça me contrarie beaucoup, car j'ai aussi quelque chose de pressé à demander à Fifine.

— Eh bien! est-ce qu'il n'y a pas moyen de leur faire savoir que nous sommes là?

— Oh! si nous allions au magasin, elles se fâcheraient; c'est expressément défendu; et puis moi-même je ne m'en soucie pas... Quand on est dans une administration de l'Etat, on a un certain *decorum* à garder... maintenant surtout, il faut des mœurs, on est très-rigide là-dessus.

— Sans aller au magasin, on peut bien faire sortir ces demoiselles.

— Ma foi, il y a une heure que je suis rentré et que je cherche comment m'y prendre.

— Attendez!... je ne suis jamais embarrassé, moi... Il n'y a pas de portier dans cette maison?

— Non...

— Tant mieux, on peut faire ce qu'on veut... Avez-vous ici deux ou trois assiettes?

— Des assiettes, c'est tout au plus... je ne mange guère chez moi...

— N'importe, un saladier, un vase... ce que vous voudrez. Robineau va chercher dans son buffet, et revient avec un compotier de porcelaine et une assiette de faïence en disant:

— Voilà tout ce que j'ai trouvé.

— C'est excellent, dit le jeune clerc en prenant les deux objets.

— Que voulez-vous donc faire de cela?

— Vous allez voir: suivez-moi, et criez comme moi de toutes vos forces, quand nous serons près du magasin.

Le jeune homme descend lentement, tenant d'une main l'assiette, de l'autre le compotier; Robineau le suit, curieux de voir ce qu'il va faire. Arrivé au premier étage, le clerc commence à crier:

— Au voleur! et Robineau en fait autant; puis le jeune homme jette avec force l'assiette dans l'allée; et Robineau court après lui pour le retenir, en lui disant:

— Diable! en voilà assez, ne jetez pas mon compotier.

Mais il est trop tard, déjà le vase a suivi l'assiette; il se brise en éclats, et à ce tapage toutes les demoiselles sortent du magasin et viennent s'informer de ce qui se passe.

À la vue des demoiselles, le jeune clerc rit aux éclats en s'écriant:

— Je savais bien que je vous ferais quitter votre ouvrage.

— Ah! c'était une *frime!* disent les demoiselles en riant, tandis que Robineau regarde tristement les débris de son compotier et murmure:

— Oui, il est gentil, le moyen!... mais je ne lui confierai plus ma vaisselle, à ce monsieur.

Les demoiselles rient de plus belle; le jeune clerc est déjà en conversation avec mademoiselle Thénaïs, et Robineau va s'approcher de Fifine, lorsque le cri:

— Voilà madame! se fait entendre; alors les modistes disparaissent toutes comme une nuée d'hirondelles, et les jeunes gens se trouvent de nouveau seuls dans l'allée.

— Eh bien! les voilà déjà rentrées!... dit Robineau.

— Moi, j'ai dit à Thénaïs ce que je voulais... répond le jeune clerc, et il sort de l'allée enchanté de son expédient, tandis que Robineau, qui en est pour son compotier et son assiette, et n'a pas même parlé

à Fifine, remonte chez lui en envoyant au diable les clercs et les demoiselles de modes. Il dispose de nouveau tout ce qu'il faut pour sa toilette, et va enfin se décider à sortir pour acheter des bas de soie, lorsqu'on frappe deux petits coups à sa porte, et mademoiselle Fifine entre enfin chez Robineau.

Fifine est une grosse réjouie de vingt-quatre ans, dont les couleurs sont un peu vives, les cheveux d'un blond un peu hasardé, les yeux un peu saillants, et la taille un peu basse; mais il y a dans sa tournure quelque chose de décidé qui annonce une fille à caractère, que l'on prendrait pour un crâne, si elle portait des culottes.

— Eh bien! qu'y a-t-il donc, bon ami? qu'est-ce que c'est que ce *genre* de briser sa vaisselle pour nous voir? Dieu! quel luxe! ces demoiselles ont trouvé cela très-galant!...

En disant cela, Fifine est allée se jeter sur une ottomane qui est en face du lit, et elle continue de manger des cerises qu'elle tient dans un mouchoir.

— Si vous croyez que l'invention est de moi, vous vous trompez bien! répond Robineau avec humeur; c'est ce petit clerc qui sans me prévenir... Ne jetez donc pas vos noyaux dans ma chambre, je vous en prie.

— On la balayera, votre chambre. Ah Dieu! monsieur propret!... prenez donc garde... il aimerait mieux que j'avalasse les noyaux au risque de ce qui pourrait en résulter... n'est-ce pas, bon ami!... Qu'est-ce que tu as donc, ce soir, Raoul, tu as le nez plus long qu'à l'ordinaire... est-ce que tu as des chagrins secrets?...

— Oh! il n'est pas question de rire...

— Ah ben! moi, je n'ai pas envie de pleurer... Si tu veux que je pleure, joue-moi une scène de mélodrame... joue-moi *M. Truguelin* de *Cœlina*... Quand tu seras pour te tuer, je te lancerai un noyau...

— Voyons, Fifine, je vous en prie, parlons raison...

— Viens donc t'asseoir un peu à côté de moi, que je te pince... D'abord, ce soir, j'ai une envie terrible de pincer quelque chose.

— Je n'ai pas le temps de jouer...

— Dieu! qu'il est aimable, mon amant!

— Je vais ce soir en soirée chez mon intime ami Alfred de Marcey, fils du baron de Marcey... qui a près de cent mille livres de rente...

— Ah! c'est donc ça qu'on ne peut pas te regarder en face... et que tu as fait jeter ta vaisselle dans l'escalier! Au fait, quand on va chez un baron, on ne doit pas manger le lendemain. Tu es déjà grandi de deux pouces.

— Fifine, je vous en supplie, écoutez-moi.

— Est-ce que tu vas pleurer?

— Pour aller chez le baron de Marcey, il faut que je fasse une grande toilette...

— Ah! je te vois venir, tu veux que je te mette des papillotes!...

— Des papillotes... ça me fera plaisir... c'est vrai... avec ça que vous les mettez dans la perfection...

— Ah! voilà le lion qui s'adoucit!

— Mais il y a autre chose dont j'ai un besoin urgent, ce sont mes bas de soie noirs que je vous ai prêtés le dernier dimanche qu'il a plu...

— Vos bas de soie?...

— Oui, mademoiselle.

— Ah! ils sont loin, s'ils courent toujours!...

— Qu'est-ce que vous voulez dire?

— Je vous dirai que je les ai prêtés à Fœdora, pour jouer dans une comédie bourgeoise, et elle m'a avoué qu'elle les a laissé mettre le lendemain à son bon ami pour aller à une noce; mais, comme il a les mollets très-gros, il a fait partir cinq ou six mailles en les ôtant...

— Ah! mon chère Fifine, que me dites-vous là!...

— Est-ce qu'on va présumer aussi qu'un ami et vous redemandera ce qu'il vous a prêté?

— Mademoiselle, je ne suis pas un capitaliste, un marchand de nouveautés; je n'ai jamais prétendu faire le seigneur avec vous.

— Oh! ça se voit bien!... Attrape ça, Raoul...

— Ne me lancez pas de noyaux, je vous en prie... Comment faire?... Il est déjà huit heures; je sais bien qu'on va tard dans les grandes soirées...

— On n'y va même que le lendemain, c'est plus comme il faut.

— Mais enfin je comptais sur ces bas...

— Il faut en acheter d'autres, on en vend en face...

— Oui, en acheter! c'est facile à dire... Il ne fallait pas me faire dépenser douze francs dimanche dernier chez le traiteur.

— Nous en dépenserons quinze dimanche prochain, bon ami.

— Vous voulez toujours ce qui est le plus cher.

— Il n'y a rien de trop bon pour moi.

— D'abord, si j'achète des bas, adieu notre partie de campagne pour dimanche, je vous en préviens.

— Ça commence à m'attendrir. Allons, calmez-vous, loulou, vous êtes bien heureux d'avoir une amante qui ait de l'*imaginative*... Restez là, commencez votre toilette par le haut... Je vais m'occuper du bas...

— Ah! ma chère Fifine, que vous serez aimable!...

— Donne-moi cinq à six cahiers de papier à lettres... du vélin...

— En voilà... J'en ai justement rapporté de mon bureau... Veux-tu aussi de la cire à cacheter... trois bâtons?...

— Oui, oui, donne toujours... c'est avec cela que je me ménage les bonnes grâces de madame... sans quoi, elle ne m'aurait pas laissé sortir sitôt... mais j'ai dit que j'avais la mi_ine, et comme je suis la favorite, on m'a dit :

— Allez vous coucher !

Fifine prend les cahiers de papier, les bâtons de cire à cacheter, et sort en sautillant de chez Robineau ; alors il commence à se déshabiller en se disant :

— C'est vraiment une bonne fille... et pleine d'esprit, que cette Fifine... Elle est un peu vive, un peu gourmande ; mais, au total, elle est folle de moi, elle se jetterait dans le feu pour m'obliger. Elle a refusé pour moi des marquis, des fabricants de sucre de betterave, des agents de change ; et pourtant, moi, je la mène promener, voilà tout... Ce n'est pas comme la lingère de M. Edouard, qui l'a planté là pour un Anglais... Ah !... ah !... Je n'en suis pas trop fâché, parce qu'il a l'air de faire un peu son embarras... Il a, je crois, un millier d'écus de rente... ce n'est pas déjà tant !... Mais il fait des pièces, des opéra-comiques... des vaudevilles.... c'est-à-dire des *tiers* ou des *quarts* de vaudeville... Eh ! mon Dieu ! si j'avais le temps, j'en ferais aussi, moi, des pièces... et je me flatte que ça serait autrement tourné que les siennes. Mais quand il faut être à son bureau depuis neuf heures jusqu'à quatre, et toujours travailler, comment voulez-vous qu'on cultive les Muses ? Quand je serai chef, ou sous-chef même, c'est différent, j'aurai du temps à moi. C'est cet Alfred qui est heureux !... Fils unique, un père baron, près de cent mille livres de rente !... Et voyez comme ça s'est arrangé : Alfred a perdu sa mère étant en bas âge, son père se remarie quelques années après, il pouvait avoir d'autres enfants, mais il n'en a pas ; au lieu de cela, sa femme, qu'il adorait, meurt au bout de trois ans de mariage, et le baron, désolé de la perte de sa seconde femme, jure de ne plus se remarier.... et tient parole, quoiqu'il soit encore jeune. Comme tout ça a bien tourné pour Alfred !... Ah Dieu ! il ne m'en arrivera jamais autant !... J'ai pourtant quelque part un oncle qui court le monde, à ce que m'a dit ma mère avant de mourir ; un oncle qui voulait faire fortune, qui est allé aux Grandes-Indes... au Pérou... on ne sait pas où enfin, mais bah ! il aura fait le saut du *Niagara* !... Ce n'est que dans les comédies qu'on voit des oncles qui arrivent juste pour le dénoûment, afin d'empêcher l'innocence d'aller en prison. Après tout je ne suis pas ambitieux, moi, je suis philosophe... je suis content de ce que j'ai... Si j'avais des bas de soie, je serais encore plus content cependant. Mais qu'il m'arrive une fortune, et on verra avec quel sang-froid, quel flegme je la recevrai... Ha ça, me voilà déshabillé, et mademoiselle Fifine ne revient pas.... Je ne puis pourtant pas me cravater avant d'être chaussé et papilloté... Heureusement que nous sommes au mois de Juillet, je ne m'enrhumerai pas.

Pour tuer le temps, Robineau, las de se promener dans sa chambre, vêtu comme quelqu'un qui va faire du pain, se décide à prendre sa guitare. Il en est au second couplet de la romance de *Bélisaire*, lorsqu'il est interrompu par des éclats de rire ; c'est Fifine qui, ayant laissé la porte tout contre, est entrée sans faire de bruit, et se tient les côtes en voyant le Bélisaire en chemise.

— Ah Dieu ! bon ami, que tu es bien comme cela !... dit Fifine en continuant de rire ; j'ai envie d'appeler ces demoiselles pour qu'elles voient le tableau...

— N'appelez personne, je vous prie ; ce n'est pas que, sans me flatter, je crois qu'on a des formes qui ne leur feraient pas peur.

— Tu as l'air d'un gros *Bacchus*.

— Voyons les bas, s'il vous plaît...

— Tenez, troubadour, j'espère que voilà de quoi faire une belle jambe.

Fifine jette sur les genoux de Robineau des bas de soie noirs. Celui-ci les examine quelque temps, puis s'écrie :

— Ce sont des bas de femme !

— Certainement, puisque c'est Adeline qui me les a prêtés.

— Les hommes ne portent point des coins à jour comme cela.

— Bah ! les hommes portent bien autre chose, et ça ne les empêche pas de danser.

— Mais...

— Mais voilà tout ce que j'ai pu trouver ; et il me semble que tu dois être très-content.

Robineau se décide à mettre les bas en disant :

— On croira que c'est une nouvelle mode que je veux faire venir. Pendant qu'il commence sa toilette, Fifine prend la guitare et fredonne de petits airs.

— Je n'aurai donc pas de leçon ce soir, bon ami ?

— Vous voyez, ma chère, que c'est impossible... Ils me vont très-bien, ces bas... supérieurement... c'est étonnant ! J'ai une jambe qui se prête à tout.

— A propos, te souviens-tu du train que nous avons fait hier au soir ? Oh ! nous avons eu une scène étonnante !... Tu sais que madame ne veut pas qu'on lise dans le lit, parce qu'elle a peur qu'on mette le feu.....

— Elle a raison... de ce côté-là, je suis de son avis.

— Oh ! oui ; mais nous brûlons la défense, nous autres : hier, après que Fœdora eut dicté un poulet à Thénaïs, et quand Adeline eut enfin achevé de nous conter la manière dont elle a surpris les *traîtresses*

de son amant... Ah ! à propos, je ne t'ai pas conté cette histoire-là ; c'est joliment drôle !...

— Ma chère, si vous vouliez maintenant me mettre des papillotes, ça me...

— Le fer n'est pas encore chaud ; il est sur le fourneau, là-haut ; c'est égal, donnez-moi du papier *joseph*, que je vous bichonne...

— Tu m'en mettras quinze...

— Pourquoi pas trente-six, comme à une Ninon.... Allons, ne bouge pas... Figure-toi que Fidélio, c'est le nom de l'amant d'Adeline, tient un cabinet d'affaires, et a toujours de jolies petites bonnes, auxquelles on assure qu'il a l'habitude d'en conter ; c'est si bien connu dans le quartier, qu'on le dit d'avance aux jeunes filles qui entrent chez lui, afin qu'elles sachent de quoi il retourne...

— Le fer...

— Allons, laissez-moi tranquille, avec votre fer !... Adeline ne savait pas tout ça... Ce scélérat s'était présenté à elle sous un faux nom... Ah ! que les hommes sont pervers ! Au lieu de te mettre des papillotes, je devrais t'arracher tous les cheveux les uns après les autres !...

— Fifine... je vous en prie...

— Ne remue pas. Mais ce n'est pas le tout : M. Fidélio, non content d'avoir à son service une jolie blonde de vingt ans, faisait la cour à une dame mariée... et la dame mariée, il paraît...

— Vous me tirez les cheveux !

— Oh ! quant à ça, c'est très-mal. Qu'une personne libre fasse ce qu'elle voudra.... approuvé ! Mais on est enchaîné ou on ne l'est pas... je ne connais que ça... à moins cependant que l'époux ne soit un tyran, un ladre, un fesse-mathieu...

— Fifine, il est neuf heures passées !...

— C'est bon ! vous aurez encore assez le temps de faire des conquêtes. Or donc, la domestique s'est aperçue que la dame venait bien souvent parler d'affaires chez Fidélio, et que Fidélio, au lieu d'être aimable comme de coutume avec sa bonne, ne faisait plus que la gronder... Mais on peut être servante et avoir les passions vives ; ça s'est vu. Pour se venger, voilà un jour la bonne qui va trouver le mari de la dame en lui proposant de le rendre témoin d'un rendez-vous donné par sa femme à l'homme d'affaires. Le mari, furieux, accepte, fait venir un sapin, monte dedans avec la petite blonde, qui doit faire arrêter le cocher quand cela sera nécessaire ; mais en route... c'est ça qui est le plus drôle ! ne voilà-t-il pas que le mari commence à trouver aussi la petite bonne fort à son goût, et veut passer sur elle sa fureur, en lui disant : — On nous trompe tous les deux, vengeons-nous ensemble. La petite bonne n'entend pas cela, elle résiste ; le monsieur persiste. Ennuyée d'être pressée par ce monsieur, qui ne pense plus du tout à sa femme, elle dit au cocher d'arrêter, ouvre la portière, et saute hors de la voiture ; le monsieur saute après elle et se casse le nez sur le pavé : la bonne, pour échapper à ses regards, entre dans la première maison qu'elle aperçoit... C'était justement la nôtre ; et qui trouve-t-elle dans l'allée ?... Fidélio en conférence avec Adeline... De là explosion, explication, confusion, et...

— Le fer doit être rouge !

— Je vais le chercher ; mais s'il n'est pas chaud, je ne redescends pas. Robineau va se regarder dans la glace en disant :

— Quand Fifine est en train de bavarder, il n'y a plus moyen de l'arrêter... Mais elle met des papillotes comme un ange... je serai le mieux coiffé du bal.

Fifine redescend tenant à la main le fer, qui fume.

— Allons vite... il n'est pas trop chaud...

— Il m'a l'air rouge... Ma chère amie, prends bien garde de me brûler, je t'en supplie...

— Ah Dieu ! c'est un agneau quand il a peur !... Pour en revenir à notre scène d'hier, nous venions de nous coucher, et c'était moi qui faisais la lecture, parce que, sans me flatter, je suis celle qui lit le mieux. Auguste nous avait prêté les *Barons de Felsheim*, et nous les dévorions, c'est le mot, lorsqu'au milieu d'un chapitre charmant, on frappe à notre porte, et nous entendons la voix de madame qui nous crie : — Mesdemoiselles, pourquoi avez-vous encore de la lumière ? Là-dessus, le silence le plus profond remplace nos éclats de rire, et pour cacher la lumière, car nous ne voulions pas l'éteindre, je m'imagine de mettre un vase... tu sais... un vase nocturne sur le bougeoir. C'est très-bien ; on ne voit plus rien. Madame appelle encore, nous ne répondons pas. Alors madame s'en va ; et quand nous pensons qu'elle est rentrée, je lève le vase protecteur... Pas du tout : la lumière s'était vraiment éteinte. Nous voilà désolées ; nous n'avions pas envie de dormir, et nous ne voulions pas rester au milieu d'un chapitre fort intéressant, dans lequel il est question de truffes... et pas de briquet phosphorique, faute d'avoir jusqu'à présent amassé la somme suffisante à l'achat de ce combustible, parce que les demoiselles de modes n'ont pas l'habitude de porter à la caisse d'épargne. Cependant nous étions résolues à avoir de la lumière, et, pour mon compte, j'aurais été décrocher le réverbère plutôt que de ne pas finir mon chapitre. C'est dans ce moment-là que nous entendîmes le son de ta guitare et les accents de ta voix... Ah ! bon ami, tu ne te doutes pas de l'effet que ça produisit sur nous ! Tu étais un Orphée, un demi-dieu !... Pas encore couché ! criâmes-nous toutes à la fois, et aussitôt je suis à bas du lit, je passe le jupon de la pudeur, parce que l'amour de la lecture ne doit pas aller jusqu'à se promener toute nue, et je cours ouvrir la porte. Mais à peine ai-je fait deux pas sur le carré, que je me sens prise par le bras, et madame, car c'était elle qui guettait à la porte, s'écrie : — Ah! c'est comme ça que vous dormez, mesdemoiselles! Mais je veux savoir quelle est celle qui ose sortir malgré ma défense, sans doute pour aller allumer sa chandelle. Je n'ai garde de répondre. Madame appelle Julie pour qu'elle monte avec de la lumière. Moi, je me dégage; et pendant que madame se place devant la porte pour m'empêcher de rentrer, je cours dans son appartement, j'éteins les chandelles, et je jette le briquet par la fenêtre... Ça fait que madame n'a pas pu savoir qu'est-ce qui était sorti, et que nous avons passé le temps à courir à tâtons les unes après les autres... Te voilà coiffé, bon ami.

— Dieu merci... je me rappelle que vous avez fait assez de tapage... Il faut que j'attende qu'elles soient froides pour les ôter... Cette Fifine !... c'est un diable !... C'est égal, je t'aime sincèrement, moi... et si je devenais riche comme Alfred...

— Ah! oui, nous verrions de belles choses, n'est-ce pas?

— Oui... tu verrais... D'abord la fortune ne me ferait pas changer : c'est si ridicule de faire le fier, le suffisant, parce qu'on a quelques pièces jaunes de plus dans son gousset... En a-t-on plus de mérite?... tiens! je te le demande, Fifine?

— Il est certain que tu serais millionnaire, que tu n'en aurais pas les yeux plus grands...

— Hom ! méchante... ils sont assez grands pour vous admirer... Ah! finissez donc !

— Je ne t'avais jamais entendu parler de cet Alfred, chez qui tu vas ce soir.

— C'est un ami de pension... il jouait toujours avec moi au cheval fondu ; depuis, nous nous sommes un peu perdus de vue... Lui qui est toujours en calèche, à cheval... Moi, je vais à pied...

— C'est meilleur pour la santé.

— Eh bien! avec toute sa fortune, Alfred s'ennuie... On voit qu'il ne sait déjà plus que faire de lui... Il est las de plaisirs; d'abord c'est un libertin, un coureur, un homme incapable d'aimer véritablement...

— Pour ton ami, tu l'arranges bien.

— Oh! mon ami! Je te dis tout bonnement une connaissance de pension...

— Est-il joli garçon ?

— Oui... pas mal, c'est-à-dire une figure ordinaire, mais déjà fatiguée, usée.

— Fais-moi donc faire sa connaissance...

Robineau se lève d'un air piqué et va ôter ses papillotes devant la glace en disant : — Si je savais, mademoiselle, qu'il pût vous rendre heureuse, certainement... je n'hésiterais pas! Mais je doute que vous trouviez chez Alfred cette amitié profonde et sincère que je vous porte...

— Ah Dieu! bon ami, comme tu m'adores ce soir!

— Parce que je n'ai pas voulu, on parle en riant de m'abandonner... Mais qu'il m'arrive une fortune, et ma seule vengeance sera de te donner une superbe maison de campagne.

— Tu y mettras des lapins, entends-tu, parce que j'aime beaucoup les gibelottes... Mais en attendant, pendant que monsieur va danser, je vais garnir une capote...

— En bas ?...

— Non, là-haut.

— La boutique est déjà fermée?

— Tiens, à neuf heures !... Ne vas-tu pas faire comme ces mauvaises langues d'en face, qui disent que le plus fort de notre commerce, c'est quand la boutique est fermée ?... Jolies marchandes pour parler des autres! La première associée postule une place d'ouvreuse de loges.

— La... me trouvez-vous bien coiffé?

— Ravissant, bon ami! tu vas asphyxier tous tes rivaux...

— Ah ! je tiens seulement à être propre... présentable... Du reste, je n'ai aucune prétention...

— C'est ça que tu es des heures entières devant ta glace à apprendre des sourires...

— Pour vous seule, Fifine... Ah ! des gants, à présent...

— Dis donc, il y aura sans doute un souper, où tu vas?... Rapportemoi quelque chose...

— Je vais mettre des glaces dans ma poche, n'est-ce pas?

— On ne prend pas que des glaces; je veux que tu me rapportes des friandises, ou je ne te mets plus de papillotes...

— C'est bon... nous verrons...

— Monsieur va-t-il loin?

— Rue du Helder.

— Quartier des milords !... On va prendre une voiture, sans doute?

— À coup sûr, je n'irai pas à pied dans cette toilette... Allons, il est neuf heures et demie... Je serai chez le baron de Marcey à dix heures moins un quart... C'est bien.

— Ce n'était donc pas la peine de faire le furibond, bon ami.

— Il y a des cabriolets presque en face... Si tu voulais descendre avec moi et avoir la complaisance d'en appeler un...

— C'est ça; il ne restera plus qu'à monter derrière. N'importe, je suis dans mon jour de bontés; en avant!

Robineau ferme sa porte, Fifine descend avec lui et fait venir un cabriolet, dans lequel Robineau s'élance après avoir tendrement serré la main de la jeune modiste, qui le regarde partir et lui crie encore : — Surtout rapporte-moi quelque chose de bon.

CHAPITRE III. — Soirée chez le baron de Marcey. — Souper de jeunes gens et ses suites.

Le cabriolet s'est arrêté devant un bel hôtel ; les voitures bourgeoises prennent la file pour entrer dans la cour ; on croirait qu'elles conduisent leurs maîtres aux bouffes ou aux comédiens anglais ; il n'y a pas la même affluence aux Français, lorsqu'on y joue du Molière ou du Racine ; mais aussi nos acteurs n'ont pas fait une étude particulière de l'agonie d'un mourant ; ils ne nous font pas assister à toutes les convulsions d'un homme que l'on assassine, entendre tous les hoquets d'une princesse qui meurt de faim ; ces petites gentillesses-là sont fort agréables à voir, ça remue les nerfs de gens auxquels il faut de pareils tableaux pour éprouver encore quelques émotions. Il y a pourtant quelques personnes qui prétendent qu'il est plus difficile de bien jouer une scène de Tartufe ou du Misanthrope que d'en imiter une de la place de Grève. Mais, laissons chacun suivre son goût, contentons-nous de féliciter celui qui s'amuse encore à une pièce qui ne dure pas quarante ans, ou qui est ému par une scène dans laquelle on ne meurt pas.

En voyant l'affluence des voitures, l'éclat des lumières qui brillent dans les salons, Robineau se dit :

— Ce sera très-élégant, très-nombreux et très-bien composé !...

Il se hâte de sauter hors de son cabriolet, de courir vers l'escalier, d'arranger ses cheveux et de mettre son second gant ; puis il monte au premier en disant :

— Après tout... je vaux bien tous ces gens-là... je vaux peut-être mieux... Parce qu'ils ont voiture !... qu'est-ce que ça me fait à moi ?

Robineau se dit cela pour n'avoir pas l'air embarrassé, pour n'être point intimidé en entrant dans les salons, et ce qu'il se dit n'empêche pas qu'il ne soit rouge, roide et gauche en se voyant au milieu de la société, où il cherche quelque temps Alfred. Enfin celui-ci vient à lui, et, prenant le bras du nouveau venu, commence par lui débiter quelques plaisanteries sur diverses personnes de la société; cela donne à Robineau le temps de se remettre ; il reprend son assurance, son sourire habituel, et promenant ses regards vers les dames, ne songe plus qu'à faire des conquêtes.

— À propos, et ton père... M. le baron de Marcey... je n'ai pas encore eu l'honneur de le saluer... dit Robineau tout en admirant de fort jolies dames qui viennent d'entrer dans le salon.

— Mon père t'a déjà vu... Ne faut-il pas que je te présente encore à lui ?... C'est chaque fois la même cérémonie !

— Mon ami, c'est qu'il y a longtemps qu'il ne m'a vu, et...

— N'importe, tu as de ces figures qu'on n'oublie pas.

En disant cela, Alfred s'éloigne pour aller au-devant de quelques dames, et Robineau murmure :

— Certainement j'ai une figure qui... Est-ce que ce serait une épigramme qu'il voudrait me lancer?... ça lui irait bien... Ah, voilà M. de Marcey.

Un homme qui pouvait avoir quarante-huit ans, passait alors près de Robineau ; sa taille était haute, sa démarche noble et imposante ; ses traits, fortement prononcés, étaient encore fort beaux, quoiqu'il semblât que de trop vives émotions, plutôt que le temps, les eussent déjà altérés; son front était un peu dégarni, quoique ses cheveux fussent encore très-bruns ; enfin sa figure était habituellement sérieuse et presque sévère. Cependant, pour les personnes qui lisaient mieux dans sa physionomie, ou qui le voyaient plus souvent, c'était plutôt une expression mélancolique qu'on apercevait dans ses regards un peu sombres ; mais ses yeux noirs devenaient plus doux, et un léger sourire errait sur ses lèvres toutes les fois qu'il regardait son fils. Tel était le baron de Marcey.

— Monsieur de Marcey... j'ai bien l'honneur... je suis bien charmé...

Le baron regarde quelques instants Robineau, puis s'écrie :

— Ah ! c'est, je crois, monsieur Robineau ?...

— Oui, monsieur, l'ami intime de votre fils, qui m'a engagé à venir, et j'ai profité...

— Monsieur, les amis de mon fils seront toujours les miens, et ils me font le plus grand plaisir en venant chez moi.

En disant cela, M. de Marcey salue Robineau et va parler à d'autres personnes, et l'employé se rengorge et se faufile à travers la foule en se disant :

— M. de Marcey est toujours extrêmement aimable avec moi; je le trouve même plus aimable que son fils, parce qu'il n'a pas, comme lui, l'air goguenard. Ah ! voilà la musique... on va danser... dansons... mais avec une jolie femme... car je ne peux pas aller en mesure devant une femme laide, c'est plus fort que moi.

L'orchestre avait donné le signal ; les délicieuses contredanses de Tolbecque font de toutes parts accourir les danseurs, et charment aussi les oreilles de ceux qui ne dansent pas, mais qui, en regardant chasser la beauté avec l'innocence, entendent avec plaisir les motifs choisis dans les plus jol... opéras de nos meilleurs compositeurs. Robineau est arrivé trop tard près de plusieurs jolies femmes qui sont déjà engagées ; il est forcé de prendre une danseuse qui n'a pour elle que la jeunesse et une toilette de fort bon goût. Robineau l'a entendu appeler madame la comtesse, et cela lui donne envie de se distinguer près d'elle ; mais sa danseuse paraît faire très-peu attention aux grâces qu'il veut se donner, et ne répond que par monosyllabes aux compliments qu'il lui adresse.

— C'est une bégueule ! se dit Robineau après avoir ramené la comtesse à sa place, et il va inviter une jeune demoiselle fort jolie, près de laquelle il veut encore faire l'aimable ; mais la jolie demoiselle se contente de sourire à ce qu'il dit, et ne semble occupée que de la danse.

— C'est une niaise ! se dit Robineau en allant porter ses hommages ailleurs. Malgré le mouvement qu'il se donne et les sourires qu'il lance, voyant qu'il ne produit aucune sensation, Robineau quitte la danse en murmurant :

— Au total, dans toutes ces belles dames-là, il n'y en a pas une qui vaille Fifine !... et si Fifine avait une robe de tulle... une couronne dans les cheveux... de ces gros bracelets avec des camées antiques... ah ! quel effet elle ferait !... Allons tourner autour de l'écarté... Je jetterai négligemment une pièce de cent sous, et... Ah ! diable ! voilà les glaces... Commençons par en saisir une au passage.

Robineau prend une glace, et pour la manger à son aise va s'asseoir derrière deux messieurs d'un âge mûr, qui causaient dans une pièce qui servait de passage pour aller de la danse à l'écarté.

— Comme il est changé ! dit l'un des deux causeurs en regardant M. de Marcey, qui venait de traverser le salon.

— Changé ! qui ça ?

— De Marcey...

— Ah !... vous trouvez ?...

— Mon cher Dolmont, si vous aviez connu comme moi de Marcey, il y a vingt-cinq ans...

— Ah ! parbleu ! c'est cela... il y a vingt-cinq ans ; et il vous semble, à vous, que c'était hier, et qu'on doit être aujourd'hui ce qu'on était alors.

— Non, non, je ne dis pas cela... Ce cher de Marcey !... Nous avons fait ensemble la campagne d'Austerlitz.

— Ah ! vous étiez à Austerlitz ?

— Oui, certes, je m'en fais gloire, et depuis j'ai été à presque toutes les affaires qui ont eu lieu. Maintenant je me repose.

Robineau quitte un moment sa vanille pour regarder le monsieur qui vient de parler ; il voit un homme de cinquante ans, dont la figure franche et animée porte l'empreinte de quelques cicatrices ; sa boutonnière est ornée de plusieurs ordres ; et Robineau se dit :

— Certainement ce monsieur-là a bien gagné ses décorations !

— Au fait, dit au bout d'un moment la personne qui était près de l'ancien militaire, de Marcey n'est pas vieux... il était entré, comme vous, de bonne heure au service ; mais il s'est passé tant de choses depuis, qu'il me semble toujours que nous avons des siècles sur la tête.

— Et moi, quand je pense à mes campagnes, il me semble que c'était hier, car je crois encore y être !

— C'est comme moi, se dit Robineau, quand je pense à ma première inclination... Il y a pourtant dix ans de cela... C'était une figurante de la Porte-Saint-Martin, et le jour de notre premier rendez-vous, nous avons dîné aux *Vendanges de Bourgogne*, faubourg du Temple... Alors ce n'était pas un restaurateur élégant comme aujourd'hui, et il n'y avait pas le canal à traverser pour y arriver ; mais on y mangeait des *pieds de mouton* délicieux... Il me semble que j'y suis encore... J'avais dix-huit ans... Comme on vieillit sans s'en apercevoir !...

Et Robineau pousse un soupir... ce qui ne l'empêche pas d'achever sa vanille.

— Quand je vous dis, Dolmont, que je trouve de Marcey changé, j'entends parler plutôt de son caractère que de son physique. Si vous l'aviez connu autrefois, il était gai, bon vivant ; il riait, il plaisantait avec nous. Il aimait les femmes... Oh ! c'était un grand amateur... Mais il était jaloux de ses maîtresses... très-jaloux ! Je me rappelle que dans différentes occasions, cela lui fit avoir des querelles ; et c'est aussi pour cela, je crois, qu'on le maria à vingt-trois ans avec une demoiselle qu'il n'aimait que fort peu. Ses parents prétendirent qu'avec son penchant à la jalousie, s'il faisait un mariage d'amour, il serait malheureux. Le fait est que son mariage commençait très-bien... J'ai connu la première femme de de Marcey ; elle était fort aimable ; je crois qu'elle aurait rendu son époux très-heureux ; malheureusement elle mourut un an après lui avoir donné un fils. J'ai appris qu'au bout de six ans de Marcey s'était remarié : mais alors je n'étais pas à Paris : de Marcey venait de quitter l'état militaire ; je n'ai pas connu sa seconde femme.

— Ce n'est pas à Paris que de Marcey s'est remarié... c'est auprès de Bordeaux ; il paraît que la famille de sa seconde épouse avait une terre par là, et que l'on y fit le mariage... Je crois même qu'il ne revint à Paris avec sa femme que longtemps après s'être remarié.

— Et comment était sa seconde épouse ?

— Charmante !... oh ! de ces figures délicieuses, comme les peintres nous en font quelquefois, et qu'on rencontre moins souvent dans le monde.

— Diable !...

— Mais un air triste, mélancolique : quand elle souriait, il semblait que ce sourire cachait une souffrance. Jamais je ne l'ai vue danser ; elle était cependant fort jeune, elle avait tout au plus dix-huit ans ; mais elle semblait fuir les plaisirs de son âge et n'aller dans le monde que pour plaire à son mari.

— Et de Marcey l'aimait beaucoup ?

— Oh ! il l'adorait... il cherchait toutes les occasions de lui procurer des amusements... Il était aux petits soins pour elle.

— Il n'en a pas eu d'enfants ?

— Non ; mais la charmante Adèle, c'était le nom de sa seconde femme, aimait beaucoup le petit Alfred et lui témoignait toute la tendresse d'une mère. Elle mourut au bout de trois ans ; de Marcey en éprouva un chagrin si violent, que, pendant longtemps, on craignit pour sa vie. Enfin la vue de son fils... la raison... le temps !...

— Oui ! le temps ! c'est là le plus puissant remède... Malgré cela, je ne m'étonne plus maintenant que son humeur soit si différente d'autrefois !... On surmonte les chagrins les plus profonds, mais ils laissent toujours des traces... C'est comme les blessures graves que l'on guérit, mais dont on porte les cicatrices.

En disant ces mots, l'ancien militaire se lève, son voisin le suit, et Robineau reste seul sur sa chaise, qu'il quitte aussi en se disant :

— C'est assez amusant d'entendre causer les autres, ça instruit ; on n'a l'air de rien en écoute ; d'autant plus que quand les gens parlent haut, c'est qu'ils ne se disent rien qu'ils veulent cacher ; ah ! il faut que j'écoute causer des dames, ça sera encore plus amusant, parce que les femmes sèment toujours de l'esprit dans leur conversation... quand je dis toujours, c'est-à-dire celles qui en ont. Justement, voilà deux dames qui paraissent engagées dans une conversation bien intéressante, car elles se parlent avec un feu !... Il y a une chaise vacante à côté d'elles.

Robineau va d'un air indifférent s'asseoir à côté de deux jolies femmes, et en balançant négligemment sa tête de leur côté saisit des fragments de leur conversation.

— ...Oui, ma chère amie, je l'avais bien jugé... Tu vois que j'avais raison de me défier de ses protestations d'amour !... de ses beaux serments !... de ses profonds soupirs !... Et pourtant tu ne saurais t'imaginer avec quel air de bonne foi il me disait qu'il voulait désormais être sage, fidèle, et ne plus aimer que moi !... C'est horrible de mentir de la sorte !...

Robineau tourne un peu la tête pour voir les traits de la personne qui vient de parler, et il aperçoit une jolie brune dont la figure vive et spirituelle exprime en ce moment un sentiment de dépit qu'elle cherche à dissimuler par un sourire forcé.

— Ma bonne Jenny, je crois que tu es un peu fâchée d'avoir mis l'amour d'Alfred à l'épreuve...

— Fâchée ! au contraire, j'en suis enchantée. Je n'y ai pas cru un moment... sa réputation auprès des femmes est trop bien établie pour...

Ici on parle plus bas, et Robineau ne peut entendre ; mais il se dit :

— Il est question d'Alfred... c'est charmant !... C'est une dame à laquelle sans doute il fait la cour... Oh ! que c'est amusant !

L'autre dame, qui est aussi jeune et jolie, reprend au bout d'un moment :

— Je crois que j'aurais plus confiance dans son ami, Edouard Beaumont ; il a l'air moins frivole, moins léger qu'Alfred ; il est bien, Edouard... il a une fort jolie tournure.

— Mon Dieu, ma chère amie, je gage qu'il ne vaut pas mieux qu'un autre... Il faut encore plus se défier de ces airs froids, réservés... Il n'y a rien de pis que ces hommes-là pour nous abuser... Au moins, avec un mauvais sujet qui ne se cache pas de l'être, on sait à quoi l'on doit s'attendre.

— C'est pour cela que tu avais un faible pour Alfred.

— Oh ! jamais... jamais !... Je riais de ses serments d'amour ; cela m'amusait peut-être un peu de l'entendre... Avec cela, il est aimable, il a de l'esprit... mais l'aimer ! Oh ! je te jure que je m'en serais bien gardée. Ne va pas penser cela !...

— Si tu te défends si fort, Jenny, je finirai par croire que tu l'adores...

— Ah ! par exemple, je...

La voix baisse encore. Robineau balance un peu plus sa chaise pour tâcher d'entendre ; mais pendant quelques minutes, les deux amies parlent trop bas pour qu'il puisse rien saisir. Enfin la jolie Jenny répond plus haut :

— Tu as bien fait... très-bien fait... Je suis sûre que cela l'intrigue beaucoup de nous voir causer ensemble, car il nous croyait brouillées... Il ne te parlait pas de moi quelquefois ?

— Mais non, il ne me parlait que de moi.

— Ah ! c'est juste ! Je te réponds, Clara, que je resterai veuve ; oh ! jamais je ne me remarierai !...

— Ma bonne, est-ce qu'on peut répondre de cela ? Songe donc que tu n'as que vingt-deux ans.

— Raison de plus pour ne point risquer le bonheur de sa vie. Ce que j'ai connu du mariage n'est-il pas bien fait pour m'en éloigner ! M. de Gerville m'épousa à dix-huit ans, sans m'avoir fait la cour ; sans savoir s'il me plaisais ou non, il me demanda à mes parents ; il était...

riche, on nous unit. Cependant M. de Gerville était jeune, il était bien... J'aurais pu l'aimer, s'il s'était donné la peine de chercher à me plaire, s'il avait seulement voulu me faire croire qu'il m'aimait. J'étais si niaise alors !... je croyais tout ce qu'on voulait... Mais non, j'étais sa femme, et il se serait cru déshonoré de me faire la cour, d'être galant auprès de moi. Il avait deux ou trois maîtresses qui le trompaient : cela valait bien mieux que d'aimer sa femme, qui ne le trompait pas. Mais il est mort, je dois oublier les chagrins qu'il m'a causés ; cependant, je l'avoue, cet essai du mariage ne m'a laissé des hommes qu'une triste opinion. Je les crois, en général, égoïstes, inconstants, injustes avec les femmes... ils ne leur passent rien, et il faut tout leur passer ; ils veulent être infidèles, et exigent de nous de la constance ; ils sont aimables tant que nous avons le bonheur de leur plaire ; mais dès qu'ils soupirent pour un autre objet, ils ne s'occupent plus de nous ; au lieu de chercher à cacher leur infidélité en redoublant de soins et d'égards, ils deviennent maussades, capricieux, colères ; et si nous avons le malheur de témoigner quelque chagrin du changement de leur humeur avec nous, ils nous accusent d'être exigeantes et jalouses.

Robineau en est au second couplet de Bélisaire, lorsqu'il est interrompu par des éclats de rire : c'est Fifine.

— Ah ! Jenny ! Jenny !...

— Tu verras, ma chère Clara, que tout cela est vrai. Enfin, quels sont les bons ménages que tu pourras me citer ? Ce sont ceux où les femmes ferment les yeux sur les infidélités de leurs maris... Oh ! quand on la laisse faire tout ce qu'ils veulent, aller, sortir, courir, sans jamais leur demander compte de leurs actions, alors on est ce qu'ils appellent une bonne femme, et ils daignent une fois par mois nous donner le bras.

— Je vois que l'inconstance d'Alfred t'a bien mal disposée !

— Que m'importe l'inconstance de M. Alfred ?... Je te le répète, je ne l'écoutais que pour rire !... et je n'ai jamais pris au sérieux sa déclaration d'amour... Cependant je suis bien aise de savoir... d'avoir eu l'idée de...

On baisse de nouveau la voix ; et comme on en est à un endroit intéressant, et que Robineau désire connaître l'idée qui est venue à madame de Gerville, il se penche un peu plus sa chaise, dans l'espérance d'entendre ; mais le poids de son corps renverse le siége ; et avant qu'il ait eu le temps de se retenir, Robineau roule aux pieds des deux amies.

Les dames, qui n'avaient pas fait attention à leur voisin, sont un peu surprises en voyant ce monsieur qui tombe presque sur leurs genoux ; mais Robineau se relève vivement, balbutie quelques excuses et s'éloigne en murmurant :

— On frotte beaucoup trop !... C'est glissant à ne point se tenir !... Je ne conçois pas comment les danseurs ne tombent pas les uns après les autres. Ah ! il est vrai qu'ils marchent au lieu de danser. Maudite chaise !... J'allais savoir l'idée de cette jolie brune... madame Jenny de Gerville, je retiendrai le nom, et je ferai enrager Alfred. Oh ! c'est très-amusant.

Robineau est retourné dans la pièce où l'on danse ; il cherche encore les groupes qui causent ; il entend rire près de lui, ce sont deux dames qui ne dansent pas ; et il y a justement une chaise vacante derrière elles. Robineau court s'y placer en se disant :

— Ces dames rient... elles se moquent, je gage, de quelques autres femmes de la société... Oh ! il ne faut pas manquer ça !... Je n'ai pas eu le temps de les regarder... Mais quand elles se retourneront, je les examinerai : attention !

— Oh ! qu'il devait être drôle ce monsieur, et que j'aurais voulu le voir danser avec toi !... Tu me le montreras quand tu l'apercevras.

— Oui... Oh ! sois tranquille... Il est reconnaissable !... Je ne sais pas où M. de Marcey a été chercher cela !...

— Bon ! se dit Robineau, elles se moquent de quelqu'un, j'en étais sûr. Et il se rapproche en ayant soin cependant de ne point se balancer sur sa chaise.

— Figure-toi, ma bonne amie, un homme petit, épais, lourd, empesé, un gros nez, de petits yeux bêtes, une bouche qu'il pince en parlant, et des cheveux papillotés au point qu'il a l'air d'un nègre !....

— Ah ! ah ! ah !...

— Avec cela une tournure à prétention... Il vient m'engager à danser.... c'était la première contredanse que l'on formait ; j'accepte, et pendant la contredanse il veut faire l'aimable, et ne sait dire que de ces lieux communs si plats, si usés, que cela me faisait de la peine pour lui !... Voyant que je ne réponds rien à ces jolies choses, il se permet en dansant de me serrer la main !... Ah ! ah ! ah !

Ici la dame qui parlait se retourne, et Robineau reconnaît la comtesse avec laquelle il a en effet dansé la première contredanse. Le rouge lui monte au visage ; de son côté, la dame, qui reconnaît le monsieur dont elle parlait, comprime avec peine une envie de rire et pousse doucement le genou de son amie. Mais avant que celle-ci se soit retournée, Robineau est déjà loin : il ne se possède pas, il roule autour de lui des yeux furibonds en se disant : — Par exemple !... il faut que cette femme-là soit bien moqueuse !... Je ne sais pas si c'est de moi qu'elle parlait... En tout cas, je lui souhaite d'en trouver beaucoup dans mon genre !... Mais elle est trop laide pour qu'on lui fasse la cour... Dire que je lui ai serré la main !... ça n'est pas vrai !... Ces femmes laides disent toujours du mal des hommes ; c'est par colère de ne pas pouvoir trouver d'amants.

Robineau, qui ne se soucie plus d'écouter les conversations, se dirige vers l'écarté en faisant une moue si horrible qu'Alfred, qui le rencontre près d'une des tables où l'on joue, l'arrête en lui disant :

— Eh, mon Dieu ! mon cher Robineau, quelle mine tu fais !... Est-ce que tu as joué malheureusement ?

— J'ai perdu cent écus !

— Ce n'est rien, tu les regagneras...

Alfred s'éloigne, et Robineau se dit : — Il est bon enfant... ce n'est rien !... Si j'avais perdu cent écus, je ne m'en consolerais jamais !... Mais je suis bien sûr de ne pas les perdre... vu que je n'ai plus que vingt-un francs cinquante... il faut les risquer... Tâchons de gagner... mais dans ces nombreuses réunions on dit qu'il n'est pas très-prudent de jouer à l'écarté... Oh ! chez M. le baron de Marcey, il ne peut y avoir que des gens honnêtes... c'est égal, je vais parier pour celui qui gagne, c'est ce qu'on peut faire de mieux.

Robineau s'approche de la table de jeu en demandant :

— Où est la veine ?

Malheureusement pour lui, la veine change ; en peu de temps il perd ses vingt-un francs. Alors, faisant tous ses efforts pour cacher sa mauvaise humeur, il s'éloigne de l'écarté en se disant : Adieu la partie de campagne et de traiteur pour dimanche !... Fifine ira dîner chez sa tante... et moi, je pincerai de la guitare !... J'avais bien besoin aussi de me déranger, de faire une toilette, de prendre une voiture pour venir en grande soirée !... N'est-ce pas bien amusant ?... Des femmes qui se moquent de vous ! des hommes qui vous toisent comme s'ils voulaient marcher sur vous ! des joueurs qui vous gagnent sans vous laisser le temps de vous reconnaître ! Fifine a raison, on s'amuse mieux chez madame Saqui ou aux Funambules quand on y donne le Fantôme armé. Allons du côté du buffet... Si je ne puis pas mettre des glaces dans ma poche, je puis bien y mettre des oranges et des gâteaux.

Robineau se dirige vers le buffet ; il n'y avait plus d'oranges, mais les gâteaux abondaient ; il en bourre ses poches pendant que les domestiques portent des rafraîchissements ; et il va se diriger vers l'escalier, lorsque Édouard se trouve devant lui ; le jeune auteur l'arrête.

— Bonsoir, monsieur Robineau ; je ne vous avais pas encore aperçu... il y a tant de monde ici !

— C'est vrai... Tenez, entre nous, je ne trouve pas ces cohues-là bien amusantes ; je vous avoue que j'en ai assez, et je m'en allais.

— Déjà ?... il n'est que deux heures... Oh ! il faut rester ; vous savez bien qu'Alfred veut qu'après la soirée nous soupions chez lui, entre nous, pour dire des folies.

— Ah ! je ne savais pas... mais c'est différent, si on soupe... Diable ! si j'avais su, je n'aurais pas tant mangé de baba. C'est égal... je reste.

— Promenons-nous... cherchons les jolies danseuses.

— Promenons-nous, je le veux bien ; mais pour danser, je n'en suis plus.

Robineau donne un léger coup sur ses poches afin de les aplatir, et suit Edouard en se disant : *Je ne suis pas fâché qu'on me voie causer avec un auteur ; je vais lui parler théâtre... on croira que je fais une pièce avec lui.*

— Je gage que vous aimez mieux le spectacle que les soirées, n'est-ce pas, monsieur Edouard ?

— C'est selon ; il y a des soirées amusantes et des spectacles fort ennuyeux.

— Oh ! sans doute ; mais je veux dire... c'est bien agréable d'être auteur... Il faudra que je vous communique un plan... quand je dis un, j'en ai une douzaine dans mon secrétaire !... Oh ! j'en ai d'étonnants.

— Je le crois.

— Plans de grand opéra, d'opéras-comiques, de vaudevilles, de mélodrames... Oh ! moi, je fais de tout ; j'ai une imagination intarissable... et si j'avais le temps...

Robineau au bal chez M. de Marcey.

— Oui, c'est toujours le temps qui manque à ceux qui ne produisent rien.

— N'est-ce pas ? Mais je vous montrerai ça ; ce qui me plairait surtout, ce serait d'avoir mes entrées dans les théâtres... Ah ! aller dans les coulisses... voir les actrices de près... les danseuses qui font, dit-on, des battements tout en vous souhaitant le bonsoir... Comme on doit avoir des bonnes fortunes !

— Pas autant que vous le croyez ; on s'habitue aux coulisses, comme on s'habitue à la salle, et l'on cause avec un Turc et une Polonaise sans faire attention à leur costume.

— C'est juste ; l'habitude, je conçois ; mais donner une pièce... la faire répéter... la faire jouer...

— C'est charmant quand on réussit ; mais encore, que d'ennuis avant d'en venir là !... Les répétitions où jamais on n'est exact, où l'on cause au lieu d'étudier, ce qui force à répéter quarante fois ce que l'on aurait su en quinze ; les acteurs qui veulent refaire leurs rôles, les directeurs qui veulent refaire vos pièces, les actrices qui ne veulent point de leurs costumes, les claqueurs qui veulent tous vos billets ; puis enfin le public qui ne veut pas de votre pièce : voilà quel est souvent le résultat de six semaines de dérangement, d'ennuis et de travail !

— Il dit tout cela pour m'ôter l'envie de faire des pièces, se dit Robineau. Les auteurs sont tous comme cela... ils cherchent à dégoûter les commençants. Je ne lui donnerai pas mes plans, il me volerait mes idées, et dirait ensuite que c'est de lui.

— Vous voyez les choses un peu en noir maintenant, monsieur Edouard, parce que vous êtes encore froissé de votre dernière chute...

— Oh ! je vous assure que je n'y pense plus...

— Bah ! laissez donc ! Moi, si on me sifflait, je crois que je serais d'une humeur épouvantable... A propos, et votre petite lingère, l'avez-vous revue ?... mais elle est déjà remplacée, sans doute ?

— Ma foi non !.... Je commence à — lasser de ces bonnes fortunes,

où, comme dit La Rochefoucauld, il y a de tout, excepté de l'amour. Je crois que j'aimerais mieux un peu d'amour et moins de plaisir.

— C'est comme moi, je suis pour le sentiment, mais ce qui s'appelle le pur sentiment. J'ai adoré toutes les femmes que j'ai connues, même ma figurante de la Porte-Saint-Martin ; et, de leur côté, les femmes m'ont traité avec une faveur particulière... je suis leur enfant gâté.

— Vous êtes bien heureux, monsieur Robineau ! et moi, je voudrais trouver... Je ne sais... mais il me semble qu'une secrète sympathie doit agir en même temps sur deux cœurs faits l'un pour l'autre...

— Oui, je vous comprends ; c'est ce qui m'est arrivé avec ma première inclination, que j'ai rencontrée au bal du Colisée. Nous sommes tombés en valsant, et tous deux en même temps... J'ai vu tout de suite de la sympathie là dedans.

Edouard laisse échapper un léger sourire, et s'approche d'une contredanse où figurent de très-jolies femmes.

— Comment trouvez-vous cette petite blonde, monsieur Robineau ?

— Mais... rien d'extraordinaire... un beau teint... de la jeunesse... elle ne tient pas ses pieds assez en dehors.

— Vous êtes difficile ! Moi, je la trouve fort bien, ses yeux sont charmants, sa tenue pleine de grâce ; elle ne paraît pas avoir fait une étude particulière de la danse, mais on voit qu'elle y trouve du plaisir... Et cette grande... en face ?

— Elle n'est pas belle... le nez beaucoup trop long... des bras qui n'en finissent pas... mal coiffée.

— Moi, je lui trouve une physionomie très-spirituelle ; et, sans être jolie, il me semble que cette femme-là doit plaire. Je gagerais que sa conversation est agréable.... Et cette grosse brune qui danse maintenant ?

— C'est un véritable paquet... elle se démène comme une possédée....

— Mais voyez donc comme elle est légère malgré son embonpoint ! quelle vivacité brille dans ses yeux !...

Le baron de Marcey.

— Ha çà, monsieur Edouard, vous êtes, dites-vous, las de bonnes fortunes, et vous trouvez toutes les femmes à votre goût ; elles vous plaisent toutes !

— Si je suis las de liaisons éphémères, je ne vous ai pas dit que je ne voulais plus aimer ; au contraire, puisque je cherche à être amoureux sérieusement.

— Eh bien ! c'est comme moi, messieurs, s'écrie Alfred qui a entendu les dernières paroles d'Edouard, et qui s'arrête près de ses deux amis. J'ai un cœur à placer... et le diable m'emporte si je sais qu'en faire depuis quinze jours !... Voilà pourtant de bien jolies femmes !...

— Ma foi, messieurs, dit Robineau en se rengorgeant, je vous proteste que je vois toutes ces dames d'un œil fort indifférent... Je suis philosophe, moi... d'ailleurs, j'ai ce qu'il me faut, et il me serait difficile de trouver mieux.

— Ah! Robineau, il faut nous la faire voir alors... Il faut nous faire dîner avec elle.

— Par exemple... est-ce que vous croyez que c'est une femme à parties? une femme qu'on mène avec des hommes?...

— Ne vas-tu pas nous faire croire que c'est une duchesse!...

— Mais... écoutez donc... ça se pourrait encore...

— Ah! ah! ah!... Qu'est-ce que tu as donc dans tes poches, Robineau? est-ce que tu te fais des hanches pour plaire à ta Dulcinée?

Robineau rougit et met ses mains sur ses poches en disant : — Ce sont... des papiers que j'avais oublié d'ôter de dedans les poches de mon habit...

— Si tu as dansé avec ces poches-là, tu as dû faire un furieux effet!... Ah! ah!... c'est pis que la mère Gigogne!... Sont-ce encore des papiers ministériels?...

Robineau s'éloigne avec colère, et va se jeter sur une ottomane, sans penser qu'il écrase ses gâteaux, et il reste là jusqu'à ce que le bal se termine; alors Alfred vient à lui en disant : — Nous montons chez moi, Robineau; nous allons avec quelques amis fidèles achever la nuit à table... Es-tu des nôtres?

— Oui, certainement...

— Alors décide-toi à quitter ton canapé, où tu semblais cloué comme un pacha.

Robineau suit Alfred. L'appartement du jeune de Marcey est au-dessus de celui de son père; tout ce que peuvent inventer le luxe, l'élégance, la variété, y est réuni, c'est un séjour qu'une petite-maîtresse envierait.

Quatre jeunes gens, aussi fous, aussi étourdis que le maître du logis, ne tardent pas à se rendre à l'invitation de leur ami; Edouard et Robineau complètent la réunion.

— Messieurs, dit Alfred en présentant Robineau à ses jeunes amis, je vous présente un ancien camarade de collège, fort bon enfant, quoique un peu irascible quand on lui parle de ses conquêtes ou de ses travaux. Ne faites pas attention à la grosseur des poches... il prétend que ça donne de la grâce. Il a un peu d'humeur, parce qu'il a perdu son argent à l'écarté; mais nous allons le griser, et il deviendra charmant.

Tous les jeunes gens rient, Robineau en fait autant en s'écriant :

— Ce diable d'Alfred... toujours farceur!... Mais, pour me griser, je vous en défie, messieurs; oh! j'ai une tête solide, je ne me suis jamais vu gris.

— D'honneur, Alfred, ton logement est délicieux... Tout est d'une fraîcheu... et décoré avec un goût... C'est un séjour enchanteur, dit un des jeunes gens en se promenant dans l'appartement.

— Ma foi, messieurs, si c'est bien, tant mieux... Mais je ne me mêle pas de tout cela, moi, c'est mon père qui veille à ce qui me regarde, et qui dernièrement encore a fait renouveler tous mes meubles, prétendant que ce n'était pas assez élégant; moi, je le laisse faire.

— Il faut convenir, Alfred, que tu as un père bien aimable!

— Oh! quant à cela, messieurs, je lui rends bien justice... Sa bonté est telle, que quelquefois je suis tenté de le gronder de son trop d'indulgence pour moi. Si je fais des dettes, il les paye; si je veux de l'argent, il m'en donne; si je lui témoigne la crainte que mes folies ne le fâchent, il m'embrasse en me disant : — Tu es jeune, il faut bien que tu t'amuses; sois heureux, mon ami, c'est tout ce que je veux. Aussi, je vous le jure, sa bonté est telle, que souvent je m'arrête au moment de commettre quelque extravagance; car je n'ai rien de caché pour mon père, et je serais désolé de faire quelque chose qui le chagrinât... Oui, messieurs, son indulgence me rendra sage, tandis que s'il m'eût contrarié, s'il eût été sévère pour moi, j'aurais fait cent fois plus de folies.

— Enfin, vous vous aimez tendrement tous deux, dit Edouard, et il me semble qu'on doit toujours se trouver bien d'avoir son père pour ami.

— Mon père m'aimait bien aussi, dit Robineau; cependant, il m'a un jour cassé une canne sur le dos parce que j'avais perdu mon mouchoir... Il avait infiniment d'ordre, mon père; mais c'est égal, il m'aimait tendrement.

— A table, à table, messieurs, et disons des folies!... Après une soirée de tenue, ça fait plaisir d'être un peu à son aise.

On se met à table. On attaque une belle volaille, on entame un jambon cuit dans la gelée de groseille; ceux qui ont beaucoup dansé ont de l'appétit; les autres sont entraînés par l'exemple, et Robineau oublie qu'il s'est bourré de gâteaux pour fêter le jambon sucré, qu'il trouve délicieux; le bordeaux, le chambertin circulent; on s'anime en causant, et on boit en riant; chacun conte son histoire, chacun a une aventure galante dont il veut régaler ses amis; le chapitre des femmes est intarissable, et les hommes y reviennent toujours avec plaisir, car il n'en est aucun auquel cela ne rappelle d'agréables souvenirs.

— Messieurs, dit un jeune homme qui semble être assez mauvaise tête, il y a une vérité incontestable, c'est que pour être chéri des femmes, il ne faut point en chérir aucune.

— Ah! par exemple!...

— J'en appelle à Alfred... Dis, ai-je raison?

— Ma foi, il me semble que je pense tout le contraire, car je suis assez heureux près des belles, et cependant, je les aime toutes.

— Eh bien, tu les aimes toutes, donc tu n'en aimes aucune, cela revient à ce que je disais.

— Messieurs, dit Edouard, il serait bien malheureux de penser qu'un sentiment profond ne peut être payé de retour, et que du moment que nous serons bien amoureux, on ne nous aimera plus.

— Quand on est amoureux, on perd tous ses avantages, et on est bête à couper au couteau.

— C'est vrai, dit Robineau, on est très-bête...

— Celle dont nous sommes amoureux ne nous trouve pas bête quand elle partage notre amour.

— M. Edouard a raison, dit Robineau en avalant un verre de chambertin; quand on partage notre amour... oh! c'est autre chose!... c'est tout différent!...

— Mais quand on ne le partage pas, reprend un des jeunes gens, alors on se moque de nous, on rit de nos soupirs; nous avons l'air de véritables niais, et nous ne nous en apercevons pas.

— Nous ne nous en doutons même pas, dit Robineau en se versant un autre verre de chambertin, et c'est là ce qu'il y a de drôle.

— Messieurs, reprend Edouard, une femme qui se moque d'un homme parce qu'il est véritablement amoureux d'elle, une telle femme est une coquette, et il me semble que le monde ne renferme pas que des coquettes. Combien de cœurs sensibles, aimants, prêts à répondre à notre amour!... Combien de femmes qui n'ont pu se défendre en secret d'aimer un mauvais sujet, et qui mettent tous leurs soins à cacher ce qu'elles éprouvent!...

— C'est innombrable! dit Robineau.

— Ma foi! coquettes ou sentimentales, naïves ou emportées, elles sont charmantes, dit Alfred; excepté cependant quand elles courent après nous, quand elles nous suivent, et font épier toutes nos actions.

— Ah! fi donc!... une femme qui nous suit!... c'est une horreur!... D'abord, c'est très-mauvais genre!... Mais ça ne se voit plus!...

— Ça se voit encore quelquefois!...

— Moi, messieurs, dit Robineau, qui veut toujours parler, quoique sa langue commence à devenir épaisse, quand une femme me suit... et que je m'en aperçois... car, quand je ne m'en aperçois pas, je ferme les yeux; mais quand elle me suit, je lui dis : Ma chère amie, vous me suivez, ça ne me convient pas... Quand je voudrai être avec vous... je vous le dirai.... mais si je veux parler à une autre... je n'ai pas besoin de votre présence pour faire l'aimable... au contraire, ça paralyse mes moyens...

— Bravo! bravo! disent les jeunes gens en riant, c'est parler comme Cicéron.

— Messieurs, du champagne maintenant! dit Alfred.

— Va pour le champagne...

— Oui, du champagne, s'écrie Robineau, et je joute qui en boira le plus... Je ne me grise jamais.

On fait sauter les bouchons, on boit le champagne, et bientôt tout le monde parle à la fois, et chacun se figure être écouté. Mais au milieu du bruit et des éclats de rire Robineau parvient à se faire entendre, parce qu'il crie plus fort que tout le monde, et plus il s'étourdit, plus il veut raisonner pour prouver que le vin ne lui porte pas à la tête.

— Mon cher ami, dit-il en s'adressant à Alfred, tu ne te doutes pas que je suis dans le secret de tes amours... de tes conquêtes, c'est-à-dire une jolie petite brune... une veuve... je ne veux pas dire son nom, parce qu'il faut de la discrétion... mais il paraît que tu lui en contais ferme... et que la susdite madame de Gerville a voulu éprouver ta constance...

— Madame de Gerville! comment sais-tu cela?... D'où connais-tu madame de Gerville?...

— D'abord je ne t'ai pas dit que c'était madame de Gerville... je ne l'ai pas nommée... n'est-ce pas, messieurs!...

— Non! non! disent les jeunes gens en riant; oh! il est trop raisonnable pour cela!... on voit bien qu'il ne se grise jamais!

— Moi, messieurs, dit Robineau en portant un verre de champagne à ses lèvres, j'avale cela comme du petit-lait... j'ai une tête de fer!... C'est égal, Alfred, la jeune veuve dit que tu es un monstre!... un perfide! Il paraît que tu lui plaisais sérieusement.

— J'ignore si je plaisais à madame de Gerville; mais j'avoue que j'en ai été fort amoureux, au point de croire un moment que c'était sérieux. Jenny est gaie, aimable, spirituelle... mais un beau jour, je rencontre chez elle une certaine Clara... j'ignorais que ce fût son amie; tous les jours les femmes se voient et ne s'aiment pas. Cette Clara est fort bien aussi; je lui ai dit que je la trouvais charmante, rien de plus naturel; mais il paraît qu'elle a redit cela à madame de Gerville, et que celle-ci s'en est fâchée. Ma foi! peu m'importe... Au diable la constance! je ne connais que le plaisir, moi!... Buvons!... à la santé des jolies femmes!...

— Ah! messieurs, il faut que tout le monde vive! à la santé des dames en général! dit Edouard.

— Oui, dit Robineau en avançant son verre pour trinquer, à leur santé en général... et en particulier... parce que moi, j'ai une particulière... ah! ah! ah! et une solide!... la vertu même... avec un air fripon... et des mœurs... le tout déguisé en marchande de modes.

— Ah! ah! ta duchesse n'est plus qu'une marchande de modes! dit Alfred, et tu ne voulais pas la faire dîner avec nous!

— Eh bien! messieurs, après tout, qu'est-ce que ça fait? qu'est-ce que le rang en fait de beauté?

— Il a raison. N'a-t-on pas vu des rois épouser des bergères? Les anciens étaient moins fiers que nous. Le fils du roi de Sichem n'épousa-t-il point Dina, fille du berger Jacob? Le Pharaon d'Egypte ne fut-il point amoureux de Sara, sœur d'un pasteur?

— Eh bien! alors... vivent les grisettes!... Je ne connais que les grisettes pour savoir mélanger la tendresse et la danse... pour vous faire une reprise quand vous déchirez votre culotte... pour vous faire chauffer votre déjeuner le matin, et vous allumer votre lampe le soir... Mais allez prier une belle dame, une élégante, comme j'en ai vu ce soir, de vous recoudre un bouton, ou de vous raccommoder votre bretelle... on serait bien reçu, hein? Vivent les grisettes!... je ne sors pas de là!...

— Vivent les grisettes! répètent les jeunes gens en riant; et on fait de nouveau boire Robineau, parce qu'il commence à ne plus savoir ce qu'il dit, et que cela amuse beaucoup ces messieurs, et surtout Alfred, qui n'est pas fâché de l'entendre démentir, en buvant, les mensonges que son amour-propre lui fait faire à jeun. Les menteurs ne devraient jamais se griser... Le proverbe a raison, *in vino veritas*. Que de gens auxquels le vin ferait dire des sottises s'ils n'avaient soin d'être sobres! Que d'aveux indiscrets, que de confessions piquantes on entendrait si... Mais les dames ne se grisent jamais!

— Il paraît, Robineau, que tu as pour maîtresse une bien jolie modiste? dit Alfred en remplissant le verre de son ami.

— Oh! jolie! messieurs!... c'est-à-dire la figure n'est pas absolument sans reproche... Il y a même quelques défauts dans les contours... mais la taille!... ah! moulée!... Si elle était ici, je la ferais monter sur cette table pour que vous l'admirassiez. Enfin, c'est Fifine!... c'est tout dire!

— Ah! elle s'appelle Fifine?

— Oui, messieurs... fille charmante!... un vrai dragon!... qui n'a jamais résisté à une demi-tasse... quand ça lui plaît, cependant...

— Et tu lui as plu sur-le-champ?...

— Oh! sur-le-champ... c'est-à-dire qu'elle m'a fait faire des courses souvent... Et les cartons que je portais! et les flûtes que je payais!... En ai-je payé!... Elle aime considérablement les flûtes, Fifine!... C'est égal, à sa santé, messieurs!...

— A la santé de Fifine! répètent les jeunes gens. Ce toast attendrit Robineau, qui veut prendre son mouchoir pour s'essuyer les yeux, et en le tirant de sa poche répand par terre et sur la table des gâteaux qui sont devenus plats comme de petites galettes. Les jeunes gens rient de plus belle, et Alfred vide la seconde poche de Robineau sur son assiette en s'écriant : Messieurs, voici un homme prévoyant, il avait mis un dessert dans sa poche...

— Messieurs... c'était pour mon serin, balbutie Robineau, que la vue des petits gâteaux rend un instant muet... c'est-à-dire pour le serin de Fifine!... qui dit *baisez vite*, comme un sansonnet... Au reste, vous entendez bien que ce n'était qu'une plaisanterie, une gageure... Je ne suis pas à cela près d'un colifichet... Ce n'est pas que la perte de mes vingt et un francs me gène considérablement, mais...

— Je croyais que tu avais perdu plus de cent écus!... dit Alfred.

— Par exemple, cent écus!... un employé expéditionnaire à quinze cents francs!... ça serait plus de deux mois d'appointements!

— Tu te trompes, tu gagnes cent louis, et tu vas avoir de l'augmentation....

— Laissez-moi donc tranquille! cent louis!... et quant à l'augmentation, mon sous-chef, qui fait la pluie et le beau temps, m'a encore dit ce matin que si je n'écrivais pas mieux on serait obligé de me destituer... Ça lui va bien à lui qui ne fait que des pattes de mouches, et qui gagne six mille francs!... Il me semble qu'il devrait pourtant mieux écrire que moi... Eh bien! messieurs, il me paraît que ça ne va plus, vous ne buvez plus, j'étais sûr que je vous vaincrais tous !...

Les jeunes gens commencent en effet à bâiller; Alfred essaie en vain de ranimer ses convives; le sommeil le gagne aussi. Les jeunes gens prennent leurs chapeaux et se disent adieu en affectant d'être très-fermes sur leurs jambes.

Il faisait grand jour, déjà les ouvriers circulaient dans les rues et se rendaient à leurs travaux; déjà les paysans revenaient du marché où ils avaient été vendre leurs légumes, et s'en retournaient doucement chez eux. Les figures fraîches du laboureur et de l'ouvrier contrastaient avec les visages pâles de nos jeunes étourdis; mais aussi les uns avaient dormi, les autres avaient veillé, et ces derniers allaient chercher le repos lorsque les premiers se disposaient à se mettre au travail.

Robineau a quitté l'hôtel avec les jeunes gens. Quand il se trouve seul dans la rue, il a quelque peine à savoir ce qu'il deviendra; il lui semble que les maisons changent de place, que la terre elle-même est mobile sous ses pas. Il regarde d'un air effaré les personnes qui passent près de lui; et probablement on trouve aussi quelque chose de singulier dans sa figure ou dans sa mise, car on rit en le regardant. Voulant cependant surmonter ce qu'il prend pour un étourdissement, Robineau enfonce son chapeau sur ses yeux; puis, cherchant à se raffermir sur ses jambes, marche au pas redoublé jusque chez lui, où il arrive sans s'être arrêté une minute et n'en pouvant plus.

La première personne que Robineau rencontre dans son escalier est Fifine, qui descendait chercher du lait pour son déjeuner.

— Comment! vous rentrez seulement? dit-elle à Robineau, qui ne peut pas parvenir à mettre sa clef dans sa serrure.

— Oui, ma chère amie; la soirée vient de finir...

— La soirée!... il y a longtemps qu'il fait grand jour... il est six heures passées... Eh bien! qu'est-ce que vous avez donc à farfouiller ainsi à votre porte?...

— Je ne sais pas ce qu'il y a dans ma clef, Fifine; mais elle ne veut pas absolument entrer...

— Donnez-moi cela; je saurai bien ouvrir, moi.

Fifine ouvre la porte; et, regardant plus attentivement Robineau, s'écrie : — Ah! mon Dieu! quelle figure vous avez !... les yeux hors de la tête!...

— Ma bonne amie, je ne sais pas ce que j'ai; mais ce qu'il y a de certain... c'est que je ne me sens pas bien...

— Ah! je le vois bien, moi, ce que vous avez... il me paraît que vous vous en êtes joliment donné!...

Robineau s'est allé se jeter sur une chaise, où il pousse de gros soupirs; Fifine le suit, et le regarde en haussant les épaules. Enfin, voyant qu'il ne dit rien et qu'il continue de soupirer, elle s'écrie : — Aurezvous bientôt fini de gémir comme cela?... voilà un bal d'où vous revenez bien gai!...

— Ah! Fifine, c'est que je pense que c'est une chose bien futile qu'un bal!... Ces grandes réunions... cette toilette qu'il faut faire... tout ça vous s'ennuyer! Ah! j'aurais bien mieux fait de garder mon argent pour aller avec toi!...

— Ah! je vois ce que c'est; monsieur a perdu son argent à l'écarté... et alors la morale en avant...

— Oui, ma tendre amie, j'ai tout perdu!... je n'ai plus rien!,..

— Je voudrais que tous vos joueurs d'écarté eussent la jaunisse et vous aussi!...

— Je ne sais pas si j'ai la jaunisse, mais je me sens bien mal au cœur...

— Ah! je le crois, il me paraît que votre chagrin ne vous a pas empêché de boire et de manger.

— Je n'ai presque rien pris, je t'assure... il y avait pourtant un souper magnifique.

— M'avez-vous rapporté quelque friandise?

— J'en avais plein mes poches... je ne sais pas comment cela se fait, mais je n'ai plus rien du tout!...

— Ah! je vous reconnais là!... Comme c'est aimable!

— Fifine, si tu me fais des reproches, je vais me trouver mal...

— C'est-à-dire que c'est votre souper qui vous étouffe... Comme c'est gentil un petit amant comme ça, qui va s'amuser avec les autres et qui vous revient avec une indigestion!...

— Fifine, ne m'abandonne pas, je t'en prie!...

— C'est cela! il faut le soigner, à présent!... Allons, restez là... tenez-vous tranquille... je vais vous faire du thé.

— Ah! oui, fais-moi du thé... je ne veux plus boire autre chose.

La jeune modiste descend rapidement l'escalier; elle va acheter tout ce qu'il faut pour Robineau, qui a une indigestion compliquée. Mais Fifine est vive, leste, adroite; en un instant, elle a allumé du feu, fait chauffer de l'eau, et donné du thé au malade. Grâce à ses soins, il se trouve mieux au bout de quelque temps; et à chaque tasse de thé que la jeune fille lui présente il s'écrie : Ah! Fifine... je me souviendrai de tes soins... je ne dépenserai mon argent qu'avec toi; je voudrais avoir une couronne à t'offrir, et encore je ne croirais pas payer ton attachement!... Quant aux grandes soirées, je n'irai plus... le grand monde n'a rien qui me tente... une chaumière et toi... voilà le bonheur!

CHAPITRE IV. — Fortune inattendue. — Promenade à cheval. —
Effets de l'argent.

Huit jours s'étaient écoulés depuis le bal donné chez M. de Marcey. Le baron avait quitté Paris le lendemain de sa soirée pour aller visiter une de ses terres à quelques lieues de la capitale. Il s'absentait assez souvent, soit pour aller chez quelques amis, soit pour voir une de ses propriétés, soit seulement dans le but de se distraire; mais ses absences ne se prolongeaient pas ordinairement au delà d'une douzaine de jours. Lorsque M. de Marcey entreprenait un de ces petits voyages, il était fort rare que son fils l'accompagnât. Alfred, de son côté, suivait toutes ses fantaisies : il allait où bon lui semblait, restait à la ville ou à la campagne, sans que le baron le gênât en rien.

Alfred était chez lui, il faisait sa toilette, occupation très-sérieuse pour un petit-maître; mais il la faisait nonchalamment, parce que, pour le moment, il n'avait personne à qui il cherchât à plaire. Il pensait bien encore de temps à autre à madame de Gerville, la vive Jenny lui avait plu beaucoup; mais elle s'était fâchée de ce qu'il avait trouvé Clara jolie, et de ce qu'il le lui avait dit. Alfred, qui ne concevait pas que l'on se fâchât pour une chose si naturelle, n'avait rien fait pour apaiser le dépit de Jenny, et tout en s'habillant il se disait : Les femmes deviennent d'une exigence outrée!... Elles voudraient que nous ne trouvassions jolie que la personne à qui nous donnons le bras...

Ah! c'est-à-dire, elles veulent bien que nous trouvions jolies celles qui sont laides... Oh! pour celles qui sont laides, ces dames sont d'une bienveillance extrême; elles s'obstinent à nous assurer qu'elles sont bien, en disant : Vous êtes trop difficile, cette femme-là n'est pas mal. Mais quand nous disons : Tenez, voilà une femme qui est charmante! elles s'écrient : Ah! Dieu! où avez-vous donc les yeux?... Je vous croyais meilleur goût que cela... Que trouvez-vous de bien à cette femme-là?... Eh! mon Dieu, mesdames, rappelez-vous qu'on n'est jamais bon juge dans sa propre cause. Vous direz tout ce que vous voudrez, mais les hommes sauront toujours mieux que vous apercevoir dans une femme ce je ne sais quoi qui donne du charme à une figure que vous trouverez très-ordinaire; et, par la même raison, vous devez rendre aux hommes plus de justice que nous.

Alfred est troublé dans ses réflexions par un grand bruit qui part de son salon, et presque au même instant la porte de son cabinet de toilette s'ouvre brusquement, et Robineau, entrant comme une bombe, court se jeter dans ses bras si vivement qu'il renverse sur le parquet un lavabo fort élégant devant lequel Alfred se débarbouillait.

— Ah! mon ami!... mon cher ami!... s'écrie Robineau, dont la figure est toute sens dessus dessous, que je suis aise!... embrasse-moi donc!... non, c'est à moi de t'embrasser!... Ah! tu ne sais pas!... tu ne te doutes pas!...

— Ce que je sais, c'est que tu entres comme un fou, dit Alfred, et que tu viens de me briser un charmant lavabo de chez Jacob, fait dans un goût exquis...

— Mon ami, ça m'est égal! je t'en donnerai un autre, deux, trois si tu veux!... Je te donnerai tout ce que tu voudras.

Alfred examine Robineau, il cherche à lire dans ses yeux; celui-ci tâche de se calmer un peu et de se faire comprendre.

— Mon cher Alfred, ma joie, mon trouble, te paraissent extraordinaires, je le conçois... ça me fait bien cet effet-là à moi... et il y a des moments où je crois que je rêve... mais, Dieu merci, ce n'est point un songe... Quand je t'ai quitté, il y a huit jours, à la suite de ton bal, qu'est-ce que j'étais?...

— Ma foi, tu étais gris.

— Ce n'est pas ça que je veux dire... J'étais encore un simple employé, un modeste expéditionnaire à quinze cents francs...

— Est-ce que tu serais chef de bureau maintenant?

— Mieux que ça, mon ami!... J'ai envoyé le bureau à tous les diables!... j'ai vingt-cinq mille francs de rente!...

— Vingt-cinq mille!...

— Oui, mon ami; oui, moi, Jules-Raoul Robineau... je vais avoir équipage!..... Je suis riche, presque autant que toi..... pas encore autant cependant, mais ça peut venir!..... Quand on est en train..... la fortune!... Oui !... attends, que je m'asseye... je n'en puis plus!... Depuis que j'ai vingt-cinq mille livres de rente, j'ai des palpitations... il y a des moments où je ne puis plus respirer!

Robineau se jette sur un canapé, il tire son mouchoir, il s'essuie la figure, il lâche la ceinture de son pantalon pour respirer plus facilement, enfin il se met tout à fait à son aise; on voit que l'argent a déjà produit son effet, et que ce n'est plus le modeste employé qui se confondait en salutations avant d'oser prendre une chaise chez son ami le baron de Marcey. Mais, pour changer les esprits, les caractères, les personnes, les manières, la fortune a depuis longtemps fait ses preuves, et il est probable que les leçons du passé seront toujours perdues pour l'avenir, parce que les hommes ne vaudront pas mieux demain qu'ils ne valaient hier, et ainsi de suite.

Alfred, qui pensait que les vingt-cinq mille livres de rente survenues à son ami ne devaient pas l'empêcher de se débarbouiller, avait repris le cours de sa toilette, si brusquement interrompue, et attendait tranquillement que Robineau s'expliquât plus clairement. Enfin celui-ci, après avoir posé un de ses pieds sur un tabouret, et cherché sur quelle chaise il pourrait mettre l'autre, recommence à parler.

— Mon ami, tu m'as entendu dire autrefois que j'avais un oncle qui était parti fort jeune pour les Indes...

— Ah! oui... Tu n'en avais jamais eu de nouvelles, et il revient immensément riche... C'est comme dans tous les vaudevilles.

— Il n'est pas question de vaudevilles... Cet oncle, frère de mon père, était donc parti... Mes chers parents n'en avaient plus entendu parler... Ils sont morts sans me laisser autre chose qu'une éducation, j'ose dire assez...

— Passe, passe; j'ai été au collège avec toi; je sais qu'il fallait toujours qu'un autre te fît tes *versions* ou tes *thèmes*; mais enfin!...

— Oui, laissons là le latin... Mon ami, hier, en revenant de mon bureau, je trouve chez moi une lettre... J'ouvre; c'est un notaire qui m'invite à passer sur-le-champ à son étude, et à me munir de mes papiers, extrait de baptême, etc... Une lettre d'un notaire, je ne savais pas trop ce qu'il fallait en augurer; cependant je me rends sur-le-champ à son invitation. Le notaire me demande si j'ai des parents et des détails sur ma famille; enfin, mon cher Alfred, quand j'ai satisfait à toutes ses questions, et prouvé que je suis bien Jules-Raoul Robineau, fils de Benoît-Etienne Robineau et de Cécile Desboulloir, il me dit sans autre préparation :

— Monsieur, votre oncle, Gratien Robineau, vient de mourir au Havre, où il venait de débarquer; il avait réalisé toute sa for-

tune, et venait finir ses jours à Paris, lorsque la mort, qu'il avait cent fois bravée dans les pays lointains, est venue le frapper au port. Votre oncle vous a laissé tout son bien, et cela se monte à environ cinq cent mille francs!...

— Cinq cent mille francs!...

— Ah! mon ami, tu juges de ma joie, de mon saisissement... Je me suis trouvé mal, le notaire a été obligé de me donner du vinaigre, des sels...

— Comment! toi, Robineau, un philosophe, un garçon sans ambition, qui méprisais les richesses, tu te trouves mal en apprenant que tu as hérité!...

— Ah! mon ami, écoute donc, on est philosophe... c'est vrai; d'ailleurs c'est ce qu'on a de mieux à faire quand on est forcé de vivre de privations... mais on a un cœur aussi, on est sensible!... et cinq cent mille francs! J'ai cru d'abord que cela faisait un million de rente, cependant, en calculant, je me suis aperçu que ce n'était que vingt-cinq mille francs à cinq pour cent... Mais quand on est adroit, quand on sait s'y prendre, on fait valoir son argent à six, à huit, à dix. N'est-ce pas, mon ami?

— Mon cher Robineau, je sais fort bien comment on dépense l'argent, mais j'ignore entièrement comment on le fait valoir.

— C'est juste!... Tu n'as pas été employé au Trésor, toi.

— Au reste, si j'ai un conseil à te donner, c'est de placer solidement ta fortune, soit en rentes, soit en propriétés. Il me semble que quand on a vécu avec quinze cents francs, on peut bien se contenter d'une vingtaine de mille livres de rente... car il vaudrait mieux n'avoir que cela, et que ce fût bien assuré, que d'exposer ta fortune aux chances des affaires. Voilà mon avis, mon cher Robineau : on peut être très-étourdi pour soi et voir sagement pour les autres; tu feras donc bien de...

Robineau, que la fin du discours d'Alfred semblait impatienter, s'était levé et se promenait dans la chambre en chantonnant entre ses dents; enfin il interrompt Alfred en s'écriant :

— Bon!... bon!... je te remercie de tes avis... mais je me flatte que je saurai tout aussi bien qu'un autre gérer ma fortune. Laissons cela, mon ami, ne nous occupons que de plaisirs... de fêtes... Il me semble que quand on est riche la vie doit être un torrent de jouissances... Finis donc de t'habiller, et allons déjeuner... c'est moi qui t'invite au café Anglais... au café de la Bourse... chez Véry, où tu voudras...

— Mon cher Robineau, tu viens trop tard, j'ai déjeuné.

— Qu'est-ce que ça fait?... tu recommenceras bien...

— Non vraiment! Est-ce que tu crois que parce qu'on est riche on peut manger à chaque instant sans se faire de mal?...

— Diable!... c'est dommage... Moi, j'ai déjà pris du café et du thé, mais je veux déjeuner à la fourchette, c'est meilleur genre... Ah! quant au genre, mon cher Alfred, je prendrai tes avis... Je sais que tu suis les modes, et je veux les suivre aussi et à la rigueur... Vingt-cinq mille livres de rente!... Conçois-tu mon bonheur!

— Ma foi, je t'en fais mon compliment... car au fond tu es un bon enfant...

— Ah! si tu savais combien j'ai déjà de projets en tête!... Je veux faire tant de choses que je ne sais par où commencer!... Mais, je t'en prie, allons déjeuner... tu feras semblant de manger.

Les deux jeunes gens allaient sortir, lorsque Edouard entre chez Alfred. Robineau ne lui laisse pas le temps de dire bonjour à son ami, il lui saute au cou, le presse dans ses bras, et lui apprend le changement qui s'est opéré dans sa fortune. Edouard lui en fait tranquillement son compliment, et Robineau ne conçoit pas que cette nouvelle ne lui fasse pas plus d'effet; il lui semble que tous ceux qui l'entourent devraient être aussi dans le ravissement, dans le délire en apprenant qu'il a vingt-cinq mille livres de rente.

— Je venais te demander à déjeuner, dit Edouard à Alfred.

Sans laisser celui-ci répondre, Robineau saisit Edouard par le bras en s'écriant :

— Je vous emmène... nous déjeunons ensemble, nous dînerons même, si vous avez le temps, et à table je vous conterai mes idées... mes plans... Dites donc, voilà un habit que j'ai acheté hier au soir tout fait... j'étais pressé d'en avoir un nouveau... il ne va pas trop mal, hein?... Descendons, vous allez voir mon cabriolet...

— Comment! tu as déjà acheté un cabriolet et des chevaux?

— Non, je l'ai loué en attendant que je puisse en acheter un. Il me faut un autre logement, je ne peux pas mettre mon cabriolet dans mon appartement du quatrième; je vais en chercher un avec écurie, remise... Ah Dieu, que de choses j'ai à faire!... Par exemple, je ne croyais pas que la fortune donnât tant d'occupations.

Alfred et Edouard se regardent en souriant, puis enfin ils suivent Robineau, qui ne peut pas se tenir en place, et court dans les appartements en soufflant comme un bœuf.

On descend les escaliers, Robineau court devant, il appelle son domestique et lui crie de monter derrière sa voiture.

— Nous allons éreinter ton cheval, dit Alfred; j'aurais pu prendre mon cabriolet pour Edouard et moi.

— Non, non, dit Robineau, je veux que nous soyons ensemble... mon cheval est vigoureux... et d'ailleurs, s'il n'est pas bon, demain

Je m'en ferai donner un autre... Oh! je me fais joliment servir, moi... François, montez derrière... je conduirai.

On monte dans le cabriolet de Robineau, qui se place au milieu, prend les rênes et veut conduire, parce qu'il est persuadé que dès qu'on est riche on sait tout. Il fouette à tour de bras, tire ses guides à tort et à travers, tourmente son cheval, qui frise à chaque instant les bornes et les passants; et pendant que ses deux compagnons rient du mal qu'il se donne et de sa manière de conduire, il accroche sa roue dans celle d'un fiacre pour se garer d'une charrette.

Le cocher jure et dit qu'il faut être bien maladroit pour venir se mettre dans sa roue; Robineau jure aussi pour avoir l'air de ne pas être dans son tort; cependant ses jurements ne suffisent pas pour le tirer de l'embarras dans lequel il s'est mis; et voyant qu'il n'en sortira jamais, il donne les rênes à Alfred en disant :

— Mon ami, fais-moi le plaisir de conduire... car je suis si préoccupé de mes affaires que je pourrais me tromper de chemin.

Grâce à Alfred on se dépêtre du fiacre, et on arrive sans accident au Palais-Royal. On se rend chez Beauvilliers, Robineau demande tout ce qu'il y a de plus cher; et si ses deux compagnons ne le retenaient pas, il ferait venir un déjeuner pour vingt personnes, et crierait à tue-tête dans le salon qu'il a vingt-cinq mille livres de rente.

— A propos, dit Alfred, et Fifine, tu ne nous en parles pas!... elle doit être bien contente de ce qui t'arrive?

— Fifine! dit Robineau d'un air distrait, ah! ma foi, je n'ai pas encore eu le temps de la voir depuis que je suis allé chez mon notaire... *Mon notaire!*... dites donc, messieurs, comme cela résonne bien à l'oreille! *mon notaire!*...

— Quoi! monsieur Robineau, dit Edouard, vous n'avez pas encore fait part de votre bonheur à celle qui vous était si chère il y a huit jours!.... Songez donc que quand une femme nous a aimé pour nous-même, nous lui devons de la reconnaissance; et c'est bien le moins qu'elle se ressente de ce qui vous arrive.

— Edouard a raison, dit Alfred; quand on a eu le bonheur de rencontrer une femme sage, sensible et fidèle, il me semble, mon ami, qu'on ne saurait trop faire pour elle.

— Messieurs, messieurs, répond Robineau en savourant une coquille de volaille, vous parlez bien à votre aise... ne voulez-vous pas que je fasse ma femme de mademoiselle Fifine... ça serait gentil!

— On sait très-bien que tu n'en feras pas ta femme; mais...

— Mais je ne puis pas non plus garder cette petite modiste pour ma maîtresse. Vous conviendrez que lorsqu'on a une certaine fortune, on peut donner dans le grand genre... dans le distingué... Et puis, messieurs, entre nous, ce n'est pas positivement une vertu que mam'zelle Fifine... il s'en faut terriblement! Je me suis aperçu plusieurs fois que... vous m'entendez bien... mais j'avais l'air de ne rien voir, parce que je n'en étais pas amoureux. Ensuite elle a un caractère emporté... une très-mauvaise tête, c'est un vrai dragon... Moi, j'aime les femmes douces... J'étais habitué à sa figure; mais le fait est qu'elle n'est pas jolie : l'air effronté, et voilà tout.

— Ah çà, Robineau, tu ne diras pas maintenant qu'elle est mal faite, c'était une Vénus l'autre soir...

— Ah! oui... drôle de Vénus!... et qui me faisait dépenser tout mon argent en parties fines... les deux tiers de mes appointements y passaient...

— Comment, une femme qui t'aimait pour toi seul?...

— Oui, oh! je sais qu'elle m'aimait; mais cela ne l'empêchait pas d'être gourmande comme une chatte. Au reste, messieurs, je ne prétends pas en dire de mal; certainement je lui achèterai quelque chose... je suis trop généreux pour... Mais laissons là Fifine, et parlons de mes projets. Mes chers amis, vous ne savez pas ce qui me trotte dans la tête... eh bien! c'est un château!

— Un château! dit Alfred; mais, mon pauvre Robineau, tu es fou; si tu achètes un château, il ne te restera pas de quoi en payer l'entretien!

— Bon! bon! je sais calculer... Il y a château et château!... Est-ce que je ne puis pas mettre cent mille francs à l'achat d'une jolie terre... une terre avec une maison... bâtie dans l'ancien style?... Mon notaire m'a assuré qu'il me trouverait cela très-facilement; et alors, mes chers amis, on peut prendre le nom de sa terre... Ça se fait tous les jours... et, entre nous, quand on a vingt-cinq mille livres de rente, c'est un bien vilain nom que Robineau...

— Comment! monsieur Robineau, dit Edouard, vous, que les événements devraient trouver invariable... vous qui me rappeliez par vos discours et *Socrate* et *Cincinnatus!*...

— Mes amis, je vous l'ai dit, j'ai mes projets... je vois déjà de fort loin! J'achète un petit château, une terre, n'importe, et j'en prends le nom. Ça me donne déjà quelque chose de noble; alors je trouve une riche héritière, je me présente; je plais et j'épouse; hein? Il me semble que ce n'est pas trop bête; et si je ne m'appelais que Robineau, je ne pourrais jamais m'allier à une famille distinguée! Ah Dieu! mon cher oncle Gratien, quel bel usage je ferai de vos richesses!

— Et, pour commencer, tu ne veux plus porter son nom.

— Tu vois bien que c'est un calcul. C'est décidé, j'achète une terre, et j'aurai des paysans, des vassaux, on m'appellera monseigneur!...

— On ne t'appelle à pas monseigneur, mon pauvre Robineau, parce qu'aujourd'hui celui qui possède des prés, des maisons, des fermes, n'est pas pour cela le maître de disposer à son gré des bonnes gens qui labourent ses terres, et qu'on ne connait plus ces petits droits charmants de cuissage, de jambage, de marquette, de prélibation et autres gentillesses qui rendaient la destinée des vassaux pire que celle des bêtes de somme, et avilissaient l'humanité en abaissant l'homme vis-à-vis de son semblable; parce qu'on aime un maître bon et vertueux, et qu'on ne tremble plus devant un seigneur altier et débauché; parce que tous les hommes sont sous la protection des lois, qui ordonnent l'obéissance et non l'humiliation; et enfin parce qu'il n'y a plus de serfs qu'en Russie, où je te conseille d'aller acheter ton château si tu veux qu'on t'appelle monseigneur. Mais je crois, en vérité, que si on te laissait faire, Robineau, tu deviendrais un de ces petits tyrans d'autrefois, ou tout au moins un seigneur le loup, comme dans le *Petit Chaperon rouge*.

— Ecoutez donc, messieurs, c'était un bien joli droit que celui qui permettait au seigneur de mettre le premier sa jambe dans le lit d'une nouvelle mariée... Mais enfin je ferai des rosières... ça reviendra au même.

— En attendant que tu fasses des rosières, paye la carte, et partons.

— Déjà?

— Est-ce que tu veux passer ta vie chez les restaurateurs?

— Non sans doute... messieurs, il n'est que midi et demi... Que fait-on toute la journée quand on est riche?

— On fait ses affaires quand on en a, on s'amuse quand l'occasion s'en présente... et cela n'arrive pas tous les jours...

— Mes amis, je ne vous quitte pas d'aujourd'hui... je vous mènerai où cela vous sera agréable... aux Bouffes... Justement ils jouent aujourd'hui... C'est le spectacle des gens riches, je n'en sortirai pas; mais il n'est pas une heure, et on ne va pas aux Bouffes le matin.

— Nous allons monter à cheval nous deux Edouard, dit Alfred, et nous ferons un tour au bois de Boulogne.

— Monter à cheval! s'écrie Robineau; diable! mais c'est très-bon genre... c'est mon affaire... je vais avec vous.

— Sais-tu te tenir?

— Sois tranquille... Il serait plaisant qu'un homme qui a vingt-cinq mille francs de rente ne sût pas se tenir à cheval!

— En ce cas, viens avec nous, je te prêterai une jument qui a le trot extrêmement doux.

— C'est ça, et je la mènerai toujours au galop... Ah! mes amis... encore un mot avant de sortir : faites-moi un plaisir...

— Qu'est-ce que c'est?

— Désormais ne m'appelez plus Robineau, appelez-moi seulement par mon nom de baptême : Jules... c'est plus distingué... ça sonne plus agréablement.

— Je vous appellerai M. le marquis Jules, si vous voulez, dit Edouard en riant.

— Quant à moi, dit Alfred, je te nommerai comme cela me viendra à la tête!...

— Tâche qu'il ne t'y vienne que Jules, je t'en supplie.

On retourne chez Alfred; à pied cette fois, parce que, malgré les sollicitations de Robineau, les deux amis ne se soucient plus de s'étouffer dans son cabriolet. Le nouveau riche se décide donc à renvoyer sa voiture, et va à pied avec ses amis; mais, chemin faisant, il se donne des airs qui font beaucoup rire ceux qui l'accompagnent. Il ne daigne plus jeter un coup d'œil sur la foule, il ne se dérange plus pour personne, il lui semble que tous les passants doivent s'empresser de lui faire place, mais il n'en est pas ainsi; et comme son air impertinent ne prévient pas en sa faveur, on ne se range pas, on se permet même de le coudoyer, et Robineau a déjà reçu plusieurs bourrades pour s'être jeté au travers du monde. Il s'écrie alors : — C'est bien sot d'aller à pied quand on a voiture! tandis qu'Alfred et Edouard se disent tout bas : Il y a quelque chose de plus sot que cela.

On est arrivé à l'hôtel de Marcey. Les deux amis sont bientôt en selle, et Germain, le valet d'Alfred, présente à Robineau une jolie petite jument qui piétine et témoigne une noble ardeur. Robineau commence à froncer le sourcil, et tourne autour du cheval en disant :

— Il me semble qu'il a l'air méchant, ce cheval-là!

— C'est, au contraire, la bête la plus douce qu'on puisse rencontrer : c'est un cheval de dame.

— Alors ce sera mon affaire... Mais pourquoi frappe-t-il ainsi du pied sur le pavé?

— C'est parce qu'il est impatient de courir.

— Diable! s'il est impatient, il va s'emporter... je ne veux pas aller comme un fou!

— Sois donc tranquille! Est-ce que tu ne sais pas monter?

— Si fait, si fait; mais quand on vient de déjeuner, il faut aller doucement : c'est un principe...

— Si tu veux ne pas aller du tout, tu en es le maître; laisse-nous aller sans toi.

— Non pas... par Dieu; je suis des vôtres!... oh! vous verrez ma grâce... ma tournure...

— Monte donc alors.

— Par où monte-t-on?

— Comment! tu ne sais pas par où l'on monte?

— Je l'ai oublié.... il y a déjà longtemps que j'ai appris.

— Mon cher Robineau, tu vas te jeter par terre.

— Jules!... je t'ai dit de m'appeler Jules... qu'est-ce que ça te fait?... Voyons, Germain, tenez-moi l'étrier.... c'est cela...

— Hardi donc!... Ab! que tu es lourd!

Robineau parvient enfin à poser sa jambe droite de l'autre côté de la selle; il est à cheval, il porte des regards triomphants autour de lui.

— Partons, dit Alfred; et déjà il pousse son cheval, quand Robineau, qui vient de sauter sur sa selle, crie :

— Arrêtez! arrêtez!... je n'y suis pas... Que diable! vous allez, vous autres, sans me donner le temps de me reconnaitre... mes étriers sont trop longs... à peine si le bout de mon pied y touche.

— C'est ce qu'il faut; tu sauteras moins.

— C'est ça que je viens déjà de manquer de passer par-dessus la tête de mon cheval. J'aime les étriers très-courts, moi; on a bien plus d'aplomb. Germain, raccourcissez-moi cela... encore... c'est bien... A la bonne heure, me voilà collé sur ma selle...

— Ah çà! nous pouvons partir, maintenant?

— Oui, oui... oh! nous pouvons partir.

Alfred et Edouard partent. Robineau les suit. Malgré les étriers raccourcis, il saute, il chancelle sur son cheval, quoique de sa main droite il ait empoigné le pommeau de la selle. Comme on est dans Paris, les jeunes gens ne vont qu'au petit trot, et Robineau parvient à les suivre en leur criant de temps à autre : — Messieurs, pas si vite donc!... il est défendu de galoper dans Paris...

— Mais il me semble que nous ne galopons pas...

— C'est égal... pas si vite... je vous en prie... je ne suis pas encore en train... et puis c'est bien plus amusant d'aller doucement.

On arrive aux Champs-Elysées; déjà Robineau est en nage, et son chapeau, que le mouvement du cheval fait reculer, est placé tellement en arrière, que ses cheveux voltigent en liberté sur son front.

— Allons, monsieur Jules, dit Edouard, un temps de galop ici, le terrain est superbe.

— Oui... oui, le terrain est gentil... mais, moi, je sens que mon déjeuner est remonté à chaque bond de ce maudit cheval... elle a le trop terriblement dur, ta jument!

— Bah! tu plaisantes; d'ailleurs, fais-la galoper.

— Un instant, mes étriers sont encore trop longs.

— Tu n'y penses pas... tes genoux sont à la hauteur des oreilles de ton cheval.

— C'est égal... oh! j'ai appris par principes, moi...

— Ils sont gentils, tes principes!

— Là... m'y voici...

— En avant, alors.

Les deux amis partent au galop. Robineau ne se soucie pas de courir ainsi; mais la jument qu'il monte veut suivre les autres chevaux, et il faut malgré lui que le cavalier aille au galop. Robineau, qui n'a jamais été d'un tel train, ne sait plus où il en est, il se jette en avant, en arrière, retient les guides ou les lâche tout à coup; il est persuadé que son cheval a pris le mors aux dents, et crie de toutes ses forces :

— Arrêtez-le! arrêtez-le donc!...

Mais Alfred lui répond :

— N'aie pas peur, Robineau, laisse-toi aller.

Et Edouard lui crie : — Allons, monsieur Jules, ferme, tenez-vous plus droit... un peu plus de grâce que cela!

Le nouvel écuyer ne répond ni à Jules, ni à Robineau; il n'entend plus rien; déjà il a perdu son chapeau, bientôt il roule lui-même sur la poussière; et Alfred, qui était de beaucoup en avant avec Edouard, voit la petite jument arriver près de lui sans cavalier.

Les jeunes gens pensent qu'il est arrivé quelque malheur à leur compagnon; ils rebroussent chemin, et ramènent en laisse le cheval de Robineau. Celui-ci s'était relevé, il en était quitte pour quelques contusions; et, après avoir été rechercher son chapeau, il était entré dans un café. C'est là où ses amis l'aperçoivent.

— Comment! tu t'es laissé tomber! dit Alfred en souriant parce qu'il voit que Robineau n'est pas blessé.

— Oui, messieurs; parbleu! c'est bien étonnant! vous allez comme le vent! Mon cheval veut vous suivre, il s'emporte,... Tu me dis de me laisser aller... je me suis si bien laissé aller, que j'ai roulé sur la route... et puis, je ne vous ai pas dit que je montais comme Franconi, comme **Paul!**....

— Nous nous en sommes aperçus. Eh bien! remontes-tu?

— Non, merci; j'en ai assez pour aujourd'hui. D'ailleurs, j'ai un endroit endommagé... Allez faire votre promenade; moi, je vous attendrai ici, je lirai les Petites-Affiches pendant que vous galoperez... et comme je veux acheter une propriété, vous concevez que les Petites-Affiches m'intéresseront plus que le bois de Boulogne.

On attache la petite jument, les deux amis repartent; et Robineau, tout en prenant un verre d'eau sucrée pour se remettre de sa chute, compulse les Petites-Affiches, et lit toutes les annonces de propriétés à vendre, mais il hausse les épaules et murmure : — C'est trop peu de chose! 20,000 francs!... 40,000 francs!... Ce sont des bicoques!... Il me faut mieux que cela!... Des pigeonniers!... des jardins en plein rapport!... Qu'est-ce que ça me fait? ce n'est pas pour manger des pigeons

et des prunes que j'achète une terre! c'est pour qu'on m'appelle monsieur de... ou monsieur de la... enfin, le nom de ma terre... Ah! diable, 80,000 francs; ça devient mieux... mais des prairies, des fermes... je ne peux pas donner des bals et être seigneur dans ma ferme... Ah! ah!... un château... deux châteaux... douze appartements de maître! c'est mon affaire... Voyons le prix... 300,000 francs... 240,000 francs... C'est ridicule de pousser les châteaux à ce prix-là!... Il me semble qu'il devrait y en avoir de meilleur marché pour les amateurs.

Robineau sait les Petites-Affiches par cœur quand les deux jeunes gens reviennent de leur promenade. Comme il ne veut pas absolument remonter à cheval, Alfred conduit en main la petite jument, et Robineau suit les cavaliers dans un cabriolet de place. On revient à l'hôtel de Marcey; mais il n'est encore que trois heures et demie, on ne peut dîner que vers six heures; Alfred se retire dans son cabinet pour écrire quelques lettres, Edouard va faire des visites, et Robineau, qui ne conçoit pas que les journées durent deux fois plus quand on ne sait que faire pour s'amuser que quand on travaille, se rend chez son notaire pour passer le temps.

A six heures, les trois jeunes gens sont de nouveau ensemble; ils se rendent chez un restaurateur. Alfred et Edouard, qui se sont donné le mot, persuadent à Robineau qu'il est du bon ton de ne manger que fort peu, et de renvoyer la plupart des plats qu'on a demandés sans y avoir touché. Robineau fait donc remporter intacts plusieurs mets dont il avait grande envie de manger, mais il sacrifie son appétit à ce qu'il croit être du dernier genre.

Le soir on se rend aux Bouffes. Robineau, qui entend la musique sans la sentir, dissimule autant que possible les bâillements qui lui prennent en s'écriant : — Bravi! brava! bravissima! puis il regarde à sa montre si le spectacle finira bientôt. Il se termine enfin; Alfred retourne à son hôtel, Edouard à son logement, et Robineau remonte dans son cabriolet qui l'attend à la porte pour le reconduire rue Saint-Honoré.

Robineau est devant sa demeure, où il espère ne point séjourner longtemps; car sa maison lui semble affreuse et l'entrée horrible. Il faut pourtant y coucher encore. Mais, avant de rentrer chez lui, Robineau ordonne à François, son nouveau domestique, de venir le prendre de bonne heure le lendemain avec le cabriolet.

— De bonne heure, demain, avec le cabriolet! s'écrie quelqu'un qui était dans l'allée au moment où Robineau rentrait; et celui-ci reconnaît Fifine, qu'il n'a pas vue depuis son changement de fortune.

Fifine s'est arrêtée : elle tient à la main une chandelle roulée dans une demi-feuille de papier gris, et allumée; elle attend Robineau, qui ne se presse pas d'avancer.

— Comment! c'est toi, bon ami?

— Oui, sans doute, c'est moi!

— Qu'es-tu donc devenu depuis avant-hier qu'on n'a pas aperçu monsieur?... et ce genre?... ce cabriolet?... Est-ce que tu t'es fait duc et pair de toi-même en te promenant?

— Montons, Fifine, montons, je ne peux pas souffrir parler dans l'escalier, c'est très-mauvais genre!

— Ah! mon Dieu!... Son Altesse qui va se compromettre!... Ah! ah! ah! pardon, Votre Excellence! si j'avais su l'heure de votre retour, j'aurais coupé ma chandelle en quatre pour illuminer l'escalier.

Robineau monte; il entre chez lui suivi de la jeune modiste, qui tient toujours sa chandelle à la main. Robineau se jette nonchalamment sur une chaise, et Fifine approche de lui sa lumière en disant :

— Tiens... qu'est-ce que c'est donc que cet habit-là?... je ne te connaissais que ton habit noir, ci-devant neuf, et ton gris râpé.

— Eh bien, à présent, vous m'en connaissez un autre!... voilà tout...

— Et cette chaîne d'or!... ces breloques!... Ah! pour le coup il y a quelque chose...

— Oui, Fifine, il y a un très-grand changement dans ma situation depuis avant-hier.

— Vraiment!... Tu auras touché cent écus de gratification?

Robineau laisse échapper un sourire de pitié en disant : — Cent écus! ah! mon Dieu!... quelle misère!...

— Comment! quelle misère? Fais-moi donc le plaisir de me donner une douzaine de misères comme ça, et je m'enlèverai en ballon demain matin.

— Fifine, écoutez-moi avec attention.

— Attends, que je m'asseye, car ce que tu vas me dire me fera peut-être de l'effet.

Fifine met sa chandelle dans un chandelier, et va s'asseoir devant Robineau, qui, avant de parler, tâche de prendre un air important.

— Mademoiselle, je...

— Comment! mademoiselle? est-ce que c'est à moi que tu parles?

— Certainement.

— Et tu m'appelles mademoiselle!... Tâche d'abord d'être un peu plus honnête que ça! Est-il bête avec sa demoiselle!

— Eh bien, Fifine, je dois vous dire que vous ne voyez plus devant vous ce jeune homme dont quinze cents francs d'appointements composaient toute la fortune; les espérances dont je vous ai plusieurs fois entretenue se sont réalisées... Je savais bien que mon oncle finirait par m'enrichir... Mon cher oncle Gratien!... il est mort, et m'a laissé vingt-cinq mille francs de rente

— Bah !... vraiment !... ce n'est pas une farce ?

— Non, Fifine, il n'y a rien de plus vrai... Je suis immensément riche... et j'aurai incessamment un château, parce que je tiens beaucoup à avoir un château.

— Comment ! tu es riche, et tu ne me le dis pas tout de suite ! tu me fais languir deux heures !... Ah bien ! allons-nous nous amuser !... mais dansons donc, sautons donc, remuons-nous donc ! Tu es riche, et tu restes tranquille comme ça !

Fifine prend Robineau par les bras et le force à tourner avec elle dans la chambre ; mais enfin celui-ci se dégage et va se rasseoir tandis que Fifine continue de sauter, et monte sur les chaises et sur les meubles.

— Certainement, Fifine, répond Robineau en se balançant sur sa chaise, je désire que vous vous amusiez... je serai même charmé de vous être utile quand l'occasion s'en présentera, et vous pouvez compter sur ma protection ; mais pour ce qui est de continuer à..., à être ma maîtresse, vous devez comprendre que c'est impossible... et que ma position sociale ne me permet plus de vous voir... comme ci-devant...

Fifine, qui était dans ce moment montée sur la commode, où elle se tenait en Psyché, saute d'un bond près de Robineau en s'écriant :

— Qu'est-ce que vous marmottez-là ?... de votre position sociale... que vous ne me verrez plus comme avant ?..., Faites-moi le plaisir de m'expliquer cela un peu mieux.

— Il me semble, ma chère Fifine, que c'est assez clair. J'ai toujours infiniment d'amitié pour vous... je compte même vous en donner la preuve demain, en vous faisant cadeau d'un beau schall en bourre de soie... la couleur que vous voudrez, ça m'est égal... Mais je dis... que je ne puis plus être votre amant, ni sortir avec vous, parce que les circonstances et ma nouvelle situation dans le monde s'y opposent.

Fifine, qui a bien écouté Robineau, reste quelques instants sans bouger ; puis elle va près de la cheminée et reprend la chandelle, qu'elle ôte de dedans le chandelier, et, avant de s'éloigner, elle s'arrête devant celui qui continue de se balancer sur sa chaise :

— Je ne vous croyais que bête, mais je vois que vous êtes un ingrat ! dit Fifine en souriant avec amertume. Vous ne voulez plus me voir parce qu'il vous est tombé une fortune... C'est très-beau !... c'est une résolution digne de vous ! Quant au cadeau que vous voulez me faire, gardez-le pour celles qui vous grugeront en se moquant de vous... vous n'en aurez jamais trop pour celles-là.

— Mademoiselle, dit Robineau en se levant avec colère, ce que vous me dites là est très-malhonnête... Au reste, cela ne m'étonne pas, quand on a aussi mauvais ton que vous...

— Taisez-vous, méchant cascaret !... dit Fifine en revenant brusquement sur Robineau, qui va se retrancher derrière un fauteuil ; vous mériteriez que je vous fisse avaler cette chandelle tout allumée !...

— Mademoiselle Fifine !...

— Taisez-vous !... vous me faites pitié !... Allez avec vos duchesses et vos princesses ; entretenez des danseuses, des miladies ; mais quand vous serez gris, attendez qu'elles vous donnent du thé et des remèdes, et vous pourrez bien mourir d'indigestion.

En disant cela, Fifine fait une belle révérence à son ancien amant, et sort de la chambre le laissant dans le plus complète obscurité.

— Voyez un peu la méchanceté ! s'écrie Robineau quand Fifine est partie, elle ne m'a pas seulement allumé ma chandelle !... Oh ! les femmes !... Il faudra qu'un homme qui a vingt-cinq mille livres de rente batte le briquet.... ma foi non !..., j'aime mieux me coucher sans voir clair... Cette Fifine... qui se permet de... Voilà ce que c'est ! plus on en fait pour les femmes et plus elles abusent... Mais, maintenant ce ne sera plus ça... je me ferai terriblement valoir ; et pour faire ma conquête il faudra autre chose qu'un nez en trompette.

Robineau se couche, et oubliant Fifine, s'endort, et rêve à son futur château.

CHAPITRE 7. — Acquisition d'un château. — Départ pour l'Auvergne.

Robineau n'a pas beaucoup dormi, parce que quand on a dans la tête un château, des terres, des titres, une voiture et des laquais, cela doit nécessairement causer de l'agitation. Il est des insomnies plus agréables que celles que causent les désirs d'ambition et de grandeurs ; c'est dans le silence de la nuit qu'il est doux de penser à ce qu'on aime, de se rapprocher en idée, en souvenirs, en espérances, de l'objet dont on est séparé ; alors on se laisse aller aux plus tendres illusions, on fait soi-même son rêve, et l'on craint de s'endormir, parce que le sommeil ne nous offre pas toujours les images les plus chères à notre cœur. Mais Robineau, qui n'a pas de ces pensées-là, las de se retourner dans son lit et de chercher un château sur l'oreille droite et sur l'oreille gauche, se lève de très-bonne heure, et s'habille en se disant : — Mon cabriolet et mon domestique m'attendent peut-être déjà en bas.. j'ai trop de choses à faire pour perdre mon temps dans mon lit.

Robineau est habillé, il sort tout doucement de chez lui, parce qu'il ne se soucie pas d'être entendu de Fifine, qui est aussi très-matinale ; mais il ne rencontre personne dans son escalier · et il arrive dans la rue, où il cherche en

— Diable ! pas encore arrivé !..., se dit Robineau en tirant sa montre. Ah ! il n'est que six heures... c'est égal, si je veux me promener en voiture à six heures, je suis bien le maître.

Robineau rentre dans son allée, il ne sait s'il doit aller à pied ou attendre son cabriolet ; mais il entend du bruit dans l'escalier, et, craignant que ce ne soit Fifine, il se décide à sortir.

Robineau se rend chez son notaire. Il arrive dans la maison, où le portier commence seulement à se lever. Robineau traverse rapidement la cour en criant : — Je vais à l'étude.

— Il n'y a personne, répond le portier. En effet, Robineau trouve la porte de l'étude fermée, et il revient près du portier en disant : — Comment ! les clercs, les commis, ne sont pas encore arrivés ?...

— Mais, monsieur, il est trop tôt... les clercs ne viennent jamais à l'étude à six heures du matin...

— Et M. le notaire est-il chez lui ?

— Certainement qu'il n'est pas encore sorti. Je pense bien qu'il dort avec sa femme.

— Ah ! laissez donc, dormir !... il y a deux heures que je ne dors pas, moi ; je vais monter chez lui...

— Mais, monsieur, on ne monte pas si tôt que ça...

— Quand on va acheter un château, on doit pouvoir monter quand on veut.

Le portier, qui pense qu'il s'agit d'une affaire très-importante, laisse monter Robineau, qui va carillonner à la porte de l'appartement du notaire.

Au bout de quelques minutes, une femme de chambre vient enfin ouvrir d'un air effrayé en disant : — Eh ! mon Dieu ! qu'est-ce qui est donc arrivé ?

— C'est moi, ma chère enfant, répond Robineau, je veux parler à votre maître.

— Pourquoi donc faire, monsieur ? reprend la domestique, qui croit toujours qu'il est arrivé quelque grand événement.

— Pourquoi ?... Parbleu ! pour le château, pour la propriété que je l'ai chargé de me trouver...

La femme de chambre se calme, regarde Robineau, puis répond : — Monsieur dort encore, il n'a pas l'habitude de s'occuper d'affaires si matin.

— Ma chère, allez lui dire que c'est son client Jules - Raoul Robineau, qui vient d'hériter de son oncle Gratien de vingt-cinq mille livres de rente, ça le réveillera tout de suite.

— Oh ! monsieur, je ne crois pas !... D'ailleurs, il n'y a pas longtemps que monsieur et madame sont mariés, et je ne sais pas si je peux entrer comme ça...

— Voulez-vous que j'y aille, moi ?...

— Oh ! non, monsieur... attendez, je vais voir.

La domestique se décide à aller remplir le message dont on l'a chargée ; et, pendant ce temps, Robineau se promène dans une vaste salle à manger, en disant : — Quand le notaire saura que c'est moi, je suis bien sûr qu'il va se lever tout de suite.

Mais la jeune bonne revient bientôt, et d'un air moqueur lui dit : — Monsieur a juré de ce que je le réveillais ; il m'a envoyé promener et il a dit qu'on revienne...

— Vous ne m'avez donc pas nommé ?

— Si monsieur... mais ça n'a rien fait.

— Ah ! ça n'a rien fait !... Allons, je reviendrai.

Robineau s'en va d'assez mauvaise humeur, en se disant : — Si cet homme-là m'avait remis déjà tous mes fonds, je changerais de notaire sur-le-champ... Allons chez Alfred.

Robineau se rend à l'hôtel de Marcey ; il y arrive avant sept heures, les domestiques se promenaient dans la cour. Le valet de chambre d'Alfred arrête Robineau en lui disant : — Monsieur, mon maître dort.

— Bah !... c'est égal ; il ne sera pas fâché de me voir... il m'attend, répond Robineau, et, franchissant les escaliers, il traverse les appartements, et pénètre enfin dans la chambre à coucher d'Alfred, qui dormait profondément. Il le pousse, le secoue, en s'écriant :

— Eh bien ! mon ami... est-ce que nous ne nous levons pas ? Allons donc, paresseux !

Alfred ouvre les yeux, regarde Robineau, et s'écrie : — Comment, c'est toi !... Que me veux-tu donc ?...

— Je viens causer d'affaires avec toi. Il m'a semblé que tu m'avais dit hier que tu avais vu du côté de Mantes une propriété charmante, dont...

— Eh ! que le diable t'emporte, toi et tes propriétés !... Je faisais le plus joli rêve... Je descendais en montagne russe avec madame de Gerville... le char se brisait ; mais, au lieu de nous faire du mal, nous étions si bien enlacés, nous tombions si mollement... je sentais toutes ses formes, je les touchais !...

— Mon ami, dit Robineau, je te demande pardon de t'avoir réveillé, mais...

— Et moi, dit Alfred en se retournant, je te demande pardon si je me rendors.

Alfred ne répond plus à Robineau, qui lui crie : Comment, mon ami... pour un rêve... pour des bêtises, des montagnes russes !... tu vas encore dormir ?

Voyant que c'est en vain qu'il lui par   se décide à sortir de chez Alfred, et se dit : — Allons chez M. Edouard Beaumont. Un poëte, un auteur, ça doit être levé de bonne heure, le génie doit être matinal... D'ailleurs, je l'engagerai à venir déjeuner avec moi... et on dit que les auteurs sont sensibles à de telles invitations.

Robineau prend donc le chemin de chez Edouard, où il n'était jamais allé ; mais il savait son adresse, et il parvient à trouver son logement. Le jeune auteur n'habite pas un hôtel, il ne loge pas au premier, mais il demeure dans une jolie maison de la rue d'Enghien, et le portier n'arrête pas Robineau ; au contraire, il lui dit : — Montez au quatrième.

Robineau monte en se disant : — C'est bien haut, un quatrième !... il est vrai que l'escalier est très-propre, très-joli... Ah ! un poëte !... ça n'est pas forcé d'être riche... Cependant j'ai entendu dire à Alfred qu'Edouard était à son aise, qu'il avait environ quatre mille francs de rente... Autrefois, cela me semblait une fortune.

UNE INDIGESTION DE ROBINEAU APRÈS LE BAL.

— Ah ! Fifine, je me souviendrai de tes soins... le monde n'a rien qui me tente... une chaumière et toi... voilà le bonheur.

Arrivé au quatrième, Robineau sonne une fois, deux fois ; il ne se lasse pas, il sonne une troisième ; enfin la voix d'Edouard se fait entendre, et demande : — Qui est là ?

— C'est moi, Jules... vous savez bien... Je viens vous chercher pour déjeuner... Ouvrez...

— Ah ! je vous demande mille pardons, monsieur Robineau, mais j'ai travaillé fort avant dans la nuit, et je suis bien aise de dormir un peu... Au revoir.

On s'est éloigné, et Robineau reste quelques instants immobile devant la porte en se disant : — Qu'est-ce que tous ces gens-là ont donc mangé pour avoir envie de dormir comme ça ?... c'est extraordinaire !

Il descend l'escalier, regarde à sa montre : il est près de sept heures et demie ; il pense que son cabriolet doit l'attendre ; il retourne rue Saint-Honoré, et pousse un cri de joie en apercevant de loin la voiture devant sa porte. Il double le pas, et voit que les jeunes modistes sont avec Fifine sur le seuil de la boutique. Il passe fièrement devant elles, se jette dans son cabriolet au bruit des éclats de rire que font ces demoiselles, et se dit : — Elles rient !... C'est bon ! je tâcherai de les éclabousser.

Robineau se fait promener pendant une heure dans les rues de Paris ; au bout de ce temps, il retourne chez son notaire. Celui-ci, qui est déjà las de le voir quatre fois par jour, et qui ne se soucie pas d'être souvent réveillé par lui, pense qu'il faut bien vite trouver une propriété pour se débarrasser de cet homme-là. Dès qu'il le voit, il lui dit : — J'ai votre affaire.

— Se pourrait-il !... Une terre ?...

— Mieux que cela, un petit château...

— Un château !... Vous êtes charmant !...

— Il y a encore des tours, des créneaux...

— Il y a des créneaux !... Permettez que je vous embrasse !...

— Des fossés... à sec à la vérité.

— J'y ferai mettre de l'eau.

— Beaucoup de logement, beaucoup d'appartements de maître, des écuries pour vingt chevaux...

— J'y mettrai des ânes.

— Un parc, un bois, des jardins immenses où on peut se perdre !

— Se perdre... c'est délicieux.

— Du terrain où l'on peut chasser...

— Je ne ferai que cela...

— Une petite rivière abondamment pourvue de poisson.

— Justement j'adore la matelote !

— Enfin le château est encore meublé... un peu à l'antique, à la vérité ; mais, excepté du linge, on y trouvera tout ce qu'il faut pour l'habiter sur-le-champ.

— Mon cher notaire, c'est enchanteur... Meublé à l'antique !... Ça n'en est que plus noble !...

— Au reste, vous verrez avec les titres le détail exact de tout ce que contient le château.

— Tout cela est très-bien... mais je crains seulement que cette délicieuse propriété ne soit trop chère...

— Quatre-vingt mille francs !...

— Quatre-vingt mille francs !... c'est pour rien... Je l'achète.

— Je dois vous prévenir que cela ne rapporte pas grand'chose ; il paraît que les terres qui en dépendent ne sont pas bien entretenues...

— Ça m'est égal...

— Il y aura même quelques réparations à faire aux bâtiments.

— Je ferai tout ce qu'il faudra...

— Enfin, c'est un peu loin d'ici...

— Qu'est-ce que ça me fait, je n'irai pas à pied... Où est-ce, enfin ?

— En Auvergne, près de Saint-Amand-Talende et de Clermont... à quatre-vingt-dix lieues de Paris, à peu près.

— Votre oncle vous a laissé tout son bien, et cela se monte à environ cinq cent mille francs.

Robineau réfléchit quelques moments en disant : — En Auvergne !... à quatre-vingt-dix lieues d'ici !... Diable ! je ne pourrai pas aller déjeuner au café Anglais et revenir le soir à mon château.

— Mais songez aussi, monsieur, qu'une propriété située près de Paris devient ruineuse par la quantité de visites que l'on y reçoit ; l'un vient passer chez vous huit jours, un autre quinze ; vous n'êtes jamais libre ; il faut une fortune considérable pour faire face aux dépenses que cela occasionne.

— C'est vrai... Et en Auvergne on ne viendra pas me demander à dîner en se promenant... Je ne connais pas l'Auvergne, est-ce joli ?

— Oh ! monsieur, c'est un pays très-curieux, très-pittoresque ! La petite ville de Saint-Amand et ses environs composent un des cantons les plus remarquables de la Limagne d'Auvergne... Vous y verrez des montagnes à perte de vue et des prairies verdoyantes. La nature y est fertile en accidents d'une rare beauté !...

— Il y a des accidents ?

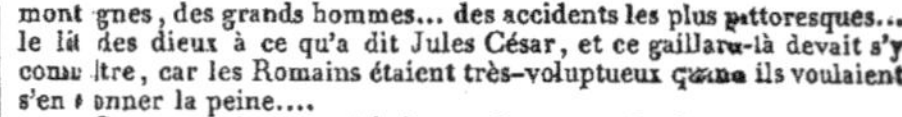

• — Je vous parle en artiste; je veux dire que vous serez étonné, en sortant d'une chaîne de montagnes, de voir des coteaux couverts de vignes, des vallées où croissent en abondance les fruits les plus doux et les légumes les plus nourriciers...

— Ce que c'est que de ne pas voyager!... je me figurais qu'en Auvergne on ne trouvait que des marmottes.

— Le petit village de Talende est arrosé par une source d'eau vive des plus remarquables et des plus abondantes. Jules César appelait Talende le lit des dieux!...

— Alors les habitants doivent y être fort bien couchés.

— Enfin, l'Auvergne a donné naissance à plus d'un homme célèbre : c'est à Aigueperse qu'est né le chancelier de l'Hôpital; Riom est la patrie d'Anne Dubourg; Issoire est celle du cardinal Duprat; et le petit bourg de Chanonat a vu naître dans son sein l'aimable Delille, et a été chanté par ce poëte...

— Tout cela est très-bien; mais le nom du château?... je tiens beaucoup au nom.

— Cette propriété porte le nom de la Roche-Noire...

— La Roche-Noire!... superbe!... et, quand elle sera à moi, je pourrai en prendre le nom?

— Rien ne vous en empêchera...

— M. de la Roche-Noire... Jules de la Roche-Noire!... C'est magnifique!... C'est fini, monsieur le notaire, j'achète le château...

— Vous pourriez, avant de conclure, aller le visiter, et...

— Non pas! non pas! oh! il n'aurait qu'à être vendu à un autre pendant ce temps-là, et le nom de la Roche-Noire m'échapperait!.. C'est décidé, c'est conclu, j'achète le château... Quand pourrai-je avoir mes titres? Quand aurez-vous terminé l'acte?... Je suis bien pressé d'avoir mon château.

— Il faut que j'écrive à mon confrère de Saint-Amand... puis les actes... oh! ce sera l'affaire de huit jours au plus.

— Huit jours!... ah! que c'est long!... N'importe, faites tout ce qu'il faut, qu'on ne puisse pas me disputer ma propriété... Ah! si vous écriviez en Auvergne, je ne serais pas fâché non plus qu'on sût à mon château que je vais y arriver... et qu'on me préparât une petite réception. Il y a sans doute du monde à la Roche-Noire?

montagnes, des grands hommes... des accidents les plus pittoresques... le lit des dieux à ce qu'a dit Jules César, et ce gaillard-là devait s'y connaître, car les Romains étaient très-voluptueux quand ils voulaient s'en donner la peine....

— Comment donc se fait-il que les naturels d'un si beau pays viennent en foule à Paris pour faire des chaudrons ou porter de l'eau?....

— Qu'est-ce que ça prouve?... Est-ce que les hommes n'ont pas toujours aimé à voyager? les peuples les plus anciens, les Juifs, les Chaldéens, les Phéniciens, nous en donnent l'exemple, et lorsqu'un patriarche comme Abraham va avec sa famille, sa maison et ses troupeaux, des bords de l'Euphrate en Palestine, puis ensuite en Egypte, il me semble qu'un Auvergnat peut bien sans se gêner faire le voyage de Paris.

— C'est juste... au reste, je ne connais pas l'Auvergne, et l'on m'a dit que c'était en effet un pays fort curieux. Mais, avant d'acheter le château, tu iras le visiter, je pense?

— Non pas, je l'achète tout de suite et j'irai le visiter après; je veux y faire mon entrée en seigneur, en propriétaire; le domaine de la Roche-Noire!.... pour quatre-vingt mille francs. Tu conviendras, mon cher de Marcey, que c'est une trouvaille....

— Dis plutôt quelque vieille habitation gothique bien ruinée, bien endommagée, où il te faudra dépenser beaucoup, rien qu'en réparations....

— Je ne réparerai rien : j'aime les ruines, moi!... Et un parc! un bois! la chasse! la pêche!...

— Chasses-tu aussi bien que tu montes à cheval?

— Oh! mauvais plaisant! Tiens, je suis sûr que tu te fais une idée très-fausse de mon château.

— Je t'assure que je suis fort content que tu en aies un, parce qu'au moins tu me laisseras dormir tranquille.

— Ah! mon ami!... mon cher ami!... une idée délicieuse!...

— Encore un château que tu achètes?

— Non, un seul me suffit; je n'ai pas d'ambition, moi. Mais tu viens de dire que tu ne connaissais pas l'Auvergne... superbe occasion pour la connaître. Je t'emmène avec moi voir ma propriété... je te force à convenir que j'ai fait une bonne acquisi-

L'homme de Clermont-Ferrand.

— Il y a tout au plus un concierge et un jardinier.

— C'est égal, il n'y aura pas de mal à leur faire savoir que leur nouveau maître va bientôt se rendre dans son château... cela leur donnera le temps de me préparer un petit compliment... n'est-ce pas, monsieur le notaire?

— Il est certain que s'ils veulent vous en faire...

— Un nouveau seigneur!... il me semble que c'est de rigueur.

— Oui, à l'Opéra-Comique...

— Mais en Auvergne, bien plus, car ces gens-là doivent avoir encore des mœurs patriarcales. Allons, je vous quitte. Pressez mon acquisition, je vous en prie : songez que ma vie, mon bonheur, toutes mes espérances sont déjà concentrées sur mon château.

Robineau quitte son notaire, il ne se possède pas de joie; et comme ainsi que la douleur le bonheur a besoin de s'épancher, il retourne chez Alfred, qu'il trouve levé cette fois, et auquel il crie de l'antichambre : — C'est fini!... je suis propriétaire... j'ai un château... le château de la Roche-Noire, rien que ça... et des tours, des créneaux, des fossés... peut-être des canons; il n'y manque rien! Mon cher de Marcey, je suis le plus heureux des hommes.

Alfred sourit de l'exaltation que la possession d'un château produit sur le nouvel héritier; il le fait asseoir près de lui, l'engage à se calmer, et lui demande où est situé sa propriété.

— En Auvergne, répond Robineau; pays superbe!... patrie des tion... tu me donnes quelques conseils sur la manière de monter ma maison... tu m'apprends à chasser... nous donnons des fêtes, tu en es l'ordonnateur... Eh bien! qu'en dis-tu? est-ce que cela ne te sourit pas?

— Ma foi... aller en Auvergne me plairait assez... mais je réfléchis que je dois, avec Edouard, faire cet été une petite tournée en Suisse... c'est une chose que nous avons décidée.

— Au lieu d'aller en Suisse, vous viendrez en Auvergne, qui est la Suisse de la France... vous verrez là des montagnes et de la neige aussi bien qu'en Suisse... Edouard viendra avec nous.

— Ah çà! tu veux donc emmener tout le monde?

— Non, mais Edouard, cela me fera plaisir, parce qu'il est poëte, et il poëte c'est souvent utile, surtout lorsque l'on veut comme moi donner des banquets, recevoir des dames, être galant.

— Ah! j'entends, tu veux qu'Edouard vienne pour faire les couplets de circonstance.

— Il ne fera que ce qu'il voudra; mais il me semble qu'un auteur, un poëte, ne doit pas non plus être fâché de visiter un pays pittoresque; un pays où il y a des rochers, des précipices... il fera dix pièces là-dessus!... De la neige, des montagnes, des torrents... il n'y a rien de tel pour inspirer le génie : je suis sûr qu'Edouard fera un poëme sur mon château, ou une tragédie qu'il appellera la Roche-Noire. Alfred, je t'en prie, engage-le à venir...

— *Je* te promets de le lui proposer, et s'il accepte, c'est décidé, nous partons avec toi, et nous allons t'installer dans ton château.

Robineau quitte Alfred pour s'occuper des préparatifs de son départ; et ce dernier, en réfléchissant à la proposition qu'on vient de lui faire, pense que ce voyage en Auvergne pourra lui fournir de fréquentes occasions de se divertir; l'idée de voir le château de la Roche-Noire, et Robineau y faisant le seigneur, amuse déjà Alfred, et comme avec Edouard ils n'avaient formé le projet d'aller en Suisse que pour se délasser un peu du séjour et des plaisirs de Paris, il pense que son ami acceptera comme lui la proposition de Robineau.

Il était rare qu'Edouard et Alfred fussent plus de deux jours sans se voir; sans avoir précisément les mêmes goûts et le même caractère, ils s'aimaient et se convenaient; la sympathie qui entraîne deux êtres l'un vers l'autre ne naît pas toujours des rapports d'humeur et d'esprit. On voit la gaieté s'unir à la mélancolie, et les gens les plus sérieux, les plus graves, rechercher la société des personnes les plus facétieuses, se plaire avec les caractères les plus bouffons. Il faut au paresseux quelque chose qui le réveille; l'esprit a besoin de contrastes. Que de gens qui ne se trouvent bien qu'avec ceux avec lesquels ils se disputent sans cesse! On peut se convenir sans s'aimer; pour ce dernier sentiment, malgré les différences apparentes, il faut qu'il y ait au fond de l'âme ce rapport secret que l'on éprouve mais que l'on ne peut définir.

Alfred était plus léger, plus étourdi, plus gai peut-être qu'Edouard; cependant celui-ci n'était guère plus sage que les jeunes gens de son âge; mais n'étant pas riche comme le jeune de Marcey, il poussait moins loin ses folies, et il était assez raisonnable pour ne point vouloir faire des dettes. L'habitude de moins dépenser, de réfléchir avant d'accepter quelque partie de plaisir, lui avait fait donner par son ami le surnom de Prudent, et cependant Edouard ne l'était pas plus qu'Alfred lorsque son cœur était pris. Tous deux étaient aimables; Alfred, en disant tout ce qui lui venait dans l'idée, et sa gaieté naturelle lui en suggérait souvent de plaisantes; Edouard, en ne disant que ce qu'il éprouvait, et ses pensées n'étaient jamais dépourvues de justesse. Enfin, Edouard riait des folies que débitait Alfred, et celui-ci applaudissait aux réflexions de son ami.

Le soir même du jour où Robineau les a réveillés tous deux, Edouard se trouve avec Alfred, et celui-ci lui fait part de la proposition du nouvel acquéreur du château de la Roche-Noire.

Edouard réfléchit quelques moments, et déjà Alfred s'impatiente et le presse de se décider.

— Aller chez M. Jules Robineau! dit enfin Edouard; mais sais-tu qu'il est bien bête, ton ami Robineau?

— Certainement que je le sais... mais, qu'importe!... Est-ce qu'on ne va pas tous les jours chez des gens bêtes?

— S'il n'était que cela, ça ne serait rien encore! mais il est rempli de prétentions....

— Tant mieux! c'est là le plus amusant... Songe donc à l'embarras qu'il va faire dans son château!... au bruit que cela fera dans le pays!... aux scènes plaisantes qui en résulteront!... Toi, auteur, tu vas trouver là-dedans une foule de tableaux de mœurs, de détails comiques....

— C'est très-bien; mais nous ne pouvons pas accompagner ce pauvre garçon dans le seul but de nous amuser à ses dépens....

— Allons, tu vas trouver du mal à cela!... Mais, tout en nous amusant, tu ne vois pas que nous rendons un véritable service à Robineau; il aura besoin de nos conseils en mille occasions... Il veut donner des fêtes... des bals... il veut déjà que tu lui fasses des couplets de noce et de baptême.

— Ah! bien obligé.

— Enfin, quand nous nous ennuierons chez lui, nous partirons.... Je ne compte pas non plus passer ma vie à la Roche-Noire....

— Et comment ferons-nous ce voyage?

— Mon Dieu, comme tu voudras... En poste, je présume, et à frais communs, cela va sans dire!... Je n'ai nullement envie que M. Robineau nous défraie sur la route... mais nous ne dépenserons pas plus là que pour aller en Suisse... Eh bien! tu réfléchis... Ta sagesse voit-elle quelque écueil?... Avec tes quatre mille livres de rente et tes économies, tu finiras par être plus riche que moi!...

— Je ne désire pas la fortune, je ne demande que le bonheur!

— Tu n'es pas difficile! tu ne veux que le meilleur... Voyons, que décides-tu?

— Tout ce que tu voudras; allons en Auvergne, et visitons le château de M. Robineau.

— Voilà qui est dit. Ce pauvre Robineau! il va être enchanté quand il saura que nous allons avec lui. Au fond, c'est un assez bon garçon; j'ai bien peur qu'il ne se ruine avec son château, et nous tâcherons de l'en empêcher, à moins toutefois qu'il n'y mette de l'entêtement. Allons voir l'Auvergne!... les petites Auvergnates!... Je ne sais, mais j'ai dans l'idée que nous trouverons par là de jolis minois....

— Ah! tu penses déjà aux femmes!...

— Fais donc le bon apôtre, toi!... Eh! mon ami!... un pays où il n'y aurait point de femmes... par conséquent point d'espérances d'amourettes, fût-il beau comme l'Eden, riche comme l'Eldorado, doux comme l'Arabie-Heureuse, ne serait à mes yeux qu'une triste solitude... Aussi j'ai toujours plaint ce pauvre *Robinson*, qui au lieu d'une femme n'a eu pour société que *Vendredi*.

Robineau ne manque pas de venir le lendemain savoir la décision des deux amis; et en apprenant qu'ils l'accompagnent à son château, il est dans le ravissement. Il a acheté une chaise de poste pour faire le voyage, il veut aussi acheter des chevaux. Ce n'est pas sans peine qu'Alfred lui fait comprendre qu'il vaut beaucoup mieux prendre des chevaux de poste jusqu'à Clermont-Ferrand.

— Pourquoi pas jusqu'à mon château? dit Robineau.

— Ne m'as-tu pas dit que ta propriété n'était qu'à une ou deux lieues de cette ville?

— Oui.

— Eh bien! comme nous allons en Auvergne pour voir un peu le pays, je crois que nous pouvons très-bien faire deux lieues en nous promenant.

— Mais cependant....

— Cependant, si tu nous contraries toujours, nous te laisserons aller tout seul.

Robineau se rend, quoiqu'il eût trouvé beaucoup plus noble d'arriver en poste jusque dans la cour de son château; mais il pense qu'à Clermont il pourra facilement trouver d'autres chevaux pour faire le reste de la route et pour envoyer ses bagages, car il a fait une ample provision d'habillements et d'objets de toilette, voulant porter en Auvergne les dernières modes de Paris.

A force de courir chez son notaire, Robineau a fait terminer promptement ses affaires; et, au bout de six jours, il est prêt à partir avec son nouveau domestique, nommé François, qui conduisait son cabriolet, et dont il a fait son valet de chambre, parce que celui-ci, qui a sur-le-champ vu son faible, ne lui parle jamais que les yeux baissés et le chapeau à la main.

Alfred ne juge pas nécessaire d'emmener personne avec lui; mais comme au moment de son départ le baron de Marcey n'est pas encore de retour à Paris, il laisse à Germain, son valet, une lettre dans laquelle il dit seulement à son père : « Je vais faire un petit voyage avec Edouard et Robineau... Je suis fâché de ne t'avoir point embrassé avant mon départ, mais je m'en dédommagerai au retour. Porte-toi bien, amuse-toi. Moi, je vais tâcher de me divertir. »

L'étourdi ne marquait pas même dans quel pays il se rendait; mais il pensait que cela était fort égal à son père, et se proposait d'ailleurs de lui donner de ses nouvelles, s'il séjournait longtemps chez Robineau.

Le jour fixé pour le départ, Robineau est placé dans la chaise de poste avant qu'on y ait attelé les chevaux; il envoie trois fois François au-devant d'Alfred et d'Edouard; enfin ses deux compagnons arrivent; les valises sont placées, les malles attachées, les chevaux sellés, le postillon fait claquer son fouet; on part pour l'Auvergne, et Robineau se dit : — Me voilà sur la route de mon château.

<hr>

CHAPITRE VI. — L'Homme de Clermont-Ferrand.

Le soleil venait de se lever sur la jolie ville de Clermont-Ferrand; et ses laborieux habitants étaient déjà en grande partie rendus à leurs travaux. Devant l'auberge de la poste, des servantes plumaient quelques volailles, des valets vannaient du grain, des enfants conduisaient des chevaux à un abreuvoir, quelques voyageurs buvaient le coup de l'étrier, quelques marchands, habitués à passer à Clermont, trinquaient avec l'aubergiste, et les postillons embrassaient les servantes, qui se débattaient et se laissaient faire, comme c'est l'usage en tous pays.

A deux cents pas environ de l'auberge, un homme étendu nonchalamment sur un banc de pierre contemplait ce tableau avec une froide indifférence, et, tout en portant ses regards autour de lui, semblait avoir l'esprit plus occupé des souvenirs du passé que sensible aux impressions du présent. Cet homme, dont la mise annonçait la pauvreté, et plus encore le vagabondage, paraissait avoir de quarante cinq à cinquante ans; mais le désordre qui régnait dans sa toilette, une barbe de plus d'un mois, et des cheveux noirs mal peignés, dont plusieurs mèches lui couvraient la figure, ne permettaient pas de deviner facilement son âge; cependant, malgré le désordre de sa coiffure, et sous le misérable feutre qui couvrait sa tête, on apercevait des traits qui devaient avoir été fort beaux : un nez bien fait, une bouche moyenne, mais presque entièrement dégarnie, des sourcils noirs bien arqués, et de grands yeux bruns, dont l'expression habituelle était ironique, et s'accordait avec le sourire moqueur qui, de temps à autre, errait sur ses lèvres : sa taille était grande et bien prise. Enfin, quoique vêtu d'un mauvais pantalon de toile grise, d'un gilet rouge couvert de taches, et d'une large redingote noisette, à laquelle on avait en plusieurs endroits adapté des pièces qui n'étaient point pareilles; n'ayant pour chaussure que de mauvaises bottes percées, pour cravate qu'un mouchoir bleu roulé sans soin; il y avait dans la physionomie de cet homme quelque chose qui n'annonçait point une origine commune, et dans toutes ses manières un ton d'aisance et presque de fierté qui contrastait singulièrement avec son costume.

Après être pendant quelques minutes encore resté étendu sur le banc de pierre, l'étranger se lève, repousse sous son chapeau quelques mèches de ses cheveux; et, prenant un gros bâton noueux qui était à côté de lui, se dirige d'un pas ferme vers l'auberge, où il entre la tête haute et comme un homme qui voyage pour son plaisir. Il pénètre dans la salle basse, commune aux voyageurs, s'assied devant une table recouverte en toile cirée, et frappe dessus avec force à l'aide de son bâton.

Une servante arrive; quoique dans les auberges on soit habitué à recevoir des gens de toutes conditions, la mise du voyageur ne la prévient pas en sa faveur; et comme on ne se gêne jamais avec les gens que l'on suppose malheureux, la fille commence par demander d'un ton aigre à l'étranger pourquoi il fait tant de tapage en frappant sur la table avec son bâton.

— Parce que cela me plaît, ma mie, répond le nouveau venu d'une voix forte et en regardant la fille d'auberge d'un air menaçant. — Il fallait accourir plus vite pour me servir, et je n'aurais pas eu besoin de frapper si fort. Vous m'avez bien vu entrer dans la maison, puisque vous étiez devant la porte. Pourquoi n'êtes-vous pas venue sur-le-champ me demander ce qu'il me fallait.

La servante, qui ne s'attendait pas à être traitée ainsi par un homme si mal vêtu, se sent toute troublée, et répond en roulant son tablier: — Dame!... c'est parce que... parce que...

— Oh! parbleu!... c'est parce que je ne suis pas venu en voiture... et que ma toilette n'est pas très-soignée! Mais qu'importe; pourvu que je paye ce que je prendrai, vous n'avez rien à dire; allons, apportez-moi du pain, du fromage, un pot de vin... et vivement, car j'ai faim.

La servante s'éloigne en murmurant: — Fait-il de l'embarras pour du pain et du fromage!... Cependant elle se hâte de servir l'étranger, qui déjeune avec appétit, et se carre devant son morceau de fromage comme s'il mangeait une dinde truffée; mais les autres voyageurs, qui déjeunent plus copieusement dans la salle, ne se permettent point de jeter trop souvent les yeux du côté du nouveau venu, car il y a dans sa physionomie quelque chose qui indique qu'il ne prendrait pas bien les mauvaises plaisanteries; il y a une sorte de misère qui sait se faire respecter, comme il y a une opulence qui n'est jamais respectable.

Cependant la servante a été conter à son maître quel nouveau voyageur leur est arrivé, et l'hôte, personnage très-curieux, très-bavard, faisant beaucoup le capable, quoiqu'il ne soit pas aussi grand que sa femme, même quand il a son bonnet de coton, vient dans la salle en sautillant, en souriant: va parler à plusieurs voyageurs, tout en lorgnant du coin de l'œil l'étranger; puis, après avoir tourné trois fois autour de celui-ci, se décide à l'aborder, et va s'appuyer sur la table où il lui prend son repas en disant: — Eh ben! vous ne trouvez pas mon petit vin mauvais, n'est-ce pas?

L'étranger laisse errer sur ses lèvres un de ces sourires moqueurs qui lui sont familiers; et, sans regarder l'aubergiste, répond au bout d'un moment: — Que je le trouve bon ou mauvais, ne faut-il pas que je le boive?

— Ah! sans doute!... C'est-à-dire, si vous en vouliez du meilleur, on pourrait....

— Si j'en voulais d'autre, je n'aurais pas attendu votre permission pour en demander.

— C'est juste... mais....

— Mais je ne suis plus difficile maintenant!...

— Vous ne l'êtes plus?...Ah! j'entends, ça veut dire que vous l'avez été... Hein?

L'inconnu lève les yeux sur l'aubergiste, et, après l'avoir regardé fixement quelques instants, lui dit: — Il y a quelque chose que vous avez été, vous, que vous êtes encore, et que probablement vous serez toujours!

L'hôte attache alors ses petits yeux roux sur ceux de l'étranger, afin de tâcher de comprendre ce qu'il veut dire; mais, après avoir cherché en vain, il s'écrie: — Je n'y suis pas du tout. Est-ce que vous dites la bonne aventure?

L'étranger hausse les épaules, ne répond plus, et continue de manger son pain et son fromage.

— Venez-vous pour quelque temps dans notre ville? reprend l'aubergiste au bout d'un moment.

— Je n'en sais rien... si cela m'amuse d'y rester, j'y resterai.

— C'est juste!... Ah! vous verrez de jolies choses ici!... un jardin botanique magnifique... un collège superbe!... et notre pont, formé par les dépôts calcaires des eaux d'une fontaine... Je ne vous parle pas de nos pâtes d'abricot... vous ne me semblez pas tenir aux friandises. Mais, pour la beauté du pays, des environs, vous serez étonné, surpris!...

— Rien ne m'étonne ni ne me surprend maintenant...

— Ah!... c'est différent... A propos, comptez-vous coucher ici?

Sans répondre à cette question, l'étranger passe la main sur son front et semble réfléchir; enfin il dit à l'aubergiste: — Il n'y a donc plus dans cette ville personne de la famille Granval?

— La famille Granval! dit l'hôte avec étonnement; comment! est-ce que vous l'avez connue? C'étaient des gens très-riches que les Granval!... des gens fort considérés, et....

— Je sais ce qu'ils étaient; je vous demande s'il y a encore quelqu'un de leur famille dans ce pays.

— Non, plus personne. D'abord M. Granval père est mort il y a déjà cinq ans; il avait laissé un fils et une fille. Le fils jouissait d'une très-mauvaise santé; il avait beau prendre les eaux du Mont-d'Or, ça ne le rendait pas plus gras; il s'est imaginé de se marier... ça l'a achevé; il est mort il y a deux ans. Quant à sa sœur, elle a épousé un négociant avec lequel elle est partie pour l'Italie.

L'étranger écoutait l'hôte, les coudes placés sur la table et la tête appuyée dans ses mains. Quand l'aubergiste a cessé de parler, il laisse échapper un juron fort énergique, puis murmure; — Les uns sont morts; les autres ont quitté leur pays! Comme en peu d'années tout change, tout se disperse!...

— Est-ce que vous aviez une commission pour la famille Granval? demande l'hôte en s'asseyant en face du voyageur, qui, sans lui répondre, dit au bout d'un moment: — Après tout, quand j'aurais retrouvé celui-là, il n'aurait pas mieux valu que les autres... Chacun pour soi... c'est naturel... Tant pis pour ceux qui font des sottises!... qui se laissent dépouiller!... on a raison de se moquer d'eux... Mais maintenant je les défie!... Je suis au-dessus de tout!... je les méprise tous!... et je saurai me passer d'eux.

— Vous vous passerez d'eux? dit l'aubergiste, qui pense que c'est à lui que le voyageur parle. Ah!... dame, si vous pouvez, vous... Mais je n'ai pas bien entendu de qui vous dites que....

— Combien vous dois-je? dit l'étranger en se levant brusquement.

— Combien vous devez? Oh! le compte sera bientôt fait... du pain, du vin, du fromage... ça fait un total de douze sous.

L'étranger tire douze sous d'une des poches de sa veste, et les jette sur la table; puis, sortant une pipe et du tabac à fumer d'une poche de sa redingote, il bourre sa pipe et dit à l'hôte: — Où y a-t-il du feu?

— Du feu... pour allumer votre pipe?

— Apparemment.

— Parbleu! il y en a à la cuisine.... elle n'est jamais froide ici... Mais vous ne m'avez pas dit si,....

L'étranger ne l'écoute plus. Il est entré dans la cuisine, a allumé sa pipe, l'a mise à sa bouche; puis, sortant lentement de l'auberge, est allé se rasseoir sur le banc de pierre, où il fume tranquillement, et comme un musulman qui serait mollement assis sur des coussins.

— C'est un drôle de corps! se dit l'aubergiste en regardant l'inconnu s'éloigner. — Il fume...je croirais assez que c'est un ancien militaire. Que diable voulait-il aux Granval? il a fini par dire qu'il se moquait d'eux... C'est égal, j'ai bien fait de lui tenir compagnie... s'il revient, je le ferai encore causer.

L'étranger, après avoir passé toute la matinée sur son banc de pierre, revient en effet à l'auberge sur les deux heures. Il demande encore du pain et du fromage; mais, cette fois, il ne boit que de l'eau. L'aubergiste va tourner autour de lui, et lui adresse quelques questions pour entamer la conversation; mais l'inconnu ne semble pas disposé à causer; il mange sans répondre à son hôte, paye son maigre repas, bourre sa pipe, va l'allumer, puis s'éloigne; mais, cette fois, il descend la rue au lieu d'aller se rasseoir sur le banc de pierre.

— C'est une triste pratique! dit l'aubergiste quand l'inconnu est éloigné. — Et encore, dit la servante, c'est qu'il fait un embarras comme un marquis! il commande! il parle d'un ton de maître!... Au lieu de se bourrer de fromage, il ferait bien mieux de se faire faire la barbe!....

— Est-il encore sur le banc de pierre en face, Marie?

— Non, monsieur, il a descendu la rue.

— Alors il est probable que nous ne le reverrons plus.

— Bon débarras!

L'aubergiste se trompait; sur les huit heures du soir, il voit rentrer dans sa grande salle l'étranger mal mis, avec son bâton noueux.

— Allons! encore l'homme au fromage! dit tout bas la servante; mais son maître lui fait signe de se taire, il craint de fâcher le voyageur. Celui-ci s'est placé devant une table, où il demande du pain, du fromage et un petit verre d'eau-de-vie. On le sert promptement; il mange sans rien dire; mais lorsqu'il demande ce qu'il doit, l'hôte, qui brûle de le questionner s'avance, et ôtant son bonnet avec politesse, lui dit:

— Est-ce que vous ne comptez pas coucher ici?

— Coucher ici! dit l'étranger; non, cela n'est pas nécessaire... on dort tout aussi bien dans la prairie... et cela ne coûte rien, tandis que si je couchais chez vous, il faudrait payer, n'est-ce pas?

— Mais c'est assez l'usage; vous comprenez bien que nous ne pouvons pas fournir comme ça nos....

— C'est bon! c'est bon!... est-ce que je vous ai demandé quelque chose pour rien?...

— Non, monsieur, je ne dis pas cela; mais....

— Mais alors taisez-vous, et laissez-moi tranquille.

L'aubergiste remet son bonnet de coton avec humeur, et l'étranger s'éloigne après avoir payé.

— Je commence à croire que ce monsieur au fromage n'est qu'un vagabond, dit l'hôte quand il est certain que l'inconnu est bien loin. Un homme qui couche dans les prairies... c'est un peu suspect... Je suis fâché qu'il n'ait pas couché chez moi, parce qu'alors il aurait bien fallu qu'il me dît son nom...

— Oh! il est en règle ! dit un petit monsieur qui venait d'entrer dans la salle au moment où le voyageur en sortait. En arrivant dans la ville, il a été sur-le-champ faire viser ses papiers chez M. le maire.

— Tiens ! vous connaissez donc cet homme, monsieur Benoît? dit l'aubergiste en s'approchant du nouveau venu. M. Benoît se caresse le menton, secoue la tête pour se donner de l'importance, et répond :

— Oui... je l'ai déjà rencontré plusieurs fois dans la ville; il y a au moins huit jours qu'il y est arrivé.

— Comment s'appelle-t-il?

— Pour son nom, je l'ignore... mais je crois que c'est un homme qui a eu de la fortune, qui a tout mangé, et qui n'a plus rien.

— Et que fait-il à présent?

— Mais vous l'avez vu; il se promène, il se repose, il fume; mais il parle peu.

— Moi, je n'ai rien à lui demander, il a payé tout ce qu'il a pris chez moi... mais il est bien mal mis... Hom ! monsieur Benoît, vous conviendrez que ce n'est pas là la mise d'un homme qui a des rentes !

— Je ne vous ai pas dit qu'il avait des rentes !... je vous ai dit que je présumais qu'il avait été riche, c'est bien différent.

On s'entretient encore pendant quelque temps de l'inconnu; puis l'arrivée de nouveaux venus fait oublier l'homme aux minces repas.

Le lendemain, au point du jour, l'étranger était encore étendu sur le banc de pierre, en face de l'auberge : moins livré à ses pensées, il semblait considérer les voyageurs qui arrivaient, et plus d'une fois il fit un mouvement pour s'approcher de quelques-uns d'entre eux; mais il retombait bientôt sur son banc, et un sentiment pénible se peignait sur ses traits.

Sur les midi, il entre dans l'auberge, y fait un repas aussi modeste que la veille; puis, posant sa tête dans ses deux mains, reste devant la table comme enseveli dans ses pensées. Il y avait déjà longtemps qu'il était dans cette position, et l'hôte lui-même n'osait le troubler, lorsqu'un grand bruit se fit entendre : une chaise de poste arrive. Trois jeunes gens et un domestique en descendent, et les servantes ainsi que l'aubergiste courent recevoir Robineau et ses deux compagnons de voyage; car c'étaient eux qui venaient d'arriver à Clermont.

— Aïe !... holà !... je suis moulu! dit Robineau; on a bien raison de dire qu'on va un train de poste... Comme nous avons été, messieurs !... les villes, les villages fuyaient derrière nous !...

— C'est-à-dire que c'est nous qui fuyions devant eux...

— C'est gentil... c'est amusant d'aller vite... Aïe le mollet !... François, prends bien garde à mes malles, à mes effets...

— Allons, monsieur l'aubergiste, faites-nous un bon repas... ce que vous avez de meilleur. J'ai une faim !... et toi, Edouard ?

— Moi aussi... L'air de ce pays me semble fort bon.

— Et toi, Robineau, est-ce que tu n'es pas en appétit?

Robineau tire Alfred par son habit en lui disant à demi-voix :

— Ne m'appelle donc plus Robineau, mon ami; tu sais bien que ce n'est plus mon nom... Je suis Jules de la Roche-Noire...

— Ah ! au diable ! est-ce que je pense à cela !... Enfin, monsieur Jules Robineau de la Roche-Noire, est-ce que vous n'êtes pas disposé à vous mettre à table ?

— Mon ami, tant que je ne serai pas arrivé à mon château, je n'aurai pas d'appétit.

— Voilà un château qui te fera faire une maladie, mon pauvre garçon.

Les trois jeunes gens étaient entrés dans la grande salle; le bruit de leur conversation a fait lever la tête à l'étranger, qui les regarde sans se déranger.

— Messieurs !... messieurs ! ne vous asseyez donc pas ici ! dit Robineau, qui vient d'apercevoir l'inconnu, nous ne pouvons pas rester dans cette salle !... Des gens comme nous... Vous ne voyez donc pas ? la société est jolie !

Alfred se lève en disant :

— Ma foi, quand je voyage, je suis philosophe, moi; et pourvu que le dîner soit bon...

Mais Robineau crie, appelle, fait du tapage, et l'hôte arrive le bonnet à la main.

— Faites-nous donc donner une chambre particulière, dit Robineau; il me semble, monsieur l'aubergiste, que vous devriez prendre garde... et ne pas nous mettre avec... tout le monde.

— On dresse votre couvert au premier, messieurs; et si vous voulez monter...

— Oui certainement.

— Ces messieurs coucheront-ils ici?

— Non pas! non pas! nous couchons à mon domaine de la Roche-Noire.

Au nom de la Roche-Noire, l'étranger lève les yeux et regarde avec attention Robineau, qui reprend :

— Vous devez connaître ce château-là, monsieur l'aubergiste ?...

— La Roche-Noire... non, monsieur; je connais le village de la Roche-Blanche, qui est environ à deux lieues d'ici...

— Dis donc, Robineau, dit Alfred en riant, on s'est peut-être trompé; c'est sans doute de la Roche-Blanche que tu es le seigneur.

— Du tout... J'ai mes titres; je suis bien sûr que c'est Noire... D'ailleurs, comment sont les propriétés à la Roche-Blanche?

— Oh! monsieur, la plupart des habitants logent dans des antres, dans des espèces de cavernes creusées dans les rochers...

— Vous voyez bien, messieurs, que ça ne se ressemble pas... des antres, des cavernes... et moi j'ai un château magnifique... J'espère que vous connaissez la ville de Saint-Amand ?

— Saint-Amand-Talende; oui, monsieur; c'est à quatre bonnes lieues d'ici.

— Eh bien, mon château est dans les environs... on doit le voir de loin, parce que...

— Ah ! pour Dieu, s'écrie Alfred, allons nous mettre à table !... J'ai déjà une indigestion de ton château avant que d'y être arrivé...

— Oui, oui, ne restons pas ici. En disant cela, Robineau jette un regard méprisant sur l'étranger, qui loin de baisser la tête, fronce le sourcil et suit des yeux le seigneur de la Roche-Noire. Celui-ci se hâte de sortir de la salle, et dit à l'aubergiste :

— Pourquoi avez-vous donc des gens comme ça chez vous?

— Comme qui, monsieur?

— Parbleu ! comme ce mendiant qui était assis dans votre salle, et qui ne s'est pas même levé quand nous sommes entrés.

— Ce n'est pas un mendiant, monsieur, c'est un voyageur.

— Eh bien ! il est gentil, il est propre, le voyageur !... Il a d'ailleurs un air très-insolent, et si je n'avais pas eu peur... de me compromettre, je lui aurais appris qu'on ne regarde pas ainsi un homme comme moi.

— Ah ! Robineau, je t'en prie, ne fais pas le méchant, dit Alfred en se mettant à table; depuis que tu as un château, tu veux tout écraser, tout effrayer... Est-ce que tu crois que les richesses donnent le droit de faire le maître partout !

— Il n'est pas question de cela... Je veux qu'on soit poli avec moi, voilà tout... Il me semble que ce n'est pas trop demander.

— Mais vous, monsieur Jules, dit Edouard, avez-vous été bien poli avec ce pauvre homme?... Dès que vous l'avez aperçu, vous avez voulu quitter la salle... il aura remarqué les regards méprisants que vous jetiez sur lui... Les malheureux sont plus susceptibles que d'autres, parce qu'à chaque instant ils redoutent des humiliations.

— Allons ! ne nous occupons plus de cet homme. Au fait, je dois avoir trop de choses dans la tête pour faire attention à de tels personnages; mangeons vite, messieurs, afin d'arriver plus tôt chez moi...

— Etouffe-toi, si tu veux; moi, je vais dîner tranquillement; songe donc qu'il n'est que deux heures !... Nous avons bien le temps !...

— Mais pourquoi aller à pied ?... gardons la voiture, on nous trouvera d'autres chevaux.

— Eh ! nous sommes las d'être en voiture; n'est-il pas bien plus agréable de faire les deux ou trois lieues en nous promenant, en admirant le pays... les paysannes... car enfin il faut savoir à qui nous aurons affaire...

— Alors nous laisserons la chaise et nos bagages ici, et je les enverrai chercher demain par mes gens... Malgré cela, messieurs, je vais envoyer François en avant, afin qu'il fasse préparer nos appartements...

— Envoie François en avant, si tu veux.

Robineau quitte la table et va trouver son domestique; il le prend à part et lui dit : — François, tu vas aller en avant à mon château.

— Oui, monsieur... Par où est-ce, monsieur?

— Prends la route de Saint-Amand, puis tu demanderas... parbleu ! il doit être connu !...

— Oui, monsieur... Oh ! je le trouverai bien.

— Tu apprendras au concierge que son nouveau maître va arriver avec deux jeunes seigneurs de sa connaissance.

— Oui, monsieur.

— Tu lui diras de tout préparer pour nous recevoir... dignement.

— Oui, monsieur... je lui dirai de faire les lits...

— Tu lui feras entendre... comme si ça venait de toi, que je ne suis pas insensible aux compliments... et qu'il devrait me faire une harangue.

— Oui, monsieur... je lui dirai que vous m'avez dit que vous seriez sensible à une harangue.

— Non, imbécile ! ne dis pas que je t'ai dit cela, mais que tu l'as deviné.

— Ah ! j'entends, monsieur.

— Ensuite, François, tu iras dans les environs, chez tous les paysans... tu leur apprendras aussi mon arrivée... tu leur feras comprendre que je suis très-riche, très-grand...

— Faudra dire que vous êtes grand ?

— C'est-à-dire généreux... que j'ai l'intention de faire des rosières...

— Oui, monsieur, je leur dirai que vous voulez leur faire faire des rosières...

— Et que s'ils m'apportaient des bouquets... s'ils me faisaient une petite réception... avec des coups de fusil... des cris, des danses, ça ne pourrait que me faire plaisir.

— Bien, monsieur, j'vas leur dire que vous voulez une fête à votre honn...

— Oui, c'est cela ; enfin, François, mets tout le monde en mouvement.

— Oui, monsieur, soyez tranquille... vous serez content.

François s'éloigne pour se rendre à la Roche-Noire ; et Robineau, enchanté de son idée, remonte en se frottant les mains près de ses deux compagnons ; il les presse tant, qu'enfin ceux-ci quittent la table, et on descend dans la cour de l'auberge. L'étranger y était en train de bourrer sa pipe.

— Nous partons, dit Robineau ; monsieur l'aubergiste, nous vous laissons ma chaise de voyage, nos malles, nos bagages... François, mon valet de chambre, viendra demain chercher tout cela avec un cheval pour ramener la voiture ; ces messieurs veulent aller en se promenant.

— Oh ! vous allez voir un beau pays, messieurs.

— Oui, mais encore faudrait-il savoir par où nous devons aller...

— Il y a une jolie route de traverse dans les montagnes qui conduit à Saint-Saturnin, qui n'est qu'à une demi-lieue de Saint-Amand... il y a ensuite la grande route qui mène à Issoire, à Saint-Flour.

— Non, non, point de grandes routes, dit Edouard ; il nous faut du pittoresque, du varié, du terrible même !

— Un instant, messieurs ! je ne marche pas au bord des précipices, moi !... Il serait peut-être plus sage de prendre un guide pour nous conduire dans ce pays que nous ne connaissons pas.

L'étranger, qui a entendu les derniers mots de Robineau, s'approche alors brusquement des trois jeunes gens, et sans ôter son chapeau de dessus sa tête leur dit : — S'il vous faut un guide, messieurs, je puis vous en servir... car, depuis huit jours, je ne ne fais que me promener dans les environs, et je commence à les connaître.

Alfred et Edouard sont indécis ; mais Robineau, auquel la figure de l'étranger ne plaît nullement, s'empresse de répondre :

— Non, non, nous ne voulons personne... je plaisantais ; nous sommes assez grands pour trouver notre chemin nous-mêmes.

— Tout comme il vous plaira, répond l'étranger ; et mettant sa pipe dans sa bouche, il s'éloigne de l'auberge. Bientôt les trois jeunes gens, après avoir recommandé leurs effets à l'aubergiste, quittent Clermont et prennent la route de traverse qu'on leur a dit conduire à Saint-Amand.

Chapitre VII. — Voyage dans les montagnes.

En sortant de Clermont, les trois voyageurs ont suivi d'abord le chemin qu'on leur a indiqué et qui doit les mener à la petite ville de Saint-Amand. Mais à peine ont-ils fait une demi-lieue dans les montagnes, que le désir de jouir d'un beau point de vue, de gravir un rocher, de parcourir un sentier plus pittoresque, leur fait insensiblement quitter la route qu'ils devraient suivre. Vainement Robineau, qui ne partage pas l'enthousiasme de ses compagnons pour les beautés qu'offrent des sites, tantôt sauvages et tantôt cultivés, s'arrête souvent avec humeur et dit : « Ce n'est pas par là, messieurs !... Vous vous éloignez... nous perdons notre route... nous ferons cent fois plus de chemin qu'il ne faut. »

Alfred et Edouard ne l'écoutent point : ils continuent de courir en avant ; puis, s'arrêtant avec extase sur le sommet d'un mont, s'écrient : « Quel pays pittoresque !... comme la nature y est variée !... Ici, des rochers escarpés, des montagnes arides, un sol calcaire... des produits volcaniques ; à nos pieds, des prairies verdoyantes, des vignes, des champs, des arbres chargés de fruits !...

— Montons encore, dit Edouard, sur la cime de cette montagne ; il me semble voir un champ de blé...

— Oh ! cela serait curieux...

— Il faut voir cela, répond Alfred en suivant Edouard ; et tous deux gravissent les rochers en courant, en sautant, en riant ; tandis que Robineau, qui est resté en bas, fait une moue épouvantable en disant : « Il me semble, messieurs, que mon château n'est pas niché là-haut... Quand nous serons installés chez moi, vous aurez tout le temps de faire des excursions dans les environs !... Cela n'a pas le sens commun de se fatiguer à grimper si haut !... »

Les deux amis continuent de monter ; ils arrivent au plateau, qui paraît avoir plus d'une lieue d'étendue, et sur lequel, en effet, on trouve un vaste champ de blé. Tout au plaisir que leur procure cette situation magnifique, Alfred et Edouard s'arrêtent ; ils sourient, ils sont heureux !... Et lorsqu'on éprouve un sentiment de bonheur, on cherche à le faire durer longtemps, à le maintenir dans son âme... Il est si rare que l'on soit heureux du présent !... c'est presque toujours sur l'avenir que l'on se berce...

Robineau s'est assis d'un air piteux sur une pointe de rocher, et il regarde ses compagnons qui sont à plus de vingt toises au-dessus de lui. Alfred lui fait signe de venir les rejoindre en criant : — Arrive donc !... c'est superbe... on découvre tout le pays.

— Découvre-t-on mon château ? crie Robineau.

— Oh ! nous en apercevons une douzaine !

Ces mots décident le nouveau seigneur à gravir la montagne. Il y arrive en sueur, et regarde autour de lui en s'essuyant le front.

— Eh bien ! est-ce que tu es fâché d'être monté ? dit Alfred.

— Est-ce que cela ne vaut pas la peine qu'on se fatigue un peu, dites, monsieur Jules ?

— Messieurs, c'est joli... j'en conviens... on voit très-loin... mais au *Diorama* de MM. Daguerre et Bouton) en ai vu autant que ça !...

— Mon ami, le *Diorama* est certainement une chose ravissante ; il est impossible de pousser plus loin l'illusion, la perfection des détails ; mais l'art ne doit pas empêcher d'admirer la nature !...

— Vous direz ce que vous voudrez, messieurs ; mais j'aime mieux le Diorama : au moins, j'ai l'explication de ce que je vois ; mais, ici, je ne sais pas ce que je regarde... Voilà là-bas un village... je ne sais pas quel village c'est.

— Attends ! attends ! voici un bon paysan qui sera notre cicerone

Un villageois s'approchait, la bêche et la pioche sur l'épaule. Il s disposait à descendre la montagne : Alfred l'appelle, et le paysan vient à eux en les saluant. On est beaucoup plus poli en Auvergne que dans les environs de Paris.

— Mon brave homme, voulez-vous avoir la bonté de nous dire quelle est cette petite ville que nous apercevons là-bas... entre deux rivières ?

— Là, messieurs, c'est Saint-Amand... Oh ! une jolie petite ville !... C'te petite rivière que vous voyez par ici, c'est la Veyze, qui prend sa source à Pagnia, un hameau qui est là-bas ; elle se joint à la Mone, et toutes les deux se jettent dans l'Allier. La Mone vient de Saint-Saturnin, qui est à une demi-lieue de Saint-Amand... Tenez, au bout de mon doigt.

— Qu'est-ce que c'est que Saint-Saturnin ?

— Oh ! c'est un gros village... Autrefois c'était une ville... et uñ ville fortifiée même.

— Y a-t-il un château par là ? demande Robineau.

— Oh ! oui, monsieur, i'gnia un château fort.

— Qui s'appelle la Roche-Noire ?

— Non, monsieur, non ; c'est le château de Saint-Saturnin.

— Et la Roche-Noire, où est-ce ?

— C'est la Roche-Blanche que vous voulez dire, sans doute ?... C'est ce petit village là-bas...

— Je ne vous parle pas de votre Roche-Blanche !... Ils sont étonnants, ces Auvergnats !... ils veulent absolument que noir et blanc ça soit la même chose...

— Dame, monsieur, je ne connaissons pas alors...

— Et de ce côté, brave homme ?

— Ça, monsieur, c'est le bourg de Chanonat.

— Chanonat ! où est né Delille ? s'écrie Edouard.

— Delille ? répond le paysan ; ah ! je ne vous dirons pas, monsieur... Quoiqu'i' faisait ce Delille ?... N'était-ce pas un vigneron ?... Ne faisait-il pas du vin ?

— Non, mon brave homme ; il faisait mieux que cela... c'était un poëte ! Mais il aimait les champs ; et, nouveau Virgile, il a, dans de beaux vers, chanté l'agriculture !...

— Je ne l'avons pas connu, monsieur...

Robineau se retourne en haussant les épaules et en disant : — Que ces gens d'esprit sont bêtes !... Aller parler d'un poëte à ce villageois qui ne connaît que ses canards, sa femme et ses enfants ! Je ne ferai jamais une gaucherie comme cela, moi.

Puis, se rapprochant du paysan, Robineau lui dit : — Mon cher ami, ces messieurs se font nommer tous les environs, c'est très-bien ; mais ils ne pensent pas à l'essentiel, qui est de demander notre plus court chemin pour nous rapprocher de Saint-Amand, et, par conséquent, de mon château, qui est aux environs.

— Ah ! messieurs, vot' chemin, c'est de descendre d'abord ; puis vous suivrez à gauche... vous verrez le Crest, et de là à Saint-Amand il n'y a pas loin... Ben le bon jour, messieurs.

— Merci, brave homme.

Le paysan s'est éloigné, et Robineau regarde sa montre et s'écrie : — Allons, messieurs, en marche... Savez-vous l'heure qu'il est déjà ? Cinq heures et demie, rien que ça.

— Eh bien, il fait jour jusqu'à près de neuf heures, maintenant !

— Oh ! jour... c'est selon dans quel chemin on se trouve... d'ailleurs, nous ne sommes pas encore arrivés.

— Adieu donc, endroit charmant ! dit Edouard en soupirant ; qu'avec plaisir j'aurais vu d'ici le coucher du soleil !...

— C'est cela ! et nous coucherions à la belle étoile, nous autres !

— Vraiment ce lieu m'inspirait !... Je me sens en verve... j'aurais fait quelques vers sur ce site...

— Vous ferez un poëme une autre fois, mon cher Edouard ; vous reviendrez ici, vous y regarderez le soleil, la lune et tout ce qui vous fera plaisir ; mais, pour l'instant, je vous en supplie, allons chercher mon château dont je commence à être très-inquiet.

En disant cela, Robineau va prendre Edouard par le bras, et il l'entraîne ; il appelle Alfred, et veut aussi lui donner le bras.

— Et pourquoi diable nous tenir ainsi ? dit Alfred en se dégageant du bras de Robineau.

— Mon ami, c'est qu'en se tenant trois, on est plus solide et moins en danger de glisser.

— Est-ce que tu trouves qu'il fait du verglas ?... Dis plutôt que tu as peur que nous ne t'échappions encore.

— Quand cela serait, messieurs, n'est-il pas bien naturel que je sois impatient de connaître ma propriété?...

— Quelques heures plus tôt ou plus tard, qu'importe?

— Mon cher Alfred, tu parles bien comme quelqu'un qui a cent mille livres de rente, qui est habitué à la fortune... qui est même blasé sur les jouissances qu'elle procure; mais moi, je suis encore tout neuf là-dedans, j'ai hâte d'être heureux; et pour moi, les plus beaux sites, les points de vue les plus merveilleux ne sauraient avoir le charme que me fera éprouver l'aspect du domaine que je viens d'acheter.

— Je conçois cela, dit Edouard; allons, messieurs, en avant.

On marche sans s'arrêter pendant quelque temps; mais bientôt se présente un sentier tortueux entre des rochers à pic, sur lesquels on aperçoit des chèvres qui sautent rapidement des espaces considérables, puis qui restent quelques moments immobiles sur le bord d'un précipice : Edouard ne peut s'empêcher de s'arrêter encore pour contempler ce tableau.

— Ah! messieurs, s'écrie-t-il, convenez que c'est superbe... que cet endroit sauvage a quelque chose de majestueux... On se croirait ici bien éloigné du monde !...

— Nous en sommes éloignés aussi, car je ne vois personne et je n'aperçois aucune habitation, dit Robineau en regardant tristement autour de lui.

— Ce sentier étroit entre ces rochers a je ne sais quoi de grand... d'antique... il me reporte à d'autres siècles... il me semble que je vais voir OEdipe et Laïus se rencontrant dans ce fatal chemin !...

— Ah! si nous tombons dans les Grecs nous n'en sortirons pas, dit Robineau en frappant du pied avec impatience.

— Moi, messieurs, dit Alfred, je pense qu'il serait bien agréable de se promener par ici avec une jolie femme... Depuis un quart d'heure nous n'avons rencontré personne !... C'est charmant. Quand un endroit plait, on peut s'y arrêter... s'y embrasser... s'y extasier sur les beautés de la nature, et on n'a pas peur d'être surpris comme dans toutes ces campagnes près de Paris, où ces maudits paysans sortent d'un champ de pommes de terre au moment où vous y pensez le moins. Est-ce que tu n'es pas de mon avis, Robineau?... Dis donc, si tu avais Fifine ici?...

— Si j'avais Fifine, je la ferais marcher au moins ! et elle ne s'arrêterait pas à chaque instant pour regarder un petit tas de mousse ou une pierre qui se détache et menace de nous tomber sur le nez.

— Elle n'est donc pas romantique, Fifine? Cependant, mon ami, en général, les dames aiment beaucoup à causer d'amour en plein champ... Le gazon, le feuillage, un endroit bien touffu, bien sombre, cela inspire, émeut, attendrit; moi, c'est étonnant comme l'air de la campagne me rend amoureux !

— Ah! messieurs, que vous êtes jeunes, que vous êtes enfants!

— Puissions-nous l'être longtemps !... Les sensations les plus douces sont toujours celles qui nous rappellent notre jeune âge!

— Avançons, messieurs, avançons, je vous en prie... Je ne vois rien de bien gentil dans ce chemin rocailleux... Eh bien! monsieur Edouard, qu'est-ce que vous regardez donc en l'air?

— Comment! vous ne voyez pas cette chèvre posée absolument sur le bord de ce précipice !... Il semble que ses pieds touchent à peine le sol... et sa tête avancée considère sans trembler l'espace immense sur lequel elle est presque suspendue.

— Ah! messieurs, c'est trop fort! Comme si on n'avait jamais vu de chèvres !... Perdre son temps à les regarder... Parbleu ! elles ne sont pas autrement faites ici qu'au Jardin des Plantes... elles ne sont même pas si belles; encore si vous aperceviez un ours, un lion !... à la bonne heure, on pourrait admirer !...

— Oh ! je suis bien sûr que tu ne t'arrêterais pas pour les regarder, toi !

— Maudit chemin qui n'en finira pas !... Ce villageois nous aura donné une fausse indication... Nous finirons par nous égarer, nous perdre dans ces montagnes... Ah! que je suis fâché maintenant que nous n'ayons pas pris un guide.

— C'est ta faute, pourquoi as-tu refusé cet homme qui s'offrait pour nous en servir?

— Qui?... ce mendiant, ce misérable, qui n'a pas même ôté son chapeau pour nous parler?

— Est-il besoin qu'un guide ait appris la civilité ?...

— Au moins il est besoin qu'il n'ait pas l'air d'un brigand, et c'est l'effet que m'a fait cet homme-là... Vous n'avez donc pas remarqué ces regards en dessous qu'il nous lançait... et puis ce gros bâton qu'il tenait à la main?

— Comment! nous étions trois, et tu aurais eu peur de cet homme?

— Non, il n'est pas question d'avoir peur !... Mais qui est-ce qui vous assure que cet homme n'a pas des compagnons, des camarades dans les montagnes? Il nous aurait menés où il aurait voulu, et tout à coup une douzaine de particuliers de sa tournure seraient tombés sur nous.

— Ah! mon pauvre Robineau! je vois que tu ne feras pas le tour du monde en te promenant!

— Ma foi, j'avoue que j'aime beaucoup mieux voyager en voiture qu'à pied; au moins on avance, on fait du chemin!... Mais, avec vous, il faut s'arrêter à chaque instant... et dans tout cela, je ne vois pas plus de château que dans ma main !... Voilà qu'il est sept heures bientôt, et je commence à être très-fatigué.

— Et moi à avoir très-faim, dit Alfred ; je vois que l'air de ces montagnes est bon pour la digestion.

Les deux amis ne peuvent s'empêcher de rire de la figure de Robineau, qui pousse des soupirs en regardant autour de lui. Cependant on marche, on sort du sentier, on aperçoit un village sur le bord d'un lac, et on se dirige de ce côté.

— Nous allons nous informer de mon château à ce village, dit Robineau.

— Nous allons aussi y manger, dit Alfred, car la promenade que nous avons faite me donne de l'appétit.

— Oui! elle est gentille, la promenade! je suis sûr que nous avons fait plus de six lieues en nous égarant.

On approche des bords du lac contre lequel le village est placé, des paysans sont assis devant leurs chaumières, quelques vieilles femmes filent, de jeunes filles cousent, des enfants jouent et se roulent à terre.

— Elles sont un peu brunes, dit Alfred en examinant les jeunes filles; malgré cela, elles ne sont pas mal... les yeux vifs... des dents blanches... la coiffure est originale, avec ce petit chapeau de paille placé en arrière et qui serre sous le menton, on les prendrait presque pour des Anglaises. Allons, messieurs, avançons; je ne pense pas qu'il y ait d'auberges en cet endroit; il faut donc, comme les anciens chevaliers, aller demander l'hospitalité à ces bonnes gens !... avec la différence que nous payerons ce que nous prendrons, ce qui n'est peut-être pas aussi chevaleresque, mais ce qui me semble plus naturel.

On entre dans une maisonnette des plus apparentes; les habitants regardent les trois jeunes gens avec une curiosité mêlée de bienveillance et de bonhomie.

— Pouvez-vous nous donner quelque chose à manger? dit Alfred ; en payant bien, s'entend.

— Oh! oui, monsieur, tout de suite; et quand même vous ne payeriez pas, c'est égal!...

— Eh bien, dit Edouard, vous voyez, messieurs, que l'hospitalité se pratique encore... ces braves gens ne nous connaissent pas, et ils nous traiteraient gratis!...

— Oh! parce qu'ils voient bien que nous payerons, dit Robineau.

— Monsieur Jules, vous ne croyez donc pas aux vertus des anciens patriarches?

— Messieurs, je croirai à tout ce que vous voudrez quand j'aurai vu mon château!... Bonnes gens, où sommes-nous ici, s'il vous plaît?

— A Ayda, monsieur.

— Est-ce loin de Saint-Amand?

— A deux bonnes lieues, monsieur.

— Ce qui prouve que, quoique nous marchions, nous n'avançons guère!... A table, messieurs!

On avait servi sur une table des œufs, du fromage blanc, du fromage ancien, du lait et des fruits; les trois jeunes gens se placent sur des escabeaux; les villageois restent debout autour d'eux ; vainement Alfred les engage à s'asseoir, les bons Auvergnats n'en veulent rien faire, et Robineau se dit : C'est très-bien, voilà des paysans respectueux; je suis très-content d'avoir acheté une propriété en Auvergne.

Deux jeunes filles de quinze à seize ans servent les voyageurs, leur versent à boire, s'empressent de leur offrir des fruits, du pain, du lait, et tout cela en souriant et en faisant toujours une petite révérence.

— Elles sont fort gentilles, dit Alfred; et je trouve qu'il est beaucoup plus agréable de voir derrière soi d'aussi aimables enfants, de rencontrer sans cesse un sourire sur leurs physionomies riantes, que d'avoir sur les épaules une douzaine de valets curieux, bavards... Tiens, Robineau, je te conseille de monter ta maison avec de semblables jeunes filles... tu seras servi comme un sultan !...

— Oh! messieurs, vous ne voyez que la bagatelle!... mais je ne puis pas avoir une femme pour cocher, pour jockey, pour valet de chambre. Ça serait gentil, un cocher en jupon !

— Tu les habilleras en homme.

— Oh! non, dit Edouard, elles sont si bien ainsi!

Rien n'est beau que le vrai, le vrai seul est aimable.

— Ce qui serait plus aimable, dit Robineau en prenant une jatte de lait, ce serait d'être arrivé. Dites-moi, monsieur l'Auvergnat, connaissez-vous dans ces environs le domaine de la Roche-Noire ?

Le villageois auquel Robineau s'adressait réfléchit quelque temps, puis répond : Ah! oui, monsieur!... La Roche-Noire!... je connaissons ben...

— Il le connaît! s'écrie Robineau; et dans son transport de joie il lève les bras au ciel, et envoie dans la figure d'Alfred presque tout le lait contenu dans la tasse qu'il tenait à la main.

— Que le diable t'emporte, toi et ton château!... s'écrie Alfred en se levant de table pour ôter sa cravate, qui est imbibée de lait, tandis qu'Edouard rit aux éclats.

— Ah! mon ami, je te demande pardon, dit Robineau; mais vraiment, je commençais à être inquiet de mon château !... Ce brave homme m'a rendu la vie.

— N'avais-tu pas peur que ta maison ne fût envolée ?...

— Je te donnerai une autre cravate, Alfred. Et dites-moi, respectable villageois, qui connaissez la Roche-Noire, est-ce une belle propriété?

— Oh! oui, monsieur, c'est ben grand!... C'est une espèce de
château, à ce qu'on dit; i' gnia encore de grandes tours .On dit comme
ça que du temps des anciens on s'y est battu, on en a fait le siége!...

— On en a fait le siége! s'écrie Robineau en se levant et en ren-
versant son escabeau pour courir près du paysan. — Mon ami, voilà
un écu de cent sous; dites-moi, je vous en prie, tout ce que vous
savez sur la Roche-Noire.

— Monsieur, vous êtes ben généreux, certainement!...

— Je suis mieux que cela; je suis le propriétaire, le nouveau châtelain du château dont vous m'assurez qu'on a fait le siége... Je vous
réponds qu'on y fera encore des choses extraordinaires! j'y donnerai
des tournois, des carrousels, des joutes, des... Mais revenons à mon
domaine... Se voit-il de loin?...

— Oui, monsieur... il est sur une hauteur.

— Il est sur une hauteur!... C'est charmant!...Et le parc, les
jardins?

— Le parc est encore grand, à ce qu'on dit; je ne le connaissons
pas, mais je sommes entré une fois dans les jardins... Oh! c'est magnifique!... I' gnia des fontaines en marbre... qui sont un peu endommagées, mais c'est égal!.... Et puis des *estatues* superbes! où qu'on
voit des hommes et des femmes toutes nues, que ça fait peur!...

— Il y a des statues!... Et Robineau presse le paysan dans ses bras;
il l'embrasserait s'il ne craignait de compromettre sa nouvelle dignité.
Il tâche de se calmer, et reprend: Maintenant, brave homme, venons
à l'essentiel: de quel côté est mon château?

— La Roche-Noire? dame! monsieur, c'est environ à une lieue de
Saint-Amand.

— Alors, puisque cet endroit-ci en est à deux lieues, nous ne
sommes plus qu'à une lieue de mon domaine.

— Oh! pardonnez-moi, monsieur!... vous en êtes ben plus loin...
parce que la Roche-Noire n'est pas de ce côté-ci. Si vous venez de
Clermont, vous n'avez pas pris le bon chemin pour y arriver...

— La, j'en étais sûr! nous nous sommes perdus!... entendez-vous,
messieurs?

Robineau se retourne et cherche des yeux ses compagnons; mais
ils ont quitté la chaumière pendant qu'il causait avec le paysan.

— Bons!... je gage qu'ils sont allés se promener, à présent?... Ils
ont juré de me faire mourir de chagrin!... Mais au moins me voilà un
peu plus tranquille sur ma propriété!... Enfin, brave homme, à quelle
distance sommes-nous donc de la Roche-Noire?

— Mais, monsieur... trois petites lieues... au plus...

— Encore trois lieues!... Et quel chemin devons-nous prendre?

— Ah! maintenant!... dame!... ça sera par les traverses... Faut
d'abord gagner Chadrat, puis alors vous verrez Saint-Amand, puis vous
trouverez vot' affaire.

— Si nous le trouvons avant la nuit, nous serons bien heureux!...
Courons chercher ces messieurs, et en route.

Robineau quitte la chaumière, en s'informant à des paysans du chemin qu'ont pris ses compagnons; on lui montre les bords du lac, il
y court, et ne tarde pas à apercevoir Edouard assis sur le rivage, écri-
vant avec un crayon sur ses tablettes, tandis qu'un peu plus loin,
Alfred danse avec une jeune fille au son d'un fifre dont joue un petit
paysan.

— En route, messieurs, il fera bientôt nuit! crie Robineau. Mais
Alfred continue de danser et Edouard d'écrire.

Ils ont le diable au corps!... se dit Robineau, qui s'approche
d'Edouard et lui frappe sur l'épaule au moment où celui-ci relit les
vers qu'il vient de faire.

— Monsieur Edouard! il faut nous remettre en route. Edouard lève
les yeux sur Robineau, et s'écrie:

> Que j'aime ce séjour! près de cette onde pure,
> Qu'il est doux, sur le soir, d'admirer la nature!...

— Je vous dis qu'il va faire nuit....

> — Né sous cet humble toit, l'habitant de ces lieux
> D'un œil indifférent voit ces monts sourcilleux!...

— Nous avons encore trois bonnes lieues à faire dans les monts
sourcilleux, monsieur.

> — Mais, pour un cœur sensible à la mélancolie,
> Ce site romantique est plein de poésie!...
> Ces rochers escarpés, ces limpides ruisseaux,
> Ces sentiers tortueux, ces flexibles roseaux...

— Il est bientôt huit heures, et nous nous casserons le cou dans les
sentiers tortueux!...

> — Tout m'agite, m'émeut, et cet endroit sauvage
> A mes sens étonnés parle un nouveau langage.

— Ah! pour le coup, si les ruisseaux vous parlent, c'est une mauvaise plaisanterie, monsieur Edouard!

— Eh bien, mon cher Jules! que dites-vous de ces vers? dit Edouard
en se levant et en mettant ses tablettes dans sa poche.

— Je dis qu'ils sont charmants, admirables... mais qu'avec vos vers
vous nous ferez passer la nuit dans ces montagnes, ce qui ne m'amu-
sera nullement.

— Voulez-vous que je vous les redise?...

— Non, je veux m'en aller... Et cet Alfred qui danse comme un
perdu!... Un jeune homme de son rang, un baron! faire des flicflac
avec une grosse Auvergnate!... Alfred! Alfred!...

— Une minute! elle m'apprend une *bourrée*, dit Alfred en continuant de danser et en faisant tourner la jeune fille dans ses bras. Enfin la danse finit; Alfred embrasse la petite paysanne, et revient vers
ses compagnons en disant: — Messieurs, la danse auvergnate n'est pas
légère et aérienne; mais je vous assure qu'elle a son mérite. Aussi, je
me promets, mon cher Robineau, de faire sauter toutes tes vassales.

— Avez-vous fini, messieurs?

— Oui, nous voici prêts à te suivre.

— Ce n'est pas malheureux!... Doublons le pas, je vous en prie...
Ce chemin doit nous conduire à Chadrat, et de là, s'il plaît à Dieu,
nous irons à la Roche-Noire.

Les trois voyageurs saluent les habitants du village, et se remettent
en marche; Alfred en répétant les pas de la bourrée, Edouard en re-
lisant ses vers, et Robineau en regardant à chaque instant à sa montre.

CHAPITRE VIII. — La Maison blanche.

On marchait depuis assez longtemps dans les montagnes; on apercevait dans l'éloignement un petit village, mais la nuit commençait
à tomber; Alfred en était obligé de cesser de danser, parce qu'il risquerait
de se jeter dans quelque trou; Edouard ne peut plus lire, et Robineau
ne peut plus voir l'heure à sa montre; bientôt même il n'est plus possible de distinguer le village vers lequel on se dirigeait. Alors Robineau se désespère, Alfred rit, et Edouard déclame.

— J'avais prévu ce qui nous arrive! dit Robineau en poussant un profond gémissement. Voilà la nuit, et nous sommes au milieu des montagnes, dans un pays que nous ne connaissons pas!... A chaque pas,
nous risquons de tomber dans quelque précipice, ou pour le moins de
rouler sur une pente horriblement rapide!... Au lieu de trouver mon
château, nous allons peut-être nous en éloigner encore... et cela vous
fait rire, messieurs! voilà ce que je ne conçois pas!

— Veux-tu que nous pleurions, Robineau? ça te fera-t-il plaisir.
Allons! châtelain de la Roche-Noire, rappelle ton noble courage;
quand on va habiter un vieux château, on doit avoir le cœur d'un paladin!... N'est-ce pas, Edouard?

Edouard ne répond qu'en déclamant:

> Tout repose dans l'ombre, et le seul Idamore
> Des murs de Bénarès s'échappe avant l'aurore.
> Quel est ce bois antique où vos pas m'ont conduit?
> Mais j'entrevois un temple, et l'astre de la nuit...

— Vous entrevoyez un temple? s'écrie Robineau. Où donc ça?...
moi, je ne vois rien du tout.

— Ah! ah! ah! comment, Robineau, tu ne reconnais pas les beaux
vers de *Casimir Delavigne*? Tu ne vois pas qu'Edouard te déclame le
Paria?

— Ma foi, messieurs... je ne me doutais pas que vous alliez nous
jouer la tragédie à présent. Hum!... c'est bon! rien! vous ne savez pas
ce que vous perdez en n'arrivant pas avant la nuit à mon domaine.
Vous croyez que nous aurions été reçus tout simplement par le concierge! Mais vous auriez vu bien autre chose!... et les bouquets, et la
danse... et les félicitations qui nous attendaient!... Nous manquons
tout cela.

— Mais comment savez-vous qu'on nous aurait fêtés? dit Edouard.

— Eh! vraiment, je devine! s'écrie Alfred; François n'est pas allé
pour rien en avant... Oh! j'y suis... Robineau s'était commandé une
réception spontanée... avait ordonné qu'on lui fît une surprise avec
des *vive monseigneur!* et des pétards, le tout à l'instar des réjouis-
sances populaires...

— Non, messieurs, non: je n'avais rien ordonné; mais je connais
le zèle de François, il n'aura pas caché que j'arrivais, et alors il me
semble assez naturel de penser que cela aurait fait quelque sensation
dans le pays.

— Eh bien! console-toi; si nous n'arrivons que demain matin, ta
fête en sera plus belle; on aura eu le temps de se préparer, d'apprendre
des compliments et de se débarbouiller, ce qui ne nuit jamais; à la
vérité, si on te tire un feu d'artifice, ce sera au soleil, mais c'est l'u-
sage en Chine, et pour le seigneur de la Roche-Noire il n'y a rien
de désagréable à avoir quelque point de ressemblance avec un grand
mandarin.

— Et le pauvre François! quelle sera son inquiétude en ne nous
voyant point arriver?... Vous ne songez pas à cela, messieurs...

— Oh! mon cher Robineau, ce n'est pas pour François que tu es si
contrarié!... mais, enfin, tout n'est pas désespéré, nous arriverons toujours quelque part!...

— Oui!... quelque part! dans quelque excavation où nous roulerons
sans trouver une branche pour nous retenir! on n'y voit plus du tout.

— Cela devient plus romanesque... voyager la nuit dans les montagnes ! tu ne sens pas la beauté de notre situation.

— Il est certain que je ne la vois pas en beau : si nous avions des armes encore... mais vous avez laissé vos pistolets dans ma chaise de poste !...

— Il ne nous manque qu'une lance pour avoir l'air de chevaliers errants.

— Nous n'avons pas même un bâton, ce qui vaudrait bien mieux !... Monsieur Edouard... où êtes-vous donc ? N'allez pas si vite, vous allez nous perdre... il ne manquerait plus que cela !... aller les uns sans les autres !... Moi, d'abord, je ne peux pas marcher vite quand je ne vois pas clair... Hé ! monsieur Edouard !...

Edouard s'arrête en prononçant d'un ton lamentable :

. . . . Où suis-je ? Quelle nuit
Couvre d'un voile affreux la clarté qui nous luit ?
Ces murs sont teints de sang ! je vois les Euménides
Secouer leurs flambeaux vengeurs des parricides !
Le tonnerre en éclats semble fondre sur moi,
L'enfer s'ouvre !...

— Monsieur Edouard !... pas de plaisanterie comme ça ! je vous en prie... Qu'est-ce que vous voyez ? En disant cela, Robineau a atteint Edouard, et il passe son bras sous le sien.

M. Benoît.

— Moi, je ne vois rien du tout, je vous attends, répond tranquillement Edouard.

— Robineau, la peur t'ôte donc la mémoire, puisque tu ne reconnais pas ce que tu as entendu si souvent aux *Français* ?

— La peur !... vous êtes uniques, messieurs, on a peur parce qu'on ne se soucie pas de passer la nuit en plein air ! Je ne suis pas d'une santé de fer !... je suis certain que ça me ferait beaucoup de mal !

— Je te conseille de te plaindre : tu es gras comme une caille !...

— Ça ne prouve rien, on peut être gras et délicat... Tenez, donnons-nous le bras tous les trois ; je me mettrai au milieu, je vous guiderai.

— Tu trembles, Robineau ?

— C'est que j'ai froid.

— Froid au commencement d'août !

— Dans les montagnes il gèle toute l'année.

— Ah ! ah ! c'est trop drôle !...

— Oui, c'est bien drôle, en effet... Pourquoi me suis-je fié à vous pour arriver à mon château ?

— Monsieur Jules, *saint Grégoire* a dit : Quand il t'arrive un grand malheur, cherche avec soin, et tu verras qu'il y a toujours de ta faute.

— Il avait bien raison, saint Grégoire !... Ah ! mon Dieu ! il m'a semblé entendre un rugissement près de nous...

— Bah ! c'est un bêlement que tu veux dire ! c'est que nous approchons d'une ferme...

— Ou d'une caverne !

— Ah ! victoire, messieurs ! je vois une lumière... toute petite, à la vérité ; mais enfin c'est une lumière.

— Vraiment ?... Je ne vois rien, moi...

— Tiens, au bout de mon doigt.

— Je ne vois pas même ton doigt... Ah ! si... je l'aperçois ; dirigeons-nous de ce côté...

— Si nous allions arriver à la maison de l'ogre !...

— Robineau, comme tu es le moins grand, tu seras le *Petit-Poucet*, toi, et tu déroberas les bottes de sept lieues.

Robineau, qui ne perd pas de vue la lumière, s'écrie bientôt : Deux, trois, quatre... dix lumières ! nous sommes sauvés ! c'est un village, c'est Cha... Cha... Ah ! mon Dieu ! comment l'ont-ils donc nommé ?

— Chadrat.

— C'est ça... En avant.

Au bout de cinq minutes, les trois voyageurs se trouvent près des habitations d'où partent les lumières ; mais ces demeures ne sont que de misérables huttes bâties de terre et de paille, et près desquelles les pauvres maisonnettes d'Ayda pourraient passer pour des châteaux. Robineau s'arrête et regarde avec effroi ses compagnons en prononçant à voix basse : — Ah ! mon Dieu, où sommes-nous ?

— Tu le vois bien, dans un village.

— Il est joli le village ! on dirait que nous sommes chez des sauvages.

— Il est certain que l'endroit ne semble pas riche ; mais les habitants peuvent être de fort bonnes gens...

— Ils peuvent être autre chose aussi... des gens qui logent dans des taupières comme ça !...

— Frappons, appelons... ils ne dorment pas encore, puisqu'on voit de la lumière.

— Un moment ! messieurs... dit Robineau en courant au-devant d'Alfred, qui se dirige vers la hutte la plus grande. Un moment... consultons-nous d'abord ; est-il bien prudent d'aller nous livrer ainsi à ceux qui logent là dedans ?

— Allons, Robineau, laisse-nous tranquilles !

— Au moins, messieurs, cachez vos clefs de montre, je vous en supplie, et ne dites pas que vous avez de l'argent... l'occasion fait le larron.

Alfred est allé frapper à une petite porte basse et mal jointe, au-dessus de laquelle un trou rond fait l'office d'une fenêtre. On est quelque temps sans répondre ; enfin une voix rauque et forte murmure lentement : — Eh ben ! quoi donc qu'est là ?

— Dis que ce n'est personne, s'écrie Robineau, que le son de la voix n'a pas rassuré.

— Ce sont trois voyageurs qui se sont égarés dans ces montagnes, répond Alfred.

— Ce sont trois mendiants qui n'ont pas de quoi souper, ajoute Robineau.

— Robineau, si tu ne te tais pas, je te fais rouler au bas de cette colline, dit Alfred impatienté. Comme on ne répond pas dans la chaumière, Edouard s'en approche et crie : — Ouvrez-nous, bonnes gens ; nous payerons bien vos peines et le guide que vous nous donnerez.

— C'est-à-dire que nous prierons pour vous, ajoute Robineau, car nous avons oublié notre bourse.

La porte de la hutte s'ouvre, et un homme ayant une veste en peau de chèvre, comme les bergers de la Suisse, en sort, et regarde d'un air stupide les trois jeunes gens.

— Ah ! mon Dieu, qu'est-ce que c'est que ça ? dit Robineau en se plaçant derrière ses compagnons ; c'est un orang-outang ou un faux monnayeur !

Le paysan, après avoir considéré les jeunes gens en silence, leur montre l'entrée de sa hutte en disant : — Voulez-vous entrer chez nous, messieurs ?

— Volontiers, dit Alfred ; et il pénètre dans la hutte, où Edouard le suit ; alors Robineau, qui ne veut pas rester seul, se voit obligé d'entrer aussi dans la demeure du berger.

L'intérieur de la hutte était plus grand qu'on ne l'aurait supposé du dehors. Cette grossière habitation se terminait en pointe, et recevait du jour par le haut. Elle était divisée en deux compartiments ; mais la cloison, faite avec quelques mauvaises planches que rien ne joignait, semblait plutôt devoir soutenir les murs et empêcher qu'ils ne s'éboulassent sur les habitants que servir à les séparer.

Du feu était allumé dans un coin de la première pièce ; sur des bourrées pétillantes était placée une grande marmite de terre ; une femme d'une quarantaine d'années, assise ou plutôt accroupie devant le feu, tournait avec une cuiller de bois le contenu de la marmite ; près d'elle, trois garçons déjà grands et forts se tenaient sur leurs genoux, contemplant aussi ce qui était sur le feu ; plus loin, un vieillard encore vigoureux était assis sur des bottes de paille, et caressait un vieux bouc couché près de lui. Une lampe, placée sur une petite table de bois, n'éclairait que faiblement ce tableau, parce que la fumée produite par le feu formait des nuages qui ne se dissipaient que lentement par l'ouverture du haut de la maison.

Les trois voyageurs sont entrés. Ils s'arrêtent pour examiner le singulier tableau qui est sous leurs yeux ; les habitants de la hutte les regardent aussi, mais avec un étonnement niais et sans se déranger.

— C'est fort original ! dit Alfred à ses amis.

— C'est fort laid! dit Robineau.

— C'est un intérieur tout à fait pittoresque, et qui a une couleur très-locale! dit Edouard.

— Je ne sais pas s'il a une couleur, murmure Robineau; mais il sent bien mauvais, l'intérieur pittoresque!...

— Bonnes gens, où sommes-nous, s'il vous plaît? dit Alfred.

— A Chadrat, répond le vieillard.

— A Chadrat! s'écrie Robineau; comment, c'est ça Chadrat!... et on ose appeler cela un village!... je n'en voudrais pas pour mes chevaux.

Sans paraître écouter Robineau, le berger, qui est entré avec les étrangers, fait un signe impératif aux jeunes garçons assis près du feu; alors ceux-ci se décident, quoique avec peine, à se lever, puis approchent des espèces de petits bancs de bois aux voyageurs.

Alfred de Marcey et Édouard Beaumont les amis.

— Asseyez-vous... reposez-vous, messieurs, dit l'Auvergnat. Alfred et Edouard s'asseyent. Robineau considère avec frayeur les trois grands garçons qui se sont levés, et regarde du coin de l'œil l'entrée de la hutte; mais ses compagnons ne font aucune attention aux signes qu'il leur fait, il se décide donc à s'asseoir aussi.

— Nous aurions bien voulu arriver ce soir à un domaine appelé la Roche-Noire, dit Alfred; connaissez-vous cela?

Les paysans se regardent et secouent la tête négativement.

— Parbleu!... ne veut-il pas que ces rustres, ces idiots connaissent mon château? se dit Robineau.

— Et la ville de Saint-Amand, vous la connaissez? dit Edouard.

— Saint-Amand-Talende?... oh! oui, monsieur!

— En sommes-nous éloignés?

— Pas trop... quoique ça, i' gnia encore du chemin.

— Ecoutez, brave homme, ces trois grands gaillards sont vos fils, je gage?

Le paysan fait un signe affirmatif.

— Eh bien! comme ils doivent connaître par cœur ces montagnes, faites-nous le plaisir de nous en donner un pour guide... tous les trois, s'ils le veulent; nous les payerons bien.

— Oui, dit Robineau, on les payera à la ville... nous y avons notre argent.

Les paysans se regardèrent quelque temps en silence; puis le père dit à ses enfants :

— Voulez-vous y aller, petiots?

Les jeunes garçons semblent hésiter; enfin, le plus grand répond à voix basse :

— C'est qu'il faudrait passer près de la Maison Blanche.

— La Maison Blanche! qu'est-ce que c'est que cela? dit Alfred; est-ce une auberge?...

Les paysans font signe que non.

— Est-ce une ferme, est-ce un cabaret? dit Edouard.

Les paysans se taisent encore, et Robineau murmure entre ses dents :

— Voilà des rustres qui sont terriblement butors!

Le vieillard se rapproche des voyageurs, et leur dit d'un air mystérieux :

— La Maison Blanche!... c'est un endroit que je n'aimons guère le jour et encore moins la nuit!... c'est un lieu dangereux!... c'est par là qu'arrivent toujours les malheurs!... c'est un endroit ensorcelé, enfin!...

— Ah! ah! ah! comment, mes bonnes gens! vous croyez aux sorciers? dit Alfred; tandis que les villageois, surpris de ce que l'on ose rire quand ils parlent de la Maison Blanche, font quelques pas en arrière et regardent les voyageurs avec une sorte d'étonnement mêlé d'effroi.

Robineau, qui vient de s'apercevoir que les gens dont il avait peur sont eux-mêmes fort timides, se lève brusquement; et, se promenant alors d'un pas ferme dans la lutte, s'écrie :

— Comment, pauvres paysans, vous êtes bêtes à ce point-là?... vous ajoutez foi à des contes de magie, de diables? Des gaillards comme vous, de cinq pieds six pouces!... ça fait de la peine pour vous!... ça me... aïe!...

Dans le feu de son discours, Robineau a manqué de renverser la marmite, et il vient de s'apercevoir qu'il marchait sur les fagots allumés.

— Messieurs, dit Edouard, je ne vois rien de bien surprenant à ce que les habitants d'un petit village situé dans les montagnes, loin des chemins fréquentés et qui semblent encore avoir les mœurs du premier âge, ajoutent foi à des erreurs dont il n'y a pas si longtemps que nous sommes guéris... et le sommes-nous bien encore? Dans Paris, dans cette ville, centre des lumières et de la civilisation de notre temps, mademoiselle Le Normand a fait fortune, et des tireurs de cartes, des nécromanciens, reçoivent de nombreuses visites des classes les plus élevées de la société; les hommes ont un penchant décidé pour l'erreur; les Romains avaient des aruspices, des sibylles; les Grecs, des oracles, des pythonisses; les Gaulois, des druides; les Egyptiens, leurs mystères d'Issis, d'Eleusis, d'Apis et d'Anubis; et les prophètes juifs sont bien au-dessus de tous les magiciens du moyen âge!

Un peu plus loin, Alfred danse avec une jeune fille au son d'un fifre dont joue un petit paysan.

Enfin, messieurs, je vois que des grands hommes, des gens de beaucoup d'esprit, ont été superstitieux; et, sans croire comme Platon à l'existence des sorciers, je ne vois rien d'extraordinaire à ce que les habitants d'un misérable hameau aient une faiblesse pour laquelle les hommes policés montrent tant de penchant.

— Mon cher Edouard, je ne fais pas un crime à ces bonnes gens de leur ignorance; je n'entreprendrai point de les guérir de leur superstition, parce que je pense que cela pourrait être trop long; mais je te ferai observer qu'il ne s'agit pas de savoir si tous les peuples ont cru à la magie, mais seulement si ces jeunes gens, qui me paraissent avoir de quatorze à seize ans, veulent nous servir de guides pour que nous arrivions ce soir à la ville prochaine.

— Oui, c'est ça, dit Robineau; il n'est pas question de faire de l'esprit... il faut aller au fait. Voyons, jeunes Auvergnats, voulez-vous

...ous conduire à Saint-Amand ? Je suis le seigneur de la Roche-Noire, je vous récompenserai magnifiquement.

Ni les prières, ni les promesses de Robineau ne peuvent décider aucun des habitants de la hutte à conduire les voyageurs; la crainte que ear inspire la Maison Blanche, près de laquelle il faudrait passer, est plus forte chez eux que le désir d'obliger.

— Ma foi, messieurs, dit Alfred, puisque ces montagnards sont décidés à ne point nous conduire avant le jour, nous n'avons qu'un parti à prendre, c'est de passer la nuit ici.

— Passons ici la nuit, dit Edouard.

> J'en ai l'heureuse promesse,
> Vers le milieu de la nuit
> L'amour m'ouvrira sans bruit
> L'alcôve de ma maîtresse!...

— Oh! oui! dit Robineau; si vous trouvez ici une alcôve, vous serez bien adroit! Moi! messieurs, il me semble qu'avant de nous résoudre à coucher dans cette souricière où l'on étouffe... sans compter que cela ne sent pas la rose, nous devrions nous adresser à d'autres habitants du village; ils ne sont peut-être pas tous aussi poltrons que ceux-ci...

— Eh! mon cher, ils sont tous aussi superstitieux!... Tu vois bien que cette Maison Blanche est pour eux ce que la Dame Blanche est pour les habitants de Glendearg, dans le *Monastère* de Walter Scott.

— Il n'est pas question de roman, nous ne sommes pas en Ecosse; je ne veux pas coucher ici, moi; et je vais vous montrer que je sais me tirer d'affaire.

En disant ces mots, Robineau marche vers la porte de la hutte; il l'ouvre et allonge la tête en dehors; mais, effrayé de la profonde obscurité qui règne dans les montagnes, que la lune n'éclaire plus, et, ne distinguant pas une seule lumière dans les habitations voisines, Robineau rentre vite sa tête, referme la porte et revient tristement vers ses compagnons en disant :

— Allons, puisque ça vous fait plaisir!... couchons ici, je le veux bien.

Alfred demande au chef de la famille si cela ne le gênera pas de les laisser passer la nuit dans sa demeure. Bien loin de là, l'Auvergnat, sa femme, son père et ses enfants témoignent aux jeunes gens que la maison est à leur disposition. Nos voyageurs remarquent que si les habitants de Chadrat sont lourds et stupides, ils sont humains, bons et hospitaliers ; vertus que l'on ne rencontre pas toujours chez les gens fins, spirituels et bien appris.

Dès qu'il est décidé que nos voyageurs passeront la nuit dans la demeure des Auvergnats, ils ne songent plus qu'à se mettre à leur aise et à se conduire comme s'ils étaient de la famille. Alfred et Edouard prennent gaiement leur parti, ils rient, chantent et causent avec les paysans; Robineau seul fait toujours la mine et regarde tout d'un œil mécontent.

— Quel est votre nom, brave homme? dit Alfred au berger.

— Moi, monsieur, je m' nomme Claude, ma femme Claudine...

— Et je gage que les enfants s'appellent Claudinet, se dit Robineau en haussant les épaules.

— Que faites-vous?

— Je suis berger...

— Et vos enfants?

— Ils cultivent la terre ; nous avons un p'tit champ près d'ici.

— Et votre père?

— Oh! il ne fait plus rien, il se repose... Pour not' femme, elle fait la soupe et nous l'apporte aux champs.

— Etes-vous contents de votre sort?

— Comment que vous dites, monsieur?

— Je vous demande si vous vous trouvez heureux?

— Pardi! quoi qu'il nous faudrait donc de plus? J'avons de quoi manger, de quoi nous vêtir, une bonne hutte pour nous loger : est-ce que ce n'est pas assez?

— Mon ami, dit Edouard à Alfred, voilà l'homme dans sa condition primitive, sans ambition, sans envie; la nature ne lui a donné que des goûts simples et purs, il ne voit point le bonheur au delà du lieu dans lequel il est né, et ses désirs ne passent jamais le sommet des montagnes qui entourent son habitation. Je soutiens que voilà l'homme que Diogène voulait trouver, mais qu'il cherchait en vain parmi un peuple adonné à tous les plaisirs, raffiné dans ses goûts et esclave de ses passions.

— Si c'est là l'homme de Diogène, dit Robineau en se balançant sur son banc, il est propre et élégant!

— Qu'y a-t-il là dans cette marmite, c'est votre souper sans doute? dit Alfred.

— Oui, monsieur, c'est la soupe.

— Eh bien! mes amis, nous la mangerons avec vous. Nous avons déjà soupé à Ayda; mais c'est égal, nous souperons encore, n'est-ce pas, Edouard?

— Oui, sans doute; nous tiendrons compagnie à nos hôtes... Et puis ce repas a pour moi je ne sais quoi de piquant!...

— Ils ne sont pas dégoûtés! se dit Robineau.

La soupe étant prête, on apporte la grande marmite au milieu de la compagnie; comme la table serait trop petite pour que chacun eût place autour, les montagnards trouvent plus simple de s'asseoir par terre. Alfred et Edouard en font autant; Robineau seul reste sur son banc en disant à ses amis :

— Comment, messieurs, vous vous mettez à terre?

— Pourquoi pas? dit Alfred; il faut faire comme ces bonnes gens.

— C'est le siége le plus naturel, dit Edouard.

— Vous avez l'air de sauvages!

— Mon ami, les sauvages sont les enfants de la nature, et nous sommes ceux des préjugés.

— Alors, messieurs, demain je sortirai d'ici sans culotte, et je dirai que c'est le costume le plus naturel.

— Ah! Robineau, c'est différent! la décence fut de tous les temps... les feuilles de figuier datent de loin! Au reste, tu es absolument le maître de montrer ton derrière aux habitants de Chadrat, et même à ceux de ton domaine, si ça te fait plaisir. Comme tu viens d'acheter le château, ils croiront que c'est un ancien usage que tu veux faire revivre, et il est possible qu'ils se décident à t'imiter, ce qui deviendrait extrêmement piquant, surtout les jours de grande réunion.

Pendant cette conversation, la maîtresse du logis distribuait des assiettes de bois et des cuillers à tout le monde. Le vieux père coupait des tranches de pain bis. Malgré sa répugnance, Robineau accepte une assiettée de soupe, et finit par manger comme les autres, quoique en murmurant après la soupe, qu'il trouve trop épaisse et trop salée, et en jurant après le vin qu'il trouve trop vert. Mais les montagnards ne s'aperçoivent point de son humeur, ils lui mettent à chaque instant de nouvelles cuillerées de soupe dans son assiette, quoiqu'il crie : — J'en ai assez! Et le vieillard partage son écuelle avec le vieux bouc qui est près de lui, et qui semble être un ancien ami de la famille.

Pendant le souper, Edouard ramène la conversation sur la Maison Blanche, parce que le peu qu'on en a dit a piqué sa curiosité.

— Contez-nous donc, bonnes gens, ce que vous savez sur cet endroit qui vous effraie, dit-il aux montagnards. Depuis quand cette Maison Blanche est-elle la terreur du pays?

— Ah! oui, contez-nous cela, dit Alfred. J'aime les histoires de revenants, moi!... cela fait frémir!... c'est charmant!

Robineau ne dit rien, mais il rapproche un peu son siége du cercle formé par les assistants.

— Dame! messieurs, dit le vieillard, il n'y a pas longtemps que la Maison Blanche nous fait peur à trétous. Faut vous dire d'abord qu'elle est située pas ben loin d'ici, c'est en descendant à gauche, au bas de la montagne. On entre dans une petite vallée, ben gentille, où qui gnia des vignes, et puis de la luzerne, et puis de beaux noyers, la Maison Blanche est au milieu de tout ça.

— Il paraît que, du moins, elle n'a pas rendu le sol stérile... Et à qui appartient cette maison?

— Oh! monsieur... c'est là justement c' qu'on n' sait pas; car, depuis une vingtaine d'années qu'elle est bâtie, elle n'a jamais été habitée... si ce n'est par le diable depuis queuque temps. Figurez-vous, monsieur, que, à trois cents pas de la Maison Blanche, il y a une jolie maisonnette, une espèce de petite ferme qui appartenait autrefois à un nommé André Sarpiotte. André était à son aise, il avait de nombreux troupiaux et des écus; si ben qu'il fit bâtir c'te maison, que nous appelons la Maison Blanche, parce que, dans sa nouveauté, elle était ben jolie, ben blanchette et ben plus belle que toutes celles des environs! Si ben donc que André Sarpiotte fit bâtir la maison dans le dessein de la vendre à queuqu'un qui en voudrait; mais, dame ! la maison est grande, elle a un beau jardin enclos de murs, et tout ça était trop cher pour nous autres!... Ça fait qu'alle restait à André; mais il se consolait avec sa petite femme, car il était marié, André, et sa femme venait justement de lui donner un petit enfant...

— Mais, mon brave homme, il me semble que tout cela n'a pas de rapport avec les terreurs dont cet endroit est l'objet?

— Oh! que si, monsieur! oh! que si! Tout ça se touche, v'là que j'y arrivons. Un beau matin, on apprit dans le village que la femme d'André venait de prendre un enfant pour le nourrir avec le sien. C't'enfant était une petite fille. Personne, dans le pays, n'avait vu les parents; mais André disait que c'étaient des gens d'un peu loin et qui n'étaient pas riches; cependant, on remarqua ben que la femme d'André était encore mieux mise et qu'alle avait tout plein de biaux affiquets, et qu'André se donnait encore plus de bon temps. Comme il était en bonheur, six mois après il vendit sa Maison Blanche à un étranger qui voyageait dans ce pays; l'acte fut passé cheu le notaire de Saint-Amand. Le monsieur s'appelait, dit-on, Gervais, c'est tout ce qu'on en sut; car, voyez le plus étonnant, ce monsieur fit venir des meubles et tout ce qu'il fallait dans la maison, mais il ne l'habita jamais; il s'en alla ben vite, et on ne l'a pas revu depuis... c' qui fait ben penser que déjà le diable s'était emparé de la maudite maison, et que ce pauvre acheteur, ayant découvert ça, se promit ben de n'y pus revenir.

Cependant, on ne s'apercevait encore de rien dans le pays, on trouvait seulement surprenant que le maître de la maison ne vint jamais habiter sa propriété. Le temps s'écoula, la petite fille qu'André et sa femme avaient prise était toujours chez eux. Au bout de deux ans, ils dirent que ses parents étaient morts et qu'ils adoptaient l'enfant; mais, ma fine, c'te bonne action ne leur porta pas bonheur. Leur propre enfant mourut; et, un an après, André, qui avait le défaut de boire un peu trop, se laissa, en revenant des fêtes de Saint-Gall, rouler dans un trou, d'où on ne le retira pas vivant.

V'là donc qui gn'avait pus à la ferme que la veuve d'André et la petite Isaure, c'est le nom de la petite fille qu'ils ont adoptée. C'est alors qu'on commença à remarquer qu'il se passait dans la Maison Blanche des choses extraordinaires. D'abord, dans c'te maison, où gn'avait personne, on aperçut quequefois le soir en passant des lumières aller et venir dans les chambres, puis on entendit dans le jardin des trépignements... comme des pieds de cheval!... Vous pensez ben qu'on trouva ça effrayant. Si c'eût été le maître de la maison qui fût venu, on l'aurait aperçu!... il ne se serait pas caché, ne serait pas venu que la nuit! Tout cela commença à faire jaser... à donner des idées... et puis c'te maison, dont les fenêtres et les portes étaient toujours fermées, mais dans laquelle on entendait des bruits sourds et où l'on voyait de la lumière, vous sentez ben que ça n'était pas clair du tout!...

— Mais la veuve d'André, qui demeurait tout près de la Maison Blanche, devait avoir plus peur que les autres?

— Pas du tout, monsieur; et v'là encore ce qui n'était pas clair: quand on parlait à la veuve Sarpiotte de ces bruits, de ces lumières, elle répondait que nous étions des imbéciles, et que d'ailleurs ça ne nous regardait pas.

— Il paraît que la veuve Sarpiotte était un esprit fort.

— Ma fine, monsieur, je ne savons pas si c'était un esprit; mais tout ça ne l'a pas empêchée d'aller rejoindre son mari... douze ans plus tard, à la vérité!

— Ah! la fermière est morte aussi?

— Oui, monsieur; elle est morte il y a près de trois ans, laissant par testament sa ferme, ses vaches, ses chèvres, enfin tout ce qu'elle avait, à la petite Isaure, qui avait alors quinze ans....

— Et cette jeune fille continua-t-elle d'habiter près de la Maison Blanche?

— Mon Dieu, oui, monsieur! et pas pus effrayée que si elle était au milieu du village; et cependant, après la mort de la veuve d'André, on remarqua que les apparitions étaient ben plus fréquentes dans la maison abandonnée. Avant, on était souvent six mois sans rien entendre; à c't'heure, il ne s'en passe guère deux sans qu'on ait la certitude qu'il y a eu du monde la nuit dans la maison; enfin, dernièrement Jacques, qui avait passé devant la veille, et qui avait ben remarqué que tous les volets en étaient fermés, en repassant le lendemain au petit jour, a aperçu distinctement deux volets ouverts à des fenêtres du premier! Vous sentez ben qu'ils ne se sont pas ouverts tout seuls. Le lendemain au soir ils étaient fermés. Et c'te petite fille, qui n'a pas encore dix-huit ans, à ce que je croyons, habite seule près d'un endroit si effrayant!... d'un endroit où nous autres hommes je n'osons point passer quand il fait noir... Oh! c'est ben louche, ça!... Aussi, les anciens du pays, et j'suis d'ceux-là, j'avons rassemblé toutes les circonstances, et j'en avons tiré c'te raison: c'est que c'te petite fille... n'est pas une fille ordinaire.

— Comment! est-ce que vous croyez que c'est un garçon? dit Alfred en riant.

— Nenni, monsieur; ça n'est pas ça encore; mais, voyez-vous, j'avons ben remarqué que c'est de son arrivée chez André que datent tous les événements extraordinaires qui se sont passés. La vente de la Maison Blanche à un homme qu'on ne revoit plus; la maison toujours fermée, mais dans laquelle on aperçoit quequefois de la lumière... et puis comme un fantôme noir qu'on voit rôder, par-ci par-là, autour de la ferme....

— Ah! il y a un fantôme? dit Edouard.

— Il y a un fantôme? répète Robineau, qui, petit à petit, pendant le récit du vieillard, avait tellement rapproché son banc, qu'il se trouvait alors au milieu du cercle formé par les auditeurs.

— Oui, messieurs, oui, gnia un fantôme... ou un lutin, qui se montre de loin à loin dans la vallée.

— Vous l'avez vu, bon vieillard?

— Non, monsieur, oh! non; mais Claude l'a vu.

— Je ne l'ons pas vu moi-même, répond Claude; mais Pierre, not fils aîné, l'a aperçu.

— Ce n'est pas moi, dit Pierre, c'est Joseph.

— Je ne l'avons pas justement aperçu, dit Joseph; mais c'est Nicolas avec qui j'étais, qui m'a dit qu'il avait cru voir quequre chose.

— Oh! d'après cela, dit Alfred, voilà l'existence du fantôme bien prouvée; mais revenons à la petite Isaure, qui n'est, dites-vous, ni un garçon, ni une fille, ni ce qui lui donnerait alors un certain point de ressemblance avec les lutins.

— Eh ben! monsieur, pour en revenir, j'croyons, nous autres, que pour n'avoir pas peur du diable, il faut être ben avec lui; et j'nous disons tout bas, quoique ça, que c'te jeune fille pourrait ben être ensorcelée... ou tout au moins avoir des manigances que je ne connaissons pas, pour se moquer des démons. Enfin, voyez! v'là la famille dans laquelle on la reçoit, où tout le monde meurt....

— Oui, dans l'espace de quinze ans....

— Mais cette jeune fille vit donc maintenant tout à fait seule?

— Oui, messieurs, seule... près de la Maison Blanche!... où des gens comme nous n'voudraient pas rester en compagnie!... C'est ben surprenant. Et puis, voyez-vous, c'te jeune Isaure ne ressemble pas aux autres filles de nos montagnes; et pourtant, puisqu'elle y a été élevée, elle ne devrait pas en savoir plus que nous... car, quoique à leur aise, André et sa femme n'étions pas des savants.

— Comment! cette jeune fille est plus instruite que les habitants de ces montagnes?

— Oh! j'crois ben! elle sait tout plein de choses!... Alle sait d'abord lire dans les livres imprimés... on dit même qu'alle vous lit là-dedans tout couramment! et cependant André Sarpiotte n'était pas ben malin là-dessus! Comment se fait-il qu'alle en sache plus que son maître?

— Cela se voit tous les jours, bon vieillard; ensuite.

— Ensuite, elle chante tout plein de chansons que nous ne connaissons pas et qui ne sont pas du pays... J'vous demande qui peut les lui avoir apprises? Ensuite, elle vous a en parlant des manières, des révérences... comme une demoiselle de la ville, da!

— Et puis, dit Claudine, qui jusque-là avait laissé avec respect parler le vieillard, vous ne dites pas tout, mon père; Isaure est aussi très-savante pour ce qui est de planter les arbres, de cultiver les fleurs, de semer les grains; elle a là-dessus un savoir étonnant! Faut voir le jardin de la ferme, tout y vient, que c'est une merveille!... et, pour soigner les bestiaux, est-ce qu'elle n'a pas aussi des remèdes!...

— Elle a des remèdes pour les bêtes? s'écrie Robineau d'un air stupéfait.

— Oui, monsieur, dernièrement elle a guéri sa vache qu'avait l'air de vouloir crever, avec je ne sais quelle herbe qu'alle lui a fait manger; et la chèvre de Jeannette, qu'avait une grosseur sous le ventre; eh ben, c'est encore Isaure qui l'a guérie, avec je ne sais queu drogue qu'alle lui a fait prendre.

— Comment! c'est elle qui a guéri la chèvre de Jeannette! s'écrie le berger. Ah ben, ma fine! toutes mes chèvres pourraient ben mourir avant que je permettisse à la petite Isaure de les toucher. Je pense, messieurs, que v'là assez de choses qui prouvent que c'te jeune fille est en intelligence avec Satan;

— Il est certain, murmure Robineau, que si elle guérit les vaches et les chèvres... c'est qu'elle en sait long.

— Enfin, messieurs, pour une fille élevée dans ces montagnes...... eh ben, alle n'a pas du tout not allure; alle vous parle quequefois avec des mots que je ne comprenons pas.... alle a enfin un langage tout doré, tout mielleux, qui n'est pas celui de nos chevrières.

— Parbleu! je serais bien curieux de voir cette jeune fille, dit Alfred.

— Et moi aussi, dit Edouard.

— Ma foi, dit Robineau, je vous réponds que cela ne me tente pas du tout!

— Mais venons au plus intéressant, reprend Alfred! comment est-elle, cette Isaure? Vous ne nous l'avez pas dépeinte. A-t-elle aussi dans la figure, dans les traits, quelque chose de diabolique?

— Dame, messieurs!... quant à ça, dit le berger, je devons convenir qu'alle n'est pas mal.... i gn'en a même dans le pays qui prétendent qu'elle est jolie.

— Oh! oui, mon père, disent les trois fils de Claude; alle est ben gentille, Isaure... et alle a un sourire ben doux!

— Allons, taisez-vous, petiots! dit Claudine; vous ne vous y connaissez pas!... Moi, je vous dis qu'il y a dans ses yeux bleus quelque chose de malicieux qui cache de la traîtrise!... et que sa voix douce n'est encore qu'une fausseté pour attraper son monde. D'ailleurs, est-ce qu'une petite sorcière comme ça peut être jolie!

— Non, dit Robineau, je suis de l'avis de l'Auvergnate, une sorcière est toujours horrible.

— Belle ou non, dit le berger, ce qu'il y a de certain, c'est que chacun dans le pays l'évite au lieu de la rechercher. Quand on la voit d'un côté, on prend d'un autre. Quand elle conduit ses chèvres sur la montagne, on descend bien vite dans la plaine... et, dame! on a raison, parce qu'elle serait capable de vous jeter un sort, de vous porter malheur!...

— Oui, oui, dit Claudine; et si la brebis de Bastien est morte, je sommes ben sûre que ça vient de ce que l'autre jour Isaure l'a caressée.

— Ah! ma mère, dit un des jeunes Auvergnats, la brebis de Bastien s'était laissée rouler de cinquante pieds de haut.

— C'est possible, reprend Claudine; mais pourquoi a-t-elle roulé? c'est parce qu'elle avait été touchée par Isaure; sans ça! croyez-vous pas que le pied lui aurait manqué?...

— C'est juste, dit le vieillard.

— Voilà bien les raisonnements de l'ignorance, dit Edouard; les choses les plus simples deviennent surnaturelles aux yeux de ces bonnes gens!... Ils ne veulent point rechercher les causes, ils rapportent tout à l'idée dont ils sont frappés; et voilà une jeune fille fort gentille et fort douce peut-être qui devient un objet d'effroi pour ces montagnards, parce qu'elle demeure paisiblement dans un lieu qu'ils se sont figuré devoir être habité par le diable!... Mais du moins ces paysans ne quittent point leurs huttes... ils sont excusables!... et combien de gens dans les villes chez lesquels l'éducation n'a point détruit la superstition!...

— Tiens, Edouard, toi qui as tous les sentiments d'un ancien paladin (excepté la fidélité), tu devrais faire ici, comme dans le *Château du Diable*, vieille pièce que l'on a donnée jadis à la Cité, aller visiter cette maison ensorcelée, et délivrer la jeune Isaure, qui est peut-être une princesse déguisée, du charme qui la retient avec ses vaches et ses chèvres!... Quant à moi, je me promets bien de voir dès demain la jeune fille; je voudrais de bon cœur que ce fût une sorcière; car, n'en ayant point encore vu, je serais enchanté de savoir comment elles sont faites. Robineau, tu viendras demain avec nous voir la Maison Blanche, n'est-ce pas?

— Oh! demain, messieurs, il faut espérer que je serai dans mon château; alors vous pourrez aller courir où vous voudrez; mais du diable si je vous accompagne!... je me souviendrai trop longtemps de notre voyage dans les montagnes!...

Les jeunes gens rient de l'humeur de leur compagnon. Mais le repas du soir est terminé, et déjà les Auvergnats songent à se livrer au repos.

— Messieurs, dit Claude aux voyageurs, j' voudrions ben avoir des lits à vous offrir; mais, nous autres, j' couchons tout bonnement sur de la paille... J' n'avons que ça à vous donner... et puis des peaux de mouton que j'gardons pour l'hiver.

— Nous serons toujours fort bien, dit Alfred; d'ailleurs. une nuit est si vite passée.

— Au moins, dit Robineau en faisant la grimace, si vous n'avez pas de lit, donnez-moi les peaux de mouton; ça sera plus doux que votre paille!

— Oui, monsieur; j'allons vous arranger ça.

On fait, dans un coin de la hutte, une couchette avec des peaux de brebis; mais Alfred et Edouard préfèrent se mettre sur de la paille, dans laquelle ils se roulent en riant; tandis qu'un peu plus loin les trois jeunes Auvergnats se jettent sur la leur. Le vieillard a déjà imité ses enfants; il s'est étendu près de son bouc. Pour Claude et sa femme, ils vont se coucher dans l'autre partie de la hutte, à laquelle une espèce de rideau en grosse toile sert de porte. Mais, avant de se retirer près de sa femme, Claude souffle la lampe, et quelques lueurs qui s'échappent encore du feu éclairent seules l'intérieur de la hutte.

— Pourquoi donc éteignez-vous la lumière? s'écrie Robineau.

— Oh! monsieur, ça serait dangereux d'en conserver la nuit; si le feu prenait ici, je serions tous grillés comme des charbons.

En disant cela, le montagnard jetait de l'eau sur les débris du feu pour achever de l'éteindre.

— Comme c'est amusant! dit Robineau; coucher sans lumière!... moi qui, à Paris, ai toujours ma veilleuse!... Ah! dites donc, montagnard, avez-vous eu soin de bien fermer la porte de votre chaumière?

Le berger ne répond plus; il est déjà allé retrouver sa femme, près de laquelle il se couche, et bientôt des ronflements prolongés, auxquels s'unissent ceux du vieillard et des trois fils, annoncent que toute la famille goûte un profond repos.

— Comme c'est gracieux! dit Robineau en se jetant avec humeur sur les peaux de mouton; dormez donc au milieu d'un bruit comme celui-là!... Il me semble que je suis à un enterrement, et que j'ai six serpents dans les oreilles.

— Dites donc, messieurs, est-ce que vous pouvez dormir?

Alfred et Edouard, pour toute réponse, feignent de ronfler aussi.

— Ils dorment!... ils sont bien heureux!... Mais ce paysan ne m'a pas répondu au sujet de la porte.... allons nous assurer si nous sommes en sûreté.

Robineau se lève, se dirige à tâtons vers la porte, en trouve le loquet, le lève, ouvre, et voit avec effroi que du dehors on peut également l'ouvrir.

— Comme ces paysans sont imprudents! s'écrie-t-il; une porte qui s'ouvre du dehors!... Nous sommes en sûreté comme sur la grand'-route!... Holà!... monsieur Claude!... hé! les enfants? Dites donc, vieux papa! répondez donc un peu...

Aux cris, au tapage que fait Robineau, le vieillard se réveille en disant:

— Quoi que vous avez donc, monsieur?

— Comment, ce que j'ai! Je trouve fort mauvais qu'il n'y ait pas au moins un verrou à votre porte... le premier voleur peut entrer et nous assassiner.

— Eh! monsieur, gnia pas de voleur dans le pays!... D'ailleurs j' n'avons rien qu'on puisse nous voler, nous autres...

— Ah! nous autres!... c'est cela! voyez-vous l'égoïsme!... ils ne pensent qu'à eux... Mais moi, vieux paysan, je ne serais pas content si on m'emportait seulement mon chapeau... Dites donc, vieux père!...

Le vieillard s'est rendormi, et Alfred dit à Robineau:

— Veux-tu laisser ces bonnes gens dormir en paix... Auras-tu bientôt fini ton tapage?

— Ah! tu ne dors donc plus, toi?

— Parbleu, au train que tu fais!...

— C'est que cela n'a pas le sens commun d'être dans son lit à la merci des passants!

— Est-ce qu'il passe quelqu'un à l'heure qu'il est?...

— On ne sait pas... Enfin, je vais mettre la table devant la porte, ça sera toujours une petite résistance!...

— Que ne t'y mets-tu toi-même?

— C'est ça! pour vous servir de chevaux de frise... Ah Dieu! quelle jolie nuit je vais passer!... pourvu que je trouve la table..

Robineau cherche à tâtons; et ayant trouvé la table, la place devant la porte de la hutte, puis, un peu plus tranquille, revient se jeter sur les peaux de mouton, où il s'écrie en poussant un profond soupir:

— C'est bien la peine d'acheter un château... d'être riche... d'hériter de mon oncle Gratien, pour coucher sur des peaux de bêtes comme un Indien! Je puis dire que j'aurai connu les vicissitudes de la fortune... On étouffe dans cette maudite hutte... Pas seulement un traversin, un oreiller pour mettre sa tête!... Dieu! comme je me dédommagerai demain à la Roche-Noire!... je me mettrai dans du coton... Je ne pourrai jamais dormir sur ce lit là... c. sent horriblement le gibier. Dis donc, Alfred!... Alfred!... est-ce que tu es bien sur la paille.

— Mon cher Robineau, dit Alfred en bâillant, c'est la nouveauté de la situation qui en fait le charme... cela me paraît si drôle de coucher sur la paille!... C'est seulement dommage de ne pas avoir une petite Auvergnate... parce que... ah!

— Parce que quoi? dit Robineau. Allons il est endormi... Dites donc, monsieur Edouard... dormez-vous aussi, vous?... hein?... Il paraît que le poëte dort; tâchons d'en faire autant. Si je pouvais rêver à mon pauvre château, où j'ai tant de peine à arriver!... Pourvu que cette sorcière ne vienne pas cette nuit nous jeter un sort!... Avec leur Maison Blanche... ils seront cause que je ferai de mauvais rêves!...

Cependant la fatigue l'emporte sur la peur; Robineau s'endort profondément, ainsi que ses compagnons.

Un songe heureux berçait le nouveau propriétaire, il était enfin dans son château, on l'appelait monseigneur, on le fêtait, on le complimentait; lorsqu'un poids assez lourd, qui vient se placer sur sa poitrine, le réveille péniblement.

— Qui va là? s'écrie Robineau en cherchant à se débarrasser de ce qu'il sent sur lui. Mais on ne répond rien, et il sent un nouveau poids que l'on appuie sur son épaule... La sueur froide coule de son front; il n'a plus la force de crier, et balbutie en tremblant : Qui... qui va là! De grâce... que voulez-vous de moi?...

On ne répond pas, on reste immobile, et on continue de s'appuyer sur la poitrine et sur l'épaule du voyageur. Quelques minutes se passent ainsi; Robineau n'a plus la force de crier, et il attend qu'on le laisse libre de ses mouvements, en adressant mentalement ses prières au ciel. Mais au bout de quelque temps, surpris de ce qu'on reste sans bouger sur lui, il lève doucement la tête pour tâcher de se dégager, et sa figure rencontre une longue barbe qui lui couvre presque tout le visage. Robineau pousse un cri horrible, croyant avoir le diable sur lui, et dans sa terreur se jette sur le côté; alors il se trouve débarrassé de l'objet qui le retenait, et se sauve au milieu de la hutte; mais il lui semble entendre des pas, il est persuadé que le diable le poursuit. Dans son effroi, il marche au hasard, se jette dans la toile qui forme la séparation, s'embarrasse les pieds dans de la paille, tombe, se blottit dedans et s'y tient coi, en priant le ciel de le protéger.

Cependant le calme s'est rétabli; Robineau pense que le diable a perdu ses traces, et qu'il est allé tourmenter un de ses compagnons; après être resté un quart d'heure sous la paille, où il étouffe, il se retourne un peu pour tâcher d'avoir de l'air.

En se retournant, la figure de Robineau se trouve encore sur quelque chose, qui cette fois ne ressemble pas à une barbe, car c'est un objet gros, gras, lisse, très-palpable et doué d'une douce chaleur. Robineau recule sa tête et avance sa main pour s'assurer si ses soupçons sont fondés, mais au même instant la personne à qui appartient l'objet si dodu se retourne; puis, étendant un bras et une jambe, enlace ainsi Robineau, qui se trouve de nouveau pris et n'ose plus bouger.

Cette fois Robineau a moins peur, car il a reconnu à qui il avait affaire; il sent fort bien que c'est madame Claude qui se trouve couchée sur lui, et il aime mieux sentir madame Claude que le diable. Cependant, s'il reste là, il pense que le berger l'y trouvera, et qu'il pourra ne pas être satisfait de le voir caché sous sa femme; s'il s'en va, il craint de retomber entre les griffes de l'être à longue barbe qui l'a éveillé; la peur du diable est plus forte chez Robineau que la peur du berger. Il se décide à rester sous madame Claude jusqu'au point du jour, époque où les démons ne sont plus dangereux.

Il était assez difficile de rester tranquille dans une telle position; Robineau se rappelait involontairement que l'Auvergnate était encore fort bien, quoique un peu brune, mais la nuit toutes les femmes sont blanches, quand cela fait plaisir, et Robineau, toujours involontairement, allongeait ses bras et promenait ses mains sur tout ce qu'il rencontrait, et petit à petit sa frayeur se dissipait, et ses idées devenaient beaucoup moins noires.

A force de tâtonner l'Auvergnate, Robineau finit par la réveiller; celle-ci croit que c'est son mari qui la pince, et en femme qui sait ce que cela veut dire, elle lui donne un gros baiser. Robineau se laisse embrasser; il trouve cela gentil; d'ailleurs il ne veut pas désabuser l'Auvergnate, et pour cela il faut bien remplir le rôle du mari; c'est ce qu'il fait depuis quelques minutes, lorsque le même objet, qui l'avait fait fuir sa couchette, arrive en gambadant sur la paille, et saute sur ceux qui ne dormaient pas. Robineau sent de nouveau la longue barbe, et il crie, croyant que le démon veut le punir de son incontinence. La femme de Claude crie de son côté; elle s'aperçoit, un peu tard à la vérité, que ce n'est pas son mari qu'elle embrassait, le berger se réveille et crie aussi pour savoir à qui en a sa femme.

Ce tapage réveille les autres habitants de la hutte. Alfred et Edouard se lèvent pour savoir ce que c'est; le vieillard retrouve un peu de feu et rallume la lampe. Les trois jeunes garçons sont les seuls qui continuent de ronfler.

On va avec la lumière s'informer de la cause des cris, et on aperçoit le mari et la femme retenant Robineau, qui veut de nouveau se fourrer sous la paille, tandis que le bouc saute indistinctement sur toute la société.

Robineau regardait d'un air effaré le bouc et le berger. Alfred et Edouard commencent par rire de sa figure, tandis que le vieillard s'écrie :

— Après qui donc en avez-vous, vous autres?

— Eh ben, c'est Claudine qui m'a réveillé en criant comme une possédée, dit le berger.

— Pardi! dit Claudine, je criais parce que je sentais ben queuque chose... c'est-à-dire queuqu'un, et que je voulions savoir quoi que c'était.

— Pourquoi donc que vous êtes là, si près de ma femme? dit le berger à Robineau, et qui vous a fait quitter vos peaux de mouton?

— Ma foi, mes chers amis, dit Robineau en sortant entièrement de dessous la paille, je ne sais vraiment pas comment cela s'est fait... mais j'ai été réveillé par quelque chose... j'ai senti une longue barbe... on a mis des pieds sur moi.

— Ah! ah! c'est le bouc qui a été te réveiller, Robineau, et que tu as pris pour le diable ou pour la petite sorcière, je gage!...

Robineau ouvre de grands yeux, regarde le bouc et s'écrie :

— Comment, ça serait cette maudite bête!... Voilà ce que c'est que d'être couché dans une arche de Noé!

— Allons, allons, dit Claude, dans tout ça, j' voyons que gnia pas grand mal... Vous avez eu peur, et voilà tout.

— Voilà absolument tout, dit Robineau en jetant à la dérobée un regard sur Claudine, qui s'écrie :

— Pardi! pour si peu de chose, ce n'était pas la peine de réveiller toute la maison. Quoique ça, monsieur, une autre fois faut tâcher de n' pas venir vous jeter sur nous si brusquement, parce que... ça surprend, voyez-vous.

Robineau fait de nouvelles excuses et retourne sur les peaux de mouton, heureux d'en être quitte à si bon marché; les Auvergnats se recouchent. Alfred et Edouard en font autant en riant de l'aventure du bouc, et cette fois Robineau rit avec eux.

Le reste de la nuit se passe sans événements. Au point du jour tout le monde est sur pied. Les jeunes gens acceptent une jatte de lait, et se disposent à se remettre en route. Cette fois, Claude lui-même veut leur servir de guide et leur montrer la Maison Blanche, car en plein jour il se sent de force à les approcher.

Nos trois voyageurs quittent donc la hutte après avoir récompensé les Auvergnats de leur hospitalité; et en saluant Robineau Claudine lui lance un petit sourire en dessous que n'auraient pas désavoué nos dames de la ville.

CHAPITRE IX. — Isaure.

Les trois amis marchaient gaiement, admirant le lever du jour, qui dans les montagnes est bien plus admirable que vu d'une fenêtre de Paris, ou de l'allée sablée d'un jardin. Claude allait en avant pour guider les voyageurs; et Robineau, que la certitude de voir bientôt son château rendait plus heureux, se frottait les mains, et paraissait sourire à certaines pensées qui lui revenaient à l'esprit. Alfred et Edouard plaisantaient leur compagnon sur le sourire qu'en partant il avait reçu de l'Auvergnate; et se rappelant la situation singulière dans laquelle ils l'avaient trouvé au milieu de la nuit, ils en tiraient certaines conjectures. Robineau se défendait en souriant, en se rengorgeant, puis montrait le berger qui était en avant, et disait : — Messieurs, taisez-vous, j' vous en prie... vous allez me compromettre!

Tout à coup le berger s'arrête en s'écriant : Voilà la Maison Blanche!

On était sur le penchant d'une colline, et de l'endroit où le montagnard s'était arrêté, le chemin faisant un coude, on apercevait une belle vallée coupée de vignes et de prairies, et dans laquelle de beaux arbres donnaient de l'ombrage en ajoutant à la variété du tableau.

Alfred et Edouard courent près du berger. Ils aperçoivent dans le milieu de la vallée une jolie maison bâtie à la moderne, n'ayant qu'un rez-de-chaussée, un premier et des mansardes; un mur, qui s'étend assez loin, en partant du côté gauche de la maison, sert de clôture au jardin, qui semble devoir être fort grand.

— Comment! c'est là la maison ensorcelée? dit Alfred au berger; mais, en vérité, elle n'a rien d'effrayant... La position en est charmante; cette vallée est délicieuse, et si le diable s'est logé là, il faut convenir qu'il n'a pas mauvais goût.

Le berger ne répond rien, il se contente de regarder la maison d'un air craintif; Robineau, qui est resté en arrière, s'écrie : J'aimerais bien mieux voir la Roche-Noire que toutes vos bicoques de paysans.

— Et la demeure de la jeune Isaure, dit Edouard, où est-elle?

— Là-bas, messieurs, après la Maison Blanche... Tenez, voyez-vous? sur la droite...

— Oui, vraiment!... une maison rustique d'un aspect agréable, entourée de beaux arbres... les fenêtres garnies de fleurs... Ah! c'est là que demeure la petite sorcière!... Mais avançons; descendons dans la vallée, nous verrons mieux cela de tout près.

On achève de descendre la colline; mais le montagnard ne marche plus en avant; il reste près des voyageurs, et ceux-ci s'aperçoivent qu'il leur fait prendre un chemin qui traverse la vallée, mais qui ne les mène pas justement près de la Maison Blanche.

— C'est moi maintenant qui vais servir de guide, dit Alfred, car je m'aperçois, brave homme, que vous nous éloignez de l'endroit que nous voulons voir.

— Dame! messieurs, j'vous mène sur la route qui va à Saint-Amand, et i' n' faut pas pour ça aller tout contre la Maison Blanche.

— Il a raison, le brave Claude, dit Robineau, car enfin, messieurs, ce n'est pas à cette maison où il n'y a personne que nous avons affaire, c'est à mon château.

— Et moi, je te dis que je ne veux pas passer par cette vallée, près de cette habitation fameuse sans l'examiner de près. Viens, Edouard, en avant sur la droite...

Alfred et Edouard marchent à grands pas vers la Maison Blanche; le berger les suit d'un pas mal assuré, et Robineau ferme la marche en donnant au diable ses compagnons.

On arrive tout près de cette maison, dont les montagnards ne parlent qu'avec effroi. Claude s'est arrêté à dix pas de là, il ne se soucie point d'approcher davantage; Robineau reste près de Claude, et s'assied sur le gazon en disant : — Allons, messieurs, contentez votre curiosité... quoique je ne voie rien de bien curieux à cette maison!... Ce n'était pas la peine de nous détourner pour cela... En vérité vous vous conduisez comme des écoliers.

Sans écouter Robineau, Alfred et Edouard sont allés tout contre la maison. Les fenêtres du rez-de-chausée sont fermées par des volets, celles du premier étage ne le sont que par des persiennes. Les jeunes gens examinent tout avec curiosité; et, arrivés devant la porte d'entrée, à laquelle est adapté un petit marteau de fer, Alfred s'écrie : Parbleu! il faut nous assurer si en effet il n'y a personne dans cette jolie maison!...

En disant cela, Alfred a saisi le marteau, et il va frapper, lorsque le berger, qui ne le perd pas de vue, s'écrie avec effroi : Monsieur!... monsieur!.. ne frappez pas!... oh! n'allez pas faire une chose comme ça!...

— Eh! pourquoi donc, mon ami? dit Alfred en riant; s'il n'y a personne là-dedans, qu'importe que je frappe? et s'il y a du monde, nous connaîtrons le propriétaire, et il pardonnera à des voyageurs cette petite indiscrétion.

— C'est égal! s'écrie Robineau, c'est très-inconvenant de frapper, c'est même ridicule, et...

La phrase de Robineau est interrompue par le bruit du marteau qu'Alfred fait retentir sur la porte. A ce son le berger se recule encore avec épouvante; on voit qu'il s'attend à ce que des êtres effrayants ouvriront l'entrée de la maison. Robineau pâlit et chante entre ses dents. Alfred et Edouard écoutent; mais le bruit du marteau se prolonge longtemps dans l'intérieur de la maison, puis finit par se perdre sans que rien y ait répondu.

— Personne! dit Edouard.

— Essayons encore, dit Alfred. Il frappe deux coups de suite, et plus fort; mais ils sont suivis du même silence.

— Vous voyez bien, messieurs, que vous perdez votre temps! dit Robineau en se levant; vous frapperiez en vain jusqu'à demain!... puisqu'il n'y a personne!

— Ou qu'on ne veut pas répondre, murmure le berger, qui s'est un peu rapproché.

— C'est dommage!... dit Alfred, j'aurais bien voulu qu'il sortît de là une légion de fantômes... seulement pour voir la figure qu'aurait faite le sire de la Roche-Noire.

— Ma figure n'aurait pas changé, messieurs; je ne crois pas comme vous à des contes de grand'mère; c'est pour cela que je ne vois pas la nécessité de frapper à des portes quand je sais qu'il n'y a personne!

— Hom!... il ne faudrait pas frapper comme ça à minuit! dit le berger en hochant la tête. J' réponds ben que ça ne se passerait pas ainsi!

— Allons, dit Alfred, puisque nous ne pouvons pas pénétrer dans la Maison Blanche, à moins de passer par-dessus les murs, ce qui serait un peu trop dans le goût des fils Aymon ou d'Ogier le Danois, dirigeons-nous vers la maisonnette; peut-être là serons-nous plus heureux.

— Oh! messieurs, vous n'y trouverez personne non plus, dit Claude, car à c't' heure-ci Isaure va toujours mener ses chèvres brouter là-bas sur la montagne.

— Alors, dit Robineau, il me semble que nous pourrions nous dispenser d'aller cogner à toutes les portes!...

Alfred et Edouard laissent leur compagnon adresser ses réflexions au berger. Ils marchent vers la maisonnette, qui est entourée de beaux arbres et de petits carrés de terrain où des fleurs sont cultivées avec soin.

— Voilà qui a l'air d'un palais à côté de la hutte où nous avons couché cette nuit, dit Alfred ; et cette maisonnette peut passer pour le château de Chadrat.

— Oui, cet endroit est charmant ! dit Edouard en s'arrêtant pour considérer la maison rustique. Ces beaux arbres, dont l'ombrage semble protéger cette modeste retraite !... ces fleurs !... ce gazon !... Tiens, mon cher Alfred, je passerais volontiers ma vie en ces lieux !...

— Oh ! la vie !... c'est bien long ; mais huit jours avec une jolie femme, je ne dis pas non !... Voyons, cependant, si la maîtresse de cette maisonnette répond à l'idée que je m'en fais.

La porte de l'habitation était fermée. Alfred frappe, appelle, regarde aux fenêtres, personne ne paraît. Mais on entend retentir derrière la porte les aboiements d'un chien qui semble vouloir interroger les voyageurs.

— Du moins la maison est gardée, dit Alfred.

— Qu'est-ce que c'est que ça ? s'écrie Robineau.

— C'est le chien d'Isaure, dit le berger ; oh !... il est de taille !... et je réponds ben que deux hommes n'en viendraient pas à bout !... C'est... attendez donc, c'est un chien de Terre, à c' qu'on nomme ça.

— De Terre-Neuve, vous voulez dire ?

— Oui, monsieur, de Terre-Neuve, justement.

— Et comment se fait-il que cette jeune fille ait un chien de race aussi rare dans ce pays ?

— Ah ! monsieur, c'est encore une de ces choses mystérieuses, et qui prouvent qu'il y a du louche... c'est depuis la mort de la veuve André qu'Isaure a eu ce beau chien ; on lui a demandé d'où elle le tenait, et elle a dit que c'était un voyageur qui lui en avait fait cadeau, parce qu'elle lui avait donné l'hospitalité... J' vous demande s'il est probable qu'un voyageur irait se défaire de son fidèle compagnon !

— Non, ça n'est pas supposable, dit Robineau, et je commence à penser, comme le berger, que cette jeune fille... C'est fort extraordinaire.

— Savez-vous comment s'appelle ce chien ? demande Edouard au berger.

— Oui, monsieur ; comme il sort quelquefois avec sa maîtresse, on entend assez souvent celle-ci appeler *Vaillant* par-ci, *Vaillant* par-là !...

Edouard se rapproche de la porte et frappe un petit coup en appelant Vaillant. Le chien ne tarde pas à répondre ; mais ses aboiements sont moins forts, il semble plutôt demander ce qu'on lui veut que vouloir menacer les étrangers.

Les deux amis écoutaient le chien avec intérêt, et le berger avec attention ; mais Robineau, qui allait et venait en frappant du pied avec humeur, s'écrie : — Messieurs, je ne sais pas si vous êtes venus en Auvergne pour faire la conversation avec des chiens, et frapper à toutes les portes ; quant à moi, qui ai un autre but, je vais avoir l'honneur de vous saluer, si vous ne voulez pas vous remettre en route.

— Allons ! calme-toi, Robineau, nous allons partir. J'avoue que j'aurais bien désiré voir cette jeune fille...

— Et moi aussi ! dit Edouard.

— Mais puisqu'elle est absente, et que tu ne te sens pas la force de faire encore une tournée dans ces montagnes, nous allons te suivre, sauf à revenir sans toi visiter la petite sorcière...

— La voilà !... la voilà !... s'écrie en ce moment le berger, qui du doigt indique la montagne. Les jeunes gens portent aussitôt les yeux de ce côté, et aperçoivent une jeune fille qui, tout en chassant des chèvres devant elle, descendait précipitamment vers la vallée.

Alfred et Edouard restent immobiles, et suivent la jeune fille des yeux : sa marche est vive et légère ; tantôt elle court après ses chèvres, tantôt elle se retourne pour les appeler ; lorsqu'elle descend une pente rapide, ses pieds semblent à peine effleurer le sol, et elle saute en jouant par-dessus de profondes excavations. Enfin elle est dans la vallée, et on peut mieux distinguer ses traits : ses grands yeux, d'un bleu foncé, sont ombragés par de longs cils noirs, et ses paupières, souvent à demi baissées, ajoutent à la douceur de son regard, dont l'expression est à la fois naïve et tendre. Son nez est bien fait, sa bouche, un peu grande, laisse voir en souriant des dents blanches comme l'émail ; ses cheveux, d'un blond cendré, forment de grosses boucles sur son front et sont relevés avec goût et avec plus de soin que chez les montagnardes ; enfin son teint n'est que légèrement hâlé par le soleil, parce qu'un grand chapeau de paille sert à l'en garantir. Sa taille est moyenne, mais svelte et bien prise, son pied petit et sa main mignonne ; un jupon brun, un corset de même étoffe, un petit tablier rouge et blanc composent tous ses atours ; mais il y a dans la manière dont elle les porte, une grâce qui ne ressemble pas à la tournure lourde et gauche des Auvergnates.

— Elle est charmante !... dit Alfred.

Edouard ne dit rien, mais ses yeux suivent tous les mouvements d'Isaure.

— Oui, dit Robineau, pour une paysanne, elle est assez gentille.

La petite chevrière approche toujours de sa demeure. Bientôt elle s'arrête avec surprise, elle fait un mouvement qui indique qu'elle vient d'apercevoir les étrangers. Mais elle se remet en marche, et vient gaiement vers eux ; Alfred et Edouard font aussi quelques pas au-devant d'elle.

— Est-ce vous qui avez frappé chez moi, messieurs ? demande la jeune fille d'une voix bien douce et en faisant une révérence aux voyageurs.

— Oui, ma belle enfant, répond Alfred.

— Je ne m'étais pas trompée !... j'avais entendu Vaillant... Oh ! c'est qu'il m'avertit bien vite quand il me vient quelqu'un !... Mais vous voulez sans doute vous reposer... vous rafraîchir ?... Venez, messieurs, je vais vous ouvrir.

— Vous êtes trop bonne ! dit Edouard ; mais nous sommes fâchés de vous avoir fait revenir.

— Pourquoi donc cela ?... Est-ce que je n'ai pas tout le temps de promener mes chèvres ? et n'est-ce pas un plaisir d'être utile aux voyageurs ?

En disant cela, la jeune fille courait ouvrir la porte de sa demeure.

— Mon ami, elle est gentille à croquer ! dit tout bas Alfred à Edouard.

— Oui... tout en elle charme et intéresse !...

— Faut-il que ces montagnards soient bêtes pour avoir peur d'une aussi jolie enfant !... Quant à moi, je me donnerais bien volontiers au diable avec elle !

— Eh bien, messieurs ! est-ce que vous allez encore entrer là ? dit Robineau en s'approchant de ses compagnons.

— Ah ! mon cher Robineau, tu conviendras que nous ne pouvons pas refuser l'invitation de cette aimable enfant... D'ailleurs, nous n'avons encore pris que du lait ce matin, et il me semble que quelques fruits ne nous feront pas de mal...

— Mais, messieurs, à mon château vous aurez de la volaille, et...

— Je suis très-persuadé qu'il y aura des oies et des dindons à ton château ; mais, en attendant que nous jouissions de leur société, faisons connaissance avec cette jeune fille. Allons, Robineau, encore cette complaisance, ce sera la dernière.

— Ah ! Dieu ! en ai-je eu depuis hier des complaisances !... Voilà un château que vous me faites acheter bien cher !...

— Monsieur Jules, je vous ferai des couplets d'installation.

— Allons, puisque vous le voulez, entrons un instant chez cette petite... mais surtout prenons garde à son chien.

Isaure a ouvert la porte. Un beau chien à longues soies blanches vient la caresser, puis va flairer chaque voyageur, cérémonie qui ne charme pas Robineau. Au moment d'entrer dans la maisonnette, Alfred se retourne et s'écrie : — Eh ! notre guide !... je ne le vois plus.

Le berger était parti aussitôt qu'il avait vu la jeune fille s'approcher.

— Il paraît qu'il nous a quittés, dit Edouard.

— Encore un retard pour arriver ! murmure Robineau.

— Nous nous passerons bien de lui, et je réponds qu'avant deux heures nous serons chez toi. En attendant, entrons chez la petite sorcière, dont les jolis yeux m'ont déjà tourné la tête.

Les jeunes gens entrent dans une salle basse dont les meubles sont grossiers, mais d'une extrême propreté. Le fond laisse voir une petite cour qui précède le jardin.

— Pendant que je vais préparer votre déjeuner, messieurs, dit Isaure, si vous voulez aller voir mon jardin ?

— Volontiers, dit Alfred.

— Allons, Vaillant, conduis ces messieurs au jardin !...

Vaillant comprend les signes de sa maîtresse, il marche en avant, les jeunes gens le suivent, et Robineau se dit : — Il paraît que c'est le chien qui fait les honneurs de la maison.

On traverse la cour, où il y a des poules et des pigeons, puis Vaillant conduit les voyageurs dans un jardin, petit, mais arrangé avec goût, et dans lequel se mêlent, sans confusion, des fruits, des légumes et des fleurs. Edouard regarde tout avec intérêt, et Alfred avec étonnement ; il ne conçoit pas qu'une jeune fille aussi jolie habite seule dans la maisonnette, où, du reste, tout semble annoncer l'ordre et l'aisance. Le chien marche toujours devant les jeunes gens : quand ceux-ci s'arrêtent, Vaillant en fait autant en tournant la tête vers eux ; puis il se remet en marche et se retourne de temps à autre pour voir si on le suit ; il fait ainsi parcourir aux voyageurs tous les détours du jardin, et ensuite les ramène du côté de la maison.

— Ce chien est étonnant, dit Edouard ; un paysan ne nous aurait pas mieux conduits.

— Il est superbe ! dit Alfred, c'est véritablement un chien de Terre-Neuve... il paraît jeune encore : je gage qu'on ne trouverait pas son pareil dans tout le pays ; il vaut plus de six cents francs !...

— Vous conviendrez, messieurs, dit Robineau, qu'il est étonnant de trouver un si bel animal chez une paysanne... Moi, je suis de l'avis du berger, c'est fort extraordinaire qu'un voyageur le lui ait donné... à moins qu'en échange la petite, qui est gentille, ne lui ait aussi accordé ce qu'elle avait de plus précieux...

— Ah ! monsieur Robineau, quelle idée !... s'écrie Edouard avec humeur. Tout de suite supposer le mal !... flétrir la vertu de cette enfant.

— Ma foi, mon ami, dit Alfred, Robineau pourrait bien ne pas se tromper... nous ne connaissons pas cette jeune fille ; mais elle demeure seule, et...

— Et c'est très-suspect, reprend Robineau ; mais ces poëtes sont étonnants, ils veulent partout trouver des innocences, des prodiges,

— Non, monsieur; les poëtes, moins que d'autres, se repaissent de chimères, car ils sont blasés sur toutes les fictions; ils savent comment se fait un roman, et vont souvent dans les coulisses, où il est difficile de conserver des illusions; mais ce n'est point une raison pour ne jamais croire à la vertu, et je ne pense pas qu'une jeune fille innocente soit un prodige dans ces contrées.

Dans ce moment, Isaure paraît à la porte de la salle basse, et dit aux jeunes gens : — Messieurs, quand vous voudrez déjeuner... tout est prêt.

On rentre dans la maisonnette. Une table était chargée de fruits, de laitage, de beurre, et tout était disposé avec un goût et une propreté qui charmaient la vue.

— Voilà qui est plus appétissant que la soupe des habitants de Charat! dit Alfred en s'asseyant devant la table avec ses compagnons.

— Vous ne prenez pas place près de nous? dit Edouard à Isaure.

— Non, monsieur; oh! j'ai déjà déjeuné, moi; mais je resterai pour vous servir, s'il vous faut quelque chose.

En disant cela, Isaure s'assoit à quelque distance de la table, et, prenant de l'ouvrage, se met à coudre. Aussitôt Vaillant se couche devant sa maîtresse, les yeux tournés vers les voyageurs, qu'il ne perd pas de vue un instant, comme une sentinelle placée devant un poste important, et qui se tient continuellement sur ses gardes pour le défendre si on l'attaquait.

Tout en mangeant, les jeunes gens regardaient souvent la jeune fille. Il y avait dans les traits d'Isaure une expression de douceur, de sensibilité, à laquelle son regard plein de candeur et de franchise donnait un charme indéfinissable. Au bout d'un moment Alfred dit à ses compagnons : Je suis maintenant de l'avis d'Edouard, et je crois aussi que Robineau a eu tort.

— Vous habitez seule cette maison? dit Edouard à la jeune fille.

— Oui, monsieur, seule... depuis trois ans que ma bonne mère est morte!...

— C'est la veuve d'André qui était votre mère?

— C'est elle qui m'en tenait lieu, car je n'ai jamais connu mes parents, qui sont morts depuis longtemps; mais le bon André et sa femme m'avaient adoptée pour leur enfant... Quand il est mort, lui, j'étais encore bien petite... mais sa femme!... il n'y a que trois ans que je l'ai perdue, et je pense à elle chaque jour.

La voix de la jeune fille s'était altérée, elle avait baissé la tête sur son ouvrage; les jeunes gens la regardent et voient quelques larmes s'échapper de ses beaux yeux. Vaillant avait entendu le changement survenu dans le ton de sa maîtresse; il dresse la tête, se relève, regarde Isaure; puis, reportant ses yeux sur les étrangers, laisse entendre un murmure sourd, comme pour leur demander compte des larmes de la jeune fille; mais aussitôt celle-ci passe sa main sur lui, le caresse, le flatte, et le chien redevient tranquille et se remet à ses pieds.

— Pardonnez-nous d'avoir par nos questions renouvelé votre chagrin, dit Alfred; mais les voyageurs sont curieux... et, vraiment, vous êtes si jolie!... Mais vous devez vous ennuyer de vivre seule?

— M'ennuyer! oh! monsieur!... je n'en ai pas le temps!... j'ai tant de choses à faire!... mon jardin demande bien du soin! et puis, n'ai-je pas de la société? mon chien, mes poules, mes chèvres, ma vache.

— Elle appelle cela de la société! dit Robineau en souriant; puis il dit à Isaure : Mais vous devez avoir peur ici?

— Peur! non, monsieur; il n'y a pas de voleurs dans nos montagnes; et, d'ailleurs, si quelqu'un voulait me faire du mal, n'ai-je pas mon fidèle Vaillant? Oh! il me défendrait bien!

— Il est certain que je ne voudrais pas me battre avec lui, dit Robineau.

— Oui, dit Alfred, vous avez là un chien magnifique et d'une race précieuse... Ce sont eux qui, sur le mont Cenis, le Saint-Bernard, aident les bons religieux à découvrir les voyageurs égarés et souvent à demi morts sous la neige.

— Ah! je suis sûre que Vaillant en ferait tout autant!

— L'avez-vous payé cher? dit Robineau en laissant échapper un sourire ironique. La petite rest quelques instants sans répondre; elle baisse les yeux, puis dit enfin :

— On me l'a donné... il ne m'a rien coûté. Celui qui m'a fait ce présent m'a dit qu'il ne pouvait me donner une garde plus fidèle.

— A sa place, dit Edouard, j'aurais fait de même. Votre situation n'était pas sans danger... et la fidélité devait être la sauvegarde de l'innocence et de la beauté.

Isaure lève les yeux sur Edouard, et semble le remercier par un sourire, tandis que Robineau hoche la tête en se bourrant de pain et de beurre.

— Mais, dit Alfred, vous habitez près d'un endroit contre lequel toute la vigilance de Vaillant pourrait échouer, à en croire du moins les bruits qui circulent dans ce pays.

— Ah! vous voulez parler de la maison voisine? dit Isaure en souriant, où les habitants des montagnes prétendent qu'il revient des esprits!

— Justement. Ces esprits-là ne vous font donc pas peur?

— Oh! non, monsieur; je sais bien, moi, que ce sont des contes.

Du temps de ma bonne mère, les montagnards nous disaient quelquefois que nous devrions fuir cette vallée dangereuse... Mais cela nous faisait rire... Nous savions bien qu'il n'y avait pas de danger... car il ne nous est jamais rien arrivé.

— Et vous ne voyez pas quelquefois la nuit des lumières dans la Maison Blanche, dit Robineau, vous n'entendez pas de bruit... vous n'apercevez pas le fantôme noir?

Un souris malin vient errer sur les lèvres de la jeune fille, qui répond : — Je n'ai jamais rien vu d'extraordinaire, monsieur.

— Ma foi, dit Alfred, nous avons voulu nous assurer si la maison était en effet inhabitée; et avant de venir chez vous nous avions été frapper là-bas, au grand scandale du montagnard qui nous accompagnait.

— Vous avez frappé à la Maison Blanche? dit vivement Isaure, et... on ne vous a pas répondu?

— Non sans doute, puisqu'il n'y a personne.

La petite semble éprouver une secrète émotion; mais elle se remet et répond : — Oh! certainement... vous frappiez bien inutilement.

Edouard regarde attentivement Isaure et cherche à lire dans ses yeux, lorsque Robineau, se levant, s'écrie : — Messieurs, j'espère que vous avez assez mangé, et qu'il est temps de nous remettre en route.

Alfred et Edouard se lèvent à regret, mais ils sentent bien que ce n'est pas le moment de s'arrêter davantage. Alfred tire sa bourse et va en sortir une pièce d'argent, lorsque la petite l'en empêche en lui disant : — Vous ne me devez rien, messieurs; jamais mes parents d'adoption n'ont fait payer les étrangers qui s'arrêtaient dans leur demeure, et je croirais manquer à leur mémoire si je n'agissais pas toujours comme eux.

— Allons, aimable enfant, dit Alfred, il faut vous obéir; mais je vais, pendant quelque temps, habiter ces contrées, et je vous préviens que je reviendrai vous demander à déjeuner.

— Quand cela vous fera plaisir, monsieur, dit Isaure en faisant une petite révérence, pendant laquelle le jeune homme veut lui prendre la main; mais Isaure la retire bien vite tout en adressant un sourire aux trois voyageurs.

Robineau est déjà sorti de la maisonnette, Edouard attend qu'Alfred en fasse autant pour s'en éloigner. Il ne dit rien à Isaure; mais il la regarde longtemps, et ses yeux ont de la peine à la quitter.

CHAPITRE X. — Entrée de Robineau dans ses domaines.

On a repris la route que le berger voulait suivre et qui doit conduire les voyageurs à Saint-Amand. Cette fois, c'est Robineau qui marche en avant; il presse ses compagnons, il court, puis revient encore vers eux. Alfred et Edouard ne disent rien, ils font peu attention à toutes les évolutions de Robineau; ils pensent à Isaure; le souvenir de la jeune chevrière leur a fait oublier le but de leur voyage. Enfin, Alfred s'écrie : — Elle est charmante, en vérité! et je n'aurais jamais cru que dans ces montagnes... dans une chaumière, on trouverait tant de grâces... d'attraits!... Le berger avait bien raison, elle ne ressemble pas aux autres Auvergnates que nous avons aperçues jusqu'ici... et pourtant, celle avec qui j'ai dansé à Ayda n'était pas mal... mais lourde, mais gauche!... Oh! c'était bien une montagnarde; au lieu que cette petite... N'es-tu pas de mon avis, Edouard?

— Oui... cette jeune fille est fort bien...

— Fort bien!... Oh! pour un poëte, comme tu dis cela froidement! Dis donc qu'elle est adorable, ravissante... qu'à Paris elle ferait fureur!

Edouard ne répond rien, mais l'enthousiasme d'Alfred semble le contrarier.

— Messieurs, dit Robineau, vous prenez feu pour cette petite bergère!... Eh! mon Dieu! vous en verrez bien d'autres dans mes domaines... On dit qu'auprès de mon château il y a des villageoises un peu solides!...

— Mon cher Robineau, je n'aime pas les femmes solides.

— Je veux dire... bien bâties... robustes.

— Je n'aime pas les femmes robustes.

— J'entends bien tournées... bien délurées...

— Je n'aime pas les femmes délurées.

— Ah! va te promener!...

— Mais c'est ce que nous faisons depuis assez longtemps.

Les jeunes gens traversaient de beaux coteaux plantés de vignes; le paysage était charmant, ce n'était partout que champs, prairies, vergers. Bientôt ils virent devant eux une petite ville située dans une position délicieuse, et devant laquelle serpentait une petite rivière. Des paysans leur apprirent qu'ils étaient devant Saint-Amand.

— Et la Roche-Noire? dit Robineau.

— Oh! ça n'est pas bien loin, monsieur; mais il ne faut pas passer Saint-Amand, remontez de ce côté... par Saint-Saturnin... vous trouverez facilement.

— Allons, dit Robineau, je vois que par ici mon domaine est connu; en avant, messieurs.

— Mais, Robineau, tu vas comme un cerf! laisse-nous un peu respirer!...

— Je ne respirerai que quand je serai chez moi...

Et Robineau se remet en marche, quoique la sueur coule de son front, et qu'il soit rouge comme une écrevisse. Après avoir encore marché pendant un quart d'heure, les jeunes gens se trouvent près de deux petits paysans qui poussent un âne devant eux.

— Où allez-vous, mes amis? leur demande Robineau.

— Cheux nous, monsieur.

— Et où demeurez-vous?

— A une demi-lieue d'ici, près du château de la Roche-Noire.

— Près de la Roche-Noire! s'écrie Robineau avec ivresse. Ce sont deux de mes vassaux!...

— Ils sont un peu sales, tes vassaux, dit Alfred.

— Ah! parbleu! le matin... Mais je les trouve charmants, moi... Ecoutez, mes petits Amours!

La petite gardeuse de chèvres de la Maison Blanche.

Les deux paysans, qui ne se doutent pas que c'est eux qu'on appelle des Amours, continuent de pousser leur âne en avant; mais Robineau les rejoint et les arrête. — Ecoutez, mes enfants! vous habitez près de la Roche-Noire?

— Oui, monsieur.

— Par conséquent, vous en connaissez le château?

— Oui, monsieur.

— Est-il beau le château?

— Oh! oui, monsieur, qu'il est ben beau!... c'est comme une prison!... Il y a des tours! des fenêtres grillées!...

Alfred rit aux éclats; mais Robineau continue sa conversation.

— Mes amis, il est bon que vous sachiez que je suis le seigneur, le propriétaire de ce superbe domaine...

Les petits paysans regardent Robineau d'un air niais, en continuant de faire tourner leur bâton; et Alfred dit en riant : — C'est singulier, ça ne leur fait pas d'effet du tout.

— Mes enfants, reprend Robineau, vous n'avez sans doute pas compris ce que je vous ai dit, que je suis le propriétaire de la Roche-Noire?

— Oui, monsieur, j'entendons ben... Mais on vous attendait hier au soir, monsieur...

— On m'attendait!... Voyez-vous, messieurs! on m'attendait, j'en étais sûr!... Ces pauvres enfants!... Vous m'aviez préparé une fête, sans doute?

— Ah! je ne sais pas, monsieur; mais c'est un monsieur qu'est venu comme ça cheux nous, hier, en criant que son maître allait arriver, et qu'il fallait danser, se divertir, parce qu'il nous régalerait ben. Alors, mon frère et moi, j'avons été devant le château jouer de la musette, et j'avons attendu c'ti-là qui devait nous régaler; mais il n'est venu personne, si ben que not'père, qui était en colère que nous ayons été au château, ne nous a pas donné à souper quand nous sommes rentrés, en disant que ça nous apprendrait à croire des bêtises.

— Mes enfants, vous souperez deux fois aujourd'hui, je vous le promets, et votre père verra de quel bois je me chauffe! Mais il faut me

faire un plaisir. Courez en avant; vous n'êtes pas fatigués, vous autre Vous arriverez au château bien avant nous, vous demanderez François, mon valet de chambre... et vous lui direz que j'arrive. Allez laissez-moi votre âne... Je vais monter dessus, ça me délassera peu. Ce n'est pas une monture bien noble; mais, quand il y a vin quatre heures qu'on se promène, on prend ce qu'on trouve. Allez.

Les petits paysans se regardent et ne bougent pas. Est-ce que vo ne m'avez pas entendu? reprend Robineau.

— Si monsieur; mais je ne pouvons comme ça vous laisser not âne! vous n'auriez qu'à vous en aller avec, et qu'on ne vous re plus!...

— Comment, petits drôles! vous prenez votre seigneur pour voleur !

— Mon pauvre Robineau, dit Alfred, ces enfants ont raison de point t'abandonner ainsi leur âne; car, enfin, ils ne te connaisse pas; mais tu ne t'entends pas du tout à faire le seigneur. Est-ce qu tu crois qu'il s'agit seulement de dire : Je suis cela... Prouve-le don tire ta bourse, c'est toujours avec cela qu'on se fait reconnaître.

— Ah! c'est vrai, je n'y pensais pas! s'écrie Robineau; et il so aussitôt de son gousset une pièce de cent sous qu'il donne à l'un d petit garçons. La vue de la pièce ronde fait beaucoup plus d'effet su les villageois que tous les titres possibles. L'aîné consent à courir e avant au château, et le petit cède son âne à Robineau, à condition qu' restera derrière pour le faire aller.

L'âne est grand et fort; il n'a point de selle; le nouveau propriétair est obligé de le monter à poil, et, faute d'étrier, de se tenir à sa cri nière, tout en ne le faisant aller qu'au pas; mais Robineau se place no blement sur le baudet, et en priant le petit garçon de ne point pousse trop vite sa monture, et Alfred prétend que Robineau ne pouvait trou ver un plus bel animal pour faire son entrée dans le château.

M. Cheval nourrisseur-vétérinaire-maréchal du pays.

— Certainement, dit Robineau, je ne resterai pas sur l'âne pour entrer dans le château... mais jusque-là je ne suis pas fâché d'en profiter... Vous m'avez assez fait marcher depuis hier, messieurs... Petit, ne pousse pas l'âne, laisse-le aller paisiblement, je ne suis plus si pressé... il n'y a pas de mal que ton frère nous devance de quelque temps.

Le petit paysan s'éloigne alors de l'âne et le laisse aller au gré de son cavalier. Alfred et Edouard ne peuvent s'empêcher de sourire toutes les fois qu'ils regardent Robineau, qui leur crie de temps à autre : — Messieurs, nous approchons de mon château!... je le sens au battement de mon cœur.

— Moi je me sens qu'une odeur de fumier, dit Alfred.

— Ah! c'est de chez M. Cheval, qui gnia des vaches et des bœufs, dit le petit garçon.

— Qu'est-ce que c'est que M. Cheval, petit?

— C'est le nourriceux-vétérinaire-maréchal du pays; il est médecin des bêtes.

— Diable, ce doit être une des autorités de l'endroit !...

— Messieurs ! messieurs ! s'écrie Robineau en tirant son mouchoir et s'essuyant les yeux, je crois que je le vois !

— Qui, M. Cheval ?

— Mon château ! mon domaine !... Tenez... là-bas... sur cette colline... Petit, est-ce mon château ?...

— Oui, monsieur, oui, c'est la Roche-Noire.

— Ah ! messieurs, quel plaisir !... Voyez-vous une tour... deux tours !... des remparts !... des... Petit, arrête un peu l'âne... Mes amis, attendez... la joie... l'attendrissement... je crois que je vais tomber...

On entoure Robineau, qui est prêt à se trouver mal. Enfin il desserre sa cravate, prend une prise de tabac, et revient à lui pour porter de nouveau ses regards sur sa propriété en s'écriant :

— Ah ! messieurs ! ça fait du mal ! mais ça fait bien plaisir... Dieu ! que ça me paraît grand ! que c'est beau !... que c'est noble !

— Cela me fait l'effet d'une vieille ruine, dit Alfred.

— Cela me rappelle les romans d'Anne Radcliff, dit Edouard.

— Oh ! messieurs, comme cela s'étend !... Voilà un superbe corps de bâtiment... et des croisées... Dieu ! que de croisées ! C'est comme le château de Chambord !...

— Autant que je puis voir, il n'y a pas de carreaux à toutes ces croisées-là...

— Mon ami, ce n'était peut-être pas l'usage autrefois... D'ailleurs on m'a prévenu qu'il y aurait bien quelques petites réparations à faire... Mais avançons, messieurs, avançons, je n'y tiens plus ; il me semble que mon château me tend les bras... Ah ! surtout, je vous en prie, plus de Robineau ici ; je ne réponds plus à ce nom-là... Eh ! petit ! pousse un peu ton âne, afin que nous arrivions plus vite sur cette belle pelouse là-bas.

Le petit donne un coup de houssine à son âne, qui, sentant qu'il rentre chez lui, ne demande pas mieux que de prendre le trot. Robineau, un peu surpris d'abord de cette allure vive, laisse cependant trotter l'âne, car le plaisir d'approcher de son château lui donne le courage de se maintenir sur sa monture.

On approche de la pelouse qui est en avant du château, et l'on aperçoit sur la droite et sur la gauche quelques chaumières et des maisonnettes assez gentilles. Bientôt on est assez près de la Roche-Noire pour distinguer plusieurs personnes qui semblent en vedette devant l'entrée du château. C'est François, qui, prévenu par le petit paysan, vient de rassembler tous les gens de bonne volonté qui ont bien voulu quitter leur travail pour être témoins de l'arrivée du nouveau propriétaire. Le nombre des curieux n'est pas grand : il se borne à trois paysans et cinq paysannes, auxquels se sont joints M. Cheval, le vétérinaire, qui espère avoir la pratique du château, et M. Férulus, qui tient une petite pension dans les environs, et compte aussi être l'instituteur de la famille du nouveau venu. Mais à ces dix personnes il faut joindre une vingtaine d'enfants, la plupart fort petits, que François a facilement rassemblés, parce que les enfants ne sont jamais rares dans les campagnes ; et pour les utiliser le valet de chambre leur a fait donner à chacun un cornet à bouquin, seul instrument dont ils soient en état de jouer. François désirait que les paysans tirassent des coups de fusil à l'arrivée de son maître ; mais on n'a pas encore trouvé de fusils en état au château ni dans les environs. A défaut d'armes à feu, les Auvergnats ont pris leurs musettes ; M. Cheval a décroché son tambour, sur lequel il est d'une très-grande force, et dont il joue à toutes les fêtes et cérémonies des environs ; enfin M. Férulus, qui ne joue d'aucun instrument, mais chante comme si on l'avait chassé de l'Opéra, a composé un chœur qu'il sera forcé de chanter seul, parce que les cinq paysannes ne veulent pas démordre de leur *Gai Coco*.

François a fait mettre le concierge et le jardinier en faction aux fenêtres de leurs logements, qui donnent sur la route ; ils doivent l'avertir dès qu'ils apercevront quelqu'un, et alors il donnera le signal à son monde. Enfin le concierge, qui a l'habitude d'être entre deux vins, et qui depuis la veille est entre quatre, afin de recevoir plus dignement son nouveau maître, s'écrie en lâchant un hoquet menaçant :

— V'là du monde !... v'là d'abord un âne !

— C'est monseigneur ! dit François ; allons, mes amis, tous ensemble, et le plus de bruit que vous pourrez !

Aussitôt retentit dans les airs le son des musettes, des voix, du tambour et des cornets à bouquin, auxquels François, le concierge et le jardinier mêlent des vive monseigneur ! prolongés. L'âne, porteur de celui que l'on fêtait ainsi, continuait d'aller au grand trot sur la pelouse, car il apercevait sur la gauche l'entrée de son écurie, située à côté d'une petite chaumière, et devant laquelle une vache et des oies semblaient aussi attendre le nouveau seigneur. Mais le tintamarre infernal qui se fait entendre tout à coup a fait dresser les oreilles au baudet, qui n'aime pas la musique ; il prend un temps de galop pour arriver plus vite chez lui. Robineau veut le retenir, mais il a déjà trop à faire à se tenir lui-même ; en vain il crie aux paysans, à François, d'arrêter l'âne ; le son des instruments empêche qu'on entende sa voix. L'âne passe comme une flèche au milieu des villageois, qui se rangent avec respect et saluent le nouveau propriétaire, qui fait son entrée au galop en se tenant à la queue et à la crinière de sa monture. Mais, au lieu d'aller au château, l'âne va chez lui et ne s'arrête que dans son écurie, où il commence par se rouler avec monseigneur, qui crie au secours, tandis que le baudet se met à braire pour faire sa partie dans le concert qui se donne sur la pelouse.

Surpris cependant que monseigneur ait préféré entrer dans l'écurie d'un de ses vassaux au lieu de mettre pied à terre dans la cour de son château, François et quelques paysans vont l'y trouver, et ce n'est pas sans peine qu'ils parviennent à retirer M. de la Roche-Noire de dessous l'âne. Enfin Robineau est sur pied ; il est tombé dans la bouse de vache ; il en a dans les cheveux, sur un œil et sur tout un côté de son habit ; mais le plaisir qu'il éprouve d'être arrivé et d'entendre le train qu'on fait pour lui l'empêche de remarquer le désordre de sa toilette. Il sort fièrement de l'écurie et se dirige, en boitant un peu, vers les paysans ; il salue à droite et à gauche et s'enivre quelques instants du son des cornets à bouquin ; il trouve que M. Cheval bat de la caisse comme le sauvage du Palais-Royal, et que les paysannes ont des voix de lutrin. Mais M. Férulus s'avance vers lui ; il fait un geste du bras gauche, aussitôt François en fait un autre du bras droit et tout le monde se tait : alors M. Férulus, après avoir salué comme s'il voulait danser un menuet, passe sa langue sur ses lèvres et dit à Robineau :

— Monsieur de la Roche-Noire... *Albo dies notanda lapillo !* Les Romains marquaient par des pierres blanches et noires les jours heureux et malheureux... nous ferons une croix sur celui qui vous amène parmi nous ; depuis longtemps ce domaine était désert... Vous serez le soleil qui est plus que parfait, vous serez l'avenir qui est indéfini, et ces paysans jouiront d'un bonheur qui ne sera pas conditionnel !

Alfred et Edouard, qui étaient derrière celui que l'on complimentait, se mordent les lèvres pour ne pas rire au nez de M. Férulus, et s'éloignent du nouveau seigneur, dont les vêtements n'exhalent point une odeur suave. Mais M. Férulus prend du tabac et continue sa harangue :

— Monsieur de la Roche-Noire, *vitam impendere vero*, jamais je

ARRIVÉE DE ROBINEAU AU CHATEAU DE LA ROCHE-NOIRE.
— Messieurs ! messieurs ! je crois que je le vois !

n'ai décliné ni compliments ni flatteries; mais il m'est bien doux d'être le premier à saluer le nouveau propriétaire de ce château. Puissiez-vous dire dans ce castel : *Inveni portum!* ou, si vous aimez mieux, vous fixer en Auvergne! Si j'en crois la renommée, qui m'a parlé par le canal de votre valet de chambre, vous réunissez dans une seule et même personne la sagesse de Socrate, la justice d'Aristide, la grandeur de Thémistocle et l'éloquence de Cicéron ; puissiez-vous y joindre le bonheur de Polycrate, les richesses de Crésus et la vie de Mathusalem !

M. Férulus se tait, s'essuie le front et reprend du tabac. Robineau, qui a écouté sa harangue avec délices, lui fait un profond salut en disant :

— Monsieur, certainement!... pardon ! Votre nom, s'il vous plaît ?

— Férulus.

— Eh bien ! monsieur Férulus, je suis bien sensible... quant à moi, je vivrai le plus longtemps possible... Mais quand vous voudrez venir manger la soupe au château ! et dès aujourd'hui...

— Avec grand plaisir, monsieur de la Roche-Noire, répond vivement Férulus, qui n'a jamais refusé une invitation à dîner. Et Robineau se retournant vers ses amis, leur dit à demi-voix :

— Il est bien savant, cet homme-là !... diable !... il est très-fort!

François, qui voit que M. Férulus a fini son discours, fait recommencer la musique. M. Cheval, qui ne sait pas faire de discours, mais qui veut aussi se ménager la pratique du nouveau venu, a quitté un instant son tambour et est entré chez lui, d'où il ressort en conduisant en laisse un petit bidet qu'il vient présenter à Robineau en lui disant :

— Tenez, monsieur, v'là un gaillard solide, et qui ne vous jettera pas par terre comme l'âne de Nicolas ; montez là-dessus, il est ferré à neuf de ce matin.

Robineau aurait autant aimé faire son entrée à pied, mais n'ose pas refuser à M. Cheval, et grimpe sur le bidet à condition qu'on le laissera aller au pas. On se dirige vers le château, autour duquel on distingue encore quelques vestiges de fossés, dans lesquels les enfants jouent et se roulent. A droite et à gauche sont deux tours qui menacent ruine ; mais les bâtiments du milieu paraissent en meilleur état. Une vaste cour, dans laquelle les herbes croissent en liberté, est devant les bâtiments, et s'ouvre par une grande porte contre laquelle sont deux petits pavillons, logement du concierge et du jardinier. Ces messieurs étaient restés aux fenêtres, et attendaient l'entrée de leur maître pour exécuter une petite surprise, qui était encore de l'invention de François.

Enfin le propriétaire arrive : on entend le brouhaha causé par les cris, les cornets à bouquin, le tambour et les musettes ; les enfants le précèdent, les paysants le suivent. Alfred et Edouard vont, en riant aux larmes, grossir le cortège, et M. Férulus marche respectueusement à côté du bidet. Au moment où on va entrer dans la cour du château, le jardinier lance la couronne de fleurs qu'il a préparée pour son maître ; mais, au lieu de tomber sur Robineau, elle va se placer sur les oreilles du bidet, qui se trouve couronné ; dans le même moment le concierge se penche hors de la fenêtre pour offrir les clefs du château, qu'à défaut d'un grand plat, on a mises dans un saladier, et qu'il présente d'une main, tandis que de l'autre il tient un verre plein de vin, qu'il élève en l'air en criant :

— Vive monseigneur!... vive not' bourgeois!

Le bourgeois ne demande pas ce qu'il peut y avoir dans le saladier qu'on lui tend par la fenêtre. Mais, comme il est curieux, il dit au concierge : Donne, mon ami. Le concierge, qui est gris, et qui suppose que son maître veut boire, lui tend le verre en lui arrosant la tête avec une partie du vin qu'il contient, et M. Férulus s'écrie :

— O jour trois fois heureux!... Je crois assister aux cérémonies des *corybantes*!... Je crois entrer dans le temple de Cybèle!... Le son des instruments, les fleurs, les libations... tout y est !...

— Oui, tout y est absolument, dit Robineau en s'essuyant le visage; mais, ne se souciant pas de recevoir d'autres libations, il pousse son bidet couronné, et, couvert de vin et de bouse de vache, fait son entrée dans la Roche-Noire au milieu des acclamations et des cris de tous les marmots des environs.

Robineau a mis pied à terre, et comme il éprouve encore une certaine difficulté à marcher, par suite de sa chute sous l'âne, il ne se sent pas en état de visiter sur-le-champ son domaine. Après avoir noblement jeté une poignée de monnaie aux enfants, qui se battent pour la ramasser, ce qui, suivant M. Férulus, donne une idée des anciens tournois, Robineau engage le concierge à faire rafraîchir le monde ; puis, saluant la société, il suit François, qui le mène à sa chambre à coucher, où il se jette tout moulu sur son lit en s'écriant :

— Dieu! que c'est gentil d'être seigneur !... d'être harangué !... aïe!... complimenté !... Holà!... les reins !... C'est un peu fatigant.... mais je m'y ferai. François, pendant que je vais me reposer un peu, fais préparer un repas splendide... et préviens les paysans qu'il y aura bal ce soir au château ; j'ai été trop bien reçu pour ne pas leur en témoigner ma reconna

CHAPITRE XI. — Le Château de la Roche-Noire. — Fête villageoise.

Alfred et Edouard ont fait comme Robineau, ils ont été se reposer des fatigues du voyage. François les a conduits dans de grandes pièces où il y a des couchettes et des matelas, il ne manque que des draps aux lits qu'on trouve dans le château ; mais François a déjà envoyé du monde à Clermont pour qu'on en rapporte du linge, en ramenant la voiture et les bagages de ces messieurs.

Après trois heures de repos, Robineau s'éveille. Il est couché sous un baldaquin cramoisi ; de vieux rideaux de soie entourent le lit sur lequel il s'est jeté, et qui est passablement dur. Mais Robineau se lève disant : — Je ferai carder les matelas ; puis il porte ses regards dans l'ancienne pièce qui sera sa chambre à coucher. Les corniches sont dorées, au plafond sont peints des Amours, dont on ne peut plus bien distinguer les traits ; enfin l'appartement est tendu en vieilles tapisseries représentant l'histoire de la chaste Suzanne.

— C'est magnifique! se dit Robineau, c'est à l'instar de Versailles et de Saint-Germain!... Des baguettes dorées sur les portes!... des moulures partout ! de fort belles glaces! Il y a bien par-ci par-là quelques crevasses au mur, quelques trous dans le parquet; mais je ferai réparer tout cela. Dès demain j'aurai des ouvriers.

Robineau voit un cordon pendu à la cheminée, il le tire ; une sonnette résonne, et François accourt en disant :

— Monsieur a sonné.

— Ma foi, oui, j'ai sonné sans le faire exprès. Mais c'est égal : où sont ces messieurs, François?

— Ils ont fait comme monsieur, ils se sont jetés sur leurs matelas... Mais je crois qu'ils sont réveillés.

— François, il faut que pour cette nuit nous ayons des lits complets : il ne serait pas décent qu'à la Roche-Noire on couchât sans draps .. Achète, fais venir des marchands, je te nomme mon *factotum*, mon intendant.

— Ça suffit, monsieur.

— Ah çà! je ne serais pas fâché de voir mes gens... Combien en ai-je avec toi ici ?

— Monsieur, il y a le concierge et le jardinier, voilà tout.

— Ce n'est pas assez... il me faut une maison considérable... C'est égal, dis toujours à mes gens de venir me parler... je vais leur donner mes ordres.

François sort ; Alfred et Edouard viennent rejoindre Robineau, celui-ci s'est mis à sa fenêtre qui donne sur les jardins et considère avec délices sa propriété.

— Eh bien, Robi.... eh bien, la Roche-Noire.... est-tu content? dit Alfred en entrant, te voilà dans ton château!

— Messieurs, convenez que c'est beau, que c'est majestueux, des pièces comme celle-ci!

— Oui, c'est fort grand... mais n'allons-nous pas visiter la maison?

— Dans l'instant!... J'attends mes gens, j'ai des ordres à leur donner ; ensuite nous visiterons le château depuis les caves jusqu'aux greniers.

Le concierge et le jardinier se présentent; ils sont gris tous deux, mais le concierge surtout peut à peine se soutenir, parce qu'il était déjà ivre avant que son maître eût ordonné de faire rafraîchir les paysans, et qu'il a encore voulu leur tenir compagnie.

— Not' maître nous demande, dit le jardinier, qui parle lentement pour ne point barbouiller, tandis que le concierge commence par s'appuyer sur un vieux fauteuil pour ne pas tomber.

— Ah! voilà ma maison! dit Robineau.

— Elle ne me paraît pas solide, dit Alfred.

— Quel poste remplissez-vous ici? demande Robineau au jardinier.

— Quel poste, mon bourgeois?... est-ce que vous voulez dire qu'est-ce que je fais?

— Justement.

— Je suis Vincent, le jardinier du château... avec vot' permission... et, Dieu merci! il y a de l'ouvrage!... Vous verrez le jardin!... on ne s'y reconnaît pas!...

— Le jardin est grand?

— Ah! j' crois ben!... c'est si grand que depuis longtemps je n'en soigne que la moitié, parce que, vous entendez bén, je ne peux pas tout faire, moi.

— Monsieur le jardinier, dit Alfred, pourquoi laissez-vous la cour se remplir d'herbes ?

— Ah! monsieur... je ne peux pas tout faire; et d'ailleurs la cour n'est pas le jardin !

— Il a raison, dit Robineau, il doit se renfermer dans ses fonctions... Et vous, qui êtes derrière... que faites-vous chez moi? Avancez donc !

Le concierge, forcé de quitter le fauteuil qui le soutenait, s'avance en chancelant, et tirant un mouchoir rouge plein de tabac pour essuyer sa figure enluminée, commence par lâcher un hoquet, puis se met à rire en disant :

— C'est moi... c'est moi qui vous garde, not' maître... Vous voyez un gaillard qui boit et qui mange comme six.

— Il ne te faudrait pas dix domestiques comme cela, Robineau... cela serait ruineux, dit Alfred.

— Ah! vous êtes mon concierge, mon ami?

— Oui, mon maître, monseigneur... dis-je! car vot' valet nous a dit que ça vous amusait d'être appelé monseigneur... et moi, vous entendez ben que ça m'est égal... j' vous en donnerai en veux-tu, en voilà!...

— Je crois que ce drôle-là est gris! dit Robineau. Comment vous appelez-vous, concierge?

— Mon maître, je m'appelle Cunette, sauf vot' respect.

— Monsieur Cunette, vous avez beaucoup bu, il me semble?

— Toujours à vot' santé, mon respectable seigneur... et prêt à recommencer quand ça vous sera agréable...

— Ah çà! qui est-ce qui fait le dîner ici?... je ne vois pas de cuisinier dans tout cela.

— Moi, je ne peux pas tout faire, murmure le jardinier; la cuisine n'est pas dans le jardin.

— Oh! moi, ça m'est égal, balbutie le concierge en se raccrochant au fauteuil; si ça vous fait plaisir, mon maître, j' vas aller dans la cuisine, et je vous ferai du fricot comme pour moi!

— Mon cher ami, dit Alfred à Robineau, j'espère que tu vas envoyer coucher messieurs Vincent et Cunette, et que ce n'est pas eux qui feront ta cuisine, sans quoi je ne mange pas ici, moi.

— C'est très-embarrassant!... dit Robineau en courant à la sonnette, qu'il tire avec violence. François accourt tenant un balai et un plumeau.

— François, qu'est-ce que tu fais? dit Robineau.

— Monsieur, je balaie, je nettoie, la salle à manger... Ah! c'est qu'il y avait de la poussière et des araignées!... Oh Dieu! ai-je tué des araignées!...

— Et qui est-ce qui s'occupe du dîner?

François regarde Vincent, qui regarde Cunette, lequel ne regarde rien, parce qu'il n'y voit plus.

— Ah çà, drôles! voulez-vous bien répondre? s'écrie Robineau avec colère. Est-ce que vous comptez me faire dîner avec des araignées?

— Mon cher ami, dit Alfred, tu as voulu venir habiter ton château sans avoir prévenu, sans avoir monté ta maison et fait faire tout ce qu'il fallait dans cette vieille propriété, il faut t'attendre à ne pas trouver sur-le-champ le service bien réglé... Cependant, comme il faut dîner, que d'ailleurs tu as engagé M. Férulus, qui certes ne manquera pas de venir, il faut tâcher de trouver une cuisinière dans le pays, ce qui ne doit pas être impossible. Voyons, monsieur Vincent, dites-nous où on dîne le mieux par ici?

— Oh! dame! monsieur, on mange bien partout; mais c'est surtout chez M. Cheval, le vétérinaire... il a une fille, voyez-vous, qui a été en maison à Clermont... chez un riche négociant.

— Eh bien! voilà notre affaire. François, courez vite chez M. Cheval, et priez sa fille de vouloir bien venir faire la cuisine au château, elle ne vous refusera pas. Faites-vous donner des provisions partout où vous passerez; envoyez-en chercher à Talende, puisque ce n'est qu'à une lieue et demie; enfin faites en sorte que ce soir nous ne soyons pas obligés de nous coucher sans chandelles et sans draps.

François court exécuter les ordres d'Alfred, et Robineau dit au jardinier et au concierge:

— Retournez à votre ouvrage..... et ne vous présentez plus devant moi dans un tel état.

— Monseigneur, nous allons reboire à vot' santé, dit Cunette.

— Non pas, vous avez assez bu comme ça.

— C'est égal, not' bourgeois, pour fêter vot' arrivée nous ne resterons pas à regarder les autres... et ce soir, tout le monde qui vient danser!...

— Je ne veux plus qu'on vienne danser ce soir... ce sera pour une autre fois.

— Tu as invité ces bonnes gens qui t'ont fait une si belle musique, dit Alfred, tu dois les recevoir; tu as voulu faire le seigneur... il faut en subir toutes les conséquences. Maintenant allons visiter le château.

— Je vais vous guider, mon maître, dit M. Cunette.

— Allez vous coucher, ivrogne! vous ferez mieux.

— Monseigneur, je connais mes devoirs.

Robineau et ses amis sortent de l'appartement. M. Cunette, qui dans le vin est extrêmement têtu, et qui pense que le concierge doit être présent à la visite du château, suit son maître en s'appuyant contre les murs.

On parcourt de longues et vieilles galeries éclairées par de grandes croisées en ogive, mais dans lesquelles le jour pénètre avec peine, parce que les carreaux sont surchargés de poussière; on entre dans de vastes appartements, tous décorés dans le même goût que la chambre de Robineau, où l'œil a de la peine à atteindre le plafond.

— Ce château a dû exister du temps du roi Pépin, dit Edouard.

— Tout cela est superbe, dit Robineau, qui reste en admiration devant chaque paysage peint au-dessus des glaces et des portes.

— Dis donc que cela a pu être fort beau il y a deux siècles!... Mais maintenant!...

— Mon cher Alfred, les glaces sont toujours des glaces.

— A la bonne heure, mais les dorures ne sont plus des dorures, et les peintures ont l'air de vieux éventails!...

— Pour un baron, tu ne sens guère le prix de ce qui est noble. Je suis certain que M. Edouard apprécie mieux que toi les beautés de ce château?

— Je trouve, dit Edouard, qu'il prête en effet au romanesque, au vaporeux...

— N'est-ce pas?... C'est magnifique... Il y a de quoi loger un régiment!

— Il y a encore autant de pièces au second, mon maître, murmure M. Cunette, qui se tient à la porte de l'appartement dans lequel sont les jeunes gens. C'est la même répétition... si ce n'est que les plafonds sont un peu plus bas et n'ont pas de jolies images comme ici.

— En ce cas, il est assez inutile que nous voyions le second aujourd'hui.

— Ah! messieurs, cette galerie s'ouvre sur une terrasse d'où l'on découvre tous les environs...

— Elle est en bien mauvais état, la terrasse...

— Qu'est-ce que c'est que ces fentes dans le mur?

— Ce sont des meurtrières, dit Edouard; voilà aussi, je crois, dans ces saillies, des mâchicoulis...

— Des gâchicoulis!... c'est ça même, balbutie le concierge.

— Diable! dit Robineau. c'était un château fort!... Je suis sûr qu'il a soutenu des siéges... C'est étonnant qu'il n'y ait point de pont-levis.

— Ah! monseigneur, il y en avait un il y a encore quelques années; mais comme le dernier propriétaire avait fait un essai de plantation de betteraves pour faire du sucre... dans les jardins là-bas, moi, ça m'ennuyait de ne faire que baisser et hausser le pont-levis pour des betteraves; je me suis imaginé de combler le fossé, et le bourgeois a trouvé que j'avais raison, et il a fait faire une porte tout uniment.

— Ce bourgeois-là ne descendait donc pas des anciens propriétaires de ce château, pour avoir des idées si peu élevées?...

— Je ne sais pas au juste d'où il descendait, monsieur; mais il avait acheté le château pour en faire une fabrique, pour y établir un commerce enfin... et puis, il paraît que ça n'a pas été bien, puisqu'il a remis le domaine en vente.

— Mais à qui appartenait autrefois ce château?

— A qui?... Ah! attendez donc... Ma foi, je ne sais pas le nom, mais c'était à une vieille douairière d'une ancienne famille. La vieille dame, qui habitait le château, ne voulait pas, dit-on, qu'on y fît aucune réparation de peur de le gâter... Aussi vous voyez qu'on n'y a rien dérangé.

— C'était, je gage, quelque vieille douairière, dit Alfred, qui préférait laisser tomber ce bâtiment en ruines, plutôt que de voir une main profane toucher à ces vieux murs!...

— Du reste, je ne l'ai pas connue, dit Cunette; moi, j'ai été placé ici par le fabricant de sucre de betteraves, qui m'y a laissé avec mon ami Vincent.

— Maintenant, allons visiter cette tour... Prenez garde, messieurs, en descendant cet escalier... presque toutes les marches sont endommagées... Mon cher Robineau... pardon! monsieur de la Roche-Noire, voulais-je dire, si tu suis le système de la vieille douairière, il sera bientôt difficile de faire un pas dans ton château sans courir le risque de se rompre le cou.

— Oh! moi, messieurs, je ferai réparer... remettre à neuf... je n'ai pas envie que mon château s'écroule sur moi... Concierge, où va-t-on par ce long corridor?

— A la tour du Nord, mon maître. Ah! vous allez voir... c'est superbe! il y a des trappes, des... comment donc qu'ils appellent ça?... des endroits où l'on tombe... des gimblettes.

— Des oubliettes, vous voulez dire?

— Oui, monsieur, des oubliettes...

— Je ne veux pas aller où l'on tombe, s'écrie Robineau: marchez devant, concierge, et guidez-nous.

Cunette s'avance en se frottant toujours contre les murs. On arrive à la porte de la tour; un escalier sombre, étroit et tournant, conduit aux appartements.

— Je me crois au château d'Udolphe, dit Edouard en montant l'escalier.

— Moi, je m'attends à voir un chevalier armé de toutes pièces, dit Alfred.

Robineau ne dit rien; il examine ces vieux murs noircis par le temps, et qui ont vu tant de générations. Le concierge veut ouvrir la porte du premier étage, la porte crie sur ses gonds, ce bruit sourd se prolonge dans les chambres vides du vieux bâtiment.

— Concierge, il faudra mettre de l'huile à toutes ces portes-là, dit Robineau; je n'aime pas ce bruit-là... Où sommes-nous ici?... Est-ce qu'il y a des trappes sous nos pieds?... ayez soin de nous avertir.

— Non, monsieur, c'était la chambre du chevalier... à ce qu'on dit...

— De quel chevalier?... — Dame!... du chevalier, le neveu de la vieille douairière, à ce que j'ai entendu dire.

— Je n'en ferai pas ma chambre, on ne voit pas clair ici.

Au second étage, Cunette montre la pièce où étaient les oubliettes; mais le fabricant de sucre a fait boucher toutes les trappes; et cette fois Robineau trouve qu'il a très-bien fait. Au-dessus, était l'arsenal du château; mais on n'y trouve plus que quelques cuirasses rouillées, quelques sabres sans armée, quelques fusils sans chien et quelques lances sans fer. Enfin on arrive sur la plate-forme de la tour, d'où l'on a une fort belle vue. Les jeunes gens admirent l'aspect des montagnes voisines et de la jolie ville de Saint-Amand entourée d'eau. Pendant qu'on regarde le pays, M. Cunette s'assied prudemment par terre au milieu de la plate-forme, en disant : — Moi, je ne peux pas regarder de si haut, ça m'éblouit !...

On va quitter la tour, lorsque Edouard s'écrie : — Alfred ! regarde donc, sur ce petit monticule... là... au bord des fossés... vois-tu cet homme qui regarde si attentivement le château?... le reconnais-tu?...

— Eh oui !... c'est l'homme qui était dans l'auberge de Clermont-Ferrand, et qui s'est offert pour nous servir de guide... Il a une figure et un costume qui le rendent reconnaissable.

Robineau s'approche en disant : — Comment! cet homme de si mauvaise mine par ici ?... Oui, ma foi... c'est lui... je reconnais ce gros bâton sur lequel il s'appuie... Comme il considère mon château !... il ne bouge pas... on dirait une statue !... Je voudrais bien savoir pourquoi il regarde ainsi ma propriété ?...

— Il y a en effet quelque chose de singulier dans le regard et dans toute la personne de cet homme, dit Edouard.

— De singulier !... vous êtes bien honnête... dites donc de louche, de sombre... de méchant... c'est qu'il n'ôte pas les yeux de dessus mon château !... Dites donc, concierge?...

Le concierge allait s'endormir sur la plate-forme; il relève la tête en balbutiant : — Qu'est-ce que tu veux?...

— Comment, drôle !... à qui parlez-vous?... s'écrie Robineau avec colère.

— Ah! pardon, monseigneur et maître, dit Cunette en se relevant; je croyais que je causais avec mon ami Vincent, et voilà pourquoi...

— Tâchez de ne plus avoir de ces distractions-là... et venez me dire si vous connaissez ce vagabond qui est planté comme un pieu devant la tour, et qui ne cesse de regarder ici.

Cunette s'avance en chancelant; Alfred et Edouard le soutiennent sous chaque bras pour qu'il ne tombe pas par-dessus le garde-fou, et le concierge avance sa tête pour chercher l'homme dont on lui parle.

— Eh bien? dit Robineau au bout d'un moment.

— Eh bien, quoi ? répond Cunette en roulant des yeux envinés autour de lui.

— Connaissez-vous cet homme?

— Je ne vois pas plus d'homme que de bouteille !...

— Comment, butor? là... au pied de la tour, vous ne voyez pas?...

— Ah! que je suis bête !... sauf vot' respect, monseigneur, je prenais ça pour un cep de vigne.

— Eh bien ! à présent que vous le voyez, reconnaissez-vous cet homme?

— Ça ?... attendez donc... est-ce que ce n'est pas Vincent ?

— Eh ! non, imbécile !...

— Alors, c'est peut-être M. Flutanus... le maître d'école...

— Décidément, le coquin ne voit plus clair, dit Robineau; allons, messieurs, quittons cette tour, nous en avons encore une à visiter.

On descend de la tour du Nord, qui ne semble pas devoir être le séjour favori du nouveau propriétaire. M. Cunette propose à ces messieurs d'aller visiter les cachots qui sont dessous; mais Robineau ne s'en soucie pas. On se rend dans l'autre tour, dont les appartements, mieux conservés, n'ont point un aspect aussi sombre. On y trouve une bibliothèque, une salle de bains, un salon de musique, et quelques lits en assez bon état. Enfin, on en sort pour entrer dans les jardins.

Robineau voit avec douleur que le fabricant de sucre avait fait planter des betteraves dans les trois quarts de ses jardins; M. Vincent, qui a dit n'en soigner que la moitié, laisse croître l'ivraie et le chardon dans les allées et les bosquets. Les fruits, les fleurs, les légumes, sont pêle-mêle dans les carrés qui ont échappé aux betteraves. Les statues que l'on trouve de loin en loin ne sont pas en meilleur état que les jardins. Hercule n'a plus de massue, Vénus n'a qu'un bras, Mercure est boiteux, les Grâces sont mutilées, Apollon n'a point de nez, Hébé n'a qu'une oreille, l'Amour seul est intact; ce dieu-là résiste quelquefois aux efforts du temps.

Robineau pousse un soupir devant chaque statue, en disant : — Quel dommage!... un si beau morceau!... Ce maudit fabricant n'aimait point les belles choses !

Au bout des jardins, on entre dans le parc, qui est fort grand, mais où les ronces vous arrêtent à chaque pas. Enfin, fatigués de se promener, les jeunes gens reviennent au château, visitent les écuries, les serres, la laiterie; puis vont se reposer dans un salon du rez-de-chaussée. — Eh bien! messieurs, dit Robineau, comment trouvez-vous ma propriété?

— Ta propriété est fort grande, dit Alfred ; mais, si tu m'en crois, tu feras abattre ce vieux château, qui serait ruineux à conserver, et avec les matériaux tu feras bâtir une jolie maison à la moderne, que tu ne mettras pas trois heures à parcourir; tu pourras ensuite tirer parti de tout le terrain qui dépend de ce domaine.

— Mon cher Alfred, dit Robineau, je n'ai pas acheté un château pour n'avoir qu'une maison bourgeoise... je serais un Vandale si je suivais ton conseil.

— Tu te ruineras si tu ne le suis pas.

— Je me ruinerai si ça me fait plaisir, mais je garderai mon château.

— Garde tout ce que tu voudras... mais ne me demande plus mon avis.

— Et vous, monsieur Edouard, dit Robineau en s'approchant du jeune poëte, qui semblait livré à ses réflexions, que pensez-vous de mon château?

— Ce pays me plaît beaucoup, dit Edouard d'un air distrait.

— Ah çà, la Roche-Noire, il me semble que depuis ce matin nous ne faisons que parler de ton château, et il est près de cinq heures du soir, ça devient fatigant. Est-ce qu'on ne dînera jamais chez toi?

— Pardon, mes amis !... pardon... Holà! François.

François accourt, vêtu cette fois en marmiton, parce qu'il est obligé de cumuler les emplois.

— François! nous fait-on à dîner, enfin ?

— Oui, monsieur.

— Qui cela?

— Mam'zelle Cheval, qui n'a pas mieux demandé que d'être utile à monsieur. Son père voulait venir avec elle pour l'aider.

— Comment! le vétérinaire nourrisseur médecin de bestiaux fait aussi la cuisine? dit Alfred.

— Oh ! M. Cheval dit qu'il sait tout faire, et qu'il saurait préparer en même temps une médecine et un civet... mais il n'a pas pu venir, parce qu'on est venu le chercher pour une jument qui a des coliques.

— C'est bien heureux pour nous, dit Alfred; je ne me soucierais pas du tout de manger d'un plat fait par le vétérinaire.

Dans ce moment, M. Férulus, habillé de noir des pieds à la tête, avec de la serge reteinte, et tenant sous son bras un feutre qui n'a plus aucune forme, entre dans la pièce où est la société, et s'incline profondément en prononçant un *salutem omnibus*.

Robineau va avec empressement au-devant de son convive, et lui serre fortement la main ; il se souvient encore de la harangue du matin.

— Monsieur de la Roche-Noire, je me rends à votre honorable invitation, dit Férulus qui ne lâche pas non plus la main de Robineau.

— Monsieur Férulus, vous me faites grand plaisir... Aujourd'hui, nous ferons un petit dîner sans prétention; je n'ai pas encore eu le temps de monter ma maison. — Monsieur de la Roche-Noire, c'est l'avantage de dîner avec vous qui sera l'assaisonnement le plus suave du repas... — Monsieur Férulus, j'espère que vous viendrez souvent me demander à... — Tous les jours si cela vous fait plaisir, monsieur de la Roche-Noire; serait-il possible, monsieur de la Roche-Noire, que je pusse refuser une société comme la vôtre; que je me privasse de votre conversation, et que je voulusse me montrer en arrière de vos avances? Non, monsieur de la Roche-Noire, *laj ideo clamabunt* avant que je refuse de dîner avec vous.

Jamais on n'avait tant donné de la Roche-noire à Robineau, et pour prononcer ce nom M. Férulus ouvrait la bouche comme s'il avait voulu avaler le château. Aussi Robineau continue-t-il de lui serrer la main; Férulus en fait autant, c'est à qui ne lâchera pas. Heureusement pour ces messieurs que François vient annoncer que le dîner est prêt, ce qui leur permet de se détacher.

On se rend dans la salle à manger, où le couvert est dressé. François a placé devant la table un vieux fauteuil à roulettes, qui est d'un pied plus haut que les autres sièges. Ce fauteuil était celui de la vieille douairière, qui probablement était fort petite; Robineau pense qu'il est de sa dignité de l'occuper; il monte dans le fauteuil, d'où il plane sur ses convives, et M. Férulus s'écrie : — *Sic itur ad astra*. Mais, de son grand fauteuil, il est impossible que Robineau serve, parce qu'il est trop éloigné des plats. Après avoir mangé la soupe, il se décide à prendre une chaise comme les autres, en disant à François : — Mettez le fauteuil de côté, je m'en servirai les jours de grande cérémonie.

Le dîner, qui se compose en partie de volaille, me semble pas mal apprêté ; les nouveaux habitants du châteaux ont gagné de l'appétit à le visiter, et M. Férulus mange comme s'il avait fait vingt lieues.

— Monsieur Férulus, dit Robineau, y a-t-il longtemps que vous habitez ce pays?... — Une dizaine d'années, monsieur de la Roche-Noire. — Avez-vous connu le dernier propriétaire... le fabricant de sucre? — Fort peu, c'était un sot, un ignorant... il ne recevait jamais... ne traitait point! il ne connaissait que ses betteraves ! — Oh ! moi ! je veux traiter... je veux recevoir... Y a-t-il des gens un peu distingués dans les environs? — Pas beaucoup... quelques campagnards... quelques esprits *obtus*, qui n'envoient pas seulement leurs enfants à mon pensionnat. — Ah! vous tenez un pensionnat? — Oui, monsieur de la Roche-Noire, un pensionnat masculin. Je prends les enfants depuis l'âge de deux ans jusqu'à vingt-cinq; je leur apprends tout indistinctement !... Quand ils sortent de mes mains, ils foudroient tout le monde; ils terrassent tous leurs adversaires par la force de leur logique !... Belles-lettres, philosophie, physique, philologie, chimie, mathématiques, langues mortes, langues vivantes, écriture anglaise, ronde et bâtarde... j'apprends tout cela à mes externes pour six francs par mois !

— C'est pour rien, dit Edouard. — N'est-ce pas, monsieur?... Eh bien ! ces Auvergnats préfèrent laisser leurs enfants jouer à dig-dog que de me les envoyer!... *O tempora ! ô mores!*

— Et à Saint-Amand, reprend Robineau, la société est-elle choisie?

— Monsieur de la Roche-Noire, il y a à Saint-Amand, comme dans toutes les petites villes, des gens aimables et des originaux; il y a marché tous les samedis, on y fait le commerce de vin, chanvre, papeterie, fromages... Je n'ai dans mon pensionnat que deux enfants de la ville; mais ils tiennent aux meilleures familles! — J'ai une lettre pour le notaire de l'endroit, dit Robineau; j'irai le voir demain, je le prierai de me faire des invitations pour tout ce qu'il y a de mieux dans l'endroit.

Alfred et Edouard, qui, sans se l'être avoué, étaient occupés du même objet, tâchent d'amener la conversation sur un autre sujet.

— Connaissez-vous le village de Chadrat? dit Alfred.

— Chadrat!... oui; c'est un trou!... un misérable hameau!... Je n'ai pas un enfant de Chadrat dans mon pensionnat!... Les habitants sont, comme les Tartares, nourris dans l'ignorance et le mépris des chemises... Ils ne savent pas épeler seulement!

— Avez-vous entendu parler de la Maison Blanche? dit Edouard.

— La Maison Blanche?... N'est-ce pas un pensionnat féminin? — Non pas! c'est une maison inhabitée, et qui répand la terreur dans les environs. — Ah!... oui, je crois me souvenir... Nous en parlâmes avec mes élèves, et nous nous rendîmes dans la vallée, où nous ne vîmes rien d'extraordinaire... D'ailleurs, messieurs, je vous demande si des gens nourris dans la science peuvent croire aux esprits?... *Non est hic locus*... Je crois aux sots, aux imbéciles, aux ignares... J'ai l'honneur de boire à la santé de monsieur de la Roche-Noire... mais aux esprits!... *Retro Satanas!*... Cela n'entre pas dans mon système d'éducation.

— C'est comme moi, dit Robineau; je trouve que ce sont des bêtises!... des contes à dormir debout.

— Monsieur de la Roche-Noire, vous pensez comme *Tacite*, et vous vous exprimez comme *Tite-Live*... J'ai l'honneur de boire à votre santé.

Il y avait encore quelques bouteilles de bon vin dans les caves du vieux castel; M. Cunette n'avait pas osé les boire, parce qu'on en avait fait le compte avant de le laisser gardien du château. Robineau fait monter plusieurs flacons; les jeunes gens y font honneur, et M. Férulus ne fait plus que tendre et vider son verre. Comme on a trouvé le dîner fort bon, on pense, au dessert, à remercier mademoiselle Cheval, que Robineau veut s'attacher comme cuisinière du château. On dit à François de la faire venir, et bientôt une grande et forte fille, toute joufflue, vient saluer la société.

— Mademoiselle Cheval, dit Robineau, je suis très-satisfait de votre talent culinaire... Je vous retiens chez moi comme cordon bleu, si cela peut vous convenir.

Mademoiselle Cheval tousse, salue, s'essuie le front, et répond d'une voix de rogome : — Pardi!... si je n' savais pas cuisiner, ça serait farce!... moi qui ai servi chez un maître *lézard* qui avait vingt mille francs de rente *voyagère*, et qui ne buvait que des vins de *rigueur!* Ah Dieu!... étais-je bien là!... Toujours habillée en laine de *Ségrovie!*... J'y serais encore, si je n'étais pas tombée amoureuse d'un *Cent de Suisse!*...

La cuisinière allait conter l'histoire de ses amours, quand le son de la musette, du fifre et du tambourin, annonça l'arrivée des paysans. Robineau sent qu'il doit aller recevoir ceux auxquels il a promis un bal. On quitte la table, au grand regret de M. Férulus, qui paraissait disposé à y passer la soirée. On se rend dans la cour où sont les Auvergnats. Robineau tâche de se donner un air de seigneur en saluant les bonnes gens qui veulent bien venir danser chez lui. Alfred et Edouard vont auprès des plus jolies paysannes pour se distraire un moment; car il faut bien se distraire, lors même que l'on est amoureux, et surtout quand on n'est pas certain d'être aimé. Les deux jeunes gens n'en étaient pas encore là; ils pensaient beaucoup, il est vrai, à la petite Isaure; mais ils ne voulaient pas s'avouer qu'il y avait plus que de la curiosité dans le désir qu'ils éprouvaient de la revoir. Quand on commence à aimer, on joue avec le sentiment que l'on éprouve... et, quand on veut le surmonter, on s'aperçoit qu'il est trop tard pour en guérir.

On se rend dans les jardins; on choisit la place où il y a le moins de betteraves, et on y établit un orchestre sur des futailles vides, ce qui n'est pas très-noble; mais comme on ne fait pas danser les notabilités des environs, on peut se montrer moins rigoriste. Les musettes, les fifres, les tambours, forment l'orchestre. Les paysans se mettent joyeusement en place. Robineau pense qu'il doit ouvrir le bal; ses deux amis ont déjà invité les filles les plus jolies; il va prendre celle qui est le mieux mise; et M. Férulus, qui voit que monseigneur danse, se hâte d'inviter quelqu'un pour figurer en face de M. de la Roche-Noire.

Le bal commence; la musique des Auvergnats n'est pas mélodieuse, mais elle est bruyante, et les danseurs, ainsi que leurs danseuses, ont l'habitude d'accompagner leurs pas de cris et de tapes dans les mains. Il serait difficile de rester froid au milieu d'un tel tapage. Alfred et Edouard font sauter et tourner leurs danseuses, et frappent, en riant, dans les grosses mains que leur tendent les paysannes. M. Férulus ne cesse de crier à sa danseuse : — Vous êtes devant M. de la Roche-Noire... formez bien vos pas... tenez-vous droite... baissez les yeux et regardez votre danseur.

L'Auvergnate va son train, en criant et en tapant des pieds et des mains, Comme les bourrées d'Auvergne ne finissent jamais, Robineau

danse depuis une demi-heure, et il n'en peut plus. M. Férulus est en eau, mais il pense qu'il est de la politesse qu'il ne quitte pas le bal avant M. de la Roche-Noire. Heureusement pour ces messieurs que le concierge et le jardinier arrivent chargés de paniers de vin, et l'orchestre s'arrête spontanément pour se rafraîchir.

On boit, puis on danse; on s'arrête de nouveau pour boire, puis on se remet à sauter. Il y a quatre heures que tout cela dure. Les Auvergnats sont des buveurs et des danseurs infatigables. Cependant, il est plus de onze heures du soir; le bal, que l'on a éclairé, tant bien que mal, avec des bouts de chandelles, commence à ne plus l'être qu'à demi. Alfred et Edouard ont promené leurs danseuses dans le jardin, et les villageoises sont revenues à la danse un peu chiffonnées. Déjà quelques papas et quelques mamans se sont endormis sur les bancs; M. Férulus est parti depuis longtemps, et Robineau, qui a envie d'aller se coucher, voudrait bien mettre sa société à la porte, lorsque des cris, des jurements, se font entendre dans une partie de l'assemblée.

Messieurs Vincent et Cunette ne dansaient pas, mais ils ne cessaient point de boire depuis le commencement du bal. Le concierge s'était achevé, et le jardinier s'était mis au niveau de son camarade. Mais M. Vincent avait le vin méchant; il fallait peu de chose pour le fâcher, et alors il voulait battre tout le monde. Il venait de se prendre de querelle avec un Auvergnat, et déjà les coups de poing allaient leur train; Cunette, en bon camarade, prenait le parti de Vincent, quand Robineau, qui trouve très-mauvais que l'on se permette de se battre chez lui, arrive au milieu des combattants, ne doutant pas que sa présence ne suffise pour rétablir le calme.

— Comment! c'est mon concierge et mon jardinier qui font ce train-là! dit Robineau en s'approchant d'eux. Pourquoi vous battez-vous, drôles?

— Va te promener!... Laisse-nous tranquilles! dit Cunette, qui ne reconnaît pas son maître. Je défends mon ami Vincent, d'abord...

— Coquin! c'est à moi que vous osez parler ainsi?

— Toi! je te cogne si tu avances, s'écrie M. Vincent en frappant à droite et à gauche; et déjà le nouveau seigneur, qui se trouve au milieu de la mêlée, va recevoir une grêle de coups, lorsque mademoiselle Cheval parvient à percer la foule, et, prenant son maître sous son bras aussi lestement que si elle enlevait un enfant, l'emporte en distribuant à droite et à gauche des coups de poing pour se faire un passage.

Pendant ce temps, François, Alfred et Edouard, qui ont chacun un manche à balai, parviennent à pousser tous les assistants dehors. MM. Cunette et Vincent vont se coucher, et le calme se rétablit enfin dans le château.

— Ta fête était fort gentille! dit Alfred en revenant en riant avec Edouard de mettre les Auvergnats à la porte.

— Ah! oui, répond Robineau en se tâtant les reins; je m'en souviendrai, de ce bal-là!... Si jamais je refais danser ces gaillards-là!... Ouf!... quel bruit infernal!... J'ai manqué être assommé!... Et mes gens qui me manquent de respect!... Je les chasse dès demain.

— Eh! mon cher, ils étaient gris!... il faut leur pardonner. — Ils n'ont qu'à se griser encore? — Tu ne donneras pas tous les jours des distributions de comestibles et des fêtes aux paysans! — Non, Dieu m'en garde!... — Tu as voulu commencer largement; en toute chose, il faut payer son apprentissage. — Bonne nuit, monsieur Jules! dit Edouard.

— Bonne nuit, seigneur de la Roche-Noire! dit Alfred en suivant Edouard.

Robineau reste seul. Il est près de minuit; sa chambre n'est éclairée que par un seul flambeau; les trois quarts de la pièce sont dans l'obscurité. Robineau appelle François pour l'aider à se déshabiller, et il lui ordonne de coucher dans la pièce voisine, afin d'être près de lui sitôt qu'il appellera.

Enfin Robineau se met au lit, après avoir fait placer une lampe près de lui. Le souvenir de l'homme de Clermont-Ferrand se retrace à sa mémoire. Sa chambre à coucher commence à lui paraître trop grande; la tapisserie lui semble sombre, et la figure de Suzanne, qu'il admirait le matin, lui fait peur la nuit. Robineau n'est plus si amateur de ce qui est antique, et il ne s'endort qu'en se promettant de faire, dès le lendemain, donner un aspect plus moderne à sa propriété.

CHAPITRE XII. — Visite à Isaure.

Edouard s'est levé avec le jour; il ne se soucie point de passer encore sa journée à parcourir le château de la Roche-Noire; il se promet un plaisir bien plus doux; il veut revoir la petite chevrière, il veut aller à la vallée dans laquelle demeure Isaure; le souvenir de la jeune fille ne s'est pas un instant effacé de sa mémoire; et quoiqu'il ait moins parlé d'elle qu'un autre, c'est lui sans doute qui s'en est le plus occupé. En amour comme en politique, les gens qui parlent peu sont plus à redouter que les bavards.

Edouard descend dans la cour, où il trouve le concierge et le jardinier, qui, entièrement dégrisés, attendent le réveil de leur maître pour aller lui faire leurs excuses. Sans écouter les assurances de repentir de ces messieurs, Edouard sort du château, traverse la pelouse et demande au premier paysan le chemin le plus court pour aller à Chadrat; puis il se met en route, gravissant lestement les montagnes, les collines; il fait en une heure le chemin que la veille ils ont été plus du double de temps à parcourir. Bientôt il se reconnaît, il aperçoit la vallée, la Maison Blanche, la demeure d'Isaure; alors seulement il s'arrête pour reprendre haleine; puis il descend plus lentement dans la vallée en regardant autour de lui.

Edouard s'arrête à quelques pas de la maisonnette, qu'il contemple quelque temps en se disant : — Là... loin du monde... elle demeure seule... Elle est jolie comme on nous peint les anges... elle paraît sage... naïve comme l'innocence !... Mais il est impossible qu'elle ne tourne pas bientôt la tête à quelque montagnard... Ils ont peur !... les imbéciles !... Mais les voyageurs, les gens de la ville qui la verront !... Cela n'a pas le sens commun de laisser ainsi cette jeune fille exposée à mille dangers... Mais de quoi vais-je m'inquiéter?... je n'ai vu cette petite qu'une fois... à peine si je lui ai parlé... Ne vais-je pas, comme Alfred, m'enflammer au premier regard !... Oh ! non, je suis plus raisonnable... Ce serait affreux de chercher à séduire cette aimable fille !... mais on peut bien venir la voir sans en tomber sur-le-champ amoureux... Voyons si elle est chez elle.

Edouard s'approche de la maisonnette; mais la porte est fermée, et les jappements de Vaillant répondent seuls au jeune homme, qui est désolé de ne point trouver la jeune fille au logis. Il se rappelle qu'elle mène paître ses chèvres sur la montagne voisine, et il se dirige de ce côté. Bientôt il aperçoit Isaure assise sur un petit tertre, et lisant, pendant que ses chèvres broutent l'herbe des environs.

— Ces montagnards n'ont pas tout à fait tort, se dit Edouard en considérant de loin la petite chevrière qui ne l'a pas aperçu. Il n'est pas ordinaire de voir lire les gardeuses de chèvres... et cette jeune fille s'exprime trop bien pour qu'on puisse la confondre avec les autres paysannes... Quelqu'un lui a donc enseigné ce que les autres ignorent dans ces montagnes... et ce ne pouvait être les paysans qui ont pris soin de son enfance... Il y a quelque chose de mystérieux, de singulier, dans tout ce qui se rapporte à cette jeune fille... c'est pour cela sans doute qu'elle m'intéresse... Comme elle est jolie penchée ainsi sur son livre, sa tête reposant sur une de ses mains ! Si j'étais peintre, quel plaisir j'aurais à faire ce tableau !

Après quelques minutes passées à la considérer encore, Edouard se rapproche d'Isaure. Il marche doucement pour ne point la troubler; mais un caillou se rencontre sous ses pieds : alors, au bruit de ses pas, la jeune fille se retourne vivement; elle fait un mouvement de surprise en apercevant un jeune homme auprès d'elle; mais bientôt on voit qu'elle le reconnaît, et un léger sourire se montre sur ses lèvres. Cependant elle se lève en voyant Edouard s'approcher encore.

— Restez... je ne veux pas vous déranger, dit Edouard en s'approchant assez gauchement de la petite; car on est souvent gauche alors qu'on voudrait le paraître moins. Je me promenais... dans ces montagnes... je vous ai aperçue... je me suis approché... Mais vous lisez, il me semble ?

— Oui, monsieur, j'aime beaucoup à lire !...

— C'est un plaisir que ne connaissent pas la plupart des habitants de ces montagnes ?

— C'est vrai, monsieur; mais je rends grâce au ciel d'en savoir plus qu'eux; car, étant presque toujours seule, quand j'ai bien travaillé, c'est avec un livre que je me délasse.

— Me serait-il permis de savoir ce que vous lisiez ?

— Pourquoi pas? monsieur.

Isaure tend son livre à Edouard, qui reconnaît les œuvres de Florian. Il regarde encore la jeune fille avec surprise, puis lui rend son livre en disant : — Vraiment, vous n'êtes pas une villageoise comme les autres !...

— Parce que je sais lire? répond Isaure en souriant.

— Ce n'est pas cela seulement; mais vos manières si polies... votre façon de vous exprimer...

— Je parle comme tout le monde, monsieur.

— Pas comme le monde qui habite autour de vous... le choix même de ce livre...

— Je ne l'ai pas choisi; on me l'a donné.

Edouard est sur le point de s'écrier : — Qui donc? Mais il n'ose, il se tait, il sent qu'il connaît trop nouvellement Isaure pour se permettre une pareille question. Il éprouve en secret un certain mécontentement, et il pense que si Robineau était là, il trouverait que cette jeune fille reçoit beaucoup de cadeaux.

— Mon Dieu ! monsieur, vous n'avez peut-être pas déjeuné? s'écrie tout à coup la petite chevrière. Voulez-vous venir à la maison?... Moi qui ne pensais pas !...

— Non, non, je n'ai besoin de rien, dit Edouard en retenant la petite; je ne veux que causer avec vous... si cela ne vous ennuie pas.

— M'ennuyer !... au contraire, monsieur !... on cause si rarement avec moi !... Les bergers conduisent leurs troupeaux bien loin des miens, les bergères m'évitent... et pourtant je n'ai jamais fait de mal à personne; est-ce que j'ai l'air méchant, monsieur ?

— Oh ! non ! bien au contraire ! s'écrie Edouard prêt à prendre la main d'Isaure et à la presser tendrement ; mais il se contient encore.

— Depuis la mort de ma bonne mère, je me suis bien aperçue que dans le pays on me fuit, que l'on me parle à peine; d'abord cela m'a fait du chagrin... à mon âge, il me semblait triste d'être seule au monde... mais, depuis que j'ai Vaillant, je ne suis plus seule... il m'aime bien, lui, Vaillant !... il ne s'éloigne pas quand je veux le caresser.

Il y avait dans l'accent, dans le langage d'Isaure, un mélange de candeur et de grâces, auquel il était difficile de ne pas trouver du charme; c'étaient les expressions d'une jeune fille bien élevée, avec le ton naïf d'une montagnarde. Edouard sent, en écoutant Isaure, se dissiper ses premiers soupçons. — Vous voudrez donc bien, lui dit-il, que je vienne quelquefois causer avec vous?

— Quand cela vous fera plaisir, monsieur. Vous demeurez ici près?

— Mais... oui... à la Roche-Noire... à deux petites lieues.

— Deux lieues !... c'est bien loin, il me semble... Moi je n'ai jamais dépassé le sommet de ces montagnes.

— Vous n'avez jamais été à la ville voisine? à Saint-Amand ?

— Oh ! non, monsieur... on m'a bien défendu de jamais quitter mes montagnes.

— Qui donc vous défend cela, puisque vous êtes seule au monde, que vous n'avez plus de parents?

Isaure reste quelques instants sans répondre; puis elle dit enfin : — C'était ma bonne mère qui me défendait cela.

— Mais à présent qu'elle n'est plus... n'êtes-vous pas maîtresse de ne suivre que votre volonté ?

— Sans doute, monsieur... mais je n'ai pas le désir d'aller à la ville... qu'irais-je y chercher?... Oh ! non, je ne quitterai jamais la maison du bon André, où j'ai passé mon enfance !

Edouard garde un moment le silence. Isaure vient de courir après une de ses chèvres qui s'éloignait; il la regarde monter légèrement sur les rochers, puis il s'assied près de la place où elle était, et attend le retour de la jeune fille... La beauté du site, la tranquillité qui règne dans ces montagnes, que le soleil commence à éclairer, la solitude dans laquelle il se trouve avec cette jolie bergère, tout concourt à faire naître mille pensées dans l'âme d'Edouard; il sent que son cœur bat avec plus de force, que sa respiration devient plus courte, que son imagination est troublée par des désirs d'amour ou plutôt de plaisir... Mais Isaure revient; elle accourt, elle se place près de lui en souriant et disant : — Me voici enfin ! Il y a dans cette action, dans ce regard, tant de confiance et de candeur, qu'Edouard rougit intérieurement des pensées qui lui sont venues... sa tête se calme, son cœur devient moins agité, et c'est seulement alors qu'il ose regarder Isaure.

— Mes chèvres me font quelquefois courir un peu loin, reprend la petite; je sais bien que je pourrais emmener Vaillant avec moi, et qu'il saurait les guetter; mais il faut bien que quelqu'un garde la maison.

— Est-ce que jamais aucun montagnard des environs ne vient causer avec vous, Isaure ?

— Non, monsieur... jamais !...

— Et parmi les voyageurs qui passent par cette vallée, n'en est-il point qui, comme moi, soit revenu vous trouver dans ces montagnes ?

— Non, monsieur... mais il est bien rare qu'il vienne des étrangers par ici, car la vallée ne se trouve pas sur les routes suivies, et les montagnards qui conduisent les voyageurs évitent toujours de passer près de la Maison Blanche.

Un instant de silence règne encore entre les jeunes gens. Edouard examine attentivement la jeune fille; celle-ci regarde ses chèvres courir sur la montagne; lorsque parfois elle porte ses yeux sur Edouard, elle lui sourit naïvement : ce n'est pas le sourire d'une coquette qui cherche à vous séduire, c'est celui de l'innocence, qui ne voit aucun danger dans le plaisir qu'elle fait naître.

— On m'a dit à Chadrat que la lecture n'était pas votre seul talent, dit Edouard... Vous chantez aussi !

— Oui, monsieur, je chante souvent... je n'ai rien de mieux à faire !... mais au moins, à ce que je crois.

— Et qui donc a pu vous apprendre des chansons inconnues dans ces montagnes ?

Une légère rougeur vient colorer les joues d'Isaure, qui répond en baissant les yeux : — C'est un voyageur qui s'est arrêté quelque temps chez nous.

— Votre mère existait-elle encore?

— Oh ! oui, monsieur.

Edouard se tait; malgré lui, de vagues soupçons viennent de s'offrir à son esprit. Pour les dissiper, il regarde la jeune fille, dont tous les traits expriment si bien l'innocence. Après quelques instants passés ainsi, il sent qu'il doit retourner au château; car il voudrait que l'on ne s'aperçût pas de son absence, ou du moins pouvoir cacher qu'il est venu jusqu'auprès de Chadrat. Il se lève donc en disant à Isaure : — Il faut que je vous quitte maintenant.

— Déjà, monsieur! dit naïvement la petite chevrière.

— Quoi ! s'écrie Edouard, ma présence vous ferait-elle quelque plaisir ?

— Je vous l'ai dit, monsieur, dans ces montagnes j'ai si rarement l'occasion de causer avec quelqu'un !

— Ah ! c'est vrai, reprend Edouard plus froidement; et c'est pour cela seulement ?...

Il s'arrête en se disant à lui-même : — Eh bien ! ne voudrais-je pas
que déjà cette jeune fille fût amoureuse de moi ?... Vraiment je fais de
la morale à Alfred, et je ne suis pas plus sage que lui.

— Je vais descendre la montagne avec vous, dit Isaure ; il est temps
que je rentre à la maison, mon pauvre Vaillant doit s'ennuyer.

Aussitôt elle court rassembler son troupeau et le pousse vers la
vallée en courant, en sautant et en riant de bon cœur, au moindre
bond de ses chèvres. Edouard la suit en se disant : — Son cœur est
calme, tranquille... cette gaieté franche, ce doux abandon n'annoncent
point qu'elle soit occupée de pensées d'amour. Pauvre petite ! puisse-
t-elle, pour son bonheur, ne jamais connaître cette passion, qui cause
plus de chagrin que de plaisir !

Edouard soupire ; quelque chose lui dit tout bas qu'il voudrait bien
faire connaître à Isaure ce chagrin et ce plaisir-là.

On est arrivé devant la maisonnette. Isaure ouvre sa porte, son
chien court la caresser ; puis il regarde Edouard, tourne autour de lui,
mais ne témoigne aucune humeur.

— Je crois qu'il vous reconnaît déjà, dit la jeune fille.

Edouard s'approche de Vaillant, le flatte un moment, et le chien
se laisse faire en regardant toujours attentivement sa maîtresse, comme
pour lui demander si le jeune homme est de ses amis.

— Allons, dit Edouard, je vois qu'avant peu nous serons bien ensemble. Adieu, aimable Isaure !... à demain matin.

— A demain, monsieur... Ah ! pardon, je ne sais pas votre nom.

— Je me nomme Edouard.

— Eh bien, à demain, monsieur Edouard, puisque vous ne voulez
pas vous reposer chez moi aujourd'hui.

En disant cela, la jeune fille fait à Edouard une gracieuse révérence,
puis rentre gaiement dans sa demeure. Alors le jeune homme reprend
le chemin de la Roche-Noire en rêvant à la petite chevrière. Il se dit
à chaque instant : — Elle est charmante... ses manières, sa voix, sa
naïveté... tout est ravissant... Oh ! je n'en deviendrai pas amoureux...
ce serait une folie... mais elle est si intéressante que je voudrais déjà
être à demain matin... Ne disons pas à Alfred que je suis venu la voir,
il serait capable d'en faire autant ; Alfred est un étourdi ; il voudrait
sur-le-champ en conter à cette petite... Ce serait affreux ; mais, certainement, je ne le souffrirais pas.

Pauvre Edouard ! il ne veut pas aimer, et déjà il est jaloux !... Eh !
pourquoi donc vouloir résister à une passion si naturelle à son âge !
c'est seulement quand le temps de la raison arrive qu'il faut être en
garde contre l'amour, qui, ainsi que la petite vérole, fait d'autant plus
de mal qu'il vous prend plus tard.

CHAPITRE XIII. — Encore le vagabond.

Edouard est de retour au château de la Roche-Noire, et il ne s'est
pas aperçu de la longueur du chemin qu'il a fait. Quand on devient
amoureux, on est si préoccupé que l'on ne s'ennuie jamais ; c'est du
moins un petit dédommagement des tourments que parfois l'amour
nous cause.

Edouard rencontre Alfred dans la cour du château.

— Tu es sorti de bien grand matin ! dit le jeune de Marcey en regardant fixement son ami ; en me levant je t'aidemandé, on m'a dit que
depuis plus d'une heure tu étais parti... Diable !...tu es bien matinal !...
J'avoue, moi, que le bal d'hier m'avait un peu fatigué... ces bourrées
n'en finissent pas, et les Auvergnates ne sont pas légères. Je gage que
je devine d'où tu viens... tu as été du côté de la Maison Blanche... tu
as voulu revoir la petite Isaure ?

— Non... je ne suis pas allé par là... je me suis promené dans les
environs, qui sont charmants !... Et puis, à quoi bon chercher à revoir
cette jeune fille ?... il me semble que c'est au moins inutile...

— Inutile de voir une fille qui est jolie comme les Amours !... Je
trouve, moi, que c'est fort bien employer son temps, au contraire.

— C'est justement parce qu'elle est jolie que cela peut être dangereux... Toi, surtout, Alfred, qui t'enflammes si facilement, tu serais
capable de devenir amoureux... c'est-à-dire d'avoir un caprice pour
cette villageoise... Je ne pense pas, cependant, que tu aies l'intention
de la séduire...

— Tu ne penses pas !... tu ne penses pas !... Ah çà, mon cher
Edouard, vas-tu me faire suivre un cours de morale ?... Moi, je n'ai
aucun projet encore... mais, enfin, cette petite est jolie... je veux la
revoir, et si je lui plais... ma foi, il en arrivera ce qu'il pourra !...
Où donc serait le grand mal, après tout ?

— Cette jeune fille sage, innocente, et vous voulez troubler sa
tranquillité ?... Vous voulez lui inspirer un sentiment que vous n'é-
prouverez pas huit jours... puis l'abandonner ensuite à sa douleur !...
ce serait affreux !

— Edouard, tu tombes dans le romanesque... D'abord, cette jeune
fille est sage, dis-tu... c'est ce qui ne m'est pas absolument prouvé...
Sa situation singulière... ce qu'on dit sur son compte... la différence
qui existe entre ses manières et celles des autres montagnardes, doivent
donner lieu à mille conjectures. Mais enfin elle est sage, je le veux
bien... cependant, au premier moment, quelque paysan, quelque
rustre, en deviendra épris et lui plaira ; pourquoi donc ne veux-tu pas

que j'essaie d'être aussi heureux qu'un de ces lourdauds ? D'ailleurs,
mon cher ami, si on faisait toujours de semblables réflexions, on n'aurait jamais la plus petite amourette, et on resterait constamment les
yeux baissés, de peur d'en rencontrer de charmants, et de concevoir
de mauvaises pensées !... Ce serait superbe, j'en conviens ; mais que
veux-tu ? la perfection n'est pas dans la nature humaine... nos premiers parents ont succombé à la tentation, et je n'aurai jamais la force
d'être plus sage qu'eux !

Edouard ne dit plus rien ; il voudrait pouvoir cacher le mécontent-
tement qu'il éprouve ; et il va s'éloigner d'Alfred, lorsque Robineau
paraît, suivi de plusieurs ouvriers que François a été chercher à la ville.

— Mes enfants, dit Robineau, il s'agit de me remettre ce château
à neuf... ou du moins à peu près. Décidément les pièces sont trop
sombres, les tapisseries trop vieilles, les carreaux trop petits et les
escaliers trop mauvais. Réparez, restaurez, grattez, peignez, collez ;
et, surtout de la promptitude, je vous payerai... en grand seigneur.
François, conduis ces ouvriers... tu connais mes intentions.

— Comment, mon ami ! dit Alfred, tu vas faire réparer tout le
château ?

— Non pas tout... mais au moins la partie que j'habiterai, et où je
recevrai du monde... quant à la tour du Nord, elle peut rester comme
elle est... je n'irai jamais !... Ensuite, il faut bien qu'on replante,
qu'on bouleverse tout le jardin... Est-ce que je puis recevoir la meilleure société de Saint-Amand, et la faire promener dans des plants de
betteraves !... Je donnerais une jolie idée de mon goût !... Je vais dépenser de l'argent, c'est vrai... mais un beau mariage me rendra tout
cela !...

— Tu penses déjà à te marier ?...

— Ma foi ? oui... il me semble que le mariage donne de l'aplomb,
de la considération... enfin, nous verrons... Mais je vais à Saint-Amand ;
vous venez avec moi, j'espère ?

Alfred hésite, il a un autre projet ; Edouard, qui s'en aperçoit,
s'empresse de dire : Oui, oui ; allons à Saint-Amand... On dit la ville
fort gentille... il faut bien que nous fassions connaissance avec ses
habitants.

Après un moment de réflexion, Alfred accepte. M. Cunette s'avance
en saluant jusqu'à terre son maître, dont il est prêt à baiser les pieds,
et annonce que le cabriolet est attelé.

— Comment ! tu as un cabriolet ?...

— Oui... c'est-à-dire une espèce de petite carriole... C'est M. Cheval qui me l'a procurée... elle est fort propre, et ça vaut toujours
mieux que d'aller en chaise de poste aussi près.

— Et où as-tu trouvé un cheval ?

— C'est M. Férulus qui me prête celui du père d'un de ses élèves.

— C'est-à-dire que c'est le père de l'élève qui te le prête.

— Incessamment je compte acheter des chevaux. Allons, messieurs,
déjeunons vivement, et en route pour Saint-Amand. J'ai fait prévenir
le notaire de ma visite, je suis sûr que toute la ville nous attend.

On déjeune, puis on monte dans la carriole, où l'on est un peu
secoué ; mais le cheval est vigoureux, on ne tarde pas à apercevoir les
vestiges de fortifications qui sont encore autour de Saint-Amand ; et
bientôt on entre dans la ville sans que les habitants soient sur leur
porte, ce qui surprend beaucoup Robineau.

Pendant que le nouveau propriétaire se rend chez le notaire, Alfred
et Edouard vont parcourir la ville, dont ils ont bientôt fait le tour.
Robineau vient les rejoindre sur la grande place ; il a l'air radieux.
Le notaire lui a dit qu'on parlait beaucoup de lui dans l'endroit, et l'a
engagé à dîner pour le lendemain, parce qu'il veut lui faire faire connaissance avec les personnes les plus distinguées de la ville. Enfin, il
a les poches pleines de lettres de recommandation, et comme il a
déjà dit au notaire que son intention est de se marier, celui-ci lui a
promis trois bals et quatre grandes soirées pour la semaine prochaine.

Robineau rentre en disant : Je ne vous ai pas oubliés, mes amis.

— Est-ce que tu veux aussi nous marier ? dit Alfred.

— Ce n'est pas cela !... Quoique, si vous vouliez... Il paraît qu'en
province on se marie beaucoup ; mais j'ai dit que j'avais amené avec
moi de Paris deux jeunes gens : l'un très-riche, l'autre qui a beaucoup
d'esprit.

— Cela veut dire que celui qui est riche n'est qu'une bête ?...

— Non, ce n'est pas ça !... mais on m'a demandé si vous étiez
aussi garçons, et, sur ma réponse affirmative, on m'a fort engagé à
vous amener dîner avec moi, et...

— Monsieur Jules, vous êtes bien aimable ; mais nous n'avons pas
envie de jouer ici quelques scènes de la Petite Ville ; vous irez dîner
sans nous.

— Comme vous voudrez, messieurs... Mais rien ne nous retient
plus, retournons à mon château ; allons presser mes ouvriers. J'ai
déjà prévenu le notaire qu'avant peu je donnerais une grande fête,
dîner, bal, feu d'artifice, flammes du Bengale... à l'instar de Tivoli
de Paris... Allons faire arracher les betteraves.

On remonte dans la carriole, et on reprend le chemin du château.
Robineau est dans l'ivresse, il ne rêve que bals, fêtes, mariages ; il
voit toutes les femmes de la ville qui vont se disputer sa conquête, et
toutes les demoiselles qui lui feront les doux yeux. Pendant qu'il voit
tout cela, il ne s'aperçoit pas que ses deux compagnons ne l'écoutent

plus, et que, livrés à leurs réflexions, Alfred et Edouard sont occupés de tout autre chose que des fêtes qu'il veut donner, mais où il se promet de ne pas faire danser et boire les villageois des environs.

On est près du château, quand Robineau pousse une exclamation qui tire ses compagnons de leurs réflexions.

— Encore cet homme!... toujours cet homme!... c'est ma bête noire!... Je ne sais pas pourquoi j'aimerais mieux voir un loup que ce grand escogriffe-là!...

Les jeunes gens lèvent les yeux et aperçoivent le pauvre voyageur assis à peu de distance du château, qu'il semble considérer aussi attentivement que la veille.

— Ah! c'est l'homme au bâton noueux! dit Alfred en souriant.

— C'est ce pauvre diable de Clermont, dit Edouard.

— Oui... c'est ce beau monsieur qui est si vilain... Voyez donc comme il examine mon château!... il y met de l'affectation... on dirait qu'il veut chercher querelle aux ouvriers qu'il aperçoit... Je ferai chasser ce drôle-là de devant mes fossés.

— Monsieur de la Roche-Noire, je ne crois pas que votre seigneurie ait ce droit-là... M. Férulus te dirait que cet homme est *extra muros*, que par conséquent la place est libre. ●

M. Cunette, concierge du château de la Roche-Noire, est toujours disposé à boire à la santé de monseigneur.

— Mais, enfin, pourquoi regarde-t-il comme cela mon bien? ça me choque, moi.

— Va le lui demander. — Aller parler à ce vagabond!... me compromettre avec lui!... non, certainement. Cependant, je voudrais bien savoir ce qu'il vient faire dans ce pays.

— Eh bien, dit Edouard, moi qui ne crains pas de me compromettre, je vais tâcher de causer un peu avec cet homme... J'ai dans l'idée que c'est un malheureux qui cherche de l'occupation... Ne pourriez-vous pas lui donner quelque emploi dans votre château, puisque vous montez votre maison?

— Prendre cet homme-là chez moi!... Non, vraiment, j'aurais peur qu'il me volât.

— Eh! monsieur, faut-il donc toujours juger sur l'apparence? et parce que l'habit de ce pauvre diable est plus mauvais que ceux de ces paysans, faut-il pour cela lui refuser les moyens de gagner sa vie?... C'est ainsi que l'on force les malheureux à devenir coupables!....

— Au fait... ce que vous dites là est assez judicieux. Eh bien!... voyez, demandez-lui ce qu'il sait faire... Je pourrais l'employer à arracher les betteraves, à panser les chevaux que je vais acheter... enfin, nous verrons... Mais auparavant, sachez ce qu'il est... je tiens à n'avoir à mon service que des gens distingués.

La carriole venait d'entrer dans la cour. M. Férulus, qui était déjà arrivé pour dîner, vient au-devant des voyageurs. Edouard laisse la société entrer dans le château, il en sort et se dirige du côté où ils ont aperçu l'homme de Clermont-Ferrand.

L'inconnu était encore à peu de distance de la tour du Nord, pour laquelle ses regards montraient plus de prédilection que pour les autres parties du château; son bâton était placé entre ses jambes, et sa tête était appuyée sur une de ses mains.

Edouard s'approche de l'étranger; mais celui-ci ne le regarde point et reste dans la même position. Edouard voit qu'il faut que ce soit lui qui entame l'entretien; et se plaçant presque devant l'inconnu, il lui dit d'un ton indifférent : — Vous semblez examiner cet ancien château avec beaucoup d'intérêt, monsieur?

L'étranger lève les yeux sur Edouard, le regarde un moment avec humeur, puis répond d'un ton brusque : — Ne suis-je pas le maître de regarder où bon me semble?

— Personne ne vous conteste ce droit. Je pensais seulement que la vue de ce château vous rappelait d'anciens souvenirs... que peut-être vous y aviez connu quelqu'un autrefois?

L'inconnu jette un regard perçant sur le jeune homme, un sourire amer vient effleurer ses lèvres, mais il ne répond rien.

Après un moment de silence, Edouard reprend : Ce pays est charmant!... je suis charmé d'y être venu; il offre un mélange piquant de sites sauvages et de gais paysages... Etes-vous de ce pays, monsieur?

L'étranger regarde fixement Edouard, puis lui répond : Si je vous demandais, moi, d'où vous êtes, ce que vous avez fait, et ce que vous venez faire ici, trouveriez-vous cela convenable et me répondriez-vous?

— Peut-être, monsieur; d'ailleurs je puis avoir pour vous questionner des motifs que vous n'auriez pas.

— C'est-à-dire que parce que je suis mal vêtu, parce que j'ai l'air d'un pauvre diable, vous, qui êtes bien mis, qui avez sans doute de l'or dans votre poche, vous pensez que vous avez une grande supériorité sur moi, et que cela vous donne le droit de me questionner.

— Vous vous trompez, monsieur; et si votre extérieur a pu me faire penser que vous étiez peu fortuné, de cette pensée m'est venu le désir de vous obliger, de vous être utile, et c'est là ce qui m'a porté à vous adresser ces questions.

L'étranger regarde quelques instants Edouard, puis secoue la tête en disant : — Vous seriez donc bien différent des autres hommes!..

— Je suis venu dans ce pays avec la personne qui a fait l'acquisition de ce château.... et que vous avez pu voir avec nous. ●

L'inconnu laisse échapper un sourire moqueur en murmurant : Oui... oui, je l'ai vu!... et il paraît qu'il veut déjà tout bouleverser dans le château.

— Ce domaine a besoin de réparations; il veut rendre plus moderne la partie des bâtiments qu'il habitera. Il veut aussi monter sa maison... il n'a pas assez de monde... il y a divers emplois à donner. Comme vous regardiez ce domaine avec intérêt... j'ai pensé que peut-être... il vous serait agréable...

L'inconnu fronce les sourcils en s'écriant : Et vous venez m'offrir d'être laquais du nouveau propriétaire!

Etonné de l'expression singulière qui se peint sur la figure de l'étranger, Edouard répond en hésitant : Laquais... ou toute autre chose... je ne connais point de condition déshonorante pour celui qui la remplit avec probité. ●

Le voyageur reste quelques instants à réfléchir, puis il s'écrie d'un ton d'ironie : Vraiment! ce serait fort drôle!... oui... Je sais que Jacob fut le serviteur de Laban, qu'Apollon fut garçon de ferme, que David garda les brebis, que Cincinnatus conduisit la charrue, et que l'Enfant prodigue fut réduit à conduire des pourceaux!... Après tout, qu'importe la condition que l'on exerce pourvu que l'on soit heureux!... Un homme en habit brodé est-il plus estimable qu'un homme en veste et en sabots?... Non; mais celui qui est richement vêtu peut se procurer toutes les jouissances de la vie, peut satisfaire ses désirs, ses passions, voilà l'avantage qu'il a sur l'autre. La forme change, le fond est toujours le même... Pour en juger, donnez de l'or, des richesses, à quelque pauvre diable dont on vous vantera la vie simple et les mœurs pures... il ne tardera pas à faire des sottises comme les autres... Je ne connais qu'une classe de gens sages, ce sont ceux qui ne se laissent point attraper!...

Edouard écoutait l'étranger avec autant de surprise que d'intérêt. Les discours de l'inconnu venaient de lui prouver qu'il ne se trompait point en supposant que cet homme ne s'était pas toujours trouvé dans une misérable situation. Sans paraître faire attention à la personne qui est près de lui, l'étranger tire de sa poche une pipe et un briquet, puis, tout en frappant la pierre pour avoir du feu, continue ses réflexions.

— C'est une chose bizarre que la vie!... Quand on est riche, heureux, considéré, on l'expose témérairement... on se fait un jeu des périls!... on se fait un honneur de braver les dangers... Il est vrai que le plus souvent on ne fait tout cela que par amour-propre... puis vient l'adversité, la misère, la vieillesse, et c'est alors que l'on tremble le plus souvent pour son existence... Nous n'avons pas le sens commun!.... Quant à moi, j'ai pris le bon parti : je ne m'afflige de rien!... je me mets au-dessus de tout... J'ai encore quelques pièces dans ma poche... quand je n'aurai plus rien, nous verrons... Ce n'est pas la première fois que je me trouve dans des situations embarrassantes... il y a même quelque chose de piquant dans les réflexions que cela vous fait faire... D'ailleurs, les Auvergnats sont de bonnes gens... ils me donneront toujours un morceau de pain, et avec cela je suis libre de me promener depuis le matin jusqu'au soir... C'est quelque chose... Ah! si nous étions à Athènes, à Sparte, on pourrait trouver à redire à ma manière de vivre, je le sais. Par les lois de

Solon il était permis de dénoncer tout citoyen qui n'avait pas d'occupation... Mais autre temps, autres mœurs !...

L'étranger a allumé sa pipe, il la met dans sa bouche, se tourne vers Edouard en laissant échapper un sourire moqueur; puis lui envoie une bouffée de fumée.

— Monsieur, dit Edouard, il est facile de s'apercevoir à vos discours que vous avez reçu de l'éducation, que vous n'êtes pas né dans une classe obscure de la société. Des malheurs, que je ne demande pas à connaître, vous auront fait tomber dans l'adversité... vous semblez peu estimer les hommes, parce que, sans doute, vous avez à vous en plaindre; mais l'infortune nous aigrit et nous rend quelquefois injustes... quant à moi, je désire sincèrement vous être utile et vous tirer d'une situation qui, je le vois, ne devait pas être la vôtre.

— Ne devait pas être la mienne !... vous voyez bien que si, puisque m'y voilà !... Au reste, vous ai-je demandé quelque chose? Qui vous dit que je ne me trouve pas bien comme je suis?

Mademoiselle Chaval, prenant son maître sous son bras aussi lestement que si elle enlevait un enfant, l'emporte en distribuant à droite et à gauche des coups de poing pour se faire un passage.

— On peut s'étourdir sur ses malheurs... sur... sa misère... mais quelque force d'âme que l'on ait, il est impossible d'effacer entièrement de sa pensée le souvenir de temps plus heureux.

L'inconnu s'étend nonchalamment sur le gazon, et regarde Edouard en disant : Ah! vous croyez cela !... Et qui vous dit que je n'ai pas mérité les malheurs dont vous me supposez la victime; que ce n'est pas mon inconduite, mes passions, qui m'ont mis où j'en suis ?

— Quand cela serait, je n'y verrais qu'un motif de plus pour chercher à vous obliger... On doit être bien plus malheureux quand on l'est devenu par sa faute.

— Est-ce que vous croyez que je suis le culte du *Zoroastre*, que je me nourris de la lecture du *Sadder*, qui veut que l'on fasse un examen rigide de sa conscience à la fin de chaque journée? Non, vraiment... Il y a longtemps que ma conscience et moi nous sommes les meilleurs amis du monde, et cela par une bonne raison, c'est que nous ne nous parlons jamais... Avez-vous du tabac à priser sur vous?

— Non, je n'en fais pas usage.

— C'est dommage... c'est le diable pour en trouver par ici ! Allons, je m'en passerai... on s'habitue à tout !... Autrefois, je n'aurais jamais cru que l'on pût dormir aussi bien en plein champ que dans un lit; maintenant, je m'y trouve à merveille !... J'avoue cependant que le pain des montagnards est un peu lourd !.... cela ne vaut pas une dinde truffée !... un faisan rôti !... mais il faut être sobre quand on ne peut pas faire autrement.

— Et, lorsque je vous offre les moyens d'être plus heureux, pourquoi me refusez-vous?... Une place de domestique vous humilierait; mais sans être positivement cela, on pourrait vous trouver quelque emploi, quelque occupation qui n'aurait rien de pénible...

— Non, non... ce n'est pas le nom de valet qui m'offense; je vous le répète, je vois tous les hommes du même œil!... mais servir dans ce château... cela ne se peut pas !...

— Pour quelle raison ?...

— Cela ne se peut pas, vous dis-je! En prononçant ces mots, l'étranger se lève brusquement; puis reprend en souriant : — Convenez que le nouveau propriétaire a l'air d'un fameux imbécile !...

Edouard sourit aussi, tout en répondant : — C'est au fond un fort bon garçon.

— Oui !... bon garçon !... J'en ai diablement connu qui paraissaient tels !... ils m'empruntaient mon argent, et ne me le rendaient pas; au reste, depuis, j'ai fait de même... c'est naturel; mais il est bien plus difficile de vivre avec les bêtes qu'avec les gens d'esprit !... La richesse rend les premiers encore plus ridicules, parce qu'elle leur donne un aplomb, une suffisance dont ils font parade et dont ils vous assomment !... Ah! je sens à mon estomac que l'heure du dîner est venue... un estomac sert de montre, voyez-vous !... Bonsoir, monsieur.

— Ne pourrais-je au moins savoir votre nom?... S'il se présentait quelque occasion de vous obliger qui vous fût plus agréable que celle d'entrer au château, je désirerais pouvoir vous retrouver.

— Me retrouver! ce n'est pas très-facile; je suis pour l'instant, comme les anciens francs-juges, partout et nulle part !... Cependant, je crois que j'ai élu pour quelque temps domicile dans ces montagnes. Quant à mon nom, je n'ai nulle envie de vous faire connaître celui qui m'appartient; mais je vais vous dire comment m'appellent les Auvergnats qui me rencontrent et commencent à me connaître : ils me nomment le grand vagabond. Ça n'est pas si sonore que M. de la Roche-Noire !... mais, après tout, c'est un nom comme un autre. Bonsoir.

En disant ces mots, l'étranger s'éloigne en sifflant, et Edouard reprend le chemin du château en pensant au singulier personnage avec lequel il vient de causer.

Le chien se laisse caresser par Édouard en regardant sa maîtresse, comme pour lui demander si le jeune homme est de ses amis.

On attendait Edouard pour se mettre à table; M. Férulus se désolait, parce que le potage allait être froid; mais Robineau était fort curieux de savoir ce que c'était que l'homme au bâton noueux; et du plus loin qu'il aperçoit Edouard, il lui crie : — Eh bien! avez-vous causé avec lui?

— Oui, nous avons eu ensemble une assez longue conversation. — Vous allez nous conter cela.

— Est-ce que monsieur ne pourrait pas nous dire cela en dînant? dit M. Férulus.

On se met à table, et Edouard fait part du résultat de sa conversation avec l'étranger.

— Ainsi, il ne veut pas entrer à mon service? dit Robineau. — Non, il refuse. — Je n'en suis nullement fâché.

— Il faut que ce gaillard-là soit un peu timbré, dit M. Férulus.

pour préférer le pain des montagnards à la cuisine de M. de la Roche-Noire.

— Je ne partage pas votre idée, dit Edouard. Cet homme a reçu de l'éducation, a tenu un rang dans la société ; il ne peut se résoudre à servir les autres, cela me semble assez concevable.

— Sur quoi supposez-vous que ce vagabond a été reçu dans le grand monde ? dit Robineau. Je n'ai rien trouvé de distingué dans sa personne.

— Si vous l'aviez entendu parler, vous seriez certain qu'il n'a pas toujours porté un si misérable costume.

— Mon cher Edouard, dit Alfred, tu es un peu romanesque, tout ce qui offre quelque chose de singulier, d'extraordinaire, te plaît, tu as été bien aise de faire de ce vagabond un de ces personnages mystérieux comme on en trouve dans les romans.

— Messieurs, dit M. Férulus en versant à boire à tout le monde, M. Edouard est homme de lettres ; il a pu... je dirai même plus, il a dû être flatté d'entendre quelques mots *scholastiques* sortir de la bouche d'un personnage grossier,... Mais qu'est-ce que cela prouve ? qu'il a reçu de l'éducation ?... Je ne suis pas de cet avis. Ne voyons-nous pas dans l'antiquité que des bêtes ont parlé ?...

— Cela se voit encore de notre temps, dit Alfred.

— Ah! oui, les perroquets... Ceux-là ont reçu de l'éducation ; mais Tite-Live rapporte qu'un bœuf s'écria en plein marché : *Rome, prends garde à toi!* Pline dit qu'un chien parla lorsque Tarquin fut chassé du trône ; si l'on en croit Suétone, une corneille s'écria dans le Capitole : *C'est fort bien fait,* lorsqu'on allait assassiner Domitien ; un des chevaux d'Achille, nommé *Xanthe,* prédit à son maître qu'il mourrait devant Troie ; enfin, le bélier de Phryxus a parlé aussi bien que les vaches du mont Olympe ; et cependant, messieurs, toutes ces bêtes-là n'avaient pas reçu d'éducation. Un homme peut bien en faire autant... J'en conclus que ce vagabond a été au service de quelque savant, et qu'il lui en est resté quelque chose dans la mémoire ; car, nous autres, maîtres ès arts, nous sommes comme le soleil, dont les rayons pénètrent dans les palais et dans la mansarde... Le salmis de mademoiselle Cheval est excellent!... J'ai l'honneur de boire à la santé de monsieur de la Roche-Noire.

Alfred et Edouard ne prennent plus part à la conversation, tous deux sont livrés à leurs pensées ; mais M. Férulus, qui paraît s'être promis de boire, de manger et de parler pour tout le monde, ne laisse pas tomber l'entretien, dans lequel il a soin de jeter à chaque instant quelques louanges, quelques compliments au nez de Robineau, qui reçoit cela avec délices, et trouve M. Férulus beaucoup plus aimable que ses deux amis. Le maître d'école a déjà son but ; le séjour du château lui est beaucoup plus agréable que celui de son pensionnat, et vers la fin du dîner il s'écrie avec effusion de cœur :

— Monsieur de la Roche-Noire, je me sens porté pour vous d'une bien forte dose d'attachement....

— Monsieur Férulus, dit Robineau en s'inclinant, je vous prie de croire que, de mon côté....

— Monsieur de la Roche-Noire, cela m'est venu tout de suite en vous voyant arriver sur votre âne. Il existe entre les grands hommes une secrète sympathie,... et si vous êtes grand par la naissance et par les richesses, je me flatte de l'être par les sciences,... Je suis un véritable puits en fait de sciences !... Vous devez avoir une bibliothèque dans votre château.

— J'en ai trouvé une dans la tour du Midi.

— Alors, il vous faut absolument un bibliothécaire...

— Mais c'est qu'il n'y a plus de livres dans la bibliothèque.

— C'est égal... on en mettra... J'y mettrai les miens... tous livres classiques ; vous sentez, monsieur de la Roche-Noire, qu'un château où il n'y a pas de bibliothécaire, c'est un dîner sans potage, c'est un bel homme qui n'a qu'un œil, c'est une jolie femme qui boite... Eh bien ! monsieur de la Roche-Noire, savez-vous ce que je suis capable de faire pour vous ?... J'ai l'honneur de boire à votre santé.

Robineau cherche quelque temps dans sa tête, puis répond : — Ma foi, non, je ne devine pas.

— Si vous ne devinez pas, je dois vous l'expliquer... c'est toujours ainsi que les sibylles répondaient à ceux qui les consultaient ; et, quand elles avaient expliqué leur oracle, ordinairement on ne le comprenait pas davantage. Mais revenons. Il vous faut absolument un bibliothécaire....

— Mais je croyais qu'avant....

— Non, il vous en faut un d'abord ; pour être le dépositaire des sciences que doit renfermer le château de la Roche-Noire, il faut un homme profond, érudit, savant et modeste. Or, j'ai beau chercher à dix lieues à la ronde, je ne vois absolument que moi qui réunisse toutes ces qualités, *consequentia consequentium,* je serai votre bibliothécaire....

— Quoi ! monsieur Férulus ?...

— J'ai l'honneur de porter la santé de monsieur de la Roche-Noire. Oui, je quitte tout... j'abandonne mes élèves à mon sous-maître... J'en avais pourtant cinq dans ce moment-ci. C'est égal !... l'argent n'est rien pour moi. D'ailleurs, je me suis mis dans la tête de vous faire aller à l'immortalité,... et vous irez... Je ferai en votre honneur des vers grecs, latins, français et hébreux ; vous serez un Mécène, un

Auguste ; je serai votre Horace, votre Virgile... et pour vous faire aller à l'immortalité, je ne vous demande que quatre cents francs d'appointements avec la table et le logement.

Robineau trouve que ce n'est pas cher de devenir immortel pour quatre cents francs par année ; il frappe dans la main de M. Férulus ; l'affaire est conclue. Le lendemain même ; le nouveau bibliothécaire promet de venir s'installer au château. On boit de nouvelles rasades au plaisir que l'on aura dans la société l'un de l'autre ; et ces messieurs, à force de raisonner sur les avantages de la science et de boire à la santé des grands hommes de l'antiquité, finissent par ne plus savoir ce qu'ils disent. Depuis longtemps Alfred et Edouard se sont retirés, Robineau songe à en faire autant ; mais en se levant de table il s'aperçoit avec étonnement qu'il est étourdi, et que ses jambes fléchissent. Il sonne François pour qu'il le conduise dans son appartement, en disant : — C'est singulier ! on croirait que je suis un peu gris.

— Monsieur de la Roche-Noire, dit Férulus en tâchant de trouver son chapeau, il n'y a point de mal à se donner une petite pointe : Alexandre-le-Grand se grisait quelquefois ; jadis nos ancêtres buvaient sec !... En Allemagne, on ne croirait pas avoir traité son hôte en ami, si on ne le renvoyait pas ivre ; enfin en Russie, les Moscovites aimaient le vin avec tant de fureur que quand ils ne pouvaient plus en avaler, ils s'en faisaient donner des lavements. Quand je serai votre commensal, j'espère que nous remettrons en vigueur quelques-unes des anciennes coutumes de l'antiquité... A demain, monsieur de la Roche-Noire !....

M. Férulus quitte le château à peu près dans l'état où Cunette et Vincent avaient quitté le bal ; et Robineau se jette sur son lit tout étourdi, mais enchanté d'avoir quelque point de ressemblance avec Alexandre-le-Grand.

CHAPITRE XIV. — L'amour nuit à l'amitié.

Le désir de revoir Isaure a rendu les jeunes gens matinals ; Robineau est encore profondément endormi lorsque Edouard quitte son appartement et descend légèrement l'escalier qui va dans la cour. Edouard fait le moins de bruit possible ; il craint de réveiller Alfred, il craint même de le rencontrer ; il ne se doute pas que cette fois le jeune baron l'a gagné de vitesse, et que depuis une demi-heure il a déjà quitté le château.

Arrivé dans la cour, Edouard est arrêté par François, qui n'ose point réveiller son maître et ne sait que répondre aux ouvriers qui lui demandent ses ordres pour différentes réparations. Edouard va un moment examiner les travaux, donne quelques avis, et parvient à se débarrasser de tout le monde. Mais à peine a-t-il quitté François, que le jardinier s'avance vers lui, et le prie de venir un moment examiner les embellissements qu'il projette dans les jardins. Il n'y a pas moyen de se défaire de M. Vincent sans lui céder. Edouard va dans les jardins, trouve tout charmant, admirable, délicieux ; et, pendant que le jardinier parle encore, le laisse là, se sauve du jardin et regagne la cour. Le concierge l'y attendait ; M. Cunette n'est pas gris ; mais il a déjà déjeuné, il est fort en train de causer ; il veut absolument faire voir à Edouard les souterrains du château, il tient les clefs à sa main, et a déjà allumé sa lanterne.

— Je ne veux pas voir vos souterrains, dit Edouard en repoussant M. Cunette ; montrez-les à votre maître tant que vous voudrez... moi, je ne les vois pas à les connaître.

— Monsieur a donc changé d'avis, dit le concierge en remettant ses clefs dans sa poche.

— Comment ! changé d'avis ?

— Sans doute... Ce matin votre ami... M. de Marcey, nous a dit que vous vouliez absolument voir les souterrains... les jardins... les travaux... Il nous a bien recommandé de vous montrer tout.

— Quoi !... vous avez déjà vu Alfred ?... et où donc est-il ?

— Ah! il y a longtemps qu'il est loin... s'il court toujours... Avec ça qu'il a pris le gros cheval qui était hier à la carriole... vous savez... Ah! Dieu! comme il l'a fait galoper!

Edouard voit que c'est Alfred qui lui a envoyé tout le monde pour le retenir au château ; il devine son motif, et déjà son cœur bat avec violence... Alfred a voulu se ménager un tête-à-tête avec Isaure, il craint qu'Edouard ne vînt le trouver. Que peut-il avoir à dire de secret à cette jeune fille ? Edouard ne le devine que trop, et il donnerait déjà tout ce qu'il possède pour être en ce moment près de la Maison Blanche.

— N'y a-t-il pas moyen de trouver encore un cheval ? dit-il au concierge qui souffle sa lanterne. — Un cheval... pour mettre à la carriole ?... et! non, pour le monter... Ah! je vois ce que c'est, monsieur veut aller rejoindre son ami... Vous aurez de la peine... il a de l'avance, et puis c'est qu'il galopait !... — Je vous demande un cheval... — Ah! il y a Nicolas qui a sa petite jument qui est boiteuse... Mais c'est égal ; elle a encore trois jambes dont elle allonge joliment !... — Allez me la chercher !... Tenez, voici de l'argent ; mais je vous en prie qu'on se hâte... — Alors, décidément vous ne voulez pas voir les souterrains aujourd'hui ? — Eh! non. Pour Dieu, amenez-moi un cheval !

Le concierge s'éloigne. Edouard se promène avec agitation dans la cour. Il sent combien il lui sera difficile d'empêcher qu'Alfred n'aille sans lui chez Isaure ; il n'a aucun droit, aucun motif pour lui en vouloir ; et cependant son cœur se serre, sa tête s'exalte à la pensée qu'un autre est près de la jolie chevrière, et que cet autre lui fait la cour.

Enfin Cunette revient avec la jument de Nicolas ; Edouard saute dessus. Au moment où il va sortir du château, M. Férulus y entre, tenant sous un bras un petit paquet qui contient ses effets, et sous l'autre une vingtaine de volumes liés par des ficelles, avec lesquels il se propose de reformer la bibliothèque du château.

— Déjà à cheval, mon cher confrère !... dit M. Férulus en s'arrêtant devant Edouard. Oh ! oh ! nous allons de bonne heure chercher la rime....

O vous donc qui, brûlant d'une ardeur périlleuse,
Courez du bel esprit la carrière épineuse,
N'allez pas...

— Gare, monsieur Férulus ! gare ! je vous en prie ! je suis très-pressé....

— J'aurais seulement voulu vous montrer un livre bien précieux que j'ai là sous le bras... Je l'ai trouvé sous des bouquins... c'est une perle pour un savant !... Mais il faut savoir : *Aurum ex stercore Ennii*, Edouard n'écoute plus M. Férulus ; il a poussé sa monture, et il laisse le savant défaire son paquet de livres au milieu de la cour. Stimulée vigoureusement par son cavalier, la jument de Nicolas avance assez vite ; plus elle est échauffée, moins elle boite, et Edouard ne la laisse pas se ralentir. Cependant le chemin devient difficile pour un cheval, mais on approche de la vallée ; bientôt on apercevra la demeure d'Isaure ; cette pensée calme un peu l'agitation d'Edouard. Il voudrait savoir comment la jeune fille a reçu Alfred, et si elle lui témoigne plus d'amitié qu'à lui. Mais comment apprendre ce qu'ils se seront dit ? Un bruit subit se fait entendre ; c'est le gros cheval de la carriole qui est attaché près de là. Edouard quitte aussi son coursier, l'attache près du cheval d'Alfred, puis se dirige vers le vallon, le cœur oppressé, et songeant avec amertume combien a peu duré le bonheur que, la veille encore, il avait goûté en ces lieux.

Le jeune homme est descendu dans le vallon ; ses yeux inquiets errent autour de lui. Il n'a pas encore vu ceux qu'il désire et qu'il craint d'apercevoir. Il va sur la montagne où la veille il s'est assis près d'Isaure ; il retrouve la place où ils étaient ensemble ; mais la montagne est déserte, la bergère n'y a pas conduit son troupeau. Ils sont donc dans sa maisonnette. Edouard plus ému se hâte de marcher vers la demeure où la veille il n'a pas osé entrer, parce que, pour la première fois qu'il se trouvait seul avec Isaure, il lui semblait plus convenable de ne point aller chez elle. Mais Alfred n'a pas eu la même délicatesse... Il est chez la petite, et depuis longtemps peut-être !

Edouard est bientôt devant la maisonnette ; il court à la porte, elle cède, il entre brusquement. Isaure est assise et travaille ; Vaillant est à ses pieds... A peu de distance, Alfred est près d'une table devant des fruits auxquels il n'a pas touché, et ses yeux sont amoureusement fixés sur la jeune fille, qui tient les siens baissés.

Au bruit que fait Edouard en entrant, la petite lève la tête, et un sourire aimable vient embellir sa physionomie ; Vaillant va tourner autour du jeune homme sans gronder ; mais les traits d'Alfred se contractent, et une expression de dépit brille dans ses yeux.

— Pardon ! dit Edouard en s'arrêtant contre la porte ; j'entre bien brusquement... mais je venais... je cherchais...

— Et pourquoi donc tous ces détours ? dit Alfred ; vous veniez ici, vous cherchiez la maîtresse de ces lieux, et vous vous hâtiez d'accourir, parce que vous vous doutiez que j'étais près d'elle.

Edouard ne répond rien, mais Isaure s'est levée ; elle lui présente un siége en lui disant avec une grâce charmante : — Vous allez déjeuner aussi, n'est-ce pas ?

— Volontiers, dit Edouard, vous offrez si bien, qu'on ne peut vous refuser.

En disant cela, il va se placer en face d'Alfred, qui se décide alors à manger. Isaure, après leur avoir apporté ce qu'elle a de meilleur dans son jardin, va se remettre à son ouvrage. Elle semble moins gaie, moins à son aise que d'ordinaire. Edouard s'en aperçoit, mais il n'ose la questionner. Alfred les regarde tous deux, et quelques minutes s'écoulent dans cette contrainte réciproque, les deux jeunes gens paraissent également s'observer.

Enfin Alfred dit à Edouard : — Pourquoi donc hier ne m'avez-vous pas avoué la vérité, lorsque je vous ai demandé d'où vous veniez ?... n'étiez-vous pas le maître de vous rendre ici ?... Pourquoi m'en avoir fait mystère ?... Est-ce que vous aviez promis le secret à mademoiselle ?... en tout cas elle a été moins discrète que vous.

— Depuis quand faut-il que je vous rende compte de toutes mes actions? dit Edouard avec humeur ; que vous faisait que je fusse ou non venu... dans cette vallée ? Un ami peut recevoir nos confidences, mais il ne doit pas chercher à pénétrer ce que nous voulons lui cacher.....

— Un ami, dit Alfred avec ironie ; ce nom est aussi commun qu'il est rare qu'il soit mérité !...

— En effet !... on n'est plus notre ami quand on veut nous éclairer sur les suites de nos passions... ou nous empêcher de faire quelque nouvelle folie !...

— Il est fort plaisant de donner des conseils aux autres quand on en aurait besoin pour soi-même !...

Les jeunes gens gardent de nouveau le silence. Isaure les regarde tour à tour avec un étonnement mêlé d'inquiétude, mais elle n'ose leur parler.

Au bout de quelque temps, Alfred part d'un éclat de rire en regardant Edouard, puis s'écrie : — Vraiment, mon cher Edouard, nous sommes de grands enfants !... Nous brouiller, nous garder rancune... et tout cela pour une jolie figure... deux beaux yeux ! enfin pour cette aimable enfant, qui peut-être ne nous écoutera ni l'un ni l'autre.

— Alfred, s'écrie Edouard, est-il convenable de parler ainsi devant elle ?...

— Eh ! pourquoi pas ? Oh ! moi, je ne cache pas ce que je pense !... Demande à Isaure, je lui ai dit que je l'adore, que j'en suis fou, que je veux faire son bonheur... que sa jolie petite mine ne me sort pas de la tête... N'est-ce pas, Isaure, que je vous ai dit tout cela ?

La petite rougit, et sans lever les yeux répond à demi voix : — Je ne me souvenais plus de ce que vous m'aviez dit, monsieur.

— Diable !... il paraîtrait alors que ma déclaration n'a pas fait une grande impression sur votre cœur !...

— Alfred, pouvez-vous parler si légèrement à cette jeune fille ? vous croyez toujours avoir affaire à vos coquettes, à vos dames de Paris... Mais la solitude dans laquelle vit Isaure doit nous faire un devoir de la respecter davantage.... Songez que nous sommes sous son toit ; qu'elle nous reçoit avec confiance, et qu'il serait affreux d'en abuser.

— Oh ! tu fais de la morale, toi, et tu viens pousser des soupirs, lancer des regards langoureux !... Mon cher Edouard, chacun a sa manière de faire la cour ; et, près d'une fille innocente, la tienne est je crois la plus dangereuse ; moi, je ne prends pas de détours, je dis sur-le-champ ce que j'éprouve... Quel mal y a-t-il donc à trouver Isaure charmante... à l'aimer ?... n'est-elle pas sa maîtresse, n'est-elle pas libre de disposer de son cœur ?... pourquoi ne tenterais-je pas de m'en rendre maître ? Au reste, Isaure est plus en sûreté que tu ne le crois... J'ai voulu l'embrasser... un petit baiser, ce n'est pas demander beaucoup ! mais diable !... cette tentative a failli me coûter cher.... mademoiselle se défendait... et son chien qui a vu cela !... j'ai vu le moment où il allait me dévorer !... Parbleu ! si jamais je me marie il faut que je mette un chien comme celui-là près de ma femme !...

Isaure a baissé la tête sur son ouvrage, elle ne dit rien. Edouard se lève avec humeur, il se promène quelques instants dans la chambre ; mais en regardant la jeune fille, il voit que deux grosses larmes coulent le long de ses joues, quoiqu'elle baisse les yeux pour les cacher.

— Tenez, Alfred, voilà votre ouvrage ! s'écrie Edouard ; à peine si vous la connaissez, et déjà vous faites couler ses larmes !...

— Que dis-tu... elle pleure !.. il se pourrait ! et j'en serais la cause ! Isaure... chère Isaure, dites-moi que vous me pardonnez !...

En disant cela, Alfred court se jeter aux genoux de la petite ; il s'empare d'une de ses mains, quoique Vaillant lève déjà la tête en laissant échapper un murmure de mauvais présage.

— Combien je suis désolé de vous avoir fait du chagrin ! reprend Alfred ; je vous jure d'être plus sage à l'avenir !... Edouard a raison, je suis un étourdi... je ne sais ce que je fais... Mais aussi vous êtes si jolie !... vous me tournez la tête... ce n'est vraiment pas ma faute...

— Alfred, tu vas recommencer, dit Edouard, que cette scène n'amuse nullement.

— Non, non... Laisse-moi donc ; il faut que je m'excuse, il faut bien que je tâche d'obtenir mon pardon.

— Levez-vous, monsieur, dit Isaure d'un ton triste et doux ; je ne vous en veux pas... ce n'est pas vous qui me faisiez pleurer... mais je pensais à ma situation... je pensais... que je n'ai point de parents, que j'ai perdu ma mère adoptive... Quand elle était avec moi... on ne cherchait pas à m'embrasser !...

— Vous voyez donc bien que c'est moi qui vous ai fait faire ces tristes réflexions ! dit Alfred en se levant. Allons, je sens que j'ai eu tort... mais je ne vous ferai plus de peine... Tenez, pour être plus certain d'être sage... ce qui ne m'est pas toujours facile... eh bien ! je ne viendrai plus seul vous voir. Edouard sera toujours avec moi... J'espère que voilà une résolution louable...

— Oh ! c'est très-bien, dit Edouard.

— Ah ! c'est très-bien... mais c'est à une petite condition ; c'est que toi, mon cher ami, tu ne viendras pas non plus sans moi voir cette aimable enfant.

Edouard n'est plus si charmé du projet d'Alfred ; mais Isaure le regarde, elle semble craindre qu'il ne refuse, et il répond à son ami en soupirant :

— Eh bien ! oui... j'y consens... nous ne viendrons qu'ensemble.

— Allons, dit Alfred, voilà une résolution digne de nos anciens preux. Mais je crois que, pour aujourd'hui, il est temps de dire adieu à la dame de nos pensées... Viens, Edouard, retournons au château. Au revoir, aimable enfant !... nous vous reverrons demain... mais j'espère que ces beaux yeux ne verseront plus de larmes.

Isaure adresse un doux sourire aux deux jeunes gens qui sortent de sa demeure et vont retrouver leurs chevaux.

— Ah! ah! dit Alfred, tu as fait comme moi, Edouard, tu as pris un cheval... Ma foi, nous sommes aussi bien montés l'un que l'autre... Décidément, tout devient commun entre nous... jusqu'à ce que la petite ait fixé son choix, et cela ne peut tarder... Ce serait bien le diable, aimables et tournés comme nous le sommes, après avoir fait tant de conquêtes à Paris, si l'un de nous ne parvenait pas à plaire à une villageoise!...

Edouard ne partage pas la gaieté d'Alfred, il ne traite pas aussi légèrement que celui-ci le sentiment qu'il éprouve pour Isaure.

— Mon ami, lui dit-il, je suis vraiment fâché que tu penses à cette jeune fille...

— Eh! pourquoi cela? tu y penses bien, toi.

— J'y pense peut-être tout différemment que toi.

— Oh! mon cher Edouard, tu ne me feras pas accroire que tu aies formé le projet d'épouser cette petite chevrière! Tu voudrais peut-être me le laisser supposer, pour qu'alors, respectant un amour si pur, je n'allasse plus conter fleurette à la jeune fille!... Cela ne serait pas maladroit!...

— Alfred, tu juges bien mal ton ami!...

— Je sais qu'il n'y a plus d'amis dès que l'amour vient se mettre entre eux... Enfin, parce que tu prétends aimer sérieusement cette petite, pourquoi donc ne crois-tu pas que je puisse l'aimer aussi?...

— Ecoute, Alfred, une dame de beaucoup d'esprit me disait dernièrement à Paris : Il y a une grande différence entre *désirer* et *aimer*; tòi, tu désires posséder Isaure... mais tu ne l'aimes pas véritablement.

— Mon cher Edouard, ta dame ne t'a rien dit là de nouveau; il y a longtemps que je sais que désirer et aimer ne sont point synonymes; mais, parce qu'on aime, ce n'est pas une raison pour ne point désirer, et parce qu'on désire, cela ne prouve pas que l'on n'aime point. Tu diras cela de ma part à cette dame, quand tu la verras. Au reste, qui te dit qu'Isaure ne me préférera pas à toi?...

— Oh! rien... rien, sans doute!... répond Edouard en comprimant un soupir. Puis il garde le silence tout le long de la route, Alfred en fait autant; et les jeunes gens reviennent pensifs au château.

Chapitre XV. — **Qui promet quelque chose.**

Plusieurs jours se sont écoulés pendant lesquels Alfred et Edouard n'ont pas manqué d'aller passer chaque matinée près d'Isaure. Fidèles à leurs conventions, ils partent ensemble du château et y retournent de compagnie. Cependant il est facile de voir que ce traité les contrarie l'un et l'autre, mais aucun d'eux n'a encore osé le rompre; chacun voudrait bien accompagner son rival quand il se rend dans la montagne, mais désirerait ensuite revenir seul trouver la jeune fille.

Isaure, habituée à voir chaque matin les deux amis, a repris, avec eux, sa confiance et sa gaieté. Elle rit et court avec Alfred, dont les folies, les étourderies, semblent l'amuser; ensuite elle revient près d'Edouard et lui dit avec candeur : — Pourquoi ne jouez-vous pas avec nous? Mais Edouard se tait en s'efforçant de sourire; plus Alfred est gai, moins il se sent disposé à partager ses plaisirs; il souffre en secret; il lui semble qu'Isaure montre plus de préférence pour Alfred, que c'est lui qu'elle regarde et auquel elle sourit le plus souvent. Il veut cacher les tourments qu'il éprouve, mais déjà la jalousie déchire son cœur.

Cette situation ne pouvait durer. Alfred se flattait de plaire, mais il voulait en acquérir la certitude; Edouard se désespérait, mais il voulait avouer ses peines à celle qui les faisait naître, et apprendre de sa bouche s'il devait renoncer à l'espoir d'être aimé. Isaure seule tranquille près des deux jeunes gens, qui ne lui parlaient plus d'amour, se retrouvait chaque jour avec eux, sans se douter des dangers qui devaient résulter pour elle de leurs fréquentes visites.

Plusieurs fois en sortant de la vallée les jeunes gens avaient aperçu le vagabond, qui, tantôt assis sur une pointe de rocher, tantôt arrêté au milieu des champs, jetait sur eux un regard moqueur, puis détournait la tête, comme ne désirant pas entrer en conversation.

— Voilà cet homme singulier avec lequel tu as causé, dit un jour Alfred en sortant de chez Isaure; que diable fait-il par ici?... Je commence à penser, comme Robineau, que ce drôle-là a de mauvais desseins... Mais la petite doit le connaître; je suis curieux de savoir s'il lui a parlé... Je veux aussi que ce misérable me dise pourquoi il se permet de sourire en nous regardant... il y a dans son regard quelque chose de moqueur dont je lui demanderai l'explication.

— Cet homme est malheureux, dit Edouard; il faut lui passer des bizarreries qui sont peut-être la suite des chagrins qu'il a éprouvés.

— Des chagrins!... il ne paraît pas en avoir : il siffle, il chante, il rit tout seul... — Mais au milieu de tout cela, Alfred, on aperçoit une expression d'amertume qui n'annonce pas que cette gaieté soit bien franche!

Le lendemain, les jeunes gens demandent à Isaure si elle connaît l'homme qui erre dans les montagnes. Au portrait qu'ils lui en font, la jeune fille se rappelle l'avoir aperçu quelquefois; mais il ne lui a jamais parlé, et n'est pas entré dans sa demeure.

— S'il s'y présentait, dit Alfred, je vous engage à être sur vos gardes. — Pourquoi donc? dit Isaure, cet homme serait-il méchant? — Je ne sais... mais je ne suis pas prévenu en sa faveur... Au reste, s'il se permettait la moindre insulte... — Et pourquoi donc voudrait-il me faire du mal?... je n'en ai jamais fait à personne!... — Ce n'est pas toujours une raison... mais j'espère que Vaillant vous défendrait. Je me souviens de la manière dont il reçoit ceux qui veulent vous embrasser.

En disant cela Alfred sourit et prend la main de la jeune fille, qui rougit; Edouard est à quelques pas, il se tait; mais ses traits annoncent toutes les angoisses de son âme. Isaure jette les yeux sur lui; et aussitôt, retirant sa main de dedans celle d'Alfred, elle court près d'Edouard en lui disant avec un accent qui pénètre jusqu'à son cœur : — Qu'avez-vous donc?... on croirait que vous éprouvez du chagrin... Est-ce moi qui vous ai fait de la peine?

Ces accents si doux, si tendres, la manière dont Isaure le regarde, ramènent l'espoir dans l'âme d'Edouard, tandis que cela fait un effet tout contraire sur Alfred; il fronce les sourcils, fait quelques mouvements d'impatience, puis s'écrie : — Partons, il en est temps! Et aussitôt, entraînant Edouard, qui serait volontiers demeuré encore, Alfred sort avec lui de la maisonnette, beaucoup moins satisfait que lorsqu'il y est entré. Il ne faut qu'un mot, qu'un regard, qu'un sourire de la beauté pour faire des heureux ou détruire nos espérances.

En quittant la maisonnette, les jeunes gens aperçoivent l'étranger assis à quelques pas. Suivant sa coutume, il les observe, et une expression moqueuse se peint sur son visage. Alfred quitte le bras d'Edouard et se dirige vers le vagabond, qui reste tranquillement à sa place. Arrivé devant cet homme, Alfred lui dit d'un ton impérieux :

— Vous semblez épier toutes nos actions... et vous nous regardez avec une expression qui me déplaît... Je n'aime ni les insolents, ni les curieux, je vous en avertis.

L'étranger se dandine en arrière et se contente de répondre : — Je suis comme vous... Je n'ai jamais aimé ni les insolents, ni les curieux. J'ai toujours fui les derniers et su punir les autres.

— Est-ce un défi que vous m'adressez? dit Alfred en jetant un regard de mépris sur l'inconnu.

— Un défi! oh! ma foi non!... je ne m'amuse plus à cela!... Autre temps, autres soins... Quant à vos actions... il n'y a pas besoin de les observer longtemps pour les connaître, ainsi que vos projets...

— Que voulez-vous dire?

— Parbleu! quand des jeunes gens vont chez une jeune fille, on sait bien ce qui doit en résulter... et il ne faut pas être bien fin pour le deviner. Après tout, je vous assure que cela m'est fort égal!... je ne vois dans tout cela rien que de très-ordinaire.

— Je vous trouve bien hardi d'oser vous permettre de telles réflexions. Si vous n'étiez pas sans cesse sur nos pas, comment sauriez-vous où nous allons?... Mais si vous vous permettez encore de dire un mot sur cette jeune fille... je saurai châtier cette insolence!...

Pour toute réponse, le vagabond s'étend sur le gazon en ricanant, puis sort de sa poche une tabatière; et, après y avoir mis ses doigts, la présente à Alfred en lui disant fort tranquillement : — En usez-vous?... il est tout frais, je l'ai acheté ce matin à Saint-Amand...

Le calme de l'étranger bouleverse toutes les idées d'Alfred; sa colère en redouble; il est sur le point de se porter à quelque acte de violence; mais Edouard le retient et se met entre lui et l'inconnu en s'écriant : — Mon cher de Marcey! à quoi penses-tu?... et pourquoi cette colère contre ce malheureux?...

Alfred s'arrête comme rougissant lui-même de n'avoir pas été le maître de ses transports. Mais, au nom de Marcey, qu'Edouard vient de prononcer, l'étranger a paru frappé comme par la foudre; un changement subit se fait dans toute sa personne. Ce n'est plus ni l'insouciance ni l'ironie qui se peignent dans ses yeux, c'est un sentiment de surprise, d'intérêt et d'inquiétude. Il s'est levé subitement et s'est approché d'Alfred, qu'il regarde avec anxiété; puis il lui dit : — Pardon, monsieur; mais votre nom, s'il vous plaît?

La voix de l'inconnu n'est plus la même; ce ne sont plus les accents rauques et durs qui lui semblaient familiers, elle a une expression nouvelle; et le ton avec lequel l'étranger vient de parler est devenu tout à coup celui d'un homme qui a l'usage de la bonne compagnie.

Alfred et Edouard sont frappés du changement qui vient de s'opérer dans la personne du pauvre diable. Cependant il a répété sa question, et Alfred lui répond : — Mon nom... vous venez de l'entendre... Alfred de Marcey. — Etes-vous le fils du baron de Marcey, qui fut colonel de chasseurs? — Oui... c'est mon père... Comment savez-vous?... l'auriez-vous connu?... — Oui... c'est-à-dire, j'en ai souvent entendu parler... Mais quel est donc votre âge?

— Mon âge!... dit Alfred avec surprise, vingt-quatre ans.

L'inconnu semble réfléchir et chercher à rassembler ses souvenirs; puis il murmure à voix basse :

— Vingt-quatre ans!... ah! oui... je me rappelle... il avait un fils de sa première épouse... on me l'avait dit. Et avez-vous des frères, des sœurs?

— Non, je n'en ai point, répond Alfred, dont la curiosité est fortement excitée. Mais pourrais-je savoir, monsieur, ce qu'il peut y avoir d'intéressant pour vous à connaître ma famille?

L'étranger paraît vouloir chercher à reprendre son air d'insouciance habituelle et répond : — Oh! je vous ai demandé cela... pour causer, voilà tout. Et votre père existe toujours? — Sans doute. — Il n'est pas dans ce pays? — Non, il est à Paris... Auriez-vous autrefois servi dans son régiment? — Non, pas dans son régiment précisément... cependant j'ai servi autrefois.

— Vous avez défendu votre patrie, et vous êtes maintenant errant et malheureux! s'écrie Alfred. Ah! pardon, monsieur! je vous ai tout à l'heure parlé un peu légèrement... je suis un étourdi!... je fais souvent des fautes et je m'en repens après; mais Edouard dira que mon cœur n'est pas méchant... Tenez, prouvez-moi que vous ne m'en voulez pas en acceptant cette bourse... et que j'aie le plaisir d'être *utile à un ancien soldat.*

En disant cela, Alfred présentait à l'étranger une bourse pleine d'or; celui-ci y porte des yeux avides; mais cependant sa main repousse celle qui est tendue vers lui; et il répond avec une sorte d'aigreur :

— Non, je ne veux pas de votre or... je n'ai besoin de rien...

— Vous me refusez, dit Alfred; je le vois, vous m'en voulez encore de ma vivacité de tout à l'heure. Eh bien! puisque vous avez connu mon père... c'est en son nom que je vous offre ce léger secours.

— En son nom! s'écrie l'inconnu; et une sombre fureur brille dans ses yeux. Mais bientôt, paraissant plus maître de lui, il reprend : — Je vous le répète... je n'ai besoin de rien maintenant... plus tard, il est possible que votre or me soit utile... Adieu, jeune homme, nous nous reverrons.

Le vagabond s'éloigne alors après avoir encore jeté sur Alfred un regard dont l'expression est singulière. Les jeunes gens vont reprendre leurs chevaux et retournent au château en s'entretenant de cette rencontre, qui pour un moment leur fait oublier Isaure et leur rivalité.

CHAPITRE XVI. — *Préparatifs de fête.*

Pendant que les deux amis vont faire leur cour à la jolie chevrière, que M. Férulus place ses rudiments et ses dictionnaires sur les rayons poudreux de la bibliothèque, que mademoiselle Cheval s'exerce à la cuisine et Cunette à la cave, que le jardinier bouleverse le jardin et que les ouvriers restaurent le vieux domaine de la Roche-Noire, Robineau passe son temps en fêtes et en dîners qu'on lui donne à Saint-Amand, où il se rend tous les jours. La petite ville renferme, comme toutes celles de province, des originaux, des musards, des gens à prétentions, et surtout des chefs de famille qui ont des demoiselles à marier. Robineau est riche, il vient d'acquérir un château, et il veut prendre une femme; en voilà plus qu'il n'en faut pour être fêté, choyé et invité partout.

Robineau fait sensation dans chaque maison où il est présenté; on se dit : C'est M. de la Roche-Noire, c'est le nouveau propriétaire... il est riche, et il veut se marier; il l'a dit à son notaire, qui l'a dit à ses clients, lesquels l'ont conté au reste de la ville. Toutes les demoiselles regardent Robineau en dessous, et font de petites mines bien gentilles pour plaire à ce monsieur, qui n'est pas bien séduisant; mais il est si cruel de rester demoiselle, et si doux au contraire d'avoir un château, d'être appelée madame de la Roche-Noire, que ces jeunes filles sont bien excusables de chercher à captiver le nouveau venu. Les mamans lui font aussi force politesses; elles applaudissent à ce qu'il dit, et sourient à ce qu'il fait. Les veuves mêmes lancent au nouveau propriétaire quelques œillades vives ou tendres, accompagnées de soupirs étouffés; car beaucoup de veuves ne sont pas fâchées de convoler à de secondes noces, pour se distraire de leur douleur, si elles ont eu un bon mari; pour se dédommager, si elles en ont eu un mauvais; et enfin pour juger de la différence, si elles en ont eu un passable. Au milieu de toutes ces agaceries, Robineau ne sait plus où il en est; il se croit à la fois un Apollon et un Voltaire; il trouve que les soirées de Saint-Amand sont infiniment préférables aux bals de Paris, et ne s'avoue pas que ce sont ses vingt-cinq mille livres de rente qui, près de beaucoup de gens, lui ont donné de la grâce, de l'esprit et du savoir; tandis que, dans le fond, il est toujours aussi lourd, aussi sot qu'autrefois!... Bridoison prétend que ce sont de ces choses que l'on se dit à soi-même; il y a encore beaucoup de gens qui ne se les disent pas.

Robineau, fêté, adulé, cité, et ne sachant de quel côté jeter le mouchoir, veut cependant rendre à la société de la ville les politesses qu'il en reçoit; il presse les ouvriers quand il est à son château, et, quand il le quitte, il charge son bibliothécaire de le remplacer et de hâter les travaux. Le bibliothécaire, qui n'a encore pu réunir que vingt-trois volumes dans la bibliothèque, n'est pas fâché de cumuler les emplois, et d'être aussi l'homme d'affaires de monseigneur. Par les soins de M. Férulus, deux jeunes Auvergnats sont adjoints à mademoiselle Cheval pour remplir, sous ses ordres, l'emploi de marmitons; car c'est d'abord vers la cuisine que le savant porte ses améliorations : il visite ensuite les caves, et s'en fait donner les clefs, au grand déplaisir de M. Cunette. Mais M. Férulus a lu quelque part que les grands seigneurs avaient des officiers de bouche, et il prétend que les sommeliers ne sont pas autre chose; en conséquence, il se donne encore cette charge : il fait venir deux nouveaux valets, qui doivent être cocher et laquais; il fait acheter à Robineau un petit cheval et un char-à-bancs, dans lequel celui-ci se rend journellement à la ville; enfin une grosse fille de vingt ans est donnée pour aide à M. Vincent, qui répète toujours qu'il ne peut pas tout faire; et la nouvelle jardinière doit, quand elle en sera requise, bassiner les lits et réchauffer les pieds de M. de la Roche-Noire. Cette clause a été expressément mentionnée par M. Férulus en engageant la paysanne : Car, dit-il, jadis les servantes réchauffaient leurs maîtres, lorsque ceux-ci avaient besoin d'être réchauffés; et nous nous sommes promis, M. de la Roche-Noire et moi, de remettre en vigueur les belles coutumes de l'antiquité.

La grosse fille, qui s'est engagée pour tout faire (comme les demoiselles qui sont sur les Petites-Affiches de Paris), promet de réchauffer tout ce qu'on voudra, et le bibliothécaire-homme-d'affaire-officier-de-bouche a installé Jeannette au château.

Au bout de quelques jours, le château prend un aspect plus agréable; on peut monter les escaliers sans risquer de tomber; les murs sont repeints, des papiers frais remplacent les tentures noircies; les fenêtres ont des carreaux, les portes se ferment, et le vent ne s'y fait pas sentir de toutes parts. Robineau pense qu'il peut maintenant donner la fête qu'il a promise à la belle société de la ville. Sa maison est montée, sa cave remeublée, les valets ont leur livrée, le jardin est débarrassé en partie des betteraves, et orné de fleurs nouvelles; enfin M. Férulus a fait des couplets pour la fête. Robineau fixe le jour, fait ses invitations, et tout se dispose au château pour cette grande solennité, dans laquelle le nouveau propriétaire veut faire preuve à la fois de goût, d'élégance et de somptuosité.

En revenant de la vallée de Chadrat, Alfred et Edouard ne sont pas peu surpris de voir tout en l'air dans le château; on va, on vient, on court, on place dans la cour des ifs sur lesquels sont des lampions; on attache dans les allées du jardin des cordes, auxquelles sont suspendus des verres de couleur; et, au milieu de tout cela, M. Férulus, tenant un livre d'une main et un tire-bouchon de l'autre, va de l'un à l'autre, donne des ordres, et s'essuie le front avec le bout de sa manche, parce que probablement il n'a pas encore obtenu le département des mouchoirs.

— Eh! mon Dieu!... que va-t-il donc se passer ici? dit Alfred.

— Est-ce que M. Jules de la Roche-Noire se marie? dit Edouard.

— Messieurs, dit Férulus, j'ai lu dans cet auteur italien (en disant cela, il montrait le tire-bouchon) : *Lontano dagli occhi, lontano dal cuore!* Vous, messieurs, vous êtes toute la journée loin du château, par conséquent vous ne pouvez pas savoir ce qui s'y prépare.... Mais voici monseigneur de la Roche-Noire qui va vous mettre au fait.

Robineau venait, en effet, au-devant des jeunes gens.—En vérité, messieurs, leur dit-il, vous êtes bien aimables!... je ne vous vois plus... vous partez dès le matin... pour aller... je m'en doute!... Si je n'avais pas su M. Férulus, ce savant estimable qui a monté ma maison sur un pied superbe, je ne m'en serais jamais tiré... J'espère, au moins, que demain, vous voudrez bien ne pas vous absenter. Je donne une fête... un grand dîner... un bal... des jeux de toute espèce; les plaisirs commenceront à midi précis... n'est-ce pas, monsieur Férulus?

— Oui, monseigneur. A midi, le canon... c'est-à-dire trois arquebuses tirées spontanément donneront le signal de la fête.

— Ah! mon Dieu! c'est comme au Tivoli de Paris, dit Alfred.

— D'abord, reprend Férulus, course à pied dans les jardins, hommage aux dames...

— Qu'est-ce que ce sera que cet hommage aux dames, monsieur Férulus?

— Monseigneur, ce sera un bouquet offert à chacune d'elles, et dans lequel il y aura un petit compliment en vers de ma façon... — Ceci est fort galant! — Pour qu'il n'y ait point de jalousie, je mettrai le même compliment dans chaque bouquet; ensuite, course à pied dans les appartements du château.

— Ah! monsieur Férulus, dit Alfred, vous auriez dû faire faire cette course-là à cheval, c'eût été plus piquant.

— Ensuite... rafraîchissements de toute espèce... consistant en eau rougie... distribués à toute la société... puis petit concert d'harmonie, exécuté sous les fenêtres du balcon...

— Monsieur Férulus, dit Robineau, je ne veux ni des musettes, ni des cornemuses... Les villageois des environs sont bien aimables, mais je me souviens de ma première fête, et je ne veux pas que ces gaillards-là dansent ici. — Soyez tranquille, monseigneur, ils n'y danseront pas; ils viendront seulement dans la cour assister au jeu et voir le mât de cocagne... — Ah! nous aurons un mât de cocagne?... — Oui, monseigneur, nous en aurons même deux; j'ai pensé qu'il serait galant d'en faire un pour les hommes et un pour les dames...

— Ah! parbleu! dit Alfred, je n'ai pas encore vu de femmes grimper à des mâts de cocagne; mais cela ne peut qu'être fort agréable à voir... Vous leur fournirez probablement des caleçons, monsieur Férulus?

— Je ne suis pas entré dans ces détails-là, monsieur; mais, pour que les dames aient moins de peine à atteindre au but, j'ai eu, je crois, une idée assez heureuse : tandis que le mât des hommes sera enduit

et frotté de savon, je ferai emmieller du haut en bas le mât des dames; de cette manière, elles monteront comme sur une échelle.....
— C'est tout à fait nouveau! dit Robineau; et quels seront les prix?
— Magnifiques, monseigneur! une Syntaxe et de *Viris illustribus*, pour les hommes; l'Explication des participes et la Cuisinière bourgeoise pour les dames.
— Les Auvergnats qui gagneront cela seront bien satisfaits! dit Édouard.
— Après, mon cher Férulus, dit Robineau.— Après, monseigneur! Pour remplacer les tournois, que nous ne pouvons pas donner faute de chevaliers, j'ai pensé que vous ne seriez pas fâché d'avoir une imitation des jeux gymnastiques, tels qu'on les exécutait jadis aux fêtes d'Éleusis, et même devant les empereurs romains... Par conséquent, des Auvergnats, auxquels j'ai donné mes instructions, exécuteront dans la cour les jeux du disque, de la course, de la lutte et du pugilat...— Vous ne les ferez pas boire auparavant surtout! — Non, monseigneur! Ensuite, des fanfares, exécutées par les trois musiciens que j'ai retenus à la ville, vous annonceront que le repas est servi. Au dessert, je chanterai des couplets en votre honneur... vous aurez la complaisance de me demander *bis* pour le dernier... ça se fait toujours.
— Bien, c'est convenu. — Ensuite, monseigneur, on se rendra dans la salle de bal... elle sera décorée comme jadis les Grecs décoraient les lieux consacrés aux réunions; des fleurs, des guirlandes et des devises partout... — Vous mettrez les devises en français, n'est-ce pas, monsieur Férulus? — Non, monseigneur.... en latin et en grec, c'est plus noble... — C'est égal, faites-moi le plaisir de les mettre en français; parce que, autrement, si les dames m'en demandaient l'explication, cela pourrait me gêner. — Si vous y tenez absolument, monseigneur... — Oui, j'y tiens.... Ensuite, monseigneur, un pétard, tiré dans votre cour, annoncera le moment du feu d'artifice, qui couronnera cette belle journée par une pluie de feu... — Une pluie de feu!... vous aurez soin qu'il ne pleuve pas sur la société.
— Je réponds de tout, monseigneur; c'est moi qui dirigerai le feu, je m'y connais comme si j'avais inventé la poudre.
— Eh bien, messieurs, que pensez-vous de cette fête? dit Robineau en se frottant les mains avec satisfaction.
— J'espère que tu feras distribuer des programmes, dit Alfred. Mais qui donc reçois-tu demain? — Tout ce qu'il y a de mieux à Saint-Amand : des nobles, des gens très-riches, des hommes d'un grand mérite..... Vous verrez, messieurs, que les gens aimables ne sont pas tous dans votre Paris... Et les femmes donc!... ah! Dieu! les femmes... vous en verrez de toutes les couleurs!
— Bah! est-ce que tu auras des Africaines, des mulâtres?... — Ce n'est pas ça! je veux dire que vous verrez des beautés dans tous les genres... et de l'esprit!... et une tenue!... C'est dommage que nous n'ayons pas adopté les usages de la Turquie, au lieu d'une femme, j'en aurais épousé douze... car véritablement j'en vois plus de douze dont j'ai fait la conquête... Cependant... il y a surtout mademoiselle de la Pincerie... Ah! celle-là... je crois que je lui ai porté le grand coup... et de son côté, elle m'exalte considérablement l'imagination ! — Qu'est-ce que c'est que mademoiselle de la Pincerie... — C'est une demoiselle charmante!... grande, bien faite, élancée... et qui danse comme une biche!... enfin, c'est mademoiselle Cornélie de la Pincerie, fille de M. le marquis de la Pincerie, une des plus anciennes familles du Poitou, qui est venue se fixer en Auvergne, parce qu'ils trouvent que le beurre y est meilleur marché... C'est le père qui m'a dit cela; c'est un homme profond, un grand économiste... Il y a quarante-trois ans qu'il travaille à un projet philanthropique tendant à prouver que l'on peut mettre le pot-au-feu rien qu'avec du pied de veau, ce qui jetterait une grande économie dans les bouillons!
— Diable ! il est bien fâcheux que les bœufs qu'il n'ait pas encore terminé ce travail-là! — Il y a aussi une autre fille, mais celle-là est veuve... très-bien encore, mais un peu coquette, à ce que je crois... Puis il y a un frère du marquis... Oh! c'est la bonhomie personnifiée!... Enfin, messieurs, demain vous verrez toute la famille, que je compte, d'ailleurs, engager à passer quelque temps à mon château.
Les jeunes gens vont quitter la cour, lorsque M. Férulus qui s'était éclipsé un moment, revient et court arrêter Robineau en lui disant : — Monseigneur de la Roche-Noire, vous savez que j'ai complété votre maison; mais vous n'avez pas encore eu le temps de voir tous vos gens; j'ai, d'ailleurs, jugé à propos de leur donner des noms plus convenables à leur profession que ceux qu'ils portaient jadis. Je viens de faire rassembler votre maison dans la grande galerie, voulez-vous la passer en revue?
— Ça me semble assez convenable, dit Robineau; c'est bien le moins que je connaisse tous ceux que je paye. Allons faire la revue de mes gens.
On se rend dans la galerie où tous les domestiques du château sont réunis. M. Férulus, qui aime beaucoup les cérémonies, a fait placer tous les valets sur une file, en leur ordonnant d'avoir chacun à la main quelque attribut de leur profession. Le concierge a ses clefs, le jardinier une bêche, François une badine pour battre les habits, le cocher un fouet, le jockey une casquette, les marmitons des lardoirs, mademoiselle Cheval une casserole, et Jeannette, qui n'a pas trouvé de bassinoire dans le château, tient sous son bras une chaufferette.

— C'est bien!... cela a très-bonne mine, dit Robineau en s'arrêtant devant ses gens; neuf domestiques... sans compter les chevaux et les chiens... c'est gentil.
— Permettez, monseigneur, que je vous apprenne les nouveaux noms de chacun, dit Férulus; et se mettant devant chaque personnage qu'il indique du doigt avec une baguette, comme s'il montrait des figures de cire, il commence l'explication par le concierge.
— Celui-ci, monseigneur, est votre concierge... Au lieu de Cunette, nom impropre et qui prête au rébus, nous le nommerons, si vous voulez permettre, *Custos*, ce qui, comme vous le savez fort bien, signifie en latin gardien. Vous entendez, vous vous nommez *Custos*.
— Moi, je m'appelle Cunette, s'écrie le concierge; et je vous soutiens que c'est un nom plus propre que votre Cudechausse... — Je vous dis *Custos*, ignorant. — Mais... — Silence!... Celui-ci, monseigneur, qui est votre jardinier, s'appelle *Olitor*, véritable nom de sa profession... *Olitor*, présentez votre bêche...
— Qu'est-ce que vous me chantez? dit le jardinier avec humeur. Je me nomme Vincent... Qu'est-ce que vous trouvez à redire à ce nom-là? est-ce qu'à mon âge vous croyez que je vais me fourrer un nouveau nom dans les oreilles. — *Olitor*, mon cher ami, c'est bien facile. — Le plus souvent que je répondrai à cela!... c'est un nom de caniche. — C'est un nom de jardinier... voyez le dictionnaire. — Laissez-moi donc tranquille!... est-ce qu'il pousse des dictionnaires dans mon jardin?... — Je vous dis que vous vous appelez *Olitor* par ordre de monseigneur. — Et moi je vous dis que not' maître ne peut pas ordonner une bêtise comme ça... — Une bêtise!... le fruit de mes longues recherches...
— Mon cher Férulus, dit Robineau en s'avançant avec majesté, je rends justice à votre érudition... et je sais que pour le savoir vous mangeriez tous ces gaillards-là sans vous gêner; mais, décidément, je ne donnerai pas de nouveaux noms à mes gens... ça pourrait m'embrouiller : ainsi, je les appellerai tout simplement par leur profession... c'est-à-dire, le concierge... le jardinier... le valet de chambre... j'aime mieux cela.
— Vive monseigneur! dit Cunette en jetant son chapeau en l'air, tandis que Férulus se retourne en murmurant entre ses dents : Donnez-vous donc de la peine pour former une maison avec goût!... Voilà comme on encourage la science!... *Numerus stultorum est infinitus!...*
Robineau, après avoir fait connaissance avec tous ses nouveaux domestiques, arrive à Jeannette, qui était la dernière de la file, et qui présente la chaufferette à monseigneur.
— Qu'est-ce que c'est que cela, ma chère? dit Robineau en regardant la chaufferette.
— Dame, monseigneur, c'est un *attribut*, comme dit ce monsieur tout noir qui m'a engagée à vot' service. — Comment, est-ce que vous êtes entrée chez moi pour donner des chaufferettes?... Il me semble que l'été vous pourriez faire autre chose que cela.
— Monseigneur de la Roche-Noire, c'est une figure, dit Férulus en s'avançant, cette jeune fille est chez vous pour tout faire... et principalement pour bassiner le lit lorsque cela vous sera agréable... mais, n'ayant pas trouvé de bassinoire pour l'instant, elle vous offre l'emblème de ses fonctions.
— Oui, monseigneur, je vous réchaufferai, dit Jeannette en faisant la révérence.
— Monseigneur, reprend Férulus, Abraham se faisait réchauffer par Agar, Booz par Ruth, David par Bethsabée; je ne vois pas pourquoi votre seigneurie ne se ferait pas réchauffer par Jeannette.
— Je ne le vois pas non plus, dit Robineau; et j'approuve fort la création de cet emploi dans mon château. Allons, mes gens, du zèle et de l'activité, et surtout que pour demain on redouble d'ardeur et qu'on ne se gêne pas.
En disant cela, Robineau s'éloigne avec ses deux amis. Les valets retournent à leur ouvrage, et M. Férulus va dire tout bas à l'oreille de Jeannette : — Tu bassineras mon lit ce soir... — Comment, monsieur! déjà?... par la chaleur qu'il fait? nous entrons seulement en septembre. — Ça ne prouve rien, il peut faire chaud et humide. — Mais, monsieur, puisque je n'ons pas trouvé de bassinoire... — C'est égal, ma chère amie, à votre âge le centre de gravité doit être assez brûlant pour se tenir lieu... — Qu'est-ce que c'est que le centre de gravité, monsieur? — C'est sur quoi vous vous asseyez, Jeannette. — Comment, monsieur! vous voulez que je bassine votre lit avec mon...? — Positivement, ma chère : c'est toujours ainsi que les lits se bassinaient dans l'antiquité, car dans l'antiquité n'y avait pas de bassinoire. — Alors ça suffit, monsieur. — Ah!... Jeannette! vous aurez le soin de laisser la bassinoire dans le lit pour que je la trouve en me couchant.
Jeannette ouvre de grands yeux et fait la révérence, tandis que M. Férulus s'éloigne en folâtrant avec son tire-bouchon.

CHAPITRE XVII. — La jeune Fille et l'Inconnu.

Pendant qu'au château de la Roche-Noire tout le monde s'occupait de la grande fête qui devait avoir lieu le lendemain, le calme le plus profond régnait autour de la demeure d'Isaure. Après le départ d jeunes gens, la petite chevrière était allée conduire ses chèvres sur la montagne. Chemin faisant elle portait souvent ses regards sur la Maison Blanche; elle semblait la contempler, l'interroger; puis elle continuait son chemin, et de temps à autre un léger soupir s'échappait de sa poitrine. Sans s'en apercevoir, Isaure devenait rêveuse depuis qu'elle recevait les visites d'Alfred et d Edouard : elle pensait souvent aux deux jeunes gens. Seule dans sa maisonnette ou dans les montagnes, Isaure avait tout le temps de penser; et quand l'amour fait battre son cœur, la femme la plus occupée trouve bien encore le loisir de songer à celui qu'elle aime, ou plutôt elle y pense toujours: même au milieu du monde et des sujétions auxquelles il nous condamne, l'image de l'objet que l'on chérit nous suit partout. C'est là notre véritable sylphide ou notre ange gardien !

Alfred et Edouard étaient tous deux faits pour être aimés; tous deux cherchaient à plaire à Isaure. Un cœur encore vierge doit se livrer plus facilement et recevoir plus vite les impressions de l'amour. La jeune fille, que les montagnards, que les bergers des environs avaient fuie, éprouve un plaisir nouveau près de ceux qui, au contraire, paraissent si heureux en sa présence; mais ce plaisir ne pouvait être sans danger, et déjà de tendres rêveries annonçaient chez Isaure la naissance d'un nouveau sentiment.

La lecture n'est plus une distraction suffisante pour la petite chevrière. Elle a cependant emporté un livre pour s'occuper sur la montagne, mais elle l'ouvre, le regarde, et ne lit point; ses yeux distraits vont chercher le chemin par où les deux jeunes gens arrivent dans la vallée. « Je les reverrai demain, se dit-elle; ils n'ont pas peur de moi, eux !... Ils ne s'en vont pas à mon aspect... Ils ne me croient pas méchante!... Ah ! je commence à trouver que c'est bien triste de vivre seule... de n'avoir pas un ami avec soi. Cependant, il y a quelque temps je ne songeais pas à cela... je me trouvais heureuse... Qu'est-ce qu'il me manque donc maintenant? »

Isaure laisse retomber sa tête sur sa poitrine; le livre est abandonné. Une douce rêverie remplit son âme; rêver a tant de charmes, quand une image adorée se mêle à toutes nos pensées! et pourtant, que de gens vivent et meurent sans avoir connu les plus douces sensations de l'amour!

Tout à coup la jeune fille relève la tête, écarte avec sa main les boucles de cheveux blonds qui retombent sur ses grands yeux, puis, se retournant avec inquiétude, regarde encore la Maison Blanche, penche un peu la tête, semble écouter, attendre, espérer...

Mais rien ne trouble la tranquillité qui règne dans les environs; et cette maison, objet de terreur pour les crédules montagnards, paraît être, comme à l'ordinaire, entièrement abandonnée.

Isaure cesse enfin de regarder de ce côté; mais après avoir porté les yeux autour d'elle, comme pour s'assurer si personne ne peut l'apercevoir, elle tire de son sein un petit médaillon, puis elle le porte à ses lèvres, le baise avec ardeur, et quelques larmes, qui mouillent ses paupières, tombent sur cet objet, auquel elle a prodigué tant de marques d'amour.

Au bout de quelques minutes, elle resserre avec soin le bijou dans son sein, s'essuie les yeux, se lève, rassemble ses chèvres, et regagne lentement sa demeure.

Vaillant vient caresser, fêter sa maîtresse. — Mon pauvre Vaillant! dit Isaure en passant la main sur le cou de son fidèle compagnon; tu n'es pas content de moi; j'en suis sûre; je ne joue plus aussi souvent avec toi... je te caresse moins... pourtant, je t'aime toujours... tu es ma fidèle compagnie... mais je ne sais pas ce que j'ai, Vaillant, et vraiment il me semble que je suis en colère contre moi de n'être plus aussi gaie qu'autrefois.

Le chien dresse les oreilles, regarde la jeune fille; on croirait qu'il cherche quelque moyen de l'égayer. Quelques instants s'écoulent, et Vaillant, heureux d'être caressé par sa jeune maîtresse, ne bouge pas d'auprès d'elle. Mais tout à coup il baisse la tête, il s'éloigne d'Isaure, il va se placer contre la porte de la maison, puis enfin il laisse entendre un jappement sourd et prolongé.

— Qu'est-ce donc, Vaillant? qu'as-tu donc? dit la jeune fille en rappelant son chien. Mais celui-ci resté près de la porte, il ne veut pas s'en éloigner; il continue à gronder, tandis que ses yeux expriment sa mauvaise humeur et une curiosité inquiète.

— Il y a donc quelqu'un là? reprend Isaure. Reviendraient-ils me voir!... ou bien l'un d'eux seulement...?

Déjà une vive rougeur colore les joues de la petite. Cependant elle court à la porte, l'ouvre vivement; mais, au lieu de ses jeunes amis, c'est l'homme qui erre dans les montagnes qu'elle aperçoit arrêté à quelques pas de sa maison.

L'étranger est immobile, appuyé sur son gros bâton; il semble considérer toutes les parties de la maisonnette, et faire en même temps de profondes réflexions; lorsque la porte s'ouvre et que le chien vient tourner autour de lui, il ne bouge pas; seulement ses yeux noirs et perçants se portent sur la jeune fille, qui est restée sur le seuil de sa demeure.

L'aspect de l'inconnu, l'expression de son visage, a dans ce moment quelque chose de triste qui, joint à la pauvreté de ses vêtements, inspire une sorte de défiance. Jamais Isaure ne s'était trouvée si près de cet homme, elle ne l'avait aperçu que de fort loin passer dans la campagne ; mais en ce moment il n'est qu'à quelques pas d'elle, et ses regards, franchissant encore cette distance, semblent par le feu sombre qui les anime vouloir pénétrer jusqu'au fond de l'âme de la jeune fille.

La vive rougeur qui colorait le visage de la petite chevrière fait place à une pâleur soudaine; Isaure sent son cœur se serrer, un léger tremblement l'agite... Jamais encore elle n'a éprouvé cette oppression qui vient de la saisir à l'aspect de l'étranger. Cependant, honteuse d'avoir cédé à un sentiment de frayeur, elle tâche de se remettre, et lui dit d'une voix qu'elle cherche à rendre assurée :

— Monsieur... est-ce que vous désirez quelque chose?...

Le vagabond la regarde longtemps, puis répond enfin :

— Ma foi, non... je ne voulais rien... Cependant, puisque me voilà devant chez vous... je mangerais bien un morceau... si c'était possible.

— Oh ! oui, monsieur... c'est très-facile... Entrez.

Dès ce moment Isaure ne voit plus dans l'inconnu qu'un malheureux, et le plaisir qu'elle éprouve à faire du bien dissipe bientôt sa frayeur. Cependant, tandis que l'étranger entre et s'assied dans la salle basse, Isaure, tout en allant et venant pour chercher ce qu'elle veut lui offrir, se fait continuellement accompagner par Vaillant; et sa voix, adressant de temps à autre quelques mots d'amitié à son fidèle gardien, semble lui recommander de veiller sur elle avec plus de soin que jamais.

L'étranger s'est jeté sur une chaise, il a mis de côté son chapeau et son bâton, puis il examine avec curiosité l'intérieur de la maisonnette. Lorsque la petite revient dans la salle, il la regarde encore, et plus il la considère, plus on voit ses yeux exprimer l'étonnement.

Isaure ayant placé des provisions sur une table qu'elle approche de son hôte, lui dit avec grâce :

— Tenez, monsieur, voilà tout ce que je puis vous offrir, mais c'est de bon cœur.

— Il y a là beaucoup plus qu'il ne me faut... et voilà un repas délectable auprès de tous ceux que j'ai faits depuis quelque temps, dit l'inconnu en se mettant à table. Mais je vous préviens, ma petite, que je ne pourrai pas vous payer tout ce que je prendrai chez vous.

— Me payer, monsieur!... Oh ! je n'ai pas l'habitude de faire payer les légers services que je puis rendre... N'est-on pas trop heureux de pouvoir quelquefois être utile à ses semblables ?

— Voilà de bien belles pensées, ma petite! dit l'étranger d'un air moqueur; mais je doute que vos semblables vous le rendent, si l'occasion s'en présentait !... Vous êtes jeune encore, apprenez de bonne heure à ne jamais compter sur la reconnaissance de ceux que vous aurez obligés.

— Je n'ai pas besoin de leur reconnaissance pour trouver du plaisir à faire du bien... ma récompense est dans mon cœur.

En disant ces mots Isaure levait ses yeux bleus avec une touchante candeur, et toute sa personne semblait encore plus jolie. L'étranger, tout en mangeant, la regardait sans cesse.

— Jeune fille, lui dit-il, ce n'est pas avec vos chèvres et vos lourds montagnards que vous avez appris à vous exprimer ainsi.

Isaure rougit et balbutie :

— Quoi ! monsieur, est-ce que vous pensez que les habitants de nos montagnes ne sont pas aussi hospitaliers que moi?

— Hospitaliers !... si fait !... mais il y a tant de manières de l'être... et je vois bien à votre ton... à votre parler... Oui, oui, je m'y connais, moi; et désormais je crois qu'il serait difficile de me tromper... Allons, asseyez-vous là... Tenez-moi compagnie... Je ne vous fais pas peur, j'espère?

— Non, monsieur... répond timidement la petite en s'asseyant à quelques pas de la table et en ayant soin de faire mettre Vaillant à ses côtés.

Après avoir mangé et bu pendant quelque temps, l'inconnu appuie ses coudes sur la table, place sa tête dans ses mains, regarde fixement Isaure et lui dit:—On parle beaucoup de vous dans les environs.

— De moi, monsieur ?

— Oui, de vous... Les montagnards prétendent que vous êtes une sorcière...—Une sorcière!...—Oui... Cela vous fait sourire, et vous avez raison; ces imbéciles-là ne méritent que de la pitié; cependant autrefois une telle réputation aurait pu vous être funeste ! Dans le temps où l'on ne se donnait pas la peine de raisonner, on brûlait les gens accusés de sorcellerie : c'était plus tôt fait. Les bonnes femmes ne doutaient point que l'on ne pût aller au sabbat sur un manche à balai; et il y avait des gens intéressés à ce que les trois quarts du genre humain devinssent aussi bêtes que les bonnes femmes. Nous n'en sommes plus là !... on ne vous brûlera pas. Mais je commence à trouver qu'en effet ces paysans ont pu facilement s'étonner de la différence qu'il y a de vous à eux, quoique je ne suppose à cela qu'une cause fort naturelle... Vous me direz que ce ne sont pas mes affaires, n'est-ce pas?... et que si vous vous exprimez mieux que les montagnards, c'est qu'apparemment on a soigné votre éducation... C'est fort bien; mais vous conviendrez, ma petite, qu'il était assez inutile de faire de vous mieux qu'une chevrière, pour vous laisser ensuite dans ces montagnes en exercer le métier.

Isaure ne répond rien : elle baisse les yeux; elle se sent intimidée par le ton de l'étranger, dont les regards, constamment fixés sur elle, lui causent un embarras qu'elle ne peut surmonter.

— Ma petite, reprend le vagabond, vous êtes jolie !... très-jolie, ma foi !... et beaucoup plus que je ne le pensais avant de vous avoir si bien vue... Mais cette beauté-là vous attirera des aventures... Les hommes adorent les jolies femmes, ou du moins, s'ils ne les adorent pas véritablement, ils leur rendent un culte assidu !... Je ne vois rien là que de fort juste ; il est plus naturel d'encenser une belle femme que d'adorer des bœufs, des boucs, des crocodiles, des singes, des chats et jusqu'à des ognons, comme le faisaient jadis les Egyptiens, le plus ancien des peuples, et qui, comme vous voyez, n'en était pas pour cela le plus sensé. On vous adorera donc... Mais que dis-je ! c'est déjà fait sans doute... Vous rougissez !... Eh ! que diable ! il n'y a pourtant dans tout cela rien que de fort ordinaire !...

— Non, je ne veux pas de votre or, dit le vagabond, je n'ai besoin de rien.

— Monsieur... je ne sais pas ce que vous voulez dire, reprend Isaure avec une candeur qui aurait persuadé tout autre que l'homme qui était en face d'elle.

— Vous ne savez pas !..... murmure l'étranger en haussant les épaules. Voilà bien leur langage !... Elles ne savent jamais !... elles sont toujours innocentes et pures !... Et quand nous avons des preuves de leur perfidie, quand nous les mettons sous leurs yeux, elles nous répondent encore avec un air de bonne foi qu'elles ne savent pas comment cela s'est fait !...

Un sourire amer errait sur les lèvres de l'inconnu ; ses sourcils s'étaient rapprochés, il semblait dominé par des souvenirs pénibles. Isaure, tremblante, a reculé sa chaise ; ses yeux expriment la frayeur qui vient de s'emparer d'elle ; bientôt le vagabond la regarde, il devine ce qu'elle éprouve ; il reprend son air d'insouciance habituel et lui dit : — Pourquoi donc vous éloignez-vous de moi comme cela ?

— Monsieur... c'est que... il m'a semblé que vous étiez en colère...

— En colère ? Pas du tout !... Après qui diable voulez-vous que je me fâche ?... Revenons à vous, petite ; allons, rapprochez-vous et ne tremblez pas.

Isaure cède, comme malgré elle, aux désirs de son hôte ; le ton familier avec lequel il lui parle la blesserait s'il ne paraissait pas être dans la misère ; mais elle le croit malheureux, et elle attribue à la compassion la soumission qu'elle lui montre.

— Je vous ai dit que vous étiez jolie... Ce n'est pas cela qui a pu vous faire reculer votre chaise... D'autres ont déjà dû vous le dire... et entre autres les deux jeunes gens dont depuis quelque temps vous recevez tous les matins la visite.

Isaure rougit beaucoup en balbutiant : — Les deux jeunes gens !... Ah !... vous savez... Est-ce que vous les connaissez, monsieur ?

— Oui, je les connais fort bien maintenant. Et vous, les connaissez-vous ? savez-vous ce qu'ils sont ? — Je sais qu'ils se nomment Edouard et Alfred... qu'ils logent au château de la Roche-Noire... qu'ils sont aimables, bien polis avec moi. — Voilà tout ce que vous savez ? — Oui, monsieur. — Vous mentez, jeune fille ; vous savez fort bien encore que tous les deux sont amoureux de vous.

Isaure veut lever les yeux, mais les regards de l'étranger les lui

font baisser aussitôt, et elle répond d'une voix émue : — Ces messieurs ont pu me dire cela en riant... je n'ai pas dû le croire.

— Eh ! morbleu ! en riant ou autrement, est-ce qu'il n'y a pas mille moyens de se faire comprendre ?... La femme la plus niaise s'aperçoit quand elle plaît ; à plus forte raison celle qui, comme vous, n'est ni sotte ni empruntée... Oh ! ma chère ! figurez-vous que je connais les femmes mieux que vous ne connaissez vos chèvres et vos poules !... J'ai eu mon temps... il a été court, c'est vrai ; mais aussi je l'ai bien employé !... On m'a trouvé aussi aimable, aussi séduisant que vous pouvez trouver Alfred et Edouard... mais moi, je menais les intrigues plus vite que ces jeunes gens ne le ont !... Que de beautés séduites et abandonnées pour en séduire de nouvelles !... Comme je savais prendre tous les tons, saisir toutes les nuances du sentiment pour enlacer mes victimes ! Je feignais l'amour, la douleur, le désespoir... je répandais des larmes moi-même ; mais dans le fond mon cœur était sec, et je riais en moi-même des soupirs qui attendrissaient ces dames... Oh ! oui, je puis dire que j'ai eu un moment très-brillant... c'est dommage que cela ait mal fini.

Isaure écoutait l'étranger avec étonnement et sans oser l'interrompre ; celui-ci reste quelques minutes comme plongé dans les souvenirs qui viennent de se réveiller dans son âme ; puis il laisse tomber sa tête sur sa poitrine et reprend : — Oui !... tout cela a fui !... L'amour ! l'amitié !... l'opulence !.. je ne connaîtrai plus rien de cela... je suis seul... dans la misère... et je n'ai pas un ami !...

Les accents de l'inconnu devenaient lents et tristes en prononçant ces mots. Isaure se sent émue, attendrie ; elle se lève, s'approche de cet homme qui ne lui fait plus peur, et lui dit avec un touchant intérêt : — Vous avez donc été bien malheureux ?...

L'étranger lève la tête, la regarde fixement, puis s'écrie : — C'est extraordinaire !... je ne l'avais pas encore remarqué aussi bien qu'à présent.

Robineau, ayant déclaré qu'il voulait se marier, fait sensation dans chaque maison où il est présenté.

— Quoi donc, monsieur ? dit Isaure. — Rien... oh ! rien... C'est sans doute l'effet de mes souvenirs... Pourquoi diable aussi vais-je penser à tout cela !... Non, il n'y a plus qu'un seul sentiment qui maintenant puisse ranimer mon cœur... mais je sens qu'il peut encore me procurer de douces jouissances.

Les yeux de l'étranger venaient d'étinceler de nouveau ; une joie barbare s'y peignait. Isaure s'éloigne de lui, se hâte de se remettre à sa place, et sa main s'appuie sur le cou de Vaillant.

— Petite, répond le vagabond après avoir bu un verre de vin, je vous disais donc que les deux jeunes gens qui viennent vous voir si souvent sont amoureux de vous ! Il n'y a aucun mal à cela... vous pensez bien que ce n'est pas pour voir toujours cette vallée, ou pour les beaux yeux de vos chèvres, que ces deux jeunes gens de Paris se lèvent si matin !... Mais j'ai des raisons, moi, pour être curieux de savoir lequel des deux vous préférez... à moins que vous ne les aimiez tous les deux... ce qui s'est vu !... Mais non, non ; je ne vous crois pas assez avancée pour cela... voyons, parlez, répondez.

Isaure se lève avec dignité, elle ne tremble plus, elle se sent offensée ; et regardant à son tour celui qu'elle vient de recevoir dans sa demeure, elle lui répond : —Vos questions m'étonnent, monsieur ! qui donc vous a chargé de me les adresser ?...

— Qui donc ? eh, morbleu ! c'est moi qui vous les fais !... c'est moi qui vous interroge... faut-il tant de façons pour dire : J'aime mieux celui-ci que celui-là !...

— Jamais personne ne m'a parlé ainsi, monsieur... et quand ma bonne mère vivait... —Il n'est pas question de votre bonne mère... Si elle vivait, il est probable que vous ne recevriez pas tous les matins de jeunes garçons. Je vois que vous mettez à profit votre liberté ; ne faites donc pas tant la mijaurée !... les grimaces ne réussissent pas avec moi... Allons, sacrebleu !.. répondez !...

L'étranger s'est levé brusquement en s'avançant vers Isaure, celle-ci, par un sentiment de frayeur que lui inspire l'approche de cet homme, se recule en laissant échapper un cri d'effroi. Aussitôt Vaillant, croyant que l'on attaque sa maîtresse, se relève, et avec la promptitude de l'éclair saute sur l'étranger et lui saisit la jambe avec ses dents.

— Eh bien... eh bien, retenez donc votre chien... mille tonnerres ! ne voyez-vous pas qu'il va me déchirer !...

Isaure appelle Vaillant, qui ne se décide qu'avec peine à lâcher la jambe qu'il avait saisie, et revient près de sa maîtresse en grommelant et en faisant toujours à l'étranger des yeux étincelants.

— Pardonnez, monsieur, dit Isaure, mais ce fidèle animal a cru apparemment... que vous me menaciez...

— Eh ! morbleu ! pourquoi criez-vous parce que je vous approche ?... ne pensez-vous pas que je vais vous manger ?... Que ces petites filles sont sottes !... Diable ! vous avez là un gardien qui ne plaisante pas !...Le coquin... ses dents sont entrées dans ma chair... s'il recevait de même vos jeunes gens, je ne crois pas qu'ils reviendraient si souvent !... Mais vous ne criez pas quand ceux-là vous approchent, n'est-ce pas ?... Adieu, la belle discrète !... Allez, je saurai bientôt ce que vous refusez de m'apprendre aujourd'hui !. .Oui, je saurai tout ce qui vous concerne... Je ne vous crois pas sorcière, moi ; mais je ne pense pas qu'il soit naturel que vous parliez comme les dames de la ville, que vous ne viviez qu'avec vos brebis, et que vous soyez assez riche pour traiter *gratis* tous ceux qui s'arrêtent dans votre demeure... Il y a quelque chose là-dessous, et je saurai cela, ma petite ; car, je vous l'ai dit, on ne m'abuse pas, moi, et je ne crois ni aux innocences qui courent les champs, ni à l'amour platonique, ni à la science infuse. Adieu.

L'inconnu a repris son chapeau, son bâton, et il sort lentement de la maisonnette après avoir jeté sur la jeune fille un regard méprisant. Isaure sent qu'elle respire plus librement en voyant cet homme s'éloigner de sa demeure ; et Vaillant qui n'a pas cessé de grommeler depuis sa lutte avec l'étranger, va sur la porte le suivre des yeux, et ne rentre que lorsqu'il l'a entièrement perdu de vue.

CHAPITRE XVIII. — Nouveaux personnages. — Grande fête à la Roche-Noire.

Il est arrivé ce grand jour dans lequel Robineau veut déployer toute la magnificence d'un calife, quoique sa fortune n'approche même pas de celle du plus petit pacha de Sa Hautesse. Mais, après n'avoir vécu longtemps qu'avec la plus stricte économie, devenir possesseur d'un château, s'entendre appeler monseigneur ou M. de la Roche-Noire, avoir neuf domestiques à ses ordres, et se voir enfin fêté, recherché, flatté par les hommes, lorgné, agacé par les femmes, c'est plus qu'il n'en faut pour perdre la tête, surtout lorsqu'on n'a que fort peu de bon sens et beaucoup de vanité ; aussi Robineau a-t-il presque perdu la sienne ; il ne calcule pas, il ne réfléchit point que le train qu'il veut mener est infiniment au-dessus de la fortune dont il a hérité ; il commande, il ordonne. Mais il nage dans la joie, il est heureux... c'est toujours quelque chose. Que de gens qui avec beaucoup de richesses ne peuvent jamais réussir à l'être !

Robineau est éveillé de grand matin, il songe à sa toilette ; c'est un point important, surtout lorsqu'on veut trouver une femme ; et une femme qui a reçu une belle éducation ne voudra jamais prendre pour mari un homme qui ne sait pas se mettre avec goût. Les premières impressions sont souvent difficiles à détruire : un homme qui aura un col trop haut ou des manches d'habit ...rop courtes fera d'abord un fort mauvais effet dans un salon. Voilà du moins ce que se dit Robineau, et il n'a pas absolument tort. Cependant, si ces dames voulaient bien y faire attention, elles remarqueraient que ce ne sont pas les gens qui ont le plus d'esprit qui mettent le mieux leur cravate.

François vient d'apporter à son maître les vêtements tout nouveaux qu'on a fait venir de Paris. Il les étale sur le lit de monsieur, qui flotte entre le costume noir complet et le pantalon blanc, qui est plus de saison. M. Férulus entre en ce moment dans l'appartement de Robineau ; le bibliothécaire, homme d'affaires, officier de bouche, est déjà en grande tenue, quoiqu'il ait toujours le même habit ; mais, pour le relever un peu, il a fait coudre des boutons d'acier qui sont de la grandeur d'une pièce de cent sous, lesquels, lorsque M. Férulus se trouve au soleil, jettent un éclat qui empêche de voir le reste de son individu. De plus, il s'est fait attacher sur les épaules de gros paquets de faveur noire, dont les bouts très-longs flottent sur son dos en guise de queue.

Malgré sa grande tenue, M. Férulus a la figure plus allongée qu'à l'ordinaire, et ses yeux sont rouges et fatigués.

— Parbleu ! mon cher Férulus, vous arrivez à propos, dit Robineau ; vous allez me guider dans le choix de mon costume ; dois-je adopter le noir complet ou me permettre le dessous blanc ?

— Jeannette, vous aurez soin de laisser la bassinoire dans le lit pour que je la trouve en me couchant.

— Le noir complet est de rigueur, monseigneur ; vous mettre autrement serait un crime de lèse-cérémonie !... Songez, monseigneur, que ce jour fera époque... vous représentez à vous seul tous les anciens châtelains qui ont possédé ce domaine !... Si vous étiez en Chine, vous seriez en jaune ; en Angleterre, vous pourriez vous mettre en rouge.... en Autriche, vous seriez en blanc ; en Prusse, vous pourriez être en bleu ; et en Afrique, vous pourriez être tout nu, sauf à vous peindre de fort jolies choses sur le corps, les jambes et les bras ; mais, comme la nation française est la plus gaie, elle a spécialement adopté la noir pour se marier, pour enterrer les morts et pour danser.

— François, vous l'entendez.... préparez-moi le grand costume... Eh ! diable ! monsieur Férulus, vous êtes brillant !... vous avez de bien beaux boutons !

— N'est-ce pas, monseigneur ? Ils me viennent du grand oncle de mon père, qui les portait à un menuet qu'il a dansé devant madame de Maintenon ; vous sentez combien j'y tiens !... C'est le plus bel héritage que m'aient laissé mes aïeux !... Je ne m'en sers que dans les grandes circonstances ; par exemple, à mes distributions de prix, je ne donnais pas autre chose à mes élèves... mais à condition qu'ils me les rapporteraient le lendemain.

— Et qu'est-ce que c'est que ce paquet de rubans que vous avez sur chaque épaule ?

— Monseigneur, c'est une marque de dignité... cela veut dire que je suis digne de manger à votre table... avec la société la plus noble... Les pages en portaient ainsi sous le roi Dagobert.

— Alors vous avez très-bien fait d'en mettre !... Mais qu'avez-vous donc, monsieur Férulus ?... vous me semblez bien pâle ce matin...

— Monseigneur, c'est que... j'avais fait bassiner mon lit... — Quoi! déjà ?... — La tour où je loge est très-humide, monseigneur... cependant cela ne m'a pas réussi aussi bien que j'aurais cru... j'espère que le déjeuner me remettra. Mais on vient d'apporter la livrée de vos gens... elle est superbe... c'est un vert foncé, avec un pantalon abricot et galons orange. — Oui, c'est de mon invention ; cela se voit-il de loin ? — De très-loin, monseigneur ; je dois cependant vous dire que ce rustre d'*Olitor*... je veux dire votre jardinier, ne veut pas la porter, sous prétexte que cela lui donne l'air d'un perroquet. — Ce drôle-là fait toujours le mutin !... François, allez de ma part lui ordonner de mettre sa livrée, sous peine d'être mis à la porte de mes jardins !

Alfred et Edouard s'occupaient aussi de leur toilette ; quoique n'ayant pas, comme le maître du logis, l'intention de faire des conquêtes, les deux jeunes gens de Paris voulaient paraître avec avantage devant la nombreuse société qui allait se réunir au château ; et puis on n'est jamais fâché de plaire, alors même que l'on n'a nulle envie d'aimer.

Tout est disposé pour la fête. On a planté dans la cour du château deux mâts de cocagne, au haut desquels sont attachés les *Syntaxes* et les *Rudiments*. Les verres de couleur sont attachés dans les allées du jardin ; l'arène est disposée pour les jeux gymnastiques, et les trois musiciens qui doivent composer l'orchestre, et dont le chef est aveugle, viennent d'arriver armés de deux violons et d'une clarinette. Les valets courent au milieu de tout cela, et leur nouvelle livrée leur donne en effet un certain point de ressemblance avec les oiseaux dont a parlé Vincent. Cependant, pour n'être point renvoyé, le jardinier s'est décidé à endosser le costume comme les autres ; et M. Férulus a soin de se mettre toujours au soleil, afin de faire briller davantage sa garniture de boutons.

Midi vient de sonner. Robineau est en grand costume ; tous les préparatifs sont terminés, mais il n'est encore arrivé personne de la nombreuse société qu'on attend. Cependant François et les deux marmitons lâchent trois coups d'arquebuse ; et Robineau, qui est dans le salon avec ses amis, court sur le balcon en disant : — Qu'est-ce que c'est que cela ?

— Monseigneur, dit François, c'est le signal qui annonce que la fête commence. — Imbécile !... est-ce que la fête doit commencer avant qu'il soit arrivé quelqu'un ?... — Dame ! monseigneur, M. Férulus nous a dit de tirer tous ensemble à midi...

— *Non errabis !* s'écrie Férulus en paraissant dans la cour ; je vous ai dit de tirer à midi... mais il était sous-entendu que ce serait *coram populo*, c'est-à-dire devant la compagnie... Par conséquent, rechargez vos armes, vous donnerez un signal itératif.

Pendant que les valets rechargent leurs armes, on entend des coups partir d'un coin de la cour ; tout le monde se rend de ce côté pour en connaître la cause. On trouve le chef d'orchestre roulant sur les marches de l'escalier de la cave, dans lequel il s'est jeté au bruit des coups d'arquebuse qu'il a crus dirigés sur lui. On relève le pauvre homme, qui en est quitte pour quelques contusions ; on le fait monter dans l'orchestre, qui est dressé dans la cour, et on ordonne à ses deux compagnons de ne plus le quitter, ce qu'ils ne promettent qu'à condition qu'on leur mettra six bouteilles de vin sous leur banquette.

Une demi-heure s'écoule, et personne ne paraît. Robineau s'impatiente, M. Férulus court répéter à chacun ce qu'il aura à faire ; et, tout en parlant, il jette un coup d'œil en dessous sur ses boutons. Robineau se fait apporter une lorgnette et monte avec ses amis sur le haut de la tour du Midi. De là on voit de très-loin sur la route, et M. de la Roche-Noire passe à chaque minute la lorgnette à ses amis en leur disant, comme la femme de Barbe-Bleue : — Ne voyez-vous rien venir ?

Enfin on aperçoit un cavalier qui se dirige vers le château ; Robineau lorgne et s'écrie : — C'est pour ici !... Je le reconnais ; c'est M. Berlingue !... un homme d'une amabilité et d'une mémoire extraordinaires... il m'a déjà conté toutes les histoires scandaleuses de la ville... c'est un personnage charmant !... Il va partout même où on ne l'invite pas.

Le cheval de M. Berlingue ne va qu'au petit trot ; mais enfin il s'avance ; Robineau descend de la tour avec ses amis pour aller recevoir le nouveau venu, et en voyant arriver le cavalier, François et les marmitons le couchent en joue, croyant que c'est le moment de tirer ; mais Férulus les arrête à temps, et M. Berlingue met pied à terre et entre dans le château en regardant autour de lui avec une curiosité maligne.

Le nouveau venu est un petit homme de cinquante ans, dont la tournure n'est pas fort élégante, mais dont la figure goguenarde semble chercher sans cesse quelque chose dont il puisse se moquer. Il s'avance vers Robineau, lui tend la main en regardant les deux jeunes gens qui sont dans le salon ; et tout en demandant au maître du logis

des nouvelles de sa santé, a déjà passé en revue ce qu'il y a dans l'appartement.

— Monsieur Berlingue, dit Robineau, vous êtes un homme aimable, vous arrivez enfin !... Mais ces messieurs, ces dames, personne ne vient, et il est près d'une heure ! J'avais cependant prié que l'on vînt de fort bonne heure... J'avais arrangé quelques petites surprises pour ces dames.

— Monsieur de la Roche-Noire, repond M. Berlingue avec une voix criarde qu'il pousse comme s'il n'avait jamais eu affaire qu'à des sourds, j'ai pour principe d'être exact... d'être de parole... ces messieurs sont vos amis de Paris ?... bien flatté de faire leur connaissance. Mais, monsieur de la Roche-Noire, si vous vouliez avoir du monde à midi, il fallait l'inviter pour neuf heures, car ici... vous avez fait repeindre à neuf cette partie du château ; je vois cela... ici, monsieur de la Roche-Noire, nous outrons les modes : à Paris l'on fait attendre une heure, en province on se fait attendre quatre... C'est votre livrée ça ?... elle est d'un genre nouveau... Et puis ces dames, ces demoiselles !... est-ce que vous pensez que les toilettes peuvent être terminées à midi ?... Vous avez encore quelques meubles un peu antiques... il faudra les changer... D'abord les femmes sont plus coquettes en province qu'à Paris !... Votre habit est parfaitement fait... Vous attendez mesdames de Moulinet, mesdemoiselles Bretonneau, la famille de la Pincerie, la femme du fabricant Gérard, celle du notaire... Oh ! parbleu ! si ces dames sont arrivées dans deux heures, ce sera bien heureux... Tiens ! des mâts de cocagne dans votre cour !... Ah ! c'est charmant !... c'est une idée neuve !...

Malgré la prédiction de M. Berlingue, la société ne tarde pas à arriver ; les petites voitures d'osier, les carrioles couvertes amènent des personnages très-distingués, car il n'y a point de fiacre ni d'*omnibus* à Saint-Amand, et tout le monde ne peut pas avoir un brillant équipage. Cependant quelques chars-à-bancs, quelques jolis cabriolets se font remarquer dans cette foule de voitures, et les personnes qui en descendent ne jettent qu'un regard de protection sur celles qui arrivent en carrioles ; la vanité est de toutes les fêtes, mais c'est surtout en province qu'elle donne des vertiges aux pauvres humains.

La famille de la Pincerie est arrivée dans une voiture qui tient le milieu entre l'élégant et le campagnard : c'est un vaste cabriolet qui ressemble assez aux *coucous*, et dont le bas est en osier et le haut en toile cirée ; cela pourrait, à la rigueur, passer pour la voiture d'un négociant de Poissy ; mais M. de la Pincerie assure qu'il ne la changerait pas contre le plus moderne landau, parce qu'elle lui vient de ses aïeux ; et, à la maigreur du seul cheval qui la traîne, on serait tenté de croire que la pauvre bête a aussi mené les aïeux du marquis.

M. de la Pincerie est un homme de soixante ans, qui a près de six pieds de haut, et dont la maigreur est extrême : il porte une queue et de la poudre ; sa figure jaune et ridée a une expression de fierté et de dédain presque continuelle : il est rare qu'il soit plus de deux minutes sans tousser et sans cracher ; mais il fait tout cela avec une gravité qui fait croire aux gens qui l'entourent qu'il n'est pas donné à tout le monde de cracher comme lui.

Un petit monsieur aux yeux louches, aux cheveux roux, au nez bleu et aux oreilles rouges, est descendu en second de la voiture ; il n'avait pas mis pied à terre qu'il souriait en montrant des dents qui feraient honte à celles d'un cheval. Ce monsieur, dont on n'a pas encore pu faire quelque chose, et que l'on cherche toujours à placer, quoiqu'il ait alors près de cinquante-cinq ans, est le frère du marquis ; on l'appelle Mignon, petit nom d'amitié qu'on lui donnait lorsqu'il était enfant, et qu'il paraît avoir l'intention de porter toute sa vie.

Après avoir souri comme un sanglier, tandis que son frère crachait déjà sur un mât de cocagne, Mignon s'est avancé pour donner la main à une demoiselle qui s'élance hors de la voiture en disant à son oncle : — Ce n'est pas la peine... J'aime mieux descendre toute seule.

Cette demoiselle, qui s'élance avec tant de légèreté, est la fille cadette du marquis ; c'est mademoiselle *Cornélie* : elle a vingt-sept ans, elle est grande, bien faite, sa figure est régulière et assez distinguée, mais son air est impérieux, et ses regards, qu'elle ne baisse que rarement, semblent vouloir commander les hommages et ne les recevoir que comme un tribut qui lui est dû.

Après mademoiselle Cornélie, vient sa sœur, qui est veuve, et que l'on nomme madame de Hautmont, ou tout simplement Eudoxie ; elle peut avoir cinq ou six ans de plus que mademoiselle Cornélie : elle est jolie, mais elle défigure ses attraits à force de grimaces et de prétentions ; sa toilette est toujours d'une élégance outrée qui approche du ridicule ; elle est parfumée d'odeurs, elle a sans cesse un bouquet dans l'une de ses mains et un flacon dans l'autre ; la moindre chose lui fait mal et lui donne des faiblesses. Loin de descendre seule de la voiture, il lui faut trois personnes pour l'aider ; mais au moment où elle met pied à terre, elle aperçoit François et les marmitons, dont les armes sont dirigées sur son côté.

— Ah ! mon Dieu ! qu'est-ce que cela ? s'écrie madame de Hautmont en se jetant dans les bras de son père. Est-ce qu'on va nous tirer ?... mais c'est une perfidie !... je ne puis pas voir d'armes à feu, moi !

Robineau est allé au-devant de la famille de la Pincerie ; il salue avec respect le papa, frappe dans la main de l'oncle, sourit à la demoiselle et rassure sa sœur en criant : — Monsieur Férulus, dites donc à mes gens de ne pas coucher en joue tout le monde !... — Ne craignez rien, mesdames, c'est une surprise... c'est pour la fête... — Comment, monsieur ! est-ce qu'on tirera des coups de fusil dans votre fête ? — On tirera tout ce qu'il est possible, mesdames !... mais il n'y aura personne de tué... histoire de rire et de vous amuser, voilà tout.

Après avoir conduit la famille de la Pincerie dans le grand salon, dont Alfred et Edouard l'aident à faire les honneurs, Robineau se multiplie pour recevoir avec grâce toute sa société ; c'est le notaire qui descend avec son épouse d'un élégant cabriolet ; c'est un riche fabricant de papier qui amène dans son char-à-bancs sa femme, ses trois filles, ses deux garçons et ses deux nièces ; ce sont les époux Gérard, qui remplissent à eux seuls les deux banquettes de leur carriole, et qui en marchant ne peuvent pas se donner le bras, parce que les hanches de madame et de monsieur s'y opposent ; c'est M. le chevalier de Tantignac, qui ne peut pas dire deux paroles sans y mêler un mensonge, et qui arrive à pied, en culotte de drap de soie, avec des éperons à ses souliers et une cravache à la main, pour faire croire qu'il est venu à cheval ; enfin ce sont les gens en place, les gros négociants, les personnages considérés de l'endroit, qui se sont tous rendus à l'invitation de M. de la Roche-Noire, parce qu'en province, les occasions de se divertir étant plus rares, on saisit volontiers toutes celles qui se présentent.

La société est réunie dans le vaste salon du premier ; on se regarde, on s'examine des pieds à la tête, on fait la revue des toilettes, on dit tout bas des méchancetés, et tout haut force compliments. Robineau va de l'un à l'autre, fait le galant avec les dames et sourit à tout le monde ; mais c'est surtout à mademoiselle Cornélie de la Pincerie qu'il adresse le plus fréquemment ses hommages, quoique depuis son entrée dans le salon, mademoiselle Cornélie fasse beaucoup plus attention à Alfred qu'au maître de la maison, tandis que de son côté Eudoxie jette des œillades langoureuses à Édouard.

En entrant dans le salon, M. le marquis de la Pincerie s'est jeté sur une vaste bergère, dans laquelle il s'étale comme s'il voulait s'endormir, allongeant ses grandes jambes, de manière que la société est obligée de faire un circuit pour passer par là ; M. de la Pincerie s'est déjà mis à tousser, et crache dédaigneusement au milieu du salon en regardant tout le monde comme un sultan regarde ses esclaves.

L'oncle Mignon, au contraire, s'est assis modestement derrière sa nièce Cornélie, dont il rarrange le haut des manches, un peu chiffonnées par la voiture. Les autres personnes de la société se placent par groupes ou regardent aux fenêtres les apprêts de la fête. M. Berlingue se promène dans le salon, examinant tout le monde d'un air malin, écoutant ce qu'on dit, et cherchant à deviner ce qu'on ne dit pas. Enfin le chevalier de Tantignac, qui est entré le dernier, s'arrange de manière à accrocher avec ses éperons la robe d'une dame, pour avoir le plaisir de s'écrier : — Que je suis étourdi !... j'ai gardé mes éperons... Ah ! mesdames, que d'excuses j'ai à vous faire !... mais l'habitude d'être à cheval.

— Et qu'avez-vous donc fait de votre coursier ? dit M. Berlingue ; je ne l'ai pas aperçu quand vous êtes entré au château.

— Je suis descendu à dix pas de l'entrée... pour éviter les accidents, parce que mon cheval rue horriblement ; puis j'ai fait comme à l'ordinaire, je lui ai donné deux coups de cravache sur la queue, et aussitôt il a repris tout seul le chemin de son écurie... Il est dressé à cela... c'est un élève de *Franconi*... Mais je cours me débarrasser de cet attirail équestre !...

— Mon oncle, remontez donc encore un peu ma ceinture... Bien... Mettez-moi une épingle là... Ces voitures vous mettent dans un désordre épouvantable !

En disant cela, mademoiselle Cornélie regardait Alfred et semblait demander un compliment, que ce qu'elle venait de dire provoquait ; mais Alfred ne songeait nullement à lui en adresser. C'est Robineau qui ramasse le gant en s'écriant : — La voiture aura beau faire, elle ne saurait vous empêcher d'être ravissante !

Mademoiselle Cornélie sourit à demi à Robineau, et suit des yeux Alfred, qui est allé s'occuper d'autres dames.

— Il est certain, dit madame de Hautmont en chiffonnant son bouquet, qu'on devrait bien inventer un autre moyen de transport que ces voitures... Une dame n'en peut descendre sans être *impressionnée* du bas en haut... Mon oncle Mignon, donnez-moi un tabouret pour mettre mes pieds...

L'oncle Mignon quitte les manches de sa nièce Cornélie pour courir chercher un tabouret à sa nièce Eudoxie, tandis que M. de la Pincerie s'écrie avec humeur :

— Il me semble, mesdames, que mon carrosse est parfaitement suspendu, et qu'il n'y a pas à s'en plaindre...

— Oh ! oh !... il appelle son *coucou* un carrosse ! dit M. Berlingue en se penchant à l'oreille du fabricant de papier, tandis que M. Gérard s'écrie : — Allons, mesdames, je vois que bientôt vous vous ferez porter en palanquin, comme en Asie.

— Mais on doit être assez moelleusement là dedans, dit Eudoxie en regardant Edouard.

— Je suis aussi pour les palanquins, dit madame Gérard.

— Si jamais elle monte dedans, dit tout bas Berlingue, je doute qu'elle trouve des hommes assez forts pour la porter.

— En général, dit une dame qui n'avait pas encore parlé, ces hommes du Levant ont des inventions très-heureuses.

— Ah ! fi, madame ! fi !... répond une autre dame ; ce sont des monstres ! ils ont plus d'une femme à la fois !...

— Qu'est-ce qu'on dit des hommes du Levant ? s'écrie le chevalier de Tantignac en rentrant dans le salon ; c'est que cela me regarde, moi ; j'ai été fort longtemps en Turquie... Mon médecin me l'avait ordonné... J'avais une surabondance de santé telle que mon docteur me dit : Mon ami, va en Turquie, achète-toi bien vite un sérail... sinon tu es un homme mort !...

Les dames passent leur éventail sur leur figure en riant du chevalier, qui n'a pas du tout l'air d'un Turc, lorsque M. Férulus entre dans le salon pour demander à Robineau s'il est temps de commencer la fête. A l'aspect de Férulus, madame de Hautmont pousse un cri et se penche sur Edouard en disant : — Ah ! mon Dieu, qu'est-ce que c'est que cela ?...

— C'est l'ordonnateur de la fête, madame, dit Edouard. — Mais il m'a fait horriblement mal aux yeux !... J'ai cru voir entrer le soleil ou la lune... Qu'est-ce qu'il a donc sur lui, ce monsieur ? — Ce sont ses boutons qui jettent cet éclat. — Ah ! quand on porte de tels boutons, vous conviendrez que l'on devrait au moins prévenir son monde...

— Il est certain, dit M. Berlingue, qu'il est difficile de regarder ce monsieur sans loucher.

M. Férulus est reparti comme un trait, et bientôt les coups d'arquebuse annoncent la fête. Au bruit des armes à feu, Eudoxie se trouve presque mal ; mais elle a soin de tomber dans les bras d'Edouard, que toutes ses faiblesses commencent à ennuyer, mais qui ne peut cependant se dispenser d'offrir sa main à la veuve. Tout le monde court sur le balcon et aux fenêtres, d'où l'on aura le spectacle des jeux qui vont avoir lieu dans la cour. L'oncle Mignon est resté le seul en arrière, parce qu'il faut qu'il cherche deux épingles pour sa nièce Cornélie, et un verre d'eau pour remettre les sens de son autre nièce.

Les villageois des environs, auxquels on a permis d'assister à la fête, sont rangés des deux côtés de la cour. Les valets sont sous le balcon ; mademoiselle Cheval elle-même a quitté sa cuisine pour jouir du spectacle des jeux, et surtout savoir ce qu'on fait avec les mâts de cocagne, qui piquent beaucoup sa curiosité. Cependant l'orchestre, qui devrait se faire entendre, ne part pas parce que l'aveugle, qui a très-peur des coups d'arquebuse, vient de se fourrer sous sa banquette pendant la détonation, et s'obstine à n'en pas vouloir sortir, quoique Férulus s'épuise en raisonnements pour lui prouver qu'il ne court aucun danger.

La société attend que cela commence ; Robineau se penche sur le balcon et appelle M. Férulus en criant : — Commencez donc !— nous attendons. Et M. Férulus, qui est au moment de faire le coup de poing avec le premier violon, crie : — Vous savez bien que cela commence par les courses à pied dans le jardin... Allez vous promener avec ces dames, monseigneur.

Mais les dames sont fatiguées de la route et ne veulent pas se promener. Elles sont d'ailleurs impatientes de jouir du spectacle des jeux. François court aider M. Férulus à tirer l'aveugle de dessous sa banquette. Enfin, la musique se fait entendre, et six grands Auvergnats, nus depuis la tête jusqu'à la ceinture, paraissent dans l'arène disposée au milieu de la cour.

Les dames font un mouvement de surprise à l'aspect du costume singulier des lutteurs ; madame de Hautmont a encore une petite faiblesse ; mais M. Férulus, qui est monté sur le perron, d'où il dirige tout, s'écrie : — Jeux gymnastiques, à l'instar de ceux de la Grèce et de Rome.

— Mesdames, dit Robineau, c'est à l'instar des anciens ; par conséquent il n'y a rien là qui puisse blesser votre délicatesse.

— Sans doute ! c'est un tournoi, dit M. de la Pincerie. — Justement, un tournoi grec et romain.

— Un tournoi ! dit l'oncle Mignon en montant sur ses pointes. Oh ! oh !... diable !... ces messieurs demi-nus sont des chevaliers ! Je comprends... je comprends....

— J'ai bien envie de demander des garanties pour le reste du corps, dit M. Berlingue à un de ses voisins, tandis que madame Gérard, qui contemple les six Auvergnats de tous ses yeux, s'écrie : Ils sont bien faits, ces gaillards-là !... Monsieur Gérard, vous devriez vous mettre une fois en gladiateur, vous seriez superbe.

Férulus a donné le signal en frappant avec une baguette sur la rampe du perron et en s'écriant : *Incipimus*, pour les exercices du disque... Allez, l'orchestre... un air belliqueux.

L'orchestre entame l'air de Marlborough, c'est ce que l'aveugle connaît de plus belliqueux, et trois Auvergnats s'avancent, tenant chacun sur la main un fromage de Brie qui représente le disque que l'on doit lancer, et qui de loin imite assez bien le palet antique. Les athlètes lancent leurs fromages avec beaucoup de facilité ; le but est au-dessous du perron sur lequel Férulus se tient gravement. Les trois fromages ont approché, mais n'ont pas encore atteint l'endroit marqué pour être vainqueur ; et la société, qui se tient sur le balcon et aux fenêtres, trouve que le jeu du disque répand une odeur qui n'a rien de balsamique.

Cependant, un quatrième athlète paraît, il est taillé plus vigoureusement que ses antagonistes ; il tient à la main un soi-disant disque, d'une largeur et d'une épaisseur formidables, et regardant en pitié ceux qui ont déjà lancé le leur, s'écrie : — Vous n'avez atteint que là, vous autres !... Ah ben ! sac... f.... je vas joliment vous enfoncer !...

— Le lutteur a un langage bien énergique !... dit M. Berlingue, et Robineau se penche et crie à Férulus : Défendez-leur donc de parler !.. qu'ils fassent de la pantomime, ça suffit...

— Monseigneur, dit Férulus, de tout temps les gladiateurs se sont provoqués et stimulés par des injures, les preux mêmes ne se ménageaient pas les épithètes pendant le combat.

— Mesdames, c'est le langage des preux, dit Robineau ; il ne faut pas que cela vous effarouche.

Cependant le dernier athlète lève la main droite sur la paume de laquelle est son disque ; il jette son corps en arrière, puis lance de toutes ses forces, et le fromage, passant le but, va se coller sur le visage de M. Férulus.

Les dames ont toutes poussé des cris en disant : — Ah ! mon Dieu ! ce monsieur est blessé.... il est tué peut-être !.... il a reçu le palet à la tête !....

Le bibliothécaire est resté un moment suffoqué par le coup ; mais le fromage s'est cassé par la moitié en laissant sur sa figure quelques débris de son passage ; et M. Férulus se remet promptement, tire son mouchoir, s'essuie le visage, passe sa langue sur ses lèvres, et crie : — Il est vainqueur... Il a dépassé le but ; mais qui peut plus, peut moins... Sonnez, fanfares !...

Les fanfares sont sonnées par les violons, les Auvergnats poussent des cris de joie assourdissants, les dames tirent leurs flacons, et M. de Tantignac dit : — Ah ! les disques étaient en fromage !... Belle malice !... Alors !... je gage en jeter un dans la lune !

— Mon oncle Mignon, trouvez-moi de l'eau de Cologne, je vous en supplie, dit Eudoxie en s'appuyant sur le bras d'Edouard ; car voilà un jeu qui sent par trop le fumier.

— Vous n'y êtes pas, mesdames ; vous en aurez bien d'autres ! dit Robineau qui croit qu'on est enchanté de ce qu'on vient de voir, et prend délicatement le bout du petit doigt de mademoiselle Cornélie, qui le lui abandonne, sans avoir même l'air de s'apercevoir de l'ivresse avec laquelle on le lui pince.

M. Férulus, qui ne s'aperçoit pas qu'il lui reste quelques fragments de fromage sur le front et les oreilles, a repris sa place, et frappe de sa baguette en criant : *La course !*... à l'instar d'Hippomène et Atalante !... Avec des bâtons en guise de pomme d'or, ce qui est infiniment plus naturel. Aussitôt les Auvergnats se mettent à arpenter la cour, et ceux qui restent en arrière jettent des bâtons dans les jambes de leurs camarades pour les faire tomber et arriver au but les premiers ; ce jeu se termine sans accident ; mais le chevalier de Tantignac s'écrie : — Je ne vois rien de bien étonnant à courir comme ces paysans ; moi, je fais six lieues à cloche-pied ! c'est autre chose que ça !

— *La lutte et le pugilat !* crie M. Férulus ; et aussitôt les Auvergnats se mettent en devoir de se jeter par terre ; mais les villageois, qui sont habitués à ce dernier exercice, y mettent plus d'amour-propre et d'obstination ; c'est à qui renversera son antagoniste. A un pareil jeu on s'échauffe facilement ; des efforts on en vient aux injures, des injures aux coups ; déjà quelques bosses sont reçues, quelques nez sont saignants. — Assez ! assez ! crient les dames, que ce spectacle n'amuse nullement. Monsieur de la Roche-Noire, faites donc séparer ces malheureux !...

— Mesdames, crie Férulus, quand les gladiateurs se battaient à Rome, il en restait toujours au moins la moitié sur la place.

— Eh ! monsieur, nous ne sommes pas Romaines, grâce au ciel ! et nous ne prenons aucun plaisir à voir des hommes se meurtrir de coups !

Pour satisfaire aux désirs des dames, Robineau ordonne qu'on sépare les combattants, quoique M. de la Pincerie assure que cela lui rappelle les combats de taureaux qu'il a vus à Madrid. Deux Auvergnats, plus obstinés que les autres, ne veulent pas se lâcher ; mais enfin François et les autres valets parviennent à les pousser sur la pelouse, où on les laisse libres de s'assommer.

M. Férulus a crié que l'on allait passer du grave au doux ; et en effet, les valets viennent avec des corbeilles remplies de bouquets pour les dames.

— Ah ! à la bonne heure, dit madame de Hautmont ; voici qui est plus gracieux.

— Et qui ne sent pas le fromage, dit M. Berlingue.

— Eh ! mais... il y a un papier dans mon bouquet, dit madame Gérard.

— Un papier, madame ! dit M. Gérard en s'approchant de son épouse autant que son embonpoint le lui permet.

— J'en ai un aussi, dit Eudoxie. — Et moi aussi... — Et moi aussi, répète chaque dame. Cornélie ouvre le papier qui est dans son bouquet, et lit :

> Vos attraits charment les cœurs ;
> Vous avez grâce et jeunesse ;
> La plus douce des faveurs
> Est de vous aimer sans cesse.

— C'est extrêmement joli ! dit M. de la Pincerie en crachant sur les villageois qui sont dans la cour.

— Et c'est parfaitement à son adresse, dit Alfred à mademoiselle Cornélie, qui le regarde de manière à le forcer de lui dire quelque chose.

— Ça me fait l'effet d'une devise de pistache, dit M. Berlingue.

— J'ai des vers aussi, dit Eudoxie ; voyons... Eh ! mais... c'est la même chose que ma sœur... Tenez, voyez, monsieur.

Edouard regarde les vers qu'on lui présente, et dit : — C'est qu'on a pensé, madame, que les mêmes attraits devaient se trouver dans la même famille....

— Ah ! ce que vous dites est fort galant ; mais il me semble cependant que ma physionomie est d'un tout autre genre que celle de ma sœur.

— Voyons mon poulet, dit madame Gérard ; je suis très-curieuse de savoir ce qu'on me dit :

> Vos attraits charment les cœurs,
> Vous avez grâce et jeunesse...

— Décidément c'est une circulaire, dit M. Berlingue.

— Il est extrêmement flatteur de recevoir le même compliment que madame Gérard ! dit mademoiselle Cornélie en haussant les épaules ; tandis que toutes les dames lisent leur devise.

— C'est bien étonnant que cela se trouve la même chose partout, dit l'oncle Mignon en courant à chaque dame. C'est comme ce tour de cartes qu'on m'a fait, et où je n'ai vu que des as de cœur dans le jeu.

— De qui sont ces jolis vers ? dit le chevalier en ricanant.

— De mon bibliothécaire, répond Robineau. — Qui ? ce monsieur noir, qui a des boutons comme des assiettes ? — Justement ! C'est un savant de première classe... c'est un homme qui sait tout ! — Oh ! qui sait tout !.. Je parie bien que je lui parle de choses où il n'y voit que du feu.

— Et ces mâts de cocagne... est-ce que personne n'y montera, monsieur ? — Dans l'instant, madame... Monsieur Férulus, faites commencer l'attaque des mâts de cocagne.

— Parbleu, dit le chevalier, il n'est pas difficile de monter à ceux-ci... moi qui ai été sur mer, j'en ai vu bien d'autres !... Je grimpais sur le grand mât comme un singe, et arrivé tout en haut, je me tenais sur la tête.

— Montez donc un peu sur ceux-ci, dit M. Berlingue.

— Je ne le puis pas à cause de ma culotte qui est très-juste... je craindrais les accidents... sans cela je voudrais être en haut avant que vous ne m'ayez aperçu monter.

M. Férulus a prié l'orchestre de jouer un morceau plus gai pour l'assaut des mâts de Cocagne. C'est sur l'air de *ma tendre musette* que quelques Auvergnats essient de grimper à l'un des mâts ; mais à peine élevés de quelques pieds, ils se laissent retomber et ne montrent que fort peu d'ardeur pour gagner les livres qui sont attachés au haut. C'est en vain que Férulus les stimule, et que du haut du balcon Robineau les encourage, les Auvergnats ne veulent plus grimper.

— Eh bien ! dit le bibliothécaire, les femmes vont vous donner l'exemple et vous apprendre comment on monte à cela..., En avant les demoiselles !

— Les femmes vont monter, dit M. Berlingue ; ça va devenir intéressant....

— Ah ! les dames montent ! dit M. de la Pincerie ; hum ! hum !... c'est une innovation !

— Oh ! nous avons tout prévu ! dit Robineau, le mât est emmiellé.

— Emmiellé, dit l'oncle Mignon ; ah ! je comprends... Je comprends : c'est pour la décence !...

Quelques grosses filles se présentent en riant, tournent autour du mât et ne veulent pas se risquer ; mais M. Férulus reste au bas du mât pour faire la courte échelle à toutes celles qui voudront se hasarder. Enfin, une villageoise essaie, monte un peu, puis reste en route en criant qu'elle est attachée ; et M. Férulus, qui est en bas, lui dit : — Allez toujours... ne vous rebutez pas... c'est le chemin de la vie... des épines pour avoir des roses... *quid femina possit.*

La villageoise redescend en se léchant les mains ; une autre vient après et n'est pas plus heureuse, quoique M. Férulus reste toujours au pied du mât pour faire la courte échelle et encourager les efforts des paysannes ; et M. Berlingue prétend que le bibliothécaire a la meilleure place, et qu'il voit infiniment mieux que tout le reste de la société.

Mais personne ne se présente plus. En vain M. Férulus crie : — Il s'agit du *Traité des Participes* et de la *Cuisinière bourgeoise*. Les prix vont rester accrochés en l'air, quand tout à coup mademoiselle Cheval, qui d'un coin de la cour regardait les jeux, tout en ayant un œil sur ses rôtis, avance fièrement vers M. Férulus en disant : — C'est z'une cuisinière à gagner ! ça me regarde ; laissez-moi grimper, monsieur Désunus, je vas joliment vous décrocher les objets !... Oh ! je sais joussé à tous les jeux, moi !

Et aussitôt repoussant l'officier de bouche qui veut lui faire la courte échelle, mademoiselle Cheval étend ses bras autour du mât, puis joue des genoux et se démène si vigoureusement qu'on la voit monter rapidement.

— Elle ira au bout, dit M. Gérard ; c'est une fille solide... — Oh !

elle est d'une force extraordinaire ! dit Robineau ; elle m'a une certaine fois enlevé comme une plume. — Elle a le mollet bien placé,
dit M. Berlingue.

En se démenant, mademoiselle Cheval montrait en effet ses mollets
et sa jarretière ; mais jusque-là tout s'était encore bien passé, et M. Férulus, qui du bas du mât ne la perdait pas de vue, l'encourageait sans
cesse par ces *macte animo*... que la cuisinière prenait pour des injures,
et auxquels elle répondait : — Montez vous-même, animal !

Enfin mademoiselle Cheval atteint le but ; elle prend les deux volumes, les détache, puis les jette dans la cour.

Le bibliothécaire, enchanté qu'on ait gagné le prix, fait jouer des
fanfares à l'orchestre ; la société bat des mains, et mademoiselle Cheval, dans la joie de son triomphe, veut se laisser couler rapidement
en bas ; mais sa robe, collée sur le miel, ne veut plus se détacher ;
et, en se laissant aller, la figure de mademoiselle Cheval disparaît
bientôt sous ses jupons, qui restent en l'air, tandis que ses jambes et
son autre figure sont exposées aux regards de la société.

Un murmure se fait entendre ; les dames prennent leur éventail ou
quittent le balcon, les hommes prennent leur lorgnon, et font des réflexions sur ce qu'ils aperçoivent ; Robineau dit : — Détachez-la !
M. Férulus, qui ne s'aperçoit pas de la cause du tumulte, crie de toutes
ses forces : — Honneur à celle qui a vaincu !...

— C'est parbleu bien assez d'un, dit M. Berlingue, et les paysans
rient et poussent des cris, et Jeannette dit naïvement : — Tiens, la
v'là qui montre sa bassinoire !

Cependant, par un dernier effort, mademoiselle Cheval parvient à
se détacher au moment où François arrivait avec une échelle ; elle
remet pied à terre, fait la révérence, et retourne dans sa cuisine aux
acclamations de tous les villageois. Alors la compagnie quitte le balcon
et les croisées. Robineau propose de parcourir les jardins ; on y consent pour faire quelque chose en attendant le dîner. Les hommes
offrent la main aux dames. Edouard n'a pas cette peine, parce que la
langoureuse Eudoxie n'a point encore quitté son bras sur lequel elle
s'appuie comme si elle n'avait fait que cela depuis dix ans. Cornélie
lorgne toujours Alfred ; mais celui-ci s'est fait le chevalier de deux jeunes
personnes assez gentilles ; et mademoiselle de la Pincerie se décide à
accepter la main que lui présente en soupirant le maître du château.

On marche au hasard ; chacun suit avec la personne qui l'accompagne le chemin qui lui plaît, et dans les grandes fêtes, c'est seulement alors qu'on commence à se connaître, à causer, à s'entendre.

— Comment avez-vous trouvé ces petits jeux que l'on vient d'exécuter ? dit Robineau en prenant avec Cornélie une des allées touffues
du jardin.

— Mais, très-bien... cela m'a assez plu... c'était original... Pourquoi
nous éloignons-nous de ces demoiselles ? de ces messieurs ?... — Oh !
nous allons nous retrouver... je suis si heureux de pouvoir une fois...
d'être un moment... de chercher à... — Quel est ce grand jeune homme
que vous nommez Alfred ? — C'est mon ami intime... un baron qui
a plus de cent mille livres de rente... Mais je vous disais, mademoiselle, que je goûtais en ce moment le bonheur le plus vif... et que si...
— Est-il marié ce monsieur Alfred ? — Non, il est garçon... et
Edouard Beaumont aussi... Enfin, puisque nous sommes un moment
seuls... circonstance assez rare... je voudrais bien vous exprimer...
vous faire comprendre... — Ah ! je crois que j'aperçois vos deux amis,
allons donc un peu plus vite... — Soyez tranquille, M. le marquis
votre père, et votre oncle sont très-occupés à causer politique avec
M. Moulinet, ils ne remarqueront pas que... — Il s'agit bien de mon
père et de mon oncle ! on pense assez bien de moi, monsieur, pour
ne pas craindre de me laisser me promener avec qui bon me semble !
— Mademoiselle, je n'en doute pas... ce n'est pas cela que je voulais
dire... mais quand on est près de vous, le trouble... l'agitation que l'on
éprouve... font que malgré soi... — Il est très-bien, ce monsieur Alfred... Son ami n'est pas mal non plus... — Je ne connais que ce qu'il y a
de mieux !... Je ne sais, mademoiselle, si vous avez deviné les secrets
sentiments de mon cœur... L'autre soir, en dansant avec vous chez le
receveur des contributions, il m'a semblé que j'avais été assez heureux pour... — Passera-t-il quelque temps dans ce pays votre ami
Alfred ? — Oh ! oui : il n'est pas pressé... il n'a rien à faire... Eh
bien ! mademoiselle, vous rappelez-vous cette contredanse, où, tout
en faisant la poule, je vous avouai que vos charmes... vos grâces ?...
— Mon Dieu ! monsieur, je suis tellement habituée à ce qu'on me
fasse des compliments, des déclarations, que les trois quarts du temps
je n'y fais aucune attention !... — Je conçois parfaitement, et cela fait
l'éloge de votre pudeur. Mais enfin votre cœur doit un jour être sensible, et si j'étais l'heureux mortel qui... — Ah ! pardon, j'aperçois ma
sœur, j'ai quelque chose à lui dire.

Mademoiselle Cornélie s'échappe pour courir près d'Eudoxie qui se
promène avec Edouard, Alfred et quelques dames ; Robineau la regarde s'éloigner en se disant : — Elle est ravissante !... une tournure
magnifique ! et, d'après cette conversation, j'ai tout lieu de croire que
je ne lui déplais pas.

La compagnie se promène quelque temps dans les jardins, où
M. Vincent est assis sur un banc, d'un air de mauvaise humeur, s'amusant à jeter de l'eau et de la terre sur sa culotte jaune. M. de la Pincerie a saisi un vieux rentier auquel il fait part de ses plans d'économie,

en marchant à travers les plants de fraises ; M. Gérard cueille des
fleurs pour les dames ; l'oncle Mignon cherche des épingles pour ses
nièces ; Alfred dit par habitude des douceurs aux demoiselles qui sont
avec lui ; Edouard parle peu, mais de temps à autre il soupire tout en
promenant madame de Hautmont ; et la veuve, qui ne présume pas
que l'on puisse soupirer pour une autre femme qu'elle, fait *chorus*
avec Edouard en s'appuyant plus fortement sur son bras ; M. Berlingue
examine d'un air goguenard les verres de couleur et les statues demi-
brisées ; le chevalier de Tantignac dit un mensonge à chaque personne qu'il rencontre ; et M. Férulus fait fuir tout le monde, parce
qu'il porte avec lui une odeur de fromage qui rappelle trop le jeu
du disque.

Mademoiselle de la Pincerie avait assez bien reçu à Saint-Amand
les hommages de Robineau ; car Cornélie touche à sa vingt-huitième
année ; et quoique fille de famille noble, comme la fortune de M. le
marquis ne consiste plus guère que dans ses plans d'économie, la
grande demoiselle s'aperçoit que les galanteries qu'on lui adresse se
terminent toujours par des compliments, et elle commence à désirer
vivement qu'on l'appelle madame. A la vérité, pour sauver son
amour-propre, on est convenu de dire à toutes les personnes qui
s'étonnent que la belle Cornélie ne soit pas encore mariée, que pour
des raisons de famille on veut d'abord s'occuper de placer son oncle
Mignon. Mais l'oncle devient tout aussi difficile à placer que sa nièce
à marier, et Cornélie ne fait plus autant la fière avec ses admirateurs ;
c'est pourquoi on avait souri favorablement au nouveau propriétaire
du château, qui, s'il n'était pas d'une ancienne famille, avait au moins
une fortune avec laquelle on pouvait briller et paraître avec bien
plus d'avantages. On avait prudemment envoyé l'oncle Mignon prendre
chez le notaire des informations sur la fortune de Robineau ; le notaire de Saint-Amand ne connaissait le nouveau propriétaire que par
l'achat qu'il avait fait du domaine de la Roche-Noire, et par les sommes
que chaque jour Robineau lui demandait, et qu'il se faisait rembourser
par son confrère de Paris. D'après le train que menait le nouveau seigneur, on pouvait lui supposer le double de ce qu'il possédait réellement ; aussi le notaire répondit-il à l'oncle Mignon que c'était un
homme qui devait avoir cinquante mille livres de rente.

L'oncle revint dire cela à sa nièce en sautillant et en montrant ses
dents, parce qu'il pensait aussi qu'un neveu très-riche lui serait d'un
grand secours pour avoir un emploi, et la famille de la Pincerie se
rendit avec plaisir à l'invitation de Robineau.

Mais mademoiselle Cornélie avait trouvé Alfred beaucoup plus séduisant que le seigneur de la Roche-Noire ; la tournure aisée, les manières aimables, le ton sémillant du jeune de Marcey, avaient fait
paraître Robineau encore plus lourd et plus empesé ; et quand on sut
que le grand jeune homme était baron et avait cent mille livres de
rente, on ne songea plus qu'à faire sa conquête, parce que outre les
avantages physiques il y avait encore cinquante pour cent à gagner
avec lui.

C'est pour cela qu'on a quitté le bras de Robineau pour courir auprès d'Eudoxie, qui vient de s'asseoir sous un bosquet, dans lequel
est aussi Alfred avec quelques dames et plusieurs demoiselles de la
société.

Cornélie accourt en minaudant, en tenant une main sur son cœur,
et dit : — Je ne sais pas ce que j'ai... je suis déjà fatiguée...

On s'empresse de présenter un siége à la demoiselle, qui toise du
haut de sa grandeur les jeunes personnes auxquelles Alfred a donné le
bras.

— Ces jardins sont immenses ! dit Eudoxie ; mais il me semble qu'on
aurait pu les distribuer d'une manière plus mystérieuse.

— Mesdames, dit Edouard, c'est bien aussi l'intention de M. Jules ;
mais il n'a pas encore eu le temps d'exécuter toutes les améliorations
qu'il projette ; il faut donc lui pardonner s'il règne encore un peu de
désordre dans sa propriété, le vif désir qu'il avait de vous recevoir ne
lui a pas permis d'attendre que tout fût entièrement terminé.

— Ah ! ce monsieur est bien aimable, dit une des jeunes personnes ;
il se donne tant de peines pour nous amuser !...

— D'ailleurs, mesdames, dit Alfred, songez que vous êtes chez un
garçon, et que cette qualité doit faire pardonner bien des choses.

— Cette qualité ! dit Cornélie en se pinçant les lèvres ; est-ce que
vous appelez cela une qualité, monsieur ?

— C'est du moins un titre qui fait excuser bien des étourderies...
— Vous en abusez quelquefois, messieurs !... dit Eudoxie en faisant
des yeux en coulisse à Edouard, qui ne regarde que les feuilles.

— Au reste, reprend Alfred en souriant, je crois que notre ami n'a
pas l'intention de conserver longtemps ce titre auquel vous faites la
guerre, mesdames.

Toutes les demoiselles se taisent et baissent les yeux. Il se fait un
moment de silence ; Eudoxie le rompt en disant : — Certainement,
M. de la Roche-Noire est très-galant... sa fête est délicieuse... pourvu
cependant qu'il ne fasse pas battre ces gros paysans... car c'est un
spectacle que je ne puis supporter.

— Moi, j'aurais bien aimé monter au mât de cocagne ! dit une petite fille de dix ans à sa sœur aînée.

— Ah ! c'eût été joli, mademoiselle ! répond la sœur pour faire
comme cette grosse fille, montrer votre...

La sœur aînée s'arrête en devenant rouge comme une cerise ; toutes les demoiselles baissent encore les yeux. Nouveau silence qui amuse beaucoup les deux jeunes gens.

— Ces messieurs ne sont pas venus avec M. de la Roche-Noire aux dernières réunions qui ont eu lieu dans notre ville, dit Eudoxie en s'adressant à Alfred.

— Mademoiselle, ne connaissant personne à Saint-Amand, nous avons pensé qu'il serait indiscret de chercher à nous faire comprendre dans des invitations qui ne s'adressaient qu'au nouveau propriétaire de ce domaine.

— Pourquoi donc cela, monsieur? Certainement mon père sera charmé de faire plus ample connaissance avec M. le baron de Marcey...

— Et avec M. Edouard de Beaumont, dit Eudoxie.

— Ce n'est pas de Beaumont, madame, répond Edouard en s'inclinant; c'est Beaumont tout simplement.

— Voilà bien la modestie d'un homme de lettres!... qui ne veut devoir son illustration qu'à son génie!...

— Monsieur a quelque chose dans les traits de mon cousin le vicomte, dit Cornélie en regardant Alfred; n'est-ce pas, ma sœur?..... dans les yeux et le tour de la bouche... mais monsieur est encore mieux...

— On m'a beaucoup parlé de vos ouvrages, monsieur, dit Eudoxie à Edouard; et je suis charmée de me trouver avec l'auteur de compositions aussi bien *touchées*.

— Ces femmes-là sont assommantes avec leurs compliments! dit Edouard à l'oreille d'Alfred. Heureusement pour les jeunes gens que Robineau accourt en s'écriant :

— Mesdames, vous êtes servies !... rendons-nous, s'il vous plaît, dans la salle à manger!...

Cornélie s'était approchée d'Alfred, et semblait tendre sa main avec distraction; mais Alfred, sans remarquer la distraction de mademoiselle de la Pincerie, a repris les deux jeunes personnes qu'il a déjà promenées et s'éloigne avec elles. Alors Cornélie prend brusquement la main que Robineau lui présente; la colère qu'elle éprouve la lui fait serrer avec force; et Robineau, transporté de joie, lui dit tout le long du chemin :

— Je suis le plus fortuné des mortels!

Tout le monde arrive dans la salle du banquet, qui est ornée de festons, de guirlandes et de devises.

— C'est très-gracieux, dit madame Gérard. — C'est comme chez Berthelemot, dit M. Berlingue.

— C'est le salon d'Apollon, dit M. Férulus en introduisant chacun d'un air satisfait.

— Le salon d'Apollon?... Qu'est-ce que cela veut dire? reprend M. Berlingue; je ne croyais pas qu'Apollon présidât aux festins.

— Monsieur ignore donc que *Lucullus* avait pour ses festins plusieurs salons qui portaient chacun le nom de quelque divinité? et ce nom était pour le maître d'hôtel ce qui désignait la dépense qu'il fallait faire pour le repas... Il suffisait donc à Lucullus de dire dans quel salon il souperait, pour que l'on sût le nombre de services qu'il fallait lui servir. *Néron*, enchérissant sur Lucullus, fit bâtir la fameuse maison d'or pour y donner des banquets; *Héliogabale* surpassa encore Néron par la magnificence de ses repas, où l'on voyait autant de services qu'il y a de lettres dans l'alphabet... Ah! monsieur, vous conviendrez, d'après cela, que nous ne savons plus manger!... Parlez-moi de l'empereur Claudius Albinus, qui mangeait à son déjeuner cinq cents figues, cent pêches, dix melons, cent becfigues, quarante huîtres et beaucoup de raisins!... de l'empereur Maximin Ier, dont soixante livres de viande et vingt-quatre pintes de vin étaient la ration habituelle; aussi devint-il si gras que les bracelets de sa femme lui servaient de bagues. Parlez-moi...

Mais M. Férulus s'aperçoit qu'il parle tout seul, parce que chacun est allé se placer à table; alors il court au couvert qu'il s'est fait réserver entre l'oncle Mignon et M. Moulinet; et c'est devant lui que M. Férulus a ordonné aux valets de placer les grosses pièces, parce qu'il a dit à Robineau qu'il se chargerait de découper.

On avait mis dans la salle à manger le grand fauteuil réservé pour les solennités; mais Robineau l'a offert à M. de la Pincerie, qui s'est campé dedans, ce qui, joint à sa grande taille, le fait planer au-dessus des convives.

— Dieu! que mon père est bien comme cela! dit Eudoxie, qui a trouvé moyen d'être près d'Edouard; tandis que Cornélie, assise entre Robineau et M. Berlingue, fait la moue pendant tout le dîner, parce qu'Alfred rit et cause avec deux demoiselles entre lesquelles il est placé.

— Madame, dit le chevalier de Tantignac, qui est à la droite d'Eudoxie, j'ai été une fois d'un repas où chacun était assis sur un siége dont la hauteur était proportionnée à son mérite... moi, je touchais le plafond; les valets étaient obligés d'avoir des échasses pour nous servir.

— Qui veut du potage? qui n'a pas de potage? crie M. Férulus, comme s'il parlait à ses élèves.

— Celui-ci est digne d'Héliogabale! dit M. Berlingue. — Oh! messieurs, dit M. de la Pincerie après en avoir avalé deux assiettées, j'espère vous en faire manger d'autres que cela!... Quand j'aurai fini

mon plan économique, où je prouve qu'on peut faire du bouillon sans viande, je vous ferai manger des soupes étonnantes!

— J'espère que je ne dînerai pas chez lui ce jour-là, dit M. Berlingue à son voisin.

— Vous ne prenez rien, belle Cornélie? dit Robineau en regardant tendrement sa voisine. — Je n'ai pas faim, monsieur.

— Ah!.... c'est comme moi avant-hier!...

— Votre ami Alfred a l'air bien gai... — Oui, il est facétieux... Un peu de vol-au-vent?... — J'en prendrai un soupçon... — Monsieur Férulus, un soupçon de vol-au-vent pour mademoiselle de la Pincerie.

M. Férulus avait une manière de servir par laquelle les meilleurs morceaux lui restaient toujours.

— Quel est donc ce monsieur qui découpe si bien et qui nous sert si mal? dit un jeune homme auquel Férulus n'avait encore fait passer que des pattes, des cous et des arêtes. — C'est un savant... un philologue... c'est lui qui dirige tout dans le château. — C'est lui aussi qui mange tout, à ce qu'il me semble. — Il possède dix langues! — Ah! je ne m'étonne plus s'il dévore si lestement!...

— Qu'est-ce qui a donc placé les convives ainsi? dit mademoiselle Cornélie; il me semble que c'est fort mal arrangé. — C'est mon bibliothécaire qui s'est chargé de cette distribution; mais je lui avais recommandé de me mettre près de vous,.. sans cela tout m'eût paru fade et mauvais... Vous ne buvez pas! voilà un certain beaune...

— Ah! fi donc! est-ce qu'une femme doit boire et se connaître en vins?...

— Mademoiselle a raison, dit Férulus en emplissant son verre; le vin ne convient pas au beau sexe : *Mécénius* tua sa femme parce qu'elle avait bu du vin; du temps de Romulus, une femme ayant rompu les sceaux d'un cellier, ses parents la condamnèrent à mourir de faim!...

— Ah! monsieur, laissez-nous donc tranquilles avec vos Romains! dit madame Gérard; c'étaient des impertinents s'ils empêchaient leurs femmes de faire leurs volontés!... Donnez-moi à boire, monsieur Gérard?

— Cette femme-là a un ton bien hommasse! dit Eudoxie en se tournant vers Edouard. Mon oncle Mignon... trouvez-moi donc mon mouchoir que j'ai laissé dans le salon.

L'oncle Mignon quitte à regret la table pour aller chercher le mouchoir de sa nièce; et, quand il revient, Cornélie l'envoie à la recherche de son ridicule. Pendant ce temps, M. Moulinet s'extasie sur tout ce qu'il mange en s'écriant : — Vous avez un cuisinier délicieux, monsieur de la Roche-Noire!

— C'est une cuisinière, dit Robineau; c'est une fille d'un grand mérite... c'est celle qui a gagné le prix au mât de cocagne.

— Nous connaissons déjà une partie de ses mérites, dit M. Berlingue. — Jadis cette fille-là ne serait pas restée à sa cuisine, dit Férulus; le sultan Osman fit vice-roi un jardinier qui plantait bien les choux; Antoine donna la maison d'un citoyen romain à un cuisinier, et Henri VIII, roi d'Angleterre, éleva à un poste honorable un marmiton qui lui avait fait rôtir à point un marcassin.

— Décidément, dit tout bas M. Berlingue, cet homme-là a juré de nous faire avaler l'histoire ancienne.

— En fait de cuisine, dit Tantignac, sans que cela paraisse, j'ai un talent prodigieux!... Vous allez en juger. Un jour, trois de mes amis viennent à l'improviste me demander à dîner, dans un château isolé que j'habitais; tous mes valets étaient sortis et il n'y avait aucune provision dans mon castel; eh bien! savez-vous ce que j'imagine? j'avais une ancienne culotte de peau dont je ne me servais plus, je me mis dans la tête de la faire manger à mes amis... Je la grattai, la nettoyai, la fis bouillir, et j'y fis une sauce si délicieuse, que mes convives et moi nous fîmes, avec cela, un excellent dîner!...

— Je ne vois rien là d'extraordinaire, dit Edouard, qui commençait à se lasser des mensonges de M. de Tantignac. Une fois, moi, monsieur, j'ai donné à déjeuner à un ami avec de vieux parchemins arrangés à la poulette.

— Oh! par exemple, monsieur! s'écrie le chevalier en ricanant, permettez-moi de vous dire que ceci est un peu fort! le parchemin ne pourrait pas se digérer.

— Eh! monsieur, dit Edouard, je vous ai laissé dîner avec une culotte de peau; il me semble que vous pouvez bien, une fois, me permettre de déjeuner avec du parchemin!

La société rit beaucoup, et le chevalier de Tantignac ne souffla plus mot pendant le reste du repas.

Cornélie s'ennuyait à table, et elle engageait tout bas Robineau à presser le service, sous prétexte qu'il n'était pas du bon ton d'être longtemps à dîner; mais M. Férulus trouvait toujours quelque prétexte ou quelque citation pour faire rester les plats que les valets allaient enlever. Cependant, on est arrivé au dessert; les dames, qui brûlent du désir de danser, parlent déjà de passer dans la salle de bal! M. Férulus se lève, et dit d'un ton solennel qu'il a quelque chose à chanter sur un sujet qui ne peut que plaire à la société.

On fait silence, on attend : le bibliothécaire boit un verre de madère pour se donner du ton, et commence sur l'air de la complainte du maréchal de Saxe, un éloge de Robineau dans lequel il le compare à Saturne, à Sophocle, à Cicéron et à Bayard. Les convives se regarlent en dessous en se pinçant les lèvres. L'oncle Mignon, seul, ne se pince rien, et se bourre de biscuits et de macarons pour profiter d'un moment où ses nièces le laissent en repos.

Comme après le troisième couplet on voit que M. Férulus va toujours, un léger murmure se fait entendre. Robineau, qui prend cela pour un signe approbateur, baisse les yeux avec modestie en disant à mademoiselle Cornélie : — Il a voulu chanter ces couplets... certainement si je m'étais douté qu'il y parlait de moi... je n'aurais pas consenti... — Eh bien, monsieur, dites-lui donc de se taire, et demandez bien vite le café...

Au lieu de demander le café, Robineau cherchait comment il pourrait demander bis, ainsi qu'il l'avait promis à Férulus; mais déjà une partie des dames a quitté la table, les autres en font bientôt autant; les hommes se dépêchent de prendre le café et d'aller les rejoindre, et M. Férulus s'aperçoit qu'il ne chante plus que pour l'oncle Mignon; encore celui-ci est-il bientôt appelé par ses nièces pour renouer quelque chose.

— Voilà les fruits d'une mauvaise éducation, se dit Férulus; ces gens-là se donnent des tons et ne savent pas vivre!... Allons chanter mes couplets à Jeannette; celle-là m'écoutera..... ou elle dira pourquoi.

La salle de bal était décorée comme pour une distribution de prix. Les musiciens, assis sur des gradins, jouaient faux avec une assurance désolante; mais, quand il s'agit de danser, les dames sont toujours indulgentes. M. Robineau a ouvert le bal avec Cornélie; Alfred est en face d'eux; cela donne de l'émulation à mademoiselle de la Pincerie, qui fait ses pas avec une telle précision que Robineau s'écrie : — Elle danse comme un géomètre!...

Edouard ne se soucie guère de danser, car, au milieu de ce monde, de ce bruit, de toutes ces paroles échangées sans qu'on en ait rien retenu, c'est hors du château que se portent ses pensées; mais il faut bien faire comme tout le monde. La langoureuse Eudoxie ne danse point, elle trouve cet exercice trop vif pour ses nerfs, et, à son grand étonnement, Edouard la quitte pour aller inviter une dame.

Malgré la précision de ses pas, mademoiselle Cornélie n'est point invitée par Alfred pour la contredanse suivante. Mademoiselle de la Pincerie est même au moment de ne point danser, parce que Robineau a cru devoir cette fois inviter une autre personne; mais l'oncle Mignon est toujours là pour jouer les utilités; sa nièce l'appelle, et bientôt tous deux vont se placer en face d'Alfred, devant lequel cette fois mademoiselle Cornélie ne fait que des pirouettes.

On n'en était qu'à la quatrième contredanse, lorsque le bruit d'un pétard annonce le feu d'artifice.

— Comment, déjà! dit Robineau; c'est beaucoup trop tôt : François, allez dire à M. Férulus de ne point le tirer encore.

Mais M. Férulus, pour se venger de ce qu'on ne l'a pas écouté chanter, s'est promis de ne point laisser le bal durer plus longtemps que le dîner. Il n'a pas attendu le message de François pour mettre le feu aux soleils et aux girandoles; et, quand le valet de chambre vient apporter les ordres de son maître, il lui répond, — J'en suis fâché, mais mon feu est en train, je ne peux pas le retenir.

Quand on s'aperçoit que les fusées et les soleils vont toujours, on se décide à quitter la danse pour courir dans le jardin où se tire le feu. Dans le tumulte que cause cette précipitation, on emmène les premières dames que l'on trouve près de soi; Edouard s'est sauvé un des premiers pour ne pas avoir encore madame de Hautmont à son bras. Alfred a entraîné une des nièces de M. Moulinet; mademoiselle Cornélie, forcée de se laisser conduire par Robineau, et s'apercevant enfin que toutes ses mines ne font aucun effet sur le jeune homme qui a cent mille livres de rente, pense qu'il est prudent de ne point laisser aussi Robineau porter ses hommages ailleurs; elle prend donc sa main avec un sourire forcé, se laisse guider par lui dans les jardins, feint de ne point remarquer qu'il la conduit dans une allée que ne suit point la compagnie; et, arrivée dans un endroit assez sombre, lui dit seulement alors : — Où donc me menez-vous, monsieur de la Roche-Noire? vous êtes vraiment un homme cruel.

A ces mots d'homme cruel, Robineau se laisse tomber aux pieds de Cornélie en disant : — Je ne sais pas ce que je suis... mais je sais que je vous adore... vos attraits, votre danse, votre esprit, tout me subjugue... je mets à vos pieds ma fortune et mon cœur.

— Eh bien!... on verra... je pense que... Parlez à mon père... — Mais vous! délicieuse Cornélie?... — Moi... je... Ah! mon Dieu! voilà le bouquet qui part, et nous n'y sommes pas!

La société n'était, en effet, arrivée que pour voir tirer le bouquet et recevoir quelques baguettes sur le nez; mais, en revanche, mademoiselle Cheval, Jeannette, Cunette, Vincent et les marmitons ont vu tout le feu et ont eu les premières places; M. Férulus se frotte les mains en se disant : — Ça leur apprendra à s'en aller quand je chante!

— Nous aurions aussi bien fait de ne pas quitter la danse, disent les demoiselles. — Il paraît que ce feu a été tiré pour les laquais! dit M. Berlingue. M. le marquis de la Pincerie, qui arrive avec son frère Mignon au moment où chacun revient, ne veut pas comprendre que le feu soit tiré sans qu'il ait été présent; il faut, pour l'en convaincre, que Mignon aille ramasser les baguettes, les débris de cartouches et

vienne les lui apporter. La compagnie retourne au château pour se remettre à la danse; mais, arrivé dans la salle du bal, on cherche en vain l'orchestre. Au bruit des pétards et des fusées, l'aveugle a pris sa course, et ses deux collègues ont disparu avec lui. Il est difficile de danser sans musique; il faut donc que la fête se termine beaucoup plus tôt qu'on ne s'y était attendu.

Chaque famille se replace dans la voiture qui l'a amenée. Comme le cheval de M. de Tantignac n'est pas revenu chercher son maître, le chevalier demande la permission de se glisser en dixième dans le char-à-bancs du fabricant de papier. Le carrosse de M. de la Pincerie reçoit de nouveau la noble famille. Madame de Hautmont y est remontée de fort mauvaise humeur, parce qu'Edouard ne lui a pas donné la main, occasion dont elle croyait qu'il profiterait pour demander à la revoir; en revanche, Robineau a presque porté mademoiselle Cornélie dans ses bras en lui disant à l'oreille : — Préparez votre père à m'entendre.

Enfin les voitures, les cabriolets, les carrioles, ont quitté le château. Cunette referme les portes en leur disant : Dieu vous bénisse! Vincent a jeté sur son lit sa livrée. Alfred, fatigué de la danse, des promenades et des conversations de la journée, est enchanté d'aller se coucher; Edouard l'est aussi de pouvoir se retrouver seul et maître de se livrer à ses pensées; et Robineau regagne son appartement en disant à M. Férulus : — Il me semble que la fête a été assez jolie; j'espère qu'on en parlera longtemps... — On la citera encore dans cent ans, monseigneur, comme un modèle à suivre... seulement on n'est pas resté assez longtemps à table. — Et le bal a fini beaucoup trop tôt... Concevez-vous ces coquins de musiciens qui se sont sauvés pendant le feu!... Qui diable a pu montrer le chemin à l'aveugle?

M. Férulus ne répond rien, mais il se retourne pour cacher un léger sourire, puis souhaite le bonsoir à Robineau, qui, tout en pensant à la superbe Cornélie, se décide aussi à aller se coucher; car c'est toujours par là qu'il faut en finir après une journée de plaisirs et de fête comme après une journée de peines et de travail.

CHAPITRE XIX. — Amour et Mystère.

Après la visite du vagabond, Isaure était restée triste et rêveuse; ce que cet homme venait de lui dire au sujet d'Alfred et d'Edouard faisait réfléchir la jeune fille sur sa situation. Elle pensait qu'elle avait eu tort de causer tous les matins avec les deux jeunes gens; mais pouvait-elle les empêcher de venir dans la vallée... de se reposer dans sa chaumière? Ils lui témoignaient une amitié si tendre! et depuis longtemps ils ne lui parlaient plus d'amour. Quelquefois Alfred avait voulu l'embrasser; mais dans les campagnes est-il rare de voir un villageois prendre un baiser à une jeune fille? Il est vrai aussi qu'Edouard la regardait bien tendrement, qu'il soupirait en lui pressant la main; mais tout cela prouvait-il qu'il était amoureux d'une simple villageoise?

La soirée s'est passée dans ces réflexions. Au moindre bruit dans la campagne, Isaure écoute attentivement... elle redoute une visite de l'étranger; cet homme lui inspire un sentiment dont elle ne peut pas bien se rendre compte; elle sent qu'il n'a pas ce qui intéresse ordinairement dans un malheureux; elle éprouve maintenant de la crainte dans sa demeure; ses regards, en se portant autour d'elle, n'ont plus la même confiance; les ombres de la nuit lui causent un vague effroi; enfin plusieurs fois elle monte à la chambre la plus haute de la maisonnette, et ouvrant la fenêtre qui donne justement sur la Maison Blanche, elle regarde pendant de longs espaces de temps cette habitation, sur laquelle la lune répand une pâle clarté.

Après plusieurs heures passées à la fenêtre, Isaure est allée se livrer au repos; puis, au point du jour, elle va, comme de coutume, conduire ses chèvres sur la montagne en se disant : — Ils vont venir!... Leur parlerai-je de ce que m'a dit cet étranger?... Non... je ne le dois pas! Il m'a dit que ces messieurs avaient de l'amour pour moi!... Est-ce que des jeunes gens de la ville peuvent aimer une petite montagnarde?... Oh! non... ce n'était que pour rire que M. Alfred faisait semblant d'être amoureux de moi!... Et M. Edouard?... Ah! il ne m'a jamais dit qu'il m'aimait!...

Mais l'heure où les jeunes gens viennent habituellement dans la vallée est passée depuis longtemps, et ils n'ont point paru. Isaure a regardé bien souvent par la route qu'ils suivent; elle reste plus tard sur la montagne; enfin elle revient tristement chez elle, et là elle attend encore ceux qui lui témoignaient tant d'amitié.

— Ils ne viendront pas! se dit la jeune fille en regardant sur le seuil de la porte. Non... ils ne viendront pas aujourd'hui... Peut-être pas demain non plus... Je ne dois pas en être fâchée, puisque c'est mal de causer tous les jours avec ces messieurs.

Et cependant une larme tombe des yeux de la jeune fille; il lui semble qu'elle est de nouveau entièrement abandonnée. — Ils sont peut-être partis de ce pays! se dit-elle. Partis sans me dire adieu!... Lui surtout qui semblait toujours si fâché de me quitter!... qui me souriait si bien!... Pourquoi donc m'avoir habituée à le voir tous les jours?

La petite a raison : pourquoi habituer les gens au bonheur, pour ensuite leur faire de la peine?... C'est ce qu'on devrait se dire avant de chercher à séduire un cœur... Mais alors on pense à tout autre chose.

La journée s'est écoulée sans que les jeunes gens soient venus. Isaure fait tout ce qu'elle peut pour se distraire ; elle va, vient dans sa maisonnette ; parle à ses poules, à sa vache, à Vaillant ; mais, malgré tous ses efforts, son cœur est gros. Le temps lui semble marcher avec plus de lenteur qu'à l'ordinaire, et pendant la nuit le sommeil n'a pas toujours fermé sa paupière.

L'aurore a reparu. La jeune fille est déjà levée ; elle va quitter sa demeure pour se rendre dans les montagnes, mais un léger bruit se fait entendre dans l'éloignement... Bientôt il se rapproche... Isaure s'arrête. L'espoir, le plaisir, brillent dans ses yeux... Oui, c'est bien le galop d'un cheval que l'on distingue... le voilà plus près... Isaure regarde au loin sur la route. Un jeune homme s'approche au grand galop... elle l'a reconnu ; c'est lui... c'est bien celui qu'elle s'étonnait surtout de n'avoir pas vu la veille... Est-ce qu'une femme peut se tromper quand il s'agit d'amour?

Madame Eudoxie de Hautmont est parfumée d'odeurs ; elle a sans cesse un bouquet dans une main, un flacon dans l'autre. La moindre chose lui fait mal, lui donne des faiblesses...

Edouard n'avait pas dormi dans la nuit qui avait suivi la fête, et avant le jour il s'était levé et avait lui-même sellé un cheval. Alfred dormait, Edouard ne se sentit nulle envie de l'éveiller ; c'était cependant manquer à leur promesse que d'aller sans lui voir Isaure ; mais l'amour fait oublier autant de serments qu'il en oublie lui-même !

En quelques minutes Edouard est descendu de cheval, l'a attaché près de la maisonnette, puis court près d'Isaure, qui ne songe pas à lui cacher tout le plaisir que lui cause sa présence.

— Vous voilà ! lui dit-elle, ah ! je croyais déjà que vous ne viendriez plus !...

— Ne plus venir ! Isaure, ne plus vous voir !... est-ce qu'il me serait possible d'exister loin de vous !

En disant cela Edouard prend les mains de la petite, les presse tendrement dans les siennes, puis tous deux s'asseyent au pied d'un arbre et se regardent quelque temps en silence... Mais on parle si bien avec les yeux !

— Vous n'êtes pas venu hier? dit enfin la jeune fille.

— Non, cela était impossible !... Il y avait du monde, une fête au château que nous habitons! Mais que la journée m'a paru longue au milieu de tout ce bruit, de ces gens qui me sont indifférents, de ces plaisirs auxquels je ne pouvais prendre part, puisque je ne pensais qu'à vous... à vous seule près de qui je me trouve si bien.

— Le temps m'a semblé bien long aussi ; je me suis ennuyée, j'ai souvent regardé le chemin par où vous venez... Vous m'avez habituée à vous voir... vous avez eu tort... car enfin vous ne resterez pas toujours dans ce pays ; alors je ne vous verrai plus... et il me semble que je ne serai plus aussi heureuse qu'autrefois.

— Chère Isaure !... Mais est-ce à moi... est-ce à Alfred que vous donniez les plus vifs regrets ?... Aujourd'hui je suis venu sans lui... je brave sa colère, car je veux connaître enfin ce que je puis espérer... Oui, je vous aime, Isaure ; j'éprouve pour vous l'amour le plus vif, le plus vrai... J'ai pendant quelque temps cherché à le combattre ; mais je sens que cela m'est impossible, je sens que cet amour fait maintenant partie de mon existence... Pourquoi donc craindrais-je de m'y livrer?... Je suis libre, je suis mon maître... et si vous m'aimiez, qui pourrait s'opposer à notre bonheur? Mais il faut pour cela que vous m'aimiez, que vous me préfériez à Alfred. Ah ! parlez, avouez-moi franchement ce qui se passe dans votre cœur... Isaure, vous ne voudriez pas... vous ne pourriez pas me tromper...

Isaure baisse timidement les yeux, et retire sa main de dedans celles d'Edouard en balbutiant : — Il est donc vrai !... vous avez de l'amour pour moi?... il ne m'avait pas trompé...

— Qui cela?

— Ce pauvre homme... vous savez bien, cet étranger qui erre dans nos montagnes. — Vous l'avez vu? — Oui, avant-hier ; après que vous étiez parti, il est venu dans ma demeure... Je lui ai offert de se reposer ; il est resté assez longtemps... Il me regardait toujours et d'une façon si singulière !... Ah ! ce n'était pas comme vous ! car, au lieu de me faire plaisir, cela me faisait peur. — Ce misérable vous aurait-il insultée? — Non... oh ! non !... Il m'a dit seulement... ce que vous venez de me dire aussi... que c'est l'amour qui vous amenait près de moi... puis m'a demandé quel était celui que je préférais....

— Qui lui a permis de vous interroger sur vos plus secrets sentiments?...Ah! quand je le rencontrerai, je saurai punir son insolence!...

— Oh ! ne vous fâchez pas contre lui , je vous en prie ; cet homme est malheureux !... il dit que tout le monde l'abandonne... Il ne faut pas encore lui faire de la peine... C'était sans doute pour s'amuser qu'il me questionnait ; mais il n'a pas insisté quand il a vu que cela me déplaisait... Vous ne lui direz rien, n'est-ce pas?

— Que vous êtes bonne !... Mais vous avez raison. oublions cet homme. Ah ! chère Isaure , vous me répondrez à moi ; vous me laisserez lire dans votre âme.

— Que voulez-vous donc que je vous dise?

— Quel est celui que vous préférez, d'Alfred ou de moi?

— Mon Dieu !... j'aime bien à vous voir... tous les deux. — Tous les deux également ?

La jeune fille rougit ; elle ne sait comment avouer ce qu'elle éprouve. Edouard se rapproche d'elle, passe doucement sa main autour de sa taille et lui dit tendrement : — Si Alfred ne revenait plus vous voir, en auriez-vous bien du chagrin ?

— Mais... je penserais quelquefois à lui... nous en parlerions ensemble... voilà tout.

— Et si c'était moi qui ne vînt plus... vous vous en consoleriez de même en causant avec lui?

— Oh ! jamais... jamais!... s'écrie la jeune fille avec un accent qui part de l'âme.

— Chère Isaure ! c'est donc moi que vous aimez d'amour !...

Isaure lève doucement ses beaux yeux bleus sur Edouard ; l'expression de ce regard, où se peignait son âme tout entière, ne pouvait plus laisser d'incertitude à celui qui était maître de son cœur. Dans son ivresse , Edouard la presse dans ses bras et cueille un baiser sur ses lèvres... Aussitôt un éclat de rire moqueur se fait entendre. Les deux amants tournent la tête... mais ils n'aperçoivent personne.

— N'avez-vous pas entendu quelque chose ? dit Isaure avec inquiétude. — Oui... il m'a semblé... cependant je ne vois personne dans les environs... Eh ! que nous importe le monde?... que me fait tout l'univers ?... Vous m'aimez, chère Isaure !... A!... cette assurance est pour moi le bonheur !... Vous m'aimez ; vous êtes orpheline, vous ne dépendez de personne... je suis mon maître aussi, je serai votre époux !... Oui, je serai digne de tant de charmes, de candeur !... Ah ! j'ai assez connu le monde pour savoir que je ne pourrais y trouver rien qui vous fût comparable... et d'ailleurs votre éducation , vos manières ne sont pas celles d'une paysanne ; quand je voudrai vous présenter dans le monde, vous en ferez l'ornement... Mais non, nous vivrons entre nous, pour nous... , n'aurons pas besoin pour être heureux de ces plaisirs bruyants que vous ne connaissez pas... Ma fortune est plus que suffisante pour contenter tous nos désirs... J'achèterai une maison dans une riante campagne ; je me ferai un plaisir de vous y apprendre moi-même la musique, le dessin... de lire avec vous ces auteurs célèbres qui éclairent notre esprit et charment notre cœur ; enfin, si mon penchant pour les lettres, pour le théâtre, me rappelle quelquefois à Paris, ce sera dans vos bras que je reviendrai me délasser des fatigues de la ville. Ah ! ce plan d'existence me promet le sort le plus heureux... Dites-moi qu'il fera aussi votre bonheur !

Depuis quelques instants, en écoutant Edouard , Isaure devient pensive, ses yeux perdent l'expression de plaisir qui les animait ; il semble que de tristes souvenirs, de nouvelles réflexions viennent de frapper son esprit ; Edouard s'aperçoit de ce changement, car les moindres sentiments qu'éprouve la jeune fille se peignent aussitôt sur ses traits.

— Qu'avez-vous donc? lui dit-il avec inquiétude. Etes-vous fâchée que j'aie lu dans votre âme... que je sache que vous m'aimez ?

— Oh ! non... ce n'est pas cela, répond la petite en soupirant. Pourquoi vous aurais-je caché ce que j'éprouvais ? Il faut toujours dire ce qu'on pense, n'est-ce pas ?

— Oui, toujours.

— Mais peut-être ai-je mal fait de vous aimer !... j'aurais dû auparavant... savoir... Cependant je n'ai pas cherché à me défendre... ce que je ressentais en vous voyant était un plaisir si doux !...

— Eh bien ! Isaure, pourquoi ces regrets maintenant que je vous jure de vous aimer toute la vie ?... et lorsque je veux vous donner le nom de mon épouse ?

— De votre épouse ! répond tristement la jeune fille en portant ses regards du côté de la Maison Blanche. Ah ! oui ! je serais bien heureuse alors... mais peut-être que cela n'est pas possible !

La belle Cornélie de la Pincerie escortée de l'oncle Mignon.

— Eh ! pourquoi ?... n'êtes-vous pas orpheline ?... seule sur la terre depuis que vous avez perdu ces bonnes gens qui vous avaient adoptée ? Isaure est quelque temps sans répondre, puis dit enfin en baissant les yeux : — Oui... je suis orpheline... je n'ai plus de parents.

— Eh bien ! qui pourrait mettre obstacle à notre bonheur ? qui peut vous empêcher d'être à moi... de ne plus me quitter ?

Isaure paraît vivement agitée ; après avoir regardé autour d'elle avec crainte, elle avance sa main désigne du doigt la Maison Blanche, puis dit bien bas à Edouard : — Je ne puis jamais m'éloigner de là !...

Edouard est frappé d'étonnement ; il regarde avec surprise cette maison qu'on lui désigne ; puis, reportant sur la jeune fille des yeux inquiets, semble attendre une autre explication. Mais Isaure se tait.

— Quoi ! dit enfin Edouard, vous ne pourrez jamais vous éloigner de cette maison abandonnée !... et quel motif si puissant vous force de rester près de cette habitation ?

— Je ne puis pas le dire, répond Isaure à demi-voix.

— Quel est donc ce mystère, cet obstacle que vous me cachez ?..... C'est avec moi que vous avez des secrets !... Lorsque je veux vous consacrer ma vie, m'unir à vous par des nœuds indissolubles... Ah ! je vous en supplie, parlez, ne me cachez rien !...

— Je ne puis parler. Ah ! pardonnez-moi de vous faire de la peine !... S'il ne dépendait que de moi... — Encore Isaure ! est-ce quelque promesse, quelque serment que vous avez fait à votre mère adoptive ?... Peut-être vous avait-elle ordonné de ne jamais quitter ces montagnes... Mais songez que si vos parents existaient, ils ne pourraient désapprouver mon amour !... Cette maison que vous me montrez d'une manière si mystérieuse est inhabitée depuis longtemps... elle ne vous appartient pas, puisque, si j'en dois croire ce que l'on m'a conté, votre père adoptif l'a vendue peu de temps après vous avoir prise chez lui ; et vous ne pouvez, dites-vous, vous en éloigner ! Allons, convenez qu'il y a là-dessous quelque enfantillage, quelque promesse inconsidérée !... Avouez-moi tout, et je vais prou-

verai bientôt que vous êtes entièrement maîtresse de disposer de votre sort.

— Maîtresse de mon sort ! répond vivement la jeune fille ; oh ! non... je ne le suis pas !...

— Et de qui donc dépendez-vous ? s'écrie Edouard ; qui peut encore avoir des droits sur vous ?

Isaure baisse les yeux et garde le silence. Le front d'Edouard se rembrunit ; mille soupçons viennent de renaître dans son esprit ; l'amour qui brillait dans ses yeux a fait place à la défiance, au dépit. Le jeune homme se lève, fait quelques pas loin de la petite, qui reste assise au pied de l'arbre, puis dit enfin d'un ton qu'il tâche de rendre indifférent : — Eh bien ! mademoiselle, puisque vous ne me jugez pas digne de votre confiance, je ne me permettrai plus aucune question. Je croyais posséder votre amour... j'espérais faire votre bonheur... je me suis trompé... je tâcherai d'oublier tous mes projets !...

La jeune fille ne répond rien. Edouard a fait quelques pas loin d'elle ; cependant, surpris de son silence, il tourne la tête pour la regarder encore... Le joli visage d'Isaure est baigné de larmes qui coulent en abondance de ses yeux. A cette vue, Edouard est bientôt auprès d'elle ; il se jette à ses pieds, couvre ses mains de baisers en s'écriant : — Vous pleurez !... et c'est moi qui en suis la cause !... Ah ! pardonnez-moi, chère Isaure... excusez d'injustes soupçons !...

— Vous pensez que je ne vous aime pas ! répond la petite en sanglotant.

— J'ai pu vous affliger !... Eh ! ne suis-je pas trop heureux d'être aimé de vous ! combien je me repens d'avoir fait couler vos larmes ! Ah ! désormais je ne chercherai plus à connaître vos secrets... je ne vous ferai plus aucune question... Vous m'aimez !... que puis-je demander encore !

Comment, suivant le dire de Jeannette, mademoiselle Cheval montra sa bassinoire en descendant du mât de cocagne.

— Oh ! oui... répond Isaure en laissant échapper un sourire qui brille sous ses larmes, je vous aimerai toujours... car je ne crois pas que l'on puisse changer, moi. Pardonnez-moi de ne pas vous dire tout ce qui me concerne... Ah ! je voudrais bien ! mais ce secret ne m'appartient pas. Un jour peut-être je n'en aurai plus pour vous... et... d'ici à quelque temps sans doute... je saurai si je puis être votre épouse... s'il m'est permis de vous suivre partout. Quant à mon cœur, il est à vous ; vous savez bien que je ne puis pas vous le reprendre.

L'aimable enfant presse tendrement les mains d'Edouard, et ne craint pas de lui montrer tout le plaisir qu'elle éprouve à l'aimer ; mais Edouard ne songe pas à abuser de sa confiance, car il aime aussi réellement. Les moments passent vite entre amants qui ne se sont pas encore tout accordé ; Edouard s'aperçoit enfin qu'il est plus que temps qu'il retourne au château. Il s'arrache avec peine d'auprès de celle qu'il aime en lui disant tendrement : — A demain.

— A demain, dit Isaure. Songez que vous m'avez habituée à vous voir, que le temps me semble bien long loin de vous; et maintenant que je vous ai avoué que je vous aime, je voudrais vous le répéter à chaque instant!

Edouard prend la main de la jeune fille, la place sur son cœur et lui dit : — Puissé-je avant peu ne plus être obligé de vous quitter!

Il remonte à cheval, adresse encore de la main un dernier adieu à Isaure, qui est sur le seuil de la maison, puis reprend le chemin du château. Mais, malgré lui, il ne peut s'empêcher de tourner la tête pour regarder la Maison Blanche; et quoiqu'il ait promis à la jeune fille de ne point s'inquiéter de ce qu'elle lui cache, et de ne plus concevoir d'injustes soupçons, son cœur se serre en regardant cette habitation abandonnée, et il se dit en soupirant : — Quel est donc le motif qui l'empêche de s'éloigner de ces lieux ?

CHAPITRE XX. — Projets d'hymen.

En se levant, le lendemain de la fête, Alfred s'est rendu dans l'appartement d'Edouard ; ne l'y trouvant pas, non plus que dans le château et les jardins, Alfred ne doute pas qu'au mépris de leur convention, Edouard ne soit allé sans lui voir Isaure. Il est furieux, il maudit son sommeil, il est prêt à monter à cheval et à courir le chercher dans les montagnes. Mais il songe que la matinée est déjà avancée, et que sans doute Edouard, qui est parti depuis longtemps, est en route pour revenir. Il se décide à l'attendre, afin de pouvoir plus tôt s'expliquer avec lui.

Pendant qu'Alfred se promène avec impatience dans la galerie qui donne sur la campagne, Robineau, qui vient de se lever, donne tous ses soins à sa toilette, puis s'avance d'un air satisfait vers le jeune baron et lui dit en souriant : — Bonjour, mon cher Alfred!

— Bonjour! répond brusquement celui-ci en continuant de marcher à grands pas.

— Parbleu! je suis bien aise de te rencontrer ce matin... ce qui est assez rare; car ordinairement toi et le poëte vous êtes levés avant *Phébus*... Eh! eh!.., avec ce diable de Férulus on prend l'habitude de ne parler qu'en images!... Mais venons à ce que je veux te dire... Tu ne m'écoutes pas, Alfred?...

— Si fait, si fait,.. je t'écoute.., parle toujours.

— Eh bien, mon ami, je te dirai donc que dans la journée d'hier, j'ai... A propos, comment as-tu trouvé la journée d'hier? Tu ne m'as rien dit sur ma fête,.. C'était gentil, hein ?

— Oui, sauf les couplets de M. Férulus, le fromage des gladiateurs et le derrière de mademoiselle Cheval, c'était fort bien.

— Ah! que veux-tu? ce sont là de ces petits accidents imprévus... Cependant M. Berlingue m'a assuré que cela avait rendu la fête plus piquante. Enfin, mon cher Alfred, dans cette journée j'ai décidément fixé mon choix.

— Pourquoi faire?

— Comment! pourquoi faire? pour me marier, rien que cela. Décidément il me faut une femme!.., Quand on tient un certain rang... quand on a un château... et puis mon cœur a parlé; oh! il a parlé d'une façon extraordinaire! Je n'ai jamais été amoureux comme ça; il est vrai que jamais objet aussi séduisant ne s'était trouvé à ma disponibilité. Je gage que tu as deviné, Alfred! tu te seras aperçu de notre intelligence; moi, j'avoue que je ne pouvais pas me contenir... Dis donc, Alfred, qu'est-ce que tu regardes donc par la fenêtre?...

— Je t'écoute, je t'entends, parle toujours.

— Eh bien! mon cher ami, c'est mademoiselle Cornélie de la Pincerie qui a fixé mes vœux ; c'est elle qui sera mon épouse, si, comme je l'espère, M. le marquis son père ne met pas obstacle à cet hymen.

Alfred quitte la fenêtre et s'avance vers Robineau en lui disant : — C'est mademoiselle Cornélie... cette grande demoiselle avec qui tu as ouvert le bal, que tu veux épouser? — Justement, mon ami... Elle est charmante, n'est-ce pas? — Oui... elle n'est pas mal!... — Comme elle danse! hein ?... — Oui... mais ce n'est pas pour danser toujours qu'on se marie. Ecoute, Robineau... — Ah! je t'ai déjà dit que je ne répondrais plus à ce nom-là! — Eh bien! Jules, la Roche-Noire, tout ce que tu voudras; écoute-moi, je t'en prie. Tu es bon enfant, quoique la fortune t'ait un peu tourné la tête, que tu veuilles faire le seigneur... Nous avons été au collège ensemble, et vraiment je serais fâché de te voir un jour malheureux... — Quel diable de préambule !... — Tu dépenses plus que ton revenu... tu fais aller trop vite ton héritage; enfin, puisque tu t'amuses, je te le pardonne encore ; mais, mon ami, crois-moi, n'épouse pas mademoiselle Cornélie, car je suis certain qu'alors tu ne t'amuserais pas longtemps.

Robineau se pince les lèvres d'un air piqué et répond : — Mon cher Alfred, il ne fallait pas tant de phrases pour en venir là!... que je n'épouse pas mademoiselle de la Pincerie... J'avoue que je pensais que tu allais au contraire me faire compliment sur mon goût. Et pourquoi ne l'épouserais-je point? — Parce que cette femme-là ne te convient pas du tout. — La preuve qu'elle me convient, au contraire, c'est que je l'adore. — Bah! tu te figures cela!... Tu adorais aussi Fifine, et tu l'as quittée sans regret!... — Fifine!... de qui diable viens-tu me parler! Mon ami, je t'en supplie, ne prononce plus ce nom-là... Si la famille de la Pincerie savait... Je sais bien qu'un jeune homme est

maître de s'amuser... mais c'est égal !... C'est une famille si sévère sur les mœurs!... ça pourrait me faire du tort. — Tu aimes mademoiselle Cornélie, je le veux bien... mais elle... elle ne t'aime pas; elle t'épousera pour avoir un mari, voilà tout.

— Elle ne m'aime pas! s'écrie Robineau. Ah! par exemple, mon pauvre Alfred, je te croyais plus de tact et de discernement que cela... Mademoiselle de la Pincerie ne m'aime pas!... non, elle m'adore, voilà tout; et Dieu merci, hier j'en ai eu des preuves... le plus aimable abandon... des serrements de mains, des soupirs.., des mouvements nerveux!... c'est-à-dire qu'elle est folle de moi.

Alfred se retourne en haussant les épaules, puis il reprend : —Soit, elle t'adore, je le veux bien ; j'ai pu me tromper. Mais cette femme-là est aussi âgée que toi; elle a bien vingt-huit ans ?

— Non, non! oh! elle n'a pas vingt-huit ans! elle a eu vingt-sept ans et demi le mois dernier. — Et la fortune?... ceci est important. Combien a-t-elle pour dot ? — Pour dot!.... Mais elle a mille choses... D'abord, des espérances magnifiques, puis ce que doit obtenir son père du gouvernement pour des plans d'économie rurale qu'il doit envoyer très-incessamment au ministre; ensuite, tout ce que lui laissera son oncle Mignon, qui doit être nommé sous-préfet cette année ou l'année prochaine, ça ne peut pas lui échapper; enfin une place superbe et très-lucrative que le marquis a la promesse de faire obtenir à son gendre!... — Et depuis cinquante ans il ne peut pas placer son frère. — Ça ne prouve rien. D'ailleurs, mon ami, je t'avoue que je ne m'occupe pas d'une dot comme un marchand de la rue Saint-Denis... Marchander une femme! fi donc!... une femme comme mademoiselle de la Pincerie! Il me semble que l'honneur d'entrer dans une telle famille doit être compté pour quelque chose.

Alfred prend la main de Robineau, et lui dit avec un grand sang-froid : — Mon ami, je te le répète, si tu fais ce mariage-là, tu feras une sottise.

Robineau fait des yeux colères comme un dindon, et quitte la main d'Alfred en disant : — Mon ami... en fait de sottises, je n'ai pas besoin de tes avis... Je ne courtise pas les gardeuses de chèvres, moi; mais j'épouserai qui bon me semblera.

— Epouse le diable, si tu veux!..., dit Alfred en sortant brusquement de la galerie.

— Je n'épouserai pas le diable, mais j'épouserai mademoiselle Cornélie, répond Robineau en marchant à son tour d'un air déterminé vers la cour. Ah! on ne m'aime pas!... Ah! je ferai une sottise!... se dit-il en courant vers l'écurie. Je vois ce que c'est.., Parbleu!... c'est facile à deviner... M. Alfred voudrait me souffler mademoiselle de la Pincerie, et c'est pour cela qu'il cherche à me détourner de cet hymen... mais la ruse est trop grossière. Pour lui ôter toute espérance, courons chez le marquis, et ne le quittons pas qu'il ne m'ait promis la main de sa fille.

Robineau appelle le cocher, le jockey, pour qu'on mette le cheval à son char-à-bancs. M. Férulus vient alors s'informer de la santé de M. de la Roche-Noire, et le prévenir que le déjeuner est servi. Robineau réfléchit qu'il a encore le temps de déjeuner avant d'aller demander la main de mademoiselle Cornélie. Il accompagne donc son bibliothécaire dans la salle à manger ; et, tout en déjeunant, lui dit : Monsieur Férulus, je vais incessamment me marier.

M. Férulus fait une légère grimace, parce que la vie qu'il menait au château lui plaisait beaucoup, et qu'il prévoit sur-le-champ que l'arrivée d'une maîtresse diminuera l'importance de ses fonctions, qu'il ne sera plus chargé de commander le menu du dîner et de régler le temps qu'on doit rester à table. Cependant, comme Robineau a dit cela d'un air très-décidé, et qu'il est facile de voir dans ses yeux qu'il s'attend à des félicitations, M. Férulus tâche de faire un sourire de sa grimace, et répond d'un air mielleux :

— Monseigneur, le mariage est une institution qui remonte aux temps les plus éloignés de l'antiquité; on s'est toujours marié, même quand il n'y avait pas de notaire ni d'officiers municipaux; se marier, c'est suivre les volontés de la Providence, et c'est parce qu'ils ne voulaient plus se marier que les habitants de Sodome furent brûlés; mariez-vous donc, monseigneur; les grands hommes ont toujours eu beaucoup de vocation pour l'hymen : Hercule épousa en une seule nuit quarante-neuf filles de Thespius, roi de Béotie... et, s'il faut en croire *Dion Cassius*, César fit rendre un décret qui le déclarait mari de toutes les femmes de Rome, quand cela pouvait lui faire plaisir. Ah! quels hommes que César et Hercule!... mais, maintenant, on ne peut plus épouser qu'une seule femme à la fois; et, au fait, je crois que c'est assez. Puis-je savoir, monseigneur, quel est l'objet sur qui vos yeux sont tombés ?

— C'est la fille cadette de M. le marquis de la Pincerie, une jeune personne, grande et bien faite, qu'on nomme Cornélie, et qui était à table à côté de moi.

— Ah! j'y suis, monseigneur, j'y suis... Une figure antique... un profil grec... une taille d'Antigone... des poses académiques... et une manière de s'exprimer à la fois élégante et grammaticale!... Je vous fais mon compliment, monseigneur, c'était la plus belle personne de la fête!

— Ce cher monsieur Férulus! dit Robineau en serrant affectueusement la main de son bibliothécaire. A la bonne heure!... il s'y connaît, lui, et il approuve mon choix, parce que la passion ne l'aveugle pas, et qu'il dit ce qu'il pense.

Si j'approuve votre choix, monseigneur! je ferai plus, je le chanterai en vers *iambiques*, *hexamètres* et *pentamètres*.

— C'est très-bien, mon cher Férulus; moi, je vais sur-le-champ trouver M. le marquis de la Pincerie; vous sentez que je ne veux pas négliger une telle affaire... Un autre me soufflerait mademoiselle Cornélie, et je ne m'en consolerais pas.. Le cheval est à la voiture, je pars pour Saint-Amand; j'espère, avant le mariage, décider la famille à venir passer quelques jours au château.

— Allez, monseigneur, dit M. Férulus en accompagnant Robineau jusqu'au char-à-bancs; et, lorsqu'il le voit s'éloigner, il ajoute: Allez chercher une femme, puisque vous êtes si pressé de vous marier... Il me semble, cependant, que le château était tenu sur un assez bon pied, et que nous avions sous la main tout ce qu'il nous fallait. C'est égal, ayons l'air enchanté de cet hymen, et faisons des vers pour toute la famille de la Pincerie.

Alfred avait quitté Robineau pour se rendre sur la pelouse, où il se promenait avec agitation en attendant Edouard. Enfin, celui-ci paraît, et Alfred s'éloigne du château pour aller au-devant de lui.

Edouard laisse flotter les rênes sur le cou de son cheval. Tout occupé d'Isaure, de son amour et de cette Maison Blanche, qui mettait déjà obstacle à ses plans de bonheur, il ne regardait pas autour de lui, et ne se croyait pas si près du château. Tout à coup une voix lui crie: Arrêtez!... descendez, je veux vous parler...

Edouard a tressailli au son de cette voix qui lui est bien connue, mais qui semble en ce moment altérée par la colère. Il lève les yeux, et voit devant lui Alfred, pâle, immobile, quoique son agitation se manifeste dans ses traits. Edouard descend de cheval et laisse aller sa monture, qui se rend d'elle-même au château. Les jeunes gens sont à l'entrée d'un chemin bordé d'arbres; Alfred en sort, et fait signe à Edouard de le suivre; il s'arrête dans un endroit plus écarté; Edouard garde le silence, et attend que son compagnon commence un entretien dont il devine le sujet.

— Vous venez de voir Isaure? dit enfin Alfred. — Oui... je la quitte en ce moment. — C'est donc ainsi que vous tenez votre promesse!... Ne vous souvient-il plus de notre convention?... Et moi aussi j'ai eu cent fois le désir de me rendre sans vous dans la montagne, de me trouver seul avec cette jeune fille... Mais j'ai résisté à ces désirs, et j'ai craint de manquer à ma parole... Et vous... — Alfred, j'ai eu tort, je l'avoue... Mais l'amour que j'éprouve pour Isaure est si violent, que je n'ai pas été maître de résister... — Dites que, moins délicat que moi, vous vous êtes joué de ma bonne foi!... — Alfred, écoute-moi, je t'en prie, ne crois pas que ce soit un simple caprice que j'éprouve pour Isaure... Et qui vous dit que je ne l'aime pas autant que vous? Pour vous en faire aimer, vous employez les soupirs, la mélancolie. Moi, j'agis plus franchement, je me déclare... je ne cache pas mon amour. — Mais enfin, Alfred, cette jeune fille ne peut nous aimer tous deux... et si... si ce n'était pas toi qu'elle préférât?...

— Je vous entends, répond Alfred avec dépit; je vois que ce matin, vous trouvant seul avec elle, vous avez mis le temps à profit; que vous n'avez rien négligé pour l'emporter sur moi... Et vous pensez que, sur ce seul aveu, je vais me retirer et vous céder votre conquête; mais vous me permettrez de douter un peu de votre triomphe, et d'essayer d'être aussi heureux que vous... Je verrai Isaure seul aussi; peut-être cette fière beauté daignera-t-elle alors se montrer moins sévère pour moi.

— Je ne sais quels sont vos projets, monsieur: mais, puisque vous me forcez de vous le dire: oui, Isaure m'aime, c'est moi qu'elle préfère... Elle vient à l'instant de m'en faire l'aveu.

— En vérité! vous me faites en ce moment l'effet de Robineau, lorsqu'il est venu tout à l'heure me dire qu'il était adoré de mademoiselle de la Pincerie. Tous ces messieurs se persuadent qu'on les adore!... Sans avoir autant d'amour-propre, vous me permettrez de penser que je puis plaire aussi... Mais je verrai cette petite Isaure.., qui est plus coquette que je ne l'aurais cru... et je vous préviens que je ferai aussi mon possible pour me faire adorer.

— Quoi que vous en disiez, je ne confonds pas Isaure avec toutes les coquettes que nous avons connues... et je ne crains pas qu'elle oublie les serments qu'elle m'a faits.

— Ah! vous vous êtes déjà fait des serments!... Quand je disais qu'on avait mis le temps à profit... La voilà donc cette vertu si rare qui se rend dans un premier tête-à-tête!

— Qui se rend!... quoi! Alfred, vous pourriez croire... — Oh! ne pensez plus m'abuser... — Alfred, je vous jure... — Je ne crois pas aux serments d'un homme qui vient de manquer à la délicatesse. — Alfred!... — Oui, oui, je le répète... et si cela vous offense, dites un mot, je suis à vos ordres...

Edouard et Alfred gardent quelques instants le silence. Mais Edouard songe qu'il est bien plus heureux qu'Alfred, puisqu'il est aimé d'Isaure; il pense au chagrin, aux regrets que doit éprouver celui qui n'a pas su toucher le cœur de la jeune montagnarde; alors sa colère s'éteint, il plaint son rival, il se dit que c'est au plus heureux à excuser l'autre; et, s'approchant d'Alfred, lui prend la main, la lui presse avec tendresse, et lui dit: Pourrais-tu donc te battre avec moi?

Alfred est ému, mais il s'efforce d'être maître de lui-même en répondant: Lorsqu'on a offensé quelqu'un, ne doit-on pas lui en rendre raison?... — Mais puis-je être offensé d'un mot que la colère t'inspire et que ton cœur désavoue?... Ne doit-on jamais pardonner quelque chose à son ami?... Et à quoi servirait l'amitié, si ce n'est à être plus indulgent pour ceux qu'on aime?...

— L'amitié!... je ne crois plus à la vôtre!...

— Alfred, je n'ai plus qu'une chose à te dire... Je veux qu'Isaure soit ma femme...

— Votre femme? s'écrie Alfred avec surprise, Votre femme!... cette jeune villageoise!... — Oui, j'y suis bien décidé... Me pardonnes-tu maintenant la préférence qu'elle m'accorde sur toi?

— Si en effet vous voulez en faire votre femme, dit Alfred après un moment de silence, vous devez l'emporter; car, je l'avoue, je n'ai jamais eu cette intention... Mais... il m'est bien difficile de croire... Au surplus, je saurai m'assurer de la vérité.

Alfred reprend le chemin du château, Edouard en fait autant; mais ils ne se parlent plus.

CHAPITRE XXI. — Bruit de valets. — Alfred et le vagabond.

Le lendemain, au point du jour, il règne une certaine agitation parmi les valets du château; ils sont rassemblés dans la cour, et causent entre eux avec chaleur. Au nombre de ceux qui pérorent le plus, on remarque le concierge, qui semble haranguer les autres:

— Je vous dis que ça ne peut pas être quelque chose, s'écrie Cunette en gesticulant d'une manière dramatique. Voilà plus de quinze ans que je suis concierge de ce château, et il ne s'y est jamais rien passé d'extraordinaire.

— Je ne sais pas si c'est extraordinaire, dit le jockey, mais je vous dis que j'ai vu une lumière... Vous savez que nous sommes revenus tard de la ville avec monsieur; le temps que j'étrille le cheval, que je range la voiture, puis que je soupe!... Enfin, il était très-tard quand je me suis couché. Comme il faisait beau temps et que je n'avais pas trop envie de dormir, je me suis mis à la fenêtre, et, en regardant au hasard, j'ai regardé c'te tour en face, que vous appelez la tour du Nord...

— Où personne ne loge, dit Cunette, parce que monseigneur a jugé qu'elle était en trop mauvais état, et que ce n'était pas la peine de la faire remettre à neuf, vu qu'il y a bien assez de logement au château.

— Eh ben! si personne n'y loge, je vous dis, moi, qu'hier au soir à onze heures... c'est-à-dire, il était ben près de minuit... j'ai vu une lumière dans une des petites fenêtres du haut.

— Ah Dieu! dit Jeannette, à minuit! c'est l'heure des revenants, n'est-ce pas, mamzelle Cheval?

— Laissez donc, dit la cuisinière, est-ce que je crois aux revenants, moi! Tout cela ce sont des inventeries pour faire peur au monde... Ça serait ben plutôt des voleurs qui voudraient me dénicher mes poulets, dans le cas où ça serait quenque chose.

— Comment! dit François en s'approchant des autres valets, est-ce qu'il y aurait aussi des esprits dans ce château?

— Oh! non, monsieur François; il n'est pas question d'esprits, reprend le jockey, c'est seulement une lumière que j'ai vue c'te nuit, dans la tour où personne ne loge.

— C'est un effet de lune, qu'il aura pris pour de la lumière, dit Cunette; moi, je suis concierge, et je réponds qu'il n'est entré personne de suspect dans le château.

— Pardi! dit Jeannette, si c'est un revenant, est-ce que ça entre par les portes?...

— Notez, reprend le concierge, que Benoît dit que la lumière était là-haut... à cette fenêtre... c'est justement l'arsenal... Qu'est-ce qu'un voleur irait chercher dans l'arsenal, où il n'y a plus que de vieilles lames rouillées?

— Mais si ce n'est pas un voleur?

Vincent, qui n'avait pas encore parlé, s'approche alors d'un air mystérieux, et dit: Mes enfants, tout ça me rappelle quenque chose dont je ne me souvenais plus,... et qui pourrait ben se lier avec ce que Benoît a vu.

Tous les domestiques se pressent autour de Vincent, et le regardent avec curiosité; le jardinier reprend: Il y a cinq ou six jours,... je ne sais plus au juste quand, c'était le soir, j'allais me coucher; je me rappelle que j'ai besoin pour le lendemain matin de ma grande pioche pour travailler de ce côté du jardin. Vous savez que je serre la plupart de mes outils dans une petite cahute qui est au bout de la grande allée à gauche. — Oui, oui. — V'là donc que je me dis: Allons chercher ma pioche. Je sors de chez moi, puis j'entre dans le jardin; j'étais à peu près au milieu de la grande allée, quand j'entends marcher devant moi...

— Ah Dieu! que ça me fait peur! dit Jeannette en se serrant contre un des marmitons.

— Moi, reprend Vincent, je pense que c'est un de ces messieurs d château, et je m'arrête poliment pour le laisser passer en ôtant mon chapeau, pas du tout, on s'arrête aussi, et, au lieu de venir vers moi, on rebrousse chemin. Alors, ça me paraît louche, je crie: Qui est-ce qui est là?... Mais on ne me répond pas, on va plus vite; moi je veux suivre... mais je me cogne le nez contre un tilleul, et puis, bien le bonsoir, je n'entends plus personne.

— Ah! comme c'est étonnant! — Bah! c'était peut-être notre maître qui se promenait. — Lui! oh! il ne va jamais seul le soir dans les jardins. — Fallait demander le lendemain à ces messieurs. — Ma fine, j'ai dormi par là-dessus et je n'y ai plus pensé.

— Il faut demander ce que c'est à M. Férulus, disent les autres valets. C'est un homme qui sait tout, un savant; il nous dira si nous devons avoir peur.

M. Férulus traversait justement la cour, tenant à la main de petits vers qu'il avait déjà faits pour la future de Robineau, et qu'il comptait présenter à celui-ci au déjeuner. Il s'approche pour savoir le motif du rassemblement qu'il aperçoit dans la cour. Alors on lui fait part de ce que Benoît et Vincent viennent de raconter.

M. Férulus a écouté avec beaucoup d'attention, et en secouant quelquefois la tête; toutes les fois que le bibliothécaire a froncé les sourcils, Jeannette et le jockey ont dit : Voyez-vous! ça l'effraie aussi.

Enfin M. Férulus, après avoir longtemps réfléchi, dit à Benoît : Es-tu bien certain que ce soit une lumière que tu aies vue dans la tour?

— Oh! oui, monsieur. D'abord ça allait et ça venait; pour que ç'eût été la lune, il aurait fallu que je voie... — Que je visse... — Que je... quoi?... — Que je visse... fais donc attention au plus-que-parfait du subjonctif. — Ah! monsieur, je ne vous dis pas j'ai vu un plus-que-parfait!... je vous dis une lumière.

— Qu'on est malheureux d'avoir affaire à des ignorants! se dit Férulus. Et vous, Vincent, vous êtes donc bien certain qu'il y avait un homme dans le jardin?

— Certain... c'est-à-dire, un homme ou une femme, je ne peux pas affirmer le sexe... Mais c'était quelqu'un, pisque ça marchait et que ça courait devant moi. — C'était peut-être un lapin. — Ah! laissez donc! un lapin qui aurait eu des clous à ses souliers!...

— Tout ceci me semble assez singulier, dit Férulus.

— Voyez-vous que c'est singulier, s'écrie Jeannette, et que nous devons avoir peur.

— Je ne dis pas cela... Les choses qui nous paraissent merveilleuses de loin sont souvent fort naturelles, examinées de près... Il y en a même qui perdent beaucoup à être regardées de trop près. Mais, avant de prononcer sur ceci, j'aurais voulu m'assurer par moi-même de la vérité, car *pluris est oculatus unus quam auriti decem!*...

— Voyez-vous! dit Cunette, ça veut dire que c'est des bêtises, et que vous avez rêvé tout cela...

— Non... cela ne veut pas dire cela du tout, reprend Férulus. Oh! mon cher Cunette, vous ne traduisez pas littéralement. Je pense que, *primo*, il y a quelque chose, ou il n'y a rien. Voilà mon principe, et je pars de là, parce qu'il faut toujours partir d'un principe.

— Eh ben! moi, je dis que gnia rien, dit mademoiselle Cheval, et qu'ils auront eu peur de leurs *ombrillages!*...

— Dame! dit Jeannette, monsieur qui est un savant... car il m'a déjà montré bien des choses, à moi...

— C'est bon, Jeannette! ceci est *inter nos*, dit Férulus en poussant le bras de la grosse fille; ne sortez pas de la question.

— Eh ben! monsieur, reprend Jeannette, dites-nous tout bonnement s'il y a des revenants ou s'il n'y en a pas.

— Oui, c'est ça, disent les autres domestiques, au moins nous saurons à quoi nous en tenir.

— Mes enfants, dit Férulus après s'être longuement mouché, la question que vous me faites est épineuse. *Hippocrate* dit oui et *Galien* dit non !...

— Mais nous ne demandons pas l'avis de *M. Pocrate*, dit mademoiselle Cheval, pisque c'est le vôtre que nous voulons.

— Ma chère *coqua*... autrement dit cuisinière, ne m'interrompez pas, s'il vous plaît. Vous voulez savoir s'il y a, ou s'il y a eu, ou si l'on doit encore croire aux revenants : voilà le principe posé... je pars de là. J'embarque ma réponse sur le galion de mes lèvres, pour passer le mer orageuse de vos attentions, et arriver enfin au port fortuné de vos oreilles !

— Ah ben, monsieur, si vous parlez encore une autre langue, nous ne vous comprendrons jamais ! dit Jeannette.

— C'est juste, Jeannette ; je me laisse aller à mon éloquence, et j'oublie que je dois descendre à votre portée. M'y voici. Doit-on croire aux revenants?... Saint Augustin prétend qu'il y a de la témérité à nier la liaison intime des démons avec les femmes... mais Montaigne dit qu'il faut donner aux magiciens de l'ellébore et non de la ciguë. Moi, pour mon compte, je ne crois point aux choses surnaturelles... Je n'en ai jamais fait d'abord. Cependant, je ne suis point pyrrhonien... Je ne suis point de ces gens qui doutent de tout!... Selon eux, Xerxès n'est point entré dans la Grèce avec cinq millions d'hommes, et n'a pas fouetté la mer; une louve n'a pas été la nourrice de Rémus et de Romulus; Mutius Scævola n'a point tenu fièrement son bras sur un brasier ardent; ils ne croient point au fantôme qui apparut deux fois au second Brutus, ni au *labarum* aperçu dans les airs par le grand Constantin... Je sais bien que tout cela est fort extraordinaire... mais du moment que c'est dans l'histoire... Oh! alors... comme di? Virgile : *Felix qui potuit rerum cognoscere causæ !* Voilà.

mes amis, mon opinion sur les revenants; je vous engage à vous régler là-dessus. Du reste, je ne vois pas qu'il soit encore nécessaire d'inquiéter monseigneur pour cela.

En disant ces mots, M. Férulus s'éloigne pour aller offrir ses vers à Robineau; et les domestiques, qui n'ont rien compris à ses discours, se séparent en conservant chacun leur opinion.

Edouard ne tarde pas à quitter son appartement. Depuis longtemps il serait sorti du château, s'il n'avait pas cru devoir attendre Alfred pour se rendre avec lui près d'Isaure. Il espère lui prouver par là qu'il ne cherche pas à influencer les sentiments de la jeune fille, et que c'est son cœur seul qui la guide. Enfin, quoique heureux de la préférence qu'il a obtenue, Edouard, qui ressent pour Alfred la plus tendre amitié, voudrait que son succès en amour ne lui fît pas perdre son ami.

Le temps s'écoule; Edouard, qui brûle d'impatience de revoir Isaure, s'étonne de la lenteur d'Alfred. Celui-ci paraît enfin; mais, en apercevant Edouard, son front se rembrunit, et une expression de mécontentement se peint dans ses traits.

— Je t'attendais! dit Edouard en allant au-devant d'Alfred, auquel il veut prendre la main; mais celui-ci la retire aussitôt en répondant avec froideur : — Et pourquoi m'attendiez-vous?

— Pour partir avec toi... pour aller ensemble voir... Isaure.

— Ensemble! dit Alfred d'un ton ironique; il me semble que désormais ce n'est plus la peine... et que chacun est le maître de faire ce qu'il voudra... Partez, que rien ne vous retienne... j'irai seul aussi dans la vallée.

— Alfred, tu m'en veux encore! dit Edouard d'un ton chagrin. — Non; oh! j'aurais grand tort, sans doute... vous êtes si franc dans votre conduite!... Et quand épouserez-vous Isaure? Edouard se tait, il paraît embarrassé.

— Eh bien! vous ne répondez pas? reprend Alfred avec ironie; quand on est si amoureux et qu'on est certain d'être aimé, je ne vois pas pourquoi on différerait son bonheur... Vous êtes libres tous deux; rien ne s'opposera à ce que vous formiez ces doux nœuds... Avez-vous intention de cacher cet hymen? d'en faire un mystère?... vous qui méprisez tant les préjugés du monde!...

— Non, monsieur, si j'épouse Isaure, je ne m'en cacherai point; je ne craindrai pas de la nommer hautement ma femme.

— Si vous l'épousez!... Ah! il paraît qu'aujourd'hui vous n'y êtes pas aussi décidé qu'hier... Vraiment, Edouard, vous me supposez donc bien crédule ou bien sot, pour penser que j'ajouterai foi à cette ruse, que vous n'avez employée que pour m'éloigner entièrement de la petite?... Oui, cette jeune fille est fort jolie, j'en conviens, mais vous savez comme moi que l'on n'est pas tenu d'épouser toutes les jolies femmes; et, lorsqu'il ne s'agit que d'une simple villageoise à laquelle il est si facile de tourner la tête... je ne croirai jamais...

— Tant pis pour vous, monsieur, si vous pensez qu'on ne peut pas se fixer près de celle qui réunit tout ce qui peut faire notre bonheur. Je vous ai dit franchement quelles étaient mes intentions... Je ne puis vous forcer à me croire;... mais bientôt, j'espère, vous serez convaincu que je ne vous ai point trompé.

Edouard s'éloigne alors d'Alfred, et, montant à cheval, quitte seul le château.

Alfred reste quelques moments pensif. Il ne sait à quel parti s'arrêter. Il trouve Isaure charmante; son amour-propre est piqué, il lui en coûte d'abandonner si facilement l'espérance de triompher de la petite chevrière. Cependant, s'il était certain qu'Edouard voulût en effet en faire sa femme, il renoncerait sur-le-champ à ses projets sur la jeune fille.

Il se décide à se rendre aussi près d'Isaure. Il veut s'assurer par ses yeux de la préférence qu'elle accorde à Edouard, et savoir si celui-ci ne lui en a point imposé. Il prend donc à son tour le seul cheval qui reste, et quitte le château un quart d'heure après Edouard. Cette fois il ne presse pas la marche de son coursier, il réfléchit aux moyens de savoir la vérité. Il voudrait, sans être vu, entendre son rival; et cependant la pensée d'épier, de surveiller quelqu'un, répugne trop à la franchise de son caractère pour qu'il s'y arrête un moment.

Alfred n'est plus qu'à une courte distance de la demeure d'Isaure, lorsque quelqu'un, sortant tout à coup de derrière un rocher, arrête son cheval par la bride en disant : — Vous arriverez trop tard, on vous a devancé.

Alfred reconnaît le vagabond, qui, appuyé sur son bâton, fixe sur le jeune homme ses yeux étincelants.

— Ah! c'est vous! dit Alfred, et que voulez-vous dire?...

— Que vous vous mettez trop tard en route. Votre rival est plus matinal... et il met le temps à profit... Hier vous n'êtes pas venu; mais il est venu, lui!... et il s'en est retourné bien joyeux!...

Un sourire moqueur accompagne ces paroles. Les traits de l'inconnu ont une expression de malice et de méchanceté plus forte que de coutume.

— Comment savez-vous tout cela? dit Alfred.

— Comment je sais!... oh! parbleu, cela n'est pas bien difficile... Les amants se croient toujours seuls, et ils ne se gênent guère... j'ai eu tout le temps de compter leurs baisers!...

— Leurs baisers! répète Alfred en frémissant de colère.

— Eh! oui... cela vous étonne?... Oh! votre ami ne va pas mal... avec son petit air doucereux il avance ses affaires... Ce qui m'étonne, c'est que vous... qui paraissez avoir l'usage du monde, vous ne soyez pas plus avancé que lui.

— Mais puisque c'est Edouard que l'on préfère?... répond Alfred en étouffant un soupir.

— Que l'on préfère!... laissez-moi donc tranquille! est-ce que ces petites filles ont une préférence?... elles aiment tout le monde, tous ceux qui leur font la cour... Elle vous aurait aimé de même si vous n'arriviez pas toujours le dernier... Au reste, quand vous le voudrez encore, il ne tiendra qu'à vous de triompher... Ne savez-vous pas qu'avec du temps et de l'argent on vient à bout de tout?

— D'honneur, dit Alfred en regardant le vagabond avec surprise, vous avez des principes que je n'aurais pas cru trouver dans un ancien soldat...

— Un soldat... et qui vous a dit que j'avais été soldat? reprend l'étranger avec fierté.

— C'est vous-même, l'autre matin, après m'avoir parlé de mon père, dont le nom vous a si fort frappé!

L'inconnu fronce le sourcil, et garde quelques moments le silence; enfin il reprend : — Ce n'est pas de cela qu'il s'agit maintenant... êtes-vous donc d'avis de vous laisser souffler cette petite fille par votre rival, lorsqu'il ne tiendrait qu'à vous de la posséder?... J'avoue que cela me surprend de la part du jeune baron de Marcey?...

— Tout étourdi, tout entreprenant que je suis ou que j'ai été, j'ai toujours respecté le bonheur de mes amis... J'ai pu chercher à l'emporter sur Edouard quand il ne s'agissait que d'un caprice, d'une bonne fortune!... mais puisque cette jeune fille lui a tourné la tête au point qu'il veut en faire sa femme.

— En faire sa femme!... s'écrie l'étranger en poussant des éclats de rire ironiques. Oh! pour le coup, ce serait trop fort... Si vous aimez M. Edouard, vous lui rendrez un véritable service en l'empêchant de faire une telle sottise.

— Vous parlez avec bien de l'assurance... Qui vous fait donc penser si mal de cette jeune fille?

— J'ai des yeux, j'ai de l'expérience!... et vous, qui connaissez les femmes, comment ne voyez-vous pas que celle-là est une petite matoise qui en sait long avec son air simple et doux? Qu'est-ce que c'est qu'une petite fille dont on ne connaît pas les parents, et à laquelle ceux qui l'adoptent laissent tous leurs biens? qui reçoit généreusement tous ceux qui lui demandent l'hospitalité? qui vit seule dans ces montagnes, et y parle aussi purement qu'une femme élevée à la ville? Mais ce n'est pas tout : il y a encore des circonstances cachées, je les découvrirai.

Alfred réfléchit à ce qu'il vient d'entendre; il ne peut s'empêcher de penser qu'en effet la conduite d'Isaure ne doive donner lieu à d'étranges soupçons.

L'homme qui est arrêté devant Alfred le considère attentivement pendant qu'il réfléchit, on voit qu'il cherche à lire dans ses yeux, à deviner ce qui se passe au fond de son âme. Après un assez long silence, il reprend enfin : — Voilà vraiment bien des hésitations... bien du temps et des soupirs de perdus pour une petite fille qui ne tient à rien!... et qui ne demande pas mieux que d'être séduite!... Ce serait l'héritière d'un grand nom, ce serait une noble châtelaine, que l'on n'agirait pas avec plus de respect?... Sommes-nous donc revenus au temps des Renaud, des Amadis?... Je serais tenté de le croire, on devrait donner tournoi pour cette jeune beauté!... rompre quelques lances pour prouver sa vertu, et briser quelques casques en faveur de son innocence!... Heureux temps où pour être reconnue la plus belle et la plus sage, il suffisait à une demoiselle de se choisir le champion le plus brave et le plus vigoureux.

Alfred a écouté avec attention les dernières paroles de l'homme qui lui parle. Il l'examine à son tour avec plus de curiosité, et lui dit : — Mais qui donc êtes-vous?... vous, qui venez me donner des conseils que je ne vous demande point... je m'aperçois que je me suis trompé sur votre compte... Non, vous n'êtes point un ancien soldat... Edouard avait mieux deviné, je le vois, lorsqu'il m'a dit que vous aviez dû tenir un rang dans la société;... et en effet... votre langage... quoique vous affectiez souvent un ton commun et des manières grossières... votre langage décèle de l'éducation, des connaissances... Quels événements vous ont donc réduit à la triste situation où je vous vois?

— Que j'aie été riche, considéré, et que je ne le sois plus, que trouvez-vous donc là d'étonnant, jeune homme? cela se voit tous les jours!... N'est-on pas dans le monde sujet à mille revers de fortune... et n'est-ce pas surtout lorsqu'on est placé haut que l'on est le plus en danger de tomber?... Que ces revers soient la faute des autres ou la mienne... c'est ce que je n'ai pas besoin de vous dire... J'ai eu les passions vives, j'en conviens, et j'aimais à les satisfaire... c'est assez l'histoire de tous les hommes.

— Vous conviendrez, dit Alfred en souriant, que la situation où vous voilà ne doit pas donner l'envie de vous imiter.

— Eh! combien d'autres, qui ont fait pis que moi, sont encore sur le pinacle!... Après tout, que voyez-vous donc de si malheureux dans ma position? Je suis libre... je suis mon maître! je puis faire ce que

bon me semble depuis le matin jusqu'au soir... J'ai un costume qui n'est pas élégant, mais il me couvre, et cela me suffit; je n'envie pas l'opulence des autres, parce que j'ai été saturé de jouissances : quand on s'est souvent enivré avec des vins exquis, on n'est pas fâché de boire de l'eau.

— Mais j'ai cru remarquer dans vos discours que vous aviez assez mauvaise opinion des femmes... elles vous ont donc bien maltraité pour que vous leur en vouliez tant?

— Maltraité! pas du tout!... au contraire, j'étais leur favori, leur benjamin... c'est bien plutôt elles qui pourraient se plaindre de moi... Il y en a une cependant que j'ai aimée... plus véritablement que les autres... celle-là, seule, aurait eu, je crois, le pouvoir de dompter mon caractère... de maîtriser mes passions... avec elle, enfin, je serais peut-être devenu sage, rangé; et maintenant je ne serais point errant dans ces montagnes!...

— Pourquoi donc ne l'avez-vous pas épousée?

— Pourquoi?... répond l'inconnu et une sombre fureur brille dans ses yeux, qu'il porte alors sur Alfred; parce qu'un autre plus heureux me l'a enlevée... et cet autre...

— Eh bien... cet autre?... — Je n'avais pu encore trouver l'occasion de me venger de lui... mais j'espère avant peu la rencontrer, et vous devez bien penser que je ne la laisserai pas échapper.

— Je n'ai jamais connu les plaisirs de la vengeance!... — Ah! vous êtes jeune encore!... Cependant, vous connaissez l'amour... et vous vous laissez enlever celle qui vous plaît... lorsqu'il ne tenait qu'à vous...

— Lorsqu'il ne tenait qu'à moi!... D'honneur, vous en parlez bien à votre aise... Isaure est plus sévère que vous ne le croyez...

— Elle ne l'était pas hier avec votre ami.

— Elle a près d'elle un gardien qu'il est bien difficile de corrompre...

— Mais ne peut-on pas l'éloigner de ce fidèle gardien? — Comment! — Sans doute? ne peut-on point attirer cette petite fille de sa demeure; puis la conduire ailleurs... dans un endroit où l'on serait maître d'en faire ce que l'on voudrait, sauf à la ramener ensuite à sa maisonnette, si elle refusait absolument de vous céder? — Et qui donc se chargerait d'une telle entreprise? — Qui? eh! parbleu! moi. — Vous? — Oui, moi, quand vous le voudrez : dites un mot, et demain je vous proteste que votre rival ne trouvera plus la petite au logis.

Alfred regarde quelques instants le vagabond, puis il s'écrie : Vous êtes un misérable!... éloignez-vous, ne me parlez plus!... je rougis d'avoir pu écouter de telles propositions!...

L'étranger laisse éclater un rire moqueur en répondant : — Comment! un petit enlèvement d'une jeune fille qui ne demande pas mieux!... une simple espièglerie vous fait peur!... Oh! je vous croyais plus avancé que cela, monsieur le baron; mais, tout comme il vous plaira!... Laissez votre ami s'amuser à vos dépens, laissez la petite rire sous cape de vos respects!... Après tout, qu'est-ce que ça me fait à moi?,... que m'importe?... Mais, avant peu, je gage que vous verrez que mes avis étaient bons... alors... si vous avez besoin de moi, vous me trouverez encore... car je ne garde pas rancune pour un mot. Au revoir.

L'étranger tourne le dos à Alfred, et disparaît par un petit sentier entre les rochers; et le jeune de Marcey, après quelques instants de réflexion, au lieu de poursuivre sa route, tourne bride et revient au château.

CHAPITRE XXII. — La famille de la Pincerie au château.

Les discours et les propositions du vagabond ont produit sur l'esprit d'Alfred un effet différent de celui que cet homme semblait en espérer. Révolté des propositions odieuses de ce malheureux, Alfred réfléchit à l'injustice de sa conduite envers Edouard; il sent qu'il ne doit point lui faire un crime de l'avoir emporté sur lui; et si, en effet, Isaure l'aime, il se promet de ne point chercher à troubler le bonheur de son ami.

Plus content de lui après avoir pris cette résolution, en revoyant Edouard, Alfred, loin de lui témoigner la même froideur que le matin, lui parle comme avant leur rivalité. Edouard, surpris autant que charmé de ce changement survenu dans l'humeur d'Alfred, se sent bien plus heureux depuis qu'il espère avoir retrouvé son ami.

Le lendemain Alfred accompagne Edouard; tous deux se rendent ensemble dans les montagnes. Les jeunes gens ne parlent point d'Isaure, ils semblent craindre également de s'entretenir d'elle. Cependant on approche de la vallée, on va la voir; Edouard se sent oppressé, il éprouve de la peine pour Alfred; il va pourtant revoir celle qu'il adore; mais, c'est lorsque nous sommes le plus heureux que nous voudrions que tous ceux que nous aimons pussent partager notre bonheur.

Depuis que la jeune fille a dit à Edouard qu'elle l'aimait, elle ne craint plus de lui laisser voir tout le plaisir que lui fait sa présence; c'est maintenant sur le seuil de sa demeure qu'elle attend son arrivée, parce que là elle est bien plus près de la route et bien plus tôt dans les bras de son amant.

Les deux cavaliers ne tardent point à apercevoir Isaure; ils mettent pied à terre, et elle fait quelques pas au-devant d'eux. La présence d'Alfred, loin de contrarier Isaure, semble au contraire lui être agréable; elle le reçoit avec la même grâce, lui témoigne autant d'amitié, mais devant lui elle ne craint pas non plus de laisser paraître le sentiment plus tendre qui l'attache à Edouard. Aimant pour la première fois, aimant avec toute la candeur de son âge, elle ne croit pas devoir faire un mystère de son amour, surtout à l'ami de son amant.

Alfred répond assez bien aux prévenances, aux amitiés d'Isaure. Il lui est facile de voir qu'Edouard lui a dit vrai, et que c'est lui qui possède le cœur de la jeune fille; mais il tâche de surmonter la peine qu'il en éprouve. Cependant les deux jeunes gens restent moins longtemps près d'Isaure, car Edouard n'y est pas aussi heureux en présence d'Alfred, devant lequel il ne veut point parler de son amour; et celui-ci, malgré tous ses efforts, ne peut parvenir à y retrouver sa gaieté habituelle.

— Mon cher Edouard, dit Alfred à son ami en revenant au château, désormais, je te laisserai aller seul voir Isaure; c'est toi qu'elle aime... oui, je le vois... elle ne cherche pas à le cacher... mais vraiment elle est si jolie! si séduisante! même avec celui auquel elle ne cherche point à plaire, que, malgré toute l'amitié que je te porte, si je la voyais souvent, je ne répondrais pas... oui! je ferais quelque sottise... et ensuite j'en serais désolé; il vaut donc beaucoup mieux que je cesse de voir cette jeune fille, ou que j'attende du moins que sa vue fasse moins d'impression sur mon cœur... On prétend que je suis léger, volage; puissé-je l'être autant qu'on le dit... et oublier bientôt!... Allons, c'est fini... elle t'aime, et désormais je ne veux plus y penser que comme à une sœur.

Edouard presse tendrement la main d'Alfred et s'écrie : — Un ami comme toi!... une amante comme elle! avec cela ne devrait-on pas être le plus heureux des hommes?

En disant cela, Edouard soupirait cependant, car il songeait au secret que lui cachait Isaure et à ces obstacles inconnus qui s'opposaient à ce qu'il fût entièrement heureux. Mais Isaure n'aime que lui, elle le lui a répété cent fois; sa bouche ne peut connaître le mensonge; ce mystère qu'elle lui cache ne tardera sans doute pas à s'éclaircir, elle-même lui en a donné l'espérance; il ne doit donc voir dans l'avenir que le bonheur le plus doux... C'est ainsi qu'Edouard se console; voir le bonheur dans l'avenir, c'est beaucoup, lors même que l'on ne devrait jamais l'atteindre.

En arrivant au château, les jeunes gens s'aperçoivent qu'il y règne un mouvement qui annonce quelque chose de nouveau. Robineau était déjà de retour de la ville; ils le trouvent dans le salon, écoutant des vers que M. Férulus déclame.

— Félicitez-moi, messieurs, crie-t-il aux deux amis du plus loin qu'il les aperçoit, mes vœux ont été agréés!... je l'emporte sur mes nombreux rivaux; en un mot, M. le marquis de la Pincerie m'a solennellement promis la main de sa fille, et m'a autorisé à me regarder déjà comme membre de son illustre famille.

— Mon cher ami, dit Alfred, puisque tu veux qu'on te félicite, nous allons te féliciter; et en effet, maintenant que c'est décidé, c'est ce qu'il y a de mieux à faire...

— Comment! vous vous mariez, monsieur Jules, dit Edouard, et quelle est donc la personne que vous épousez?... Il y avait tant de monde à votre fête que je ne me rappelle pas...

— C'est la sœur de la jolie femme à laquelle, par parenthèse, vous donniez toujours le bras, monsieur l'enfant des Muses.

— Ah! je me rappelle maintenant... mademoiselle Cornélie?

— C'est ça même. Oh! elle doit vous avoir sauté aux yeux!... elle est tellement remarquable!... Je vous avoue que j'en suis dans l'ivresse, dans le ravissement.

— Il y a bien de quoi, certainement! dit Alfred. Mais est-ce que tu veux donner déjà une seconde fête dans le château? tous tes gens ont l'air si affairé...

— C'est pour préparer les logements pour ma future famille, qui veut bien venir passer à mon château le temps qui doit encore s'écouler jusqu'à mon mariage. Moi, j'aurais voulu me marier tout de suite; mais M. le marquis, qui tient essentiellement aux formes, aux bienséances, prétend que cela ne doit pas se faire si brusquement. D'ailleurs, il y a des papiers à avoir; puis des emplettes à faire... la corbeille que je ferai venir de Paris... enfin, pour que tout ce temps nous paraisse moins long, on vient le passer à mon château et y jouir des plaisirs de la campagne. C'est aujourd'hui même que j'attends toute la famille. J'espère, messieurs, que désormais on vous verra un peu plus ici, et que vous ne quitterez pas le château dès le matin pour ne revenir qu'au dîner.

— Moi, je te promets de tenir compagnie à ces dames, dit Alfred, et d'être aussi galant, aussi aimable que je pourrai.

— Je n'ose vous en promettre autant, dit Edouard, je sens que je suis un hôte assez ennuyeux; et puisqu'il vous arrive tant de monde, permettez-moi de vous quitter...

— Nous quitter!... vous éloigner avant mon mariage, sans assister à mon noce!... Non, certainement, je ne vous le permets pas! D'ailleurs, cela contrarierait ces dames; elles m'ont particulièrement demandé si mes deux amis étaient toujours au château, et recommandé de ne point vous laisser partir. Allons, c'est arrangé, vous restez... Et nous allons nous amuser!... Nous chasserons... M. le marquis m'a

dit qu'il aimait la chasse... Vous m'apprendrez à chasser, messieurs, car j'avoue que je n'ai jamais essayé... Mais ma future dit qu'un homme doit savoir tirer, par conséquent je veux devenir grand chasseur.

— Monseigneur, dit Férulus, l'arrivée de ces messieurs nous a interrompus; si vous le permettez, je vais recommencer ma pièce de vers, faite pour votre mariage. J'ai pris pour texte ce joli vers de Properce :

Nec domina ulla meo ponet vestigia lecto.

— Cela est à la fois galant et voluptueux. Je pars... — Pardon, monsieur Férulus, mais nous partons aussi; en nous lisant vos vers d'avance, vous nous ôteriez tout le plaisir de la surprise. D'ailleurs, il vient du monde, des dames; il nous faut soigner un peu plus notre toilette.

— C'est vrai, dit Robineau; et moi qui reste avec mon habit voyage!... François, venez habiller votre maître.

Alfred et Edouard sortent d'un côté, Robineau d'un autre; Férulus se voyant seul, mais résolu à réciter ses vers à quelqu'un, court après Jeannette, qu'il aperçoit dans la cour, et force la pauvre fille à écouter jusqu'au bout cent quarante alexandrins. Après quoi, lui prenant le menton, il lui dit : — Eh bien! comment trouves-tu?... Ah Dieu! quel *lapsus linguæ!* Comment trouvez-vous cela, Jeannette?

— Monsieur, j'aime mieux la complainte d'*Angélique et Médor.* Vous êtes une sotte, Jeannette; et vous n'êtes vraiment bonne qu'à bassiner des lits. — Ah! à propos de ça, monsieur, faites donc faire l'emplette d'une bassinoire; car, enfin, v'là l'automne qui arrive, s'il fallait bassiner beaucoup de lits comme ça au château, ça deviendrait fatigant! — Taisez-vous! je vous ai fait donner l'emploi le plus agréable, acquittez-vous-en avec grâce, et ne murmurez point.

La famille de la Pincerie avait promis d'arriver au château pour le dîner. Enfin, sur les quatre heures, la voiture d'osier arrive et rée entre dans la cour: on en voit descendre le papa, l'oncle et les deux dames; puis on en sort une multitude de cartons, de paquets, et le fusil de chasse de M. de la Pincerie, qui, par sa longueur, ressemble à une canardière. Robineau a voulu courir au-devant de la société; mais, à la vue de sa future, son émotion a été si forte, qu'il se laisse aller sur un fauteuil en disant : — Cette femme-là m'ôte l'usage de jambes... Qu'est-ce que ce sera donc quand je serai son époux!...

Alfred et Edouard vont offrir la main aux dames; mais, à l'aspect d'Alfred, mademoiselle Cornélie, prenant son grand air de fierté présente bien vite son bras à Edouard. De son côté la langoureuse Eudoxie, qui n'a pas été satisfaite de la conduite du jeune poëte, paraît avoir l'intention de reporter vers Alfred les sentiments qu'elle témoignait à Edouard.

M. le marquis ne s'occupe que de son fusil. L'oncle Mignon l'ordre de veiller au transport des cartons, pour que les parures de ses nièces ne soient pas trop secouées. Robineau, qui est parvenu à retrouver ses jambes, vient recevoir la compagnie, et la conduit au salon du rez-de-chaussée, en disant à mademoiselle de la Pincerie : Venez embellir ce séjour, dont vous serez bientôt dame et maîtress

Mais les dames ne veulent point s'arrêter au salon avant d'avoir été dans l'appartement qui leur est destiné refaire leur toilette, qu'elles trouvent dérangées par le voyage. Alors M. Férulus, qui a pris un air mielleux avec chaque personne de la famille, s'avance en disant :
— Je vais avoir l'honneur de conduire ces dames.

— Vous! monsieur? dit Eudoxie; cela est fort galant, sans doute; mais un domestique conviendrait mieux maintenant; car nous pouvons avoir mille choses à demander pour notre toilette, et vous concevez qu'il serait incohérent de s'adresser à vous.

— Ceci est de la plus parfaite logique, répond Férulus en s'inclinant. Alors Robineau appelle François, et lui dit : — Ayez l'honneur de conduire ces dames à leur appartement.

— Comment, vous nous donnez un homme pour femme de chambre! s'écrie Cornélie en haussant les épaules. Mais cela n'a pas le sens commun. Comment! est-ce que vous voulez que ce garçon nous lace, nous coiffe, nous habille?

— Ah! mille pardons? je suis absurde... François, allez chercher mamzelle Cheval...

— Qu'est-ce que c'est que ça? mademoiselle Cheval! dit la veuve d'un air effrayé. Ah! mon Dieu! je n'oserai jamais confier ma tête à cette fille-là...

— Oh! vous en serez contente; c'est ma cuisinière, mais c'est une fille qui a tous les talents; elle vous lacera vigoureusement...

— Ah! fi donc! dit Cornélie; c'est une horreur!... nous donner une cuisinière pour femme de chambre!... nos cheveux sentiraient le bouillon!... Je vous déclare, monsieur, que je ne veux pas que votre cuisinière m'approche. [1]

— Eh! monseigneur, dit Férulus, vous avez ce qu'il faut à ces dames.... Jeannette... qui est entrée au château pour tout faire, et a toujours les cheveux bouclés comme un nègre...

— C'est vrai! je suis si troublé, si heureux que je n'y pensais pas... Faites venir Jeannette.

— Au moins, dit madame de Hautmont, celle-ci a un nom humain. Jeannette arrive; comme François lui a dit qu'on allait lui donner de l'occupation, elle porte sa chaufferette sous son bras.

— Jeannette, dit Robineau, vous serez aux ordres de ces dames...

— Que tient-elle donc là? dit Eudoxie; c'est une chaufferette, je crois... Nous prenez-vous pour de vieilles douairières, ma petite, que vous nous apportez déjà ce meuble de bonne femme?

— Ah! c'est pas ça, madame, répond Jeannette en faisant la révérence; mais c'est que... comme mon emploi.. comme je suis pour réchauffer...

M. Férulus, qui est à côté de Jeannette, la tire et la pince pour qu'elle se taise. Heureusement Cornélie l'interrompt en lui disant :— Allons, c'est bon!... marchez devant nous... Mon oncle Mignon, les cartons sont-ils portés?...

— Ils le sont, répond Mignon en montrant ses énormes dents, et j'ai mis des épingles sur les pelotes.

Les dames se rendent à leur appartement. M. le marquis, qui a déjà craché dans tous les coins du salon, veut aussi aller visiter le sien; et l'oncle Mignon, qui est chargé des détails, va voir si l'on a bien remisé le carrosse et donné à manger au cheval.

— Comme la présence des dames donne tout de suite du mouvement, de la vie à une habitation! dit Robineau. L'arrivée de la famille de la Pincerie va joliment ranimer ce séjour, messieurs...! Ah! à propos, M. le marquis aime beaucoup le whist; il tient à le faire tous les soirs... qui est-ce qui fera sa partie?

— Ce ne sera pas moi, dit Edouard, car je ne le sais point. — Moi, je le sais; mais comme il m'ennuie, je ne le jouerai pas! dit Alfred.

— Moi, monseigneur, je me flatte de le jouer correctement, dit Férulus. — Fort bien, monsieur Férulus! vous, l'oncle Mignon... et moi, s'il le faut, quoique je ne sache pas trop... c'est égal... on me conseillera; d'ailleurs mademoiselle Cornélie m'a dit qu'elle tenait beaucoup à ce que je fisse la partie de son père. Quel dommage que nous n'ayons pas seulement un clavecin ici!... ma future en touche, et sa sœur chante comme Orphée... Quoi! pas un pauvre petit instrument ici pour accompagner les chanteuses!...

— Tu pourrais faire venir M. Cheval avec son tambour. — Alfred, pas de mauvaise plaisanterie.

— Monseigneur, je joue assez joliment du fifre, dit Férulus, et si cela pouvait être agréable à ces dames...

— Nous verrons, je le proposerai. Mais elles ne reviennent pas!... Le dîner est-il prêt?

— Tout prêt, monseigneur; ma seule crainte est qu'il ne refroidisse.

— Ah! tu n'y es pas, mon cher, dit Alfred, je gage que ces dames ne redescendent pas avant une heure d'ici... Tu ne sais pas ce que c'est que deux toilettes à faire... surtout lorsqu'on n'a qu'une femme de chambre!... Mais, tiens, voici toujours l'oncle; je ne lui ai pas encore entendu dire autre chose que : Oui, mes nièces. Je suis curieux de savoir s'il sait une autre phrase.

L'oncle, après avoir vu manger le noble coursier de son frère, venait se joindre à la société. Il entre en saluant, en souriant et en sautillant; puis il regarde tout le monde sans souffler un mot.

Mais Alfred va à lui en disant : — On assure que M. le marquis aime beaucoup la chasse... vous l'aimez sans doute aussi, monsieur?

— Oui... oh! oui... je vais à la chasse, répond Mignon en se grattant le nez. — Vous êtes bon tireur? — Tireur!... non... oh! je ne tire jamais... — Et qu'allez-vous donc faire à la chasse alors?... — Mais je porte les ombrelles de ces dames... — Comment! est-ce que ces dames chassent aussi? — Oui, oui!... oh! Cornélie abat souvent des lièvres... — Et sa sœur? — Eudoxie ne tire pas, mais elle suit la chasse; le mouvement du cheval est très-bon pour ses nerfs... Ah! pardon... je crois que mes nièces m'appellent... j'aurai peut-être oublié un carton!...

Mignon sort vivement du salon, et Robineau dit à ses amis : — Vous conviendrez, messieurs, qu'il est difficile de voir un oncle plus aux petits soins!... Aussi Cornélie m'a-t-elle dit de le prendre pour modèle. — Sois tranquille, Robineau, je te réponds qu'on te dressera aussi bien que lui.

Après une grande heure, pendant laquelle M. Férulus n'a fait qu'aller de la salle à manger à la cuisine, les dames reparaissent enfin, conduites par Mignon et suivies du marquis. La toilette des deux sœurs n'offre rien d'extraordinaire. Edouard s'étonne qu'elles aient pu être si longtemps pour avoir fait si peu de changement dans leur costume; mais Eudoxie commence par dire : — Ne nous regardez pas, messieurs, nous devons être horribles!... épouvantables!... cette grosse fille ne sait nullement coiffer, et puis nous avons craint de vous faire attendre... Nous nous sommes hâtées, et nous avons sacrifié toute coquetterie!

— Combien donc leur toilette dure-t-elle quand elles y mettent le temps? dit tout bas Alfred tandis que Férulus s'écrie : — Je crois voir Vénus et Psyché!

On va se mettre à table. Cette fois, c'est Alfred qui est près d'Eudoxie. Mais Edouard n'en est nullement jaloux; il est à côté de la fière Cornélie, qui daigne quelquefois s'adoucir avec lui.

— Mon château n'est pas encore ce qu'il sera dans quelque temps, dit Robineau en regardant amoureusement sa future, je tâcherai cependant de vous en rendre le séjour agréable; mes amis... me seconderont de tout leur pouvoir. Grâce à votre présence, mesdames, je pense qu'on les verra plus souvent ici... car, Dieu merci, depuis que

nous y sommes arrivés, ils n'y ont pas fait grand séjour; dès le matin, ces messieurs partaient et ne revenaient qu'à l'heure du dîner.

— Ces messieurs aiment la promenade? dit Eudoxie.

— L'exercice est très-salutaire, dit le marquis; c'est dommage qu'on y use ses bottes et ses culottes... Je cherche depuis longtemps quelque chose d'économique pour remplacer cela.

— Pour remplacer les culottes, monsieur le marquis? — Non, les bottes seulement. Je crois que j'ai retrouvé l'ancienne chaussure des Phocéens; cela serait bien avantageux pour ceux qui ont une belle jambe!...

— Ce n'est pas seulement pour le plaisir de la promenade que ces messieurs couraient les champs tous les matins, reprend Robineau en se donnant un air malin.

— Ils chassaient? dit le marquis.

— Non... non... c'est-à-dire ils chassaient bien, si vous voulez... mais c'était un gibier... qui... que...

— Expliquez-vous donc, monsieur! dit Cornélie; on ne vous comprend pas.

— Il me semble, monsieur de la Roche-Noire, dit Edouard, que ces dames se soucient fort peu de savoir où nous allions.

— Ah! ah! mesdames, voyez-vous... le poëte rougit déjà! s'écrie Robineau en riant. C'est qu'il est bon que vous sachiez que nous avons une sorcière dans les environs...

— Une sorcière! dit Eudoxie avec effroi tandis que Mignon laisse un moment reposer sa fourchette et regarde Robineau.

— Une sorcière! dit Cornélie d'un air de pitié; ah! je ne crois pas aux sorcières, moi!...

— Vous entendez bien, mesdames, que c'est une façon de parler... — C'est égal, dit Eudoxie; si elle tire les cartes, j'irai la consulter : où demeure-t-elle?

— A deux lieues d'ici environ, dans une jolie petite vallée entourée de montagnes et près du village de Chadrat.— Elle doit avoir un hibou, une chouette et un chat noir, dit Mignon.

— Je ne lui ai rien vu de tout cela; répond Alfred en souriant; mais, en revanche, elle a les plus beaux yeux du monde, des dents blanches comme la neige, et une voix extrêmement douce.

— Ah! mon Dieu! quel portrait! s'écrie Cornélie d'un air de dépit, il paraît que monsieur l'a beaucoup regardée...

— C'est donc une jeune fille? dit Eudoxie.

— Oui, mesdames, reprend Robineau; c'est une jeune fille assez bien... quoique je ne lui trouve rien d'extraordinaire... une villageoise, une chevrière, enfin, qui, à ce que disent les bergers des alentours, jette des sorts sur les bêtes... et je crois qu'elle en a jeté un sur ces messieurs...

— Ah! c'est une jeune fille, reprend Eudoxie en regardant Alfred; et c'est près d'elle que ces messieurs dirigeaient leurs pas!... Je commence à comprendre.

— Moi je ne comprends pas du tout le plaisir que l'on peut trouver à parler avec des gardeuses de chèvres, dit Cornélie d'un air de dédain.

— Si vous aviez entendu parler celle-là, mademoiselle, dit Edouard, vous nous trouveriez fort excusables. Ce n'est point une paysanne comme toutes celles que l'on rencontre dans les montagnes; c'est une jeune fille dont les manières sont polies, gracieuses, dont l'esprit est fin et délicat, la voix douce et touchante, et qui s'exprime aussi bien qu'une personne qui a reçu de l'éducation.

— Ah, monsieur! comme vous vous échauffez!... dit Cornélie d'un air moqueur. Vous êtes, je le vois, le chevalier de cette fille extraordinaire!...

— Mademoiselle, je lui rends justice; voilà tout.

— Ah! permettez, monsieur, dit Eudoxie : si cette... chevrière était telle que vous le dites, ce serait donc en effet une sorcière; car enfin, qui lui aurait appris à parler, à s'exprimer autrement que les autres filles des champs?... à moins qu'elle n'ait pas toujours habité les montagnes, que ce ne soit une Ariane abandonnée.

— La conséquence est extrêmement judicieuse! dit Férulus; elle ne peut avoir appris sans maître... et, hormis mon pensionnat, où elle n'a pas été, je ne vois pas trop de maître ès arts dans les environs.

— J'avoue, mesdames, dit Alfred, qu'il y a bien en effet quelque chose d'inexplicable dans ce qui concerne cette jeune fille; mais je crois que cela ajoute encore aux charmes de sa personne.

— Les charmes d'une gardeuse de vaches!... cela doit être séduisant! dit Cornélie en souriant avec ironie.

— Mademoiselle, dit Edouard, un peu de miséricorde pour quelqu'un que vous ne connaissez pas!...

— Oh! messieurs, je vois qu'on serait très-mal venu d'en dire du mal devant vous!... Je vous laisse votre bergère!... Mais j'avoue que je ne me serais jamais douté que deux jeunes gens d'aussi bon ton pussent se plaire avec une nature si rustique!...

— Moi, je dis qu'il faut la voir pour bien la juger, dit le marquis, j'irai chasser de ce côté-là.

— Monsieur le marquis dit vrai, répond Férulus; il ne faut pas parler sans connaître. Tout le monde parle de la belle *Hélène*, mais peu de gens savent qu'elle eut cinq maris : *Thésée, Ménélas, Pâris, Deiphobe, Achille*; qu'elle fut pendue dans l'île de Rhodes par les servantes de *Polyxo*; et que, dans la guerre dont elle fut cause, il mourut huit cent quatre-vingt-six mille hommes du côté des Grecs, et six cent soixante-seize mille du côté des Troyens.

— Ah! mon Dieu!... le voilà entré dans l'histoire, dit Eudoxie à Alfred.

— Monsieur, dit Cornélie à Férulus, les noms grecs et romains me font mal aux oreilles; parlez-nous de choses plus modernes.

M. Férulus s'incline et avale un verre de beaune pour faire passer cette petite contrariété. Pendant ce temps, Robineau, pour prouver sa flamme à sa future, appuyait tendrement son pied sur le sien; mais mademoiselle Cornélie pousse un cri en disant : — Eh bien! qui est-ce qui me marche sur le pied comme cela!... est-ce que c'est vous, monsieur?

Robineau devient écarlate et balbutie : — Oui, j'avoue... que j'ai voulu vous faire entendre !... vous...

— J'ai été fort longtemps en Turquie, mon médecin me l'avait ordonné : Tantignac, me disait-il, tu as trop de santé; achète-toi bien vite un sérail, sinon tu es un homme mort.

— Monsieur, je n'aime pas qu'on me marche sur les pieds! Vous m'avez fait un mal horrible !... Je vous prie de ne pas recommencer.

Robineau, confus, baisse les yeux et ne sait s'il doit se mettre aux genoux de Cornélie; enfin, pour se tirer d'embarras, il remet la conversation sur Isaure.

— Mesdames, pour en revenir à la jeune fille des montagnes, ce qu'il y a encore de plus surprenant, c'est qu'elle habite seule près d'un endroit qui est la terreur de tous les habitants du village voisin. Cet endroit est une maison appelée la Maison Blanche.

— Et que se passe-t-il donc dans cette Maison Blanche? demande Eudoxie.

— Ce qu'il s'y passe! répond Robineau, oh! d'abord!... on n'en sait rien; mais il paraît évident qu'il s'y passe quelque chose. Elle est inhabitée, et on y aperçoit des lumières... on y entend du bruit, et on n'y voit personne !... C'est très-drôle, n'est-ce pas?

— C'est effrayant, dit Mignon. — Cela n'a pas le sens commun, dit Cornélie.

— Enfin, mesdames, la susdite bergère est la seule qui n'ait pas peur de la Maison Blanche, et elle loge tout à côté... C'est étonnant pour une jeune fille !... hein ?

— Belle malice! dit Eudoxie, c'est que c'est son amant qui loge dedans, et elle sait bien que ce n'est pas le diable.

— Son amant! s'écrie Edouard, qui, frappé de l'idée de la veuve, est devenu tout à coup pâle et tremblant.

— Ah, mon Dieu! monsieur, que vous m'avez fait peur, dit Cornélie; j'ai cru qu'il vous prenait une attaque de nerfs!

— Pardon, mademoiselle! mais je ne sais... il m'est monté une chaleur. — On ne s'en douterait pas ; vous êtes tout pâle!...

— Allons, mon cher Edouard! dit Alfred, qui s'est aperçu du trouble de son ami, laissons là la Maison Blanche, qui ne mérite pas de nous occuper, et buvons ce champagne à la santé de ces dames.

Les yeux d'Alfred cherchaient à calmer, à rassurer Edouard; celui-ci se remet, il sent qu'il a tort de s'affecter pour un mot dit au hasard par quelqu'un qui n'a jamais vu Isaure. Cependant ce mot cruel l'a blessé au cœur.

Pour faire cesser une conversation qui lui est pénible et se venger un peu de Robineau, Edouard lui dit : — Mais vous, monsieur de la Roche-Noire, qui savez si bien ce qu'il y a d'extraordinaire ou de curieux dans les environs, savez-vous tout ce que renferme votre château ?

— Mon château ?.... mais maintenant il renferme une famille illustre et des femmes adorables ?

— C'est très-bien, mais ce n'est pas tout; vous ignorez, je le vois, qu'il y a dans ce vieux castel un fantôme, un revenant!

— Un revenant chez moi ! s'écrie Robineau, qui à son tour change de couleur.

— Un revenant ! disent tous les membres de la famille de la Pincerie; et l'oncle Mignon, dans son épouvante, laisse tomber sur ses genoux la tasse de café qu'il allait prendre.

— Ma foi, je n'en savais rien non plus! dit Alfred.

— Allons, c'est une plaisanterie, une espièglerie de monsieur Edouard, reprend Robineau en tâchant de sourire.

— Non vraiment, du moins à en croire vos gens; car, pour moi, j'avoue que je n'ai rien vu; mais votre jockey assure que la tour du Nord est visitée la nuit par un fantôme; et votre jardinier Vincent prétend avoir rencontré le soir, dans les jardins, un personnage mystérieux qui a fui à son approche. Voilà du moins ce que m'a dit François, votre valet de chambre, en me demandant si c'était moi qui avais été la nuit dans la tour et dans les jardins.

Robineau, qui voit qu'Edouard parle sérieusement, ne peut cacher l'émotion que lui cause cette nouvelle. — Comment! mes gens ont vu tout cela, et ils ne m'en ont rien dit! s'écrie-t-il. Et vous, qui savez tant de choses, monsieur Férulus, comment se fait-il que vous ne sachiez pas cela ?

Les époux Gérard ne peuvent se donner le bras en marchant, parce que les hanches de madame et de monsieur s'y opposent.

— Monseigneur, dit Férulus, j'avais eu vent de ces bruits vagues; mais il m'a semblé qu'avant d'avoir la certitude qu'il y avait quelque chose d'extraordinaire, il était inutile de vous parler de cela.

— Pourquoi donc inutile? est-ce que je ne suis pas le maître de ce château ?... est-ce que je ne dois pas être instruit le premier de tout ce qui s'y passe ?

— Recte dicis, monseigneur; mais il n'est pas entré de voleur dans ce castel, puisqu'on n'y a rien dérobé. Alors ce serait donc un esprit que l'on aurait aperçu... mais y a-t-il des esprits ? Voilà la question : les Egyptiens, les Gaulois, les Vandales, les Ostrogoths affirment...

— Monsieur Férulus, il n'est pas question d'Ostrogoths! Je veux qu'on m'explique ce qui a paru extraordinaire à mes gens. François, faites venir mon jockey et mon jardinier... faites venir aussi le concierge... faites venir toute la maison, ça vaudra mieux.

François va chercher ses camarades, et Cornélie dit à Robineau :

— D'honneur, monsieur, vous mettez à cela un intérêt, une vivacité... Je pense bien que vous ne croyez pas aux revenants... Ah ! Dieu !... un homme poltron, cela fait pitié !...

— Certainement, mademoiselle, ma bravoure est connue... mes amis pourront vous dire que nous avons passé la nuit dans les montagnes, dans une mauvaise hutte dont la porte ne fermait pas...

— Oui, mademoiselle, reprend Alfred, et cette nuit-là la Roche-Noire a fait des choses... que je n'aurais pas faites, moi.

— Certainement, dit Robineau en se pinçant les lèvres. Quant aux fantômes, je n'y crois pas le moins du monde !... Mais je veux savoir pourquoi mes valets se permettent de répandre des bruits qui n'ont pas le sens commun.

— Oh ! oui, monsieur, dit Eudoxie, il faut savoir ce que c'est, car j'ai peur de tout, moi ; et ce serait une perfidie de nous faire venir dans un château habité par des esprits.

— Ça serait même malhonnête, dit tout bas l'oncle Mignon en suivant la société qui vient de quitter la table pour se rendre au salon, où bientôt tous les domestiques arrivent en bloc, suivant l'ordre de leur maître.

— Quel est celui d'entre vous qui a vu quelque chose ou quelqu'un la nuit dans la tour du Nord ? dit Robineau en se penchant avec grâce dans un grand fauteuil, tandis que les dames et les deux jeunes gens causent un peu plus loin sur un immense canapé.

Les valets se regardent quelque temps sans répondre ; enfin Benoît s'avance, en disant :

— Je crois que c'est moi, monseigneur.

— Voyez-vous ! il n'en est déjà plus certain, dit Férulus : *Oculos habent et non videbunt !...*

— Monsieur Férulus, dit Robineau avec impatience, pourquoi parlez-vous latin à mes gens ? Vous savez bien qu'ils ne l'entendent pas !... Parbleu, si je voulais, je leur parlerais latin, aussi, moi ; et même latin de cuisine, ce qui serait beaucoup plus à leur portée.

— Monseigneur, je citais un passage de l'Ecriture.

— Vous êtes un homme terrible avec vos passages !... D'ailleurs, quand on est avec des dames, on ne doit jamais se servir d'une langue morte.

Férulus s'incline et va s'asseoir dans un coin du salon, d'où il lorgne Jeannette. Robineau reprend son interrogatoire.

— Dites-moi, Benoît, ce qui vous a fait peur.

— Peur ! oh ! j'ai pas eu peur, monseigneur !... j'ai seulement été étonné, v'là tout !

— Il ment comme un tireur de dents ! s'écrie mamzelle Cheval ; il avait si ben eu peur, que le lendemain, en nous disant ça, il était encore pâle comme un navet.

— Oui, dit Cunette, qui se tient derrière ses camarades, parce qu'il a dîné et qu'il ne se sent pas très-ferme sur ses jambes, ce dont il a grand'peur que son maître ne s'aperçoive, mais ce qui ne l'empêche pas de vouloir toujours parler. Oui... il a eu peur !... Ça veut être jaquet, et ça n'a pas de nerfs dans les os !

— Taisez-vous, vous autres, et laissez parler Benoît. Qu'avez-vous donc vu la nuit ?

— Monseigneur, dit Benoît, j'étais à ma fenêtre parce que je ne dormais pas... o

— D'abord tu devais dormir, dit Cunette... Robineau fait un geste menaçant, le concierge se tait.

— J'ai regardé par hasard la vieille tour... où on ne loge pas, et j'ai vu une lumière dans les fenêtres tout en haut...

— D'abord, tout en haut, il n'y a pas de fenêtres, puisque c'est la plate-forme, dit Cunette à demi-voix.

— Et cette lumière, qu'est-ce qu'elle a fait ? demande Robineau avec un vif intérêt.

— Ce qu'elle a fait !... elle a été et venu... Puis je ne l'ai plus vue, monseigneur.

— Mes gens, quel est celui ou celle d'entre vous qui a été la nuit dans la vieille tour avec une chandelle ?

— Ce n'est pas moi, disent tous les domestiques.

— Alors cela devient singulier, dit Robineau. Et vous, Vincent, qui avez-vous rencontré dans les jardins ?

Le jardinier s'avance avec l'air de mauvaise humeur qui lui est habituel, et une livrée qui n'est plus reconnaissable tant elle est tachée et couverte de terre, et s'écrie : — Qui j'ai rencontré ?... Pardi ! si je savais qui, ça irait tout seul... mais justement je ne sais pas qui.

— Vous deviez appeler du monde et arrêter la personne qui osait, sans ma permission, se promener le soir dans mes jardins.

— Ah !... je devais !... je ne peux pas tout faire, moi ! D'ailleurs je ne pouvais pas courir... je suis trop gêné dans mes habits pour ça !...

— Comment ! monsieur Vincent, c'est votre livrée que vous avez déjà gâtée ainsi ?

— Mon maître, il ne fallait pas me donner une couleur si salissante pour planter, arroser et bêcher la terre... voilà !

— Mes gens, reprend Robineau en s'adressant à ses domestiques, puisque vous ne savez pas au juste ce qui vous a fait peur, je veux bien pour aujourd'hui que cela se passe ainsi ; mais la première fois que vous entendrez quelque bruit, ou que vous verrez quelque chose de suspect dans le château, je vous ordonne de savoir sur-le-champ ce que c'est... et cela, sous peine d'être mis à la porte, parce que je ne veux pas qu'on ait peur chez moi. Allez.

Tous les domestiques s'éloignent, et Robineau s'avance vers les dames en disant :

— Je crois que je leur ai parlé ferme.

— Je crois, monsieur, que vous avez fait beaucoup de bruit pour rien... dit Cornélie.

— Moi, je ne suis pas si courageuse que ma sœur, dit madame de Hautmont, je suis sûre que, malgré moi, je rêverai cette nuit de lutins, de farfadets... Et puis ce château a un aspect si gothique ! De grâce, monsieur de la Roche-Noire, ne nous logez pas trop loin de ces messieurs... car la nuit... si j'entendais quelque chose... si j'avais peur... qui est-ce qui viendrait à mon secours ?

— Rassurez-vous, madame, dit Alfred ; mon appartement donne aussi sur la grande galerie... ma porte est presque en face de la vôtre ; au plus léger bruit j'irai vous offrir mes services.

— Ah ! tant mieux, monsieur ! je me mets sous votre sauvegarde... sous votre protection !

Cornélie regarde en dessous sa sœur et Alfred en disant à demi-voix :

— Comme c'est commode d'avoir peur !...

Pour distraire agréablement la société, M. Férulus s'avance avec sa pièce de vers, et propose d'en faire la lecture. Mais le dîner s'est prolongé tard. La famille de la Pincerie est fatiguée. Déjà M. le marquis commençait à ronfler dans son fauteuil ; on juge plus convenable de l'envoyer ronfler dans son lit. Tout le monde se retire, chacun armé d'un flambeau, dont la lumière ne brille que comme un point dans les vastes corridors du château ; puis tour à tour chaque lumière disparaît ; et, de même que sur le papier que le feu vient de consumer, tous ces rayons lumineux s'éteignent pour ne plus laisser qu'une entière obscurité.

Robineau avec son beau-père le marquis de la Pincerie.

CHAPITRE XXIII. — Inquiétude. — Jalousie.

Depuis quinze jours la famille de la Pincerie est établie au château de la Roche-Noire, où Robineau fait son possible pour procurer différents agréments à la société; le temps s'y passe cependant d'une manière assez uniforme. Les dames, qui se lèvent aussi tard à la campagne qu'à la ville, ne descendent qu'à l'heure du déjeuner; ensuite elles remontent pour s'occuper de leur toilette, et cela dure jusqu'à midi. On se retrouve alors au salon; on y cause, ou l'on se promène dans les jardins. Plusieurs fois Robineau a proposé une promenade dans les montagnes; mais, si le temps est beau, Eudoxie craint la chaleur; elle craint la pluie, si le temps est couvert, et elle craint l'humidité quand le temps est sombre. Est-elle cependant résolue à braver les éléments, c'est Cornélie qui ne veut plus sortir, parce que, se doutant qu'Alfred sera le cavalier de sa sœur, elle ne se soucie pas de donner constamment le bras à son futur, avec lequel elle semble penser qu'elle aura assez le temps de se trouver en tête-à-tête.

Quant à Edouard, la présence de la famille de la Pincerie ne l'empêche pas de continuer d'aller chaque matin voir Isaure; il revient seulement un peu plus tôt au château; mais on ne le voit jamais au déjeuner, ce qui est un sujet de plaisanterie continuelle pour Robineau; tandis que les dames, fort scandalisées que l'on puisse préférer la promenade ou une chevrière à leur société, traitent Edouard avec beaucoup de froideur et lui lancent dans la journée des épigrammes que le jeune homme écoute avec une indifférence et une politesse qui augmentent encore le dépit des filles de M. le marquis.

M. de la Pincerie, qui avait annoncé de si belles dispositions pour la chasse, et qui passe tous les matins une heure à examiner son fusil, ne s'est pas encore trouvé assez dispos et vigoureux pour se mettre en campagne; et quoique Robineau ait fait l'emplette d'un fort beau fusil, il ne paraît pas empressé de s'en servir. Quant à l'oncle Mignon, il est toujours prêt à faire tout ce qu'on veut; on l'a tellement habitué à cela, que le bonhomme se croirait malade s'il avait une volonté à lui.

Les dames montent ordinairement dans leur appartement une heure avant le dîner pour faire des changements dans leur toilette. M. Férulus fait ensuite tout ce qu'il peut pour qu'on tienne table longtemps, chose dans laquelle l'oncle Mignon le seconde assez bien. Quand on retourne au salon, la table de whist est dressée, et M. le marquis ne laisse pas cinq minutes d'intervalle entre le dîner et le jeu. Mignon, M. Férulus et Robineau font la partie de M. de la Pincerie. Comme la Roche-Noire joue fort mal, il est ordinairement grondé pendant toute la durée du jeu; et, si par hasard il tourne la tête ou adresse un mot aux dames, qui, plus loin, causent avec les jeunes gens, M. le marquis lui dit avec beaucoup d'humeur : — Monsieur, soyez donc à ce que vous faites!... ce n'est pas avec les dames que vous jouez, c'est avec nous!

Alors Robineau s'incline d'un air soumis en balbutiant : — Pardon! c'est juste!... c'était une distraction!... Mais comme cela commence a l'ennuyer de jouer tous les soirs au whist, et d'être grondé depuis sept heures jusqu'à dix, Robineau presse le moment de son hymen, parce qu'il espère alors s'amuser un peu plus.

On n'a plus entendu parler de revenants ni de bruits nocturnes; Robineau plaisante et rit avec la veuve lorsqu'elle dit avoir encore peur. Depuis quelques jours, cependant, Eudoxie semble plus rassurée, et compter beaucoup sur l'appui de son voisin. Il est vrai qu'Alfred, qui pour tenir sa promesse ne va plus à la demeure d'Isaure, fait ce qu'il peut pour éprouver une légère inclination pour la langoureuse Eudoxie, qui ne demande qu'à trouver quelqu'un avec qui elle puisse échanger des soupirs.

On est au milieu de septembre; les jours deviennent courts et les matinées froides. Edouard est souvent arrivé près de la demeure d'Isaure avant que l'on songe à se lever au château. Heureux seulement lorsqu'il est près de la jeune fille, c'est toujours avec un nouveau plaisir qu'il la revoit, et avec plus de peine qu'il la quitte. Chaque jour Edouard découvre une nouvelle qualité dans celle qui l'a charmé. L'âme naïve et pure d'Isaure s'épanche avec franchise dans celle de son amant; elle aussi se montre heureuse de l'aimer, et cet amour mutuel semble à chaque instant augmenter encore. Cependant, quand Edouard dit à la jeune fille : — Puisque nous nous aimons si bien, pourquoi ne pas être entièrement l'un à l'autre, pourquoi nous séparer ainsi chaque jour? Isaure soupire et se tait, mais ses yeux, se dirigeant vers la Maison Blanche, indiquent que c'est de là que vient cet obstacle qui s'oppose à leur bonheur.

Ce mystère tourmente Edouard; il lui est pénible de penser qu'Isaure a des secrets pour lui; il ne peut douter qu'elle l'aime, et pourtant la jalousie pénètre dans son cœur. De qui serait-il jaloux? Isaure est incapable de le tromper, il en est persuadé lorsqu'il est auprès d'elle; mais est-il éloigné, mille pensées l'agitent; et malgré lui, ce qu'Eudoxie a dit lui revient souvent à l'esprit.

Plusieurs fois, après avoir dit adieu à Isaure, Edouard est revenu doucement sur ses pas. Alors, se tenant caché derrière des arbres, le jeune amant a constamment les regards attachés sur la demeure de la jeune fille. Lorsque celle-ci sort de sa maisonnette, Edouard la suit de loin; pendant des heures entières il l'observe; mais il la voit toujours seule, courant près de ses brebis, ou tranquillement assise sur un tertre de gazon, souriant naïvement aux bonds de ses chèvres, puis regardant la route par laquelle s'est éloigné son amant. Si ses regards se portent du côté de la maison mystérieuse, alors une expression de tristesse, d'inquiétude, se manifeste dans ses traits; mais elle ne quitte pas pour cela la place où elle se repose habituellement, et personne ne sort de la Maison Blanche pour venir lui parler.

Honteur d'avoir cédé à des mouvements de jalousie, Edouard est prêt à courir se jeter aux pieds d'Isaure; mais il se contient, la regarde entrer dans sa demeure, puis se dirige mystérieusement vers la Maison Blanche, et, arrivé contre la porte de cette habitation, écoute attentivement si aucun bruit ne se fait entendre dans l'intérieur.

Quoique rien jusqu'alors n'ait pu justifier ses secrètes inquiétudes, Edouard n'est point le maître de les surmonter; il sent qu'il ne sera pas tranquille tant qu'il ne connaîtra point cet obstacle qui l'empêche d'être l'époux d'Isaure. Chaque jour il la supplie de lui confier ce qui peut la retenir près de la Maison Blanche, ce qui l'empêche de consentir à être maintenant son épouse; mais toujours Isaure se tait, ou elle dit à son amant : — Pardonnez-moi; je ne puis parler... ce secret n'est pas le mien!... attendez encore... d'ailleurs, ne sommes-nous pas heureux maintenant, puisque nous pouvons chaque jour nous répéter que nous nous aimons?...

Une jeune fille peut se contenter de ce bonheur; il satisfait son âme, il suffit à son cœur; elle peut ne point en désirer d'autres; mais il n'en est pas ainsi d'un jeune amant; l'assurance d'être aimé, le plaisir de presser dans ses bras son amie n'est point assez pour lui, il ne se contente pas avec des regards et des serments. Edouard sent bien qu'il ne saurait être longtemps maître de lui-même; il connaît les dangers de leur situation, et pourtant il ne voudrait pas flétrir cette jeune fleur avant qu'il lui fût permis de la cueillir.

Un matin, après avoir encore fait d'inutiles instances près de la jeune fille, pour savoir ce qui peut l'empêcher de disposer de sa main, Edouard s'est éloigné tristement de la maisonnette, et ses regards se portent avec une sombre inquiétude vers la Maison Blanche. Le temps est mauvais, déjà un brouillard assez épais couvre la vallée. Isaure ne doit point sortir de sa maisonnette. Après avoir feint de regagner la route du château, Edouard revient sur ses pas, prend un détour et arrive de nouveau contre les murs de la maison abandonnée.

La jalousie s'est glissée dans le cœur d'Edouard; il ne sait à quel projet s'arrêter pour découvrir si quelqu'un habite secrètement la Maison Blanche; ses yeux se portent sur les fenêtres : celles du rez-de-chaussée sont fermées avec des volets de bois, celles du premier étage avec des persiennes.

Edouard fait le tour de la maison et des murs du jardin. Tout à coup il songe qu'en pénétrant dans ce jardin, il pourrait peut-être découvrir ce mystère qu'on lui cache. Il rejette d'abord cette idée comme indigne de lui. S'introduire dans une maison en escaladant les murs est un moyen qui répugne à sa délicatesse. Cependant cette demeure est abandonnée, personne ne saura qu'il a cédé à ce mouvement de curiosité. Il porte involontairement ses regards autour de lui; le brouillard qui règne dans les montagnes empêche que l'on ne distingue la demeure d'Isaure; par conséquent, il est impossible que de chez elle la jeune fille puisse maintenant l'apercevoir. Il s'approche des murs du jardin. Ces murs ont bien six pieds de haut; mais en plusieurs endroits ils sont dégradés; deux pierres se sont détachées, et d'autres qui font saillie en rendent l'escalade très-facile.

Edouard a les yeux fixés sur cette enceinte; les soupçons dont il ne peut se défendre, le secret qu'on lui cache et qui semble renfermé dans cette maison, tout le pousse à tenter l'entreprise; il porte encore ses regards autour de lui... mais il est bien seul, aucun bruit ne se fait entendre... En quelques secondes il a gravi le mur, il saute de l'autre côté, et il est dans le jardin de la maison.

Edouard n'est pas maître de son émotion; on en éprouve malgré soi lorsque l'on sent qu'on fait quelque chose de mal; il s'arrête un moment et regarde autour de lui.

Le jardin est grand, mais il est inculte; les ronces, les herbes sauvages croissent dans les allées, où il semble que depuis longtemps aucun pied ne les a froissées; les arbres entièrement négligés ont étendu sur des arbres voisins leurs branches nouvelles, que n'a point émondées la serpe du jardinier; les fleurs sont tombées par feuilles au bas du buisson qu'elles ornaient; et les fruits se sont en partie desséchés sur les branches qui les portent.

Edouard s'avance avec précaution dans le premier chemin qui s'offre à lui. A chaque pas ses pieds s'embarrassent dans les herbes et les branches. Tout annonce que depuis longtemps on a entièrement cessé de s'occuper de ce jardin. Dans un bosquet un peu moins encombré, il aperçoit un banc à dossier; ce banc n'est pas couvert de feuilles et de poussière, et le chemin qui mène au bosquet semble avoir été plus fréquenté que le reste du jardin.

Edouard se dirige du côté de la maison; il arrive devant une petite cour. La grille, qui sépare cette cour du jardin, n'est point fermée. Le voilà donc tout près de la maison. De ce côté, les fenêtres ne sont point closes par des volets; la porte qui donne du rez-de-chaussée sur le jardin est vitrée, et ne paraît fermée en dedans que par une espagnolette.

Edouard écoute quelque temps, mais pas le moindre bruit ne se fait entendre dans la maison. Dans un coin de la petite cour est une petite écurie où il y a encore de la paille, de l'avoine ; tout annonce que des chevaux y ont séjourné ; mais c'est surtout dans l'intérieur de la maison que le jeune amant brûle de porter ses regards. Un des carreaux d'une fenêtre du rez-de-chaussée est cassé, et permet de passer facilement la main à travers : par là on peut ouvrir la fenêtre et pénétrer dans la maison. Après avoir hésité encore, Edouard cède au désir de découvrir ce que lui cache Isaure. La fenêtre est ouverte, et bientôt il est dans l'intérieur du rez-de-chaussée.

Quand il est dans les appartements, Edouard voit à peine autour de lui, car le temps est sombre, et les fenêtres qui donnent sur la campagne étant parfaitement closes, il pénètre peu de clarté par le côté du jardin ; peu à peu Edouard s'habitue à ce demi-jour, et il peut examiner tout ce qui est autour de lui.

Les meubles sont anciens ; mais ils semblent n'avoir presque pas servi ; ils sont couverts de poussière : cependant, sur une table à manger sont encore les débris d'un repas, des assiettes, un verre et une bouteille dans laquelle il y a encore du vin.

— Si cette maison n'est pas constamment habitée, se dit Edouard, au moins est-il certain que l'on y vient quelquefois ; mais est-ce un homme, est-ce une femme qui se rend mystérieusement en ce lieu ?

Edouard passe dans un vestibule qui sépare les deux pièces du rez-de-chaussée. C'est ce vestibule qui a une porte sur le dehors et l'autre sur le jardin : il le traverse, et se trouve dans la seconde chambre du bas ; elle est peu meublée, mais il y a une petite bibliothèque dont les rayons sont garnis de livres. Edouard en prend un au hasard ; en examinant la reliure, il lui semble qu'elle est absolument pareille à celle qui couvre des volumes qu'il a vus entre les mains d'Isaure.

— Oui, c'est d'ici que lui viennent les livres qui sont chez elle ! dit Edouard, qui sent à chaque instant redoubler sa curiosité. Cette bibliothèque est pour elle... Ah ! voici des grammaires... des abrégés sur l'histoire, la géographie, des traités de culture, de botanique : certes, on n'aurait pas tout cela dans une bibliothèque, si l'on ne s'en fût servi pour l'instruction de quelqu'un... Oui, c'est la personne qui vient ici qui a fait l'éducation d'Isaure... tout ce qu'elle sait de plus que les paysannes, c'est ici sans doute qu'elle l'aura appris ! Et le jeune amant pousse un soupir, car il craint que l'on n'en ait trop appris à celle qu'il aime.

Edouard quitte cette pièce et monte un escalier qui donne sur le vestibule et conduit aux appartements du premier. Les clefs sont sur toutes les portes : il entre dans une chambre à coucher ; le lit défait indique qu'on a passé la nuit en cet endroit. Edouard, plus oppressé encore, regarde avec soin autour de lui : le secrétaire est fermé à clef, la commode l'est également ; mais sur une table il aperçoit une paire de petits pistolets de poche ; il les prend, les examine : les armes sont chargées.

— Des pistolets ! se dit Edouard : ce n'est pas une femme qui porte de telles armes !... cependant.... quelquefois en voyage.... Oh ! non ! non ! c'est un homme qui vient secrètement dans cette maison.... Un homme ! et Isaure ne veut pas s'éloigner de cette demeure !... Elle ne peut encore, dit-elle, me donner sa main !... Si cet homme était son père ?... Mais elle m'a encore dit ce matin qu'elle n'avait jamais connu ses parents ! Non ! ce n'est pas son père !... Quel est donc cet être mystérieux qui exerce un si grand empire sur elle ?...

Edouard se jette sur une chaise ; son émotion est si forte, son cœur bat avec tant de violence, qu'il a besoin de se remettre un moment. Il promène ses regards autour de lui, et soupire en se disant : — Ah ! si je pouvais savoir tout ce qui s'est passé en ces lieux !

Il remet les pistolets à la place où ils étaient, entre dans deux pièces voisines, et ne voyant rien qui puisse éclaircir ses soupçons, pense qu'il est temps de quitter la maison abandonnée. Il referme les portes, redescend l'escalier, sort par la fenêtre du rez-de-chaussée, et se retrouve dans la cour qui précède le jardin.

Après avoir jeté un dernier regard sur la maison, Edouard retourne dans le jardin, et en sort par le même moyen qu'il y est entré. Regardant alors autour de lui, et persuadé que personne ne l'a vu, il s'éloigne à grands pas de la Maison Blanche, encore plus inquiet, plus tourmenté qu'il ne l'était avant de l'avoir visitée.

Chapitre XXIV. — Le Revenant. — La Tour du Nord.

Deux jours s'étaient écoulés depuis la visite qu'Edouard avait faite à la Maison Blanche, et malgré les soupçons qui s'étaient élevés dans son âme, en revoyant Isaure il sentait toujours se dissiper ses inquiétudes ; elle lui témoignait un attachement si vrai, lui disait avec tant de candeur combien elle était contente de lui avoir inspiré de l'amour, que souvent il rougissait d'avoir pu céder à des mouvements de jalousie.

Cependant Alfred s'aperçoit qu'Edouard ne paraît pas aussi heureux qu'il devrait l'être ; déjà plus d'une fois il a demandé à son ami la cause de la mélancolie, de l'inquiétude qu'il lit dans

toujours Edouard lui répond : — Je n'ai rien, mon cher Alfred ; mais tu sais bien que les amants ne sont jamais entièrement satisfaits !.... Si j'avais quelque sujet réel de me chagriner, à qui pourrais-je mieux le confier qu'à celui qui m'a fait le sacrifice de son amour ?

Encore un jour, et mademoiselle de la Pincerie doit être l'épouse de Robineau. Tous les actes sont prêts, les cadeaux sont achetés, les toilettes préparées. L'hymen doit se faire à la ville, et de là les époux doivent revenir au château, où le repas de noce aura lieu. Il eût été plus dans l'ordre que la famille de la Pincerie retournât chez elle à la ville, et que ce fût là que le futur allât chercher sa femme. Mais, au nombre de ses plans d'économie, M. le marquis a mis celui de ne plus tenir de maison, et d'habiter constamment au château de son gendre. C'est pourquoi toute la famille y est restée. Comme M. le marquis prétend qu'il n'y a que les petites gens qui dansent le jour qu'ils se marient, il est convenu qu'on ne donnera point de bal, et qu'on ne dansera pas au château ; mais Robineau a obtenu de son futur beau-père la permission de ne pas faire le whist ce soir-là.

Depuis près d'une heure, toute la société qui habite le château s'est séparée pour aller chercher le repos. Robineau, qui se persuade qu'il est très-amoureux et se croit fort honoré d'entrer dans la famille du marquis, pense que le lendemain il conduira la superbe Cornélie à l'autel, que toute la ville ira probablement à l'église pour voir la cérémonie, et qu'on parlera longtemps de cet hymen. Cornélie ne songe qu'aux deux toilettes qu'elle fera ce jour-là, et au dépit qu'éprouveront toutes les demoiselles qui se flattaient d'être choisies par Robineau ; elle se dit aussi qu'elle va être dame et maîtresse au château, et se propose bien d'user de tous les droits que ces titres lui donnent. Edouard ne s'occupe guère de l'hymen qui se prépare. Toutes ses idées, toutes ses affections sont concentrées dans la petite vallée qui renferme Isaure et la Maison Blanche, et il a trop à penser pour trouver facilement le repos. Le marquis et son frère Mignon dorment déjà profondément : l'un rêve qu'il a trouvé le moyen de faire grandir les enfants avec de la vapeur ; l'autre, qu'il cherche des épingles dans une botte de foin. Quant à Alfred et Eudoxie, je ne vous dirai pas positivement ce qu'ils font.

Mais tout à coup des cris se font entendre dans la partie des bâtiments habitée par les domestiques. C'est la voix de Benoît qui vient de réveiller les marmitons, la cuisinière et le concierge. Il s'empresse de les appeler en criant autant que la peur peut le lui permettre : Levez-vous ! regardez la tour !... là-bas !... là-haut... C'est le revenant ! Cette fois on ne dira pas que j'ai la berlue !...

Mademoiselle Cheval s'est mise à sa croisée ; elle aperçoit en effet une lumière à travers une des fenêtres de la tour abandonnée ; alors elle joint ses cris à ceux de Benoît en disant : C'est vrai ! v'là queuque chose ?... C'est, peut-être un voleur, faut arrêter c'te lumière-là.

Bientôt tous les domestiques sont sur pied ; et, comme M. de la Roche-Noire leur a dit qu'il les chasserait s'ils ne découvraient pas ce qui leur faisait peur, ils pensent qu'il faut réveiller leur maître et lui faire savoir ce qui se passe.

On court donc vers la grande galerie du premier, dans laquelle donnent les appartements des maîtres. Aux cris des valets Robineau s'est réveillé en sursaut. Il croit que le feu est au château ; il sonne François, et son premier mot en l'apercevant, est : Des pompiers ! vite des pompiers !...

— Des pompiers pour le revenant, monsieur ? dit François avec surprise.

— Le revenant ! s'écrie Robineau en replaçant ses jambes dans son lit, dont il était déjà à moitié sorti. Comment !... est-ce qu'on a vu quelque chose d'effrayant ?...

— On voit une lumière dans la tour du Nord, monsieur ! — Une lumière !... diable !... François, va tout de suite réveiller ces messieurs.., Réveille tout le monde !... Je me lève dans l'instant...

François va carillonner à la porte d'Alfred, mais personne ne répond. Bientôt, cependant, toutes les autres portes s'ouvrent, excepté celle d'Eudoxie. Edouard a passé un pantalon, et il vient s'informer de la cause du bruit. Cornélie, en camisole, sur laquelle elle a jeté à la hâte un grand châle de bourre de soie, paraît, tenant un bougeoir à la main. M. Férulus arrive aussi, suivi de Jeannette, que jusque-là on n'avait pas aperçue, et qui se trouve avoir passé par-dessus sa c mise un vieux gilet noir qui ne ressemble nullement à une camisole ; tandis que, dans sa précipitation, M. Férulus a mis sur sa tête un bonnet à barbes ; mais alors on est trop préoccupé pour remarquer tout cela. On se questionne, on s'interroge. C'est le revenant de la tour ! disent tous les domestiques pendant que mademoiselle Cornélie ne cesse d'appeler sa sœur en disant : Et M. Alfred, pourquoi donc ne se lève-t-il pas ?

Robineau paraît avec un caleçon, dans la ceinture duquel il a passé une paire de pistolets, tandis qu'il tient sous le bras gauche son fusil, et dans la main droite un rasoir.

Eudoxie entr'ouvre enfin sa porte en disant d'une voix éteinte : Pourquoi donc frapper ainsi chez moi?... C'est affreux de me réveiller si brusquement !... j'en serai malade quinze jours !... Certainement ce n'est pas moi qui courrai après le revenant !... Laissez-moi dormir, je vous en prie... j'ai ma migraine.

— Ma sœur, vous aurez votre migraine une autre nuit, dit Corné lie; mais puisque tout le monde se lève, vous pouvez bien faire comme les autres.

Eudoxie montre beaucoup d'humeur, enfin elle sort de sa chambre, à demi couverte par une pelisse qu'elle a jetée sur ses épaules, et elle a soin de rester devant sa porte. Dans ce moment tous les domestiques poussent des cris effroyables en disant : Le voilà! il vient ici! Et ils courent en se poussant les uns sur les autres à l'autre bout de la galerie, tandis que du côté opposé s'avance majestueusement une grande figure blanche qui n'est autre que M. le marquis de la Pincerie, lequel, avec sa grande taille mince, sa chemise flottante et son bonnet de coton, peut fort bien passer pour un spectre.

Déjà Robineau a couché en joue son futur beau-père, lorsqu'en toussant et crachant celui-ci se fait reconnaître.

— C'est M. le marquis! s'écrie Robineau. Je crois que ces drôles-là sont devenus imbéciles.

— Certainement que c'est moi, dit M. de la Pincerie, qui se promène en chemise aussi fièrement que s'il avait un grand uniforme. Qu'est-ce qu'il y a donc d'arrivé?... est-ce qu'on fait l'assaut du château?

— Oui, qu'est-ce qu'il y a donc? demande Alfred, qui, au milieu du dernier *hourra* causé par l'arrivée du marquis, a paru tout à coup au milieu de tout le monde, sans qu'on sache par où il est venu.

— Ah! vous voilà, monsieur! dit Cornélie d'un air moqueur. Pour un homme galant, vous êtes bien lent à venir au secours des dames.

— C'est qu'avant tout, mademoiselle, j'ai pensé devoir mettre au moins le vêtement nécessaire.

— Oui, dit M. Férulus en s'avançant, la décence et les mœurs avant tout. . car...

Férulus n'achève pas sa phrase, il vient de s'apercevoir que Jeannette a un gilet noir très-reconnaissable. Il l'entraîne dans un endroit obscur de la galerie; là, tandis que Jeannette lui ôte le bonnet à barbes, il lui enlève vivement le gilet en disant : *Errare humanum est,* Jeannette.

— Enfin, pourquoi ces cris, ce tapage? répète Edouard.

— Monsieur, c'est le revenant, l'esprit qui se promène à c't' heure dans la tour! dit Benoît.

— Nous avons tous vu une lumière, disent les domestiques.

— Eh bien! dit Alfred, il faut aller visiter la tour, voilà tout.

— C'est juste, dit Robineau, il faut envoyer tous ces poltrons-là visiter la tour.

— Mais où est donc mon oncle Mignon? dit Cornélie, lui seul n'est pas levé.

— Il n'a pas voulu sortir de dessous ses couvertures, dit le marquis, c'est en vain que je lui ai dit de se lever!... Il n'a jamais montré autant de fermeté.

— Laissons M. Mignon sous ses couvertures, dit Edouard, et allons à la tour. Allons, concierge, vous savez le chemin, conduisez-nous.

M. Cunette n'est plus aussi incrédule depuis qu'il a vu une lumière, il montre beaucoup de répugnance à conduire les jeunes gens, et les autres domestiques ne se soucient pas non plus de les accompagner à la tour.

— Mais nous, messieurs, qui est-ce qui nous gardera? dit Eudoxie; car enfin, nous n'allons pas aller visiter cette tour effrayante avec vous.

— Moi, je vais me recoucher, dit le marquis; car je sens un petit vent frais qui m'enrhume, et si j'avais su qu'il ne fût question que de revenant, j'aurais fait comme Mignon, je serai resté dans mon lit.

— Mesdames, je vous garderai, moi, dit Robineau; je ne bougerai pas d'auprès de vous; je ne veux pas vous quitter une minute.

Les dames ne paraissent pas fort rassurées par la présence de Robineau, elles veulent absolument qu'Alfred ou Edouard leur tienne aussi compagnie. Mais Alfred s'est déjà mis en route en forçant le concierge de marcher devant lui. Il faut donc qu'Edouard reste avec la société, tandis que Robineau dit à ses autres valets : Suivez Alfred, et au moindre danger, appelez-moi... Une veille de noces! il est pourtant bien désagréable de ne pas dormir paisiblement.

Les domestiques font un signe d'obéissance, mais, arrivés au bas de la galerie, ils prennent le chemin de la cuisine au lieu de prendre celui de la tour.

Cependant Alfred, tenant d'une main un flambeau, et de l'autre un pistolet qu'il a pris à Robineau, est descendu avec Cunette par l'escalier qui conduit à la porte de la tour.

— Allons, ouvrez cette porte, dit-il au concierge. — Que j'ouvre cette porte?... Monsieur veut donc absolument entrer là-dedans?... — Sans doute. — C'est que nous ne sommes que deux, monsieur! ces autres poltrons ne nous ont pas suivis. — Nous sommes assez pour arrêter un malfaiteur, si en effet il y en a un dans ce bâtiment. — Mais s'il y en avait plus d'un, monsieur? — Alors nous appellerions. — Oui, mais avant qu'on soit venu à notre secours... — Ouvrez donc, monsieur Cunette!... — Je ne trouve pas la clef, monsieur!... je l'aurai laissée chez moi.

Alfred impatienté donne un coup de pied dans la vieille porte; elle cède, et s'ouvre entièrement, à la grande surprise du concierge. Pendant qu'il fait ses réflexions là-dessus, Alfred monte l'escalier tournant, et quand Cunette voit que le jeune homme est monté sans lui, au lieu de le suivre, il va rejoindre ses camarades.

Alfred entre dans les vieilles chambres du premier; il n'y trouve personne; tout est dans le même ordre que lorsqu'il a visité la tour avec Robineau. En sortant du premier, il s'aperçoit que le concierge l'a quitté; il n'en poursuit pas moins ses recherches, et monte à l'étage supérieur; n'y trouvant personne encore, il se rend au-dessus, et va entrer dans la chambre appelée l'Arsenal, lorsqu'il entend distinctement marcher dans cette pièce.

Alfred s'arrête; il arme son pistolet, il écoute : le bruit a cessé. Il ouvre brusquement la porte de cette chambre, où règne une profonde obscurité... cependant il croit, dans un coin de la salle, apercevoir quelqu'un d'immobile; il marche vers cet objet en tenant sa lumière en avant, et bientôt aperçoit le vagabond assis tranquillement dans un vieux fauteuil.

Alfred fait un mouvement de surprise, et l'étranger sourit en disant : Ce n'est pas moi que vous comptiez trouver ici, n'est-ce pas?

— En effet, dit Alfred en posant son flambeau près de lui. Mais que faites-vous dans cette tour?... comment êtes-vous entré dans la nuit dans ce château? que venez-vous chercher ici enfin? Répondez, et n'essayez point de me tromper...

— Ce que je fais dans cette tour?... vous le voyez!... je me repose. Comment j'y suis entré?... oh! tout simplement par la porte; car je n'ai pas la faculté de passer à travers les serrures, comme le croient les imbéciles qui sont dans ce château. Ce que je viens chercher en ces lieux aujourd'hui, c'est vous; vous, à qui je voulais parler en secret; et comme je ne vous rencontre plus dans les montagnes, parce que vous ne sortez plus du château, il a bien fallu que je vienne vous y trouver; et mon intention était d'aller cette nuit frapper doucement à la porte de votre appartement.

Le calme, le sang-froid avec lesquels l'inconnu répond à Alfred, augmentent la surprise de celui-ci; il ne peut supposer qu'un malfaiteur, un homme venu dans l'intention de voler, lui parlerait aussi tranquillement; d'ailleurs, il n'y a rien dans la vieille tour qui puisse tenter la cupidité; et il se rappelle que l'homme qui est devant lui a quelque temps auparavant refusé une bourse qu'il lui offrait.

L'étranger, qui semble deviner les pensées du jeune homme, lui dit : Vous ne pouvez point supposer que je m'introduis dans ce château dans l'intention d'y commettre quelque vol... Depuis que vous l'habitez avec le nouveau propriétaire, il s'est passé peu de nuits sans que je vinsse me reposer dans cette tour; mais je n'ai jamais désiré ni voulu aller dans une autre partie du château, ce qui cependant m'eût été aussi facile... Non, cet endroit seul me plaît... il me rappelle des souvenirs de mon enfance... J'ai habité ce château... du temps de la vieille douairière dont on vous a parlé... Je me suis aperçu que l'on ne logeait point dans cette tour, qu'elle était tout à fait abandonnée; je n'ai pas vu grand mal à venir quelquefois la nuit chercher un abri dans ces lieux... où jadis... je dormais si bien!...

Les accents de l'étranger sont devenus lents et tristes en prononçant ces derniers mots; et, tout entier aux souvenirs que lui rappelle cette vieille chambre dans laquelle il se trouve, il promène ses regards sur ces murs noircis par le temps, sur ces armes rongées par la rouille, que l'on voit encore dans quelques coins. Un soupir s'échappe de sa poitrine... ses yeux mêmes sont humides; tous ses traits expriment bien le malheur du présent et les regrets du passé.

Alfred ne peut se défendre d'une secrète émotion que lui cause cet homme singulier. — Mais enfin, dit-il au bout de quelque temps, par où entrez-vous dans le château?...

— C'est bien simple : il y a dans le jardin, après le petit pavillon... derrière la statue de Mars, une petite porte qui semble condamnée, parce que jamais on ne sort par ce côté; je me suis trouvé par hasard avoir encore la clef de cette porte, qui donne dans la campagne. C'est par là que j'entre dans les jardins; de là il n'est pas difficile de venir jusqu'ici en suivant la grande allée, puis la terrasse... et, sans entrer par la porte que vous avez ouverte, on peut, en passant par les souterrains, remonter ensuite dans la salle du bas.

— Je vois qu'en effet vous connaissez parfaitement le château, et mieux, je crois, que celui qui l'a acheté...

— Dans mon enfance j'ai si souvent parcouru ces passages!... ces chemins secrets!... J'aimais tout cela! Alors j'étais romanesque aussi!... Ce château gothique me semblait très-propre aux aventures merveilleuses que je lisais dans les romans de chevalerie; et j'aurais été enchanté de rencontrer un fantôme dans les souterrains de cette tour; mais je n'ai jamais eu ce plaisir-l'...

— En vous promenant avec de la lumière dans ces chambres, vous auriez dû penser que vous seriez aperçu?

— Il ne m'est arrivé que deux fois d'allumer avec mon briquet cette petite lanterne; je pensais que tout le monde dormait dans le château, que par conséquent on ne verrait point la lumière dans cette tour. Je ne pouvais résister au désir de revoir, d'examiner encore divers objets qui autrefois m'ont... qui servaient jadis aux personnes qui habitaient ce château; et, comme il n'y a pas toujours de la lune, vous conviendrez que sans lumière il m'était assez difficile de satisfaire ma curiosité.

— Savez-vous que si tout autre que moi vous eût rencontré la nuit dans ces lieux, vous auriez été arrêté... emprisonné, peut-être...

— Quand on en est venu où j'en suis, que peut-on craindre encore?... D'ailleurs, je savais fort bien que personne dans ce château, excepté vous et votre ami, ne serait tenté de venir la nuit dans cette tour, et si j'avais voulu même les faire fuir tous du château, je n'aurais eu qu'à me promener la nuit avec un drap sur ma tête du côté des appartements habités; je réponds bien que le propriétaire actuel aurait été le premier à prendre la fuite; mais, je vous le répète, je n'ai jamais eu l'intention ni d'effrayer, ni de rien prendre à personne; si une fois j'ai fait peur au vieux jardinier, c'est involontairement; je ne croyais plus le rencontrer dans les jardins.

— Je vous crois, dit Alfred. Mais venons à ce qui me regarde : c'est moi, dites-vous, qu'aujourd'hui vous veniez chercher ici?... Qu'avez-vous à me dire? parlez.

Les traits de l'étranger perdent l'expression qu'ils semblaient tenir des souvenirs du passé, et reprenant alors celle qui leur est devenue familière :

— Oui, répond-il en souriant avec ironie, venons à ce sujet... le présent doit être plus important que tout ce qui n'est plus et ce qui ne peut plus revenir. Il me paraît que, cédant à votre ami celle qui vous avait charmé, vous avez tout à fait renoncé à la conquête de la petite chevrière, puisque vous n'allez plus la voir.

— Que vous importe!... vous dois-je compte de mes sentiments? Si c'est dans l'intention de me renouveler vos odieuses propositions que vous avez désiré me parler, vous avez perdu votre temps!... et je vous défends...

— La! la!... calmez-vous, monsieur le baron! oh! je ne cherche nullement à vous séduire; mais je suis bien aise de vous convaincre que je ne m'étais pas trompé dans le jugement que je portais sur la petite dont vous craigniez de flétrir l'innocence... Pauvre Agnès!... qui veut se faire épouser par votre ami!... Je savais bien qu'il y avait quelque chose là-dessous...

— Que savez-vous de nouveau sur Isaure?... Expliquez-vous. — Son amant est arrivé. — Son amant? — Ou du moins l'homme qui a soin d'elle... Appelez-le comme vous voudrez... J'étais bien certain, moi, que de lourds paysans ne pouvaient point avoir appris à cette jeune fille ces manières gentilles qui vous ont charmé. Enfin, cette éducation qu'elle a reçue... cette aisance qu'elle possède, tout cela ne pouvai venir que d'un homme qui aime cette jeune fille, et qui, par jalousie sans doute, la tient cachée dans ces montagnes, où il espère qu'on ne découvrira pas son trésor. Eh bien! je vous le répète, ce soir cet homme est arrivé.

— Vous l'avez vu chez Isaure? — Chez Isaure! oh! non pas, on est prudent!... On ne va pas chez la jeune fille, on craindrait sans doute de la compromettre ou d'y rencontrer du monde... et aux précautions que prend ce mystérieux personnage, il est facile de juger qu'il a grand peur d'être vu... — Achevez donc! — Eh bien! c'est la Maison Blanche qui est le lieu du rendez-vous des amants. — La Maison Blanche! — Oui; j'ignore si cet inconnu en est le propriétaire; mais ce qu'il y a de certain, c'est qu'il en a les clefs. Il y est arrivé sans doute ce soir, et bientôt une petite lumière a brillé à l'une des fenêtres de la maison. Aussitôt la jeune fille, qui depuis quelque temps était sans cesse aux aguets, a précipitamment quitté sa demeure, puis elle s'est rendue en courant à la Maison Blanche; un homme... que j'ai fort bien aperçu, car j'étais caché près de là, lui a ouvert la porte; la jeune fille est entrée... ce qu'ils ont fait ensuite, je ne saurais précisément vous le dire; mais ce n'est qu'au bout d'une grande heure que l'on a rouvert la porte; alors la demoiselle a regagné sa maisonnette en faisant encore de tendres adieux à celui qu'elle quittait. Voilà tous les mystères éclaircis!... voilà la cause fort naturelle de ce qui effraie les montagnards des environs!... voilà pourquoi, enfin, la petite seule ne craignait pas la Maison Blanche!... C'est presque toujours ainsi... beaucoup de bruit pour peu de chose.... du merveilleux qui n'est plus que fort ordinaire quand on l'examine de près.

Alfred a écouté attentivement le vagabond. Il a beaucoup de peine à croire que cette Isaure, qui lui a paru si naïve, si franche, ait pu les tromper à ce point. — Etes-vous bien certain de tout ce que vous venez de me rapporter? dit-il enfin en regardant fixement l'homme qui est devant lui.

— Si vous ne me croyez pas, assurez-vous-en... il n'est pas probable que ce ne soit que pour un jour que l'homme que j'ai aperçu vienne dans ce pays... Vos yeux vous prouveront alors que je vous ai dit vrai... et vous regretterez peut-être de n'avoir pas suivi mes conseils; vous serez fâché d'avoir fait tant de façons avec une petite matoise qui se moquait de vous et de votre ami... mais, je vous le répète, quand vous voudrez, il sera facile encore de réparer le temps perdu!

En disant ces mots, l'étranger a repris sa petite lanterne; et, passant par une porte secrète, il disparaît avant qu'Alfred, qui est absorbé dans ses réflexions, ait remarqué son absence. Ce n'est qu'au bout de quelques minutes, en jetant les yeux autour de lui, que le jeune de Marcey s'aperçoit qu'il est seul dans la tour. Alors il songe que les habitants du château doivent être surpris, et peut-être inquiets, de ne point le voir revenir. Il aurait cependant voulu parler encore à l'étranger, et lui défendre surtout de revenir pendant la nuit visiter le château; mais cet homme n'est plus là, et Alfred se décide à quitter aussi la tour.

On était rassemblé dans l'appartement de Cornélie; les dames s'inquiétaient, Edouard voulait aller chercher Alfred, M. Férulus citait les auteurs qui nient l'existence des revenants, et Robineau tenait toujours son rasoir dans la main en répétant : — Une veille de noces! c'est bien cruel de se fatiguer ainsi... n'est-ce pas, ma chère future?

La future ne répondait rien, ou faisait une légère grimace, et Robineau se disait : — Elle n'aime pas les mots à double sens... c'est la pudeur même.

Enfin Alfred revient, et on l'accable de questions. Y a-t-il quelque chose? — Est-ce un revenant? — Est-ce un voleur? — Est-ce effrayant?

— Ce n'est rien du tout, répond Alfred; j'ai trouvé la tour déserte, et toutes les choses à leur place. D'après cela, il faut penser que la lumière qu'on a vue n'était qu'un effet de réverbération de la lune sur les carreaux...

— Mon ami, il n'y a pas de lune ce soir, dit Robineau.

— Non!... alors c'était tout ce que vous voudrez; mais je vous assure, mesdames, que vous pouvez dormir tranquilles, et qu'aucun lutin ne viendra vous tirer les pieds.

Il faut bien se contenter de ce que dit Alfred; cependant on remarque qu'il est beaucoup moins gai qu'avant de se rendre à la tour; mais il persiste à dire qu'il n'a rien vu, et on se décide à retourner se coucher; Eudoxie en se plaignant de ce qu'on l'a éveillée pour rien, Cornélie en suivant Alfred des yeux pour s'assurer s'il rentre chez lui, celui-ci en regardant tristement Edouard, auquel il ne sait s'il doit communiquer ce que vient de lui dire le vagabond, enfin Robineau en emportant son rasoir, comme s'il eût juré de faire la barbe aux revenants de son château.

CHAPITRE XXV. — Mariage de Robineau.

Alfred a pensé tout le restant de la nuit à ce que lui a dit le vagabond; il ne sait s'il doit troubler le bonheur d'Edouard en lui communiquant ce qu'il vient d'apprendre sur la conduite d'Isaure. Avant de lui porter un coup si terrible, avant de faire passer dans son âme tous les tourments de la jalousie, ne doit-il pas s'assurer lui-même de la vérité? Alfred se promet bien de ne point laisser Edouard former des nœuds indissolubles sans avoir éclairci ce mystère; mais il ne se sent pas encore le courage d'affliger son ami. D'ailleurs, dans cette journée on est trop occupé par le mariage de Robineau, pour avoir le loisir de s'entretenir sans témoins.

Edouard lui-même a dû, ce jour-là, faire un grand sacrifice; il ne se rendra pas près d'Isaure, Robineau l'a supplié de ne point s'absenter; il l'a choisi pour donner la main à sa belle-sœur; car l'ordre et la marche des cérémonies sont arrêtés depuis longtemps. Il veut que tout le monde soit là; il ne croit pas avoir encore assez de témoins de son bonheur. Edouard sent que ce serait manquer à la politesse envers son hôte, que de se refuser à ses désirs; il sera donc tout un jour sans voir Isaure : ce jour-là lui semblera bien long!... Mais, quand on va dans le monde, il faut souvent lui faire le sacrifice de ses plus doux plaisirs

A dix heures, toute la société doit se réunir pour le déjeuner, auquel sont invités, comme témoins, le chevalier de Tantignac, M. Berlingue et un vieux rentier, ami du marquis. Les trois voitures qui sont au château, c'est-à-dire la chaise de poste, le char-à-bancs de Robineau et le carrosse du marquis, doivent emmener la société à Saint-Amand, où se fait la cérémonie; ensuite on doit retourner au château, où quelques personnes seulement sont invitées à venir dîner; et le soir on ne dansera pas parce que c'est trop bourgeois.

Les laquais ont mis leur belle livrée; M. Férulus a fait coudre les grands boutons sur son habit, et il a une pièce de vers dans chacune de ses poches. Robineau est en noir du haut en bas; il se tient bien roide et ne rit pas, parce que son beau-père, le marquis, lui a dit qu'on ne saurait avoir l'air trop grave le jour de ses noces. Enfin l'oncl Mignon a fait une provision d'épingles, qu'il a cachées sous les rever de ses manches, parce qu'un jour de mariage il a pensé qu'il y aurai nécessairement quelque chose qui se détacherait.

Les trois invités viennent d'arriver. Alfred et Edouard, qui ont fait le sacrifice de leur journée, voudraient tâcher de rire un peu; mais M. de la Pincerie, qui vient de se rendre au salon, semble avoir l'air encore plus désagréable qu'à l'ordinaire; et, pour imiter son beau-père, Robineau fait une figure triste ou sentimentale : on échange quelques compliments d'un ton si sérieux, qu'il semble que l'on soit réuni pour suivre un corbillard. Cependant, M. Berlingue a déjà fait à demi-voix quelques observations malignes, et le chevalier quelques mensonges, lorsque enfin les dames paraissent.

Cornélie a une toilette fort recherchée; et, si elle ne semblait pas par ses regards vouloir commander les hommages, elle mériterait d'en avoir beaucoup. A son aspect, Robineau fait un mouvement en arrière et saisit fortement le bras d'Alfred en s'écriant : — Dieu! qu'elle est éblouissante!...

Les témoins font chorus. M. de la Pincerie va prendre la main de sa fille; puis, la conduisant vers Robineau, il lui dit d'un ton doctoral et presque menaçant : — Monsieur de la Roche-Noire! je vous donne une fille superbe!... parfaitement élevée! issue d'une illustre famille. Je me flatte que vous vous rendrez digne de l'honneur de cette alliance. Mais si j'apprenais que ma fille ne fût point heureuse... **qu'elle** eût à se plaindre de son époux !... corbleu ! monsieur de la Roche-Noire, c'est moi qui vous parlerais !...

— Elle sera heureuse, mon cher beau-père, elle le sera... et je le serai aussi, je m'en flatte ! s'écrie Robineau, qui semble craindre d'avoir le fouet s'il n'est pas sage. Mais le déjeuner nous attend, et tous nos moments sont comptés.

On va déjeuner. Eudoxie, qui veut aussi que l'on s'occupe d'elle, a une petite attaque de nerfs pendant qu'on mange les côtelettes ; mais cela n'a pas de suite, et elle prévient la compagnie qu'elle pourra en avoir plusieurs dans la journée, parce que la cérémonie d'un mariage lui fait éprouver de trop vives sensations. Ces messieurs, auxquels cet accident n'a pas ôté l'appétit, la rassurent en lui disant qu'ils se sont munis de flacons. M. Berlingue, qui n'a rien dans le sien, le remplit avec la carafe ; mais il prétend que cela fera le même effet que l'éther ; et le chevalier de Tantignac montre une petite fiole renfermée précieusement dans un étui de chagrin, avec le contenu de laquelle il assure avoir ressuscité plus de vingt personnes.

Vers la fin du déjeuner, M. Férulus a tiré un grand papier de sa poche et il s'apprête à lire, lorsque M. le marquis dit d'un ton solennel : — Il est temps de partir pour la ville.

M. Férulus rempoche ses vers. Tout le monde se lève ; Robineau, qui n'ose pas donner la main à sa future, devant laquelle il baisse constamment les yeux de crainte d'être trop ébloui, laisse Edouard conduire Cornélie dans le carrosse, où il se place avec le beau-père et Eudoxie. Alfred et les trois témoins prennent le char-à-bancs ; alors Robineau monte dans la chaise de poste avec l'oncle Mignon et M. Férulus, qui, dès qu'il est assis dans la voiture, se met à répéter ses vers, que Mignon écoute en se grattant le nez et en montrant les dents.

Mais la chaise de poste n'est traînée que par le cheval boiteux et elle ne peut suivre les deux autres voitures, qui vont assez bon train. Quand Robineau n'aperçoit plus devant lui le carrosse du marquis, il s'écrie : — Ah ! mon Dieu !... je serai en retard ; ma future m'attendra... ce serait bien désagréable !...

— Monseigneur, dit Férulus, vous pouvez être certain que la cérémonie ne commencera pas sans vous.

— Sans doute... mais M. le marquis me grondera... — Ce n'est pas notre faute si notre cheval ne veut pas aller plus vite... — C'est juste... mon oncle Mignon, vous êtes témoin que c'est la faute du cheval. — Oui, oui, oui, répond Mignon ; oh !... c'est le cheval !...

— Ce drôle-là ne va pas se marier ! dit Robineau en fouettant de toutes ses forces la pauvre bête.

— Peut-être qu'alors il boiterait davantage, dit tout bas Férulus.

— Ah ! messieurs... c'est un bien grand jour que celui où on se marie ! dit Robineau en poussant un soupir.

— C'est un jour qui sert de *memento*, monseigneur... *Est pater ille quem nuptiæ demonstrant.*

— Oui, oui, oui ! répond Mignon en souriant.

— J'avoue, reprend Robineau, que je me croyais plus fort... plus stoïque... mais il est vrai que ma future est si ravissante... ça me trouble d'une force... J'en ai le corps dérangé !... Messieurs, pardon... arrêtons un instant, il faut que je descende.

On arrête le cheval, qui ne demande pas mieux, Robineau descend seul et passe derrière une haie, tandis que M. Férulus dit :

Homo sum et humani à me nihil alienum puto !

Robineau revient : on repart ; on fouette de nouveau le cheval ; Férulus veut reprendre sa déclamation, mais Robineau l'arrête en lui disant : — Plus tard, mon cher bibliothécaire ; au dîner ; maintenant je ne suis pas en état de vous entendre... L'amour, le bonheur, font sur mes sens un singulier effet !... Vous ne savez pas ça, vous ne vous êtes jamais marié, peut-être ?

— Pardonnez-moi, monseigneur ; je me suis marié une fois... j'en ai eu suffisamment.

— Et vous, mon oncle Mignon ? vous ne vous êtes pas marié ? — Moi !... non... je ne crois pas... Oh ! non, non !... ça ne m'est jamais arrivé...

— Ah ! quand on a le cœur aussi sensible que moi, cela fait un bouleversement... Ma future est faite comme Vénus... elle est taillée en Minerve... et quand je pense que ce soir... Pardon... arrêtons encore... s'il vous plaît.

On arrête. Robineau descend de nouveau et se glisse derrière un bouquet d'arbres. M. Férulus prend du tabac en s'écriant :

Naturam expellas furcâ, tamen usque recurret !

Bientôt Robineau reparaît : on se remet en route ; on veut réparer le temps perdu en fouettant le cheval ; mais celui-ci n'en va pas plus vite, et le futur époux se désole en disant : — Monsieur le marquis va être en colère... je suis sûr qu'on est déjà à la mairie, et qu'on nous y attend... Messieurs, vous êtes témoins que c'est la faute du cheval.

— Il y a bien encore une autre cause, dit Férulus à Mignon ; mais celle-là, nous ne la dirons pas.

On n'est plus qu'à un quart de lieue de Saint-Amand, lorsque Robineau fait arrêter et descend encore en s'écriant : — C'est vraiment cruel !... je ne sais pas ce que cela veut dire !

— Du courage, monseigneur ! dit Férulus : *Labor improbus omnia vincit !...*

— Qu'est-ce qu'il a donc pour descendre si souvent ? demande Mignon à Férulus quand Robineau est éloigné.

— Ce qu'il a !... Comment ! vous n'avez pas encore deviné !... Parbleu, il a *una bilis suffusio !* il dit que c'est l'effet de l'amour... En tout cas, si cet effet-là se prolonge vingt-quatre heures, ça le mettra dans une bien fausse position !...

Robineau revient, remonte en voiture, et on arrive enfin à la ville. Le futur s'informe du carrosse de son beau-père ; on lui dit que depuis une grande demi-heure la mariée, les parents et toute la société l'attendent à la mairie, et qu'on a déjà envoyé deux commissionnaires sur la route pour s'informer de ce qu'il pouvait être devenu.

Robineau se hâte de fouetter vers la mairie en s'écriant : — Que va-t-on me dire ? M. le marquis est peut-être offensé !... Et ma future ! si elle était fâchée !... Heureusement que mes amis sont avec elle !...

On arrive à la mairie. Le marquis se promenait d'un air colère au milieu de la grande salle ; les jeunes gens causaient avec les dames ; M. Berlingue faisait déjà quelques épigrammes sur le retard du futur ; le vieux rentier ne soufflait pas mot, il ne voyait dans la perspective que le repas qu'il devait faire ; enfin, le chevalier de Tantignac, pour calmer M. de la Pincerie, disait : — Au mariage d'une de mes cousines, le futur nous ayant fait attendre seulement cinq minutes, quand il est arrivé, sa prétendue en avait épousé un autre, pour lui apprendre à être plus leste une autre fois.

Mais Robineau paraît, suivi de ses deux compagnons.

— Monsieur de la Roche-Noire ! s'écrie le marquis en frappant le plancher de sa canne, savez-vous qu'il est indécent de faire attendre des gens comme nous ?... — Mon cher beau-père, ce n'es.... — Qui donc croyez-vous épouser, monsieur, est-ce que vous pensez vous marier avec une roturière ? — Non certainement, monsieur le marquis ; mais je... — Mais vous mériteriez que je ne vous accordasse plus la main de ma fille, pour vous apprendre à nous faire bayer aux corneilles pendant une heure. — Mon très-honoré beau-père... voilà mes témoins... Demandez à votre frère Mignon et à M. Férulus, ils vous diront que je ne suis pas arrivé plus tôt, ce n'est pas l'envie qui a manqué.

— C'est très-vrai, dit Férulus ; ce n'est pas l'envie qui a manqué !

— C'est notre cheval seul, reprend Robineau, qui trahissait notre impatience...

— Oui, oui, dit Mignon ; c'est le cheval... et... *bilis suffu...*

Robineau marche sur le pied de Mignon, et lui écrase deux cors pour le faire taire, ce qui, au contraire, le fait crier comme un damné ; mais on ne l'écoute plus et l'on procède à la cérémonie civile, pendant laquelle le futur semble assez mal à son aise, ce que l'on attribue à l'émotion et à la joie. On quitte ensuite la mairie et on remonte dans les voitures pour aller à l'église, quoique ce ne soit qu'à deux pas ; mais il ne serait pas convenable d'y arriver à pied. Cependant le marié n'est pas remonté dans sa voiture ; il a disparu en sortant de la mairie, et on arrive à l'église sans lui. Là, M. le marquis s'aperçoit que son gendre est encore absent ; et comme l'église est remplie de monde, parce que dans une petite ville un mariage est un événement, M. de la Pincerie est furieux contre Robineau, qui arrête l'entrée triomphale et force à suspendre la cérémonie.

— Où est-il, où est-il encore ? s'écrie le marquis tandis que Cornélie jette des regards sur la foule en disant : — Mais c'est inconcevable !... c'est d'une inconvenance !... se faire attendre deux fois de suite !... si la chose n'était pas si avancée, je romprais tout !

— Pourquoi l'avez-vous quitté ? dit M. de la Pincerie à son frère Mignon et à Férulus. — Ce n'est pas nous... c'est lui qui nous a quittés en nous disant : — Allez toujours, je vous rejoindrai. — Mais que diable peut-il avoir à faire au moment de se marier ?

Mignon se gratte le nez et Férulus se pince les lèvres : — C'est l'amour qui lui tourne la tête, dit Alfred. — Monsieur, les convenances, l'étiquette doivent marcher avant l'amour... Corbleu ! si je n'avais pas formé le plan de marier ma fille ! Mais il ne vient pas !... Il ne dira pas cette fois que c'est le cheval qui le retient.

Enfin, Robineau paraît, rouge, suant, haletant ; il se glisse près de sa future et de son beau-père ; celui-ci lui prend la main, la lui serre avec force et lui dit à l'oreille : — Monsieur, vous m'en rendrez raison après la cérémonie !...

Robineau ne sait plus où il en est ; heureusement pour lui que l'on appelle les époux à l'autel. Il y marche avec Cornélie ; la cérémonie commence ; et, pendant qu'elle a lieu, M. de la Pincerie, qui s'est calmé, réfléchit qu'il ne serait pas convenable d'appeler son gendre en duel le jour même de ses noces.

La cérémonie est terminée. Cornélie est madame de la Roche-Noire, et Robineau a cessé d'être garçon. On reçoit les compliments, les félicitations sincères ou fausses des personnes qui sont venues assister à la bénédiction nuptiale ; puis on quitte la ville ; on repart pour le château, toujours dans le même ordre que pendant le premier voyage, et Robineau ne fait arrêter qu'une fois sa voiture.

Il est quatre heures lorsqu'on est de retour au château. Les dames rentrent vite dans leur appartement pour faire d'autres toilettes ; les femmes qui vont beaucoup dans le monde, qui sont souvent à des fêtes, à des bals, à des cérémonies, passent une partie de leur vie à s'habiller et à se déshabiller.

Une douzaine de personnes invitées au dîner ne tardent pas à venir se joindre à la société déjà réunie dans le château. A chaque nouvelle entrée, M. le marquis prend Robineau par la main et s'avance vers ceux qui paraissent en disant gravement : — Je vous présente mon gendre.

Alors les nouveaux venus complimentent le marquis, puis complimentent Robineau, et, après avoir cherché des yeux s'il y a encore quelqu'un à complimenter, vont s'asseoir dans le salon. Mais il semble que tous ces gens-là se soient donné le mot pour ne pas rire, et qu'un jour de mariage on pense en province qu'il serait de très-mauvais ton d'être gai. Il faut donc tâcher de tuer le temps en causant de choses insignifiantes avec des gens qui ne savent dire que cela. Alfred fait ce qu'il peut pour animer la conversation ; mais lui-même est distrait, le souvenir de sa rencontre dans la tour l'occupe plus que le mariage de Robineau. Edouard cherche aussi à être aimable, mais il maudit tout bas la longueur de la journée.

Il y a deux heures que ces dames sont montées, lorsqu'enfin elles arrivent dans le salon. La toilette de Cornélie est plus galante que celle du matin, et cette fois, Robineau est tellement ébloui, qu'il est obligé de s'asseoir dans la crainte d'avoir un étourdissement. Les compliments recommencent à circuler. Pendant les révérences et les saluts, Robineau va dans un coin du salon se frotter les tempes avec de l'eau des Carmes ; puis il revient d'un air un peu moins timide vers sa femme, qui s'occupe de tout le monde excepté de son mari.

M. Férulus, qui n'a pas encore fait son compliment aux nouveaux époux, parce qu'il attendait pour cela que toute la compagnie fût rassemblée, se présente devant Cornélie, qu'il salue jusqu'à terre, et lui offre un rouleau de papier noué avec des faveurs roses en lui disant : — Permettez madame, qu'en joignant l'encens de mes vœux aux parfums de félicitations qui ont déjà embaumé votre passage, je vous dédie cet opuscule né de votre hymen... Puissent les Ris et les Jeux folâtrer toujours autour de votre couche ! et le ciel vous accorder des enfants masculins, féminins et neutres dont je serai le précepteur !

Le compliment du bibliothécaire fait beaucoup de sensation ; les hommes sourient, les dames se demandent tout bas ce que c'est que des enfants *neutres* ; et Robineau, qui est encore allé se frotter les tempes avec de l'eau de Cologne, semble se promettre de n'en faire jamais d'autres à sa femme.

Cornélie a pris le papier d'un air de protection, puis elle le rend à Férulus en disant : — Vous nous lirez cela au dessert. Les laquais ayant annoncé qu'on a servi, la compagnie passe dans la salle à manger en marchant au pas comme des soldats prussiens.

M. de la Pincerie est monté dans le grand fauteuil. Cornélie est en face de son époux, et cette fois M. Férulus est relégué au bout de la table, où il ne doit ni servir, ni découper : tel est l'ordre établi par madame de la Roche-Noire, qui ne se montre pas très-sensible aux vers que le savant fait pour elle. M. Férulus ne dit rien ; il dévore en secret cet affront et se promet de manger, s'il se peut, quatre fois davantage. Les gens qui supportent les humiliations pour faire un bon dîner ont toujours peu de cœur et beaucoup d'appétit.

Le dîner se passe aussi sérieusement que tout ce qui l'a précédé. Le premier service n'est interrompu que par un léger événement ; c'est Mignon qui a manqué avaler une épingle qui est tombée de sa manche dans son assiette ; mais on parvient à la lui ôter de la gorge, avec de petites pinces, et le calme est bientôt rétabli. Mademoiselle Cheval s'est surpassée. Le repas est magnifique ; mais Robineau mange peu ; il est très préoccupé, inquiet, et, lorsqu'il regarde sa femme, il pousse des soupirs capables d'éteindre les bougies. Cornélie a déjà les manières d'une maîtresse de maison : elle commande, elle ordonne d'un ton qui annonce aux valets qu'il faudra marcher droit. Comme on n'a pas l'intention de danser après le dîner et qu'il est probable que la soirée sera difficile à employer, on reste longtemps à table ; vers la fin du repas, le fumet des vins, dont on a changé souvent, échauffe un peu les convives. Le vieux rentier glisse tout bas quelques vieilles plaisanteries ; le chevalier de Tantignac déclare qu'il donnerait la moitié de sa fortune pour être à la place du marié, et M. Berlingue prétend que sa fortune est aussi inconnue que son cheval. Robineau boit beaucoup pour chasser sa timidité et afin d'oser regarder sa femme ; l'oncle Mignon lui-même, qui a oublié son accident, s'anime et parle un peu ; enfin M. le marquis rit plus d'une fois des bons mots qu'il a dits et que lui seul a compris.

M. Férulus pense que le moment est venu de lire ses vers ; il regarde Robineau pour savoir s'il doit commencer ; mais ce n'est plus celui-ci qui ordonne, c'est madame de la Roche-Noire. Cependant Cornélie dit elle-même : — Monsieur a, je crois, quelque chose à nous lire ; j'espère que ce ne sera pas aussi long que sa dernière chanson.

— Je me flatte, madame, que vous trouverez, au contraire, mes vers trop courts, répond Férulus, qui n'est pas enchanté de se souvenir donné à sa chanson. Puis, tirant le rouleau de sa poche et dénouant la faveur, il se lève et commence : — Hommage en vers en l'honneur de l'union des deux conjoints.

— Il me semble, monsieur, dit le marquis avec hauteur, que vous

auriez pu dire : de l'union de mademoiselle Cornélie, fille du marquis de la Pincerie, avec M. de la Roche-Noire ; cela eût été plus convenable que de dire : les deux conjoints... comme s'il s'agissait de Jacquot et de Pierrette !

— Mon noble beau-père a raison, dit Robineau ; je n'aime pas non plus les conjoints !...

— Messieurs, répond Férulus en dissimulant son dépit, cette locution est grammaticale ; vous la trouverez dans *Lhomond*, dans *Wailly* dans *Boiste*, et dans tous les dictionnaires...

— Ah ! de grâce, messieurs... laissez là des dictionnaires ! s'écrie Eudoxie ; aujourd'hui il me semble que c'est du doux, du gracieux qu'il nous faut faire entendre.

— Aussi, madame, reprend Férulus, ai-je pris pour texte de mon morceau ce vers de *Properce* :

Nec domina ulla meò ponet vestigia lecto.

— Et qu'est-ce que cela veut dire, monsieur? dit Cornélie ; car il me semble que vous feriez mieux de nous en donner la traduction.

— Oui, dit Robineau ; il est terrible pour cela ! je lui ai cent fois répété que je n'aimais que les traductions.

— Madame, reprend Férulus en faisant l'aimable, cela veut dire en français : Aucune autre maîtresse n'affaissera plus mon lit !...

— Ah Dieu ! quelle horreur ! quelle indécence ! s'écrie Eudoxie en se cachant la tête derrière l'épaule d'Alfred.

— Comment, monsieur ! dit Cornélie ; vous vous permettez de faire des vers aussi libres !...

— Madame, j'ai l'honneur de vous dire que c'est de Properce, et que.....

— Aucune maîtresse sur son lit ! s'écrie à son tour le marquis de la Pincerie. Corbleu !... je voudrais bien voir que... Mon gendre, que signifie cette allusion ?...

— Mon beau-père, je vous jure que je n'en sais rien, dit Robineau ; j'ignore à propos de quoi M. Férulus se permet une aussi mauvaise plaisanterie !...

— Monsieur, dit Férulus, je vous répète que c'est la traduction du vers, et que...

— C'est bien, monsieur ; c'est assez, dit Cornélie ; d'après un tel début, je ne veux pas en entendre davantage !... Si le reste répond au texte, cela ne peut pas être récité à des dames...

— Mais, madame ! je vous ferai observer...

— Point d'observations, monsieur, dit M. de la Pincerie en se soulevant sur sa chaise comme pour aller rosser le savant, on vous dit que votre morceau ne vaut rien... Il me semble que vous n'êtes pas ici pour faire loi, monsieur !

Férulus se laisse retomber sur sa chaise, froisse le papier dans ses mains, le jette sous la table ; et dans sa colère en mettant trois macarons à la fois dans sa bouche, manque d'avaler sa langue. L'oncle Mignon, qui avait bu plus qu'à l'ordinaire et se remuait depuis une demi-heure sur sa chaise, se met alors à rire en disant : — Moi, j'ai fait aussi une petite chanson pour ma nièce... Ça m'est venu en dînant... C'est un impromptu !...

— Voyons la chanson de Mignon, dit M. de la Pincerie. Diable ! je ne savais pas qu'il fît des vers... Chante, Mignon !...

Tout le monde fait silence, et Mignon chante en jouant avec sa serviette :

Sois heureuse, ma nièce,
C'est du meilleur de mon âme ;
Lorsque j'admire tes yeux,
        Ture lure !
Il me semble être à la noce !
Robin turelure lure !

— Bravo !... très-bien ! s'écrie le marquis, et tout le monde applaudit ; on rit, on demande bis ; Mignon répète son couplet, et M. de la Pincerie dit : — Voilà la vraie chanson française... dans le genre de nos pères... Ce sont des vers blancs, à la vérité, mais ce n'en est pas moins aimable !

Férulus, que le succès obtenu par la chanson de Mignon achève d'étouffer, murmure entre ses dents : — Si un de mes écoliers avait fait cette chanson-là, il aurait eu le fouet pendant quinze jours.

On quitte la table pour passer dans le salon. Férulus seul n'y suit point la société ; il va se coucher en se disant : — Ils n'ont qu'à m'attendre pour le whist... Je n'ouvrirai pas ma porte.

Mais on trouve à former un whist sans le bibliothécaire ; on fait aussi un piquet et une partie d'échecs ; enfin, la soirée se passe fort tranquillement ; on croirait être chez des mariés de vingt ans.

Cependant Robineau, qui a obtenu la permission de ne point jouer, s'est plusieurs fois absenté du salon ; il semble toujours rêveur, inquiet, quoiqu'en regardant sa femme il dise à chaque instant : — Elle ne m'a jamais semblé si séduisante que ce soir !... mon amour va de plus fort en plus fort.

Dans une de ses excursions hors du salon, Robineau a été visiter son appartement, dans lequel maintenant sa femme doit coucher avec lui. Le temps est déjà froid ; on n'a pas encore fait de feu dans la chambre nuptiale, et le marié se dit : — J'ai bien peur d'avoir froid ce soir avec mon épouse... ce n'est pas que... mais malgré cela... on aurait dû échauffer cette pièce-ci.

Il quitte sa chambre et rencontre alors Jeannette ; Robineau se rappelle les fonctions de la grosse fille ; une idée s'offre à lui... il se frappe le front avec joie et appelle la domestique.

— Jeannette... vous bassinerez ce soir le lit nuptial... entendez-vous?... — Ah ! monsieur veut qu'on bassine son lit?... — Oui, Jeannette... cela ne pourra que nous être agréable, à moi et à ma femme. — Ça suffit, monsieur... — Ah! Jeannette, vous le bassinerez avec du sucre ; cela est plus délicat et cela sent très-bon. — Avec du sucre?... mais, monsieur, c'est que... — Faites ce que j'ordonne, Jeannette.

Robineau s'est éloigné et est retourné au salon. Jeannette, restée seule, se gratte l'oreille en se disant : — Que je bassine son lit avec du sucre!... Comment donc que ça peut se faire?... Je ne comprends pas ça du tout, moi.

L'aimable enfant presse tendrement les mains d'Édouard, et ne craint pas de lui montrer tout le plaisir qu'elle éprouve à l'aimer.

Pour se faire expliquer cela, Jeannette, qu'a vu Férulus rentrer chez lui, va frapper à la porte de sa chambre en disant : — C'est moi, monsieur.

— Je dors ! répond Férulus de son lit. — Mais, monsieur, c'est pour m'expliquer une chose... — Je vous dis que je dors ; *retrò, Satanas !* — Mais, c'est le bourgeois qui veut que je lui bassine son lit avec du sucre... — Bassinez-le avec des quatre épices, et laissez-moi en repos.

Jeannette ne pouvant plus obtenir de réponse, descend à la cuisine, et va trouver mademoiselle Cheval, à qui elle dit : — Savez-vous comment qu'on s'y prend pour bassiner un lit avec du sucre, vous ?

— Tiens, pardine ! c'te malice ! répond la cuisinière ; on met du sucre dans la bassinoire. Pas autre chose, ma petite. — Et monsieur m'a dit que ça sentait bon ? — Mais, oui ; ça fait comme une manière de caramel!... — Ah! ça fait du ca-ramel!... c'est drôle ! je n'aurais pas cru ça !...

Jeannette se fait donner plusieurs morceaux de sucre, et monte à la chambre nuptiale, en se disant : — Comme ces gens riches ont des idées raffinées!... c'est égal, puisque c'est mon emploi, faut ben obéir.

Et Jeannette se fourre dans le lit nuptial, qui est entouré d'immenses rideaux de soie ; puis elle fait en sorte de sucrer sa bassinoire, en disant : — Puisqu'ils aiment ça, faisons-leur du caramel.

Le lit préparé pour les deux époux est doux et moelleux, Jeannette s'y étend avec plaisir ; elle pense que pour son maître elle doit le bassiner avec soin ; mais Jeannette a beaucoup fatigué dans la journée, où il a fallu habiller les dames et servir à table ; tout en songeant à ce qu'elle a fait, aux toilettes de la mariée, aux différents plats du dîner, la grosse fille bâille, ferme les yeux, et s'endort enfin dans le lit nuptial.

La société a terminé whist, échecs et piquet ; on a salué gravement les époux, et tous les étrangers ont quitté le château. Edouard et Alfred rentrent dans leur chambre en souhaitant une bonne nuit à Robineau, qui leur serre la main comme s'il avait des crispations. Eudoxie, à qui ce moment donne des vapeurs, s'est depuis longtemps retirée. M. le marquis se lève, s'approche de Robineau et lui dit à l'oreille : — Mon gendre, que cela se passe bien, je vous prie.

Robineau salue M. de la Pincerie en répondant : — Beau-père, vous pouvez être certain qu'il n'en sera que ça !

Enfin le marié prend son épouse par la main, et se rend avec elle dans la chambre nuptiale.

On trouve la pièce éclairée ; mais on ne voit là qu'une attention des domestiques. La chambre est fort grande ; le lit, qui est dans une alcôve, est caché par les rideaux. Avant d'en approcher il faut se débarrasser de sa toilette ; c'est à quoi Cornélie procède le plus tranquillement du monde, tandis que Robineau a déjà jeté en l'air son vêtement nécessaire, et saute dans sa chambre en disant : — Je suis trop heureux!... je vais avoir un étourdissement! — J'espère que vous n'allez pas vous trouver mal, monsieur, dit Cornélie, car cela ne m'amuserait pas du tout.

Robineau ne répond rien, mais il se frotte les tempes et le front avec de l'eau de mélisse.

Enfin Cornélie a terminé sa toilette de nuit, et elle s'approche de l'alcôve ; mais au moment d'ouvrir les rideaux elle s'arrête, fait quelques pas en arrière, et pâlit en disant : — C'est bien singulier !

— Voulez-vous aussi de l'eau de mélisse, ma chère amie? dit Robineau, qui est à l'autre bout de la chambre.

— Non, monsieur ; non ;... mais venez ici, venez doucement... écoutez ; il me semble entendre la respiration de quelqu'un.

Robineau frémit ; il ne veut plus approcher du lit, il faut que sa femme aille le chercher ; arrivé contre l'alcôve, il entend fort distinctement que quelqu'un est dans le lit. Alors ses jambes se dérobent sous lui, et il est obligé de se tenir après un fauteuil.

— Entendez-vous? dit Cornélie à demi-voix. — Oui... oui... madame... — Il y a là quelqu'un de caché qui se sera peut-être endormi... — C'est... le revenant de la tour... qui vient troubler mon bonheur... — Eh! non, monsieur !... ce n'est pas un revenant ; mais cela peut fort bien être un voleur !... Allons, monsieur, courez, appelez, sonnez. — Madame, je n'ai plus la force de remuer !... — Ah ! quel homme vous faites !...

Cornélie court ouvrir sa porte, sort de sa chambre et appelle du secours ; quand Robineau se voit seul près du lit, il retrouve ses forces ; il court après sa femme et joint ses cris aux siens.

Aux cris des deux époux, les habitants du château qui ne sont pas encore endormis, accourent avec des lumières ; on est curieux de savoir ce qui fait crier si fort le marié et sa femme. On arrive à moitié habillé ; on trouve Robineau pâle comme la mort, et Cornélie dans un désordre qui n'a rien d'effrayant.

— Qu'est-ce donc? qu'y a-t-il? demandent Alfred et Edouard ; tandis que M. de la Pincerie, qui arrive le dernier, court vers Robineau avec colère en disant : — Mon gendre, je voudrais bien savoir pourquoi vous faites crier ma fille comme ça la première nuit de ses noces?... Je me suis marié aussi, moi ; mais mon épouse n'a pas jeté le plus petit cri !

— Eh! beau-père! ce n'est pas moi qui fais crier ma femme ; je crie avec elle, au contraire !... Mais, prenez des armes !... vite, armez-vous ! il y a quelqu'un dans notre lit !... j'ai pensé au revenant, mais ma femme dit que c'est plutôt un voleur.

— Voyons cela, dit Alfred ; nous sommes en assez grand nombre, nous n'avons pas besoin d'armes... Tu ne peux pas avoir une troupe de brigands dans ton alcôve!

Et Alfred marche avec Edouard vers la chambre nuptiale ; les époux, le marquis et les domestiques les suivent. Arrivés devant le lit, les jeunes gens tirent brusquement les rideaux, et tout le monde aperçoit Jeannette qui ronfle paisiblement, une jambe par-ci et une jambe par-là.

— C'est Jeannette! disent Alfred et Edouard en riant de bon cœur. — C'est Jeannette! répète chacun.

— Mais que fait cette fille dans votre lit, monsieur? dit Cornélie en regardant Robineau avec surprise.

— Oui, en effet, dit M. de la Pincerie ; cette servante qui se trouve être couchée dans votre lit... qu'est-ce que cela signifie, mon gendre?... Corbleu !... voilà qui est d'un louche...

— Beau-père, je vous jure que je ne sais pas ce que cela veut dire... je suis l'innocence même... Qu'on réveille Jeannette, il faudra bien qu'elle nous explique pourquoi elle est là.

On pousse la grosse fille, qui bâille, étend les bras, se frotte les yeux, puis regarde avec surprise autour d'elle en s'écriant : — Ah ! mon Dieu! est-ce que j'aurais fait un somme, donc !...

— Comment vous trouviez-vous dans le lit? s'écrie Cornélie en faisant à Jeannette des yeux qui ne sont pas doux.

— Comment !... mon Dieu! madame, je vous demande ben escuse... c'est pourtant ben naturel, c'est pour bassiner...

— Pour bassiner? — N'est-il pas vrai, monsieur, que vous m'aviez ordonné de bassiner vot' li?

— Oui, j'en conviens, dit Robineau; j'ai cru que ce serait agréable à mon épouse; mais je ne vous ai pas dit de vous coucher dans le lit pour cela.

— Ah! monsieu.... c'est que j'vas vous dire, i gnia pas de bassinoire au château... on a encore oublié d'en acheter, et M. Férulus prétendait même que c'était inutile; il m'avait appris à bassiner... comme les anciens; enfin... jusqu'à présent... c'est toujours avec ma *gravité*, comme il dit, que j'ai échauffé son lit.

— Quelle horreur! s'écrie Cornélie; votre savant est un polisson, monsieur... et j'espère bien que dès demain il sortira de chez moi.

— Madame, je suis tout à fait de votre avis, dit Robineau; d'ailleurs, il ne fait plus que de mauvais vers.

— C'est un drôle! dit M. de la Pincerie; et si je n'étais pas presque en chemise, j'irais sur-le-champ lui tirer les oreilles!...

M. Berlingue est un petit homme de cinquante ans, dont la figure goguenarde semble chercher sans cesse quelque chose dont il puisse se moquer.

— En attendant, je ne coucherai certainement pas là-dedans, dit Cornélie; et, puisqu'on a démonté le lit que j'occupais, je vais passer la nuit avec ma sœur.

— Mais, ma chère épouse, cependant... dit Robineau. — Non, monsieur, c'est décidé; cela vous apprendra à ne point loger dans votre château des gens qui se conduisent de la sorte.

Cornélie a pris un flambeau; et, sans écouter son époux, elle se rend chez sa sœur. Le marquis approuve la conduite de sa fille. Jeannette, qui s'est levée, s'en va avec les autres domestiques.

Alfred dit à Robineau : — *Tu l'as voulu!*... et celui-ci, resté seul dans la chambre nuptiale, se couche en disant : — Après tout, pour cette nuit, il vaut peut-être mieux que cela se passe comme ça.

CHAPITRE XXVI. — Visite nocturne à la maison Blanche.

Pour se dédommager d'une journée qu'il a passée sans voir Isaure, Edouard se lève avec le jour; et tout dort encore dans le château qu'il est déjà sur la route des montagnes. Il avait prévenu qu'il serait une journée sans venir près d'elle, et la jeune fille lui avait répondu avec tendresse : — Je ne penserai qu'au lendemain pendant toute cette journée-là. Il presse donc son cheval, afin d'être plus tôt près d'Isaure, car il ne doute pas qu'elle ne partage son impatience.

Il est enfin arrivé dans la petite vallée : il attache son cheval et s'avance vers la maisonnette; il est surpris qu'Isaure ne soit point à sa fenêtre pour le voir venir : elle s'y met chaque matin; et, après un jour d'ennui, ne doit-elle pas désirer l'apercevoir plus vite encore?...

Il frappe à la porte de la maisonnette; Vaillant se fait entendre, et bientôt on ouvre. Isaure paraît devant son amant; mais elle ne court pas dans ses bras : le plaisir, l'amour ne semblent plus l'animer; et, au lieu de le recevoir avec ce doux sourire qui lui était habituel, elle baisse les yeux en prononçant tristement : — C'est vous!

— Oui... c'est moi, répond Edouard, qui est frappé du changement qui s'est opéré dans les manières d'Isaure. Ne m'attendiez-vous pas?...

— Oh! si!... je pensais bien que vous alliez venir.

— Isaure, qu'avez-vous? que vous est-il arrivé?... que s'est-il donc passé en ces lieux depuis le peu de temps que je les ai quittés?... de grâce, répondez-moi.

Isaure s'assoit dans la salle basse et répond en soupirant : — Il ne s'est rien passé... Il ne m'est rien arrivé.

— Vous me trompez, Isaure; vous n'êtes plus la même... Cette tristesse, ces larmes que je vois encore dans vos yeux, pensez-vous que je puisse m'y méprendre?... Est-ce un amant? est-ce celui qui vous adore que vous voulez abuser?... Parlez, je l'exige!... je vous en supplie!... Quel est ce nouveau mystère?... Vous ne m'aimez donc plus?...

— Ah! je vous aimerai toujours! dit Isaure en portant sur Edouard ses yeux remplis de larmes; oui, toujours!... quoiqu'on m'ait dit que je faisais mal... que j'avais eu grand tort... de vous aimer et de vous écouter.

— Qui vous a dit cela? s'écrie Edouard.

— Ah! ne vous mettez pas en colère, je vous en prie... hélas! cela ne servirait à rien. Mon ami... pardonnez-moi de vous avoir inspiré de l'amour!... ce n'est pas ma faute... mais puisque je ne puis pas être à vous, puisqu'il faut renoncer à ce bonheur que nous nous étions promis, oubliez-moi... Je vous aimerai toujours, moi; ce sera désormais mon seul sentiment, ma seule pensée... ma seule consolation!

Les larmes qui coulent alors des yeux de la jeune fille semblent attester la vérité de sa douleur. Cependant Edouard, vivement agité, se lève et s'éloigne d'Isaure en s'écriant : — Vous dites que vous m'aimez toujours, et vous ne voulez plus être à moi!... Lorsqu'oubliant ce que dans le monde tant de gens prennent pour règle de leur conduite, je veux vous donner mon nom, vous nommer mon épouse, ne plus

LE REVENANT.

Robineau paraît avec un caleçon, dans la ceinture duquel il a passé une paire de pistolets, tandis qu'il tient sous le bras gauche son fusil, et dans la main droite un rasoir.

vivre que pour vous... quelqu'un vous défend de m'aimer, de m'écouter; et aussitôt vous changez avec moi... aussitôt vous voulez cesser de me voir, et il faut que je renonce à mes plus douces espérances!... Non, vous ne m'aimez pas... si vous partagiez mon amour vous tiendriez plus à moi qu'à tout autre... Enfin, mademoiselle, quel pouvoir a donc sur vous cette personne à qui vous me sacrifiez?... Ce n'est pas votre père; vous m'avez plusieurs fois répété que vous n'aviez plus de parents... De quel droit cette personne, qui se cache avec tant de mystère, prétend-elle vous séparer de moi?... où est-elle? je veux la voir, la connaître, lui parler.

— Non!... non! n'y songez pas, s'écrie Isaure. Ah! je vous en prie, si vous m'aimez encore... ne cherchez pas à connaître cette personne... il ne veut pas... il n'a jamais voulu être connu... être aperçu.

— Il ne veut pas! dit Edouard avec dépit. Fort bien!.., c'est un homme; vous venez de vous trahir...

— Me trahir!...répond Isaure en levant au ciel ses beaux yeux pleins de larmes; et quel mal y a-t-il à ce que ce soit un homme?

— Quel est cet homme?... quels droits a-t-il sur vous?

— Ce qu'il est... je l'ignore moi-même... mais il a sur moi, les droits les plus forts, les plus sacrés... ceux de la reconnaissance... C'est à lui que je dois tout.

— Que vous devez tout!... Comment? n'avez-vous pas été recueillie, élevée par les bons paysans qui habitaient cette maison?... n'est-ce pas à eux seuls que vous devez de la reconnaissance.

— Oh!... non!... ce n'est pas à eux seuls... Les bons villageois qui demeuraient ici m'aimaient beaucoup, je le sais, mais en me prenant avec eux, en me traitant comme leur fille, ils ne faisaient qu'obéir aux ordres de celui auquel je dois aussi obéir aujourd'hui!... Je fais mal déjà de vous dire tout cela... il me l'avait bien défendu...

— Isaure, quand on n'a que des intentions pures, on ne se cache pas ainsi, on ne s'enveloppe pas de tant de mystère, et si cette personne ne veut que votre bonheur, pourquoi vous défendre de m'aimer, de devenir ma femme?...

— Votre femme!... non... il m'a dit que je ne pouvais jamais être la femme de personne... il ne faut plus que je vous voie, que je vous reçoive ici... il dit encore que cela fera mal penser de moi... Hélas! je ne savais pas que ce fût mal d'aimer à être avec vous.

— Et vous obéirez à cet ordre qui vous sépare de moi? — Il le faut bien!... Edouard, ne m'en voulez pas... Celui qui nous sépare est bien fâché aussi de me faire de la peine... ce ... est très-bon... et il m'aime bien!...

— C'en est trop! dit Edouard en sortant avec colère de la maisonnette; c'est un autre que l'on plaint, que l'on aime; et, pour prix de mon amour... pour me récompenser de ne point avoir agi comme tant d'hommes l'eussent fait à ma place, on me prie de ne plus revenir!... Ah! il faudrait que je fusse bien dupe pour vous aimer encore... Adieu!... vous serez satisfaite, vous ne me reverrez plus.

— Edouard!... Edouard!... c'est ainsi que vous me quittez? s'écrie Isaure, qui a suivi le jeune homme hors de la maisonnette. Mais Edouard ne l'écoute plus. Transporté de dépit, de jalousie, il est remonté à cheval, et il a repris au grand galop le chemin du château.

Tout le monde était alors réuni dans le salon, excepté M. Férulus, qui avait reçu la signification de quitter le château, avec vingt-quatre heures seulement pour faire ses préparatifs, et qui était alors dans la bibliothèque, où, tout en donnant au diable la nouvelle épouse de M. de la Roche-Noire, il remettait en paquet les volumes qu'il avait apportés au château. Dans le salon, Alfred était avec la famille et regardait en souriant Robineau, qui paraissait encore plus timide devant sa femme et plus soumis près de son beau-père.

Edouard est trop agité pour aller au salon; il va dans son appartement, et fait prier en secret Alfred de venir l'y trouver.

Alfred ne tarde pas à se rendre aux désirs de son ami. En apercevant Edouard, sa pâleur, son désordre le frappent: il court à lui; et, prenant sa main qu'il serre avec tendresse, lui dit: — Qu'est-il arrivé? parle!

Edouard ne peut encore répondre, la douleur le suffoque; il voudrait parler, mais son cœur est trop plein; enfin il se jette dans les bras de son ami en balbutiant: — Mon cher Alfred, tu m'as sacrifié ton amour pour Isaure... tu voulais que je fusse heureux!... tu as vu l'excès de ma passion pour cette jeune fille, eh bien! pour prix de mon amour, elle ne veut plus me voir. Je dois perdre toute espérance de la posséder. Quand j'oublie qu'elle n'est qu'une villageoise, sans nom, sans fortune; c'est elle qui refuse d'être à moi!

— Qui t'a dit cela? — Elle-même; je la quitte à l'instant. — Et quels motifs te donne-t-elle? — L'obéissance qu'elle doit à un homme qui lui défend de me revoir...

— On ne m'avait donc pas trompé! s'écrie Alfred au bout d'un moment. — Comment! que veux-tu dire? — Ecoute. Il y a deux nuits, lorsque je fus visiter la vieille tour, j'y trouvai en effet quelqu'un, ce vagabond que nous avons si souvent rencontré dans les montagnes; il prétendit que c'était pour me parler en secret qu'il s'était introduit la nuit dans le château, et il me dit qu'Isaure était indigne de ton amour, que depuis longtemps il suspectait sa conduite, et qu'enfin il venait d'acquérir la certitude qu'elle se rendait la nuit à la Maison Blanche pour voir un homme qui venait d'y arriver...

— La perfide!... elle va le trouver la nuit!... et moi qui respectais sa candeur, son innocence... qui craignais de flétrir ses appas!... Ah!... mon ami! les femmes... les femmes!... Tiens, j'étouffe... je n'en puis plus... j'ai là un poids qui m'oppresse, qui me tue!...

— Allons, Edouard, sois homme... reviens à toi... une femme qui nous trahit mérite-t-elle les regrets que nous lui donnons?... — Ah! mon ami, je n'ai pas ton caractère... mais pourquoi m'avais-tu caché ce que l'on t'avait appris?...

— Avant de te faire de la peine, je voulais acquérir quelque certitude... j'avais des raisons pour douter de la véracité du récit de ce misérable, qui semblait prendre tant de plaisir à décrier cette jeune fille... et même à présent je doute encore...

— Quoi! lorsqu'elle-même vient de m'annoncer qu'elle ne veut plus me voir... parce qu'un insolent lui en a fait la défense!... Et je souffrirais un tel outrage?... Non, je connaîtrai cet homme... je verrai mon rival... il aura ma vie ou j'aurai la sienne...

— Edouard calme-toi... réfléchis avant de... — Toute réflexion est inutile... je suis décidé à me battre avec celui qui m'enlève le cœur d'Isaure... — Qui t'enlève! n'est pas très-juste; songe donc que c'est toi plutôt qui le lui enlevais... Cet homme connaissait Isaure avant toi; si quelqu'un a droit de se plaindre, n'est-ce pas lui? — Oui, cet homme connaissait Isaure; mais, avant qu'il fût revenu en ces lieux, elle m'aimait... elle me le jurait du moins... chaque jour elle semblait me voir avec un nouveau plaisir, me quitter avec plus de regret.... C'est depuis le retour de ce protecteur inconnu qu'elle me repousse, qu'elle ne peut plus me voir... Tu vois bien que c'est lui qui m'enlève celle que j'aime... que c'est lui qui fait mon malheur... — Je vois... qu'il est bien impossible de faire entendre raison à un amoureux!...

— Mon ami, ma résolution est arrêtée... cette nuit je trouverai mon rival... il me cédera Isaure ou il m'ôtera la vie... — Te céder Isaure!... quoi! voudrais-tu encore lui donner ton nom?... Je ne sais plus ce que je ferai... mon sang bout... ma tête est brûlante... Ah! Alfred, puisse-tu ne jamais connaître les tourments de la jalousie!... Ne me fais plus de représentations, je n'écouterai rien avant d'avoir satisfait ma fureur... Cette nuit, nous irons ensemble à la Maison Blanche... C'est là que je trouverai cet homme qui s'enveloppe de tant de mystère... j'ai compté sur toi pour m'accompagner... pour être mon second... Cependant, si tu blâmes ma résolution, j'irai seul...

— Qui, moi! te quitter dans un pareil moment! Non, cher Edouard, j'irai avec toi. — Je prendrai mes pistolets... prends aussi des armes... Nous sortirons du château à pied... à huit heures... à dix nous serons arrivés, c'est assez tôt... Maintenant, laisse-moi retourner au salon... — Excuse-moi de n'y point paraître, dis que je suis indisposé... Ah! il me serait impossible de me trouver maintenant avec des gens devant lesquels il faudrait me contraindre.

Alfred presse la main de son ami et n'insiste pas pour rester avec lui, car il sait que dans les grands chagrins il y a des moments où les consolations même sont importunes. Il retourne près de la société, il annonce qu'Edouard est indisposé. L'absence d'un des jeunes gens, la tristesse, la préoccupation d'Alfred, ne contribuent point à égayer le dîner du lendemain de noces, pendant lequel Robineau ayant eu le malheur de dire à demi-voix, en se frottant les mains... — Cette nuit, du moins, je me flatte que je ne coucherai pas seul, M. de la Pincerie lui fait une verte réprimande sur la liberté de ses propos, et madame de la Roche-Noire fait la mine tout le restant du repas.

Le soir, la table de whist est dressée; comme on n'a plus M. Férulus pour faire le quatrième, parce que pour la dernière soirée qu'il passe au château il serait bien fâché d'être agréable au marquis, on propose à Alfred de le remplacer; mais Alfred annonce qu'il se sent fatigué et se retirera de bonne heure. Alors M. de la Pincerie fait mettre ses deux filles au jeu, et l'on fait une bouillotte de famille, jeu auquel Mignon se croit très-fort parce qu'il dit je passe avant d'avoir vu ses cartes. A huit heures, laissant Robineau aux prises avec son beau-père et sa femme pour un coup qu'il a mal joué, Alfred sort du salon, se rend à son appartement, y prend ses armes, son manteau, parce que le temps est humide et froid, puis va retrouver Edouard, qui se promenait avec impatience dans sa chambre en attendant son ami.

— Me voici, dit Alfred. — En ce cas, partons, répond Edouard d'une voix brève, il est temps. — Pourquoi allons-nous à pied?... — Il me semble que nous serons moins aperçus... que l'on nous entendra moins venir... Qui sait si celui que je veux découvrir n'a point sur la route quelques espions chargés de l'avertir en cas de surprise?... — Soit, allons à pied... aussi bien la marche et l'air frais du soir te calmeront peut-être un peu.

Edouard ne répond plus, il prend ses pistolets, se couvre de son manteau et descend l'escalier. Les deux jeunes gens se font ouvrir par le concierge; Alfred lui met une pièce d'or dans la main, pour qu'il attende leur retour, qui peut n'avoir lieu que tard dans la nuit. Ils sortent du château, et à la pâle clarté de la lune, qui se montre de temps à autre sous les nuages, ils prennent le chemin qui mène dans les montagnes.

Edouard marche en silence et d'un pas précipité, Alfred n'ose troubler ses réflexions, il se contente de regarder de temps à autre les rochers et les montagnes qui les environnent; ce voyage de nuit lui rappelle celui qu'ils ont fait en se rendant à la Roche-Noire; il pense à leur gaieté d'alors, et soupire en songeant combien il a fallu peu de temps pour dissiper le bonheur que l'avenir leur promettait.

Après plus d'une lieue et demie faite sans s'arrêter, et lorsqu'ils ne sont plus qu'à une courte distance de la petite vallée, Alfred dit à son ami: — Reposons-nous un moment... reprenons haleine... celui que tu cherches n'est peut-être pas de si bonne heure à la Maison Blanche.

— Soit, dit Edouard, reposons-nous ici. Et il s'assied près d'Alfred sur un fragment de rocher. Il garde toujours le silence, Alfred lui prend la main et lui dit: — Mon pauvre Edouard, conviens que nous sommes bien fous de nous faire tant de peine pour une jeune fille... bien jolie, je l'avoue... mais il y en a tant d'autres que nous ne connaissons pas encore!...

— Alfred, il est possible que ce soit une sottise, une folie... je comprends bien que je ferais mieux d'oublier Isaure... de la mépriser ; mais, mon ami, tous les jours on persévère dans une chose, quoique l'on sache que l'on fait mal. Je te l'ai dit, tu ne sens pas l'amour comme moi !... et c'est un grand bonheur pour toi... Tu as aimé Isaure passionnément ; mais dès que tu as eu pris la résolution de me sacrifier cet amour, tu as pu éloigner une image adorée de ta pensée, et, quelques jours après, conviens qu'elle s'y offrait déjà bien moins. Moi, j'aimais Isaure sans le laisser autant paraître ; mais c'est un sentiment qui ne finira qu'avec ma vie !... Puissé-je n'avoir pas long-temps à souffrir ainsi !... Viens, le temps se passe... j'ai hâte d'arriver...

Edouard se lève, ils se remettent en marche, et au bout de dix minutes ils descendent dans la vallée. Alors Edouard est obligé de s'arrêter, tout son corps tremble, il respire à peine, il est près de s'appuyer sur le bras d'Alfred pour se soutenir.

— Attends... attends... lui dit-il ; la vue de ces lieux me fait un mal !... Pardonne-moi, cher Alfred, toutes les peines que je te cause.

Pour toute réponse, Alfred lui serre la main, et bientôt ils se remettent en marche ; mais ils ne s'aperçoivent pas que l'homme au bâton noueux, qui était arrêté à peu de distance, suit alors leurs pas en ayant soin de se tenir constamment dans l'ombre.

— Allons d'abord près de sa demeure, dit Edouard : nous saurons si elle est encore chez elle.

Ils marchent en silence et en tâchant de diminuer le bruit de leurs pas ; ils sont bientôt près de la maisonnette : ils voient de la lumière dans la pièce du premier, la croisée est ouverte, et de loin ils aperçoivent Isaure, qui est dans cette chambre.

— Elle est là !... dit Edouard à voix basse. — Oui, répond Alfred, et elle est seule... — Elle ne fait rien... elle semble absorbée dans ses pensées... Alfred !... regarde donc comme elle est toujours belle !... — Eh ! mon ami, pour être infidèle, une femme n'en est pas moins jolie !... quelquefois même elles le paraissent davantage après. — Elle se lève... elle va caresser Vaillant... regarde donc... on dirait qu'elle pleure... Ah ! mon ami, si je ne me retenais, j'irais me jeter à ses genoux... — Attends, elle s'approche de la fenêtre... Cachons-nous derrière ces arbres.

Isaure vient de se placer à la fenêtre, et regarde la Maison Blanche.

— C'est là !... c'est toujours là que se portent ses yeux !... dit Edouard avec douleur. Insensé !... et je croyais qu'elle pensait à moi.

Dix minutes s'écoulent pendant lesquelles Isaure reste constamment à la fenêtre, et les jeunes gens, placés derrière des arbres, ne la perdent pas de vue, ainsi que la Maison Blanche. Au bout de ce temps, une lumière paraît à une fenêtre de la maison mystérieuse.

— C'est sans doute le signal qu'elle attendait, dit Alfred. En effet la jeune fille quitte aussitôt sa fenêtre, elle disparaît de sa chambre, et bientôt elle sort doucement de sa maisonnette. Edouard serre avec force le bras de son ami, il ne peut parler, mais il suit tous les mouvements d'Isaure. Celle-ci, après avoir refermé la porte, s'élance légèrement dans la prairie, et la traversant d'un pas précipité, arrive bientôt devant l'entrée de la Maison Blanche, et se glisse furtivement dans l'habitation, dont la porte se referme sur elle.

Les jeunes gens l'ont suivie, ils l'ont ... dans la maison et ils s'arrêtent à quelques pas.

— Il n'y a donc plus de doute ! dit Edouard d'une voix sombre ; elle est là !... là !... avec mon rival !... Ah ! je vais...

— Que vas-tu faire ? dit Alfred en retenant Edouard, frapper à cette porte ?... faire du bruit ?... Ils ne t'ouvriront pas... et d'ailleurs tu n'en saurais pas davantage. Ne vaudrait-il pas mieux attendre qu'elle sortît ?... Peut-être celui qui est là-dedans va l'accompagner ; si nous pouvions le voir, les entendre sans être aperçus !... Il sera toujours temps de défier ton rival ; puisqu'il est là, il ne peut t'échapper.

— Oui... oui... tu as raison, dit Edouard ; attendons... je tâcherai d'en avoir la force !... — Tiens, plaçons-nous sous ce bouquet d'arbres, nous serons justement en face de la porte... et on ne pourra nous apercevoir... Viens.

Alfred entraîne Edouard sous les arbres qui sont à une quarantaine de pas de la Maison Blanche. Là ils se blottissent dans l'endroit le plus sombre, et attendent en silence que la porte qui est vis-à-vis d'eux s'ouvre de nouveau.

Un quart d'heure s'est écoulé dans cette pénible attente ; Edouard se meurt d'impatience et de jalousie ; cependant le désir d'acquérir la preuve de la perfidie d'Isaure lui donne la force de résister aux mouvements impétueux de son âme. Tout à coup un léger bruit se fait entendre, mais ce bruit ne vient pas de la Maison Blanche, c'est de derrière les jeunes gens qu'il s'est parti.

— J'ai entendu quelque chose, dit Edouard. — Oui, j'ai cru aussi... — Ne serions-nous pas seuls ici ?...

Ils regardent avec attention autour d'eux, mais n'aperçoivent personne. Dans ce moment la lune, qui vient de sortir de dessous les nuages, permet de distinguer fort bien les objets, et Edouard tressaille en entendant ouvrir la porte de la Maison Blanche. — Les voici ! dit-il.

Isaure sort la première ; elle est suivie d'un homme d'une taille haute, qui est enveloppé d'un large manteau, et qui a un chapeau rond placé fort avant sur ses yeux. Cet homme et Isaure se trouvent

alors dans l'ombre que projette la maison. Bientôt la jeune fille dit d'un ton triste : — Adieu, mon ami... adieu, je vais rentrer... Vous ne me gronderez plus, n'est-ce pas ?... Il ne reviendra pas... je lui ai dit que je ne pouvais plus le recevoir.

L'homme qui est avec Isaure lui répond trop bas pour que les jeunes gens puissent l'entendre ; mais, tout en parlant, il fait quelques pas avec la jeune fille en la reconduisant du côté de sa demeure. Edouard les suit en se tenant toujours caché du côté de l'ombre, tandis qu'Alfred reste sous les arbres devant la maison, pour couper la retraite à l'inconnu.

Bientôt Isaure et son compagnon s'arrêtent ; celui-ci presse la jeune fille dans ses bras et l'embrasse tendrement. A cette vue, Edouard, furieux, va s'élancer vers eux ; mais déjà Isaure court légèrement vers sa demeure, tandis que l'autre personne marche à grands pas vers la maison en suivant le côté des arbres qui dérobent Alfred à sa vue. La lune donnant alors en plein sur le visage de la personne qui vient de son côté permet à Alfred de l'examiner tout à son aise ; loin de l'arrêter et de l'empêcher de rentrer dans la Maison Blanche, Alfred est resté immobile à la place qu'il occupait. Cependant Edouard court sur les pas de celui qu'il brûle de combattre ; mais il le voit rentrer dans la maison, dont la porte se referme sur lui. — Eh quoi ! dit-il à Alfred, il a passé devant toi et tu ne l'as pas arrêté... tu ne l'as pas empêché de se soustraire à ma fureur !... Maintenant je ne puis plus douter de la perfidie d'Isaure !... Cet homme l'a pressée dans ses bras !... Ah ! il va payer de sa vie son bonheur ; oui ! s'il refuse de m'ouvrir, dussé-je escalader ces murs... briser ces fenêtres, il ne m'échappera pas !...

Edouard courait déjà vers la maison en tenant ses pistolets à la main. Mais Alfred, revenu de la stupeur qui s'est emparée de lui, se précipite sur les pas d'Edouard, lui saisit le bras et le retient en s'écriant :

— Edouard, je t'en supplie, ne songe plus à ce combat !... il ne peut avoir lieu... — Que je ne songe plus à me venger ?... Est-ce pour me tenir un tel langage que tu m'as accompagné ?... laisse-moi !... — Non, je t'en conjure !... au nom de notre amitié... jette ces armes qui me font horreur !... — Quel intérêt t'inspire donc cet homme !... Ah ! je sens, moi, que je le déteste... que je l'abhorre !... et c'est dans son sang... — Malheureux !... que dis-tu ?... C'est mon père !

— Ton père ! s'écrie Edouard, sur lequel ces mots font l'effet de la foudre, tandis qu'un peu plus loin le vagabond répète d'une voix sourde : — Son père, puis s'éloigne à grands pas et disparaît sous les arbres.

Au bout de quelques instants de silence, Edouard, qui semble seulement alors reprendre ses esprits, donne ses pistolets à Alfred en lui disant : — Tiens !... prends !... ôte-moi ces armes !... Tu as raison, je ne puis me battre contre lui !...

Sans laisser à Edouard le temps de changer de résolution, Alfred lui prend le bras et l'entraîne précipitamment loin de la Maison Blanche.

•

CHAPITRE XXVII. — Les adieux au château.

Alfred a entraîné son ami vers le premier chemin qui s'est trouvé devant eux ; là il n'a songé qu'à l'éloigner de la Maison Blanche et de la demeure d'Isaure. Les deux jeunes gens marchent longtemps au hasard et en silence, leur cœur est trop oppressé pour qu'ils puissent encore se communiquer leur pensée. Mais, après avoir marché pendant fort longtemps sans autre but que de s'éloigner de la petite vallée, épuisés de fatigue et d'émotions, ils s'arrêtent dans une vaste prairie ; Edouard se laisse tomber sur le gazon en disant à Alfred : — Reposons-nous ici... J'ai besoin de respirer un moment.

Alfred s'assied près de son ami. Pendant longtemps encore ils gardent tous deux le silence, enfin Edouard dit d'une voix altérée : — Es-tu bien sûr que cet homme soit ton père ?

— Mon ami, les yeux d'un fils peuvent-ils s'y méprendre ?... Oui, c'est bien lui ; il venait de mon côté... La lune éclairait parfaitement. J'ai eu tout le temps de le regarder, de le reconnaître !... frappé de surprise, je suis resté immobile... je n'ai point quitté les arbres qui me dérobaient à sa vue... j'en rends grâce au ciel !... Un fils ne doit jamais forcer l'auteur de ses jours à rougir devant lui. Je ne dois plus chercher à connaître les motifs de la conduite de mon père, ni les sentiments qu'il éprouve pour Isaure... N'est-il pas maître de ses actions ? et s'il a... quelques faiblesses, ne les rachète-t-il pas par mille qualités ? Ah ! mon cher Edouard, quand je pense aux événements affreux qui pouvaient arriver si je n'avais pas reconnu mon père... si l'obscurité nous eût dérobé ses traits à tous deux !... Je frémis encore... mon cœur se glace !... Mon père... si bon, si indulgent pour moi !... qui ne cherche qu'à me rendre heureux... qui est pour moi l'ami le plus tendre !... serait mort de ta main peut-être... et en présence de son fils ! Ah ! mon ami, crois-moi, toutes les peines de l'amour, tous les tourments que nous cause une femme n'approcheront jamais de l'angoisse qui déchire le cœur d'un fils à la pensée d'avoir pu sans le savoir servir de témoin au meurtrier de son père !...

— Alfred, je pense bien que tu es rassuré maintenant. — Oui...

j'en suis persuadé, tu respecteras mon père... et d'ailleurs, mon ami, soyons justes, ce n'est pas lui qui t'a trompé... Isaure seule est coupable, elle ne devait pas répondre à ton amour... elle ne devait pas te donner d'espérances... mais les femmes cèdent toujours à leur désir de plaire, sans songer à tout ce qui peut en résulter. Dans ta fureur jalouse, tu veux combattre celui qui défend à Isaure de te revoir, de t'écouter encore!... Cependant n'en avait-il pas le droit? depuis longtemps sans doute il connaît cette jeune fille!... Voilà donc le motif de ces fréquents voyages dans lesquels il ne me proposait jamais de l'accompagner... Oui; oh! il y a longtemps... bien longtemps qu'il vient à la Maison Blanche... mais une amourette!... J'avoue que cela m'étonne, et j'ai encore peine à le croire. Depuis la mort de sa seconde épouse, de cette Adèle qu'il aimait tant, je lui ai entendu dire cent fois qu'aucune femme ne pouvait désormais toucher son cœur... Je sais bien qu'on dit cela et que ça n'empêche pas que... mais, je le répète, cela m'étonne... Son seul tort est de m'avoir pas mis dans sa confidence, de ne m'avoir pas dit deux mots de cette intrigue... Ne suis-je pas autant son ami que son fils?... Alors nous n'aurions pas été nous promener près de la Maison Blanche et faire la cour à la petite, je n'aurais pas été exposé à devenir le rival de mon père!... mais, puisqu'il veut cacher cette intrigue, respectons son secret... Il ignore que c'est dans ce pays que nous sommes; je n'ai jamais eu le temps de lui écrire, et certainement, si la petite lui a parlé d'un Edward, il ne se sera pas douté qu'il s'agissait de l'ami de son fils

Edouard a écouté tranquillement Alfred; il semble approuver tout ce qu'il vient de dire; il est plus calme, la raison se fait entendre. L'air pur et frais de la nuit, le repos qu'ils viennent de prendre ont aussi fait leur effet; le sang circule mieux, les oppressions sont moins fortes; et tel qui se livre à tous les transports d'une fureur jalouse et ne rêve que vengeance serait beaucoup moins furieux s'il voulait se promener au grand air pendant un quart d'heure. Le physique et le moral se tiennent toujours un peu.

Après quelques nouveaux instants de silence, Edouard dit à son ami: — Je ne veux plus rester dans ce pays... J'ai hâte au contraire de m'en éloigner... Dès demain je ferai mes adieux aux habitants du château, et je quitterai l'Auvergne... où pour mon repos je n'aurais jamais dû venir! — Je partirai avec toi... Je commence d'ailleurs à me lasser du château de la Roche-Noire et de tous les originaux qu'il renferme... Oui, demain nous ferons nos adieux... Nous retournerons à Paris chercher des distractions, ou, si tu le préfères, nous irons visiter la Suisse, l'Italie... Partout je t'accompagnerai... Le temps... et mon amitié parviendront à effacer de ta pensée des souvenirs pénibles... Allons, donne-moi ta main, Edouard!... Crois-moi, on n'est jamais entièrement malheureux quand on possède un véritable ami.

Les deux jeunes gens se serrent longtemps la main, et Edouard promet à Alfred de faire tout ce qui dépendra de lui pour oublier Isaure.

— Où sommes-nous? dit Edouard au bout d'un moment. — Ma foi, je n'en sais rien... nous avons marché longtemps, et je n'ai fait nulle attention aux chemins. Je ne me reconnais pas... la lune s'est cachée. Comme nous pourrions fort bien nous égarer dans ces campagnes, je crois que nous ferons mieux de rester ici jusqu'au jour; dès qu'il paraîtra, nous regagnerons le château.

Edouard est de l'avis d'Alfred; ils s'étendent sur le gazon pour y chercher le repos; mais il n'approche pas des paupières de l'amant d'Isaure, qui a sans cesse présents à la pensée les traits si aimables de celle qu'il s'était fait une douce habitude d'aimer et de voir chaque jour.

Dès que le jour commence à poindre, les jeunes gens se lèvent, et des paysans qui se rendent à leurs travaux leur indiquent le chemin du château. Ils y arrivent sur les huit heures du matin, et rencontrent dans la cour M. Férulus, qui a à son habit les grands boutons d'acier, mais qui porte sous son bras un gros paquet de livres comme le jour où il est venu s'installer à la Roche-Noire.

Le savant s'est arrêté au milieu de la cour; il jette un dernier regard sur les fenêtres de l'appartement qu'il habitait et s'écrie: — Adieu, Rome! je pars!

En se retournant il aperçoit les deux jeunes gens et va au-devant d'eux d'un air assez triste, puis leur fait un grand salut.

— Où allez-vous donc de si grand matin, monsieur Férulus? dit Alfred. — Je m'en vais, messieurs, je quitte pour jamais ces lieux; on me renvoie... on me destitue de ma place!... Et pourquoi? parce que j'ai appris à une jeune fille à se servir de la bassinoire que nous a donnée la nature... Ce n'est pas ma faute d'ailleurs s'il n'y en avait pas d'autres dans le château! — Comment! tout cela ne s'est pas arrangé, raccommodé?... Robineau est cependant un bon garçon..... — Depuis qu'il est marié, ce n'est plus que la nullité la plus complète... Pauvre cher homme!... il en verra de cruelles!... Je n'ai pas le bonheur de plaire à madame son épouse!... Elle n'a pas trouvé mes vers jolis... ou du moins elle a refusé de les entendre... Messieurs, il n'y a rien à espérer de quelqu'un qui ne sait pas respecter la science!... Après avoir été ennuyé tous les soirs à faire la partie de cet insolent la Pincerie et de son imbécile de frère, voilà comme on me récompense!... *Saturus sum opprobriis!*... et mis à la porte sans même un mois de mes appointements de bibliothécaire!... Mais qu'il en trou-

vent un autre de ma force! Madame a dit que son oncle Mignon ferait fort bien tout ce que je faisais ici... Quel *blasphème!*... Mais il paraît que toutes les places que le cher oncle devait avoir se réduiront à être domestique chez sa nièce. Au reste, j'emporte la bibliothèque sous mon bras... elle m'appartient, c'est tout mon bien... Je vais tâcher de reformer une petite école, ou de trouver un autre *Mécène* qui veuille d'un Virgile pour aller à l'immortalité moyennant cent écus par an... Il me semble que cela ne vaut pas la peine de s'en passer. Quant à ce château, vous verrez, messieurs, il sera bientôt mangé, pillé, vendu, abandonné... il s'écroulera sans qu'on se rappelle le nom de son dernier possesseur, et on cherchera la Roche-Noire comme on cherche maintenant *Babylone*, *Thèbes* et *Ninive!*

— Nous ne verrons pas cela, mon cher monsieur, Férulus, car nous allons aussi quitter ce château.

— Vous allez le quitter, messieurs? dit Férulus d'un air tout joyeux, j'en suis enchanté!... Ces gens-là ne sont pas dignes de vous posséder! Vous et moi de moins, je vous demande ce qu'il restera de spirituel au château!..... Vous retournez à Paris?..... — Peut-être..... nous comptons voyager un peu. — Vous n'avez pas besoin d'un interprète pour vous servir de truchement dans les pays que vous allez parcourir?... — Non, nous en savons assez pour nous faire comprendre où nous irons. — Vous n'avez pas... par hasard, quelques enfants dont il faille soigner l'éducation?... — Non, monsieur Férulus, pas pour le moment. — Alors, messieurs, je vous fais donc mes adieux... *vale et me ama.*

Le savant s'éloignait tristement; les jeunes gens auraient voulu lui faire accepter leur bourse, pour empêcher de mourir de faim un homme qui ne cherchait qu'à faire aller ses semblables à l'immortalité; mais ils ne savaient comment s'y prendre, de crainte de blesser son amour-propre; cependant Férulus, qui s'éloignait lentement et à regret, laisse échapper un volume du paquet qu'il porte, et continue sa marche sans s'apercevoir de la perte qu'il vient de faire. Alfred va ramasser le volume, il cache sa bourse dessous, appelle le savant, qui s'arrête sur-le-champ, et courant après lui, le jeune homme lui met dans la main le livre et la bourse en lui disant: — Monsieur Férulus, vous avez laissé tomber ce volume. — *Jehova!* c'est le traité de Sénèque sur le mépris des richesses!... — Cela vous aurait peut-être fait faute.

Le ci-devant bibliothécaire ferme sur-le-champ la main dans laquelle on a glissé les deux objets, fait un sourire aimable à Alfred, puis s'éloigne très-vivement, comme s'il eût craint qu'on ne voulût lui reprendre ce qu'on venait de lui donner.

Alfred et Edouard rentrent dans leur appartement jusqu'à l'heure du déjeuner. Alors ils se rendent au salon, où la famille est réunie. Quoiqu'il ait couché avec sa femme, Robineau n'en a pas l'air moins timide auprès d'elle; mais Cornélie trouve à peine le temps de répondre à son mari; elle gronde chaque domestique, et vient déjà d'annoncer à son époux que Jeannette, le jockey et M. Cunette ne tarderaient pas à suivre M. Férulus. Robineau n'a pas même le temps d'approuver les résolutions de sa femme, parce que lorsqu'il veut parler son beau-père lui coupe la parole en lui disant: — Mon gendre, laissez agir votre épouse, et ne la contrariez jamais, ou, corbleu! vous auriez affaire à moi.

Les jeunes gens annoncent à la société qu'ils vont quitter le château, et Eudoxie dit à demi-voix: — Cela va être amusant ici!... Certainement je n'y resterai pas longtemps!

Madame de la Roche-Noire reçoit cette nouvelle très-froidement; les deux jeunes gens n'ont pas paru assez éblouis de ses charmes pour qu'elle les regrette. Mais Robineau, qui commence à s'apercevoir que depuis qu'il est marié il ne s'amuse pas autant qu'il l'espérait, s'écrie: — Comment! vous voulez déjà nous quitter... partir?... et quand cela? — Aujourd'hui même, dit Alfred. — Aujourd'hui!... Ah! par exemple... je ne le... nous ne le souffrirons pas, cela ferait de la peine à mon épouse... Encore quelques jours... on ne part pas si brusquement! — Eh bien!... nous ne partirons que demain, répond Edouard, qui semblait depuis quelques minutes enseveli dans de profondes réflexions. — Demain soit, dit Alfred, qui est cependant surpris qu'Edouard veuille bien différer leur départ.

On ne tarde pas à retourner chacun à ce qui lui plaît. Eudoxie, qui veut sans doute qu'Alfred lui fasse ses derniers adieux, lui demande son bras pour aller se promener au jardin; et Cornélie, restée seule avec Robineau, lui dit: — Pourquoi vous permettez-vous de retenir ces messieurs au château sans savoir si cela me fera plaisir? — Mon amie, j'ai cru que... — Ne sont-ils pas bien aimables, vos amis, qui passent tout leur temps à courir je ne sais où et ne sont ici que pour manger? Désormais, monsieur, c'est moi qui inviterai les personnes que je voudrai recevoir. — Oui, ma chère amie... Si vous voulez, je vais dire à Alfred et Edouard qu'ils peuvent partir tout de suite, que cela nous est égal... — Autre sottise!... Non, monsieur; ne dites rien, ne faites rien... ne vous mêlez de rien, voilà tout ce qu'on vous demande.

Après avoir dit cela, Cornélie laisse là Robineau, qui lorsqu'il est seul frappe du pied avec force en disant: — Je ne veux pas la contrarier, parce que nous sommes dans la lune de miel; mais je sais que je suis le maître, ça me suffit.

Après avoir assez longtemps promené Eudoxie, Alfred est rentré au château; il dispose tout pour son prochain départ et se rend ensuite près d'Edouard.

— Pour quel motif as-tu bien voulu différer notre départ? dit Alfred; il me semblait que tu devais être pressé de t'éloigner de ce pays... de... ces montagnes.

— Oui, oui, sans doute, répond Edouard avec embarras, mais avant de quitter l'Auvergne... où je ne reviendrai jamais... je voudrais... Alfred, tu vas me gronder!... — Non, dis-moi franchement ce que tu espères encore? — Je n'espère plus rien!... Mais je ne puis résister au désir de revoir Isaure encore une fois... de lui faire mes derniers adieux!... — Je m'en doutais!... — Je l'ai quittée si brusquement... pourtant je ne connaissais pas alors toute sa perfidie... mais rassure-toi, ce n'est pas pour lui faire d'inutiles reproches que je veux la voir, au contraire!... Je lui dirai... que je lui pardonne tout le mal qu'elle m'a fait... que je désire qu'elle soit heureuse... que jamais son image... Oh! non, je ne lui dirai pas cela, et cependant.... Ah! mon ami, blâme-moi de ma faiblesse!... mais je crois que je l'aime plus que jamais!...

— Tu veux aller voir Isaure... mais y songes-tu?... si nous y trouvions... si tu y rencontrais... le baron? — J'épierai le moment où elle sera seule... tu sais bien qu'elle ne passe que peu de temps à la Maison Blanche; dussé-je ne lui parler qu'un moment, il faut que je la revoie encore... Alfred, pense donc que ce sera la dernière fois. — Eh bien! je t'accompagnerai... Oui, j'irai avec toi; au moins je serai plus certain que tu ne feras pas d'imprudence, et je pourrai veiller à ce qu'on ne te surprenne pas auprès d'elle... — Cher Alfred! que tu es bon!...

— Il faut bien que je devienne sage quand tu fais des folies; c'est chacun à son tour. Je vais dire au jockey de nous tenir les chevaux prêts pour ce-soir, car je ne vois pas la nécessité d'aller encore à pied. Nous partirons à l'heure où on va se coucher, nous prétexterons d'ailleurs notre départ de demain pour nous retirer de bonne heure... Edouard, tu ne prendras pas d'armes, j'espère!... — Quelle idée!... Oh! non, non, je ne veux voir qu'elle, je ne veux que lui dire adieu avant de m'en éloigner pour toujours!

Tout étant convenu, les jeunes gens vont rejoindre la compagnie. Ainsi que Férulus l'avait prédit, le dîner est beaucoup moins gai qu'à l'ordinaire. Alfred et Edouard ont trop à penser pour chercher à soutenir la conversation. Eudoxie semble s'ennuyer; M. de la Pincerie est de mauvaise humeur, parce qu'il prévoit qu'il n'aura personne le soir pour faire sa partie; Cornélie garde son air de fierté et parle à peine; Mignon lui-même ne paraît pas être fort content, parce que sa nièce lui a déjà donné mille choses à faire dans le château; enfin Robineau traite ses deux amis avec une extrême froideur, dans l'espoir d'être agréable à sa femme.

Le soir, les jeunes gens font leurs adieux. — Il est possible, dit Alfred, que nous partions demain avant que ces dames soient levées.
— Comme vous voudrez, messieurs, dit Robineau; et si cela vous fait plaisir de partir ce soir, vous pouvez....

M. de la Roche-Noire n'achève pas, parce que sa femme le tire par son habit de manière à en déchirer la basque. Alfred et Edouard se regardent en souriant; et après quelques heures d'une conversation coupée par les fréquents bâillements du marquis et les soupirs étouffés de madame de Hautmont, on se dit adieu et l'on se sépare.

Les jeunes gens laissent à leurs hôtes le temps de se renfermer chez eux; puis ils descendent dans la cour, trouvent les chevaux sellés, et se font ouvrir par le concierge en lui disant : — Nous reviendrons dans deux heures.

— Vous reviendrez quand vous voudrez, vous trouverez la porte ouverte, répond Cunette, qui est gris suivant sa coutume. Madame la bourgeoise m'a signifié que je pouvais me chercher une autre place... Alors vous entendez ben que je ne vais pas me gêner pour sa porte... Je me couche, et je laisse tout ouvert... arrive qui plante... je m'en moque... je n'ai pas envie de me déranger.

Chapitre XXVIII. — Attentat.

— Nous aurons assez souvent parcouru la nuit ces campagnes, dit Alfred en faisant marcher son cheval près de celui d'Edouard. Les chemins étaient devenus mauvais; la pluie qui était tombée pendant toute la soirée les avait rendus gras et glissants; et ce n'est qu'en allant avec précaution que les deux cavaliers peuvent avancer sans accident.

Edouard n'a répondu à son ami qu'en poussant un profond soupir. Alfred conçoit qu'au moment de voir Isaure pour la dernière fois, il soit tout à ses souvenirs et à ses regrets; respectant le silence et le chagrin de son ami, il se tient près de lui, mais il ne lui parle plus.

Ils n'ont fait encore que le tiers de la route; il tombe une pluie froide; Edouard a voulu pousser son cheval, mais déjà deux fois l'animal a manqué de s'abattre; le chemin devient rapide, et il faut se résoudre à n'aller qu'au pas.

— Je crois que nous aurions été plus vite à pied, dit Edouard avec impatience. — N'avons-nous pas tout le temps d'arriver?... répond Alfred; rien ne nous pressera pour retourner au château... Et nous...

dire adieu à Isaure, il ne te faut pas toute la nuit. — Je ne sais ce que j'ai... mais il me semble que je n'arriverai jamais assez tôt près d'elle... Des pensées sinistres m'oppressent... Alfred, crois-tu aux pressentiments? — Allons donc! quel enfantillage!... Quand on vient d'éprouver quelque peine, quand on est trompé, trahi dans ses affections, à chaque instant on redoute un nouveau malheur; on appellera cela des pressentiments, tandis que ce n'est que le résultat de la disposition de notre esprit. Les gens heureux, ceux à qui tout réussit, n'ont jamais de pressentiments; cependant, il leur arrive parfois des événements fâcheux; mais ils ne les ont jamais prévus, parce qu'ils ne voient pas tout en noir... Maudit cheval! il veut absolument se mettre à genoux. François m'a dit qu'à Clermont, où il a été dernièrement, il y en avait deux fort bons à vendre; si tu veux que nous voyagions ainsi, je les achèterai.

Edouard ne répond pas; il est retombé dans ses pensées, et n'en sort que pour dire à voix basse : — Que cette nuit est sombre et triste! quelle différence d'avec celle d'hier!...

— Oui, dit Alfred; je commence à croire que l'hiver le séjour de l'Auvergne ne doit pas être fort gai... — Ah! si elle m'avait aimé.... comme elle le disait, si j'avais pu vivre auprès d'elle, ces montagnes couvertes de neige, ces glaciers, ces sites sauvages auraient toujours été riants à mes yeux!

— Allons, Edouard, sois raisonnable... le temps te consolera... J'aimais bien Isaure aussi; oh! oui!... j'en étais fou! cependant je suis parvenu à triompher de cet amour.

Edouard ne répond rien, mais il soupire et se dit en lui-même : — Il était bien loin de l'aimer comme moi!

Ils sont enfin dans le chemin qui descend dans la vallée; ils s'arrêtent et quittent leurs chevaux à l'endroit ordinaire, puis marchent vers la maisonnette. Alfred prend le bras d'Edouard, dont l'agitation redouble à mesure qu'ils approchent de la demeure d'Isaure.

— Elle est chez elle! s'écrie Edouard, qui vient d'apercevoir de la lumière à travers la croisée du premier étage de la maisonnette. — Ah! mon ami!... arrêtons-nous un moment... mon cœur bat avec tant de force... Elle est dans sa chambre!... je craignais de ne plus la revoir... je désespérais d'arriver assez tôt. Ah! tu avais raison, Alfred, quand on éprouve quelques peines, on les augmente encore par son imagination!... Mais sa croisée est fermée... je ne puis la voir comme hier... La voir!... sans qu'elle sache que je suis là!

— Puisque tu veux lui parler une dernière fois, il faut bien qu'elle sache que tu es là... N'allons-nous pas frapper? ou aimes-tu mieux l'appeler?...

— Je ne sais... attends... s'il y avait quelqu'un avec elle... Vois-tu de la lumière à la Maison Blanche? — Non... — Comment nous assurer qu'elle est seule?... Si ton père était là?... — Attendons, elle va peut-être ouvrir sa fenêtre, ou elle sortira pour aller à la Maison Blanche.

Les deux jeunes gens attendent quelques minutes, Edouard a toujours les yeux fixés sur la fenêtre où brille la lumière.

— C'est bien singulier, dit-il enfin; je n'aperçois aucune ombre à travers les rideaux... la lumière ne change pas de place... et pas le moindre bruit ne nous annonce qu'elle soit là... Cependant, dans cette vallée solitaire, le plus léger mouvement est facilement entendu... Alfred, ce calme profond a quelque chose d'effrayant.

— Encore des idées sombres! tu es incorrigible!... Que veux-tu donc qu'il lui soit arrivé?... Est-ce qu'on voit des voleurs, des brigands dans ce pays?...

— Viens... approchons tout contre la maison, peut-être entendrons-nous quelque chose.

Alfred suit Edouard; ils vont se coller contre la porte d'entrée; mais le plus profond silence continue de régner dans la demeure d'Isaure.

Tout à coup Edouard, frappé d'un souvenir subit, s'écrie : — Grand Dieu!... nous sommes là... tout contre la porte, et Vaillant n'aboie pas... lui qui de très-loin devine la présence de quelqu'un!...

— En effet, dit Alfred, cette circonstance est singulière. — Je n'y puis plus résister, frappons.

Edouard frappe à la porte, légèrement d'abord, puis un peu plus fort, mais aucun bruit n'annonce que l'on se dispose à venir ouvrir.

— Isaure!... Isaure!... c'est moi, dit Edouard en se tenant sous la fenêtre; je viens vous dire adieu... avant de m'éloigner de ce pays... Ne voulez-vous plus me voir?...

On ne fait aucune réponse. L'agitation, le trouble d'Edouard sont au comble. — A-t-elle donc juré de ne plus me parler, de ne plus m'entendre? s'écrie-t-il; et dans son dépit, il frappe fortement à la porte. Alors un gémissement sourd, un son plaintif qui semble partir de derrière la maison, répond au bruit qu'Edouard vient de faire.

— As-tu entendu? dit-il à Alfred. — Oui... il m'a semblé... —. Tiens... écoute encore... ce son lugubre a retenti jusqu'à mon cœur... Il est arrivé quelque malheur à Isaure... Il faut entrer dans cette maison.

Alfred, qui partage alors les craintes d'Edouard, seconde ses efforts pour forcer la porte de la maisonnette; le pêne seul la retenait; il est brisé, et les deux jeunes gens entrent dans la salle basse, où règne une profonde obscurité.

— Montons... allons sur-le-champ à sa chambre, dit Edouard en cherchant l'escalier ; il le trouve, le monte rapidement ; il est bientôt devant la chambre d'où partait la lumière ; la porte n'en est pas fermée. Edouard, suivi d'Alfred, entre dans la chambre de la jeune fille ; mais ils la trouvent déserte, et remarquent un désordre qui n'est pas naturel. Les tiroirs de la commode sont ouverts, plusieurs vêtements de femme sont épars sur le parquet ; il semble qu'on ait seulement pris à la hâte quelques effets, et plusieurs pièces de monnaie qui sont restées sur le carreau indiquent que l'on s'est aussi emparé de l'argent que ce meuble renfermait.

— Elle n'est plus ici ! s'écrie Edouard en regardant avec terreur autour de lui. Mais que signifie le désordre qui règne en ces lieux ?... l'a-t-on enlevée ?... est-ce donc contre sa volonté qu'on l'a arrachée de cette demeure ?...

— Viens, dit Alfred en prenant sa lampe ; visitons la maison, nous découvrirons peut-être quelque indice... Sachons d'abord d'où partait ce bruit que nous avons entendu.

Ils redescendent, entrent dans chaque pièce, appellent Isaure et ne reçoivent aucune réponse ; mais, en passant près de la cour qui sépare la maison du jardin, le son plaintif qui les a frappés se fait encore entendre. Ils se rendent dans la cour, des traces de sang frappent leurs yeux. Edouard sent son cœur se glacer... mais bientôt il frémit d'horreur en apercevant à l'entrée du jardin Vaillant, percé de plusieurs coups, baigné dans son sang, mais essayant encore de se traîner jusqu'à ceux qu'il reconnaît pour les amis de sa maîtresse.

— C'est Vaillant !... il est assassiné !... s'écrie Edouard. Ah ! mon ami ! quelque horrible événement est arrivé !... des brigands... des assassins se sont introduits dans cette habitation !... Mais qu'ont-ils fait d'Isaure ?... ils ont tué celui qui voulait la défendre !... et je n'étais pas là !... Pauvre Vaillant !... il semble me demander sa maîtresse ! C'est par ce jardin qu'on l'aura emmenée... Ah ! viens !... cherchons encore !...

— Mais Vaillant n'est pas mort, dit Alfred ; peut-être ces blessures, qui semblent avoir été faites par une épée, ne sont-elles pas mortelles... Laisserons-nous sans secours celui qui seul a osé défendre sa maîtresse ?... Pauvre chien !... comme il nous regarde !... Attends, que je lave ses plaies... ton mouchoir... le mien suffiront peut-être pour arrêter le sang...

Malgré son impatience de voler à la recherche d'Isaure, Edouard seconde son ami dans les soins qu'il donne au fidèle défenseur de la jeune fille. Vaillant est doucement emporté sur le lit de sa maîtresse et entortillé de linge. Ensuite les jeunes gens se rendent dans le jardin ; ils trouvent encore ouverte une petite porte qui donnait sur la campagne. Les traces de sang annoncent que le chien a suivi jusque-là sa maîtresse, et que c'est par ce chemin que l'on a emmené Isaure.

Edouard veut parcourir la campagne, courir sur les traces des ravisseurs d'Isaure ; il se flatte de les atteindre encore, et demande à Alfred ses armes.

— Que veux-tu donc faire maintenant ? dit Alfred. Tu ignores de quel côté ils ont porté leurs pas !... Par cette nuit obscure, où veux-tu te diriger ?... ne vaut-il pas mieux attendre le jour ? — Attendre !... et peut-être maintenant elle m'appelle à son secours !... Tout semble indiquer qu'il n'y a pas longtemps encore que s'est commis cet horrible attentat... Alfred, je t'en supplie, donne-moi tes pistolets !... Qu'as-tu à craindre ?... je ne veux que rendre Isaure à ton père !... S'il eût été ici, sans doute il l'aurait défendue, lui !... Viens ! viens !... parcourons ces montagnes,... peut-être est-il temps encore de la sauver.

Alfred cède aux désirs de son ami, il lui donne un de ses pistolets, garde l'autre, et tâche de suivre Edouard, qui d'un pas précipité parcourt la campagne.

Le temps est toujours sombre, il est difficile de distinguer loin de soi. Souvent Edouard s'arrête, écoute s'il n'entendra pas ou des cris ou la marche de quelqu'un. Ils ont passé la Maison Blanche et se dirigent vers Chadrat. Alfred est à quelques pas d'Edouard, lorsqu'ils entendent marcher devant eux. Aussitôt Edouard s'élance, et avant qu'Alfred ait pu lui recommander d'agir avec prudence, il se trouve devant une personne qu'il arrête brusquement en s'écriant : Où allez-vous ?... d'où venez-vous ?...

La personne qu'Edouard vient d'arrêter fait un pas en arrière, et dégageant son bras de dessous son manteau présente au jeune homme le bout d'un pistolet en répondant d'une voix ferme : — De quel droit m'interrogez-vous ?

Aux premiers sons de cette voix bien connue à son cœur, Alfred s'est élancé au-devant d'Edouard en s'écriant : — Malheureux !... que fais-tu ?... c'est mon père !...

Le baron de Marcey (car c'était bien lui) pousse un cri de surprise en reconnaissant son fils, tandis qu'Edouard est resté immobile.

— Est-ce toi, Alfred ?... toi... la nuit,... dans ces montagnes, et avec...

— Oh ! tranquillisez-vous, mon père, répond Alfred, c'est Edouard que vous voyez avec moi ; et s'il vous a arrêté si brusquement, soyez bien persuadé que nous ne sommes pas devenu des voleurs ou des grands chemins !... C'est au contraire nous qui courons sur les traces des ravisseurs d'une jeune fille ; en vous apercevant, Edouard vous a pris pour un de ceux que nous cherchons,...

— Vous ! dans ce pays !... vous... ici ! dit le baron qui ne peut revenir de sa surprise ; et... cette jeune fille ?...

— C'est Isaure, s'écrie Edouard.

— Isaure !... Vous connaissez Isaure ! répond le baron, dont l'étonnement et l'agitation augmentent à chaque instant. Quoi !... est-ce donc de vous, Edouard ! qu'elle m'a tant parlé ?

— Oui, monsieur, c'est moi qui l'aimais... qui l'adore toujours, qui voulais lui donner mon nom, ma main, ne plus me séparer d'elle... ne sachant pas qu'un autre avait des droits sur sa personne... et que cet autre était le père d'Alfred !... Mais en ce moment, monsieur le baron, ne songeons qu'à la retrouver,... qu'à la secourir... Sa demeure est déserte ; Vaillant est percé de coups, tout annonce qu'Isaure a été arrachée de son habitation.

— Grand Dieu ! pauvre enfant !... Mais si elle était dans la Maison Blanche... si elle avait pu s'y sauver... Ah ! venez, venez !... ce dernier espoir nous reste ; puisse-t-il ne pas nous être bientôt ravi !

Le baron s'avance à grands pas ; les deux jeunes gens marchent près de lui ; tous trois gardent le silence : une seule pensée, un seul désir les anime en ce moment. Ils arrivent bientôt à la Maison Blanche. Le baron en ouvre la porte, il entre le premier. A l'aide d'un phosphore, il a bientôt de la lumière, et tous trois parcourent alors la maison et le jardin ; mais Isaure n'y est point.

— Comment aurait-elle pu entrer ici en votre absence ? dit Edouard en regardant le baron avec curiosité.

— Elle avait une clef du jardin de cette maison, répond M. de Marcey ; mais allons jusqu'à sa demeure, et voyons si nous ne trouverons pas quelque indice qui puisse nous aider à découvrir les auteurs de cet attentat.

On retourne à la maisonnette : on examine, on visite partout ; mais, excepté dans la chambre d'Isaure, on ne voit rien de dérangé dans la maison.

— Elle a emporté une partie de ses effets ! dit le baron, qui semble anéanti par la disparition d'Isaure.

— Serait-elle donc partie volontairement ? s'écrie Edouard. — Volontairement !... dit Alfred ; et ce chien assassiné ne prouve-t-il pas, au contraire, que quelqu'un s'est introduit dans cette demeure pour enlever Isaure ! C'est par le jardin qu'on sera entré... Isaure possédait-elle ici de l'argent ?...

— Elle pouvait avoir peut-être une cinquantaine de louis, dit le baron.

— Cet argent ne se trouve plus, s'écrie Edouard ; c'est donc un voleur qui est venu en ces lieux... Mais un voleur aurait-il emmené Isaure avec lui ?

On sortait de la maison, lorsqu'en passant dans la cour Alfred aperçoit contre le mur quelque chose de brillant ; il approche sa lumière, et voit à ses pieds une épée encore teinte de sang ; tout semble annoncer que c'est avec cette arme qu'on a blessé Vaillant.

Aussitôt l'épée est examinée avec attention ; c'est une arme qui paraît très-vieille, la garde est cassée en plusieurs endroits, et il n'est plus possible de distinguer les chiffres qui ont jadis été gravés sur la lame, dont la trempe paraît excellente.

— Une telle arme ne peut venir d'un voleur, dit le baron. Les deux jeunes gens sont de cet avis, et on se livre à mille conjectures. Tout à coup Alfred s'écrie :

— Attendez !... Je ne sais quoi me dit que ce misérable... ce vagabond, qui rôdait toujours dans ces montagnes, n'est pas étranger à cet événement !

— De quel homme veux-tu parler ? dit le baron.

— D'un malheureux dont la conduite, les propos, les discours semblaient annoncer quelqu'un qui avait vécu jadis dans le monde... nous ne pouvions faire un pas sans le rencontrer... il vous connaissait, mon père, du moins il nous l'a dit ; et votre nom, prononcé devant lui, l'avait ému d'une façon singulière... Cependant je lui avais offert de l'or, et il m'avait refusé... mais je ne sais quel motif le portait à mal penser d'Isaure !... Le misérable !... si j'avais suivi ses conseils, depuis longtemps j'aurais fait enlever cette jeune fille !... Il traitait cette action de simple espièglerie... et ne cessait de me répéter qu'une jeune fille qui vivait seule ne méritait pas d'être traitée autrement.

— Le misérable !... dit le baron. Ah ! il ne connaissait pas mon Isaure !... Cher Alfred !... quels regrets n'aurais-tu pas éprouvés si tu avais cédé à une passion passagère !... Tu ne sais pas encore quelle est cette jeune fille si douce, si intéressante... tu ignores quel lien m'attache à elle !... Je ne voulais pas te faire connaître ce mystère... je voulais qu'il fût éternellement caché !... Mais, puisque les événements t'ont fait retrouver ton père en ces lieux, tu sauras tout, tu apprendras ce secret qui fit le malheur de ma vie... Tu plaindras ton père, mais je ne pense pas que tu puisses le blâmer. Et vous, Edouard, qui croyez peut-être voir en moi un rival, vous saurez combien est pur et désintéressé l'attachement que j'ai pour Isaure... vous verrez qu'en cherchant à l'éloigner du monde, ce n'était point dans le but que vous aviez pu me supposer.

— Quoi ! monsieur ! il se pourrait !... s'écrie Edouard, dont ces mots viennent à l'instant de dissiper la jalousie. Ce n'est pas de l'amour que vous avez pour Isaure... Elle ne me trompait donc pas en me répétant qu'elle m'aimait toujours, qu'elle pensait sans cesse à moi !...

ses amitiés n'étaient point feintes... Oh! mon Dieu! et j'ai pu augmenter sa peine par mes soupçons... par ma jalousie!...

Ce n'est pas le moment de se livrer à des regrets inutiles, dit Alfred: il faut d'abord la retrouver. Si celui que je soupçonne est l'auteur de cet enlèvement, il est peut-être encore dans les environs... Mais j'y pense... cet homme, dont l'audace est extrême, est capable d'avoir conduit Isaure au château... dans la tour... dans les souterrains eut-être!... Il ne faut rien négliger. Je cours au château... je visiterai jusqu'aux moindres détails la partie abandonnée.

— Va, cher Alfred, monsieur le baron et moi nous allons pendant ce temps continuer nos recherches dans ces campagnes... Ah! je ne prendrai pas un instant de repos que je n'aie retrouvé Isaure!

— Demain, au point du jour, dit le baron, nous nous rejoindrons à la Maison Blanche... c'est là, mon fils, que je veux t'apprendre la cause de ma conduite mystérieuse... Edouard connaîtra aussi mes malheurs... Il aime Isaure, il en est aimé... il faut qu'il sache tout ce qui concerne sa naissance, ensuite il réfléchira s'il veut encore qu'elle soit son épouse.

— Ah! toujours!... .... monsieur!...

Alfred ne laisse pas à Edouard le temps de reparler de son amour; il lui fait sentir qu'en ce moment il est plus urgent d'agir et de chercher à atteindre les ravisseurs de la jeune fille.

Edouard remonte à cheval, Alfred en fait autant, le baron a le sien à la Maison Blanche, ensuite chacun prend par un chemin différent, en se donnant rendez-vous pour le lendemain au point du jour.

Alfred presse les flancs de son cheval, au risque de se rompre le cou dans les sentiers des montagnes; il arrive au château à trois heures du matin. Ainsi que le concierge l'en avait prévenu, la porte d'entrée n'est point fermée, et le château de la Roche-Noire est ouvert à tous venants; mais Alfred a besoin de lumière, et il veut que le concierge lui ouvre les souterrains et les appartements abandonnés dont il a les clefs. Il frappe donc avec violence au logement de M. Cunette, qui dort comme un sourd et ne répond pas. S'embarrassant fort peu de troubler le repos des habitants du château, Alfred continue de cogner et d'appeler, et bientôt plusieurs fenêtres s'ouvrent, excepté celle du concierge.

Robineau paraît à la croisée de son appartement, coiffé en foulard, le marquis en bonnet de coton, Eudoxie à demi couverte d'une pelisse, Cornélie en camisole à dentelles, mademoiselle Cheval en chemise, Jeannette en béguin; les marmitons se montrent aussi aux fenêtres des mansardes.

— Q'est-ce qu'il y a? qu'est-ce donc encore? demande Robineau.

— Pourquoi ce tapage? dit Cornélie. — Est-ce que ce château est ensorcelé? dit Eudoxie. — On ne peut pas rêvasser à son aise ici, dit la cuisinière.

— Mon gendre, dit M. de la Pincerie, je vous ordonne d'aller bâtonner ceux qui troublent mon sommeil.

— Monsieur le marquis, je suis désolé de vous avoir réveillé, dit Alfred; je ne pense pas cependant qu'on me bâtonnera pour cela.

— Comment! c'est Alfred qui fait ce train-là!... — Mon ami, va te recoucher avec ta femme; il n'y a ni voleurs, ni revenants dans ce château. Mais il est possible cependant qu'il y ait quelqu'un de caché dans la vieille tour; et c'est ce quelqu'un là que je veux arrêter.

— Quelqu'un de caché chez moi! — Ce ne serait pas la première fois que cette personne-là y passerait la nuit... — Ah! mon Dieu! il se cache du monde dans mon château, et à mon insu!... — Vous voyez, monsieur, que nous sommes bien gardés, dit Cornélie; dès demain je mets toute la maison à la porte!

Cependant, sur l'assurance qu'il n'y a rien de nouveau au château, petit à petit les fenêtres se referment. La cuisinière a donné de la lumière à Alfred, et celui-ci se décide à se passer du concierge pour visiter la tour et les souterrains. Mademoiselle Cheval propose bravement au jeune homme de l'accompagner; mais celui-ci la remercie et se rend seul vers la partie du château qui n'est pas habitée.

Alfred trouve encore ouverte la porte de la tour; il monte à chaque étage, visite toutes les chambres, et referme avec soin toutes les portes; il descend ensuite dans les caves, auxquelles on a donné le nom plus noble de souterrains; mais il ne rencontre personne et ne voit rien qui prouve le vagabond ait depuis peu visité ces lieux.

Alfred a mis près de deux heures dans ses perquisitions; le jour commence à paraître quand il se rend à son appartement prendre ce qui lui est nécessaire pour son départ. Il ordonne à François de faire porter ses effets et ceux d'Edouard à la Maison Blanche, et se dispose à quitter le château, lorsqu'il aperçoit Robineau, qui s'est levé de grand matin pour voir son ami avant son départ.

— Tu t'en vas donc? dit Robineau à Alfred. — Oui, mon ami... rien ne peut plus m'arrêter. — Et M. Edouard?... — Il m'attend à la Maison Blanche... — A la Maison Blanche? — Oui, nous en connaissons maintenant le propriétaire. — Bah!... et la jeune fille?... — Elle est enlevée, et nous sommes à sa recherche... — Enlevée!... la petite sorcière!... — Adieu... quand je te reverrai, je t'en dirai davantage. — Mais... qu'est-ce que c'est que cette personne qui se permettait de venir la nuit dans mon château?... — L'homme de Clermont-Ferrand. — Ah, mon Dieu!... et tu ne me le disais pas!... Je vais faire démolir la tour du Nord. — Fais seulement bien fermer et condamner toutes

les portes, ainsi que celles du jardin derrière la statue de Mars, et on ne s'introduira plus chez toi sans ta permission, à moins cependant que ton concierge ne laisse encore la nuit ta grande porte ouverte.

En disant cela, Alfred serre la main de Robineau, et le laissant tout étourdi de ce qu'il vient d'apprendre, quitte le château pour se rendre à la Maison-Blanche, se flattant que son père ou Edouard auront été plus heureux que lui dans leurs recherches.

Alfred ne trouve que le baron au lieu du rendez-vous. Edouard n'est point encore revenu, et on espère qu'il aura découvert les traces des ravisseurs d'Isaure.

— Pauvre petite! dit le baron; si nous ne pouvons la retrouver, je me reprocherai éternellement ce malheur; et cependant tu jugeras, Alfred, si j'ai mal agi... si l'amour et la jalousie m'ont rendu injuste...

— Mon père, dit Alfred; s'il vous en coûte de m'apprendre ce mystère, si vous devez avoir à rougir devant votre fils, je ne veux point le connaître, je ne veux point savoir votre secret.

— Mon ami, j'aurais pu avoir à rougir dans le monde, quoique je ne fusse nullement coupable... mais je ne puis qu'être plaint par mon fils. Tu sauras tout.

Au bout de deux heures d'attente, Edouard arrive, mais seul, désolé, et sans avoir rien appris sur Isaure.

— Avant de nous livrer à de nouvelles recherches, dit le baron, écoutez-moi, mes amis; connaissez enfin les motifs de ma conduite et du mystère de mes relations avec Isaure.

Chapitre XXIX. — Le second mariage du baron de Marcey.

Alfred et Edouard se sont assis près du baron, dans la salle basse de la Maison-Blanche, dont les portes sont fermées avec soin, et M. de Marcey, après avoir encore pressé tendrement la main de son fils et poussé un profond soupir, satisfait enfin l'impatiente curiosité des deux jeunes gens.

« Je suis entré fort jeune au service, l'état militaire avait des charmes pour moi, j'étais enthousiaste de la gloire; vif, ardent, impétueux; mais mon cœur ne fut jamais insensible aux peines de mes semblables, et sur le champ de bataille même je me souvins toujours que je combattais des hommes que la politique seule avait fait mes ennemis.

» J'aimais aussi passionnément les femmes... Ainsi que toi, mon cher Alfred, je fus quelque temps volage, je courais de conquête en conquête, oubliant le lendemain celle qui m'avait charmé la veille; ce temps fut le plus heureux de ma vie!... Il fut court; mon cœur, sensible au fond, cherchait à se fixer autrement que par des liens frivoles. Mais j'étais né jaloux; ce sentiment cruel m'avait déjà rendu malheureux avec des femmes que j'aimais à peine; on devait donc craindre qu'il n'augmentât encore avec une femme que j'adorais. C'est pourquoi mes parents me firent contracter à vingt-trois ans ce qu'on appelle un mariage de raison. Sans en être éperdument amoureux, j'épousai Céline de Colleville... ta mère, mon cher Alfred. Un an après notre hymen, elle te donna le jour. Ta naissance, les vertus de ta mère, auraient assuré mon bonheur; chaque jour je sentais s'augmenter l'attachement que je portais à Céline, et je remerciais mes parents du choix qu'ils avaient fait pour moi, lorsqu'un an après ta naissance je perdis mon épouse. Tu étais trop jeune encore pour que je pusse chercher près de toi des consolations; mais la guerre, qui était rallumée, me rappela dans les camps, et là je trouvai des distractions à ma douleur.

» Plus de cinq années s'étaient écoulées depuis la mort de ta mère, dont je conservais un souvenir doux comme celui qui nous rappelle un ami dont le sort nous a séparé. Une blessure grave, dont je devais être longtemps à guérir, me fit quitter le service; j'avais payé ma dette à mon pays, je voulais me consacrer à mon fils. Cependant, pour rétablir ma santé devenue chancelante depuis ma blessure, les médecins m'ordonnèrent de voyager dans le Midi; tu étais trop petit encore pour que je pusse t'emmener avec moi. Je te laissai en des mains sûres, et me rendis à Toulouse, à Marseille, et enfin à Bordeaux.

» J'étais depuis quelque temps dans cette ville; ma santé était entièrement rétablie, et je me disposais même à revenir à Paris, lorsqu'un jour on me présenta chez M. de Montfort, ancien officier de marine fort riche, qui était veuf, et n'avait pour unique enfant qu'une fille âgée alors de dix-sept ans. Adèle était son nom.... Il me serait difficile de vous peindre tous ses attraits, toutes ses grâces... Adèle était plutôt jolie que belle; mais il était impossible de résister aux charmes de sa figure, à la douceur de son regard, au son enchanteur de sa voix..... J'en devins éperdument amoureux; et, dès l'instant où je l'aperçus, je sentis que d'elle dépendrait désormais le bonheur de ma vie.

» M. de Montfort était loin d'avoir dans ses manières ce charme, cette douceur qui attiraient vers sa fille. C'était un homme au regard dur, au maintien sévère; ses yeux lançaient la foudre lorsqu'ils étaient animés par la colère; il avait conservé de l'air marin un ton brusque, emporté, auquel il semblait que rien ne dût résister.

» Cependant M. de Montfort me reçut fort bien; il fut presque aimable avec moi, et, soit que ma fortune, mon rang, ou les blessures que j'avais reçues pour mon pays, le portassent à me voir avec intérêt, il me témoigna de l'amitié et m'engagea à aller souvent chez lui.

» Cette permission m'était bien précieuse : être près d'Adèle était déjà mon seul désir; résolu à l'épouser si son père m'accordait sa main, je voulais tâcher de lui plaire; elle semblait me voir avec quelque plaisir, avoir pour moi quelque amitié; je me flattais que cette amitié deviendrait de l'amour; mais je remarquais avec peine en elle un fond de tristesse, une mélancolie que rien ne pouvait vaincre; ce n'était qu'en présence de son père, devant lequel il était facile de voir qu'elle était tremblante, qu'Adèle essayait de paraître gaie et de prendre part aux amusements de la société.

» Je ne pouvais jamais être seul auprès d'Adèle; ce n'était que devant du monde qu'il m'était permis de la voir, de lui parler, de chercher à lui faire comprendre tout l'amour qu'elle m'inspirait... elle semblait n'oser me répondre, et je la voyais tressaillir au moindre regard que M. de Montfort jetait sur nous.

Les témoins de Robineau.

» Brûlant du désir d'assurer mon bonheur, il y avait à peine quinze jours que j'allais chez M. de Montfort, lorsque je lui déclarai mon amour pour sa fille.

» —Je l'avais deviné, me répondit-il avec sa brusquerie ordinaire; et si cet amour ne m'avait pas paru convenable, vous devez bien penser que je ne vous aurais pas laissé venir aussi souvent chez moi. Je connais votre famille; vous avez de la fortune, de la conduite; vous avez un fils de votre premier mariage, mais votre fortune est plus que suffisante pour élever encore d'autres enfants, et je suis certain qu'Adèle aimera votre fils. Vous me convenez pour mon gendre, et je vous accorde la main de ma fille.

» J'étais au comble de la joie. M. de Montfort ajouta : Je vous avoue que je ne suis point fâché de marier ma fille de bonne heure. Je ne suis pas d'un caractère à pouvoir surveiller sans cesse une fillette. Mon Adèle est sage, mais elle est jolie. Déjà plusieurs jeunes gens en ont paru très-épris..... ils ne me convenaient pas : il faut que mon gendre me plaise d'abord.

» — Mais si l'un d'eux avait plu à Adèle? lui dis-je. — Est-ce que ma fille doit aimer quelqu'un avant que je le lui aie permis? me répondit-il avec emportement. Non! monsieur, non... cela ne se doit point. Un certain chevalier de Savigny, dont la famille est ancienne, à ce que je crois, a paru surtout fort amoureux d'Adèle; mais, dès que je me suis aperçu de son amour, je lui ai fait défendre de se présenter de nouveau chez moi, car ce Savigny est un fort mauvais sujet, un roué, un joueur, un libertin... Une affaire scandaleuse, un duel pour une femme, vient encore de le forcer à quitter Bordeaux, où il était depuis quelque temps... et un tel homme aurait été l'époux de ma fille!... Non, eût-elle dû mourir d'amour pour lui, jamais je n'aurais consenti à cette union.

» — Mais j'espère qu'elle n'aimait pas ce Savigny? dis-je avec une inquiétude dont déjà je n'étais pas maître.

» —Je crois bien qu'il ne lui déplaisait pas, reprit M. de Montfort,

c'est-à-dire que, comme toutes les femmes, Adèle a été éblouie, étonnée par les manières galantes, le ton doucereux de ce mauvais sujet, qui pour s'introduire chez moi avait su d'abord déguiser ses penchants vicieux. Mais l'aimer!.... mille frégates! elle s'en serait bien gardée!.... Au surplus, monsieur, si vous ne croyez pas ma fille digne de vous, il n'y a encore rien de fait; mais je vous engagerai alors à cesser des visites qui pourraient porter atteinte à sa réputation et à ne plus me reparler de votre amour.

M. de Montfort était un homme avec lequel il fallait promptement se décider; susceptible à l'excès sur tout ce qui tenait à l'honneur, si j'avais hésité un moment, je voyais qu'Adèle était perdue pour moi. Mais j'en étais trop amoureux pour renoncer à l'espoir d'être son époux, dans le cas même où elle aurait reçu avec plaisir les hommages de Savigny, devais-je pour cela abandonner mes prétentions? Savigny n'était plus reçu chez M. de Montfort, où je ne l'avais jamais aperçu. Il avait quitté Bordeaux, on ignorait ce qu'il était devenu. Adèle n'avait que dix-sept ans, ne devais-je point espérer que mes soins, ma tendresse, effaceraient bientôt de son cœur les souvenirs qu'un autre pouvait y avoir laissés... Enfin, je m'empressai de répondre à M. de Montfort que tout mon désir était de devenir bientôt l'époux de sa fille.

» Satisfait de mes sentiments, il m'assura que dans huit jours Adèle serait ma femme; et faisant appeler sa fille, qui se rendit sur-le-champ près de nous, lui annonça brusquement ses intentions, en lui ordonnant de se préparer à me donner sa main.

» A cette nouvelle, Adèle pâlit, un tremblement subit s'empara de tous ses membres; je la vis chanceler; elle babultia quelques mots que je ne pus entendre; je volai près d'elle, je l'entourai de mes bras, je la suppliai de me dire si l'idée de devenir ma femme l'affligeait. Mais son père était là, il fixait sur elle ses yeux menaçants; elle répondit à demi-voix : —J'obéirai à mon père ; puis se retira dans son appartement.

— Puissent les Ris et les Jeux folâtrer toujours autour de votre couche! et le ciel vous accorder des enfants masculins, féminins et neutres dont je serai le précepteur!

» Le trouble d'Adèle m'avait fait mal ; mais M. de Montfort fut le premier à en plaisanter. Il ne connaissait qu'une chose : l'obéissance à ses volontés. Mon cher ami, me dit-il, quand on annonce à une jeune fille qu'elle va se marier, ne faut-il pas qu'elle rougisse, qu'elle pâlisse, qu'elle soupire, qu'elle paraisse bien émue?... Tout cela est d'usage!... Mais huit jours après l'hymen, quand un mari a du caractère, une femme n'a plus ni vapeurs, ni syncopes, ni étourdissements.

» Je ne me proposais pas de prendre M. de Montfort pour modèle; c'était à force de douceur, d'amour, que j'espérais obtenir la tendresse d'Adèle. M. de Montfort voulut que notre mariage se fît à une maison de campagne qu'il avait aux environs de Bordeaux. Il s'y rendit sur-le-champ avec sa fille ; moi, je restai encore quelques jours à la ville pour terminer mes affaires, faire les emplettes d'usage, puis j'allai rejoindre ma nouvelle famille.

» Je trouvai Adèle toujours aussi triste et aussi tremblante devant son père. Pendant les quatre jours qui précédaient encore notre union, je me flattais que je pourrais plus d'une fois causer en tête-à-tête avec ma future épouse ; mais M. de Montfort était presque toujours là, il ne nous quittait que fort peu ; et lorsque, seul avec Adèle, je lui parlais de mon amour, elle soupirait, baissait les yeux et ne me répondait pas.

» Le jour de notre mariage arriva ; Adèle, que sa pâleur, son trouble semblaient embellir encore, marcha avec moi à l'autel. Au moment de prononcer le serment qui devait nous attacher l'un à l'autre, je la vis chanceler et regarder son père... Enfin, nous fûmes unis, je reçus sa main, qui tremblait, dans la mienne. J'aurais été au comble du bonheur, si la tristesse de mon épouse ne m'eût inquiété en secret ; mais, je le répète, j'aimais avec idolâtrie, et je me flattais toujours que je me ferais aimer de ma femme.

» La journée de notre hymen s'écoula sans bruit, sans fêtes ; quelques amis, quelques voisins, la passèrent seuls avec nous. A chaque moment je voyais s'accroître l'abattement, la tristesse d'Adèle ; mais lorsque je lui demandais si elle souffrait, elle me répondait avec douceur qu'elle n'avait rien. L'heure de se retirer arriva. Adèle se rendit dans notre appartement ; il me fallut rester encore quelques instants avec la société ; enfin, chacun s'éloigna, et je me hâtai d'aller rejoindre ma femme.

» On nous avait donné, pour nous loger, un fort beau pavillon qui donnait sur les jardins, et qui était séparé des autres bâtiments ; j'avais renvoyé les domestiques ; je fus bientôt dans mon appartement, où je comptais trouver mon épouse, mais il était désert. Surpris de ne pas voir Adèle, je visite les pièces voisines, j'appelle, je cherche ma femme ; mais j'ai bientôt la certitude qu'elle n'est pas dans le pavillon. Cette absence m'inquiète, je remarque que la petite porte qui donne sur le jardin est entr'ouverte : je pense qu'Adèle, se sentant indisposée, est peut-être allée respirer l'air dans les jardins ; aussitôt je m'y rends pour l'y chercher.

» Les jardins étaient immenses ; je marchais à la hâte ; mes yeux cherchaient à percer dans les allées qui m'environnaient ; mon cœur était oppressé ; mon inquiétude augmentait à chaque instant. J'approchais d'une fort belle pièce d'eau qui baignait une vaste pelouse, lorsque je crus distinguer l'ombre d'une femme à genoux sur le bord de l'eau. Je doublai le pas... Mais avant que je fusse arrivé sur la rive, celle que j'avais aperçue s'était précipitée dans l'eau. Je vis au milieu des ondes les vêtements blancs de mon Adèle... Je fus bientôt auprès d'elle ; je parvins à la saisir, à gagner avec elle le rivage ; l'emportant dans mes bras, je la ramenai dans mon appartement, où, sans appeler personne, je lui prodiguai sur-le-champ tous les secours.

» Adèle avait été secourue trop promptement pour que je pusse craindre pour sa vie ; en effet, mes soins furent bientôt récompensés ; elle rouvrit les yeux et me vit à ses côtés, mouillant de mes larmes ses mains que je venais de réchauffer.

» —Vous m'avez sauvée ! me dit-elle avec l'expression de la plus profonde douleur.

» Oui, lui dis-je, le ciel a permis que j'arrivasse assez à temps pour vous rendre à la vie... Mais moi, qui me sauvera désormais de mon désespoir ?... Qui apaisera les remords que j'éprouve de vous avoir fait contracter une union qui vous cause tant d'horreur ?... Adèle, vous me haïssez donc bien ?... Je vous inspire donc une aversion insurmontable, puisque vous avez voulu vous donner la mort plutôt que d'être à moi ?

» Adèle parut attendrie de l'excès de mon désespoir ; ses yeux se mouillèrent de larmes, et elle me répondit en sanglotant : — Non, je ne vous hais pas... j'ai même pour vous la plus tendre amitié... mais, hélas ! je ne pouvais plus être votre femme... et pourtant il fallait obéir à mon père... mon père que je redoute tant... dont la colère est si terrible !... Ah ! il m'aurait tuée si j'avais résisté à sa volonté !... J'ai mieux aimé me donner la mort après lui avoir obéi !... De grâce, pardonnez-moi... et laissez-moi mourir !...

» L'infortunée se jetait à mes genoux et tendait vers moi ses mains suppliantes ; je la relevai, je la conjurai de se calmer, et de ne plus voir en moi qu'un frère, qu'un ami, et de ne plus me cacher le sujet de sa douleur.

» —Vous le voulez, me dit-elle ; eh bien ! je vais vous obéir... cet aveu est bien cruel... il m'eût été plus facile de mourir, mais je dois encore subir cette punition. Je vous l'ai dit... je suis indigne de porter le nom de votre épouse..... Un autre a mon amour ; il me disait qu'il mourrait plutôt que de m'abandonner... Hélas ! il est parti cependant !... et moi, j'ai eu la faiblesse de croire à ses serments !... J'espérais que mon père consentirait à nous unir... mais, loin de là... il a durement refusé ma main a celui qui me nommait déjà son épouse ; et moi, lorsque j'ai laissé entrevoir à mon père que je partageais l'amour de celui qu'il repoussait de chez lui... ah ! si vous saviez combien sa colère a été terrible !... J'ai compris qu'il me donnerait la mort s'il se doutait de ma faute... mais je ne voulais pas mourir de la main de mon père... Oui, je suis coupable... je suis perdue... et je porte dans mon sein le fruit de mon déshonneur.

» Vous devez juger de l'effet que produisit sur moi une pareille confidence. La jalousie, la fureur, bouleversaient mes sens. Il me tardait de donner la mort à Savigny, ou de la recevoir de sa main ; car, quoiqu'elle n'eût pas nommé son séducteur, je ne pouvais douter que ce ne fût cet homme, dont M. de Montfort m'avait parlé, qui avait abusé de l'innocence d'Adèle. Pendant que, cédant aux premiers transports de ma fureur, je marchais à grands pas dans l'appartement en prononçant le serment de me venger, l'infortunée qui venait de me faire un si cruel aveu avait de nouveau perdu l'usage de ses sens. Pâle, inanimée, elle gisait étendue sur le parquet ; cette vue me rappela à moi-même, je me reprochai ma barbarie ; car, sans doute, après l'aveu de sa faute, Adèle avait entendu les menaces que m'avait inspirées mon désespoir, et j'avais encore augmenté ses tourments. Je la pris dans mes bras ; en considérant ses traits si doux et si beaux, je me promis de faire tous mes efforts pour rendre, sinon le bonheur, du moins le calme à son âme. A force de soins, je la rappelai encore à la vie ; mais elle n'osait plus lever les yeux sur moi, elle craignait d'y lire l'expression du mépris ; elle pensait que je ne lui pardonnerais pas de m'avoir donné sa main lorsqu'elle était flétrie, et me répétait, avec un accent déchirant, qu'elle n'avait plus qu'à mourir.

» Je m'assis à ses côtés, je pris une de ses mains dans les miennes, et je la suppliai de m'écouter tranquillement.

» Adèle, lui dis-je, un séducteur a abusé de votre innocence, de votre candeur... C'est lui surtout qui est coupable ; mais rassurez-vous, cette faute est pour jamais cachée... personne ne pourra deviner ce mystère... votre père l'ignorera éternellement. Je n'aurai plus de votre époux que le nom ; je serai pour vous un frère... un ami, si un jour vous me jugez digne de ce titre. En m'unissant à vous, lorsque votre tristesse, votre secrète mélancolie devaient m'annoncer que je n'avais pas votre amour, j'ai commis une faute. Trop présomptueux sans doute, je n'ai écouté que la passion que j'éprouvais ; je me flattais de vous la faire partager !... Il faut renoncer à cet heureux avenir ; et, cependant, je sens qu'il m'est

Enlèvement d'Isaure.

doux encore de passer ma vie près de vous, de chercher à calmer vos peines, de tâcher de rendre la paix à votre âme... Oui, tel sera désormais mon unique but; pour prix de mes soins, je ne veux que revoir un jour le sourire sur vos lèvres, et dans vos yeux un peu d'amitié pour moi.

» Adèle me serra la main en me disant d'une voix émue : — Que vous êtes bon, monsieur! et combien votre conduite ajoute encore aux remords que j'éprouve! Mais, vous le voulez, je vivrai; désormais disposez de mon sort, dans les moindres actions de ma vie je n'aurai plus d'autres volontés que les vôtres; puissé-je au moins, par mon entière soumission, vous prouver mon respect et ma reconnaissance!

» Après de si vives émotions, Adèle avait besoin de repos. Je la laissai dans son appartement, et me retirai dans le mien. Voilà comment se passa la première nuit de notre mariage!... Et lorsque tant de gens enviaient mon bonheur, c'était par des larmes amères que je consacrais ces tristes nœuds.

» Le lendemain, je fis en secret des perquisitions sur le chevalier de Savigny, mais il avait quitté Bordeaux en y laissant d'énormes dettes; on ignorait entièrement de quel côté il avait porté ses pas. Tout ce que j'appris sur ce jeune homme me convainquit que M. de Montfort ne l'avait pas calomnié, et que c'était en effet un fort mauvais sujet. Un tel homme avait su cependant se rendre maître du cœur d'Adèle; mais il n'est que trop fréquent de voir les femmes mal placer leur amour. Au reste, je ne prononçai jamais son nom devant ma femme... c'eût été la forcer à rougir... elle n'avait déjà que trop de remords de sa faute. Il me suffisait de connaître le nom de son séducteur pour être certain que jamais il ne se trouverait impunément avec moi.

» J'avais arrêté mon plan de conduite. Nous passâmes encore quinze jours avec M. de Montfort; au bout de ce temps j'annonçai que nous allions faire un voyage en Italie. Mon beau-père, nous reconnaissant le droit de ne plus faire que nos volontés, se contenta de nous souhaiter un bon voyage, s'inquiétant fort peu de quel côté nous dirigerions nos pas. Nous partîmes, ma femme et moi, sans un seul domestique, et nous commençâmes un voyage qui ne pouvait se terminer qu'après qu'Adèle aurait mis au monde l'enfant qu'elle portait dans son sein.

» Nous parcourûmes l'Italie, les Alpes, la Suisse; plus de six mois s'étaient écoulés depuis mon mariage; et nous nous trouvions alors en Auvergne. lorsque Adèle sentit qu'elle serait bientôt mère.

» La santé d'Adèle nous avait forcés de nous arrêter alors dans un petit village nommé, je crois, Saint-Sandoux, à deux lieues d'ici; j'y avais pris le nom de Gervais. C'est là qu'elle mit au monde une fille que je fis baptiser sous le nom d'Isaure Gervais.

— Isaure! s'écrie Edouard en interrompant le baron; quoi! monsieur, Isaure serait?...

— La fille d'Adèle... oui, Edouard; mais, de grâce, laissez-moi terminer ce pénible récit. J'avais depuis longtemps formé mon projet; cet enfant ne pouvait demeurer près de sa mère. Je parcourus seul les campagnes environnantes, tenant caché sous mon manteau l'innocente créature que je voulais haïr, et pour laquelle, malgré moi, j'éprouvais déjà de l'intérêt. J'arrivai dans cette vallée, j'entrai dans la maisonnette occupée alors par André Sarpiotte et sa femme; celle-ci allaitait son enfant; je lui proposai d'être la nourrice de la petite fille que je portais dans mes bras, en fabriquant une histoire sur la naissance et les parents d'Isaure.

» Les bons Auvergnats acceptèrent ma proposition, que j'appuyai d'une bourse pleine d'or. Ils jurèrent de prendre les plus grands soins de l'enfant que je leur confiais; et, plus tranquille, je fus rejoindre Adèle, à qui j'annonçai qu'elle pouvait être sans inquiétude sur le sort de sa fille, mais sans lui dire cependant en quel lieu était son enfant.

» Dès qu'Adèle fut rétablie, nous partîmes de l'Auvergne; mais, avant de revenir à Paris et de quitter le nom supposé que j'avais pris dans mes voyages, j'eus soin de faire plusieurs détours pour éviter que l'on découvrît ce que mon honneur avait un si grand intérêt à cacher. Enfin, nous arrivâmes à Paris, où il me tardait, mon cher Alfred, de te revoir, de t'embrasser. Là, je présentai dans le monde ma nouvelle épouse, qui, par sa douceur, ses charmes, ses aimables qualités, sut se concilier l'estime générale. Une seule pensée troublait encore ma tranquillité : je pouvais rencontrer dans la société le séducteur de mon épouse... mais alors son sang aurait lavé l'outrage qu'il avait fait à Adèle. Cependant mes désirs de vengeance furent toujours déçus; jamais je ne vis ni n'entendis parler du chevalier de Savigny.

» Adèle n'osait me parler de sa fille; mais elle avait pour toi, mon cher Alfred, la tendresse d'une mère; n'aimant pas le monde, ne désirant que toi et la liberté de t'embrasser, de te prodiguer ses caresses, combien de fois ne t'ai-je pas, en te couvrant de baisers, essuyer furtivement les larmes qu'elle donnait à l'enfant exilé de ses bras! Et cependant jamais une plainte, jamais un mot ne lui échappait sur ce sujet; remplie pour moi d'attentions, de soins, d'obéissance, dans chaque action de sa vie il semblait qu'elle cherchât à me prouver sa reconnaissance. Quelle femme!... et comment ne l'aurais-je pas toujours adorée!... Ah! si elle avait été un moment coupable, combien d'autres dans le monde qui le sont davantage, et ne peuvent rien nous offrir pour racheter leurs faiblesses!

» Cinq mois après notre arrivée à Paris, je partis secrètement pour l'Auvergne, et, toujours sous le nom de Gervais, j'allai voir la petite Isaure. Les bonnes gens à qui je l'avais confiée la chérissaient à l'égal de leur enfant. Alors, André voulait vendre cette maison qu'il venait de faire bâtir; je pensai qu'en en faisant l'acquisition, cela me serait commode pour les voyages que je ferais en ce pays. Je devins donc, toujours sous le nom de Gervais, l'acquéreur de la Maison Blanche. Je la fis meubler pour y avoir tout ce qui me serait nécessaire lorsque j'y viendrais; puis, après avoir fait jurer aux villageois qu'ils ne diraient pas que celui à qui appartenait la Maison Blanche était le même qui leur avait confié Isaure, je repartis pour Paris, où je procurai à Adèle la plus douce jouissance en lui donnant des nouvelles satisfaisantes de sa fille.

» Deux années s'écoulèrent; tous les six mois je me rendais secrètement à la Maison Blanche. Dès qu'ils y apercevaient de la lumière, André ou sa femme ne manquaient pas d'y accourir et de m'apporter la petite Isaure. L'enfant de ces bons villageois mourut, et ils me promirent d'adopter Isaure pour remplacer celui qu'ils avaient perdu; car, de mon côté, je leur avais promis de laisser pour jamais la jeune fille chez eux.

» Cependant la santé d'Adèle était toujours chancelante; je la croyais mieux qu'elle n'était réellement, car elle me cachait ses souffrances, et m'accueillait toujours par un sourire. Bientôt pourtant il lui fut impossible de m'abuser sur son état. Présumant que le chagrin d'être séparée de sa fille causait cette douleur qui la minait secrètement, je lui jurai qu'avant peu je trouverais un moyen pour faire venir cet enfant près de nous sans que l'on pût découvrir le secret de sa naissance. Adèle me remercia tendrement; mais, hélas! il était trop tard; en peu de temps le mal fit des progrès effrayants, et bientôt il me fallut voir s'éteindre dans mes bras cette femme que j'adorais! Elle mourut en me recommandant de ne jamais abandonner sa fille, de lui pardonner la faute de sa mère et en me suppliant d'aimer un peu son Isaure.

» Je ne vous peindrai pas ma douleur... je n'avais jamais aimé une femme aussi passionnément qu'Adèle!... Mais tu me restais, mon fils; c'est sur toi que je tâchai de reporter toutes mes affections.

» Cependant, fidèle au serment que j'avais fait à Adèle, je fus revoir Isaure. André venait aussi de mourir, et sa veuve n'avait plus que sa fille adoptive pour consolation; elle tremblait que je ne la lui enlevasse; je la rassurai. Pourquoi aurais-je éloigné cette jeune fille de ces montagnes? Ne pouvait-elle pas y vivre plus heureuse que dans le monde, où sa naissance eût mis un obstacle à son établissement?

» Depuis la mort d'Adèle, le séjour de Paris m'était pénible; sans toi, mon cher Alfred, j'aurais quitté la capitale, et serais venu me fixer dans cette maison solitaire. Au milieu de ces montagnes, près de la petite Isaure, qui, par ses traits, ses grâces enfantines, me rappelait si bien sa mère, j'aimais à venir rêver à cette femme infortunée qui n'avait connu de l'amour que les peines, et, dans une si courte carrière, n'avait pas éprouvé ces doux plaisirs, ces aimables émotions qui semblent l'apanage de la jeunesse et de la beauté.

» Mais déjà tu grandissais, mon cher Alfred; déjà le monde s'offrait à toi avec ses brillantes chimères; il ne te présentait que joie, que plaisirs, que bonheur; tu étais à cette époque où l'homme jouit de la vie; moi, je sortais du cercle dans lequel tu allais entrer. Il m'était donc facile de venir plus souvent en Auvergne sans que tu remarquasses mes fréquentes absences. Je venais ici, et quelquefois j'y passais quinze jours entiers. Mais, craignant toujours que quelqu'un me reconnût et parlât de mes voyages à la Maison Blanche, je m'arrangeais de manière à n'arriver ici que la nuit; je ne sortais également de cette maison que le soir. De là les bruits que les superstitieux montagnards répandirent sur cette habitation : mais j'engageai la veuve d'André à ne point chercher à faire revenir les paysans de leur erreur : la terreur que ces lieux leur inspiraient servait au contraire mes désirs en éloignant tout le monde des environs de cette maison.

» Plus je voyais Isaure, plus je sentais augmenter mon attachement pour elle : bonne, sensible, aimante, elle avait le cœur et l'esprit de sa mère. La vie solitaire à laquelle la condamnait sa naissance devait la fixer éternellement dans ces montagnes. Sans doute, pour éviter de faire naître les soupçons, de faire remarquer la petite chevrière, j'aurais dû la laisser aussi ignorante que les autres bergères de ces campagnes. Mais, malgré moi, j'aimais en causant avec Isaure, à éclairer son esprit, à former son jugement; je pensais que, destinée à vivre loin du monde, la lecture serait pour elle une source de plaisirs, de distractions agréables. Je lui enseignai donc à lire; Isaure m'écoutait avec tant d'attention, de docilité, que, pendant le peu de temps que je passais à la Maison Blanche, elle faisait des progrès rapides. C'est ainsi que peu à peu elle acquit des connaissances et prit des manières qui n'étaient plus celles d'une paysanne; mais le plaisir que me faisaient ses progrès me fit oublier la prudence : je ne songeai point que tant d'attraits, d'esprit et de grâces devaient un jour frapper le voyageur qui viendrait visiter cette vallée.

» Isaure m'aimait comme son protecteur, et ne me connaissait que sous le nom de Gervais. Je lui ai dit que ses parents était morts en la confiant à mes soins; qu'elle n'avait au monde que moi qui s'intéressât à elle. Il était inutile d'affliger son cœur par le récit des chagrins de sa mère. Je lui ai donné le portrait d'Adèle, que cette infortunée m'avait remis pour sa fille; mais j'ai fait jurer à Isaure que jamais elle ne montrerait ce portrait à personne, de même que jamais elle ne devait ni parler de moi, ni de se visites à la Maison Blanche, et elle a toujours tenu son serment.

» Il y a près de trois ans que la veuve d'André est morte en laissant sa maisonnette à Isaure, qui jouissait dans sa demeure de toute l'aisance que je pouvais lui procurer sans trop éveiller les soupçons. A la mort de la bonne paysanne je donnai à la jeune fille un gardien vigilant et fidèle ; et moi-même je tâchais de venir plus souvent encore voir la fille de mon Adèle. Ce n'était que lorsque les paisibles habitants des campagnes étaient livrés au repos que, par une lumière placée à une fenêtre de cette maison, j'annonçais à Isaure que j'étais arrivé. Dans la journée, je m'amusais à visiter à pied, les plus beaux sites de la Limagne, et, à la nuit seulement, je revenais ici. Seule, dans ces montagnes, Isaure se trouvait cependant heureuse ; elle riait en secret de la terreur des paysans qui la croyaient elle-même un peu sorcière, parce qu'elle avait quelques connaissances en botanique et possédait un livre où l'on traite de la manière d'élever, de soigner les bestiaux ; enfin, elle me répétait souvent qu'elle ne formait nul vœu, nul désir ; que tout son bonheur était d'habiter dans sa jolie maisonnette et de mener ses brebis sur la montagne. Mais l'aimable enfant ne connaissait pas encore l'amour... Vous êtes venu dans cette vallée, vous avez fait éprouver à Isaure un nouveau sentiment, plus vif, plus impérieux que tous les autres ; dès lors cette maisonnette, o s brebis, ces campagnes ne suffirent plus à son bonheur.

» Il y a deux jours, je revins en ces lieux ; je vis Isaure ; mais elle n'était plus la même !... Je n'eus pas besoin de l'interroger sur l'état de son cœur ; l'aimable enfant m'avoua avec candeur qu'un jeune homme, nommé Edouard, était venu dans sa chaumière avec un de ses amis ; que cet Edouard était ensuite revenu tous les jours ; qu'il lui avait dit qu'il l'aimait et voulait la nommer son épouse. Mon fils ne m'avait pas marqué de quel côté il se rendait avec ses deux amis ; j'étais bien loin de soupçonner que vous étiez cet Edouard dont me parlait Isaure. Mais au portrait qu'elle me fit de votre élégance, de vos manières, je pensai qu'un jeune homme du monde ne pouvait avoir l'intention d'épouser une villageoise ; je ne vis en cet amant, qu'elle me peignait si tendre, si empressé, qu'un nouveau séducteur qui voulait abuser d'une fille sans défense. Voilà, Edouard, les motifs qui m'ont engagé à défendre à Isaure de vous écouter davantage. Vous pouvez apprécier aussi tous ceux qui me portaient à ne point laisser percer le mystère qui enveloppait sa naissance... Je vous ai révélé ce secret pénible... je vous ai fait cet aveu qui coûtait à mon amour-propre... Maintenant, si le ciel permet que nous retrouvions Isaure, et que vous la jugiez encore digne d'être votre femme, je ne m'opposerai plus à ces nœuds, puisque vous savez toute la vérité. »

Edouard presse la main que lui a tendue le baron et s'écrie : — A présent, monsieur, je n'aimerai pas moins Isaure... Je ne verrai en elle que la fille de votre Adèle... Ses attraits, ses vertus rachètent assez la faute de sa naissance... Puisse-t-elle bientôt nous être rendue ! et mon plus grand bonheur sera de la nommer ma femme.

Alfred, après avoir tendrement pressé son père dans ses bras comme pour lui faire oublier tous les chagrins que vient de renouveler le récit qu'il a fait, tend la main à Edouard en lui disant : — Oui, il faut qu'Isaure nous soit rendue... C'est maintenant comme un frère que je la chéris ; mais je te seconderai. Je ne goûterai pas un instant de repos avant de t'avoir ramenée dans tes bras.

— Pauvre Isaure ! dit le baron ; je sens, depuis qu'on me l'a ravie, toute la force de l'attachement que j'avais pour elle. Quels sont donc ceux qui l'ont arrachée de sa demeure ? Quel motif a pu les guider ? Des voleurs auraient entièrement pillé la maison, mais n'auraient point enlevé Isaure. Un amant seul !... Mais vous êtes bien certains que nul autre que vous deux ne venait pour elle dans cette vallée. Quant à ce misérable dont a parlé Alfred, quelle raison aurait-il eue pour nous ravir Isaure ? Et seul, même, comment aurait-il pu la forcer à l'accompagner ?

Le baron et les jeunes gens se perdent en conjectures ; mais ils se préparent à se mettre de nouveau en campagne. Ils vont acheter des chevaux à Clermont-Ferrand ; on fait transporter le pauvre Vaillant chez de bons paysans qui promettent d'en avoir les plus grands soins ; on leur donne les chèvres et tout ce qui composait la richesse de la jeune fille ; Alfred emporte avec lui l'épée qui l'on a trouvée dans la demeure d'Isaure ; puis tous les trois s'enfoncent au hasard dans les montagnes, résolus à visiter jusqu'à la hutte du plus misérable montagnard, à parcourir les sentiers les plus sauvages, les chemins les moins fréquentés ; à tout entreprendre enfin pour retrouver la jeune fille.

Chapitre XXX. — L'Enlèvement d'Isaure.

Dans la nuit où Alfred et Edouard s'étaient rendus dans la vallée pour épier les démarches d'Isaure, un homme avait constamment suivi dans l'ombre les deux jeunes gens ; cet homme, que l'on a déjà reconnu pour celui qui semble n'avoir point d'autre asile que les montagnes, ne perdait pas de vue les deux amis ; il semblait avoir un grand intérêt à ce qu'ils connussent les actions secrètes de la jeune fille, et attendre avec impatience ce qui résulterait de cette découverte.

Au moment où Alfred avait reconnu son père dans l'homme qui venait de quitter Isaure et l'avait nommé à Edouard, le vagabond, caché près d'eux, avait fait un mouvement subit comme s'il eût voulu s'élancer sur le baron de Marcey ; mais il s'était arrêté presque aussitôt en murmurant : — Je n'ai point d'armes ! puis s'était éloigné rapidement en se dirigeant vers la demeure de la jeune fille.

Arrivé devant la maisonnette, il s'arrête, l'examine longtemps et semble méditer quelque plan de vengeance. Tout à coup ses yeux s'animent, un sourire amer contracte ses traits pendant qu'il murmure : — Cela vaut mieux... beaucoup mieux !... Quand j'aurais donné la mort au baron, tout serait fini !... On a bientôt perdu la vie... il n'aurait souffert qu'un moment... mais moi, voilà dix-huit ans que je souffre !... Tâchons de lui rendre ce qu'il m'a fait... Il faut qu'il ait un bien grand attachement pour cette jeune fille, pour la cacher en ce lieu et user de tant de mystère pour venir la voir... C'est d'Isaure qu'il faut m'emparer ; demain, elle sera à moi... Mais, pour exécuter ce projet, il me faut aussi des armes... et je n'ai plus d'argent !... plus rien !... L'autre nuit... sans l'arrivée de cet Alfred, j'aurais trouvé dans la tour ce que j'y cherchais... mais il est encore temps de m'y rendre... oui, je n'ai pas d'autre moyen pour m'en procurer.

Aussitôt, marchant à grands pas à travers la campagne, et aussi vite, malgré l'obscurité, que s'il eût fait grand jour, le vagabond prend des chemins de traverse qui abrègent la distance jusqu'au château de la Roche-Noire, devant lequel il arrive en peu de temps. Il est bientôt devant la petite porte des jardins dont il a la clef ; il ouvre, pénètre dans les jardins et se dirige vers la tour abandonnée, où il arrive sans avoir cette fois rencontré personne. Il monte rapidement l'escalier tournant et ne s'arrête que dans la pièce où Alfred l'a trouvé deux nuits auparavant. L'obscurité la plus profonde règne autour de lui ; il balance un moment ; mais, tirant enfin un briquet de sa poche, il se décide à se procurer de la lumière, au risque de répandre encore l'alarme dans le château.

Il porte toujours sur lui une petite lanterne sourde, qui lui a souvent été d'une grande utilité la nuit dans les montagnes ; elle est bientôt allumée ; alors, examinant dans tous les coins de la salle, qui fut jadis l'arsenal du château, il cherche une arme qui soit encore en état de lui servir. Après avoir fureté de tous côtés et jeté avec colère des lances brisées, des sabres mangés de rouille, il se saisit d'une épée qui est encore en assez bon état et va s'éloigner, lorsque dans une encoignure il en aperçoit une autre attachée à la muraille ; il s'avance, prend l'épée, l'examine et s'écrie : — La voilà !... c'est celle que je cherchais !... c'est avec cette épée qu'ici j'appris à combattre en gentilhomme... à me défaire loyalement d'un ennemi... Pauvre Richard ! qui aimais tant à me donner des leçons, qui étais fier du talent de ton jeune élève ; en me présentant cette épée, tu me répétas bien des fois cette devise espagnole : *Ne la tire pas sans raison, ne la remets pas sans honneur !*

Le vagabond presse l'épée contre sa poitrine, il va jeter de côté celle qu'il a prise en premier ; mais il s'arrête et la garde en disant : — Non... celle-là me servira pour me défaire de Vaillant, pour enlever la jeune fille... et du moins l'arme de ma jeunesse ne sera pas flétrie par cette action.

Eteignant alors sa lanterne et emportant précieusement les deux épées sous sa vaste redingote, le vagabond redescend l'escalier tournant, sort de la tour et quitte le château par le même chemin qu'il y était entré. Regardant alors le ciel, calculant ce qui reste de nuit e le temps qu'il lui faudrait pour retourner à la maisonnette, il dit à voix basse : — Il est trop tard aujourd'hui, ce sera pour demain.

Le lendemain, lorsque la nuit a répandu ses ombres sur les campagnes, le vagabond est dans la vallée, il examine tout, rien n'échappe à ses regards, rien ne peut tromper sa prudence. Il est certain qu'il n'y a personne encore dans la Maison Blanche, et qu'Isaure est seule dans sa demeure. Il a tout prévu, tout calculé ; il est bientôt devant le mur qui sert de clôture au jardin de la maisonnette ; il place à terre, et à quelques pas de la petite porte, une de ses épées en disant : — Toi, je te reprendrai en partant ; puis, ne gardant que l'autre à sa main, il escalade facilement le petit mur du jardin.

Il n'a pas fait quatre pas, que les aboiements de Vaillant se font entendre, et que le chien furieux accourt sur lui ; mais le vagabond, qui s'attendait à cette attaque, s'était préparé à se défendre ; allant lui-même au-devant de l'animal menaçant, il lui enfonce son épée dans le corps ; malgré cette blessure, le chien saute sur son adversaire, lui fait au visage et au cou plusieurs morsures assez fortes ; mais la perte de son sang l'affaiblit ; trois autres coups d'épée achevèrent de le vaincre : le pauvre Vaillant est tombé sans force aux pieds du vagabond, qui jette alors de côté l'arme dont il vient de se servir, puis monte précipitamment à la chambre d'Isaure.

La petite était tristement assise près de sa croisée ; le souvenir d'Edouard était toute sa consolation ; elle ne devait plus le revoir, mais elle pouvait toujours l'aimer, et elle se livrait tout entière à ce sentiment. Quand nos volontés, nos désirs sont contrariés, nous éprouvons une secrète satisfaction à nous dire que du moins nous pouvons à notre gré disposer de notre cœur ; et c'est surtout les femmes qui se donnent souvent cette consolation, parce que, dans leurs actions, elles sont bien moins maîtresses de suivre leurs volontés.

Aux premiers jappements de son fidèle gardien, Isaure a tressailli ; elle pense que quelqu'un rôde autour de sa demeure ; cependant elle écoute encore, puis elle appelle son chien en disant : —Qu'est-ce donc, Vaillant ?... Qu'est-ce qui t'a fait peur ?

— C'est moi ! répond le vagabond en entrant brusquement dans la chambre de la jeune fille. Isaure pousse un cri d'effroi en apercevant cet homme, dont le visage, le cou, sont couverts de sang et qui lance sur elle des regards menaçants.

— Allons !... il faut me suivre, il faut quitter sur-le-champ cette maison, dit l'inconnu en s'approchant d'un air farouche d'Isaure, qui est pâle et tremblante. Prenez quelques-uns de vos effets... faites-en un paquet... cela me servira... donnez-moi tout l'argent que vous avez ici... vous ne devez pas en manquer... nous en aurons besoin... Allons !... m'entendez-vous ?

Isaure avait entendu ; mais elle ne pouvait en croire ses sens ; elle se jette à genoux, lève les mains vers cet homme qui est devant elle, et s'écrie :

— Monsieur !... que voulez-vous donc faire de moi ?...

— Je vous l'ai dit, je veux vous emmener, voilà tout. — M'emmener !... et où me conduirez-vous ? — Où je voudrai, mille tonnerres! cela ne vous regarde pas !... — Ah ! monsieur !... tenez... voilà mon argent... là, dans ce tiroir... c'est tout ce que je possède... Prenez cet or... cet argent... prenez mes effets... tout ce que vous voudrez... mais, je vous en prie, ne m'emmenez pas !

Le vagabond a ouvert le tiroir que lui a indiqué la jeune fille ; il remplit ses poches de l'argent qu'il trouve en murmurant : —Bon !... voilà de quoi vivre un siècle dans ces montagnes... Puis il se retourne, et retrouvant Isaure immobile, à genoux, à la même place, il s'écrie avec colère : Eh bien ! ne m'avez-vous pas entendu ?... Je vous ai dit de faire un paquet de vos effets !... Dépêchez-vous.

— Oh mon Dieu ! vous voulez donc toujours m'emmener ? dit Isaure d'une voix suppliante.

— Si je le veux !... Oui, c'est pour cela que je me suis introduit dans votre demeure, que j'ai bravé la mort... Ce sang qui coule de mon visage doit vous prouver que ma résolution est invariable... que je ne céderai ni à vos prières, ni à vos larmes. Quant à vos cris, ils seraient inutiles... personne ne peut vous entendre... vos défenseurs, vos amis, ne sont point maintenant près de vous... votre fidèle gardien est mort...

— Vaillant est mort !... s'écrie Isaure en jetant un cri d'effroi qui est bientôt suivi d'abondantes larmes.

— Oui, Vaillant est mort, ou n'en vaut guère mieux. Allons ! je vous le répète, point de paroles, point de supplications perdues !... il faut que vous me suiviez de bon gré... sinon...

L'étranger a pris le bras de la jeune fille ; il le lui serre avec tant de violence que la douleur va la priver de ses forces ; elle ne peut que balbutier : — Je vais vous obéir, monsieur. Alors le vagabond lui lâche le bras et la pousse brusquement vers sa commode.

Ne sachant plus ni ce qu'elle fait, ni ce qu'elle va devenir, Isaure rassemble au hasard quelques vêtements, les noue dans un mouchoir, prend le paquet à sa main, et s'appuie contre le mur pour ne point tomber.

— C'est bien, dit le vagabond ; maintenant donnez-moi la main et venez.

Il prend la main que lui tend en tremblant la petite ; il l'entraîne vers l'escalier, et, sentant qu'elle chancelle, la force à s'appuyer sur son bras. Arrivés dans la cour, Isaure aperçoit Vaillant baigné dans son sang ; le fidèle animal pousse un gémissement plaintif, et essaie encore de se relever pour défendre sa maîtresse. A cette vue, Isaure perd connaissance ; elle va tomber sur la terre, son conducteur la reçoit dans ses bras ; et, la plaçant vigoureusement sur son épaule gauche, se dirige vers le jardin, aimant mieux sortir par là que par la porte d'entrée de la maison. Il ouvre la petite porte qui donne sur la campagne, ramasse l'épée qu'il avait déposée en ce lieu ; puis, malgré le fardeau dont il est chargé, marche d'un pas ferme et rapide du côté des montagnes.

Le temps était sombre, la nuit froide et pluvieuse ; cependant le vagabond avançait assez vite, quoique gravissant des sentiers escarpés et suivant de préférence des chemins arides et tortueux. De temps à autre il tournait la tête pour regarder celle qu'il emportait. Isaure était toujours sans connaissance, son charmant visage avait la pâleur de la mort, et était mouillé par la pluie qui tombait sur tout son corps. Mais, peu touché de l'état affreux de cette jeune fille, son ravisseur, après l'avoir regardée, se contentait de murmurer : — Elle en reviendra... ce n'est rien que cela !...

Après avoir longtemps marché ainsi, l'étranger s'arrête sur le haut d'une montagne ; il regarde quelque temps autour de lui, comme pour chercher à s'orienter ; puis il dépose sur la terre mouillée la jeune fille évanouie en disant : — Reprenons haleine !... elle n'est pas très-lourde ; mais, à la longue... cela se fait sentir.

Il considère quelque temps ce corps étendu à ses pieds et qui semble déjà appartenir à la mort ; un sourire amer se montre sur ses lèvres pendant qu'il regarde Isaure et s'écrie : — La voilà donc en ma puissance, celle que le baron venait en secret voir dans ces montagnes !... cette paysanne dont il a fait soigner l'éducation... qu'il adore, sans

doute ! enfin, je vais goûter les plaisirs de la vengeance ! Je voulais qu'Alfred enlevât cette petite, je voulais le pousser à commettre mille sottises, à se battre avec son ami ; mais tout cela n'aurait pas désolé le baron autant que la perte de cette jeune fille. Oui... je sais ce que l'on éprouve quand un autre nous ravit celle que nous adorons... j'aimais Adèle aussi... Adèle était à moi... je devais la regarder comme mon épouse, et pourtant il me l'a enlevée !...

Quelques moments s'écoulent ; le vagabond semble tout entier à ses souvenirs. Mais enfin il regarde de nouveau Isaure et penche sa tête vers elle en disant : — Elle ne revient pas !... elle ne fait aucun mouvement !... si elle allait mourir !... Oh ! je ne veux pas sa mort !... non, tant qu'elle sera avec moi elle peut vivre... mais avec de Marcey, jamais.

— Il prend la tête de la petite, la soulève, l'appuie sur ses genoux, et cherche à réchauffer dans les siennes les mains glacées d'Isaure. Il fouille dans le paquet de vêtements qu'il a emporté ; et, avec la première chose qu'il trouve, essuie le visage tout mouillé de la pauvre enfant. Enfin la vie semble revenir sur ses traits si longtemps inanimés ; les battements du cœur deviennent plus précipités. Isaure ouvre les yeux, regarde autour d'elle, et fait un mouvement de terreur en se voyant au milieu de la nuit couchée sur la cime d'un rocher, et la tête appuyée contre la poitrine de l'homme qui l'a arrachée de sa demeure.

— Calmez-vous... revenez à vous, et ne craignez rien, dit l'étranger. —O mon Dieu !... ce n'est donc pas un songe ! s'écrie Isaure en se relevant entièrement ; je ne suis plus dans l'asile où l'on éleva mon enfance, dans la chaumière d'André ;... c'est vous qui m'en avez arrachée !... c'est vous qui avez tué !...

— Oui, répond froidement le vagabond, c'est moi qui ai tué Vaillant pour ne pas être déchiré par lui ; il le fallait bien... Je vous aurais immolée aussi si vous n'aviez pas voulu me suivre... — Malheureuse que je suis !... — Allons, n'ayez pas peur, petite ; vous m'avez accompagné, vous voilà avec moi, vous n'avez plus rien à craindre... à moins que vous ne fassiez encore des façons... que vous ne cherchiez à vous échapper... mais je pense que vous serez raisonnable, et que vous vous soumettrez à votre sort... Je conçois très-bien que vous aimiez mieux vivre douillettement dans votre maisonnette, où vous aviez de tout en abondance !... où votre protecteur mystérieux ne vous laissait manquer de rien, et où vous pouviez enfin faire la coquette avec les jeunes gens qui allaient vous voir... Cette vie était plus agréable pour une jeune fille que celle que vous mènerez avec moi... oh ! j'en conviens... Mais il faut prendre votre parti !... car ma volonté est irrévocable ; vos larmes, vos plaintes, vos soupirs, tout cela serait inutile avec moi. J'ai décidé que vous ne me quitteriez plus... cependant ne croyez pas que ce soit l'amour qui m'ait fait prendre cette résolution. Non !... je ne suis point amoureux de vous, je ne songe nullement à vous séduire !... et de ce côté-là vous pouvez être entièrement tranquille. Vous êtes pourtant jolie, très-jolie même ; mais je vous jure que cela m'est fort indifférent !

Ces dernières paroles calment un peu les craintes et la douleur d'Isaure, et craignant d'irriter de nouveau cet homme dont la colère lui a semblé terrible, elle lui répond en retenant ses sanglots : — Eh bien ! monsieur, je vous obéirai... je ferai ce que vous m'ordonnerez.

— C'est bien, c'est très-bien ; vous êtes une bonne fille, dit le vagabond en secouant la main d'Isaure ; comme cela nous serons bons amis. Mais il doit être maintenant près de minuit, il faut nous remettre en route... Vous sentez-vous la force de marcher ?... Si vous ne le pouvez pas, je vous porterai... ne vous gênez pas.

— Oh ! je puis marcher, monsieur. — En ce cas, donnez-moi le bras, appuyez-vous sur moi et partons.

Isaure obéit sans répliquer ; elle prend le bras de son conducteur, qui a passé le paquet au bout de l'épée et le porte ainsi sur son dos. On s'avance de nouveau dans les sentiers rocailleux ; on s'éloigne d'Ayda, on gagne les chaînes de montagnes qui communiquent avec celles du Cantal et du Puy-de-Dôme ; Isaure est forcée de s'appuyer sur le bras de son compagnon pour ne point tomber dans les sentiers glissants et rapides ; ils avancent en silence ; quelquefois cependant le vagabond dit à Isaure : — Etes-vous lasse ? voulez-vous que nous nous arrêtions un peu ? — Non, monsieur, je puis marcher encore, répond la jeune fille ; et tous deux poursuivent leur chemin.

Le jour va enfin succéder à cette nuit sombre et pluvieuse ; le conducteur d'Isaure, qui dans sa course a toujours eu soin d'éviter de passer par les villages et près d'endroits habités, s'arrête avec la jeune fille sur le penchant d'une montagne, regarde autour de lui et dit : — — Reposons-nous ici jusqu'à ce qu'on puisse mieux distinguer au loin ; je ne pense pas m'être trompé... nous devons être près du terme de notre course... Encore une heure, tout au plus. Mais voilà le jour, il ne faut pas nous fourvoyer.

Il s'assied alors à terre ; Isaure en fait autant en se plaçant à quelques pas de lui. Morne et abattue, elle laisse tomber sa tête sur sa poitrine et ne prononce pas un mot. Le vagabond la regarde un moment, puis retourne la tête d'un autre côté en se disant : — Elle n'est pas en train de causer !... je conçois cela.

Au bout d'un quart d'heure, il fait assez jour pour que l'on reconnaisse les chemins. Le compagnon d'Isaure sourit en disant : — Je ne me suis pas trompé... Oh ! je connais si bien ce pays !... Je l'ai tant de fois parcouru dans ma jeunesse, et aussi depuis quelques mois !... Allons, petite, en marche ; encore un* K***, et vous vous reposerez tout à votre aise.

Isaure se lève et reprend le *** de *** conducteur. Il descendent la montagne, puis se dirigent sur sa gauche vers des sentiers tortueux et étroits pratiqués dans les rochers. A chaque instant les chemins qu'ils suivent deviennent plus difficiles ; ils sont dans des terrains arides, incultes, où il semble que jamais l'homme n'a pénétré ; ce n'est que rarement qu'ils aperçoivent une hutte de berger, et les chèvres sauvages, qui passent quelquefois près d'eux, fuient à leur approche, comme peu habituées à la présence de l'homme. Après avoir marché assez longtemps dans ces contrées désertes, ils se trouvent à l'entrée d'un sentier pratiqué entre deux rochers fort élevés, et si rapprochés par le haut, que le jour éclaire à peine la route étroite qui est à plus de quatre-vingts pieds de la cime des rochers qui la bordent.

C'est dans ce sentier sombre et effrayant que le vagabond guide les pas d'Isaure ; la petite frémit en entrant dans ce chemin que les rochers menacent de combler. — Oh mon Dieu !... c'est par ici ! dit-elle en tremblant.

— Oui, c'est par ici, et nous sommes arrivés, répond son compagnon en s'arrêtant devant une petite maison de bois pratiquée à gauche du chemin contre le rocher, qui du haut la recouvre entièrement, et ressemblant assez, par l'extérieur, à la demeure des carriers.

Isaure lève les yeux sur cette misérable habitation qu'elle présume devoir être son dernier asile ; mais elle se tait, elle laisse couler ses larmes en silence, et n'essaie plus d'attendrir par ses prières celui qui l'a conduite en ce lieu sauvage.

A en juger par les dehors, la maison ne doit avoir que peu d'étendue ; elle a un étage avec une fenêtre sous le toit. En bas, une seule croisée est à côté de la porte, et tout cela est en si mauvais état, qu'il semble qu'on pourrait d'un coup de pied renverser cette chétive habitation.

Le compagnon d'Isaure a posé l'épée et le paquet sur un banc de bois qui est devant la maison ; puis il frappe à la porte en criant d'une voix qui retentit avec force dans le sentier : — Holà ! Charlot !... holà !... est-ce que tu dors encore, paresseux ?... Lève-toi... c'est ton ami, c'est le vagabond !...

On est quelque temps sans entendre aucun bruit : enfin, on distingue des pas lourds et lents, mais qui semblent venir de plus loin que la maison. Ils approchent cependant ; puis la porte s'ouvre, et un petit homme d'une soixantaine d'années, maigre, grêle, d'une pâleur livide, dont les yeux bordés d'un rouge vif n'ont plus qu'une expression terne et stupide, paraît à l'entrée de la maison de bois, ayant une partie des jambes et les pieds nus, mais le reste du corps couvert de peaux de chèvre attachées par des lanières de cuir, tandis que sur sa tête est seulement la forme d'un vieux chapeau de paille qui n'a aucun bord.

L'homme que le compagnon d'Isaure a appelé Charlot ne montre ni surprise, ni curiosité en regardant ceux qui sont devant sa demeure ; cependant il tend la main au vagabond en disant d'une voix lente et gutturale : — Ah ! c'est toi ! il y a longtemps que tu n'étais venu me voir....

— Oui ; mais cette fois je crois que je viens te voir pour longtemps, répond le conducteur d'Isaure ; je t'amène de la compagnie, comme tu vois.

En disant cela il désignait la jeune fille, que Charlot regarde avec insouciance en prononçant seulement : — Ah !.. oui... c'est une femme.

— Mais entrons d'abord, nous aurons le temps de parler ensuite, dit le vagabond en faisant signe à Isaure d'entrer dans la maison de bois. La pauvre petite a de la peine à s'y décider ; elle jette encore un coup d'œil en arrière ; elle craint de contempler le ciel pour la dernière fois ; mais son compagnon la pousse brusquement ; elle est bientôt dans l'horrible demeure de Charlot, dont la porte est ensuite refermée sur elle.

L'intérieur de la maison se composan en bas d'une pièce assez grande, au milieu de laquelle plusieurs poutres soutenaient l'étage supérieur ; à gauche était une vaste cheminée, sous laquelle un homme aurait pu se placer sans se baisser ; à droite l'escalier qui conduisait au-dessus. Quelques escabeaux, quelques vases de terre et de la paille formaient tout l'ameublement.

Isaure pouvait à peine voir autour d'elle, tant ses yeux étaient pleins de larmes ; elle s'était assise dans un coin de la chambre, où le jour pénétrait à peine, parce que le rocher s'avançait beaucoup au-dessus de la maison. Elle pensait qu'on allait la faire monter dans la pièce du haut, et attendait en silence que l'on disposât de son sort ; mais le vagabond a fait un signe à Charlot : alors celui-ci va au fond de la chambre, et, poussant une planche fixée à la cloison, laisse voir un passage beaucoup plus éclairé que l'intérieur de la maison.

— Venez par ici, dit le conducteur d'Isaure en lui faisant signe de se lever. Elle obéit ; on la fait passer par cette étroite ouverture, elle se trouve alors dans le fond d'une excavation, et revoit avec joie le ciel. Cet endroit, qui peut avoir une trentaine de pieds de circonférence, est de tous côtés fermé par le sol ; il ressemblerait au fond d'un puits s'il n'était pas beaucoup plus large ; mais le jour qui vient par le haut y pénètre mieux que dans l'intérieur de la maison, parce que l'éboulement s'étant opéré en ligne verticale rien dans le haut ne recouvre cette espèce de carrière.

Au fond de cet endroit on a construit une grande maisonnette en bois, mais qui ne se compose que d'un rez-de-chaussée. C'est dans cette retraite impénétrable à l'œil des voyageurs que l'on fait entrer la jeune fille qui habitait une vallée riante et féconde.

— Voilà désormais votre logement, dit le vagabond en introduisant Isaure dans l'habitation pratiquée au fond du trou. — Vous voyez que ce n'est pas sans motif que je vous amène ici de préférence : cet asile ne peut être trouvé que par ceux qui le connaissent... on viendrait visiter la maison qui est par-devant, sur le sentier, que jamais on ne se douterait qu'il y a une autre maison derrière... Cette retraite ne pourrait être aperçue que de ceux qui seraient là-haut... sur le rocher, à quatre-vingts pieds de nous ! mais comme ce rocher est horriblement escarpé et ne conduit nulle part, jamais on ne s'avise d'y grimper ; et c'est tout au plus si de temps à autre une chèvre sauvage se permet de le gravir... Je suis donc bien tranquille, on ne vous trouvera pas là. Cette demeure n'est pas aussi jolie, aussi riante que celle que vous habitiez, j'en conviens... mais que voulez-vous ! je n'avais pas le choix !... Prenez donc votre parti, et tâchez de vous habituer à votre nouveau logement. Vous y serez entièrement maîtresse de faire vos volontés depuis le matin jusqu'au soir... excepté d'en sortir, cependant. Voilà une assez grande chambre où vous pourrez vous établir : il y a une couchette, une table, un banc... c'est la mieux meublée de la maison... si je puis trouver un petit morceau de miroir je vous le donnerai ; je sais que les femmes tiennent à cela... Tâchez de vous calmer et de de sécher vos pleurs... je vous le répète, votre vertu est plus en sûreté ici qu'auprès de la Maison Blanche. Cet endroit vous paraît maintenant horrible ! épouvantable !... mais vous vous y ferez, parce qu'on s'habitue à tout.

Après avoir dit cela, le vagabond laisse Isaure seule dans son horrible demeure, et retourne avec Charlot dans la maison qui donne sur le sentier. Là, s'asseyant devant son silencieux compagnon, il lui dit : — Charlot, je t'ai sauvé la vie il y a deux mois, un jour que, poursuivant une chèvre, tu allais rouler au fond d'un précipice, lorsque courant après toi je parvins à te tendre mon bâton, et à te retirer du trou dans lequel tu allais tomber.

— Je ne l'ai pas oublié, répond à voix basse le vieux pâtre. — Oui, reprend le vagabond, depuis ce temps tu m'as témoigné le plus entier dévouement : quand je n'avais pas de pain, je venais ici, et j'étais sûr que tu partageais avec moi tout ce que tu possédais... C'est bien, Charlot ;... tu es reconnaissant, tu t'es mieux conduit avec moi que beaucoup de riches seigneurs... de femmes du monde ; mais ce n'est pas encore assez, Charlot ; aujourd'hui il faut que tu me laisses le maître de disposer de ta maison... Tiens, pour cela, voilà de l'or, de l'argent... prends ce que tu voudras.

Le vagabond étalait devant les yeux du vieux pâtre la somme qu'il avait prise chez Isaure ; Charlot regarde l'argent d'un œil indifférent ; et se contente de répondre : — Si je n'ai plus de maison, où donc coucherai-je, moi ?

— Tu habiteras toujours ici, cela est même nécessaire ; la jeune fille aura la seconde maison : moi je coucherai ici dessus. Mais il faut que tu me jures... sur ta vie ! que tu ne diras à personne que tu as du monde logé chez toi. — A qui le dirais-je ? je ne vois personne, moi. — Enfin, si par hasard quelques voyageurs venaient ici, je me retirerais sur-le-champ, là, derrière... et jamais tu ne feras connaître cette secrète habitation... — Non, non. — Tu me le jures ?... — Jurer ?... je te dis non... ça suffit. — En effet, je crois à ta promesse plus qu'aux serments des autres... et tu ne prends pas cet or ? — Pourquoi faire ?... je n'en veux pas... — Je t'en donnerai d'ailleurs, lorsque tu iras acheter des provisions... tu auras soin d'aller loin... d'acheter en divers endroits, afin de ne point éveiller le moindre soupçon... Avec cette somme et ton adresse à tuer les chèvres sauvages, à prendre des oiseaux, nous avons de quoi vivre pendant des années. Allons, c'est convenu ; nous demeurons ensemble ? — Oui. — Tu ne parleras de nous à personne ? — Non. — Et jamais tu n'ouvriras ta demeure à un voyageur avant que j'aie passé derrière la maison ? — Jamais.

Ces arrangements terminés, le vagabond monte dans la pièce du haut, s'y jette sur des bottes de paille et s'y endort ; le vieux pâtre, qui passe une partie de sa vie à se livrer au sommeil, en fait autant dans la pièce au-dessous. Isaure seule veille, à genoux, dans la misérable masure où on l'a reléguée ; elle tend vers le ciel ses mains suppliantes ; elle y porte ses yeux, d'où s'échappe un ruisseau de larmes, et dans son désespoir, n'a pas même la force de prononcer un mot.

Il y a dans l'excès du malheur une dernière force, un dernier courage ; parvenu au comble de l'infortune, forcé de renoncer à toute espérance d'un meilleur sort, il semble alors que l'on éprouve une secrète consolation à pouvoir défier le destin de nous porter de nouveaux coups.

Telle est maintenant la situation d'Isaure, cette jeune fille, douce, timide, enlevée au séjour qu'elle habitait depuis son enfance, à son protecteur, à son amant, pour habiter une affreuse demeure cachée au centre de la terre, et n'ayant pour toute compagnie que deux hommes, dont l'un est l'auteur de ses maux, et dont l'autre y semble entièrement insensible; cette jeune fille est cependant parvenue à surmonter son désespoir. Ses yeux ne versent plus de larmes, du moins en présence de ses deux compagnons; aucune plainte ne s'échappe de sa bouche, et lorsqu'elle parle à celui qui l'a arrachée de son asile, loin que la colère brille dans ses yeux, et que ses accents expriment l'horreur que cet homme doit lui inspirer, c'est avec douceur, avec docilité qu'elle lui répond et se présente devant lui.

Déjà plusieurs jours se sont écoulés depuis que le vagabond a caché Isaure chez le vieux pâtre; et la conduite de la jeune fille semble le surprendre lui-même. Souvent il la regarde en silence pendant des heures entières; plus il la voit, plus sa surprise paraît augmenter.

Un matin que le vieux pâtre était allé parcourir les montagnes et que, seul avec Isaure, le vagabond, assis dans l'excavation contre l'entrée de la seconde masure, contemplait depuis longtemps la jeune fille qui travaillait en silence à coudre des peaux de chèvre, étonné de sa douceur, de sa tranquillité, il ne peut s'empêcher de s'écrier : Vous me surprenez, petite; vraiment je commence à croire que je vous avais mal jugée, et que vous méritez, au contraire, tout le bien que les deux amis pensaient de vous.... Votre docilité... votre air de candeur...' Non! ce jeune Edouard n'avait pas tort de vous aimer... de vouloir vous épouser... Mais cependant cet homme que vous alliez voir en secret dans la Maison Blanche!... quel lien l'attachait à vous?... depuis quand le connaissiez-vous?... Allons, parlez, répondez-moi franchement.

Un sentiment qu'Isaure ne pouvait définir, et qui n'était pas cependant de la crainte, la portait toujours à obéir promptement à l'étranger; elle lui répond donc en soupirant : Depuis l'enfance je connais M. Gervais... — M. Gervais!... Ah! il ne vous a pas dit qu'il était le baron de Marcey? — Non, monsieur; je ne l'ai jamais nommé que Gervais, et c'était aussi sous ce nom que le connaissaient mes parents adoptifs, André et sa femme. — Oui,... je conçois... Il aura voulu garder l'incognito... Ou vous êtes un enfant naturel qu'il a eu..., ou, se doutant que vous deviendriez un jour fort jolie, il comptait faire de vous sa maîtresse. — Sa maîtresse!... Ah, monsieur, mon protecteur m'aimait comme sa fille... mais il m'a souvent répété que mes parents étaient morts. — Et c'est lui qui vous avait placée chez les villageois? — Oui, monsieur. — Il venait d'abord me voir rarement... puis il est venu plus souvent... Quand j'étais toute petite, il me prenait dans ses bras, il m'embrassait, il me caressait. Je grandissais; il me faisait jaser; puis il m'a appris à lire, à écrire, à m'exprimer autrement. Il disait que j'apprenais bien, et qu'il serait dommage que je fusse ignorante comme les habitants des montagnes... — Ensuite? — Voilà tout, monsieur. — Il ne vous disait pas un jour qu'il vous mènerait dans le monde, qu'il vous procurerait mille plaisirs? — Non, il ne m'a jamais dit cela. — Et quand vous avez connu, aimé Edouard, le lui avez-vous avoué? — Oui, monsieur; oh! je ne lui cachais rien. — Qu'a-t-il dit alors? — Il m'a grondée... mais avec douceur... Il m'a dit que j'avais eu tort d'aimer Edouard; qu'il fallait l'oublier, renoncer à lui; que jamais il ne serait mon époux... — J'en étais sûr!... Ce n'est pas pour d'autres qu'il vous élevait en cachette!... qu'il avait pris soin de votre éducation... Non, c'est pour lui qu'il agissait!... Ah! pour agir comme il l'a fait, il fallait qu'il vous aimât beaucoup!... Et je l'ai privé de votre présence, de vos caresses; j'ai détruit tous ses projets de bonheur pour l'avenir... Je suis donc vengé, enfin !...

Un affreux sourire animait les traits du vagabond. Isaure détourne ses regards avec effroi. Au bout de quelques instants il lui dit : Ne croyez pas que ce soit dans le seul but de faire une méchante action que je vous ai arrachée de votre asile; non. J'ai eu bien des défauts... bien des vices même... mais faire le mal pour l'unique plaisir de le faire ne me vient jamais à la pensée; et, quoique j'aie bien des raisons pour détester les hommes, je leur rends encore assez de justice pour croire qu'ils seraient rarement méchants s'ils n'y trouvaient pas du profit. Écoutez-moi, petite, je vais vous apprendre pourquoi je vous ai enlevée à votre protecteur. Je sais que je ne vous dois pas compte de mes actions, et que je pourrais ne point vous faire cette confidence; mais votre douceur, votre soumission... m'inspirent de l'intérêt... Oui... plus je vous vois... plus je vous connais... plus vous m'étonnez!... Je fais votre malheur, je le sais; et pourtant je voudrais vous voir heureuse... Singulier effet que produit la beauté réunie à la bonté, à la vertu!... Je croyais que cela ne pourrait plus émouvoir mon cœur, et vous me prouvez que je m'étais trompé.

Isaure a doucement levé les yeux vers le vagabond; un sentiment indéfinissable y est exprimé tandis qu'elle lui dit : Ah! monsieur!... moi aussi... je sens que j'aurais voulu avoir de l'amitié pour vous... maintenant même que vous faites mon malheur... je ne puis vous haïr comme je le devrais!...

— Allons... taisez-vous, petite; et ne me regardez pas ainsi, répond le vagabond en détournant la tête pour cacher son émotion.

Oui... je suis content de votre soumission... mais votre sort n'en sera pas moins le même, parce que cela ne peut pas être autrement; et, malgré l'intérêt que vous m'inspirez, je vous donnerais la mort si je voyais le baron de Marcey prêt à vous arracher de mes mains... Calmez votre effroi !... cela ne peut jamais arriver; vous voyez que j'ai trop bien pris mes précautions pour cela. Revenons à ce que je voulais vous conter... au motif de ma conduite; et, puisque la destinée nous a réunis pour toujours, connais as enfin celui avec qui vous devez enfin passer votre existence.

Je ne suis pas né misérable, vous avez assez de jugement pour vous en être aperçue. C'est dans un château que fut élevée ma jeunesse; c'est au sein des richesses, entouré de nombreux domestiques qui ne cherchaient qu'à prévenir mes désirs que s'écoulèrent mes premiers jours. Quel changement!... et devais-je m'attendre à me voir dan cette situation déplorable!... Cependant, l'homme doit s'attendre tout, quand il ne sait pas dompter ses vices et résister à ses passions.. mais je crois vraiment que le malheur m'a aussi appris à faire des réflexions morales. De tous les changements qu'il a faits en moi, ce n'est pas là le moins étonnant!...

Le vagabond se tait quelques moments; il a pris sa pipe, il l'emplit, l'allume, puis il reprend son discours, qu'il n'interrompt que pour ôter de temps à autre sa pipe de sa bouche :

— Les deux jeunes gens qui allaient vous voir si souvent habitaient, à deux lieues de chez vous, au château de la Roche-Noire... ils ont dû vous le dire? — Oui, monsieur. — Eh bien! c'est dans ce même château que je passai ma première jeunesse; il appartenait alors à une de mes tantes, vieille douairière fort respectable, qui me laissait, depuis le matin jusqu'au soir, faire toutes mes volontés. J'avais perdu mes autres parents; je possédais une fortune assez considérable, sans compter celle que devait me laisser ma tante; or, celle-ci pensait qu'un jeune homme noble et riche ne pouvait jamais être trop tôt son maître et se mal conduire dans le monde... La pauvre chère femme!... elle se trompait bien !... Je fis donc de bonne heure des sottises!... Les femmes... le jeu... la table, la débauche, m'offraient des charmes auxquels je n'essayai pas même de résister; je trouvais si naturel de satisfaire mes passions, mes moindres désirs!... On m'avait tellement habitué à ne suivre que ma volonté, que je semais l'or à pleines mains pour ne point rencontrer d'obstacle sur ma route... Bientôt cette conduite me valut dans la société une réputation dont je riais... J'étais la terreur des pères, l'effroi des maris: car mon bonheur le plus grand consistait à séduire une jeune beauté, à me faire aimer d'elle, puis ensuite à l'abandonner à ses regrets!...

— O mon Dieu! dit Isaure; comment peut-on trouver du plaisir à tromper celles qui nous aiment?...

— Vous ne concevez pas cela, petite! vous n'avez pas vécu dans le monde... vous ne vous doutez pas de tout ce qui s'y passe! vous ignorez que l'amour y est trompeur, l'amitié intéressée, les vertus rares et la reconnaissance presque nulle!... Si vous connaissiez comme moi ce monde frivole, peut-être vous trouveriez-vous moins malheureuse d'habiter dans un trou. Mais revenons : j'eus bientôt dissipé la fortune que m'avaient laissée mes parents; ma vieille tante mourut, je me remontai un peu avec son héritage; je voyageais souvent pour chercher de nouvelles jouissances, de nouveaux minois, quelquefois pour échapper à la vengeance d'un frère, d'un époux: i'étais, je l'avoue, un fort mauvais sujet.

Le hasard me conduisit à Bordeaux... J'y vis une jeune personne charmante, que son père, vieux marin peu aimable, tenait dans une sévère retraite. Mais les grilles, les verrous, les duègnes n'étaient point des obstacles pour moi. Je parvins à m'introduire près d'Adèle; je fus même reçu chez son père, car j'avais eu soin de cacher ma conduite passée. J'étais alors jeune et bien fait, mes traits n'étaient point flétris par les privations, mes yeux cavés par les fatigues; j'étais fait pour plaire... J'avais surtout l'art de paraître amoureux; cette fois, cependant, ma passion était point feinte; Adèle m'inspira un sentiment que je n'avais jamais ressenti près d'une autre femme; crédule, aimante, il ne me fut pas difficile de me faire adorer de cette jeune fille... de la séduire et de triompher de son innocence... Mais, alors, je le jure, las de la vie que je menais, mon intention, mon seul désir était vraiment d'épouser Adèle. Malheureusement son père, ayant pris sur mon compte quelques informations, ne voulut plus me recevoir; bientôt un duel me força à quitter la ville; mais je m'éloignai, persuadé qu'Adèle me serait fidèle; mainte circonstance devait m'assurer qu'elle ne serait point à un autre, et je conservais l'espoir de la nommer mon épouse; jugez donc de ma fureur... lorsqu'en revenant à Bordeaux, six mois après, j'appris que depuis longtemps Adèle était mariée, et que, partie pour voyager avec son époux, on ignorait alors dans quel pays elle se trouvait! Ainsi, cette Adèle si douce, si aimante... qui m'avait donné tant de droits sur elle... m'avait trompé aussi!...

— Ah! monsieur... elle fut sans doute forcée d'obéir à son père; et, puisqu'elle vous aimait... elle a dû être bien malheureuse!...

— Oui... oui... On m'a dit en effet que son père l'avait contrainte à cet hymen. Mais celui qui l'épousa n'en fut pas moins un lâche... il ne pouvait ignorer... Adèle dut lui apprendre... Non, elle ne pouvait plus être à lui!... Eh bien! cet homme qui m'a enlevé celle que j'aimais, qui m'a privé du seul bonheur véritable que je pouvais goûter... c'est votre protecteur mystérieux... c'est le baron de Marcey!... Jugez, maintenant, s'il m'est doux de me ve` ´, et si j'ai eu raison de vous arracher à son amour! ´

— Ah! monsieur, mon protecteur ignorait sans doute, en épousant l'infortunée Adèle, qu'il ferait son malheur et le vôtre!

— Non, il n'a pu l'ignorer!... En apprenant ce mariage, je voulus d'abord chercher le baron, et lui donner la mort ou la recevoir de sa main; mais on ignorait alors où il était, et bientôt il me fallut fuir moi-même pour échapper à des créanciers qui me poursuivaient. Je fis vendre mon domaine de la Roche-Noire; je passai en Angleterre; je voulus m'étourdir par de nouveaux plaisirs; mais, dès ce moment, il semble que le malheur s'attachât à mes pas. Le jeu m'enleva une partie de ma fortune; des femmes, de faux amis m'emportèrent le reste!... Je revins en France... J'avais, dans le temps de ma grandeur, prêté de l'argent, obligé généreusement mes amis... je réclamai leurs services à mon tour... les misérables!... Je ne pus rien obtenir... J'appris qu'Adèle était morte après trois années d'hymen avec le baron... et qu'elle ne lui avait pas laissé d'enfants... il m'importait de connaître cette circonstance. La douleur du baron me vengeait déjà, mais ce n'était point assez; et j'aurais sans doute dès alors cherché à lui susciter d'autres chagrins si l'état déplorable de ma fortune ne m'eût forcé à fuir de nouveau pour ne pas être arrêté.

Je passai en Italie, en Espagne.... déjà je n'étais plus le même, je n'étais plus ce brillant séducteur admiré des femmes et redouté de mes rivaux... Forcé de chercher sans cesse de nouveaux moyens d'existence, je ne rougis point de me lier avec de vils intrigants, des êtres méprisables, que quelques années auparavant j'aurais fait chasser de chez moi!... Mais que faire?... travailler?... je ne savais rien, et l'idée du travail m'était insupportable... Je ne tardai point à prendre les habitudes, les manières canailles de ce ramas d'hommes qui vivent sans moyen d'existence... je tombai dans la crapule, enfin!... car les vices nous mènent là... Quelquefois encore je jetais un regard en arrière; je donnais un souvenir, une larme au passé!... je me faisais honte à moi-même; et, plus d'une fois, j'ai jeté avec dégoût cette pipe que l'oisiveté, l'abrutissement avaient mise à ma bouche, et qui est devenue depuis mon seul plaisir, ma seule distraction.

Cependant, au milieu de mes désordres, de mes débauches, il me restait encore un sentiment d'honneur... je ne participai jamais aux viles escroqueries que commettaient les hommes avec qui je me trouvais; ils se moquèrent de ce qu'ils appelaient mes principes. Dégoûté du langage de ces misérables, je les quittai enfin, et résolus de revenir dans mon pays... de revoir surtout cette Auvergne où j'avais passé les plus heureux jours de ma vie. Je revins donc à pied, presque sans argent. Mais bien des années s'étaient écoulées depuis mon absence, je ne craignais point d'être reconnu. J'arrivai dans ce pays il y a quelques mois. J'y avais laissé autrefois des amis, des connaissances; mais les uns étaient morts, les autres étaient dans d'autres climats. J'essayai de me rendre utile aux voyageurs, de me procurer du travail... mais il semblait que quelque chose éloignât de moi tous ceux à qui j'offrais mes services' Je pris mon parti; j'entrai dans la chaumière du montagnard, et jamais l'Auvergnat ne me refusa du pain et l'hospitalité... C'est ainsi que je revis le château de ma vieille tante, ce domaine de la Roche-Noire où j'avais été élevé... Je trouvai encore le moyen de de m'y introduire en secret; et la nuit, pendant que son nouveau propriétaire se livrait au sommeil, j'aimais à errer dans la vieille tour... à revoir ces murs qui avaient été témoins de mes premiers jeux... ces portiques, ces galeries qui avaient répété les accents de ma joie... Là, tout à mes souvenirs, j'ai plus d'une fois oublié trente années de ma vie... et je m'y suis senti encore heureux!...

Le vagabond laisse tomber sa tête sur sa poitrine, pousse un soupir et s'arrête. Isaure, que la fin de son récit a vivement émue, s'est involontairement rapprochée de lui, et d'une voix s'tendrie lui dit: Ah! vous avez été bien malheureux!...

Le vagabond lève les yeux, la regarde, semble plus vivement frappé de ses traits, des accents de sa voix et s'écrie: C'est étonnant!... il m'a semblé l'entendre!... il me semble la voir encore!...

— Qui donc? demande doucement la jeune fille.

— Celle que j'ai le plus aimée... et qu'on m'a ravie!... Oui... vous avez de ses traits.... de la douceur de son regard ...ou peut-être n'est-ce qu'une illusion!... Enfin, la vue de ce pays m'avait presque fait oublier le baron de Marcey; je le haïssais toujours, mais je n'aurais point quitté ces montagnes pour me rapprocher de lui. Le sort a permis cependant que je pusse me venger? j'appris d'abord que l'ami d'Edouard, qu'Alfred était le fils que le baron avait eu de son premier mariage.

— Alfred est le fils de mon bienfaiteur? s'écrie Isaure avec surprise. — Oui, c'est son fils, et voilà pourquoi je l'engageai plus d'une fois à vous enlever... Je voulais le pousser à commettre mille sottises!... à se battre avec Edouard!... En perdant le fils, j'espérais me venger du père... mais Alfred eut la faiblesse de renoncer à son amour... Je ne sais encore à quoi je me serais arrêté... Peut-être est-ce dans son sang que j'aurais cherché ma vengeance!... Mais le sort m'a mieux servi. J'ai su, par Alfred lui-même, que l'homme de la Maison Blanche était son père; dès lors, changeant de projet, c'est en m'emparant de vous que j'ai voulu rendre au baron une partie des tourments qu'il m'a

causés... J'ai réussi; vous êtes pour jamais séparée de lui... Maintenant, petite, vous savez tout, et vous connaissez les motifs qui m'ont porté à vous conduire dans cet asile impénétrable.

— O mon Dieu! dit Isaure en se jetant à genoux et en levant ses mains vers le ciel; je suis bien malheureuse, sans doute, mais, si en restant dans cette retraite, je sauve la vie à mon bienfaiteur, à son fils... je ne dois plus me plaindre; je me soumets sans murmure à ma destinée.

Touché de la conduite de la jeune fille, le vagabond lui permet quelquefois de venir respirer l'air dans le sentier à l'entrée de la masure; alors Charlot fait le guet un peu plus loin; et, au moindre bruit, à l'approche de quelqu'un, Isaure et son compagnon doivent rentrer dans la seconde retraite. Mais il est bien rare qu'un voyageur passe dans ce chemin aride, qui est éloigné de toutes les routes battues; depuis quinze jours qu'elle est dans la masure, Isaure n'a encore aperçu que quelques chèvres qui ont montré leur tête au haut du trou dans lequel est son habitation; cependant, aucun murmure n'échappe à celle qui mène maintenant une si triste existence. Elle semble se soumettre à son sort; et si quelquefois le nom d'Edouard s'échappe de sa bouche, c'est parce qu'elle se croit seule, parce qu'elle croit rêver tout bas, qu'elle prononce le nom de son amant.

Pour consoler alors la pauvre enfant, l'auteur de ses peines lui dit froidement: — Votre Edouard n'aurait pas mieux valu que les autres... son amour se serait passé... parce que tout passe dans la vie... puis il vous aurait trompée, abandonnée... ou se serait repenti de vous avoir épousée, et vous l'aurait durement reproché.

Isaure ne répond rien; mais elle ne croit pas qu'Edouard se serait conduit ainsi; son cœur lui dit qu'il l'aurait toujours aussi tendrement aimée; que, quoiqu'il ne la voie plus, il pense sans cesse à elle; cette idée est la dernière consolation, le dernier bonheur qui reste à la petite; pourquoi ne chercherait-elle pas à le conserver!...

Dans les longues heures qu'elle passe dans la solitude, c'est à Edouard qu'elle pense toujours; quelquefois elle l'appelle involontairement; peut-être tout espoir n'est-il pas encore banni de son âme; mais lorsque son courage s'affaiblit, lorsque Isaure sent plus fortement l'horreur de sa nouvelle existence, elle tire de son sein le médaillon qu'elle y tient précieusement caché; puis, après s'être assurée qu'elle est bien seule, que personne ne peut l'apercevoir, elle couvre de baisers ce portrait qu'on lui a dit être celui de sa mère, et qu'elle a juré de ne jamais montrer à personne. Elle ne pense pas d'ailleurs que la vue de cette image chérie puisse intéresser ceux avec qui elle est condamnée à passer ses jours.

Trois semaines se sont écoulées depuis qu'Isaure a été amenée dans la demeure de Charlot; pendant tout ce temps, deux jeunes bergers ont seuls paru dans les environs, encore n'ont-ils point passé dans l'étroit sentier, et se sont-ils contentés de suivre la route qui est devant. Le vagabond pense donc que, quoiqu'il ne soit éloigné de la Maison Blanche que de douze lieues au plus, sa captive est plus introuvable que s'il l'avait conduite dans un autre pays.

Isaure est assise sur le banc qui est devant la première masure; on est au milieu de la journée; mais le temps est mauvais, et personne ne doit être tenté de voyager alors dans ces montagnes. Cependant le vieux pâtre fait le guet sur un rocher voisin, et le vagabond lui-même, qui est à quelques pas d'Isaure, porte aussi ses regards au loin.

Tout à coup le vieux Charlot fait entendre le signal convenu pour l'avertir de l'approche de quelqu'un. Le vagabond se hâte de rentrer avec la jeune fille dans la masure du fond; bientôt le vieux pâtre vient les y rejoindre.

— Qu'est-ce donc? dit le vagabond à Charlot. — Trois hommes que je viens d'apercevoir au loin sur la montagne... — Trois hommes!... Viennent-ils de ce côté? — Ils ont l'air de ne pas savoir par où ils veulent aller. — Reste dans ta cabane; si ces hommes viennent frapper chez toi, ouvre sans les faire attendre; laisse-les se reposer... s'ils veulent prendre quelque chose, ne leur donne que du pain et de l'eau; si on te fait des questions, tu sais comment tu dois y répondre.

Charlot fait un signe de tête, et retourne dans sa maison. La communication avec la seconde masure est soigneusement fermée. Le vagabond fait rentrer Isaure, qui a tressailli en entendant parler de trois voyageurs, un secret pressentiment semble l'avertir que c'est son protecteur avec son fils et Edouard qui sont à sa recherche. Mais les yeux du vagabond sont devenus menaçants; il s'est saisi de son épée, qui était cachée dans un coin de l'excavation; et, prenant le bras d'Isaure, il lui dit d'une voix sombre:

— S'il vous échappe un seul cri pendant que ces étrangers seront chez Charlot, si vous tentez de vous faire découvrir... je fais serment de vous donner la mort!... Jurez donc, vous-même, que vous garderez le plus profond silence!

— Je le jure! répond Isaure tremblante; alors le vagabond la laisse dans sa chambre; et, retournant dans le trou, se rapproche des planches qui forment la maison de Charlot, puis, plaçant son œil contre une fente assez large, voit tout ce qui se passe dans la chambre qui donne sur le sentier.

Plus de dix minutes s'écoulent sans que personne arrive; le vieux pâtre commence à croire que les voyageurs qu'il a aperçus ont pris un autre chemin, lorsque des pas se font entendre; ils s'arrêtent devant la maison de bois, et une voix s'écrie : — Voilà pourtant une habitation !...

Le vagabond a tressailli au son de cette voix, qu'il a reconnue pour celle d'Édouard. On frappe à la porte de la maison, Charlot ouvre, et le vagabond frémit en voyant entrer dans la masure le baron de Marcey, Alfred et l'amant d'Isaure.

— Pardon, bonhomme, si nous vous dérangeons, dit le baron tandis que les deux jeunes gens portent des regards curieux autour d'eux. Nous sommes las... les routes sont si mauvaises dans ces montagnes, que nous avons été obligés de laisser nos chevaux au village voisin ; pourrions-nous nous reposer un moment chez vous ?

Adèle de Montfort était plutôt jolie que belle ; mais il était impossible de résister aux charmes de sa figure, de son regard, de sa voix.

— Oui, messieurs, reposez-vous, répond tranquillement Charlot. Alors les trois voyageurs s'asseient sur de la paille ; et Alfred, sortant une épée de dessous son manteau, la place à côté de lui. Le vagabond ne peut se défendre d'une certaine horreur en reconnaissant l'arme dont il s'est servi contre Vaillant. Mais son âme éprouve une joie barbare en voyant le chagrin, la tristesse qui se peignent dans les yeux du baron et des deux jeunes gens.

— Habitez-vous seul ici? dit le baron au vieux pâtre. — Oui, monsieur. — Et y avez-vous reçu quelquefois des voyageurs ? — Oh ! il ne vient presque jamais de monde par ici !... — Vous ne vous rappelez pas avoir reçu ici un homme qui conduisait une jeune fille ?... — Non !

— Écoutez, dit Alfred à Charlot; nous cherchons une jeune personne charmante qu'un ou plusieurs misérables ont enlevée de sa demeure... si les ravisseurs ne sont pas venus ici, il est possible qu'ils aient passé dans les environs... que vous ayez entendu parler d'eux... si vous pouviez nous donner quelques renseignements sur celle que nous cherchons, vous en seriez généreusement récompensé.

— Je ne sais rien... et je n'ai vu personne, répond Charlot avec une froide insouciance.

— Ainsi toutes nos recherches sont vaines ! s'écrie Édouard avec l'accent du désespoir. Chère Isaure ! nous ne pourrons donc jamais te retrouver !... te revoir !... Nous ne saurons pas même en quelle contrée te chercher !...

Le baron prend la main d'Édouard et cherche à calmer sa douleur, quoiqu'il soit facile de voir qu'il n'est pas moins affecté lui-même. Alfred s'est levé ; il examine l'endroit où ils sont, et apercevant l'escalier, dit à Charlot : — Vous avez encore une chambre là-haut ?... — Oui, monsieur. — Elle donne sans doute sur ce sentier étroit par où nous sommes venus... Y aurait-il de quoi nous reposer mieux qu'ici ?...

Sans attendre la réponse du vieux pâtre, Alfred monte à la pièce supérieure ; mais il la trouve déserte et redescend tristement s'asseoir près de ses compagnons en disant : — Nous sommes tout aussi bien ici.

— Cette partie des montagnes est bien peu fréquentée, dit le baron à Charlot. Comment trouvez-vous à vivre en ces lieux ? — Je vais

acheter du pain au village... j'en prends pour dix jours... — Quelle triste demeure !... dit Alfred. Et comment diable peut-on se résoudre à y passer sa vie ?

— Pauvre Isaure ! dit Édouard, qui sait si tu n'habites pas quelque masure aussi misérable !... Déjà trois semaines se sont écoulées depuis qu'on t'a enlevée à notre amour... et aucun indice... rien qui nous fasse espérer que nous sommes sur les traces de ses ravisseurs !...

Les trois voyageurs gardent pendant longtemps le silence. Caché derrière la cloison du fond, le vagabond ne les perd pas de vue et ne quitte pas sa place. Au bout d'une demi-heure le baron se lève en disant : — Remettons-nous en route... il est assez inutile de demeurer ici plus longtemps...

— Oui, partons, dit Alfred, et tâchons de reconnaître les chemins, afin de ne pas revenir deux fois dans le même lieu, ce qui nous ferait faire des recherches inutiles... Au reste, cet endroit est reconnaissable... J'ai peu vu de sites aussi sauvages, aussi tristes que celui où l'on s'est avisé de construire cette habitation. Allons, viens-tu, Édouard !

Édouard se lève, jette un dernier regard sur les murs de la masure et en sort lentement avec Alfred et le baron. Bientôt les pas des trois voyageurs se perdent dans le sentier, puis ils disparaissent tout à fait aux regards de Charlot, qui de l'entrée de sa demeure les a suivis des yeux.

Alors le vagabond retourne d'un air triomphant près d'Isaure en s'écriant : — C'étaient eux !... mais ils n'ont pas eu le moindre soupçon, et ils s'éloignent de cette habitation, où maintenant ils ne reviendront jamais !

— C'étaient eux ! murmure la jeune fille. Il lui semble alors qu'on l'arrache de nouveau à ceux qu'elle aime, elle n'a pas encore éprouvé un sentiment aussi pénible ; c'est le dernier espoir qui vient de lui être ravi. Elle tombe en sanglotant aux pieds du vagabond.

CHAPITRE XXXII. — Le Chien de Terre-Neuve.

Le baron de Marcey et les deux amis ont visité avec le plus grand soin tous les villages, tous les hameaux de l'Auvergne. La hutte du

Le vieux père Charlot.

berger, la chaumière du laboureur, la masure la plus misérable n'ont point échappé à leurs recherches ; partout ils questionnent, ils s'informent, ils donnent le signalement d'Isaure, et promettent de l'or à ceux qui pourraient procurer quelques renseignements sur la jeune fille. Partout leurs recherches sont vaines, leurs perquisitions infructueuses, et chaque jour qui s'écoule leur enlève une partie de l'espoir qui les soutenait.

Édouard est en proie au plus sombre désespoir. Depuis qu'il sait qu'Isaure l'aimait sincèrement, que nul autre que lui n'avait fait battre son cœur, son amour est devenu encore plus violent. Il se ret proche avec amertume les soupçons qu'il avait conçus, les larmes qu'il a fait répandre à la pauvre petite. L'idée de ne plus revoir Isaure, de ne pouvoir à force d'amour lui faire oublier le chagrin qu'il lui a causé, l'accable et le rend insensible à tout autre sentiment. Si la douleur du baron est moins vive, on voit à la tristesse de ses regards, à son front soucieux, combien il regrette l'aimable enfant dont il avait pris tant de soins. Souvent même il s'accuse du malheur arrivé à Isaure. — Si je l'avais gardée près de moi, dit-il, si je n'avais pas éloigné de mes bras la fille de mon Adèle, je ne serais pas maintenant privé de ses caresses.

— C'est le portrait de ma mère : elle fut, dit-on, bien malheureuse aussi ; ah ! par pitié, faites grâce à sa fille !

Alfred, dont le caractère est plus susceptible de surmonter le chagrin, fait ses efforts pour distraire un peu son père et Edouard ; lorsque ceux-ci perdent tout espoir, Alfred s'empresse de le faire renaitre en leur disant :

— Pourquoi nous désoler ? au moment où nous l'espérerons le moins nous pouvons retrouver Isaure ; elle-même peut s'évader de l'endroit où sans doute on la retient malgré elle ; alors elle reviendrait bien vite à sa maisonnette, à la Maison Blanche ; qui sait si maintenant elle n'est pas de retour dans sa demeure ?...

Ce dernier espoir engage les voyageurs à retourner à la petite vallée. Après plus de six semaines employées à parcourir les montagnes, ils reviennent à la demeure d'Isaure ; mais ils y trouvent la même solitude. Celle qu'ils cherchent n'a point reparu dans les environs de Chadrat, et cette fois Alfred lui-même semble perdre tout espoir.

Avant d'aller à la Maison Blanche se reposer des fatigues de leur pénible voyage, le baron et les jeunes gens se rendent à la chaumière du paysan chez lequel ils ont laissé Vaillant : ils craignent de ne plus trouver vivant le fidèle défenseur d'Isaure ; mais leur crainte est bientôt dissipée : ils sont encore à cent pas de la demeure de l'Auvergnat, lorsqu'un beau chien en sort et vient en courant, en témoignant la joie la plus vive, au-devant des trois voyageurs. C'est Vaillant, qui, entièrement guéri de ses blessures, fait mille caresses au baron, puis vient lécher les mains d'Alfred et d'Edouard, comme pour les remercier de l'avoir secouru, de l'avoir pansé lorsqu'il était mourant dans la cour de la maisonnette. Les trois voyageurs, enchantés de revoir celui qui a manqué périr pour sa maîtresse, lui font aussi des caresses ; mais tout à coup, cessant de montrer sa joie, Vaillant tourne autour d'eux, semble chercher, regarde la maison d'Isaure, puis vient se replacer devant les voyageurs.

— Hélas ! mon pauvre Vaillant ! dit Edouard, tu cherches encore quelqu'un ?... Tu nous demandes si nous te ramenons ta maîtresse..... Non !... elle est perdue pour nous... peut-être pour jamais !

Le chien regarde attentivement Edouard, il a l'air de comprendre sa douleur ; il se tait et se contente alors de marcher silencieusement

près de lui ; on se rend chez le villageois, que l'on récompense généreusement pour les soins qu'il a pris de Vaillant ; puis on retourne à la Maison Blanche, où l'on doit demeurer en attendant que l'on ait résolu à quel parti on s'arrêtera.

L'hiver est venu : il a chassé au loin les feuilles jaunies des arbres, il a dépouillé les bocages et séché les gazons ; dans les pays montagneux, l'hiver est plus âpre, plus rude ; la nature prend un aspect plus imposant et plus triste : déjà la neige est tombée avec abondance dans la petite vallée ; le toit de la Maison Blanche en est couvert, et les jardins n'offrent plus que le mélange de branches sèches et noircies avec ce reflet brillant que donne la gelée aux endroits couverts de neige. Cependant, malgré l'âpreté de la saison, malgré la tristesse de la campagne, le baron de Marcey, son fils et Edouard sont encore en Auvergne et habitent la Maison Blanche, d'où ils sortent chaque jour pour faire quelques excursions dans les environs : un secret espoir les retient toujours dans ces lieux où habitait Isaure ; ils ne peuvent se décider à s'en éloigner.

Vaillant accompagne maintenant ceux qui cherchent sa maîtresse ; il semble que le chien veuille fouiller sous le sol alors couvert de neige, pour y trouver la trace des pas d'Isaure ; plus d'une fois on l'a vu s'arrêter, gratter avec force la terre, puis regarder à droite et à gauche avec inquiétude ; mais cette nappe de neige qui couvre les campagnes paraît le dérouter et arrêter ses pas.

Comme souvent le baron et les jeunes gens parcourent chacun une route différente, Vaillant est tantôt avec l'un, tantôt avec l'autre ; chaque fois on acquiert de nouvelles preuves de son intelligence ; chaque fois, content et joyeux lorsqu'on quitte la Maison Blanche pour se mettre en course, il y revient triste et silencieux.

Alfred pense que ce n'est pas en demeurant constamment dans le même endroit qu'ils parviendront à retrouver Isaure ; il présume que ses ravisseurs ne sont pas restés avec elle en Auvergne ; il engage son père et son ami à dire pour quelque temps adieu à ce pays. Quelques affaires nécessitent à Paris la présence du baron : on convient de s'y rendre pour peu de temps et de se remettre ensuite en voyage.

Edouard ne veut pas quitter la Maison Blanche sans avoir le doux titre d'époux d'Isaure.

Mais, avant de quitter l'Auvergne, Edouard propose de faire une dernière tournée dans les montagnes, dont il ne s'éloigne qu'à regret. Quoiqu'on n'attende pas plus de succès de cette tentative, le baron et Alfred se rendent à son désir ; par une belle journée d'hiver, tous trois se mettent en route à pied, accompagnés du fidèle Vaillant : ils se couvrent, s'entortillent dans de vastes manteaux, et sous le sien Alfred emporte toujours l'arme qu'ils ont trouvée chez Isaure.

Les voyageurs ont marché une partie de la journée dans des chemins que la neige a rendus difficiles. Ils passent la nuit dans un village, et leurs recherches n'ayant pas été plus heureuses, ils se proposent de reprendre le lendemain la route de leur habitation. Ils se remettent en route de bon matin, et suivent le chemin qu'on leur a indiqué comme le plus court pour regagner Saint-Amand; mais, après quelques heures de marche, ils se trouvent au milieu des montagnes, dans un lieu entièrement désert, et ne doutent point alors que la neige leur ait fait perdre la route qu'ils devaient tenir.

— Où diable sommes-nous? dit Alfred en s'arrêtant pour regarder autour de lui; au lieu de nous rapprocher, nous nous sommes éloignés encore.

— Il me semble que je reconnais ce site, dit le baron, et que nous sommes déjà venus par ici...

— Suivons Vaillant, dit Edouard; tenez il marche toujours, il semble vouloir être notre guide.

Le chien suivait en effet son chemin en témoignant une vivacité, une ardeur singulière. Les voyageurs se couvrent le mieux possible de leurs manteaux pour se garantir du froid, et se décident à suivre Vaillant; ils arrivent bientôt à la descente d'une montagne, et devant eux ils aperçoivent un sentier étroit et sombre qui se prolonge entre deux rochers très-élevés.

— Je reconnais maintenant cet endroit, dit le baron; nous sommes entrés dans ce sentier il y a près de deux mois... nous y avons visité une vieille masure habitée par un vieux pâtre.

— Allons, dit Alfred, il est inutile de nous engager dans une route qui nous éloignerait encore de notre destination.

Les voyageurs vont retourner sur leurs pas lorsqu'en cherchant Vaillant, ils l'aperçoivent qui court vers le sentier avec une vitesse incroyable. On l'appelle; mais cette fois il n'obéit pas à la voix de ses maîtres, et il entre seul dans le chemin pratiqué entre les rochers. L'ardeur avec laquelle le chien a couru vers ce côté éveille l'attention des voyageurs; ils s'avancent jusqu'à l'entrée du sentier; mais déjà des aboiements prolongés, des hurlements qui tiennent de la fureur, annoncent que Vaillant y a fait quelque importante découverte.

Le baron et les jeunes gens marchent à grands pas dans la route étroite, ils aperçoivent le chien arrêté devant la maison de bois. Les yeux de Vaillant sont étincelants; il se précipite contre la porte de la masure, il en gratte l'entrée avec ses pattes, et ses hurlements redoublent de force et de fureur.

— Que signifie cela? s'écrie Edouard; la fureur de Vaillant ne nous annonce-t-elle pas que cette maison renferme son assassin? Voyez!... voyez!... il ne veut pas quitter cette porte... il nous regarde pour nous engager à seconder ses efforts.

— Nous avons pourtant visité cette masure, dit le baron.

— N'importe... ce n'est pas sans motif que ce fidèle serviteur veut pénétrer dans cette horrible demeure... O mon Dieu! si nous retrouvions Isaure en ce lieu!...

— Ouvrez, ouvrez! s'écrie Alfred en frappant contre la porte. Mais personne ne répond, aucun bruit ne se fait entendre dans l'intérieur; cependant la colère de Vaillant semble à chaque moment s'accroître encore; ses longs hurlements retentissent au loin sous les rochers, et les trois voyageurs sont résolus à pénétrer de gré ou de force dans la vieille masure.

Depuis que les aboiements du chien se font entendre, une scène horrible se passe dans l'intérieur de la seconde masure : le vagabond y était alors seul avec la jeune fille; le vieux pâtre était allé chercher des provisions au village voisin. Aux premiers hurlements du chien, le compagnon d'Isaure a couru regarder à travers la porte d'entrée; il a reconnu Vaillant; aussitôt une sueur froide coule de son front; il sent qu'il est perdu, que la retraite d'Isaure va être découverte, parce que nulle puissance humaine ne fera sortir le chien de la masure avant d'y avoir fait trouver son assassin. Bientôt la voix du baron, les cris des jeunes gens achèvent de le convaincre qu'il ne peut plus dérober la jeune fille à leurs regards, car Vaillant saura leur faire trouver la secrète entrée de l'asile d'Isaure. Nul moyen ne lui reste pour fuir avec sa prisonnière; il est impossible de sortir de l'excavation et d'atteindre le haut du rocher; en un instant le vagabond a tout senti, tout calculé, et dès lors il a pris une affreuse résolution. Il repasse dans la seconde retraite, referme avec soin l'entrée qui communique à la masure et se rend près de la jeune fille, qui écoute alors avec la plus vive agitation les hurlements du chien en disant à demi-voix :

— O mon Dieu!... on dirait que c'est Vaillant; le ciel m'enverrait-il des libérateurs!... Mon fidèle compagnon ne serait pas mort!...

— Oui!... c'est lui! en effet, dit le vagabond d'une voix sombre et en attachant sur la jeune fille des regards effrayants; mais, au lieu de vous sauver, ce chien sera cause de votre perte!

— Grand Dieu!... que voulez-vous dire?... et pourquoi me regardez-vous comme cela? dit Isaure en frémissant.

Le vagabond va prendre son épée, puis il s'approche de la petite, saisit une de ses mains qu'elle élevait en tremblant pour l'implorer, et lui dit :

— Il faut mourir!

— Mourir! s'écrie la jeune fille en tournant vers celui qui la menace des regards suppliants. O mon Dieu!... vous voulez me donner la mort!... qu'ai-je donc fait?..... en quoi l'ai-je méritée?.... ne vous ai-je pas toujours obéi sans murmurer depuis que je suis avec vous?

— Oui!... oui !... vous ne méritez pas un sort si horrible, je le sens; loin de vous haïr... j'avais pour vous... je ne sais quel sentiment... mais ma haine pour le baron est plus forte que toutes les autres!..... j'ai juré que vous ne retomberiez pas vivante en ses mains..... Je tiendrai mon serment. Les entendez-vous?... ils assiégent cette demeure... bientôt ils en auront brisé la faible porte; ce misérable chien leur fera découvrir cette dernière retraite; ils veulent vous sauver!... vous arracher de ces lieux!... ils ne vous y trouveront plus vivante!... il faut mourir, Isaure, avant qu'ils aient pénétré jusqu'ici!...

Eperdue, égarée, Isaure essaie encore de fléchir son assassin; elle se jette à ses genoux; mais dans sa fureur il ne se connaît plus; sa main droite tient le fer, de l'autre il va découvrir la poitrine de sa victime pour mieux lui percer le cœur. Isaure se débat; elle veut essayer de se sauver... en la retenant avec violence, il arrache le vêtement qui lui couvrait la poitrine, et le médaillon que la jeune fille tenait caché là arrête l'épée qui allait lui donner la mort; ce portrait frappe les regards de l'assassin; il pousse un cri de terreur, de surprise.

— En croirai-je mes yeux?... s'écrie-t-il; ce portrait!... cette femme!... Parlez!... parlez! d'où avez-vous cela?...

— C'est le portrait de ma mère! s'écrie Isaure en joignant les mains vers lui; elle fut, dit-on, bien malheureuse aussi; ah! par pitié... faites grâce à sa fille!...

— Ta mère!... Adèle était ta mère!... quelle pensée!... tu serais!...

Il n'achève pas; son épée tombe de ses mains, il semble que la foudre l'ait frappé. Mais bientôt un grand bruit se fait entendre, la porte de la masure a été enfoncée. Pendant que le baron et Edouard entrent dans la pièce du bas, Alfred, aidé de Vaillant, et en frappant de tous côtés avec l'épée qu'il tenait sous son manteau, a découvert l'entrée de l'excavation; il se précipite dans le passage, et l'épée à la main entre dans la seconde masure au moment où Isaure, succombant à sa terreur, est tombée évanouie aux pieds du vagabond.

— Misérable! s'écrie Alfred, je ne m'étais donc pas trompé, c'est toi qui nous l'avais ravie!... Tu payeras de ta vie ton infâme conduite.

— Isaure m'appartient, répond le vagabond en se ressaisissant de son épée; nul plus que moi n'a des droits sur elle!...

Mais déjà Alfred s'est précipité sur lui le fer à la main ; un combat terrible s'engage à quelques pas de la jeune fille privée de sentiment, il ne dure que quelques secondes. Alfred multiplie ses coups; il semble doué d'une force, d'une adresse nouvelle. Son adversaire, percé d'un coup mortel, tombe à ses pieds au moment où le baron et Edouard entraient dans la retraite d'Isaure.

On va enlever la jeune fille de cette affreuse demeure et la porter dans le sentier, où l'air plus vif doit lui faire reprendre ses sens; mais celui qu'Alfred a vaincu respire encore, il fait signe qu'il veut parler... on l'entoure, la pitié a succédé à la vengeance, on veut le secourir.

— Epargnez-vous des soins inutiles, dit le blessé d'une voix mourante; je sens que je vais expirer... mais laissez-moi considérer encore les traits chéris d'Isaure... Ah!... ne la rappelez à la vie que lorsque j'aurai cessé d'exister... Alfred... vous avez vengé votre père!... Je suis ce Savigny!... séducteur de la malheureuse Adèle!...

— Savigny!... s'écrie le baron en faisant un mouvement d'horreur.

— Oui... je devine tout maintenant... Isaure est ma fille... c'est l'enfant de mon Adèle... et j'ai manqué d'être son assassin... mais le ciel a permis que ce crime épouvantable ne fût point commis, et je l'en remercie!... Mon souvenir sera en horreur à cette pauvre enfant!... Ah! promettez-moi... que vous ne lui direz jamais que j'étais son père!...

Ceux qui entourent Savigny ont à peine prononcé le serment qu'il demande, qu'après avoir fait un dernier effort pour baiser la main de sa fille évanouie, le malheureux retombe en arrière et ferme les yeux pour jamais.

On emporte Isaure jusque dans le sentier, et là on lui prodigue tous les soins. Enfin elle rouvre sa paupière, elle porte ses regards autour d'elle et jette un cri de joie en se voyant dans les bras de ses amis.

— O mon Dieu!... vous m'avez sauvée!... dit-elle; mais bientôt, jetant un regard d'effroi vers la masure, elle s'écrie :

— Mais il est là!..... s'il allait revenir..... s'il voulait encore me tuer!...

— Celui qui vous a arrachée de nos bras n'existe plus, dit le baron. Vous ne le reverrez plus, ma chère Isaure; il a péri en se battant contre mon fils...

— Il est mort! s'écrie Isaure, qui semble éprouver un sentiment de pitié; aussitôt, se jetant à genoux, elle lève ses mains vers le ciel en disant :

— O mon Dieu!... pardonnez-lui comme moi tout le mal qu'il m'a fait!...

Ceux qui entourent Isaure l'ont laissée prier avec respect; mais les regards qu'ils se jettent laissent deviner toute l'émotion qu'ils éprouvent en voyant cette jeune fille qui, sans le savoir, invoque le ciel pour son père.

On ne songe plus qu'à emmener Isaure loin de cet affreux séjour, dans lequel elle a passé près de trois mois. Le vieux pâtre revenait alors vers sa demeure; on lui donne une bourse en lui ordonnant d'ensevelir Savigny à l'entrée du sentier, et de faire pendant le reste de sa vie respecter le tombeau de ce malheureux.

On s'est remis en route pour la petite vallée. Maintenant Vaillant court, saute, fait mille bonds devant sa maîtresse, et l'on doit juger par combien de caresses on cherche à récompenser celui à qui on doit d'avoir retrouvé Isaure. La jeune fille ne peut encore croire à son bonheur; elle presse les mains du baron, d'Alfred; elle regarde Edouard, et dans ce regard est peint tout son amour.

Enfin on revoit la maisonnette, la Maison Blanche; c'est dans cette dernière demeure que l'on s'installe, que l'on se livre au bonheur d'être ensemble. C'est là qu'Isaure apprend que son protecteur ne s'oppose plus à son union avec Edouard, et qu'elle peut sans crainte se livrer au plaisir d'aimer.

Après trois mois de souffrance, de séparation, il est bien naturel de se presser d'être heureux; Edouard ne veut pas quitter la Maison Blanche sans avoir le titre d'époux d'Isaure. C'est donc en Auvergne que se fait cette union, sans bruit, sans fêtes, sans autre compagnie que celle de l'amour et de l'amitié.

La jeune fille est mariée sous les noms d'Isaure Gervais; elle croit que ce dernier nom est celui de son père, et tous ceux qui l'entourent se gardent bien de la détromper. Mais Edouard trouve dans celle qu'il épouse autant de vertus et d'aimables qualités que de charmes et de douceur; il pense que tout cela vaut bien une longue généalogie, et dit en parodiant ce vers de *Mérope* :

Qui sait se faire aimer n'a pas besoin d'aïeux.

CHAPITRE XXXIII. — Trois ans après.

Trois années environ s'étaient écoulées depuis les événements que nous avons racontés; un monsieur petit et gros, couvert d'une ample redingote *à la propriétaire*, dans les poches de laquelle il avait ses deux mains, traversait sur les trois heures la rue Vivienne; après avoir jeté un coup d'œil sur les livres nouveaux étalés dans la boutique d'*Ambroise Dupont et compagnie*, et admiré la belle édition du poëme de *Napoléon en Égypte*, par MM. Barthelemy et Méry, il s'éloignait en sautillant, et allait entrer dans le passage Colbert, lorsqu'il se jeta le nez contre une dame qui en sortait.

Cette dame, dont la tournure était leste et dégagée, avait un joli chapeau rose; elle craint qu'en se jetant contre elle ce monsieur ne l'ait décoiffée; elle fait un mouvement d'humeur et va se plaindre de sa brusquerie, lorsqu'en regardant le monsieur elle part d'un éclat de rire auquel celui-ci répond par un cri de surprise.

— Eh! je ne me trompe pas!... c'est la charmante Fifine!... — Tiens!... c'est Robineau!... Ah! mon cher ami, comme vous êtes devenu fripé depuis trois ans que je ne vous ai aperçu!... — Toujours la même!... toujours aimable, piquante!... Quel heureux hasard me fait vous rencontrer? — Et comment se fait-il que vous osiez me parler, vous? Prenez donc garde, vous allez vous faire regarder! si quelques-unes de vos belles connaissances, de vos princesses, vous voyaient parler avec moi! Ah Dieu!... que dirait-on?... Filez donc bien vite de peur de vous compromettre!...

— Ah! Fifine!... des sarcasmes, des épigrammes!... à votre ancien et toujours tendre ami!...

— C'est que je me souviens de la manière dont l'ancien et tendre ami m'a plantée là quand il a eu fait fortune!... — Ah! vous m'avez bien mal jugé, Fifine; c'est vous, au contraire, qui vous êtes fâchée tout de suite, et n'avez plus voulu m'écouter... Vous êtes si mauvaise tête!... Je me souviens même que vous m'avez laissé sans lumière!... ça m'a fait beaucoup de peine!... et si je n'avais pas craint d'être mal reçu, le lendemain je déposais ma fortune à vos pieds, car ce que j'avais dit n'était qu'une épreuve que je voulais faire de votre caractère. — C'est étonnant comme je crois ça!... Mais ne parlons plus du passé!... Tu sais bien que je n'ai jamais aimé qu'à jour du présent sans m'inquiéter du reste; c'est ce qui fait, mon cher ami, que deux jours après ta fugue je t'avais donné un successeur; car tu n'es pas d'ailleurs un gaillard à faire des passions incurables!...

— Fifine, ne me dites pas ces choses-là... Certainement j'ai pu présumer qu'un autre avait touché votre cœur depuis trois ans...

— Un autre! Ah ben! il est bon, lui!... Sept autres, mon cher ami! tous plus aimables les uns que les autres, et doués de physiques *très-confortables*... Je parle anglais à présent.

— Fifine, si vous saviez la peine que vous me causez, vous ne me feriez pas de tels aveux!... Moi, qui vous ai toujours gardée dans mon cœur!...

— Allons, ne dis donc pas de sottises!... Mais je suis bien curieuse de savoir tout ce que tu as fait depuis trois ans;... donne-moi le bras... Peux-tu me donner le bras sans crainte d'événement?

— Oui, certainement, je le puis. - Eh bien! promenons-nous un peu dans le passage; j'ai le temps jusqu'à quatre heures, et conte-moi tout cela.

Robineau prend le bras de Fifine en poussant un soupir qui fait rire la marchande de modes; puis il reprend sa narration :

— Après que nous fûmes brouillés, je partis pour le château que je venais d'acheter...

— Tu avais un château!... et où ça?

— En Auvergne.

— J'aurais mieux aimé à Belleville, c'est plus gai, surtout à présent qu'il y a un joli théâtre comme à la barrière Rochechouart.

— Oui... je me suis aussi aperçu après que j'aurais mieux fait de n'acheter qu'une jolie maison de campagne. Enfin, je partis pour l'Auvergne; j'emmenai avec moi Alfred de Marcey et Edouard...

— Alfred! c'est celui chez qui tu t'es si bien grisé ce certain soir qu'il a fallu que je fisse du thé et autres préparations pour monsieur... Dieu! ai-je été bonne pour cet être-là!...

— Je ne l'ai jamais oublié, Fifine!

— Non, c'est le chat!... Mais va toujours.

— J'avais un château fort beau... Ah! c'était magnifique!... des tours, des galeries, des appartements avec des Amours au plafond!...

— Ah Dieu! et tu te promenais en Cupidon dans ta chambre?

— Laissez-moi donc achever. Malheureusement mon château n'était pas neuf. J'y fis faire des réparations; ensuite je me mariai,... pour me distraire de votre souvenir. J'épousai la fille d'un marquis qui était folle de moi... Je crus avoir fait un mariage superbe... Mais il me fallut épouser toute la famille : le père, l'oncle, la sœur; j'eus tout cela chez moi. Mon beau-père, qui devait me faire avoir un emploi brillant, ne me fit rien avoir du tout... Ma femme avait mis tous mes gens à la porte; elle en prit d'autres qui nous volèrent; mon diable de château exigeait sans cesse des réparations; quand on avait fini d'un côté, il fallait recommencer d'un autre!... Et mon oncle Mignon, qu'on avait nommé inspecteur général de ma maison, s'amusait à ramasser des épingles au lieu de surveiller les ouvriers. D'un autre côté, mon beau-père me ruinait avec ses plans d'économie; il me faisait acheter des troupeaux de moutons qu'il voulait exercer à tirer à la charrue, disant que le labourage se ferait bien plus vite; mais ces pauvres moutons crevaient au moment où ils commençaient à s'habituer à la fatigue. Il faisait remplir de pruneaux les greniers de mon château, prétendant que cela ferait du sucre bien mieux que des betteraves; mais, quand on voulait commencer l'expérience, les pruneaux étaient gâtés. Il fit creuser un canal dans mon parc, parce qu'il assurait que nous y aurions des goujons, qu'il ferait saler, et vendrait pour des sardines; mais le canal se desséchait toujours, et on n'y pêcha jamais que des rats. Pendant que M. le marquis faisait ces belles expériences, ma femme donnait des dîners, des fêtes superbes!... Mais je ne pouvais pas m'y amuser, parce qu'il me fallait y faire la partie de whist avec le beau-père. Enfin, ma belle-sœur se maria avec un homme veuf qui avait trois enfants, j'eus tout cela de plus à loger dans mon château. Je voulus faire quelques observations, ma femme me dit que lorsqu'on était aussi riche que moi il ne fallait pas lésiner. Je voulus savoir si j'étais toujours très-riche, j'écrivis un beau jour à mon notaire; il y avait alors deux ans que j'étais marié. Il me répondit que de tout ce qu'il avait eu à moi, il ne restait plus qu'une cinquantaine de mille francs. Nous avions dépensé environ trois cent cinquante mille francs en réparations, en fêtes et en entreprises économiques. Je courus dire à mon beau-père qu'il ne me restait plus que deux mille cinq cents livres de rente et notre château. Alors ma femme se trouva mal; mon beau-père prit une canne et voulut me rosser, prétendant que je l'avais trompé; et que, pour avoir l'honneur d'épouser sa fille, je m'étais dit beaucoup plus riche que je ne l'étais.

Ma foi, comme je m'ennuyais d'être grondé, menacé, et de jouer au whist, je partis un beau matin pour Paris, en leur abandonnant le château, qu'ils ont été obligés de vendre depuis, parce qu'il ne rapportait rien; mais je leur en ai abandonné le produit; je me contente de mes deux mille cinq cents livres de rente.... et pourvu que ma femme et mon beau-père ne viennent pas quelque jour me relancer à Paris, c'est tout ce que je demande. Voilà, ma chère Fifine, ce qui m'est arrivé!... Mes deux compagnons de voyage ont été plus heureux que moi : Edouard a épousé une jeune fille qui habitait dans les montagnes aux environs de mon château. Elle n'avait pas un nom illustre, elle ne dansait pas comme Cornélie, mais il paraît qu'elle rend son mari très-heureux, ils ont déjà une petite fille charmante, et ils habitent pendant six mois de l'année à la Maison Blanche, jolie propriété qu'ils ont en Auvergne, où ils m'ont engagé à aller les voir, ce que je ferais volontiers si je n'avais pas peur de rencontrer ma femme ou mon beau-père de ces côtés-là. Quant à Alfred, il s'est aussi marié dernièrement; il a épousé une certaine Jenny de Gerville dont il y a longtemps qu'il avait été amoureux... sa femme est fort aimable; je vais quelquefois dîner chez eux. Voilà, chère Fifine, ce que j'ai fait depuis trois ans... Et toi?

— Moi, j'ai voltigé!...

— Es-tu toujours dans le même magasin?

— Ah! bien oui!... j'en ai fait trente depuis... Mais je crois que je vais enfin m'établir; la personne que je connais maintenant me cherche une petite boutique *fashionable!*

— Fifine!

— Eh bien?...

— Est-ce que ton cœur ne te dit rien?... est-ce que cette rencontre ne te cause pas, comme à moi, une douce émotion?...

— Ah! mon Dieu non; je ne suis pas émue du tout!...

— Fifine, j'ai encore un revenu gentil... et j'espère rentrer dans mon ancienne administration... Puisque nous nous retrouvons, qui nous empêche de renouer des nœuds jadis si tendres, de nous adorer comme autrefois?

— Non, bien obligée! je ne renoue rien, moi; tu n'aurais qu'à faire encore quelque héritage et puis tu me planterais là!...

— Ah, Fifine! quel reproche! vous me percez l'âme!...

— J'en suis fâchée; mais tu ne me perces rien du tout, toi!...

— Profitons au moins du hasard qui nous rassemble; viens dîner avec moi, Fifine..

— Non.

— Je connais un petit traiteur chez lequel on fait d'excellentes gelées au rhum... tu aimais beaucoup la gelée au rhum, Fifine.

— Je l'aime toujours, mais je n'irai pas dîner avec toi. Oh! tu as beau prendre ton air attendrissant!... ça ne me touche plus! Voilà quatre heures, il faut même que je te quitte... je vais aller retrouver mon petit milord qui m'attend sur la place de la Bourse.

En disant cela, Fifine quitte le bras de Robineau. Celui-ci pousse un gros soupir, et tire son mouchoir en levant les yeux au ciel; mais cela fait rire Fifine, qui le quitte en lui disant : — Mon cher ami, on pardonne l'infidélité, mais jamais l'ingratitude.

Fifine quitte Robineau en lui disant : — Mon cher ami,
on pardonne l'infidélité, mais jamais l'ingratidude.

FIN DE LA MAISON BLANCHE.

LE

VIEILLARD DE LA RUE MOUFFETARD,

PAR

PAUL DE KOCK.

Connaissez-vous la rue Mouffetard? Si vous êtes Parisien, il est très-possible que vous ne la connaissiez pas; les étrangers possèdent beaucoup mieux leur Paris que ceux qui l'habitent et qui sont nés dans ses murs. Au cas où vous seriez habitant de la Chaussée-d'Antin, du faubourg Saint-Germain ou du Palais-Royal, je vous dois quelques renseignements sur la rue Mouffetard; il est toujours bon de savoir à qui l'on a affaire.

Cette rue, qui commence rues des Fossés-Saint-Victor et Fourcy et finit barrière Mouffetard, fut bâtie au treizième siècle sur un terrain appelé Mont-Cétard (Mons Cœtarius); on l'a aussi nommée rue Saint-Marcel, Saint-Marceau, Vieille-Ville-Saint-Marceau.

On raconte qu'en l'année 1551, un grand nombre de protestants assistaient au prêche, dans une maison nommée la maison du Patriarche, près de l'église Saint-Médard, et que les prêtres de cette église, dans le but de contrarier les protestants, firent sonner leurs cloches à toutes volées! que le ministre protestant, ne pouvant alors se faire entendre de ses auditeurs, en envoya deux en députation pour faire cesser cette sonnerie; que ces deux députés furent fort mal reçus, fort maltraités, qu'il s'ensuivit un combat sanglant entre les deux partis, et qu'enfin la victoire resta... au plus fort. C'est encore ainsi de notre temps.

Mais nous voilà bien loin de notre sujet; ceci était seulement pour vous apprendre que la rue Mouffetard a mérité de tenir sa place dans l'histoire, et que c'est presque toujours dans les quartiers les plus populeux que se sont passés les événements les plus intéressants.

Dans une vieille maison de cette rue, où il y en a peu de neuves, entrez dans une allée sombre, longue et souvent crottée, vous apercevrez ensuite ou plutôt vous sentirez en tâtonnant un escalier à rampe de fer; montez bravement, car il faut une sorte de bravoure pour se risquer dans un escalier glissant et où l'on ne voit pas clair; montez trois étages, parvenu là, vous commencerez à y voir un peu; orientez-vous, cherchez une porte sur votre droite, vous trouverez un vieux ruban au bout duquel on a attaché une vieille épaulette : c'est ce qui sert de sonnette pour se faire ouvrir chez M. Delapoule.

M. Delapoule est un vieillard septuagénaire, mais qui est encore vert et bien portant; il est maigre, sec et fort petit; ses yeux perçants, son nez pointu et sa bouche pincée annoncent la vivacité et souvent même l'ironie et le sarcasme. M. Delapoule porte encore des culottes à boucles et il est coiffé à l'oiseau royal, ce qui peut déjà vous donner une idée de ses habitudes, et même de ses opinions.

Ce vieillard est un ancien beau danseur; il était fou de son art, et il avait dans son temps obtenu de très-grands succès, grâce à ses ronds de jambe et ses jetés-battus. A l'époque où l'on dansait, M. Delapoule était recherché, fêté, invité partout; les dames se disputaient l'honneur de danser avec lui, les jeunes filles rougissaient de plaisir lorsqu'il les invitait; enfin il n'y avait point de beau bal si M. Delapoule n'en était pas.

M. Delapoule faisait des élèves, mais seulement par goût, par amour pour la danse; sa fortune était suffisante pour ses désirs : un homme qui voltige sans cesse n'a pas besoin d'avoir le gousset trop garni.

Comme la danse n'est point incompatible avec l'amour, M. Delapoule faisait de nombreuses conquêtes. Jadis les dames se laissaient prendre facilement aux charmes d'une pirouette ou d'un entrechat. Heureusement nous n'en sommes plus là.

Lorsque les grands événements politiques arrivèrent, la belle danse commença à perdre faveur; en 89 et 93, on dansait, il est vrai, la Carmagnole et Ça ira, mais c'était sans faire de ronds de jambe, de beaux saluts et d'entrechats.

Sous l'empire, la gavotte eut quelque faveur, mais la chaconne était complètement détrônée. Bientôt, enfin, la gavotte passa, puis l'habitude de danser, de faire des pas, fit place à celle de marcher et d'aller au bal en bottes. Alors M. Delapoule prit le monde en aversion, et il se retira dans la rue Mouffetard, espérant n'y être point poursuivi par le bruit des pianos, des cornets à piston et même des orgues, qui reproduisent souvent les quadrilles de Tolbecque et de Musard.

Jusqu'ici, il n'y a rien de bien extraordinaire dans la conduite du petit vieillard; froissé dans ses goûts, ses affections, il s'était retiré dans sa tente comme Achille le fit jadis; on est libre de bouder à tout âge; seulement, quand on boude dans la vieillesse, cela dure trop longtemps.

Mais M. Delapoule ne s'était pas retiré seul au fond de la rue Mouffetard; il faut vous dire qu'il avait pris, adopté, et qu'il élevait près de lui une arrière-petite-nièce, pauvre orpheline, n'ayant plus au monde que son vieil oncle pour appui, pour espoir.

Faible appui pour une jeune fille de seize ans qu'un grand-oncle qui en a plus de soixante-dix; mais c'est presque toujours ainsi que va le monde : l'enfance en s'appuyant sur la vieillesse, la jeunesse en se liant à l'âge mûr. On prétend que les extrêmes se touchent; on aurait pu arranger les choses autrement.

Or donc, la nièce de M. Delapoule se nommait Blanche; elle venait d'avoir seize ans; elle était jolie comme le plaisir, fraîche comme une rose de mai, naïve et pure comme un ciel d'Italie, et douce comme... toutes les femmes qui sont jolies, car vous savez que la beauté contribue beaucoup à rendre l'humeur traitable.

Emollit mores, nec sinit esse feros.

Tant de grâces, de charmes, étaient enfouis dans le fond d'une vieille maison de la rue Mouffetard! Ce n'est pas que nous voulions dire par là que les demoiselles de ce quartier doivent être laides, ce n'est nullement notre intention, mais il nous semble qu'une jolie femme n'est jamais assez en vue, et la rue Mouffetard n'est pas le centre de Paris.

Et puis, savez-vous quelle était l'existence de cette pauvre Blanche? Il fallait tenir fidèle compagnie à son grand-oncle, qui ne consentait que très-rarement à sortir, et ne voulait pas même que sa petite-nièce allât voir les singes du Jardin-des-Plantes... Il est vrai que les singes se livrent parfois devant les demoiselles à des récréations beaucoup trop bouffonnes.

Il fallait passer son temps à écouter tout ce que M. Delapoule avait recueilli touchant l'origine de la danse.

Il fallait entendre le récit de toutes les fêtes auxquelles il avait assisté, savoir combien de fois il avait dansé avec des duchesses et même des ambassadrices.

Il fallait avoir l'air de ne pas s'ennuyer en écoutant toutes ces choses, et ce devait être le plus difficile.

Pour prix de sa docilité, M. Delapoule donnait à sa petite-nièce des leçons de danse, non pas de la danse de nos jours, mais de celle qui était en usage avant la révolution de 89.

Il fallait que Blanche se mît les pieds dans une boîte et les y laissât deux heures après le déjeuner, et deux heures après le dîner.

Il fallait qu'elle s'étudiât à faire des pliés et des ronds de jambe au moins trois heures par jour; enfin, elle ne devait pas entrer dans une chambre sans faire la révérence, ni se coucher sans avoir dansé un menuet.

Ce régime n'amusait pas la jolie Blanche; si en général les jeunes fille aiment la danse, ce n'est pas la danse grave, et à seize ans il est fort ennuyeux de passer tous les jours quatre heures les pieds dans une boîte.

Mais Blanche était douce, soumise, respectueuse, elle aimait son vieil oncle, et pour lui être agréable s'appliquait à bien danser le menuet, que M. Delapoule accompagnait avec une petite pochette qu'il assurait valoir un *stradivarius*. D'ailleurs, la jolie enfant ne connaissait pas d'autre danse, n'ayant jamais été ni au bal Musard, ni à la Chaumière, ni vu le plus petit bal champêtre, la plus légère sauterie particulière; elle croyait que dans le menuet était toute la danse; dans une révérence, toutes les grâces, dans une chaconne, toute la science.

Le soir, M. Delapoule, assis dans un grand fauteuil à roulettes, faisait venir Blanche près de lui, et, tout en lui passant sa main sous le menton, lui disait :

— Avons-nous bien du dehors aujourd'hui?

— Oui, mon oncle.

— Nous tenons-nous ferme à toutes les positions?

— Oui, mon oncle.

— Faisons-nous tous les soirs la révérence avant de nous coucher?

— Oui, mon oncle.

— C'est bien... tu es une belle fille, tu te tiens bien droite... bien cambrée, et lorsque quelque jour le goût de la belle danse reviendra... ce qui ne peut tarder, parce qu'on revient toujours à ce qui est beau et gracieux, alors, ma chère amie, tu en remontreras à toutes les autres... c'est toi que l'on citera, que l'on admirera, que l'on voudra voir danser... Les Vandales! qui marchent maintenant au lieu de faire des pas, qui font des mouvements de tête au lieu de faire des ronds de jambe. qui mettent des bottes pour aller au bal... Ils ne savent pas qu'ils négligent l'art le plus noble, le plus beau, et le plus ancien. car la danse ne date pas d'hier, mon enfant.

— Oh! je le sais bien, mon oncle, répond vivement la jeune fille, qui devine que son oncle va lui raconter ce qu'il lui a déjà narré cent fois; mais le vieillard ne tient pas compte de l'exclamation de sa nièce, et il reprend en s'appuyant le dos dans son grand fauteuil:

— Autrefois les repas de famille, les cérémonies étaient toujours terminés par des danses; Xénophon nous a donné une description de ce que l'on appelait alors une après-dînée. On faisait venir des musiciens, un Syracusain qui jouait de la flûte et dirigeait les autres, un jeune homme qui pinçait de la lyre, et une danseuse qui commençait par exécuter quelques tours extraordinaires avec des cerceaux et des épées... comme le font aujourd'hui nos saltimbanques... Puis le jeune homme dansait ensuite avec une noble aisance... Ceci, ma petite-nièce, remonte très-haut... Mais du temps des patriarches, le renouvellement des saisons, les moissons, les vendanges, tous les événements de la vie étaient des prétextes pour la danse... Tiens, j'ai lu dans Amyot...

— Oh! oui, mon oncle, oui... c'est moi qui vous ai lu tout cela! s'écriait la petite-nièce, qui ne se souciait pas d'entendre encore un cours d'histoire sur la danse, et le vieillard finissait par s'endormir tout en battant sur le bras de son fauteuil une mesure de menuet.

Cependant la triste existence que menait Blanche, qui ne sortait jamais et ne goûtait aucun des plaisirs de son âge, cette vie retirée, uniforme et solitaire, ne tarda pas à altérer sa santé.

Inquiet de voir sa petite-nièce perdre les roses de son teint, M. Delapoule fit appeler un docteur, et le consulta sur l'état de la jeune fille. Le docteur répondit au vieillard:

— Votre nièce va-t-elle dans le monde?
— Jamais.
— A la promenade?
— Jamais.
— Aux concerts, aux bals?
— Eh non! jamais.
— C'est pour cela qu'elle est malade.
— Comment, docteur, que voulez-vous dire?
— C'est bien facile à comprendre; votre nièce est malade d'ennui... et cette maladie est la pire de toutes.
— Et qui diable peut vous faire présumer que Blanche s'ennuie?... Je suis toujours avec elle... je lui fais la conversation... Je lui achète tout ce qu'elle désire... Elle peut se lever tard, se coucher tôt, enfin elle mène la même existence que moi, et je vous certifie que je ne m'ennuie pas du tout.
— Oui, mais vous avez soixante-dix ans, et votre nièce en a seize, et à seize ans le régime d'un vieillard ne vaut rien du tout.
— Vous croyez?
— Si vous voulez rendre la santé à votre nièce, faites-la sortir, courir, danser.
— Elle danse toute la journée ici... elle n'entre pas dans ma chambre sans faire des pliés.
— Eh! ce n'est pas pour vous qu'il faut qu'elle danse... c'est en public, dans un bal, dans le monde, enfin; monsieur Delapoule, souvenez-vous qu'une jeune fille est comme une fleur; faute d'air, elle ne tarde pas à s'étioler... Donnez de l'air à votre petite-nièce.
— Que je donne de l'air à ma nièce! se dit le vieillard lorsque le docteur l'eut quitté. que je la mène à un bal public... Ces médecins ont une singulière façon de traiter les jeunes filles... Il me semble qu'on peut fort bien prendre l'air à sa fenêtre... il est vrai que les miennes donnent sur une cour un peu sombre... Enfin, puisqu'il le faut, je promènerai ma nièce.. je ne la mènerai pas voir les singes, par exemple... mais je la conduirai sur les boulevards.

Et M. Delapoule appelle la jolie Blanche, il lui annonce qu'il va la mener promener sur les boulevards; la jeune fille saute de joie, car vous saurez qu'elle ne connaissait pas cette promenade de Paris; demeurant depuis l'âge de sept ans dans la rue Mouffetard, la jeune fille avait bien entendu quelquefois parler du centre de la ville, des spectacles, promenades, du Palais-Royal, des Tuileries; mais son Paris à elle ne s'étendait que jusqu'à la rue des Fossés-Saint-Victor et à la barrière d'Italie.

La joie de Blanche était donc bien naturelle, en apprenant qu'elle allait voir autre chose que son quartier; elle court à sa toilette, met sa plus belle robe, son plus beau bonnet, et tâche enfin de se faire bien belle; heureusement pour Blanche, la nature s'était chargée de ce soin. Elle lui avait donné de beaux yeux, un joli nez, une petite bouche, des dents comme des perles, une charmante fossette au menton; enfin, une figure charmante. La nature fait des choses qui sont toujours à la mode.

Quant à M. Delapoule, il est immobile dans son costume comme dans son opinion sur la danse; il conserve sa culotte à boucles, son habit de soie gorge de pigeon, dont les boutons à verres bombés et encadrant des oiseaux, sont larges comme d'anciens écus de six livres; sa coiffure à l'oiseau royal, sur le haut de laquelle il pose un petit chapeau à trois cornes, qui n'a pas la moindre ressemblance avec ce *petit caporal.*

Ensuite, l'oncle sort de chez lui, prend sa nièce sous son bras, s'appuie sur une canne qui lui sert depuis cinquante ans à battre la mesure du menuet d'*Exaudet*, et l'on se met en marche pour les boulevards; la jeune fille regardant d'un air émerveillé tout ce qui s'offre de nouveau à sa vue, le petit vieillard marquant avec ses pieds une mesure en trois temps.

On n'avance pas vite quand on marche sur un mouvement de menuet: l'oncle et sa nièce étaient partis à onze heures du matin de la rue Mouffetard, il était deux heures lorsqu'ils arrivèrent sur le boulevard Beaumarchais.

Figurez-vous alors l'ébahissement de la jeune fille, lorsqu'elle se trouve au milieu de ce monde, de ces marchands ambulants, de ces promeneurs, de ces faiseurs de tours qui abondent sur les boulevards. Ici, ce sont des marchands à deux pièces pour treize, qui crient d'une voix éraillée: — Montez votre ménage, meublez votre cuisine; faites des cadeaux à votre épouse, à votre bonne et à vos enfants. Que de choses on peut faire à Paris avec treize sous! Là, c'est une grosse maman qui a envie de pleurer parce que sa fille devient aussi grande qu'elle, et qu'on ne la prend pas pour sa sœur, quoiqu'elle ait bien soin de l'habiller exactement comme elle.

Prenez garde!... de ce côté, ce sont des enfants qui jouent; ils lancent leurs cerceaux à travers vos jambes, ou jettent leurs balles sur votre dos. Pourquoi les bonnes ne veillent-elles pas sur ces enfants qui se font culbuter en voulant ravoir leurs jouets? c'est que les bonnes viennent de rencontrer une *payse* qui leur donne des nouvelles de leur *endroit*, et que cela est infiniment plus intéressant que de veiller sur les marmots de leurs bourgeois.

Un peu plus loin, vous entendez les sonnettes du marchand de limonade à un liard le verre; ces gens-là s'entendent de loin comme les mulets. Je n'ai jamais bien compris la raison qui leur fait ainsi s'affubler de sonnettes et de grelots; du reste, cela produit un petit carillon que l'on trouvera sans doute moyen d'introduire dans les *concerts monstres*. Un marchand de coco tiendrait fort bien sa place entre l'ophicléide et le pavillon chinois.

A quelques pas, c'est un homme en habit noir, assez sale, assez barbouillé, qui est arrêté et pérore devant une foule de badauds. Mais cet homme ne tient rien à sa main, il n'a point d'éventaire, point de boutique devant lui, ce n'est donc pas un marchand?... Que fait-il donc là? et de quoi parle-t-il au public?... voilà ce que disent les passants; M. Delapoule et sa nièce sont de ce nombre. Ils s'arrêtent, percent la foule, et écoutent ce monsieur en noir, qui prend du tabac et parle à la société, laissant beaucoup de temps entre chacune de ses phrases, comme quelqu'un qui n'est pas bien sûr de ce qu'il veut dire:

— Certainement, il y a des personnes... parmi celles qui se promènent... surtout quand le temps est beau... comme aujourd'hui, par exemple... il y a des personnes qui se disent: Mais enfin... voyons, voici un particulier là-bas... qui est arrêté sur le boulevard... c'est probablement... pour quelque chose...

— Mon oncle, je ne comprends pas ce que dit cet homme, murmure Blanche à l'oreille de M. Delapoule, et celui-ci répond à sa nièce:

— Je n'y comprends rien non plus; mais puisqu'il dit qu'il est là pour quelque chose, attendons, cela va peut-être s'expliquer.

L'homme en noir tire de sa poche une espèce de portefeuille, il y prend une petite feuille de papier noir et une paire de ciseaux; ce portefeuille est probablement le nécessaire de ce monsieur; puis, tout en regardant autour de lui et cherchant dans l'assemblée à quel jobard il donnera la préférence, il se met à découper, sans pour cela interrompre son discours à la société.

— Oui, messieurs et mesdames... quand on voit quelqu'un comme cela... s'adressant à une nombreuse compagnie... on se dit... Mais que fait-il au milieu de cette nombreuse compagnie?... Il y a tout à parier que j'y fais un métier quelconque... Quel est donc ce métier?... C'est ce que nous allons avoir l'avantage de vous faire savoir dans quelques instants, nous ne vous demandons plus qu'une minute... c'est bien peu de chose pour des personnes qui n'ont rien à faire.

Tout en discourant ainsi, l'homme en noir avait arrêté ses regards sur M. Delapoule, dont la tête était parvenue à percer le rond qui s'était formé autour du découpeur. L'oncle de Blanche ne comprenait pas pourquoi cet homme avait constamment les yeux fixés sur lui, paraissant lui adresser ses discours de préférence à toute autre personne arrêtée là; mais le petit vieillard prenait cela pour une politesse, et il cherchait l'occasion de répondre un petit mot à ce monsieur, lorsque celui-ci, ayant fini de découper, colle ce qu'il vient de faire sur une feuille de papier blanc, et montre ensuite au public assemblé la silhouette de M. Delapoule, qui était fort ressemblante, parce que le petit vieillard avait un profil et une coiffure assez remarquables pour qu'il fût facile de les saisir.

Tout le monde se met à rire. M. Delapoule et sa nièce veulent savoir de quoi l'on rit; ils s'avancent, se penchent pour voir la silhouette; M. Delapoule reste saisi en reconnaissant son portrait, et Blanche s'écrie:

— C'est vous, mon oncle, oh! c'est bien vous, avec votre queue et votre petit chapeau à cornes.

L'homme en noir présente alors la silhouette au petit vieillard en lui disant :

— Vous devez être content, tout le monde vous reconnaît... voilà votre portrait, vous me donnerez ce que vous voudrez, je ne taxe personne.

— Je ne vous donnerai rien du tout ! s'écrie M. Delapoule, qui devient pourpre de colère; je trouve bien impertinent que vous vous soyez permis de faire ma silhouette sans savoir si cela me convenait... Je ne me suis pas arrêté pour être fait de profil... vous me volez ma figure... vous n'en avez pas le droit... Viens, ma nièce, je vais porter plainte aux autorités.

Le petit vieillard entraîne Blanche, et tous deux s'éloignent au milieu des ris, des huées de la foule qui ne demande qu'à se moquer du monde, lors même que le monde aurait raison.

L'oncle et la nièce veulent marcher vite, ils se font pousser par les uns, bousculer par les autres.

— Les promenades étaient bien mieux composées avant la révolution ! dit M. Delapoule, on ne vous marchait pas à chaque instant sur les pieds sans vous demander excuse, et l'on ne faisait pas votre silhouette sans votre permission.

La petite-nièce n'était pas tout à fait de l'avis de son oncle; ces nombreux passants, ces boutiques, ces étalages, ce bruit, tout cela l'amusait, et puis quelques jeunes gens, en passant près d'elle, avaient dit en la regardant : Voilà une jolie personne, et la demoiselle la plus candide n'est point insensible aux compliments.

L'oncle et sa petite-nièce se promenaient depuis longtemps et étaient loin de la rue Mouffetard, et l'heure où ils dînaient habituellement était arrivée.

Le vieillard dit à Blanche : — Ma chère amie, tu dois avoir faim ?

— Oui, mon oncle.

— Et moi aussi. Puisque nous sommes loin de notre demeure, nous allons dîner chez un traiteur.

— Oh ! oui, mon oncle, ce sera bien gentil.

Blanche est enchantée, elle n'a jamais été chez un traiteur, elle présume que tout doit y être délicieux, et se fait une fête de manger des mets qu'elle ne connaît pas.

M. Delapoule regarde autour de lui; il aperçoit, dans une espèce de boutique, un monsieur assis devant une table et prenant quelque chose, il se dit : — Voilà un traiteur... il y a peu de monde, tant mieux, ce sera plus décent, plus convenable pour ma nièce; entrons là.

L'oncle et la petite-nièce entrent et se trouvent dans une salle où il y a plusieurs tables couvertes de nappes, et beaucoup de journaux et de petits pains.

M. Delapoule et Blanche s'asseyent à une table, et le vieillard dit à une dame qui est assise dans un comptoir :

— Madame, faites-nous servir... nous avons faim... donnez-nous ce que vous aurez de prêt... je m'en rapporte à vous.

La dame fait une inclination de tête, se lève, sort de la salle et revient bientôt tenant deux petits bols de bouillon, qu'elle pose devant l'oncle et la nièce en leur disant : — Voulez-vous du pain ?

— Du pain ?... Certainement que nous voulons du pain... cela va sans dire.

La dame apporte une corbeille contenant des petits pains, et va se rasseoir dans son comptoir; l'oncle boit le bouillon en disant à Blanche :

— C'est un consommé... Il paraît qu'ici cela remplace le potage.

La jeune fille ne répond rien, mais fait un peu la grimace : elle n'aimait pas le bouillon.

Après avoir avalé le contenu de son bol, M. Delapoule dit à la dame du comptoir : — Madame, notre intention n'est pas de nous en tenir là.

— Fort bien, monsieur.

La dame se lève, sort, et revient bientôt avec deux autres bols remplis de bouillon, qu'elle place de nouveau devant l'oncle et la nièce. Ceux-ci se regardent et se décident à avaler encore les bouillons qu'on leur apporte; ils croient que ceux-là auront un autre goût; mais ils sont absolument semblables aux premiers.

Après avoir bu son second bol, M. Delapoule dit à la dame du comptoir :

— Ceci ne nous suffit pas, madame, nous désirons autre chose.

— Très-bien ! monsieur, dit la dame; puis elle quitte la salle, et revient en rapportant, pour la troisième fois, des bols de bouillon qu'elle pose devant le vieillard et sa nièce. M. Delapoule se met de mauvaise humeur, et s'écrie :

— Toujours du bouillon !... Eh mais, madame, nous en avons bien assez... Est-ce que les restaurateurs ne vendent plus autre chose depuis la révolution ?

— Mais, monsieur, vous êtes dans une succursale de la Compagnie Hollandaise, où on ne vend que du bouillon. On en portera chez vous si cela vous est agréable; nous envoyons des consommés à domicile.

M. Delapoule ne connaissait pas l'entreprise des bouillons, et il est très-contrarié de sa méprise. Il se lève, ainsi que sa nièce, paye ce qu'ils ont pris, et sort avec Blanche... Quand ils sont de nouveau sur les boulevards, le vieillard dit à la jeune fille :

— As-tu encore faim, mon enfant ?

— Oh ! non, mon oncle, tous ces bouillons m'ont ôté l'appétit.

— Alors, promenons-nous pour les faire passer. Afin de te dédommager, je te ferai voir quelque spectacle de curiosité.

Il y avait justement près de l'oncle et de la nièce une maison de toile, dans laquelle on faisait voir des marionnettes; mais le spectacle le plus amusant était celui de la porte, où un chat se battait avec le diable et un commissaire. M. Delapoule et Blanche s'arrêtent pour écouter les facéties que le diable adressait au commissaire. Mais la foule qui se trouvait là était en grande partie composée de gamins auxquels la tournure de la nièce et du petit vieillard semble fort extraordinaire; les flâneurs, les ouvriers, les badauds ne tardent pas à faire comme les gamins, ils rient en se montrant du doigt ce petit monsieur coiffé à l'oiseau royal et portant un habit de soie dont les boutons sont autant de petits tableaux. Ce n'est plus du diable et du commissaire que l'on s'occupe, c'est de l'oncle de Blanche, qui est bien loin de s'en douter.

Cependant à chaque instant les éclats de rire redoublent, la foule se presse, se serre, augmente; elle barre le boulevard, empêche le passage, gêne la circulation; on se pousse, on se bat même pour voir M. Delapoule; l'autorité croit qu'il y a une émeute; un agent de police perce la foule; on lui montre le petit homme qui est la cause de cet attroupement; il parvient jusqu'à M. Delapoule, et le tire par le bras en lui disant d'un ton fort sec :

— Allons, monsieur, marchez ! ne restez pas là.....

— Pourquoi donc voulez-vous que je marche? répond le petit vieillard en regardant avec surprise celui qui lui parle.

— Parce que vous causez du désordre...

— Je cause du désordre... moi ?

— Oui, oui, vous le savez bien, et vous le faites avec intention.

— Qu'est-ce que je fais avec intention ?

— Oh ! vous avez l'air de ne pas me comprendre... mais nous nous y connaissons... vous avez mis ce petit chapeau à trois cornes pour ressembler à l'empereur.

— Comment à l'empereur !... je ne connais pas l'empereur... est-ce que Louis XV est mort ?

— Oh ! trêve de plaisanteries, monsieur, vous avez des aigles sur vos boutons.

— J'ai des aigles !... pas du tout, ce sont des colibris.

— Je vous dis que ce sont des aigles.

— Eh bien, après ! quand ce seraient des aigles ? qu'est-ce que ça vous fait ?... si j'aime les oiseaux, moi... Vous m'ennuyez, à la fin.

— Allons, monsieur, filez bien vite, et rendez grâce à votre âge si je ne vous arrête pas.

— Oh ! mon oncle, allons-nous-en, je vous en prie, dit Blanche. Le pauvre M. Delapoule cède aux prières de sa nièce et aux injonctions de l'autorité; il parvient à sortir du cercle qui l'entoure et à s'éloigner de la foule; heureusement la nuit en arrivant protége sa retraite; mais le petit vieillard ne concevait rien à ce qui venait de lui arriver, et il disait à sa nièce :

Ils prétendent que je cause du désordre, parce que j'ai des oiseaux sur mes boutons et un chapeau à trois cornes sur la tête... En vérité, je n'y comprends rien... je ne reconnais plus Paris! tout y est changé... Traiteurs, costumes, usages, c'est donc comme la danse? Je voudrais pourtant bien te voir t'amuser un peu, ma pauvre Blanche; car, pour une fois que nous sortons, tu n'as pas eu beaucoup d'agrément.

Tout en marchant, l'oncle et la jeune fille étaient arrivés dans les Champs-Elysées; ils aperçoivent bientôt à l'entrée d'une rotonde un transparent sur lequel est écrit ce mot : Bal. Blanche tressaille de plaisir et pousse le bras de son oncle en lui disant :

— Un bal ! un endroit où l'on danse... Ah ! mon oncle! c'est là où je m'amuserais, moi qui mets mes pieds dans une boîte toute la journée afin de bien danser, je serais si contente d'aller au bal !

— Eh bien, j'y consens, répond M. Delapoule. Tous ces gens qui vont là ne savent pas danser, sans doute; je veux qu'ils admirent ta grâce, tes pas, tes révérences; je me sens encore en état de te servir de cavalier. Viens, ma nièce, nous allons montrer la belle danse aux habitués de ce bal.

Le petit vieillard pénètre avec sa nièce dans la rotonde du bal. Il y avait beaucoup de monde; l'orchestre jouait la ritournelle pour qu'on se mît en place. On appelait un quatrième à un quadrille. M. Delapoule y court avec sa nièce. Tous les yeux se portent sur le singulier couple qui vient d'arriver.

Bientôt la musique donne le signal; l'oncle et la nièce s'élancent, font des ronds de jambe, des jetés-battus, des pliés; alors les éclats de rire partent autour d'eux; cela devient pis que sur le boulevard, les autres quadrilles sont abandonnés, on se bouscule, on fait encore le coup de poing pour voir danser le petit vieillard et la jeune fille. Puis tout à coup un sergent de ville arrive, perce le quadrille, et arrêtant M. Delapoule au plus beau moment de sa danse, lui dit d'un ton fort impératif : — Monsieur, vous allez quitter le bal, sortir sur-le-champ.

— Qu'est-ce que vous dites ? répond le petit homme en restant sur ses pointes.

— Je vous dis qu'il faut sortir; vous dansez une danse prohibée.

— J'ai une danse prohibée, moi !

— Oui, vous dansez le *cancan.*

— Moi, je danse le cancan ! Mais d'abord faites-moi le plaisir de m'apprendre ce que c'est que le cancan... je ne le connais pas.

— Oh ! vous faites l'ignorant ; tout à l'heure, en balançant avec votre dame, je vous ai vu faire la *chaloupe.*

— La *chaloupe !* je veux être pendu si je sais ce que c'est que la chaloupe.

— Allons, monsieur, ne répliquez pas ; à votre âge, danser comme cela ! fi donc ! Sortez, ou je vous envoie au violon.

Blanche a encore peur pour son oncle, elle l'entraîne... le petit vieillard est furieux, il quitte le bal, monte dans une voiture av[ec sa] nièce et se fait reconduire rue Mouffetard en s'écriant :

— Je ne mettrai plus les pieds hors de chez moi.

Mais le lendemain matin les réflexions avaient rendu le vieill[ard] plus sage, et il dit à sa petite-nièce :

— Ma chère enfant, je te donnerai un autre maître de danse [que] moi, je te laisserai sortir plus souvent, tu te mettras comme tou[t le] monde ; car je ne veux pas que l'on te montre au doigt dans les ru[es], et décidément je vois qu'il faut s'habiller, marcher et danser avec [son] siècle.

⁂

PETIT TABLEAU DE MOEURS,

PAR LE MÊME.

PROMENADE D'UN ROMANTIQUE.

Quel est ce jeune homme habillé avec négligence, dont le gilet n'est point boutonné, qui porte sa cravate nouée lâchement comme celle des *Colins* de l'Opéra-Comique ? Suivons-le, il mérite bien d'attirer notre attention : c'est un romantique, et ces gens-là ne se promènent pas comme tout le monde.

Quel beau désordre dans sa mise ! Il n'a pas de chapeau, mais un romantique ne craint point les coups de soleil. Ses cheveux flottent au gré du vent et se jouent sur son front, siége des passions et des orages ; ses yeux annoncent l'inspiration... Il les lève tantôt vers le ciel et tantôt les plonge avec délices dans la vallée. Il tient d'une main le carnet sur lequel il écrit ses pensées, de l'autre le crayon qui doit les transmettre à la postérité.

Il descend lentement un chemin tortueux, dont les sinuosités lui retracent celles de la vie... Mais, en contemplant les nuages qui s'amoncellent, il n'a pas aperçu une grosse pierre à ses pieds..... Il trébuche, tombe et se fait une bosse au front. Ce léger accident n'affaiblit point son enthousiasme, il se relève en portant la main à son front et s'écrie : — O Dieu ! ceux que tu inspirais se roulaient jadis sur le parvis de tes temples ! Permets à un barde de Lutèce de se rouler sur le grand tapis de la nature.

Mais, ô prodige ! ô surprise !... une voix a répété ces paroles... ce séjour est enchanté !

> Écho n'est plus un son qui dans l'air retentisse,
> C'est une nymphe en pleurs qui se plaint de Narcisse.

Est-il dans les jardins d'Armide ? sur l'herbe qui égare ? près de la grotte de Circé ?... Non, il est entre Pantin et Romainville, et se trouve devant un regard qui donne de l'eau aux environs. Mais tout prend à ses yeux une forme nouvelle : un ruisseau dans lequel barbotent quelques oies sauvages est le torrent qui va se perdre dans le ravin. Il veut goûter de son eau ; il se met à genoux, en prend dans le creux de sa main et avale... en faisant une légère grimace, parce que les oies ont un peu troublé le cristal de cette onde, mais le Styx doit être bourbeux, le Nil pas potable, et le Niagara est horriblement salé. Le romantique va s'asseoir entre un chêne et un tilleul, qui lui rappellent Philémon et Baucis ; il regarde avec mélancolie un tournesol... il croit voir Clytie ; ses yeux se mouillent des pleurs du génie, il écrit, il s'anime... Il n'est plus à Romainville, il se croit dans la vallée de Tempé ; il attend que Philomèle chante... Mais c'est un âne qui vient braire en face de lui, et le villageois qui le conduit ne ressemble ni à Paris ni au beau Corydon.

Cependant le blond Phébus va bientôt éclairer un autre monde, et depuis le matin notre voyageur n'a rien pris. Son estomac se fait entendre, car pour être romantique on n'en est pas moins homme. Le nôtre se dispose à chercher non un vieux castel, ils sont rares à Romainville, mais un solitaire qui veuille bien partager son repas avec lui.

Le solitaire du bois est le garde, qui ne ressemble pas trop à un ermite, mais qui donne à manger avec grand plaisir pourvu qu'on ait de l'argent. Le voyageur va s'asseoir devant une table, sous un ombrage frais, en saluant son hôte avec un doux sourire.

Celui-ci lui demande d'une voix enrouée s'il veut du vin à douze à quinze sous ; notre romantique le regarde sans l'entendre, il se cro[it] sur le *Mont-Sauvage.* — Bon cénobite, dit-il, veuillez me donner quoi même mes forces affaiblies par l'émotion qu'a produite sur m[oi] sens la vue des beautés pittoresques de ces lieux.

— J'entends, j'entends, dit le garde, j'ai ce qu'il vous faut ; je va[is] vous apporter un joli petit morceau de veau rôti et une salade [de] chicorée.

Parler de veau rôti et de chicorée à un romantique ! Le nôtre lève furieux, et pendant que le garde est à sa cuisine, il s'éloigne [à] grands pas d'un séjour où il faudrait perdre toutes ses illusions. [Il] cherche une cabane, une simple chaumière ; là du moins, il espèr[e] retrouver les mœurs patriarcales du bon vieux temps. Il aperçoit en une maisonnette devant laquelle jouent de petits marmots. Il entr[e] dans une cour où se promènent une vache, une chèvre, des coqs. L[à] ne règne pas la plus grande propreté ; mais ce désordre lui plaît ; il trouve du charme, du rapprochement avec la situation habituelle d[e] son esprit.

Le voyageur caresse l'oiseau de Mars et dit à une grosse paysanne :

— Donnez-moi de ce nectar que m'offre cette sensible Io.

— Io ! dit la paysanne, Io !... queuque c'est que ça ?... Io ! tiens v'là que ça réveille, Cadet !

En effet, le cheval dresse les oreilles, croyant que sa maîtress[e] l'appelle ; et ce n'est pas sans peine que le romantique fait comprendr[e] qu'il veut une jatte de lait. — Où faut-il servir, monsieur ? demande l[a] villageoise.

— Là..., sous ce mûrier rougi du sang de Pyrame et de Thisbé.

— Quoi que vous parlez donc de Pyrame ?... Oh ! je vous répond[s] qu'il n'a jamais pâté que les mûres.

Le voyageur s'est assis sans répondre. Il boit son lait, dans lequel i[l] trempe du pain bis. Ce repas est frugal ; mais, dans mille situation[s] intéressantes, c'est ainsi que dînèrent *Rosa, Rosalba, Rosalvina* et *Rosélina ; Vivaldi, Amaldi, Fiorelli* et *Belloni.*

La chèvre s'avance pour partager le repas du voyageur, il la caresse en s'écriant : — Sois sans crainte, chère *Amalthée,* nourrice de Jupiter.

— De Jupiter ? dit la paysanne ; oh ! non, monsieur, elle n'a nourri que Bertrand, mon petit, qu'est là-bas, par ordonnance du docteur de Belleville. Mais il n'est jamais entré de Jupiter dans notre maison.

Cependant le temps est noir : le romantique regarde le ciel, et s'écrie de temps à autre : — Diane ne paraît pas !...

— Vous l'aurez perdue dans le bois, monsieur, dit la villageoise, qui croit qu'il appelle sa chienne, car elle n'est pas entrée ici avec vous. Oh ! v'là le temps qui se couvre, nous aurons de l'orage ! Mé[s] monsieur ne va sans doute pas loin, puisqu'il est venu en voisin ?

Le romantique, sans daigner répondre, jette une pièce de monnaie sur la table et se remet en route. Bientôt la nuée crève ; il est mouillé, percé ; rien pour garantir sa tête, et pas un fiacre à la barrière ; il faut gagner ainsi le faubourg Saint-Germain.

En arrivant, il est obligé de se mettre au lit ; une fièvre ardente le dévore ; mais il écrit sans cesse : les médecins prétendent qu'il a le délire, mais ses disciples assurent qu'il compose un chef-d'œuvre.

Paris. — Typ. A. PARENT rue Monsieur-le-Prince, 31.

LITTÉRATURE, HISTOIRE, VOYAGES

MOLIÈRE.

*Œuvres complètes. 5 »
Le même, relié... 7 »
*Le même, orné de
  10 grav. sur acier. 6 »
Le même, relié... 8 »
On vend séparément :
Vie de Molière...
L'Étourdi......... » 25
Le Dépit amoureux » 25
Don Garcie de Nav.
Les Préc. ridicules. » 25
L'École des maris.
Sganarelle....... » 25
L'École des femmes.
La Critique de l'É-
  cole des femmes. » 25
La Princesse d'Élide
Les Fâcheux..... » 25
Don Juan.......
Le Mariage forcé.. » 25
Le Misanthrope... » 25
Le Méd. malgré lui.
L'Imp. de Versailles » 25
Le Tartuffe...... » 25
Amphitryon...... » 25
L'Avare......... » 25
Georges Dandin...
L'Amour médecin, » 25
M. de Pourceaugnac
Le Sicilien....... » 25
Mélicerte.......
Pastorale comique.
Les Amants magni-
  fiques......... » 25
Le Bourg. gentilh. » 25
Psyché.......... » 25
Les Fourb. de Scap.
La Comtesse d'Es-
  carbagnas...... » 25
Les Fem. savantes. » 25
Le Malade imagin.
Poésies div., le Val-
  de Grâce, etc... » 25
Collect. des chefs-
  d'œuvre de Molière 1 »

LA FONTAINE.

*Fables.......... » 90

RACINE.

*Œuvres complètes. 2 50
On vend séparément :
Vie de Racine.... » 20
La Thébaïde..... » 20
Alexandre....... » 20
Andromaque..... » 20
Les Plaideurs.... » 20
Britannicus...... » 20
Bérénice........ » 20
Bajazet........ » 20
Mithridate....... » 20
Iphigénie........ » 20
Phèdre......... » 20
Esthor......... » 20
Athalie......... » 20

CORNEILLE.

*Œuvres complètes. 2 50
On vend séparément :
Vie de Corneille... » 20
Le Cid.......... » 20
Horace.......... » 20
Cinna.......... » 20
Polyeucte........ » 20
Le Menteur...... » 20
Pompée......... » 20
Rodogune....... » 20
Héraclius........ » 20
Don Sanche...... » 20
Nicomède....... » 20
Sertorius........ » 20
Racine et Corneille,
  reliés.......... 7 »

REGNARD.

*Œuvres complètes. 1 90
On vend séparément :
Notice sur Regnard,
Le Bal.......... » 20
Le Joueur....... » 20
Le Distrait...... » 20
Les folies amoureuses
Le Mar. de la Folie.
Le Retour Imprévu. » 20
Les Ménechmes.... » 20
Le Légataire univ..
La Crit. du Légat. . » 20
Voyages de Regnard. » 70

FLORIAN.

*Florian........ » 50

VOLTAIRE.

*Hist. de Charles XII » 70

BOILEAU.

*Œuvres poétiques. » 90

AUG. CHALLAMEL.

Histoire de France.. 4 »
Le même, relié en
  toile.......... 6 »
Cet ouvrage est divisé en quatre parties qui se vendent séparément :
*Hist. de Napoléon, 1 10
Hist. de la Révolut. 1 10
Histoire de Paris.. 1 10
Histoire de France. 1 10

BRILLAT-SAVARIN.

*Physiologie du goût 1 10

LOUIS GARNERAY.

*Voyages et aven-
  tures.......... 1 50
*Mes Pontons..... » 90

LAS CASES.

*Le Mémorial de Ste-
  Hélène........ 5 »
Le même, relié en
  toile.......... 7 »

O'MEARA.

*Mémorial de Ste-
  Hélène 2e partie. 4 »
Le même, relié... 6 »
On vend séparément :
*Napoléon en exil.. 2 10
*Batailles de Napol. 2 10

BOITARD.

*Le Jard. des Plantes 4 »
Le même, relié... 6 »

DANIEL FOÉ.

*Robinson Crusoé.. 1 30

HOFFMANN.

*Contes fantastiques. 1 10
*Contes nocturnes.. 1 10
*L'Élixir du Diable. 1 10
*Contes des frères
  Sérapion....... 1 10
*Contes mystérieux. 1 10
*Le volume broché.. 4 »
Le même, relié... 6 »

Mme STOVE.

*La Case du père
  Tom.......... 1 50
*Fleur de Mai..... » 50

HILDRETH.

*L'Esclave blanc... 1 10

Mme DE MONTOLIEU.

*Le Robinson suisse. 1 90

LÉON PLÉE.

*Abd-el-Kader.... 1 10

PERRAULT.

*Le Cabinet des Fées 1 10

DESBAROLLES.

*Deux Artistes en Es-
  pagne......... 1 10

MICHIELS.

*La Traite des nègres » 90

CHARLES DE BUSSY.

*Histoire de Saint-
  Vincent de Paul. » 90

ACHILLE FILLIAS.

*Histoire de Suède. 1 50

HAUSSMANN.

*La Chine........ 1 70

BÉNÉDICT RÉVOIL.

*Les Aztecs....... » 70

BENJAMIN GASTINEAU.

*La France en Afri-
  que.......... 1 20

CHRONIQUES POPULAIRES ILLUSTRÉES

Les Chroniques de l'Œil-de-Bœuf, par Touchard-Lafosse, 2 vol. brochés...... 8 »
— relié en toile. 12 »
Le même, 8 séries. brochées...... 1 10

* Mémoires de la belle Gabrielle, 1 vol. br........ 2 10
Mém. du cardinal Dubois, 1 v. br. 2 10
Ces deux ouvrages en 1 v. rel. toile....... 6 »

Mémoires de Mme Dubarri. 1 vol. 4 »
— relié en toile .. 6 »
Mémoires du duc de Richelieu. 1 vol. broch......... 4 »
— relié en toile.. 6 »

Mémoires sur l'impérat. Joséphine, par G. Ducrest... 2 10
*Mémoires de Mme de Genlis.... 2 10
*Mémoires contemporains 2 10

DIVERS

*Le Livre de la jeunesse, illustré par Bertall, Foulquier et G. Janet, contenant : *Fables de la Fontaine, Fables de Florian, Fabulistes populaires, OEuvres de Boileau, Histoire de Charles XII, Nouvelles genevoises.* Broché, 4 fr. Relié........... 6 »

*Les Robinsons, illustrés par Janet-Lange, Bertall et Foulquier, contenant : *Robinson Crusoé, Robinson suisse, Robinson américain, le dernier Robinson,* 1 volume orné de 120 gravures. Broché......... 4 »
Relié........... 6 »

*Le Cuisinier impérial, par Viart, Fouret et Délan, hommes de bouche, 27e édition augmentée de 300 articles nouveaux et du Glacier impérial, par Bernardi, officier de bouche, encyclopédie culinaire. 1 fort volume cartonné. Prix.......... 6 »

CLICHÉS DE GRAVURES

LE CENTIMÈTRE CARRÉ :
en plomb..... 0.15
en galvano... 0.20

COLLECTION G. BARBA.

Format in-18 jésus vélin glacé, à 3 francs le volume

EN VENTE.

PAUL DE KOCK

*La Laitière de Monfermeil. ...	1 vol.
*André le Savoyard......... ...	1 vol.
*Zizine.......................	1 vol.
*Moustache...................	1 vol.
*Un Jeune Homme charmant.....	1 vol.
*Madeleine...................	1 vol.
*Le bon Enfant...............	1 vol.
*La Maison Blanche...........	1 vol.
*Le Barbier de Paris.........	1 vol.
*Un Tourlourou...............	1 vol.
*L'Homme de la nature........	1 vol.
*Un mari perdu...............	1 vol.

TOUCHARD-LAFOSSE

Les Chroniques de l'Œil-de-Bœuf 1re, 2e, 3e, 4e, 5e, 6e, 7e, 8e séries	8 vol.

COOPER

*Œil de Faucon. Bas de Cuir. 1re série.	1 vol.

MAYNE-REID

*Le Gantelet blanc.............	2 vol.
*Les Chasseurs de chevelures....	1 vol.
*Les Tirailleurs au Mexique.....	1 vol.
*La Baie d'Hudson..............	1 vol.
*Les Chasseurs de bisons.......	1 vol.

JULES CLARETIE

*La vie moderne au théâtre......	1 vol.

THÉODORE DE GRAVE

*Les Duellistes................	1 vol.

ALBERT CAISE

La jeunesse d'une femme.........	1 vol.

É. DE LABÉDOLLIÈRE

*Le Domaine de Saint-Pierre......	1 vol.
*Histoire de Paris, suivie de Paris agrandi....................	1 vol.

L. CHODZKO

*Histoire populaire de la Pologne.	1 vol.

LÉON PLÉE

*Abd-el-Kader.................	1 vol.

GARNERAY

*Aventures et Combats	1 vol.
*Captivité sur les Pontons......	1 vol.

KAUFFMANN

Les Chroniques de Rome.........	1 vol.

DESBAROLLES

*Deux artistes en Espagne.......	1 vol.

SOUS PRESSE

PAUL DE KOCK

Sœur Anne....................	1 vol.
Jean........................	1 vol.
Mon voisin Raymond...........	1 vol.
Georgette....................	1 vol.
M. Dupont...................	1 vol.
Frère Jacques................	1 vol.

COOPER

Le dern. des Mohicans. Bas-de-Cuir. 2e série.	1 vol.
L'Ontario .... — 3e série.	1 vol.
Les Pionniers........ — 4e série.	1 vol.
La Prairie.......... — 5e série.	1 vol.

PIGAULT-LEBRUN

M. Botte....................	1 vol.
Angélique et Jeanneton........	1 vol.
Fanchette et Honorine........	1 vol.

GEORGETTE DUCREST

Mémoires de l'Impérat. Joséphine.	1 vol.

RICCIARDI

Histoire d'Italie.	1 vol.

JULES CLARETIE

La vie moderne au théâtre (suite).	1 vol.

LABÉDOLLIÈRE

Histoire de la guerre du Mexique.	1 vol.

ALBERT CAISE

Un beau mariage...............	1 vol.

MAYNE-REID

Le Désert...................	1 vol.
Les Forêts vierges..	1 vol.
Le Chef Blanc...............	1 vol.

WALTER SCOTT

Rob-Roy....................	1 vol.
Quentin Durward	1 vol.
Ivanhoe....................	1 vol.
Le Puritain d'Écosse........	1 vol.
La Prisonnière d'Édimbourg....	1 vol.

HOFFMANN

Contes fantastiques.........	1 vol.
Contes nocturnes	1 vol.
Contes mystérieux..........	1 vol.

Paris, Typ. A. Parent, rue Monsieur-le-Prince, 31.